【臺灣現當代作家
研究資料彙編】15

葉石濤

國立台灣文學館
出版

主委序

　　臺灣文學發展至今，已蓄積可觀且沛然的能量，尤於現當代文學領域，作家們的精彩創作與文學表現，成績更是有目共睹。對應日益豐饒的文學樣貌，全面梳理研究資源、提昇資料查考與使用的便利性，也就格外重要。

　　本會所屬國立台灣文學館自成立以來，即著力於臺灣文學史料之研究、整理及數位化，迄今已積累相當成果，民眾幾乎可在彈指之間，獲取相關訊息及寶貴知識；為豐富臺灣文學研究基礎，繼 99 年出版收錄 310 位現當代作家評論資料的《臺灣現當代作家評論資料目錄》後，今（100）年進一步延伸建置「臺灣現當代作家研究資料庫」，將現當代文學作家及系列作品建構起多向查考、運用的整合機制，不僅得以逐步完善 310 位現當代作家評論資料的確切性及新穎度，研究者亦能更加便捷地掌握研究概況、動態，進而開闢不同的研究路徑及視野。

　　為深化既有成果，也同步推動「臺灣現當代作家研究資料彙編計畫」，預計分年完成自臺灣新文學之父賴和以降，50 位現當代重要作家研究資料彙編，系統性纂輯、呈現作家手稿、影像、文學年表、研究綜述、評論文章及目錄、歷史定位與影響等。目前已完成第一階段賴和等 15 位重要作家研究資料彙編工作，此為國內現行唯一全方位的臺灣現當代文學工具書，也是研究臺灣作家、文學發展的重要讀本依據，乃極具代表性意義的起點，搭配前述資料庫，相信能為臺灣文學研究奠定益加厚實的根基；亦祈各方不吝指正，以匯聚更多參與及持續前行的能量。

行政院文化建設委員會主任委員

館長序

　　近幾年，臺灣現當代文學的研究，朝著跨領域整合的方向在發展，但不管趨勢如何，對於作家及其作品的理解與詮釋，恆是最基本且是最重要的工作。因此，作家到底是一個什麼樣的人？他的出身、學經歷究竟如何？他在哪些主客觀條件下從事寫作？又怎麼會寫出那樣的一些作品？這些都有助於增加理解；進一步說，前人究竟如何解讀作家的為人和他之所作？如何評述其文學風格及成就？這些相關文獻提供了我們重新展開深入探索的基礎，了解前修有所未密，後出才能轉精。

　　當臺灣文學在 1980 年代獲得正名，在 1990 年代正式進入學院體制，「學科化」就彷彿是一場學術運動，迄今所累積的研究成果已極可觀，如果把前此多年在文學相關傳媒所發表的評論資料納入，則可稱之為臺灣文學的「研究資料」，以作家之評論而言，根據國立台灣文學館委託台灣文學發展基金會所蒐羅的作家評論資料（310 位作家，收錄時間下限是 2009 年 8 月），總計近九萬筆。這龐大的資料，已於去年編印成八巨冊的《臺灣現當代作家評論目錄》；在這樣的基礎上，以個別作家為考量的「研究資料彙編」計畫，其第一階段的成果即將出版（15 冊），如果順利，二、三年內將會累積到 50 冊。

　　「臺灣」是我們生存的空間，「現當代」約指新文學發生以降迄今，「作家」特指執筆為文且成家者。臺灣現當代作家之所以值得研

究，乃是因為他們以其智慧和經驗創造了許多珍貴的文學作品，反映並批判社會，饒富現當代意義，如果能夠把他們的研究資料集中，對於正在學習或有文學興趣的讀者，應該會有莫大的助益。

賴和被尊稱為臺灣新文學之父，他出生於甲午戰爭那一年（1894），爾後出生的作家，含在臺灣土生土長，以及從中國大陸來臺者，人數非常多，如何挑選重要作家，且研究資料相對比較豐富者，是一件不容易的事，這就需要專家的參與；基本上，選人要客觀，選文要妥適，編選者要能宏觀，且能微視，才能提出有說服力的見解。

毫無疑問，這是一個重大的人文基礎建設，由政府公部門（國立台灣文學館）出資，委託深具執行力的社會非營利組織（台灣文學發展基金會），動員諸多學術菁英（顧問群、編選者）來共同完成，有效的運作模式開創一種完美的三合一典範，對於臺灣文學，必能發揮其學科深化的作用，且將有助於臺灣文學的永續發展。

國立台灣文學館館長　李瑞騰

編序

◎封德屏

緣起

1995 年 10 月 25 日，在臺灣師範大學教育大樓的 201 室，一場以「面對臺灣文學」爲題的座談會，在座諸位學者分別就臺灣文學的定義、發展、研究，以及文學史的寫法等，提出宏文高論，而時任國家圖書館編纂張錦郎的「臺灣文學需要什麼樣的工具書」，輕鬆幽默的言詞，鞭辟入裡的思維，更贏得在座者的共鳴。

張先生以一個圖書館工作人員自謙，認真專業地爲臺灣這幾十年來究竟出版了多少有關臺灣文學的工具書，做地毯式的調查和多方面的訪問。同時條理分明地針對研究者、學生，列出了十項工具書的類型，哪些是現在亟需的，哪些是現在就可以做的，哪些是未來一步一步累積可以達成的，分別做了專業的建議及討論。

當時的文建會二處科長游淑靜，參與了整個座談會，會後她劍及履及的開始了文學工具書的委託工作，從 1996 年的《臺灣文學年鑑》起始，一年一本的編下去，一直到現在，保存延續了臺灣文學發展的基本樣貌。接著是《中華民國作家作品目錄》的新編，《臺灣文壇大事紀要》的續編，補助國家圖書館「當代文學史料影像全文系統」的建置，這些工具書、資料庫的接續完成，至少在當時對臺灣文學的研究，做到一些輔助的功能。

2003 年 10 月，籌備多年的「台灣文學館」正式開幕運轉。同年五月《文訊》改隸「財團法人台灣文學發展基金會」，爲了發揮更大的動能，開始更積極、更有效率地將過去累積至今持續在做的文學史料整理出來，讓

豐厚的文藝資源與更多人共享。

於是再次的請教張錦郎先生，張先生認爲文學書目、作家作品目錄、文學年鑑、文學辭典皆已完成或正在進行，現在重點應該放在有關「臺灣現當代作家評論資料目錄」的編輯工作上。

很幸運的，這個計畫的發想得到當時臺灣文學館林瑞明館長的支持，於是緊鑼密鼓的展開一切準備工作：籌組編輯團隊、召開顧問會議、擬定工作手冊、撰寫計畫書等等。

張錦郎老師花了許多時間編訂工作手冊，每一位作家的評論資料目錄分爲：

（一）生平資料：可分作者自述，旁人論述及訪談，文學獎的紀錄。

（二）作品評論資料：可分作品綜論，單行本作品評論，其他作品（包括單篇作品）評論，與其他作家比較等。

此外，對重要評論加以摘要解說，譬如專書、專輯、學術會議論文集或學位論文等，凡臺灣以外地區之報刊及出版社，於書名或報刊後加註，如中國大陸、香港、新加坡等。此外，資料蒐集範圍除臺灣外，也兼及中國大陸、香港、新加坡、日本、韓國及歐美等地資料，除利用國內蒐集管道外，同時委託當地學者或研究者，擔任資料蒐集工作。

清楚記得，時任顧問的學者專家們，都十分高興這個專案的啓動，但確定收錄哪些作家名單時，也有不同的思考及看法。經過充分的討論後，終於取得基本的共識：除以一般的「文學成就」爲觀察及考量作家的標準外，並以研究的迫切性與資料獲得之難易度爲綜合考量。譬如說，在第一階段時，作家的選擇除文學成就外，先考量迫切性及研究性，迫切性是指已故又是日治時期臺籍作家爲優先，研究性是指作品已出土或已譯成中文爲優先。若是作品不少而評論少，或作品評論皆少，可暫時不考慮。此外，還要稍微顧及文類的均衡等等。基本的共識達成後，顧問群共同挑選出 310 位作家，從鄭坤五、賴和、陳虛谷以降，一直到吳錦發、陳黎、蘇偉貞，共分三個階段進行。

　　張錦郎教授修訂的編輯體例，從事學術研究的顧問們，一方面讚嘆「此目錄必然能成爲類似文獻工作的範例」，但又深恐「費力耗時，恐拖延了結案時間」，要如何克服「有限時間，高度理想」的編輯方式，對工作團隊確實是一大挑戰。於是顧問們群策群力，除了每人依研究領域、研究專長認領部分作家外（可交叉認領），每個顧問亦推薦或召集研究生襄助，以期能在教學研究工作外，爲此目錄盡一份心力。

　　「臺灣現當代作家評論資料目錄」專案計畫，自 2004 年 4 月開始，至 2009 年 10 月結束，分三個階段歷時五年六個月，共發現、搜尋、記錄了十餘萬筆作家評論資料。共經歷了三位專職研究助理，近三十位兼任研究助理。這些研究助理從開始熟悉體例，到學習如何尋找資料，是一條漫長卻實用的學習過程。

接續

　　本來以爲五年的專案工作可以暫時告一段落，但面對豐盛的研究成果，無論是參與這個計畫的顧問或是擔任審查工作的專家學者，都希望臺灣文學館能在這樣的基礎下挖深織廣，嘉惠更多的文學研究者。

　　「臺灣現當代作家評論資料目錄」的專案完成，當代重要作家的研究，更可以在這個基礎上，開出亮麗的花朵。於是就有了「臺灣現當代作家研究資料彙編暨資料庫建置計畫」的誕生。爲了便於查詢與應用，資料庫的完成勢在必行，而除了資料庫的建置外，這個計畫再從 310 位作家中精選 50 位，每人彙編一本研究資料，內容有作家圖片集，包括生平重要影像、文學活動照片、手稿及文物，小傳、作品目錄及提要、文學年表。另外每本書分別聘請一位最適當的學者或研究者負責編選，除了負責撰寫五千至一萬字的作家研究綜述外，再從龐雜的評論資料中挑選具有代表性的評論文章，全文刊載，平均 12～14 萬字，最後再附該作家的評論資料目錄，以期完整呈現該作家的生平、創作、研究概況，其歷史地位與影響。

　　由於經費及時間因素，除了資料庫的建置，資料彙編方面，50 位作家

分三個階段完成。第一階段挑選了 15 位作家，體例訂出來，負責編選的學者專家名單也出爐了，於是展開繁瑣綿密的編輯過程。一旦工作流程上手，才知比原本預估的難度要高上許多。

首先，必須掌握 15 位編選者的進度這件事，就是極大的挑戰。於是編輯小組在等待編選者閱讀選文的同時，開始蒐集整理作家生平照片、手稿，重編作家年表，重寫作家小傳，尋找作家出版品的正確版本、版次，重新撰寫提要。這是一個極其複雜的工程。要將編輯準則及要素傳達給毫無編輯經驗的助理，對我來說，就是一個極大的考驗。於是，邊做邊教，還好有認真負責的專任助理宇霈，以及編輯老手秀卿下海幫忙，將我的要求視為使命必達，讓整個專案在「高壓政策」下，維持了不錯的品質及進度。

當然，內部的「高壓政策」，可以用身教、言教的方法執行，但要八位初出茅廬的助理，分別盯牢 15 位編選的學者專家，無疑是一件「非常人」可以勝任的工作。學者專家個個都忙，如何在他們專職的教學及行政工作之外，把這件有意義的編選工作如期完工，另外還得加上一篇完整的評論綜述，這可是要大智慧、大勇氣的編輯經驗了。

有些編輯經驗可以意會，不可言傳，這是多年血淚交織的經驗與心得，短時間要他們全然領會實在有些困難。但迫在眉睫的工作總得完成，於是土法煉鋼也好，揠苗助長也罷，一股腦全使上了。在智慧權威、老練成熟的學者專家面前，這些初生之犢的年輕助理展現了大無畏的精神，施展了編輯教戰手冊中的第一招——緊迫盯人。看他們如此生吞活剝地貫徹我所傳授的編輯要法，心裡確實七上八下，但礙於工作繁雜，實在無法事必躬親，也只好讓他們各顯身手了。

縱使這些新手使出了全部力氣，無奈工作的難度指數偏高，進度遇到瓶頸，大夥有些喪氣，這時就得靠意志力及精神鼓舞了。我曉以大義的說，他們正在光榮地參與一個重要的文學工程，絕對不可輕言放棄。

成果

　　雖然過程是如此艱辛，可是終究看到豐美的成果。每位編選者雖然忙碌，但面對自己負責的作家資料彙編，卻是一貫地認真堅持。他們每人必須面對上千或數百筆作家評論資料，挑選重要或關鍵性的評論文章，全面閱讀，然後依照編選原則，挑選評論文章。助理們此時不僅提供老師們所需要的支援，統計字數，最重要的是得找到各篇選文作者，取得同意轉載的授權。在進度流程初估時，我們錯估了此項工作的難度，因為許多評論文章，發表至今已有數十年的光景，部分作者行蹤難查，還得輾轉透過出版社、學校、服務單位，尋得蛛絲馬跡，再鍥而不捨地追蹤。

　　除了挑選評論文章煞費苦心外，每個作家生平重要照片，我們也是採高標準的方式去蒐集，過世作家家屬、友人、研究者或是當初出版著作的出版社，都是我們徵詢的對象。認真誠懇而禮貌的態度，讓我們獲得許多從未出土的資料及照片，也贏得了許多珍貴的友誼。例如楊達的兒子楊建、孫女楊翠，龍瑛宗的兒子劉知甫，張文環的女兒張玉園，楊熾昌的兒子楊皓文，鍾理和的兒子鍾鐵民、孫女鍾怡彥及鍾舜文，梁實秋的女兒梁文薔，呂赫若的兒子呂芳卿、呂芳雄等，我們和他們一起回憶他們的父祖輩可敬可愛的文學人生。

　　閱讀諸篇評論文章，對先民所處的時代有更多的同情與瞭解。從日本研究臺灣文學的學者尾崎秀樹〈臺灣文學備忘錄——臺灣作家的三部作品〉一文中，可以清楚瞭解臺灣人作家對日本殖民統治的意識，乃由抵抗而放棄以至屈服的傾斜過程。向陽認為，其中也能發現少數因主流思潮的覆蓋而晦暗不明的作家，例如不為時潮所動，堅持以超現實主義書寫的楊熾昌。然而經過時間的考驗，曾經孤獨的創作者，終究確立了他在臺灣文學史上的地位。

　　在閱讀中，許多熟悉的名字不斷出現。1962 年，張良澤以一個成大中文系學生的身分，拜訪了鍾理和遺孀，且立下了今後整理臺灣文學史料的

志業。1977 年 9 月，張良澤主編的《吳濁流作品集》，堂堂六冊由遠行出版。1979 年 7 月，鍾肇政、葉石濤、張恆豪、林梵、羊子喬等人編纂《光復前臺灣文學全集》，由遠景出版，這些作家、學者、出版家，都為早期臺灣文學的研究貢獻了心力。

　　1987 年 7 月臺灣解嚴，臺灣文學研究的風潮日漸蓬勃。1990 年 4 月 23 日，《民眾日報》策劃「呂赫若專輯」，標題為〈呂赫若復出〉；1991 年前衛出版社林文欽出版「臺灣作家全集・短篇小說卷・日據時代」；1997 年自真理大學開始，臺灣文學系所紛紛成立，臺灣文學體制化的脈動，鼓舞了學院師生積極從事日治時期臺灣文學史料的蒐集。這股風潮正如陳萬益所言，不只是文獻的出土，也是一種心態的解嚴，許多日治時期作家及其家屬，終於從長期禁錮的氛圍中解放。許俊雅認為，再加上當初以日文創作的作家作品，也在 1990 年代後被逐漸翻譯出來，讀者、研究者在一個開放的空間，又免除語文的障礙，而使臺灣文學研究開始呈現多元的風貌。

　　1990 年開始，各地縣市文化中心（文化局），對在地作家作品集的整理出版，以及臺灣文學館成立後對日治時期作家以迄當代重要作家全集的編纂，對臺灣文學之作家研究，也有了很好的促進作用。《鍾理和全集》、《鍾肇政全集》、《楊逵全集》、《張文環全集》、《呂赫若日記》、《葉石濤全集》、《龍瑛宗全集》，如雨後春筍般持續展開。「臺灣意識」的興起，使本土文學傳統快速的納入出版與研究行列。

　　每位編選者除了概述作家的研究面向外，均有獨到的觀察與建議。陳建忠細論賴和及其文學接受史的演變歷程後，建議未來研究者回歸到賴和文學本體與專業研究方向；張恆豪除抽絲剝繭細述「吳濁流學」的接受及演變歷程外，並建議幾個有關吳濁流及《亞細亞的孤兒》尚待關注及努力的議題；須文蔚建議未來的研究者，可從紀弦 1950～1960 年跨區域文學傳播角度出發，彙整紀弦對上海、香港、臺灣及東南亞華文地區詩歌的影響；或從紀弦主編過的《火山》詩刊、《新詩》月刊等著手，從文學社會學

或文學傳播的角度出發。柳書琴、張文薰為顧及張文環多元面向，除一般期刊論文外，亦選譯尚未譯介的論文，希望展示海內外不同世代之路徑與成果；應鳳凰以深入 50 年代文本的研究基礎，將鍾理和的研究收納得更為寬廣。彭瑞金則分別對葉石濤及鍾肇政進行深入細膩的研究，以及熟稔精密的剖析，他認為葉石濤文學是長期累積的成果，他所選錄的 20 篇葉石濤相關評論文章，代表各種背景的評論者、評介者閱讀葉石濤文學的方法；而鍾肇政上千筆的研究資料，呈現的多是鍾肇政文學的外圍研究，較少從文學的角度去探求解析。清理分析成果後，才可以作為續航前進的動力。

　　然而在近二十年本土文學興盛的臺灣文學研究中，是不是也有遺漏與偏失？陳信元的〈兩岸梁實秋研究述評比較〉，也足以讓我們思考。陳義芝除肯定覃子豪詩藝的深度與厚度，以及對後繼青年的影響外，如果從文獻蒐集、詮釋的角度來看，他認為覃子豪研究仍有尚未開發的議題。

　　學者兼作家的周芬伶，對琦君的剖析與論述細微而生動，她細膩的文字觀察，清楚道出琦君研究的未到之處；張瑞芬則以明快的文字，將林海音一生的創作、出版與編輯完整帶出，也比較了評論者對林海音小說、散文表現的不同看法，相同的則是林海音編輯生涯中對作家的提攜與貢獻。

期待

　　感謝臺灣文學館持續支持推動這兩個專案的進行。「臺灣現當代作家評論資料目錄」的完成，呈現的是臺灣文學研究的總體成果；「臺灣現當代作家研究資料彙編」套書的出版，則是呈現成果中最精華最優質的一面，同時對未來的研究面向與路徑，做最好的建議。我們可以很清楚的體會，這是一條綿長優美的臺灣文學接力賽，我們十分榮幸能參與其中，我們更珍惜在傳承接力的過程，與我們相遇的每一個人，每一件讓我們真心感動的事。我們更期待這個接力賽，能有更多人加入。誠如張恆豪所說「從高音獨唱到多元交響」，這是每一個人所期待的。

編輯體例

一、本書編選之目的，爲呈現葉石濤生平、著作及研究成果，以作爲臺灣
　　文學相關研究、教學之參考資料。

二、全書共五輯，各輯內容及體例說明如下：

　　輯一：圖片集。選刊作家各個時期的生活或參與文學活動的照片、著
　　　　　作書影、手稿（包括創作、日記、書信）、文物。

　　輯二：生平及作品，包括三部分：

　　　　　1.小傳：主要內容包括作家本名、重要筆名，生卒年月日，籍
　　　　　　貫，及創作風格、文學成就等。

　　　　　2.作品目錄及提要：依照作品文類（論述、詩、散文、小說、
　　　　　　劇本、報導文學、傳記、日記、書信、兒童文學、合集）及
　　　　　　出版順序，並撰寫提要。不收錄作家翻譯或編選之作品。

　　　　　3.文學年表：考訂作家生平所進行的文學創作、文學活動相關
　　　　　　之記要，依年月順序繫之。

　　輯三：研究綜述。綜論作家作品研究的概況，並展現研究成果與價值
　　　　　的論文。

　　輯四：重要文章選刊。選收國內外具代表性的相關研究論文及報導。

　　輯五：研究評論資料目錄。收錄至 2010 年 10 月底止，有關研究、論
　　　　　述臺灣現當代作家生平和作品評論文獻。語文以中文爲主，兼
　　　　　及日文和英文資料。所收文獻資料，以臺灣出版爲主，酌收中
　　　　　國大陸、香港、日本和歐美國家的出版品。內容包含三部分：

　　　　　1.「作家生平、作品評論專書與學位論文」下分爲專書與學位
　　　　　　論文。

　　　　　2.「作家生平資料篇目」下分爲「自述」、「他述」、「訪談」、
　　　　　　「年表」、「其他」。

　　　　　3.「作品評論篇目」下分爲「綜論」、「分論」、「作品評論目
　　　　　　錄、索引」、「其他」。

目次

【輯五】研究評論資料目錄

輯一◎圖片集
影像◎手稿◎文物

1969年9月11日，葉石濤全家於高雄春秋閣合影。前排左
起：葉石濤兒子葉松齡、葉顯國；後排左起：葉母林毳
治、夫人陳月得、葉石濤。（以下未註明翻攝出處者，皆
由文學臺灣基金會提供）

1970年代的葉石濤。（翻攝自
《葉石濤集》，前衛出版社）

1970年，葉石濤於高雄甲圍國小辦公室留影。

1972年，葉石濤於自宅拍攝全家福。左起為陳月
得、葉松齡、葉石濤、葉顯國。

1977年11月17日，葉石濤（右）與
陳秀喜合影於自宅。

1979年，葉石濤於屏東縣高樹鄉廣興村參加作家訪問
團。左起：鍾鐵民、葉石濤、楊逵、紀剛、李喬。
（鍾鐵民提供）

1980年4月，葉石濤於高雄美濃擔任導演李行所拍攝的電
影《原鄉人》之顧問，與文友合影。左起：吳錦發、陳
坤崙、葉石濤、許台英。

1980年代，葉石濤（左）與林雙不於曾文水庫合
影。

1981年5月20日，葉石濤於高雄中船參加新聞局舉辦的作家聯誼之旅，與文友們合影。左起：康寶村、鍾鐵民、林瑞明、李喬、葉石濤、彭瑞金、柳愈民。

1982年2月21日，葉石濤（左）於高雄鄭炯明宅與陳若曦合影。

1983年，葉石濤於鍾理和紀念館落成典禮與文友們合影。左起：林清文、郭水潭、葉石濤、林芳年、陳秀喜。

1985年7月20日，葉石濤（右）於鄭烱明宅和戴國煇留影。

1986年4月3日，葉石濤與文友合影。左起：龍瑛宗、王昶雄、郭水潭、葉石濤、劉捷。

1985年10月20日，葉石濤（中）與廖清秀（左）、趙天儀（右）於金門合影。

1988年6月24日，葉石濤（左）與郭楓於清華大學合影。

1990年12月28日，葉石濤（左）與蔡詩萍合影於
自宅。

1990年12月29日，葉石濤（中）獲得省立臺南師院
（今臺南教育大學）第三屆傑出校友獎。

1991年11月25日，葉石濤（中）獲得臺美基金會人文成
就獎，赴美領獎。

1991年12月7日，葉石濤（左二）及夫人（右二）於日本東京皇居二重橋和許振江（左一）、張良澤（右一）合影。

1993年2月6日，葉石濤參加在臺北陽明山嶺頭山莊所舉辦的臺灣文學營，與文友們合影。左起：彭瑞金、李喬、葉石濤、鍾肇政、鍾鐵民。

1993年7月31日，葉石濤與文友們合影於自宅。左起：鄭烱明、許達然、葉石濤、葉笛。

1994年6月11日，葉石濤（右）與鍾肇政（中）、林佛兒（左）於林白出版社合影。

1994年12月27日，應邀參加於清華大學所舉辦的「賴和及其同時代作家——
日據時期臺灣文學國際學術會議」。前排左起：吳漫沙、陳垂映、巫永福、
王昶雄、周金波；後排左起：林亨泰、陳千武、葉石濤、楊千鶴。

1995年5月4日，葉石濤（前排左四）獲頒第一屆府城文學獎。

1996年8月4日，葉石濤與文友們合影於高雄美濃朱邦雄宅。前排左起：李喬、葉石濤、鍾肇政、蕭銀嬌；後排左起：曾貴海、鄭炯明、陳凌、彭瑞金。

1997年，葉石濤（右）於鄭炯明宅接受德國學者馬漢茂之訪問。

1997年3月16日，葉石濤於臺南縣佳里鎮中山公園舉辦的「吳新榮紀念銅像揭幕儀式」上演講。

1997年8月4日，葉石濤參加高雄美濃鍾理和紀念館所舉辦的「臺灣文學步道園區啟用典禮」。左起：葉石濤、鍾台妹、鍾鐵華。

1998年11月7日，淡水真理大學舉辦「福爾摩莎的瑰寶——葉石濤文學會議」。前排左起：許俊雅、鍾肇政、葉石濤、陳千武、莊萬壽、李魁賢；後排左起：陳凌、鄭烱明、陳萬益、彭瑞金、李敏勇、林載爵、陳藻香、杜偉瑛。

1998年11月7日，淡水真理大學舉辦「福爾摩莎的瑰寶——葉石濤文學會議」。左起：巫永福、鍾肇政、葉石濤。

1999年5月15日，葉石濤參加於高雄市文化中心舉辦的《葉石濤評傳》新書發表會。左起：鄭烱明、李喬、謝長廷、葉石濤、彭瑞金。

1999年5月29日，於高雄市文化中心舉辦「葉石濤文學國際學術研討會」。左起：鄭炯明、鍾肇政、葉石濤、彭瑞金。

1999年8月，於民眾日報社社史館舉辦「第三屆臺灣文學獎」頒獎典禮。左為李喬、右為葉石濤。

1999年11月11日，葉石濤（左）獲頒臺南成功大學名譽博士學位。

2000年5月30日，第一屆南投縣駐縣作家評審會，評審委員合照於會場。左起：向陽、林明德、葉石濤、趙天儀、彭瑞金。（向陽提供）

2001年9月28日，葉石濤獲頒「第
五屆國家文藝獎文學類」。

2001年10月7日，國立文化資產保存研究中心籌備處於臺南舉辦
「土地、人民、流亡文學對談」。左起：黃武忠、鄭烱明、葉石
濤、高行健、彭瑞金。

2003年3月8日，參觀真理大學臺灣文學館。左起：鄭烱
明、葉石濤、彭瑞金、張良澤。

2004年，葉石濤於鍾理和紀念館旁的臺灣文學
步道留影。

2004年，葉石濤於高雄美濃鍾理和雕像前與文友合影。左起：彭瑞金、葉石濤、曾貴海、鍾鐵民。

2005年3月26日，高雄市政府文化局舉辦葉石濤（左二）與諾貝爾文學獎得主沃克特（右二）對談「文學的真實與想像」。左一為彭瑞金、右一為奚密。

2006年8月26日，葉石濤（左）於《蝴蝶巷春夢》新書發表會上與錦連合影。

2006年9月29日，葉石濤應邀參加高雄市政府文化局於高雄市立圖書館所舉辦的《高雄文學小百科》新書發表會。左起：陳坤崙、葉石濤、路寒袖、鄭烱明。

2006年10月13日，國家臺灣文學館為葉石濤八十大壽慶生。
左起：陳坤崙、彭瑞金、葉石濤、吳麗珠、陳明台。

2006年12月1日，葉石濤於高雄市政府文化局所舉辦的「高雄作家資料專區」開幕典禮上致詞。

2006年12月4日，高雄市政府文化局和國家臺灣文學館舉辦《葉石濤全集・小說卷》新書發表會。左起：鄭烱明、吳麗珠、路寒袖、吳錦發、陳月得、葉菊蘭、葉石濤、彭瑞金。

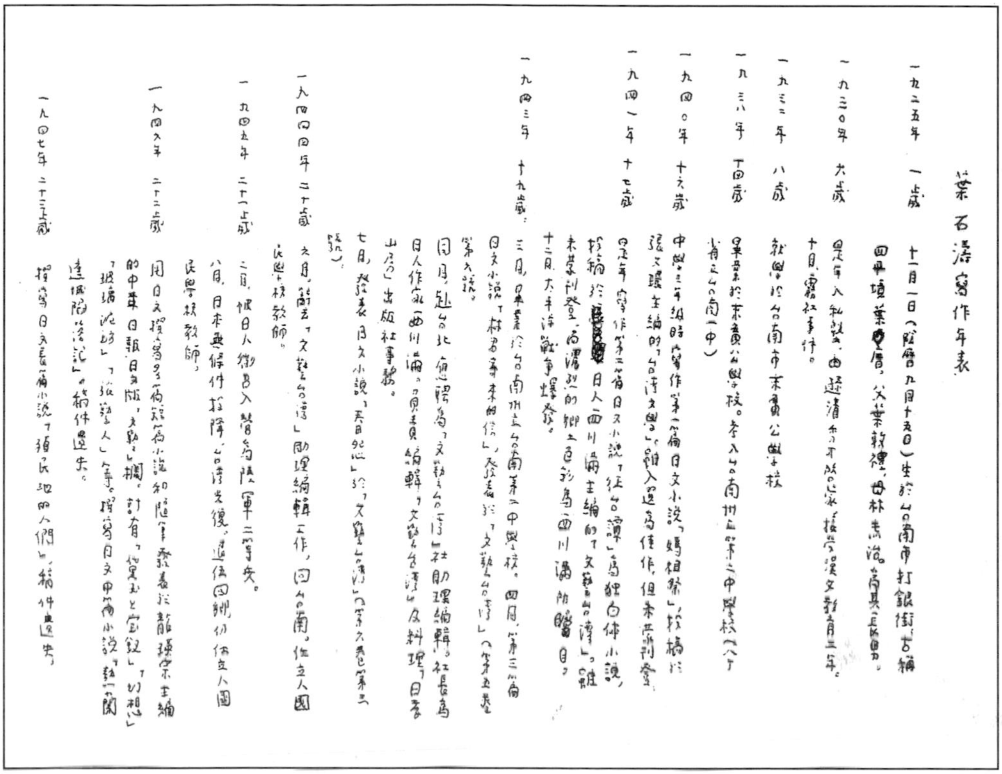

葉石濤〈葉石濤寫作年表〉手稿。（翻攝自《葉石濤集》，前衛出版社）

我來到伊豆川端康成住過的房間

川端康成的名作〈伊豆的舞孃〉是細膩的抒情性強的

小說。我到他曾經住過的湯本旅館，在雅緻的房間裏面對

吾輩裏面他的小說集，想到他一輩子努力建構日本文學的

有的結構，令人欽佩。

二〇〇五年六月十三日

上午十時

于伊豆湯本館

葉石濤

葉石濤〈我來到伊豆川端康成住過的房間〉手稿。

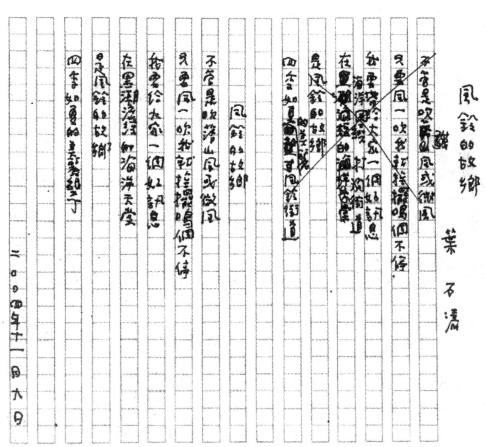

葉石濤〈風鈴的故鄉〉手稿。

推薦序了

《國民文選‧小說卷》

葉石濤

　　台灣小說的起步大約在一九二〇年代，至今已有八十
多年的歷史。由於台灣是一個多種族的移民社會，而且過
去多年的歷史裏受過中原被外來民族的殖民，所以語言、
語文在每一個年代都不同，加上每一個時代的不同也帶來
會制度、習慣、風俗習慣的改變，這多種因素都給台灣小說帶來
的面貌，台灣小說呈現的自己多元、複雜、豐富的內源。

　　台灣的種族中居住已有幾萬年成古代南島語族大約有
二十幾種族，佔台灣人口的約二％。由於原住民缺乏書
寫語文所以除口傳文學之外，約八〇年代開始陸續出現用漢
文書寫的文學。給台灣小說中帶來嶄新的面貌。除原住
民之外，尚有九十％以上的漢族、不過最晚從漢族系
種族多有千姓萬族的血緣，人數最多的福佬人、其次不同的
客家人以及第二次世界大戰結束不台的外省人，共同築起了
台灣小說的世界。種族的不同各自認同的不同，種族歷史
記憶的不同，風俗習慣的不同也造成台灣小說的世界
多是特異採的認知和呈現技巧的。

　　近代台灣有兩次語言的變遷。第一次是一八九五年日
本殖民台灣，為了統治的需要強力推行「國語」政策。所
以到了一九四〇年代約有七十％的台灣人會說「國語」
「國語」。

葉石濤《國民文選‧小說卷》推薦序手稿。
（文訊資料室）

第三章

(一) 台灣行政長官公署

日本投降後，蔣介石國民黨政權把台灣做為中國的一省，公佈「台灣省行政長官公署組織大綱」，在舊日本總督府設置「台灣省行政長官公署」，舊台灣軍司令部設置「台灣警備總司令部」，開始統治台灣。

(二) 無花果

吳濁流戰後仍然用日本語創作，中文是別人翻譯的。吳濁流的大部份作品是在日本出版。《亞細亞的孤兒》1956年4月一二三書房。1973年5月新人物往來社。《黎明前的台灣》《活在泥濘》1972年6日一二月社會思想社。此文引用日《黎明前的台灣》所收錄《無花果》。

(三) 陳炘 チーム (1893～1947)

生於台中。生前為大東信託株式會社董事，台灣本土金融界的先驅。二、二八事件之際被殺害。慶應大學、哥倫比亞大學留學。1925年12月返台進出由台灣人經營的大東信託。《台灣青年》編輯之一。1930年台中州協議員，1941年皇民奉公會中央本部委員。〈文學與任務〉登在1920年7月16日《台灣青年》創刊號。漢文

(四) 陳儀 1883～1950

生於浙江省。軍人官僚菁英，戰後任命為初代台灣省行政長官兼台灣總司令部官。二、二八事件時以血腥手腕對付台灣人的抗議活動，予以彈壓。

(五) 陳誠

國民黨政權 1947年4月把陳儀予以免職，同時廢止長官公署設置「台灣省政府」，任命 魏道明為台灣省主席。1948年國民黨在大陸與中共的內戰中失利，梁儼還台，12月把蔣介石的心腹陳誠任命台灣省政府主席。

(六) 二、二八事件

因走私煙草的取締而擴猶到全省的暴動。公賣局檢查員沒收了林江邁的煙和錢予以毆打。有此事的民眾攻擊檢查員隨人也開槍逃亡。此時一市民中槍身亡。第二天群眾往長官公署示威活動要求政治改革。但從公署屋頂掃射机槍。有數十個死傷者，事情越達擴大。不但是台北，波及台灣全上，台灣人爆發了對日國民黨政府的不滿，襲擊官廳或外省人，當初長官公署採取讓步的姿勢，但三

日譯本《台灣文學史》譯注葉石濤自譯手稿。

發現平埔族
—我為什麼寫《西拉雅末裔潘銀花》　葉石濤

大約在十五、六歲的時候，我除起中於閱讀世界各國的文學經典之外，也涉獵到各種閒報，這是因為我在研究契訶夫的時候，發現契訶夫的書房裡的藏書較少文史著作，多的是閒雜書，從天文、航海學以至於動物、植物學，無所不包。作為一個作家這種雜多的知識，當然有助於他的寫作。作家的作品所反映的是真實人生，有些知識未認知本自於生活的實際經驗與記憶，但大部分須依靠閱讀書本以

這時候在台南二中（現南一中）教我們博物的老師是年輕的金子喜衛男先生（老師）。但是日本高等師範學校畢業的科班老師，人地甚和靄，教學認真，並不歧視台灣人學生。他組織了一個課外活動組織叫做「博物同好會」，參加的學生十多個，其中日本人學生13過半。我上二年級的時候糊里糊塗的參加了這個會。我以為這是即青好或冬第，蒐集於此草草編賞的葉。其實我全猜錯了。金子先生是地質學家，他特別有興趣過的是台灣古代貝類，但每到礼拜天叫我們集合在某個地失，搭火車或局潛巴士（台汽）抑或走路到預定的地方做田野採集的工作。有時候在炎炎烈日下要走幾公里的路。我們學生都有背書裡面裝滿了便當、水壺、小鋤頭和舊報紙，此外，每人持有一把愛山伏，可以隨時控掘土地。舊報紙是用

葉石濤〈發現平埔族——我為什麼寫《西拉雅末裔潘銀花》〉手稿。（文訊資料室）

輯二◎生平及作品

小傳◎作品◎年表

小傳

葉石濤（1925～2008）

葉石濤，男，筆名葉左金、鄧石榕、葉顯國、羅桑榮等。籍貫臺灣臺南，1925 年 11 月 1 日生於臺南市白金町，2008 年 12 月 11 日辭世，享年84 歲。

日治時期臺南州立臺南第二中學校（今臺南一中）、省立臺南師範專科學校特師科畢業，1999 年成功大學頒贈名譽文學博士學位。曾任《文藝臺灣》雜誌社助理編輯、省立臺南工學院（今成功大學）總務處保管組組員、國民小學教師及訓導主任、成功大學臺灣文學研究所兼任教授、中華文化復興總會副會長、總統府國策顧問。於 1982 年與鄭烱明、彭瑞金、陳坤崙、曾貴海等人創辦《文學界》雜誌。曾獲中國文藝協會文藝獎章、巫永福評論獎、行政院新聞局金鼎獎、中國時報文化貢獻獎、鹽分地帶文藝營文學貢獻獎、真理大學臺灣文學家牛津獎、高雄縣文學貢獻獎、府城文學貢獻獎、高雄市文藝獎、臺美基金會人文貢獻獎、行政院文化獎、國家文藝獎等獎項。

葉石濤為戰後跨語言一代作家，一生歷經日治時期、太平洋戰爭、終戰、政府遷臺等重大事件。光復初期開始學習中文。1951 年因「知匪不報」罪名被捕入獄三年而停筆創作，1965 年復出。創作文類以小說和評論為主，兼及隨筆、翻譯。1960 年代中期，開始大量創作小說，作品充滿濃厚的鄉土意識，注重本土精神和歷史經驗，描寫人類生存的困境、追求救

贖或解脫之道。其風格受到時代變遷影響而有所不同，大致上可分為三
類：其一為黑色幽默小說，以《葫蘆巷春夢》、《晴天和陰天》為代表，藉
由幽默的筆調、滑稽的情節，反映人生的現實與哀愁；其二為自傳性小
說，以《紅鞋子》、《臺灣男子簡阿淘》為代表，將自身經歷及歷史事件投
射其中；其三為種族文學小說，以描寫平埔族女性的《西拉雅族的末裔》、
臺灣各族群融合現象的《異族的婚禮》、《馘首》為代表。

　　文學評論和創作並行的葉石濤，其評論作品如《葉石濤評論集》、《走
向臺灣文學》、《展望臺灣文學》等，對於臺灣文學的演變、作家的風格以
及文學作品，皆有鞭辟入裡的分析，其中，又以臺灣第一部當代文學史
《臺灣文學史綱》最具重要性，陳芳明曾深入分析：「以素樸文字為訴求，
以邏輯思維極其清晰的結構，以跨越族群、跨越性別的開放態度重新定義
本土，甚至以左翼的科學分析方式彰顯批判史觀，擘造了戰後以來第一冊
最完整的歷史敘述。」除個人創作外，另編選《1978 臺灣小說選》、《光復
前臺灣文學全集》；同時也翻譯多部日本文學及非文學作品，例如松本清張
《女囚》、近藤史郎《股票心理作戰》等書。

　　葉石濤身兼作家、文學評論家、臺灣文學史家三種身分，從日治時代
後期便一路參與臺灣文學活動，雖曾受難，但始終堅持文學的尊嚴，提倡
臺灣文學的發展。彭瑞金曾說：「在臺灣文學最昏黑、暗淡、消沉的時刻，
點了一盞燈。點燃了臺灣文學的希望，也指出了臺灣文學的方向。」葉石
濤不僅奠定臺灣文學的根基，且大力提攜後進，為文壇帶來深遠的影響，
與鍾肇政並稱為「北鍾南葉」。

作品目錄及提要

【論述】

葉石濤評論集／鍾肇政編
臺北：蘭開書局
1968 年 9 月，40 開，169 頁
蘭開文叢 3 號

本書主要為作者對臺灣文學發展概況、作家個人風格及作品之綜合評論。全書收錄〈臺灣的鄉土文學〉、〈鍾理和評介〉、〈論七等生的小說〉等 14 篇文章。

葉石濤作家論集
高雄：三信出版社
1973 年 3 月，32 開，283 頁

本書為作者針對臺灣作家及個別作品所做的分析與評論，亦有多篇對於外國文學作品所做的評介。全書分兩部，收錄〈臺灣的鄉土文學〉、〈鍾理和評介〉、〈一年來的省籍作家及其作品〉、〈紀涅和「花之聖母」〉等 32 篇文章。正文前有中國文藝協會論評獎章之圖片、〈作家的願望〉原版手稿，正文後附錄李喬〈評介葉石濤的《晴天和陰天》〉。

臺灣鄉土作家論集
臺北：遠景出版公司
1979 年 3 月，32 開，300 頁
遠景叢刊 114

本書主要論述臺灣 1950～1960 年代的鄉土文學作家，以及此時期臺灣文學的發展方向。全書收錄〈臺灣鄉土文學史導論〉、〈臺灣的鄉土文學〉、〈鍾肇政和他的《沉淪》〉等 28 篇文章。正文前有〈序〉。

作家的條件

臺北:遠景出版公司
1981 年 6 月,32 開,211 頁
遠景叢刊 199

本書主要以作者對於臺灣文學與作品的相關評論爲主軸,亦有
多篇隨筆及譯作。全書收錄〈光復前的臺灣鄉土文學〉、〈論臺
灣小說裡的喜劇意義〉、〈作家的條件〉等 28 篇文章。正文前有
代序〈自畫像〉。

文學回憶錄

臺北:遠景出版公司
1983 年 4 月,32 開,289 頁
遠景叢刊 284

本書爲作者從 1940 年代以來的評論、創作、生活經驗、文學活
動以及與文友間往來的隨筆結集。全書收錄〈府城之星,舊城
之月〉、〈《文藝臺灣》及其周圍〉、〈光復前後〉、〈日據時期文壇
瑣憶〉等 31 篇文章。正文前有代序〈文學生活的困境〉,正文
後附錄〈從鄉土文學到三民主義文學——訪葉石濤先生談臺灣
文學的歷史〉。

小說筆記

臺北:前衛出版社
1983 年 9 月,32 開,203 頁
前衛叢刊 8

本書爲作者針對國、內外小說作品所做的評論與介紹。全書分
「本土篇」、「西洋篇」兩部分,收錄〈一個臺灣作家的七十七
年〉、〈談《城裡城外》〉、〈安德烈‧馬柔的生涯與作品〉等 22
篇文章。正文前有〈作者序〉,正文後附錄〈爲臺灣文學找座標
——宋澤萊訪葉石濤一夕談〉。

沒有土地哪有文學

臺北:遠景出版公司
1985 年 6 月,32 開,324 頁
遠景叢刊 205

本書分爲四部,第一部分析臺灣本土文學與作家,第二部論述
日本文學與作家,第三部探討歐美文學與作家,第四部爲譯

作，收錄〈沒有土地‧哪有文學〉、〈日本文壇史的背面〉、〈諾曼‧梅勒的生涯與作品〉、〈佐藤春夫的《殖民地之旅》〉等 43 篇文章。正文後附錄張恆豪〈豈容青熒指成灰──我對葉石濤在日據時代文學言行的一些看法〉。

文學界出版社

山本書店研文出版部

臺灣文學史綱

高雄：文學界出版社
1987 年 2 月，25 開，352 頁

東京：山本書店研文出版部
2000 年 11 月，新 25 開，305 頁
中島利郎、澤井律之譯

本書爲第一部由臺灣人所撰寫的臺灣文學史，以臺灣爲一個獨立區域的觀點，記錄臺灣文學的發展與演變。全書分爲「傳統舊文學的移植」、「臺灣新文學運動的展開」、「四○年代的臺灣文學──流淚灑種的，必歡呼收割」、「五○年代的臺灣文學──理想主義的挫折和頹廢」、「六○年代的臺灣文學──無根與放逐」、「七○年代的臺灣文學──鄉土乎、人性乎」、「八○年代的臺灣文學──邁向更自由、寬容、多元化的途徑」七章。正文前有〈序〉，正文後附錄林瑞明編〈臺灣文學史年表〉。2000 年東京山本書店研文出版部出版日文版本，書名爲《台湾文学史》。

臺灣文學的悲情

高雄：派色文化出版社
1990 年 1 月，新 25 開，230 頁
派色文化 7

本書包含作者的回憶自述、個人文學思想、臺灣文學的發展與現象以及文學評論。全書收錄〈抗戰時期的臺灣文學〉、〈臺灣文學的抗議精神〉、〈回憶吳濁流先生〉、〈傷痕與香火〉等 36 篇文章。正文前有代序〈一個臺灣老朽作家的幼、少年時代〉。

走向臺灣文學

臺北：自立報社
1990 年 3 月，新 25 開，246 頁
自立文庫 2036

本書主要論述各個時期的臺灣文學發展狀況，並且評論多位臺灣作家的作品。全書收錄〈日據時代的抗議文學〉、〈臺灣的長篇小說〉、〈談聶華苓的小說和散文〉、〈許振江和《寡婦歲月》〉等 41 篇文章。正文前有代序〈一個臺灣老朽作家的告白〉。

臺灣文學的困境

高雄：派色文化出版社
1992 年 7 月，新 25 開，353 頁
白鴿鷥文庫 2008

本書分爲三輯，第一輯主要論述臺灣文學之中的問題和現象，第二、三輯則評論臺灣與國外作家的作品內容與風格。全書收錄〈文學來自土地〉、〈撰寫臺灣文學史應走的方向〉、〈論龍瑛宗的客家情節〉、〈庄司總一的《陳夫人》〉、〈西川滿與外地文學〉等 70 篇文章。

展望臺灣文學

臺北：九歌出版社
1994 年 8 月，32 開，243 頁
九歌文庫 388

本書分爲二輯，第一輯探討臺灣文學的過去與未來展望，第二輯則以自傳性的回憶散文爲主。全書收錄〈臺灣文學本土化是必然途徑〉、〈開拓多種族風貌的臺灣文學〉、〈在坐牢以前〉、〈噶瑪蘭的淒風苦雨〉等 32 篇文章。正文前有自序〈思考和感性之間的互動和掙扎〉。

臺灣文學入門──臺灣文學五十七問

高雄：春暉出版社
1997 年 6 月，25 開，235 頁
文學臺灣叢刊 7

本書爲 1995～1996 年間於《臺灣新聞報》副刊之「臺灣文學百問」專欄所發表的隨筆，以問答方式，針對臺灣各階段的文學

發展，補充新的想法及資料。全書收錄〈戰前臺灣新文學的自
主意識〉、〈戰後臺灣文學的自主意識〉、〈沈光文是誰〉、〈郁永
河的《裨海紀遊》〉、〈新舊文學論爭與張我軍〉等 57 篇文章。
正文前有〈序〉，正文後附錄〈臺灣文學未來的新方向〉、〈四〇
年代的臺灣文學〉、〈臺灣文學作品應該進入教科書裡〉、〈關於
楊逵未發表的日文小說〉、〈日治時代新文學作家的文學教育〉。

臺灣文學的回顧

臺北：九歌出版社
2004 年 11 月，25 開，222 頁
九歌文庫 706

本書記錄作者與文壇作家們之間的互動情誼、對臺灣小說的想
法、以及對西洋文學所做的相關評論。全書分為「府城之星，
舊城之月」、「臺灣小說的遠景」、「西洋文學筆記」三輯。正文
前有代序〈文學生活的困境〉，正文後附錄彭瑞金、洪毅〈從鄉
土文學到臺灣文學──訪葉石濤先生談臺灣文學的歷史〉。

【散文】

女朋友

臺中：晨星出版社
1986 年 9 月，32 開，207 頁
晨星文庫 22

本書為作者第一本散文集，以青春時期對於「性意識」及「女
人」所漸漸產生的好奇心為主軸，除了描寫他與生活週遭的女
性們所發生的故事之外，亦收錄多篇關於臺灣光復以及談論作
家楊逵之文章。全書收錄〈女朋友──amie〉、〈遊廓〉、〈內媽
與外媽〉等 21 篇文章。正文前有〈序〉。

不完美的旅程

臺北：皇冠出版社
1993 年 8 月，新 25 開，197 頁
三色菫系列 9，皇冠叢書第 2223 種

本書將臺灣從日據時期被殖民、一直到現今富裕的工商社會之
過程，藉由文字的紀錄，呈現半世紀以來，臺灣人民的生活經

驗。全書收錄〈寺廟神升天〉、〈兩粒茉粽三尾虱目魚〉、〈挑磚〉、〈太白酒〉等 32 篇文章。

府城瑣憶

高雄:派色文化出版社
1996 年 2 月,25 開,239 頁
白鴿鷥文庫 2015

本書記錄作者從小到大在府城生長的點滴,從文字的敘述中,可看出府城的生活經驗對於其文學創作風格的影響。全書收錄〈府城瑣憶〉、〈出「草地」記〉、〈點鬼簿〉、〈母親——戰鬥的天使〉等 44 篇文章。

追憶文學歲月

臺北:九歌出版社
1999 年 8 月,32 開,209 頁
九歌文庫 550

本書敘述作者在將近六十年的文學創作生活中,經歷過的各種體驗,並進一步探討臺灣文學與世界文學。全書分為兩輯,收錄〈我的老化‧我的病史〉、〈我的種族經驗〉、〈臺灣文學的多種族課題〉、〈臺灣文學,啥東西?〉等 38 篇文章。正文前有自序〈回憶與追尋〉。

舊城瑣記

高雄:春暉出版社
2000 年 9 月,25 開,174 頁
文學臺灣叢刊 18

本書分為二輯,第一輯主要以作者的生活經驗為主,描述青春時期的男女情誼、以及回憶文壇的前輩與友人們,第二輯則多為作者的文學論述。全書收錄〈女朋友——amie〉、〈鍾肇政和我〉、〈構成臺灣文學的三要素——種族、歷史與風土〉、〈南瀛文學今昔〉等 30 篇文章。正文後附錄杜正勝〈本土的文學,人性的文學——談葉石濤的文學觀〉。

【小說】

葫蘆巷春夢

臺北：蘭開書局
1968 年 6 月，40 開，185 頁
蘭開文叢 2

短篇小說集。本書為作者第一本小說集，以幽默諷刺的筆法，描寫臺灣人民的生活困境、人生的無奈，以及人性的險惡面貌。全書收錄〈葫蘆巷春夢〉、〈賺食世家〉、〈群雞之王〉、〈等待〉、〈決鬥〉、〈行醫記〉、〈黃水仙〉七篇。正文前有鍾肇政代序〈試論《葫蘆巷春夢》的幽默手法〉。

羅桑榮和四個女人

臺北：林白出版社
1969 年 3 月，40 開，236 頁
河馬文庫 8

香港：縱橫出版社
1979 年，32 開，236 頁

中、短篇小說集。本書以男女之情為主軸，藉由不同的故事情節，描繪出勇敢、堅強而擁有自我的女性形象，顯示出女性特有的堅毅和韌性。全書收錄〈羅桑榮和四個女人〉、〈青春〉、〈青瓦之家〉、〈玫瑰項圈〉、〈獄中記〉五篇。

晴天和陰天

臺北：晚蟬書店
1969 年 11 月，32 開，238 頁
晚蟬叢書 2

中、短篇小說集。本書主要以詼諧幽默的文字，反襯出人生中的現實與哀愁，此外亦有多篇描寫日據時代本省知識分子的抗日運動。全書收錄〈騙徒〉、〈敗戰記〉、〈墮胎〉、〈斷層〉、〈採硫記〉、〈叛國者〉、〈晴天和陰天〉、〈黃水仙〉八篇。正文前有〈作者小傳〉。

鸚鵡和豎琴

高雄：三信出版社
1973 年 2 月，32 開，198 頁

中、短篇小說集。本書以寫實的背景爲基礎，描寫神秘而懸疑的故事情節，充滿了「現代主義」的風格。全書收錄〈葬禮〉、〈鬼月〉、〈墓地風景〉、〈姻緣〉、〈卡薩爾斯之琴〉、〈鸚鵡和豎琴〉、〈汲古夢〉七篇。

葉石濤自選集

臺北：黎明文化公司
1975 年 1 月，32 開，260 頁
中國新文學叢刊 27

中、短篇小說集。本書爲葉石濤自選小說作品之集結。全書收錄〈獄中記〉、〈羅桑榮和四個女人〉、〈行醫記〉、〈葫蘆巷春夢〉、〈群雞之王〉、〈姻緣〉、〈墓地風景〉、〈鬼月〉八篇。正文前有葉石濤素描、生活照片、手稿、年表，正文後附錄〈作品書目〉、〈作品評論引得〉。

噶瑪蘭的柑子

高雄：三信出版社
1975 年 6 月，32 開，230 頁

中、短篇小說集。全書收錄〈齋堂傳奇〉、〈蛇蠍〉、〈福佑宮燒香記〉、〈飄泊淚〉、〈醜聞〉、〈俘虜〉、〈噶瑪蘭的柑子〉、〈甕中之鱉〉、〈伊魯卡・摩萊〉、〈雛菊的回憶〉、〈男盜女娼〉、〈晚餐〉12 篇。正文後附錄〈葉石濤自訂年譜〉、李昂〈紛爭的年代——葉石濤訪問記〉。

採硫記

臺北：龍田出版社
1979 年 2 月，32 開，220 頁

中短篇小說集。全書分爲〈採硫記〉、〈決鬥〉、〈斷層〉、〈等待〉、〈玫瑰項圈〉、〈墮胎〉、〈叛國者〉、〈敗戰記〉、〈晴天和陰天〉九篇。

卡薩爾斯之琴

臺北：東大圖書公司
1980 年 10 月，25 開，240 頁
滄海叢刊文學

短篇小說集。本書主要藉由詼諧滑稽的故事情節，描繪出臺灣社會底層的日常生活。全書收錄〈卡薩爾斯之琴〉、〈齋堂傳奇〉、〈噶瑪蘭的柑子〉、〈甕中之鱉〉、〈醜聞〉、〈福佑宮燒香記〉、〈飄泊淚〉、〈晚餐〉、〈鸚鵡與豎琴〉、〈葬禮〉、〈汲古夢〉11 篇。正文後附錄彭瑞金〈嘈嘈切切錯綜四十年〉。

黃水仙花

臺北：新地出版社
1987 年 5 月，32 開，225 頁
新地文學叢書 18

短篇小說集。全書收錄〈葫蘆巷春夢〉、〈群雞之王〉、〈行醫記〉、〈賺食世家〉、〈等待〉、〈葬禮〉、〈決鬥〉、〈黃水仙花〉八篇。

姻緣

臺北：新地出版社
1987 年 5 月，32 開，227 頁
新地文學叢書 19

短篇小說集。本書收錄〈福佑宮燒香記〉、〈鬼月〉、〈噶瑪蘭的柑子〉、〈獄中記〉、〈飄泊淚〉、〈雛菊的回憶〉、〈齋堂傳奇〉、〈姻緣〉八篇。

紅鞋子

臺北：自立報社
1989 年 5 月，新 25 開，265 頁
自立文庫 2026

高雄：春暉出版社
2000 年 2 月，25 開，225 頁
文學臺灣叢刊 15

短篇小說集。本書以臺南府城為背景、以「家庭」為主軸，描

自立報社

述太平洋戰爭末期至 1950 年代白色恐怖期間，臺灣人民的日常生活。全書收錄〈收田租〉、〈偷蟹〉、〈七娘媽生〉、〈阿祖的丫鬟〉、〈荷花居〉、〈抉擇〉、〈二姑，我與藝姐〉、〈學琴〉、〈日本老師的地攤〉、〈過眼雲煙〉、〈嫁妝〉、〈雞肉絲菇〉、〈最豐盛的祭品〉、〈石榴花盛開的房屋〉、〈玉蘭花〉、〈定婚〉、〈巧克力與玫瑰花〉、〈鐵門〉、〈竹仔巷瑣憶〉、〈萬福庵〉、〈吃豬皮的日子〉、〈傀儡巷與關三姑〉、〈紅鞋子〉、〈牆〉24 篇。正文前有〈序〉，正文後有〈後記〉。2000 年春暉出版社重排新版，正文前新增〈再版序〉。

春暉出版社

西拉雅族的末裔

臺北：前衛出版社
1990 年 5 月，25 開，124 頁
臺灣文學叢書 4

短篇小說集。本書敘述一個充滿豐沛生命力的西拉雅族女子——潘銀花，藉由她的生活方式、以及她先後擁有過的五個男人，象徵在臺灣這塊土地上，各族群的相互融合。全書收錄〈西拉雅族的末裔〉、〈野菊花〉、〈黎明的訣別〉、〈潘銀花的第五個男人〉四篇。正文前有代序〈西拉雅族的故鄉〉，正文後附錄〈葉石濤文學年表〉。

臺灣男子簡阿淘

臺北：前衛出版社
1990 年 5 月，25 開，201 頁
臺灣文學叢書 3

臺北：草根出版公司
1996 年 9 月，25 開，175 頁
臺灣文學名著 10

前衛出版社

短篇小說集。本書為自傳體小說，書中主角簡阿淘即為作者自身的投射，藉由簡阿淘歷經太平洋戰爭、臺灣光復、二二八事件、白色恐怖時期等事件的過程中，完整呈現一個臺灣知識分子在大時代動盪之下的人生經驗。全書收錄〈抓草藥〉、〈零戰墜落記〉、〈飢餓的兵隊〉、〈脫走兵〉、〈夜襲〉、〈鋼琴和香肉〉、〈鐵檻裡的慕情〉、〈鹿窟哀歌〉、〈邂逅〉、〈約談〉、〈船過水無痕〉、〈線民〉12 篇。正文前有序〈一個臺灣老朽作家的五〇年代〉，正文後附錄後記〈一個臺灣老朽作家的青年時代〉。

草根出版公司

馘首

高雄：派色文化出版社
1991 年 6 月，25 開，228 頁
葉石濤作品‧小說 1

短篇小說集。本書以臺灣各個族群在生活和文化上的融合為主
軸，顯示出人們在遭遇經濟、物質等現實問題的情形下，如何
拋開族群意識，互相扶持。全書收錄〈喜餅〉、〈紅柑仔的幫傭
生涯〉、〈潘銀花的換帖姐妹們〉、〈海枯石爛〉、〈馘首〉、〈火索
鎗〉、〈鳥占〉、〈陷阱〉、〈滄桑〉、〈火葬〉、〈彌留〉、〈近視眼
鏡〉、〈洗腦〉、〈命田〉14 篇文章。

葉石濤集／彭瑞金編

臺北：前衛出版社
1991 年 7 月，25 開，311 頁
臺灣作家全集‧短篇小說集／戰後第一代 4

短篇小說集。葉石濤的作品以短篇小說、評論為大宗，並善於
運用幽默諷刺的筆調來描述自己的人生經驗。全書收錄〈林君
寄來的信〉、〈春怨〉、〈獄中記〉、〈行醫記〉、〈葫蘆巷春夢〉、
〈群雞之王〉、〈墓地風景〉、〈福祐宮燒香記〉、〈鬼月〉、〈有菩
提樹的風景〉、〈牆〉、〈西拉雅族的末裔〉、〈野菊花〉、〈黎明的
訣別〉14 篇。正文前有作家照片、〈出版說明〉、鍾肇政〈緒
言〉、彭瑞金〈出入人間煉火──葉石濤集序〉，正文後附錄彭
瑞金〈在文學的荒地上拓墾──葉石濤的文學世界〉、〈葉石濤
小說評論引得〉、〈葉石濤生平寫作年表〉。

異族的婚禮──葉石濤短篇小說集

臺北：皇冠出版社
1994 年 9 月，新 25 開，207 頁
皇冠叢書第 2351 種

短篇小說集。本書描寫太平洋戰爭時期到戰後期間，因戰亂遷
居至臺灣這塊土地上不同族群的人們，在經濟、物質、情感、
生活上的往來交流，顯現 1940 年代臺灣各族群衝突與融合的過
程。全書收錄〈三姑和她的情人〉、〈異族的婚禮〉、〈脫走兵〉、
〈唐昌蒲與小麥粉〉、〈叛變〉、〈天公生〉、〈牽曲〉、〈警部補的
女兒〉、〈邂逅〉、〈有魚吃的日子〉十篇。正文前有彭瑞金〈老
兵還在火線上──訪葉石濤（專訪）〉，正文後附錄陳傳興〈種
族論述與階級書寫（評論）〉。

西拉雅末裔潘銀花

臺北：草根出版公司
2000 年 1 月，25 開，130 頁
臺灣文學名著 21

短篇小說集。本書敘述一個充滿豐沛生命力的西拉雅族女子——潘銀花，藉由她的生活方式、以及她先後擁有過的五個男人，象徵在臺灣這塊土地上，各族群的相互融合。全書收錄〈西拉雅族的末裔〉、〈野菊花〉、〈黎明的訣別〉、〈潘銀花的第五個男人〉、〈潘銀花的換帖姐妹們〉五篇。正文前有代序〈西拉雅族的故鄉〉，正文後附錄〈葉石濤文學年表〉。

青春

臺北：桂冠圖書公司
2001 年 2 月，48 開，169 頁
九九文庫

短篇小說集。本書為作者早期作品之集結，故事內容皆帶有青春浪漫的色彩，以及些許的少年哀愁。全書收錄〈林君寄來的信〉、〈春怨〉、〈葫蘆巷春夢〉、〈青春〉、〈雛菊的回憶〉五篇。正文前有序一〈回看青春〉、序二〈新文學作家的民族認同和階級意識〉。

賺食世家──葉石濤黑色幽默小說選／彭瑞金編選

臺北：圓神出版社
2001 年 12 月，25 開，219 頁
圓神叢書 354

短篇小說集。本書以幽默詼諧的手法、荒謬滑稽的故事情節，諷刺當時的社會百態以及人性的現實面。全書收錄〈玫瑰項圈〉、〈等待〉、〈賺食世家〉、〈葫蘆巷春夢〉、〈群雞之王〉、〈騙徒〉、〈線民〉七篇。正文後附錄彭瑞金〈解說〉。

三月的媽祖──一九四〇年代葉石濤小說集

高雄：春暉出版社
2004 年 6 月，25 開，159 頁
文學臺灣叢刊 29

短篇小說集。本書將社會的現實層面，以浪漫的筆調描繪出來，敘述臺灣人民在各個時代的抗暴義舉。全書收錄〈拂曉〉、

〈幻想〉、〈偷玻璃的人〉、〈江湖藝人〉、〈河畔的悲劇〉、〈復
讎〉、〈來到臺灣的唐·芬〉、〈娼婦〉、〈澎湖島的死刑〉、〈歸
鄉〉、〈汪昏平·和貓一個女人〉、〈三月的媽祖〉、〈伶仃女〉、
〈天上聖母的祭典〉、〈莫里斯貝尼奧斯基的遭遇〉、〈畫家洛
特·萊蒙的信函〉、〈美機敗逃〉17 篇。正文前有〈在暗夜裡唱
歌的作家〉、〈自序〉。

蝴蝶巷春夢

高雄：春暉出版社
2006 年 8 月，25 開，169 頁
文學臺灣叢刊 37

短篇小說集。本書描述太平洋戰爭末期的府城青年簡明哲，與
他生活週遭的九個女人所發生的性關係，故事看似流於情色，
卻反映了身處在戰亂時代的女人們，所受到的傳統束縛與壓
抑、以及對於自然需求的自我解放。全書收錄〈蝴蝶巷〉、〈頭
社夜祭〉、〈熊襲的女兒〉、〈鳥籠〉、〈度小月〉、〈植有蓮霧的齋
堂〉、〈阿姆的情人〉、〈死亡與傷痛的歲月〉、〈頭社夜雨〉九
篇。正文前有彭瑞金序〈要問情色為何物，請到蝴蝶巷〉。

【傳記】

一個臺灣老朽作家的五〇年代

臺北：前衛出版社
1991 年 9 月，25 開，170 頁
臺灣文史叢書 14

本書為葉石濤前半段人生的回憶錄，記錄從戰後、光復初期到
五〇年代白色恐怖時期的經歷。全書收錄〈沉痛的告白〉、〈幼
少年時代〉、〈青年時代〉等 11 篇文章。

從府城到舊城──葉石濤回憶錄

臺北：翰音文化公司
1999 年 9 月，25 開，178 頁
學書系 1

本書為葉石濤的回憶錄，「府城」和「舊城」是他一生中居住過
最久的地方，藉由對這兩個地方的描述，將成長過程、生活經

驗以及文學創作的演變，真實而完整的記錄下來。全書收錄〈考古夢〉、〈我為什麼寫個不停〉、〈從舊城到府城〉等 20 篇文章。正文前有〈序〉。

【合集】

葉石濤全集／鄭烱明、陳坤崙策劃；彭瑞金主編

臺南：國家臺灣文學館籌備處（國立臺灣文學館）；高雄：高雄市政府文化局
2006 年 12 月；2008 年 3 月；2009 年 11 月，25 開

共 23 冊；第 1～5 冊小說卷為首批印行，之後出版第 6～20 冊，包括隨筆卷七冊、評論卷七冊、資料卷一冊，第 21～23 冊為翻譯卷和資料。

葉石濤全集 1・小說卷一

高雄：高雄市政府文化局；臺南：國家臺灣文學館籌備處
2006 年 12 月，25 開，421 頁

短篇小說集。全書收錄〈林からの手紙〉、〈林君來的信〉、〈春怨——我が師に〉、〈春怨——獻給吾師〉、〈夜明け〉、〈拂曉〉、〈米機敗走〉、〈美機敗逃〉、〈幻想（日文）〉、〈幻想〉、〈玻璃泥坊〉、〈偷玻璃的人〉、〈旅芸人〉、〈江湖藝人〉、〈河畔的悲劇〉、〈復讎〉、〈來到臺灣的唐・芬〉、〈娼婦〉、〈澎湖島的死刑〉、〈歸鄉〉、〈汪昏平・貓和一個女人〉、〈三月的媽祖〉、〈伶仃女〉、〈天上聖母的祭典〉、〈莫里斯貝尼奧斯基的遭遇〉、〈畫家洛特・萊蒙的信函〉、〈青春〉、〈獄中記〉、〈男盜女娼〉、〈羅桑榮和四個女人〉共 30 篇。正文前有葉菊蘭〈市長序——鎮市文寶葉石濤〉、邱坤良〈主委序——向臺灣文學的前行者致敬〉、王志誠〈局長序——部耐於翻閱的文學地誌〉、吳麗珠〈代理主任序——吃夢為生的文學使徒〉、葉石濤〈自序〉、〈編輯體例〉、彭瑞金〈總論——為臺灣文學點燈、開路、立座標〉、彭瑞金〈小說卷導讀——食夢獸的文學旅程——葉石濤的小說創作〉。

葉石濤全集 2・小說卷二

高雄：高雄市政府文化局；臺南：國家臺灣文學館籌備處
2006 年 12 月，25 開，490 頁

短篇小說集。全書收錄〈青瓦之家〉、〈玫瑰項圈〉、〈斷層〉、〈飄泊〉、〈蛇蠍〉、〈行醫記〉、〈黃水仙花〉、〈伊魯卡・摩萊〉、〈雛菊的回憶〉、〈等待〉、〈叛國者〉、〈賺食世家〉、〈葫蘆巷春

夢〉、〈決鬥〉、〈群雞之王〉、〈墮胎〉、〈騙徒〉、〈採硫記〉、〈敗
戰記〉、〈晴天和陰天〉共 20 篇。

葉石濤全集 3・小說卷三

高雄：高雄市政府文化局；臺南：國家臺灣文學館籌備處
2006 年 12 月，25 開，453 頁

短篇小說集。全書收錄〈晚餐〉、〈齋堂傳奇〉、〈醜聞〉、〈飄泊
淚〉、〈俘虜〉、〈姻緣〉、〈卡薩爾斯之琴〉、〈甕中之鱉〉、〈墓地
風景〉、〈汲古夢〉、〈噶瑪蘭的柑子〉、〈福祐宮燒香記〉、〈葬
禮〉、〈鬼月〉、〈鸚鵡和豎琴〉、〈有菩提樹的風景〉、〈女人桃
花〉、〈遊廓〉、〈命田〉、〈竹仔巷瑣憶〉、〈二姑・我和藝妲〉、
〈玉蘭花〉、〈傀儡巷與關三姑〉、〈石榴花盛開的房屋〉、〈吃豬
皮的日子〉、〈萬福庵〉、〈訂婚〉、〈鐵門〉共 28 篇。

葉石濤全集 4・小說卷四

高雄：高雄市政府文化局；臺南：國家臺灣文學館籌備處
2006 年 12 月，25 開，462 頁

短篇小說集。全書收錄〈巧克力與玫瑰花〉、〈收田租〉、〈雞肉
絲菇〉、〈抉擇〉、〈荷花居〉、〈最豐盛的祭品〉、〈阿祖的丫鬟〉、
〈偷蟹〉、〈七娘媽生〉、〈嫁妝〉、〈學琴〉、〈日本老師的地攤〉、
〈過眼雲煙〉、〈紅鞋子〉、〈女人桃花〉、〈牆〉、〈鐵檻裡的慕
情〉、〈鹿窟哀歌〉、〈野菊花〉、〈西拉雅族的末裔〉、〈鋼琴和香
肉〉、〈黎明的訣別〉、〈邂逅〉、〈零戰墜落記〉、〈線民〉、〈潘銀
花的第五個男人〉、〈約談〉、〈夜襲〉、〈脫走兵〉、〈船過水無
痕〉、〈抓草藥〉、〈饑餓的兵隊〉、〈喜餅〉、〈海枯石爛〉、〈紅柑
仔的幫傭生活〉、〈回家〉、〈鹹首〉、〈鳥占〉共 38 篇。

葉石濤全集 5・小說卷五

高雄：高雄市政府文化局；臺南：國家臺灣文學館籌備處
2006 年 12 月，25 開，462 頁

短篇小說集。全書收錄〈火索鎗〉、〈陷阱〉、〈洗腦〉、〈滄桑〉、
〈潘銀花的換帖姐妹們〉、〈火葬〉、〈彌留〉、〈扇形牢獄風景〉、
〈單車失竊記〉、〈撿骨〉、〈雨傘〉、〈近視眼鏡〉、〈生別〉、〈雞
湯〉、〈往事如雲〉、〈躲在櫃子的男人〉、〈有蛇的農家〉、〈蕃大
租〉、〈來自大陸的女老師〉、〈叛變〉、〈唐菖蒲與小麥粉〉、〈牽

曲〉、〈有魚吃的日子〉、〈玉皇大帝的生日〉、〈邂逅〉、〈三姑和她的情人〉、〈異族的婚禮〉、〈脫走兵〉、〈警部補的女兒〉、〈「戀面」和「黑龍」〉、〈女朋友——amiel〉、〈女朋友——amiel（二）〉、〈蝴蝶巷〉、〈頭社夜祭〉、〈熊襲的女兒〉、〈鳥籠〉、〈度小月〉、〈植有蓮霧的齋堂〉、〈阿姆的情人〉、〈死亡與傷痛的歲月〉、〈頭社夜雨〉共 41 篇。

葉石濤全集 6・隨筆卷一

臺南：國立臺灣文學館；高雄：高雄市政府文化局
2008 年 3 月，25 開，390 頁

全書收錄〈黛玉與寶釵〉、〈楊逵先生與我〉、〈鍾肇政與我〉、〈光復前的臺灣鄉土文學〉、〈文學生活的困境〉等 78 篇隨筆。正文前有陳菊〈市長序——國寶、市寶、臺灣文學之寶〉、王拓〈主委序〉、王志誠〈局長序——一部耐於翻閱的文學地誌〉、鄭邦鎮〈館長序——夢獸的旅程；使徒的記憶〉、葉石濤〈自序〉、〈編輯體例〉、彭瑞金〈總論——爲臺灣文學點燈、開路、立座標〉、余昭玟〈隨筆卷導讀：回憶與追尋——葉石濤的隨筆創作〉。

葉石濤全集 7・隨筆卷二

臺南：國立臺灣文學館；高雄：高雄市政府文化局
2008 年 3 月，25 開，432 頁

全書收錄〈沒有土地，哪有文學〉、〈七〇年代臺灣文學的回顧〉、〈楊逵先生瑣憶〉、〈內媽與外媽〉、〈回憶吳濁流先生〉等 87 篇隨筆。

葉石濤全集 8・隨筆卷三

臺南：國立臺灣文學館；高雄：高雄市政府文化局
2008 年 3 月，25 開，436 頁

全書收錄〈鄉土文學論戰十年〉、〈一個臺灣老朽作家的嘮叨〉、〈八〇年代的臺灣文學〉、〈我的先輩作家們〉、〈種族與作家〉等 108 篇隨筆。

葉石濤全集 9‧隨筆卷四

臺南：國立臺灣文學館；高雄：高雄市政府文化局
2008 年 3 月，25 開，432 頁

全書收錄〈我所認識的客家作家〉、〈一個老朽作家的清晨生活〉、〈龍瑛宗先生與我〉、〈回憶吳濁流先生〉、〈我為什麼寫個不停〉等 115 篇隨筆。

葉石濤全集 10‧隨筆卷五

臺南：國立臺灣文學館；高雄：高雄市政府文化局
2008 年 3 月，25 開，435 頁

全書收錄〈作家和神話〉、〈我的種族經驗〉、〈我的副刊經驗〉、〈南瀛文學今昔〉、〈反映臺灣文化的真實面貌〉等 92 篇隨筆。

葉石濤全集 11‧隨筆卷六

臺南：國立臺灣文學館；高雄：高雄市政府文化局
2008 年 3 月，25 開，432 頁

全書收錄 1965 年 12 月 11 日～1982 年 6 月 14 日，葉石濤致鍾肇政書簡 319 封。

葉石濤全集 12‧隨筆卷七

臺南：國立臺灣文學館；高雄：高雄市政府文化局
2008 年 3 月，25 開，443 頁

全書收錄 1982 年 6 月 18 日～1995 年 11 月 7 日，葉石濤致鍾肇政書簡 63 封；1966 年 1 月 9 日～1988 年 1 月 28 日，葉石濤致鄭清文書簡 81 封。正文後附錄詩作及訪談紀錄共 15 篇。

葉石濤全集 13．評論卷一

臺南：國立臺灣文學館；高雄：高雄市政府文化局
2008 年 3 月，25 開，394 頁

全書收錄〈一九一四年以後的臺灣文學〉、〈臺灣的鄉土文學〉、
〈論七等生的小說〉、〈鍾肇政和他的《沉淪》〉等 47 篇評論。
正文前有陳菊〈市長序——國寶、市寶、臺灣文學之寶〉、王拓
〈主委序〉、王志誠〈局長序——一部耐於翻閱的文學地誌〉、
鄭邦鎮〈館長序——夢獸的旅程；使徒的記憶〉、葉石濤〈自
序〉、〈編輯體例〉、彭瑞金〈總論——為臺灣文學點燈、開路、
立座標〉、陳建忠〈評論卷導讀——葉石濤的文學評論——與臺
灣文學場域的詮釋競逐〉。

葉石濤全集 14．評論卷二

臺南：國立臺灣文學館；高雄：高雄市政府文化局
2008 年 3 月，25 開，438 頁

全書收錄〈臺灣鄉土文學史導論〉、〈論鍾肇政文學的特質〉、
〈臺灣小說的遠景〉、〈談《城裡城外》〉、〈論臺灣文學應走的方
向〉等 68 篇評論。

葉石濤全集 15．評論卷三

臺南：國立臺灣文學館；高雄：高雄市政府文化局
2008 年 3 月，25 開，445 頁

全書收錄〈論臺灣新文學的特質〉、〈光復四十年來的臺灣文
學〉、〈大河小說的種籽〉、〈張我軍與臺灣新文學運動〉、〈評陳
映真的〈趙南棟〉〉等 79 篇評論。

葉石濤全集 16．評論卷四

臺南：國立臺灣文學館；高雄：高雄市政府文化局
2008 年 3 月，25 開，416 頁

全書收錄〈抗戰時期的臺灣新文學〉、〈談聶華苓的小說和散
文〉、〈回顧八○年代的臺灣文學〉、〈日本文壇大事紀〉、〈中間
小說的形成〉等 84 篇評論。

葉石濤全集 17・評論卷五

臺南：國立臺灣文學館；高雄：高雄市政府文化局
2008 年 3 月，25 開，429 頁

全書收錄《臺灣文學史綱》、《臺灣文學入門》。正文後附錄〈四
〇年代的臺灣文學〉、〈關於楊逵未發表的日文小說〉、〈四〇年
代的臺灣文學〉。

葉石濤全集 18・評論卷六

臺南：國立臺灣文學館；高雄：高雄市政府文化局
2008 年 3 月，25 開，438 頁

全書收錄〈纖細、知性的作家——龍瑛宗〉、〈舊文人、新知識
分子——葉榮鐘〉、〈戰前的臺灣小說〉、〈秉燭談理和——葉石
濤與張良澤對談〉、〈鄉土文學的實踐——葉石濤、彭瑞金眾副
小說對談評論〉等 34 篇評論、對談。

葉石濤全集 19・評論卷七

臺南：國立臺灣文學館；高雄：高雄市政府文化局
2008 年 3 月，25 開，488 頁

全書收錄〈剖視鄭烱明的詩世界〉、〈臺灣文學的里程碑——鍾
肇政《臺灣人三部曲》對談紀錄〉、〈我的臺灣文學六十年〉等
27 篇評論、座談會紀錄。

葉石濤全集 20・資料卷

臺南：國立臺灣文學館；高雄：高雄市政府文化局
2008 年 3 月，25 開，538 頁

全書分爲「年表」、「已出版著作一覽表」、「作品評論引得」、
「分卷出處索引」、「總篇目首字筆劃索引」、「書影」、「影像」、
「附錄」八部分。正文前有陳菊〈市長序——國寶、市寶、臺
灣文學之寶〉、王拓〈主委序〉、王志誠〈局長序——一部耐於
翻閱的文學地誌〉、鄭邦鎮〈館長序——夢獸的旅程；使徒的記
憶〉、葉石濤〈自序〉、〈編輯體例〉。

葉石濤全集 21・翻譯卷一
臺南：國立臺灣文學館；高雄：高雄市政府文化局
2009 年 11 月，25 開，531 頁

全書收錄〈寫實主義與理想主義〉、〈徬徨的臺灣文學〉、〈難忘的日本作家〉、〈西拉雅族的故鄉〉、〈血淚的文學，抗爭的文學〉等 51 篇翻譯文章。正文前有陳菊〈市長序——以宏揚臺灣文學向葉石濤先生致敬〉、史哲〈局長序——鎮市文寶光芒萬丈〉、鄭邦鎮〈館長序——斯人雖已遠，典型在夙昔〉、葉石濤〈自序〉、〈續編編輯體例〉、彭瑞金〈總論——為臺灣文學點燈、開路、立座標〉、彭瑞金〈打開臺灣文學的門窗——《葉石濤全集》續編導讀〉。

葉石濤全集 22・翻譯卷二
臺南：國立臺灣文學館；高雄：高雄市政府文化局
2009 年 11 月，25 開，507 頁

全書收錄〈臺灣文學在日本〉、〈婚約〉、〈艋舺美女〉、〈日本作家旅行記中的臺灣經驗〉等 33 篇翻譯文章。

葉石濤全集 23・翻譯・資料卷
臺南：國立臺灣文學館；高雄：高雄市政府文化局
2009 年 11 月，25 開，479 頁

全書收錄〈臺灣文學史序說〉、〈戰前的臺灣文學〉等八篇翻譯文章，以及陌上塵〈從一片灰燼之中飛揚起來——葉石濤先生訪問記〉、潘弘輝〈臺灣文學史的開基祖——專訪葉石濤〉等 23 篇訪談。正文後附錄〈臺灣苦難的反芻——葉石濤《臺灣男子簡阿淘》討論會紀實〉、〈南葉傳奇〉、〈府城之星・舊城之月〉、〈翻譯作品目錄及出處一覽表〉、〈影像補遺〉。

文學年表

1925 年 （大正 14 年）	11 月	1 日，生於臺南白金町（清治時期名爲四平境打銀街，今民生路 3 巷 16 號。）爲家中長男，父親葉敦禮，母親林毛治。
1930 年 （昭和 5 年）	本年	入私塾，從嚴秀才啓蒙，接受漢文教育二年。
1932 年 （昭和 7 年）	4 月	就讀臺南末廣公學校（今臺南進學國小）。
1938 年 （昭和 13 年）	3 月	末廣公學校畢業。考入臺南州立第二中學校（今臺南一中）。
1940 年 （昭和 15 年）	本年	中學三年級時撰寫生平第一篇日文小說〈媽祖祭〉，投稿至張文環主編的《臺灣文學》，雖入選爲佳作，但未刊登，原稿已遺佚。該小說入選評語刊於 1943 年 1 月 31 日出版之《臺灣文學》第 3 卷第 1 號。
1941 年 （昭和 16 年）	本年	撰寫第二篇日文小說〈征臺譚〉，爲獨白體小說，投稿至日本人西川滿主編的《文藝臺灣》。雖未獲刊登，但濃烈的鄉土色彩頗爲西川滿所矚目。
1943 年 （昭和 18 年）	3 月	臺南州立臺南第二中學校畢業。
	4 月	發表第三篇日文小說〈林君寄來的信〉於《文藝臺灣》第 5 卷第 6 期。 赴臺北應聘爲「文藝臺灣社」之助理編輯。社長爲日人作家西川滿。負責編輯《文藝臺灣》及料理「日孝山房出版社」事務。

| | 7 月 | 發表日文小說〈春怨——獻給吾師〉於《文藝臺灣》第 6 卷第 3 期。 |

1944 年
（昭和 19 年）　2 月　以「鄭左金」為筆名，撰寫小說〈拂曉〉，獲得《臺灣藝術》徵文比賽第二名（二等賞），該文章刊於《臺灣藝術》2 月號。

6 月　辭去《臺灣文藝》助理編輯工作，返回臺南，任職寶公學校教師（今臺南立人國小）。

11 月　發表短篇小說〈美機敗走〉於《臺灣文藝》第 1 卷第 6 號（皇民奉公會出版）。

1945 年
（昭和 20 年）　2 月　被徵召入伍，任「帝國陸軍二等兵」。

8 月　戰後，以上等兵退伍返鄉，仍任職臺南立人國民學校教師。

本年　開始學習中文，並嘗試以中文創作。

1946 年　3 月　發表〈黛玉與寶釵〉、〈幻想〉、〈偷玻璃的人〉和〈江湖藝人〉於龍瑛宗主編的《中華日報》日文版文藝欄。

10 月　以日文長篇小說〈熱蘭遮城陷落記〉，參加《中華日報社》的徵文比賽，未獲選，原稿已遺佚。

1947 年　本年　撰寫日文長篇小說〈殖民地的人們〉，未發表，原稿已遺佚。

1948 年　1 月　7 日，發表〈俄國三大文豪的交惡〉於《中華日報》副刊。

4 月　16 日，發表〈一九四一年後的臺灣文學〉於《新生報》副刊。

6 月　9 日，發表短篇小說〈河畔的悲劇〉於《新生報》副刊。

24 日，發表短篇小說〈復讎〉於《中華日報》副刊。

28 日，發表短篇小說〈來到臺灣的唐・芬〉於《新生報》副刊。

7 月　2 日，發表短篇小說〈娼婦〉於《中華日報》副刊。

21 日，發表短篇小說〈澎湖島的死刑〉於《新生報》副刊。

辭去教職，改任省立工學院（今成功大學前身）總務處保管組科員。

8 月　16 日，發表短篇小說〈歸鄉〉於《臺灣力行報》副刊。

10 月　30 日，發表〈文學雜記〉於《新生報》副刊。

1949 年　2 月　21 日，發表短篇小說〈三月的媽祖〉於《新生報》副刊。

24 日，發表短篇小說〈伶仃女〉於《新生報》副刊。

3 月　26 日，發表〈繪畫雜記〉於《中華日報》副刊。

28 日，發表短篇小說〈天上聖母的祭典〉於《新生報》副刊。

7 月　3 日，發表〈關於舞蹈與音樂——臺南音樂會演奏印象記〉於《中華日報》副刊。

辭去省立工學院科員職務，任臺南市永福國校教師。

8 月　11 日，發表〈阿拿多爾・法朗士的書本〉於《中華日報》副刊。

12 月　19 日，發表〈謝斯托夫——論易卜生〉於《公論報》。

1950 年　1 月　25 日，發表〈關於托馬斯・曼的三個短篇〉於《中華日報》副刊。

2 月　6 日，發表〈王爾德的童話〉於《公論報》。

3 月　4 日，發表〈關於毛姆〉於《中華日報》副刊。

	6 月	19～26 日，發表短篇小說〈莫里斯貝尼奧斯基的遭遇〉於《中華日報》副刊。
	7 月	17 日，發表〈梅禮美的《卡爾門》〉於《中華日報》副刊。
	10 月	29 日，發表〈論左拉的文學思想〉於《中華日報》副刊。
	12 月	5～12 日，發表短篇小說〈畫家洛特・萊蒙的信函〉於《公論報》。
1951 年	1 月	發表〈羅曼・羅蘭與謬塞〉於《公論報》。
	9 月	21 日，被捕。
1953 年	7 月	遭臺灣省保安司令部，依據檢肅匪諜條例以「知匪不報」第九條判處有期徒刑五年。
1954 年	9 月	因蔣介石就任第二任總統，依「減刑條例」，五年有期徒刑減為三年，獲釋。
		於臺南市建設廳自來水督導處擔任工友。
1955 年	8 月	考取嘉義縣小學代課教員，分發到嘉義縣義竹鄉過路國小任教職。
1956 年	8 月	擔任嘉義縣義竹鄉過路國小訓導主任。
1957 年	8 月	依代課教員任滿兩年得改任正式教員辦法，取得正式教師資格，調任臺南縣仁德鄉文賢國小教師。
1959 年	2 月	與高雄左營陳月得結婚。
	9 月	發表〈論日本現代文學的特質〉於《筆匯》第 1 卷第 5 期。
1965 年	10 月	發表短篇小說〈青春〉於《文壇》第 64 期。
		發表〈論吳濁流〈幕後的支配者〉〉於《臺灣文藝》第 2 卷第 9 期。

11 月　辭去文賢國小教職。保送入省立臺南師專（今臺南教育大學）特師科就讀。

發表〈臺灣的鄉土文學〉於《文星》第 97 期。

將家眷遷往高雄左營。

1966 年　1 月　發表〈卡謬論〉於《臺灣文藝》第 3 卷第 10 期。

5 月　發表短篇小說〈獄中記〉於《幼獅文藝》第 24 卷第 5 期。

6 月　自省立臺南師專特師科畢業，被派任到宜蘭縣冬山鄉廣興國小大進分校（今大進國小）任教。

7 月　發表〈吳濁流論〉、〈鍾肇政論〉於《臺灣文藝》第 3 卷第 12 期。

8 月　發表〈評介鍾理和〉於《自由青年》第 36 卷第 3 期。

10 月　發表短篇小說〈男盜女娼〉於《臺灣文藝》第 3 卷第 13 期。

發表短篇小說〈青瓦之家〉於《小說創作》第 29 期。

11 月　發表短篇小說〈羅桑榮和四個女人〉於《文壇》第 77 期。

12 月　發表短篇小說〈玫瑰項圈〉於《小說創作》第 31 期。

發表短篇小說〈斷層〉於《臺灣日報》副刊。

1967 年　1 月　24 日，發表短篇小說〈漂泊〉於《臺灣日報》副刊。

發表短篇小說〈蛇蠍〉於《臺灣文藝》第 4 卷第 14 期。

發表〈論《輪迴》〉（鍾肇政著）於《幼獅文藝》第 27 卷第 5 期。

2 月　1 日，發表短篇小說〈黃水仙〉（後改篇名為〈黃水仙花〉）於《文壇》第 80 期。

發表短篇小說〈行醫記〉於《純文學》第 1 卷第 2 期。

4 月　發表短篇小說〈伊魯卡・摩萊〉於《小說創作》第 35 期。

8 月　調任高雄縣橋頭鄉甲圍國小教師，自此定居左營。

9 月　23～25 日，發表短篇小說〈叛國者〉於《臺灣日報》副刊。

發表短篇小說〈心底的鐘響了〉（後改篇名爲〈雛菊的回憶〉）於《小說創作》第 40 期。

發表短篇小說〈等待〉於《青溪》第 1 卷第 3 期。

10 月　25～26 日，發表〈兩年來的省籍作家及其小說〉於《臺灣文藝》第 5 卷第 19 期。

12 月　21 日，發表〈論七等生的小說〉於《臺灣日報》副刊。

31 日，發表短篇小說〈賺食世家〉於《臺灣新生報》副刊。

1968 年　1 月　6～7 日，發表短篇小說〈葫蘆巷春夢〉於《徵信新聞報》人間副刊。

8～10 日，發表〈林海音論〉於《臺灣日報》副刊；後改篇名爲〈談林海音〉刊於《臺灣文藝》第 5 卷第 18 期。

27 日，發表〈評〈安德烈・紀德的冬天〉〉於《小說創作》第 45 期。

2 月　發表〈評〈校園裡的椰子樹〉〉（鄭清文著）於《幼獅文藝》第 28 卷第 2 期。

3 月　2～3 日，發表〈論中間小說〉於《臺灣日報》副刊。

19～20 日，發表短篇小說〈群雞之王〉於《徵信新聞報》人間副刊。

發表短篇小說〈決鬥〉於《青溪》第 1 卷第 9 期。

6 月　2 日，發表短篇小說〈墮胎〉於《徵信新聞報》人間副刊。

23 日，發表短篇小說〈騙徒〉（原篇名爲〈騙徒和他的太太〉）於《臺灣新生報》副刊。

第一本短篇小說集《葫蘆巷春夢》由臺北蘭開書局出版。

7 月　29 日，發表〈鍾肇政和他的《沉淪》〉於《臺灣日報》副刊。

8 月　22～24 日，發表短篇小說〈採硫記〉於《臺灣日報》副刊。

發表〈黃娟的世界〉於《幼獅文藝》第 29 卷第 3 期。

9 月　9～11 日，發表短篇小說〈敗戰記〉於《中國時報》副刊。

《葉石濤評論集》由臺北蘭開書局出版。

12 月　27 日，發表〈一年來的省籍作家及其作品〉於《臺灣日報》副刊，至次年 1 月 2 日刊畢。

發表〈評李喬的兩本書——《飄然曠野》、《戀歌》〉於《幼獅文藝》第 29 卷第 6 期。

1969 年　1 月　17 日，發表短篇小說〈晴天和陰天〉於《臺灣新生報》副刊，至 2 月 13 日刊畢。

發表短篇小說〈齋堂傳奇〉於《自由談》第 20 卷第 7 期。

發表〈論《中元的構圖》〉（鍾肇政著）於《幼獅文藝》第 30 卷第 1 期。

3 月　中、短篇小說集《羅桑榮和四個女人》由臺北林白出版社出版。

5 月　4 日，獲中國文藝協會第十屆文藝獎章文藝論評獎。

	9 月	15 日，發表〈皮耶爾・羅蒂與臺灣〉於《野馬》第 5 期。
	11 月	中、短篇小說集《晴天和陰天》由臺北晚蟬書店出版。
		發表〈評林懷民的〈逝者〉〉於《青溪》第 29 期。
1970 年	8 月	11 日，發表短篇小說〈墓地風景〉於《中國時報》人間副刊。
		25 日，發表短篇小說〈汲古夢〉於《中國時報》人間副刊，至 9 月 11 日刊畢。
		27 日，發表短篇小說〈噶瑪蘭的柑子〉於《臺灣日報》副刊。
	9 月	發表短篇小說〈福祐宮燒香記〉於《文藝月刊》第 15 期。
	10 月	發表短篇小說〈葬禮〉於《臺灣文藝》第 7 卷第 29 期。
		發表短篇小說〈鬼月〉於《這一代》第 6 期。
1971 年	1 月	發表〈由《無花果》談起〉（吳濁流著）於《臺灣文藝》第 8 卷第 30 期。
	3 月	發表〈論七等生的《僵局》〉於《臺灣文藝》第 8 卷第 31 期。
	4 月	10〜22 日，發表短篇小說〈鸚鵡和豎琴〉於《臺灣日報》副刊。
1973 年	2 月	中、短篇小說集《鸚鵡和豎琴》由高雄三信出版社出版。
	3 月	《葉石濤作家論集》由高雄三信出版社出版。
	本年	開始為出版社大量翻譯各門類的書籍，譯書種類內容龐雜。

1974 年	7 月	11～16 日，發表〈日本作家在臺灣〉於《臺灣日報》副刊。
	10 月	25 日，應大學雜誌社之邀，參加「日據時代的臺灣文學與抗日運動」座談會。
	本年	翻譯《股票心理作戰》、《大蒜健康法》、《血型與人生》、《向神挑戰》等書，由高雄文皇出版社出版。
1975 年	1 月	短篇小說集《葉石濤自選集》由臺北黎明文化公司出版。
	5 月	29～30 日，發表〈論臺灣小說裏的喜劇意義〉於《臺灣日報》副刊。
	6 月	中、短篇小說集《噶瑪蘭的柑子》由高雄三信出版社出版。
	7 月	發表〈楊逵的《鵝媽媽出嫁》〉於《大學雜誌》第 87 期。
	10 月	發表〈從《送報伕》、《牛車》到《植有木瓜的小鎮》〉於《大學雜誌》第 90 期。
	本年	翻譯《欲求的心理》、《自我催眠術》、《人際關係》、《嫉妒心理學》、《創造命運》等書，由高雄文皇出版社出版。
1976 年	12 月	於高雄左營與張良澤對談，主題為「秉燭談理和」，由彭瑞金記錄，後發表於《臺灣文藝》革新版第 1 號。
	本年	翻譯《中國科學與文明》、《女性論》等書，由高雄文皇出版社出版；另翻譯《三井財閥興亡史》、《三菱集團內幕》、《消失的文明 99 個謎》，由高雄大舞臺書苑出版社出版。
1977 年	5 月	1 日，發表〈臺灣鄉土文學史導論〉於《夏潮雜誌》第 2 卷第 5 期。

	6 月	1 日，發表〈非洲文學的黑化〉於《仙人掌》第 1 卷第 4 期。
	9 月	父葉敦禮逝世，享年 80 歲。
	10 月	發表〈日據時期臺灣文學的回顧與前瞻〉於《小說新潮》第 2 期。
		發表〈論鄭清文小說裏的「社會意識」〉於《臺灣文藝》革新第 3 號。
1978 年	1 月	發表〈論李喬小說裏的「佛教意識」〉於《臺灣文藝》革新第 4 號。
	4 月	發表〈悼張文環先生〉於《笠》第 84 期。
	6 月	發表〈葫蘆巷春夢〉於《愛書人》第 88 期。
	10 月	25 日，應《民眾日報》副刊主編鍾肇政之邀，每月與彭瑞金對談評論《民眾日報》副刊所刊載的小說。
		29 日，發表〈論鍾肇政文學的特質〉於《民眾日報》副刊。
	12 月	13 日，發表〈論張文環的《在地上爬的人》〉於《民眾日報》副刊。
		發表〈季季論——臺灣婦女生活中的「詩與真實」〉於《臺灣文藝》革新第 8 期。
1979 年	2 月	長篇小說集《採硫記》由臺北龍田出版社出版。
	3 月	17 日，發表〈1978 臺灣小說選〉於《民眾日報》副刊。
		《臺灣鄉土作家論集》由臺北遠景出版公司出版。
	5 月	與彭瑞金合編《1978 臺灣小說選》，由臺北文華出版社出版。
	7 月	與鍾肇政合編《光復前臺灣文學全集》八冊，由臺北遠景出版公司出版。

	8 月	27～28 日，發表〈府城之星，舊城之月〉於《民眾日報》副刊。
	9 月	9～10 日，發表〈楊逵先生與我〉於《民眾日報》副刊。
	本年	與鍾肇政等人發起籌建鍾理和紀念館。
		應邀出席「第一屆鹽分地帶文藝營」。
1980 年	2 月	28 日，發表〈1979 年臺灣小說選〉於《民眾日報》副刊。
		10 日，〈從鄉土文學到三民主義文學〉獲得「第一屆巫永福評論獎」。
	3 月	24～26 日，發表〈鍾肇政與我〉於《民眾日報》副刊。
	4 月	3 日，發表〈乍現的新星──談鍾延豪的小說世界〉於《民眾日報》副刊。
	6 月	1 日，發表〈記李行的「原鄉人」〉於《聯合報》副刊。
		發表〈一九七〇年代非洲新作家〉於《臺灣文藝》革新第 14 期。
		與彭瑞金合編《一九七九臺灣小說選》，由臺北文華出版社出版。
	8 月	4 日，於高雄美濃參加「鍾理和紀念館破土典禮」。
		28 日，發表〈光復前的臺灣鄉土文學〉於《自立晚報》副刊。
	10 月	23 日，發表〈波娃的《他人的血》〉於《民眾日報》副刊。
		25 日，獲得「聯合報文學貢獻獎」。
		短篇小說集《卡薩爾斯之琴》由臺北東大圖書公司出版。

	12 月	發表短篇小說〈有菩提樹的風景〉於《臺灣文藝》革新第 17 期。
1981 年	4 月	5 日,發表〈懷念吳老〉於《自由時報》副刊。
		13 日,發表〈論一九八〇年的臺灣小說〉於《民眾日報》副刊。
	5 月	10 日,發表〈論臺灣文學應走的方向〉於《中國論壇》第 12 卷第 3 期。
	6 月	《作家的條件》由臺北遠景出版公司出版。
	8 月	2 日,在高雄與鍾肇政歡談。同月參加益壯會聚會。
	10 月	24 日,受邀擔任「第四屆吳三連文藝獎」小說組評審,同時擔任評審的有鍾肇政與鄭清文。
1982 年	1 月	15 日,發表〈臺灣小說的遠景〉於《文學界》創刊號。
		與鄭烱明、陳坤崙、曾貴海、許振江、彭瑞金等人創辦《文學界》雜誌。
	5 月	22 日,發表〈談城裡城外〉於《臺灣時報》副刊。
	7 月	16 日,發表〈清秋——偽裝的皇民化謳歌〉於《臺灣時報》副刊。
1983 年	2 月	7～9 日,發表〈1982 年的臺灣小說界〉於《自立晚報》副刊。
		10 日,《1982 年臺灣小說選》由臺北前衛出版社出版。
	4 月	《文學回憶錄》由臺北遠景出版公司出版。
	8 月	19 日,發表〈從《兒子的大玩偶》說起〉(黃春明著)於《臺灣時報》副刊。
		22 日,發表〈我看臺灣小說界〉於《自立晚報》副刊。

	9 月	《小說筆記》由臺北前衛出版社出版。
	10 月	15 日，發表〈擁抱楊青矗回歸文學〉於《自立晚報》副刊。
	11 月	發表〈沒有土地，哪有文學〉於《文學界》第 8 期。
1984 年	1 月	4 日，發表〈流淚灑種的，必歡呼收割〉於《臺灣時報》副刊。
	4 月	16～18 日，發表〈七〇年代臺灣文學的回顧〉於《民眾日報》副刊。
	5 月	4～5 日，發表〈五四運動與臺灣新文學〉於《臺灣新聞報》西子灣副刊。
		15 日，發表〈陳素吟的愛與死——簡介瞳章子的長篇小說《永久二等兵》〉於《臺灣文藝》第 88 期。
	6 月	1～2 日，發表〈談王幼華的小說〉於《臺灣時報》副刊。
		11～12 日，發表〈從憧憬、幻滅到彷徨——談陳若曦文學的三個階段〉於《自立晚報》副刊。
	8 月	6 日，發表〈誠實的作家——鄭清文〉於《臺灣時報》副刊。
	10 月	25～26 日，發表〈光復初期的臺灣文學〉於《民眾日報》副刊。
	12 月	19 日，發表〈收穫——評吳錦發的《燕鳴的街道》〉於《成功時報》副刊。
	本年	起筆撰寫《臺灣文學史綱》。
1985 年	2 月	發表〈寧靜的絕望——評鄭清文的《局外人》〉於《文訊》第 16 期。
	3 月	28 日，發表〈楊逵的文學生涯〉於《臺灣時報》副刊。

	5 月	1 日，發表〈塞達卡・達耶的英雄史詩——評鍾肇政的《高山組曲》〉於《民眾日報》副刊。
	6 月	《沒有土地，哪有文學》由臺北遠景出版公司出版。
	7 月	16 日，發表〈談周梅春的〈轉燭〉〉於《臺灣時報》副刊。
	8 月	15 日，發表〈評《茨冠花》〉（許台英著）於《臺灣時報》副刊。
	10 月	29～31 日，發表〈走過紛爭歲月，邁向多元世代——臺灣文學的回顧與前瞻〉於《自立晚報》副刊。
	11 月	22 日，發表〈光復四十年來的臺灣文學〉於《臺灣時報》副刊。
	12 月	18 日，發表〈悼鍾延豪〉於《民眾日報》副刊。 發表〈評介鄭永孝《陳若曦的世界》〉。
1986 年	3 月	17 日，發表〈內媽與外媽〉於《中央日報》副刊。 23 日，發表〈府城的書房〉於《大華晚報》副刊。 發表〈明治才女——樋口一葉〉於《聯合文學》第 17 期。
	5 月	13 日，發表〈美德的輓歌——論周梅春的短篇小說〉於《臺灣時報》副刊。 翻譯松本清張作品《女囚》，由臺中晨星出版社出版。
	9 月	29 日，發表〈聶華苓的復活〉於《民眾日報》副刊。 《女朋友》由臺中晨星出版社出版。
	11 月	翻譯賈德諾作品《蛇蠍美人案》，由臺北遠景出版公司出版。
	12 月	發表〈光復前臺灣的文學雜誌〉於《文訊》第 27 期。
1987 年	2 月	1 日，第一本臺灣文學史著作《臺灣文學史綱》，由高雄文學界雜誌社出版。

3 月　3～4 日，發表短篇小說〈命田〉於《臺灣時報》副刊。

5 月　12 日，發表〈安德烈‧馬柔的小說〉於《臺灣時報》副刊。

13 日，發表〈苦悶的靈魂——龍瑛宗〉於《中央日報》海外版。

短篇小說集《姻緣》、《黃水仙花》由臺北新地文學出版社出版。

6 月　發表〈評《人生歌王》〉（王禎和著）於《文訊》第 30 期。

母親林尾治逝世，享年 88 歲。

7 月　14 日，發表〈評陳映真的〈趙南棟〉〉於《臺灣時報》副刊。

14～17 日，發表〈抗戰時期的臺灣新文學〉於《臺灣新聞報》西子灣副刊。

8 月　12 日，發表〈出「草地」記〉於《中央日報》副刊。

10 月　3 日，發表〈許振江和《寡婦歲月》〉於《自立晚報》副刊。

5 日，《臺灣文學史綱》獲頒「第十屆中國時報文化貢獻獎」。

1988 年　1 月　翻譯仁木悅子作品《黑色緞帶》，由臺北林白出版社出版。

3 月　25 日，發表〈言論自由的代價〉於《自立早報》副刊。

30 日，發表〈資質與品格〉於《自立晚報》副刊。

4 月　4 日，發表短篇小說〈竹仔巷瑣憶〉於《中時晚報》副刊。

	5 月	翻譯仁木悅子作品《黃色的誘惑》，由臺北林白出版社出版。
	6 月	5 日，發表短篇小說〈萬福庵〉於《中時晚報》副刊。
	7 月	21 日，發表短篇小說〈雞肉絲菇〉於《中國時報》人間副刊。
	8 月	6 日，發表〈論陳映真的三個短篇〉於《中國時報》人間副刊。

16 日，發表短篇小說〈偷蟹〉於《自立晚報》副刊。

	9 月	翻譯托爾斯泰作品《愛與生與死》，由臺北純文學出版社出版。
	12 月	6～19 日，發表短篇小說〈紅鞋子〉於《自立晚報》副刊。
1989 年	1 月	14 日，發表短篇小說〈牆〉於《臺灣時報》副刊。
	3 月	13 日，發表短篇小說〈鐵檻裏的慕情〉於《自立早報》副刊。

31 日，發表短篇小說〈野菊花〉於《中央日報》副刊。

	5 月	短篇小說集《紅鞋子》獲「行政院新聞局金鼎獎」，由臺北自立晚報社出版。
	6 月	7 日，發表短篇小說〈黎明的訣別〉於《臺灣時報》副刊。
	7 月	18～19 日，發表短篇小說〈線民〉於《民眾日報》副刊。
	8 月	5～6 日，發表短篇小說〈潘銀花的第五個男人〉於《民眾日報》副刊。

12 日，發表〈一個臺灣老朽作家的嘮叨〉於《自立晚

報》副刊。

12 日，發表短篇小說〈約談〉於《自立早報》副刊。

發表小說〈西拉雅族的末裔〉於《臺灣春秋》8 月號。

獲頒第十一屆鹽分地帶文藝營「臺灣新文學貢獻獎」。

	10 月	6 日，發表〈臺灣文學的困境〉於《首都早報》副刊。
	12 月	26 日，發表〈日據時代的抗議文學〉於《臺灣新聞報》西子灣副刊。
1990 年	1 月	《臺灣文學的悲情》由高雄派色文化出版社出版。
	3 月	9 日，發表短篇小說〈喜餅〉於《臺灣新生報》副刊。
		《走向臺灣文學》由臺北自立晚報社出版。
	4 月	7 日，發表短篇小說〈海枯石爛〉於《中時晚報》副刊。
		15 日，發表〈菸樓中的悲歌——評吳錦發的《秋菊》〉於《中時晚報》副刊。
	5 月	短篇小說集《臺灣男子簡阿淘》、《西拉雅族的末裔》，由臺北前衛出版社出版。
	7 月	17～18 日，發表短篇小說〈紅柑仔的幫傭生涯〉於《民眾日報》副刊。
		28～29 日，發表短篇小說〈鹹首〉於《中國時報》人間副刊。
	8 月	19 日，發表〈八〇年代的臺灣文學〉於《自立早報》副刊。
		11～12 日，發表短篇小說〈潘銀花的換帖姐妹們〉於《臺灣時報》副刊。

	10 月	14 日，發表〈兒童的文學天空〉於《中時晚報》副刊。
	11 月	9～10 日，發表〈放逐〉於《民眾日報》副刊。
	12 月	8 日，發表〈論鍾理和的「故鄉」連作〉於《民眾日報》副刊。
		29 日，獲臺南師院（今臺南教育大學）「第三屆傑出校友獎」。
1991 年	2 月	自高雄縣橋頭鄉甲圍國小退休。
	3 月	2 日，發表短篇小說〈雨傘〉於《臺灣新生報》副刊。
		4 日，發表〈悼秀喜女士〉於《民眾日報》副刊。
	4 月	5～8 日，發表〈我的先輩作家們〉於《臺灣新生報》副刊。
		26～27 日，發表短篇小說〈往事如煙〉於《臺灣新聞報》西子灣副刊。
	6 月	29 日，發表〈論龍瑛宗的客家情結〉於《民眾日報》副刊。
		短篇小說集《鹹首》由高雄派色文化出版社出版。
	7 月	1 日，「臺灣作家全集」系列之《葉石濤集》，由臺北前衛出版社出版。
	8 月	5～6 日，發表〈日本文壇大事記〉於《臺灣新聞報》西子灣副刊。
	9 月	《一個臺灣老朽作家的五〇年代》由臺北前衛出版社出版。
	11 月	25 日，獲「臺美基金會人文成就獎」，赴美領獎。
1992 年	3 月	21 日，發表〈戰鼓笳聲中的月光曲〉於《中國時報》人間副刊。

4 月　發表〈我所認識的客家作家〉於《客家雜誌》第 23 期。

7 月　《臺灣文學的困境》由高雄派色文化出版社出版。

8 月　1 日，應邀參加「臺灣文學學術會議暨文學作家鍾理和逝世卅二週年紀念會」。

2～7 日，發表〈新文學傳統的承繼者鍾理和──《笠山農場》裡的社會性矛盾〉於《臺灣新聞報》西子灣副刊。

13 日，應邀參加《文學臺灣》雜誌創刊茶會。

20 日，發表〈先輩作家楊千鶴女士二、三事〉於《臺灣新聞報》西子灣副刊。

11 月　1～2 日，發表短篇小說〈叛變〉於《自立晚報》副刊。

1993 年　2 月　2 日，發表〈植有石榴的書房〉於《中國時報》人間副刊。

6 日，應邀參加臺灣筆會於臺北陽明山嶺頭山莊舉辦的「第一屆臺灣文學營」。

3 月　5 日，發表〈接續「祖國」臍帶後所目睹的怪現狀──臺灣人的譴責小說《怒濤》〉（鍾肇政著）於《自立晚報》。

5 月　15 日，發表〈一個老朽作家的清晨生活〉於《臺灣新聞報》西子灣副刊。

8 月　《不完美的旅程》由臺北皇冠出版社出版。

9 月　12 日，發表〈在坐牢之前〉於《中國時報》人間副刊。

11 月　28 日，發表〈龍瑛宗先生與我〉於《自由時報》副刊。

	12 月	12 日，發表短篇小說〈警部補的女兒〉於《民眾日報》副刊。
1994 年	1 月	15 日，發表〈回憶吳濁流先生〉於《臺灣時報》副刊。
	6 月	12 日，應邀參加於臺中上智社教館所舉辦的「臺灣文學會議」。
		14～15 日，發表〈文學是條沒有盡頭的路〉於《臺灣新聞報》西子灣副刊。
		26 日，獲得「第一屆高雄縣文學貢獻獎」。
	8 月	《展望臺灣文學》由臺北九歌出版社出版。
	9 月	短篇小說集《異族的婚禮》獲「行政院新聞局金鼎獎」，由臺北皇冠出版社出版。
	12 月	14 日，發表〈我的鍾理和經驗〉於《臺灣時報》副刊。
		27 日，應邀參加於新竹清華大學舉辦的「賴和及其同時代作家——日據時期臺灣文學國際學術會議」。
1995 年	1 月	16 日，發表〈從府城到舊城——二都物語〉於《中國時報》人間副刊。
	4 月	10 日，發表〈孤絕的作家，孤高的文學——序舞鶴《拾骨》〉於《臺灣日報》副刊。
	5 月	4 日，獲頒臺南市「第一屆府城文學貢獻獎」。
	6 月	10 日，發表〈展望港都文學〉於《臺灣新聞報》西子灣副刊。
	11 月	17 日，發表〈規範以外的寬容〉於《中央日報》副刊。
	12 月	8 日，發表〈為新舊文學論爭點燃戰火——張我軍對臺灣文學的貢獻〉於《中央日報》副刊。
1996 年	1 月	17 日，發表〈戰後初期的臺灣文學〉於《臺灣新聞報》西子灣副刊。

	2 月	《府城瑣憶》由高雄派色文化出版社出版。
	3 月	1 日,《府城瑣憶》獲臺灣省政府 85 年度優良作品獎。
	4 月	發表〈張彥勳的文學、生活和夢魘〉於《文學臺灣》第 18 期。
	7 月	發表〈臺灣文學五十年後的新方向〉於《城鄉生活》第 30 期。
	8 月	《臺灣文學集 1》由高雄春暉出版社出版。
	9 月	短篇小說集《臺灣男子簡阿淘》由臺北草根出版公司出版。
	11 月	24 日,發表〈張我軍的民族認同〉於《臺灣日報》副刊。
	12 月	11 日,發表〈一個老朽作家的隨想〉於《臺灣日報》副刊。
		24 日,獲頒臺南一中「第二屆校友傑出成就獎」。
1997 年	2 月	《西川滿小說集 1》由高雄春暉出版社出版。
	3 月	16 日,應邀參加於臺南縣佳里鎮中山公園舉辦的「吳新榮紀念銅像」揭幕典禮,並發表演說。
	6 月	4～5 日,發表〈從舊城到府城〉於《民眾日報》副刊。
		6 日,發表〈我為什麼寫個不停〉於《臺灣新聞報》西子灣副刊。
		27 日,發表〈生命力和創造力豐沛的作家——鍾肇政〉於《臺灣新聞報》西子灣副刊。
		《臺灣文學入門》由高雄春暉出版社出版。
	7 月	11 日,發表〈纖細、知性的作家——龍瑛宗〉於《臺灣新聞報》西子灣副刊。

25 日，發表〈葛藤心理的重塑者——巫永福〉於《臺灣新聞報》西子灣副刊。

8 月　1 日，發表〈恂恂「臺灣君子」，謙和長者——陳千武〉於《臺灣新聞報》西子灣副刊。

4 日，應邀參加鍾理和紀念館舉辦「臺灣文學步道園區啓用典禮」。

16 日，發表〈女作家的存在主義〉於《臺灣新聞報》西子灣副刊。

9 月　17 日，發表〈我最喜歡看的副刊〉於《臺灣日報》副刊。

1998 年　2 月　8 日，發表〈我和泰雅族〉於《民眾日報》副刊。

3 月　29 日，《臺灣文學入門》獲選爲 1997 年臺灣本土十大好書，應邀參加臺灣筆會主辦的「1997 年臺灣本土十大好書頒獎」。

6 月　10 日，發表〈張愛玲是臺灣作家嗎？〉於《民眾日報》副刊。

7 月　5 日，發表〈舊文人、新知識分子——葉榮鐘〉於《文學臺灣》第 27 期。

8 月　4 日，赴高雄美濃參加鍾理和雕像揭幕式。與會者有鍾肇政、陳千武、李喬、彭瑞金、鄭烱明等人。

5 日，發表〈臺灣文學的中國化〉於《民眾日報》副刊。

9 月　11～13 日，發表〈我的種族經驗〉於《民眾日報》副刊。

10 月　1 日，發表〈彭瑞金的新著《文學評論百問》〉於《民眾日報》副刊。

11 月　7 日，獲淡水真理大學「第二屆臺灣文學家牛津獎」，

並參加「福爾摩莎的瑰寶──葉石濤文學會議」。

| 1999 年 | 2 月 | 《臺灣文學集 2》由高雄春暉出版社出版。 |

3 月　3 日，發表〈窮人文學〉於《民眾日報》副刊。

5 月　15 日，應邀參加於高雄市文化中心舉辦的彭瑞金著作《葉石濤評傳》新書發表會，與會者有鄭烱明、李喬等人。

29 日，獲頒高雄市政府「臺灣文學拓荒者」獎牌。

29～30 日，應邀參加由高雄文化中心主辦，文學臺灣基金會承辦的「點亮臺灣的火炬──葉石濤文學國際學術研討會」。6 月 30 日，《點亮臺灣的火炬──葉石濤文學國際學術研討會論文集》由高雄春暉出版社出版。

6 月　20 日，發表〈我的副刊經驗〉於《臺灣新聞報》西子灣副刊。

8 月　10 日，《追憶文學歲月》由臺北九歌出版社出版。

9 月　10 日，《從府城到舊城》由臺北翰音文化公司出版。

10 月　1 日，發表〈敬悼龍瑛宗先生〉於《臺灣新聞報》西子灣副刊。

11 月　11 日，獲臺南成功大學頒予榮譽文學博士學位。

12 月　9 日，發表〈千禧年回顧和展望臺灣文學〉於《民眾日報》副刊。

本年　春暉電影公司拍攝「作家身影系列二──咱的所在、咱的文學」紀錄片，包括葉石濤在內共有 13 位作家。

2000 年　1 月　3 日，發表〈陳若曦的《女兒的家》〉於《民眾日報》副刊。

10 日，發表〈敬悼王昶雄先生〉於《臺灣新聞報》西子灣副刊。

長篇小說《西拉雅末裔潘銀花》由臺北草根出版公司出版。

2 月　17 日，發表〈舊城一老人〉於《中國時報》人間副刊。

4 月　1 日，應邀參加臺中東海大學舉辦的「第三屆明清時期臺灣的傳統文學研討會」。

22 日，《追憶文學歲月》獲選為 1999 年臺灣本土十大好書，於臺北市臺大校友會館參加臺灣筆會主辦的「1999 年臺灣本土十大好書頒獎典禮」。

5 月　4 日，獲中國文藝協會「年度榮譽文藝獎章」。

6 月　19 日，發表〈南投百萬駐縣作家記〉於《臺灣新聞報》西子灣副刊。

7 月　1 日，獲得高雄市政府「第十九屆高雄市文藝獎」。

8 月　4 日，應邀參加第廿二屆鹽分地帶文藝營舉行的「向臺灣前輩作家致敬」典禮，並獲頒獎牌。（獲獎者有葉石濤、巫永福、林亨泰、詹冰、陳千武與莊培初六位資深臺灣作家）

發表〈發現平埔族——我為什麼寫《西拉雅族末裔潘銀花》〉於《文訊》第 178 期。

9 月　任文化復興運動總會副會長。

《舊城瑣記》由高雄春暉出版社出版。

10 月　發表〈戰前的臺灣小說〉於《國文天地》第 185 期。

11 月　4 日，應邀參加淡水真理大學臺灣文學系主辦的「福爾摩莎的心窗——王昶雄文學會議」。

30 日，中島利郎、澤井律之將《臺灣文學史綱》合譯為日文版本（譯名：《台湾文学史》），由東京研文出版社出版。

12月　18 日，獲得「第二十屆行政院文化獎」。

本年　於成功大學臺灣文學研究所授課。

2001 年

2月　6 日，應邀參加臺北國際書展舉辦「政治國度與文學心靈」座談會，與法國龔固爾文學獎得主馬金尼進行對談，主持人爲陳義芝、李敏勇。

短篇小說集《青春》由臺北桂冠圖書公司出版。

3月　1 日，應邀參加成功大學舉辦「臺灣文學鼎談」系列演講，與會者有呂興昌、鄭烱明、松永正義、陳萬益。

5～7 日，發表〈臺灣文學導論〉於《臺灣新聞報》西子灣副刊。

6月　5 日，發表〈悼許振江——道地打狗作家〉於《臺灣新聞報》西子灣副刊。

9月　28 日，於臺北臺泥大樓士敏廳獲頒國家文藝基金會「第五屆國家文藝獎文學類」。

10月　7 日，於臺南國家臺灣文學館籌備處，與諾貝爾文學獎得主高行健進行「土地、人民、流亡文學對談」，與會者有黃武忠、鄭烱明、彭瑞金。

應邀參加文學臺灣基金會於高雄霖園飯店舉辦「第五屆臺灣文學獎頒獎典禮暨《文學臺灣》雜誌創刊十週年茶會」，與會者有彭瑞金、曾貴海、鄭烱明等人。

12月　8～9 日，應邀參加由行政院文建會主辦，文學臺灣基金會承辦的「越浪前行的一代——葉石濤及其同時代作家研討會」。次年 2 月《越浪前行的一代——葉石濤及其同時代作家研討會論文集》由高雄春暉出版社出版。

短篇小說集《賺食世家》由臺北圓神出版社出版。

2002 年	2 月	18 日，於文學臺灣基金會辦公室，接受鄭烱明、彭瑞金訪問，訪題為「糞寫實主義事件解密——訪葉石濤先生談〈給世氏的公開信〉」。
	6 月	15 日，應行政院文建會邀請，與鍾鐵民、黃武忠、彭瑞金等人，赴日本名古屋出席「臺灣學會」年會；接受藤井省三教授邀請，於東京大學文學部演講「我的臺灣文學六十年」。
	7 月	發表〈開拓臺灣小說的時空〉於《文學臺灣》第 43 期。
	9 月	25 日，發表〈土城仔、聖母廟、鹿耳門漁夫〉於《臺灣日報》副刊。
	10 月	19 日，應邀參加行政院文建會於高雄市文化中心舉辦的「李魁賢文學國際學術研討會」。
2003 年	3 月	於「高雄詩春」活動上寫下了平生第一首詩「每天都是春天」。
	10 月	發表〈童年生活〉於《文學臺灣》第 48 期。
	11 月	30 日，發表〈《紅樓夢》——教給我女性美的小說〉於《聯合報》副刊。 應邀參加臺南國家文學館館慶，與好友鍾肇政、李喬等人歡聚。
	本年	應聘擔任真理大學臺灣語文系客座教授。（未開課）
2004 年	1 月	發表短篇小說〈蝴蝶巷〉、〈頭社夜祭〉於《文學臺灣》第 49 期。
	4 月	發表短篇小說〈熊襲的女兒〉於《文學臺灣》第 50 期。
	5 月	應總統府之邀出任國策顧問。
	6 月	短篇小說集《三月的媽祖》由高雄春暉出版社出版。

7 月　17 日，國家臺灣文學館、文學台灣基金會共同舉辦「府城之星・舊城之月──葉石濤的文學歲月」文物捐贈展，至 9 月 19 日為止。

10 月　17 日，應邀參加由臺南國家臺灣文學館舉辦「鍾肇政與葉石濤──國家臺灣文學館周年慶暨北鍾南葉八十大壽誌慶主題書展」。

11 月　《臺灣文學的回顧》由臺北九歌出版社出版。

2005 年　3 月　26 日，受邀參加於高雄市政府文化局舉辦的「高雄世界詩歌節」，並與諾貝爾文學獎得主沃克特對談「文學的真實與想像」，與會者有彭瑞金、奚密、杜國清。

10 月　22 日，應邀參加行政院文建會於國立臺灣文學館舉辦的「鐵蒺藜邊的玫瑰──戒嚴時代受難作家群像展」，與會者有彭瑞金、林瑞明、吳錦發等人。

2006 年　2 月　1 日，發表短篇小說〈植有蓮霧的齋堂〉於《鹽分地帶文學》第 2 期。

3 月　15 日，受邀至臺中靜宜大學參加「北鍾南葉，迎春開講──相惜一甲子，鍾肇政、葉石濤憶談文學生涯」對談活動，主持人為楊翠，引言人為魏貽君，對談內容刊載於 4 月 6〜7 日的《聯合報》副刊。

4 月　1 日，發表短篇小說〈頭社夜雨〉於《鹽分地帶文學》第 3 期。

發表短篇小說〈阿姆的情人〉於《文學臺灣》第 58 期。

6 月　長篇小說集《蝴蝶巷春夢》由高雄春暉出版社出版。

8 月　26 日，於高雄市文學館舉辦《蝴蝶巷春夢》新書發表會，與會者有陳坤崙、鄭烱明、彭瑞金、錦連等人。

	9月	29 日，應邀參加高雄市政府文化局於高雄市立圖書館舉辦的《高雄文學小百科》新書發表會，與會者有陳坤崙、路寒袖、鄭烱明等人。
	10月	1 日，應邀參加國立臺灣文學館舉辦的「臺灣大河小說家學術研討會」之綜合座談，主持人為彭瑞金，與會者有李喬、林鎮山等人。
		20 日，應邀參加國立臺灣文學館舉辦的《日治時期臺灣文藝評論集・雜誌篇》新書發表會，與會者有陳明台、游勝冠、彭瑞金、陳坤崙、葉蓁蓁等人。
	12月	1 日，應邀參加高雄市政府文化局舉辦的「高雄作家資料專區」開幕典禮，與會者有路寒袖、鄭烱明、曾貴海、陳坤崙、彭瑞金等人。
		4 日，《葉石濤全集》小說卷五冊由高雄市政府文化局出版，並舉辦新書發表會，與會者有鄭烱明、路寒袖、吳錦發、陳月得、葉菊蘭、彭瑞金、錦連等人。
2008 年	2月	因腸道疾病（直腸乙狀結腸癌）開刀住院，手術後需賴氧氣罩，多次進出加護病房，飽受病痛折磨。
	4月	27 日，《葉石濤全集》隨筆卷七冊、評論卷七冊、資料卷一冊由高雄市政府文化局出版，並於高雄榮總舉辦新書發表會。
	12月	11 日，病逝於高雄榮總醫院，享年 84 歲。
		15 日，臺南市立圖書館舉辦「葉石濤先生紀念書展」。
		20 日，高雄縣政府文化局圖書館舉辦「臺灣文學泰斗——葉石濤先生紀念書展」，至次年 1 月 24 日止。
2009 年	6月	27 日起，南風劇團舉行「向臺灣文學家葉石濤致敬」夏季巡演，將《臺灣男子簡阿濤》改編成舞台劇「簡

先生」，於苗栗縣政府國際文化觀光局演出；7 月 10
日於嘉義縣表演藝術中心演出；10 月 10～11 日於高
雄市文化中心演出；17 日於國立臺灣藝術館演藝廳
（臺北市南海劇場）演出。

11 月　　1 日，《葉石濤全集》翻譯卷三冊由高雄市政府文化局
出版。

12 月　　6 日，高雄市政府文化局於高雄中央公園舉辦「葉石
濤逝世周年紀念系列活動」，內容包括紀念葉石濤逝世
週年銅像揭幕儀式、文謅謅演唱會——紀念葉石濤、
《葉石濤全集》續編新書發表等。

　　　　12 日，文學臺灣基金會於高雄市政府文化局舉辦「葉
石濤文學學術研討會」，與會者有鄭烱明、李喬、杜國
清、黃英哲、林鎮山、彭瑞金、陳萬益、陳昌明、曾
貴海、陳坤崙、余昭玟、藍建春。

2010 年　　　9 月　　4 日，由高雄橋仔頭文史協會主辦，白屋、永續田野
工作室、行政院文化建設委員會、高雄縣政府文化
局、國立臺灣文學館協辦「台灣文學家葉石濤先生—
—橋仔頭記憶巡禮」活動，內容包含茶會、單車巡禮
及文學講座等。

參考資料：

‧陳明柔，《我的勞動是寫作——葉石濤傳》，臺北：時報文化出版公司，2004 年 7
月。

‧彭瑞金主編，《葉石濤集》，臺北：前衛出版社，1991 年 7 月。

‧彭瑞金主編，《葉石濤全集》，高雄：高雄市政府文化局，2006 年 12 月。

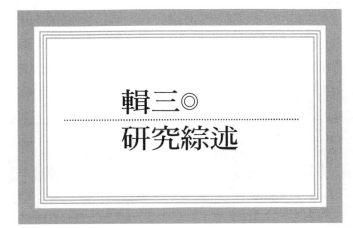

輯三◎
研究綜述

葉石濤研究綜述

◎彭瑞金

一、葉石濤文學概述

葉石濤文學發軔於 1940 年代初，他還是日治時代臺南二中的學生時，即以日文從事小說創作，中學畢業時，作品即獲得當時著名的文學雜誌《文藝臺灣》刊出，並於畢業後隨即獲聘進入西川滿所主持的「文藝臺灣雜誌社」任編輯助理，這樣的文學經歷雖僅維持一年左右，但卻是葉石濤文學的初發，讓他的文學一開始即進入日治時期臺灣文壇的中央，見識臺灣文壇中心的種種。一方面因《文藝臺灣》及西川滿的關係，使他對文學的定位、定義，難免受到影響，創作上沾染了浪漫與唯美的氣息；但另一方面，也因為一出道即捲入當時《臺灣文學》與《文藝臺灣》兩大對立文學集團的紛爭之中，形成他走過的路就是臺灣文學的進路的現象，萌生他成為臺灣文學史家的念頭。

葉氏日治時代的作品不多，卻結結實實成為參與其中的一員。因此，戰爭結束時，他已練就一身完整的文學功夫，幾乎不受到文學創作語言轉換的影響，活躍於《中華日報》日文欄及「海風」副刊、《新生報》「橋」副刊、《公論報》副刊、《和平日報》副刊等，有的直接以日文發表，有的由他人譯成漢文發表，1950 年已有用漢文發表的譯介及論述。作品文類方面，則由小說創作擴張到文學評論、世界文學史、文學名家、文學名著的譯述及評論。這些作品因為散布在陳年舊報及部分需經翻譯才能發表的關係，遲至 21 世紀全集整理時，世人始得窺其全貌。有關這個時期的葉石濤

文學評論鮮少，不是片面之論便是人云亦云。

　　戰後的葉石濤文學並未因跨語而中斷，卻因白色恐怖入獄而中斷 14 年（入獄三年及出獄後謀職），1965 年始復出文壇。從復出到 1970 年，在小說方面有《葫蘆巷春夢》、《羅桑榮和四個女人》、《噶瑪蘭的柑子》、《晴天和陰天》、《鸚鵡和豎琴》等小說集中的系列小說。同時期，葉石濤也展開了臺灣文學評論系列，成為小說創作與評論雙管齊下的雙棲作家。

　　他在 1965 年發表〈臺灣的鄉土文學〉一文，和他復出後發表的第一篇小說〈青春〉的時間幾乎同時，此後的數年間，是他的小說與評論產量並駕齊驅的一段創作期。葉石濤復出後的第一篇評論，是他復出文壇的文學志業宣言，他在這篇文章的開頭，開宗明義寫道，只要上天允許，有生之年要寫一部臺灣鄉土文學史。所以，這篇文章先是歷述 1920 年代以降的臺灣新文學運動發展脈絡，而且清楚標示了「臺灣鄉土文學」定義的尋繹路線。從此之後，他寫了數百萬字的臺灣文學評論，也迻譯數量可觀的國外學者的臺灣文學研究文獻，同時又關注世界名家、名作、文學思潮的遞變，不斷尋思臺灣文學的發展方向，記錄同時代作家的創作履歷，爬梳文獻，並化約為評論、隨筆、序文、史記，22 年後，終於完成了他的《臺灣文學史綱》，成為他畢生的巨著。這些評論文字，包括以隨筆、序記形式寫下來的，都是他不同形式的文學評述，都是他用來建構臺灣文學史的材料──撰述文學史的準備。為了準備這部巨構，從 1970 年以後，明顯地暫時放下了他的小說創作之筆。

　　葉石濤的文學評論，從最早的《葉石濤評論集》（有蘭開、林白、三信等不同版本，增編易名《臺灣鄉土文學論集》），繼有《小說筆記》、《沒有土地，哪有文學》、《臺灣文學的悲情》、《臺灣文學的困境》的論文結集，加上以隨筆、回憶錄形式完成的《一個臺灣老朽作家的五〇年代》、《女朋友》、《府城瑣憶》、《舊城瑣記》等述作，以及為補充史綱而寫的《臺灣文學入門》，都是為述作臺灣文學及建構臺灣文學的準備功夫。從立志為臺灣文學作史到史綱完成，乃至相關的論述出版，葉石濤投注二十年以上的時

間去完成這番心願，放下熱愛的小說創作。於個人的文學，是一種抉擇，但也有使命感和環境的逼迫，同年文友鍾肇政在〈臺灣文學之鬼〉的回憶中說，他對葉氏倚賴甚深。其實，何止鍾氏一人倚賴他那支評論之筆，恐怕整個臺灣文壇對葉氏都有期待。總之，他是犧牲了個人的小說創作去寫評論，去撰述臺灣文學史。

　　1970 年代初期，文學界發現葉石濤時，普遍看重他那特具異質的黑色幽默小說（當時並沒有這種說法，只稱它是幽默諷刺小說），既有別於本土作家擅長的寫實，也和西化派的模擬現代不同，獨樹一格的小說風格，很可以讓他在文壇獨樹一幟，結果，他選擇了作為臺灣作家的使命感。雖然，葉氏在 1965 年的「鄉土文學」論，曾經受到少數人矚目，但除了葉氏自己為此文所作的兩篇補充論述——〈兩年來的省籍作家及其作品〉、〈一年來的省籍作家及其作品〉，並沒有引發什麼正、反面的回響。〈臺灣的鄉土文學〉整理 1920 年代以降的臺灣文學發展譜系，並試圖理出它的界說和特質，後面的兩篇「補述」則顯示葉氏給自己定出「臺灣文學發展觀察記錄者」的角色，大約就以這兩個評論角度，走出他評論家的一生。葉氏的文學評論引發爭論的是 1977 年發表的〈臺灣鄉土文學史導論〉，他在這篇論文中，直指「臺灣意識」是臺灣文學的核心價值。論爭雖因爆發「鄉土文學論戰」而延遲到 1980 年代，而且葉氏也不再回應，因為統獨論戰爆發前，葉氏已潛心述作他的《臺灣文學史綱》，也可說是以「史綱」總結他的文學觀察，也為他的臺灣意識作總的詮釋和辯護。

　　1980 年代史綱出版後，葉石濤又努力回到他的小說創作，陸續有《紅鞋子》、《西拉雅族的末裔》、《臺灣男子簡阿淘》、《異族的婚禮》等系列作品。由於評論引發的批評，1989 年左右，葉氏回到他的小說創作不久，曾一度灰心地宣布再也不寫評論了；其實，一生都給了臺灣文學的葉氏，無論如何也無法割捨他對臺灣的關愛，仍然間有重要評論發表，譬如〈多種族臺灣文學風貌論〉，就是 1990 年代提出來的重要論述。邁入 1980 年代之後，葉石濤的文學回憶錄，也是葉石濤文學的一個觀察重點，特別是《一

個臺灣老朽作家的五〇年代》，可以說是閱讀「史綱後」葉石濤小說重要的指引。葉石濤最後的作品則是《蝴蝶巷春夢》，總的葉石濤文學則有《葉石濤全集》23 冊。

二、葉石濤文學研究概述

關於葉石濤文學的研究資料，大約可以分為四大類：

第一類是研究葉石濤文學的專書專著，本類又可分為三種；第一種是研究葉石濤的評傳，論文集，計有彭瑞金的《葉石濤評傳》、陳明柔《我的勞動是寫作——葉石濤傳》、張守真《口述歷史、臺灣文學耆碩——葉石濤先生訪問記錄》和真理大學（1998 年）、文學臺灣基金會（1999 年、2000 年、2009 年）所舉辦學術研究會之論文集。以及葉氏去世時，彭瑞金所撰《永遠的懷念——文學大師葉石濤的文學歲月》、施懿琳編《葉石濤先生追思文集》、彭瑞金編《文學暗夜的領航者——葉石濤先生紀念文集》。第二種是國內外碩博士生的學位論文，計有漢雅娜、余昭玟、杜劍峰、張文豐、林玲玲等人之學位論文十餘種。第三種是葉石濤本人的文學回憶錄，包括，《文學回憶錄》、《一個臺灣老朽作家的五〇年代》、《從府城到舊城》、《府城瑣憶》、《追憶文學歲月》等。

第二類是有關葉石濤文學綜合印象的單篇評論。四百多筆近五百筆的評論資料中，從葉石濤印象記，與葉氏之交誼，葉著序文，論葉氏作品風格內容，論葉氏小說、評葉氏評論的總體評論，為葉石濤文學找文學史定位，論葉氏文學思想，到追思、悼念葉氏的散文、隨筆都有，這是比較全方位觀察葉石濤文學的參考文獻。

第三類是葉石濤接受訪問之訪問錄、對談錄、年表及參加座談之資料約有百筆。訪談資料約有百筆。訪談資料有針對葉氏個人的寫作經歷、私密，文學史的解疑解惑，文學觀爭議，也有針對文學作品的討論。收錄這些篇章，旨在從客觀的資料去認識葉石濤文學。

第四類是葉石濤作品評論，約五百筆。從單篇作品到結集成冊作品的

評論都有，也有小說或文學評論、文學史的分類評論。

　　葉石濤研究資料的最大特色，在於他本身就是著作等身的評論家，關於文學史、文學現象、文學事件的評論，往往領風氣之先，訪談、評論鮮能超越他，因此，葉石濤的自傳、自述、自序、論述，都很難有訪問、評論者見縫插針的機會，詮釋、整理的性質居多。葉氏本身數量龐大又面向寬闊的評論及雖分類為隨筆的著述，實為葉石濤文學研究最重要的參考文獻。

三、關於葉石濤研究資料彙編

　　各類葉石濤文學研究資料多達 1200 筆，比較特殊的是，這些研究葉石濤文學的必要資料中，有八分之一以上是由葉氏個人的著述中援引出來的，這既是研究葉石濤文學的障礙，也是必經的途徑。所以，本彙編「濃縮」的 20 篇研究資料中，葉氏的「自述」即占了四篇。和一般的創作者不同，葉石濤大量的評論文字，不僅是把自己的文學觀說得最清楚的人，也是自己的創作最好的詮釋者，這也使得為數不少的「他述」，往往在「評介」與「詮釋」之間移動，很難能綜觀其文學全貌。另外的原因則是，葉石濤文學是長時間累積的成果，他的小說創作有好幾個題材、風格迥異的系列，他的文學論述，也不斷地隨著他的文學思維變化而有遞變，總體的葉石濤文學像一座山，橫看成嶺側成峰，許多「他述」很可能只是一時、某件「作品」的批評或討論，卻不一定適用為其作品的全部。這裡選錄的 20 篇「評論」，與其說是葉石濤文學評論的選樣，還不如說是葉石濤文學評論者的選樣，它代表各種背景的評論或評介者「閱讀」葉石濤文學的方法。茲分述如下：

　　1.葉石濤〈《文藝臺灣》及其周圍〉（文學自述，1979 年）。

　　2.葉石濤〈府城之星・舊城之月──日據時期文壇瑣憶〉（文學自述，
　　　　1980 年）。

　　3.葉石濤〈一個臺灣老朽作家的告白〉（文學自述，1988 年）。

4.葉石濤作，彭萱譯〈我的臺灣文學六十年〉（文學演講稿，2007
　　年）。

5.黃武忠〈編織人生氍毹的葉石濤〉（綜論，作家論，1981 年）。

6.應鳳凰〈懷念奠基者——刻畫文學里程的葉石濤〉（綜論，作家論，
　　1986 年）。

7.鍾鐵民〈葫蘆巷裡的長者——小說家葉石濤〉（綜論，作家論，文友
　　評述，2000 年）。

8.趙慶華〈老朽的年代，不褪色的青春夢——永遠的「文學青年」葉
　　石濤〉（綜論，作家論，作家報導，2001 年）。

9.垂水千惠作，彭萱譯〈貫穿「臺灣主體的文學」——葉石濤〉（綜
　　論，文學觀之論述，2002 年）。

10.陳芳明〈歷史的歧見與回歸的歧路——鄉土文學的意義與反思〉
　　〔節錄「葉石濤與陳映真的對峙」部分〕（綜論，文學觀之
　　比較論述，2002 年）。

11.鄭烱明〈〈蝴蝶巷〉外一章〉（作品評介，2004 年）。

12.鄭清文〈葉老未老〉（綜論，文友評述，2004 年）。

13.陳明柔〈夢獸葉石濤〉（綜論，作家論，2004 年)。

14.李昂〈紛爭的年代——葉石濤訪問記〉（訪談錄，1974 年）。

15.鍾肇政〈臺灣文學之鬼——葉石濤〉（綜論，作家論，文友評述，
　　1989 年）。

16.彭瑞金〈葉石濤的臺灣文學評論和文學史〉（綜論，文學史觀之評
　　論，1998 年）。

17.林鎮山〈牡丹與雛菊的傳奇——葉石濤小說的女性／書寫〉（綜
　　論，小說作品評論，2001 年）。

18.陳建忠〈從皇國少年到左傾青年——戰後初期葉石濤小說創作與思
　　想轉折〉（綜論，小說作品評論，2007 年）。

19.澤井律之〈論葉石濤之《臺灣文學史綱》的重要性與問題點〉（單

行本著作，評論，文學史之評論，2001 年）。

20.松永正義作、李尙霖譯〈關於葉石濤〈臺灣鄉土文學史導論〉〉（單
　　篇作品評論，1999 年）。

　　葉石濤的文學行程自述文，屬於他零星寫就的「文學回憶錄」，本選集
所選的第一篇〈《文藝臺灣》及其周圍〉，主要交待他走出臺南二中的校門
即走進西川滿的《文藝臺灣》的因緣及經過，也是他臺灣文學閱歷的初
發。問題在於西川滿代表的 1940 年代臺灣文學勢力的日人派和臺灣本土作
家張文環帶領的《臺灣文學》，是敵對的陣營，如何從西川氏的日人立場臺
灣文學觀調整到具臺灣本土主體意識的文學觀，作爲日後臺灣文壇最重要
的臺灣文學史觀建構者的葉石濤而言，以紅顏美少年即闖進當日文壇的核
心，嚴格說來，是禍福參半的經歷。葉石濤在「文藝臺灣社」的職務是半
職員、半學徒，而西川滿是養尊處優的名仕派文人，尤其他那絕對的唯美
派風格，對於初初踏入文壇的小說家葉石濤而言，無疑也是一種困惑。葉
石濤的文學觀和小說創作風格，一直沒有辦法和他同時代、同年齡層的臺
灣作家同思、同風、同格，或許和他這段文學初發有一定的關係。本文雖
然表示，他和西川滿近距離接觸，便知道自己和他是不同「世界」的人，
不可能成爲同風、同格的文學人，但也不否認他曾經師事西川氏的文學。
這對於研究、探討葉石濤文學、無論評論或小說的「特異性」，都是不可忽
略的線索。

　　〈日據時期文壇瑣憶〉可以說是前段回憶的「續記」，記他以 18 歲的
年紀，偶然闖進臺灣文壇風暴的中心，除了見識西川滿身邊的知名作家、
文人之外，也有機會認識西川敵對陣營的作家，從西川那裡感受的困惑，
也在西川的敵營裡遭到棒喝，於日後文學視野的建立，也有一定的影響。

　　除了少年時代的文學因緣，影響葉石濤文學思維和創作風格的最重大
因素，則非 1950 年代的入獄經驗莫屬。戰後初期的葉石濤，是屈指可數的
少數不受「跨語」因素影響，按照自己的步調往自己的文學前進的「日治
時代作家」，但 1951 年 9 月被捕，以「知情不報」遭判刑五年，實際上坐

牢三年，對他的人生、文學造成的重大影響，可說無可言喻。無辜入獄造成他的「前政治犯」身分，使得他失去國民學校的教職，在謀職無著、落魄、喪志、流離顛沛中、整整經歷 14 年之久，才得重返擔任教職的人生軌道。在完成《臺灣文學史綱》不久的 1980 年代末、1990 年代初，他以「一個臺灣老朽作家的五〇年代」為總題，寫了系列性的「告白」，一方面是回應某些不知天高地厚的後進以「老弱文學」對他這一代作家的抨擊，一方面是回首一段自己人生最慘澹的歲月，最後就以該總題為書名結集出版，算是他比較有計畫完成的一本「回憶錄」。

《一個臺灣老朽作家的五〇年代》一共分為：

「沉痛的告白」、「幼、少年時代」、「青春時代」、「白色恐怖時代的來臨」、「蹉跎歲月」、「細說五〇年代的白色恐怖」、「土地改革與五〇年代」、「執教鞭、鞭出五〇年代的滄桑」、「鄉村教師」、「稻草堆裡的戀情」、「約談」等 11 章。雖然總題是說寫 1950 年代，但生活史是連續的，1950 年代會扯入白色恐怖統治的受害者群，一定也有某個來由，所以細說從頭、從幼、少年的時代寫起，也寫青年時期的受想行識，都是想說明生命的歷程每個階段都是環環相扣的。一顆在 1950 年代受傷的靈魂，不可能走出 1950 年代便傷復痊癒，想執教鞭遭逢的坎坷、鄉村教師的屈辱、落魄……沒有止境的監視、調查、約談，都不因 1950 年代的過去而終結，1950 年代的遭遇，如同鬼魅纏繞作家的一生。

〈一個臺灣老朽作家的告白〉，是他 62 歲時、對過去生命史的總的回顧，並且是偏重文學成長經歷的回顧，也是事隔多年，有些回憶不盡可靠，譬如見過什麼人、讀過什麼書，但對有如傷疤般的生命刻痕，才是他回憶的重點，所謂「沉痛」，也是肇因於此。1950 年代因白色恐怖入獄，事涉那個年代的年輕知識分子或多或少都有社會主義思想、書籍的涉獵，〈一個臺灣老朽作家的告白〉有他年輕時代的閱讀書目和他的生長環境的對照比讀，作者藉之「告白」的事，他只是時代、環境教育出來的、不自私、不閉鎖的知識分子，不忘淑世的熱忱，如果因對人間有望、有愛，就

被視為犯罪，那種沉痛雖令人無奈，但也是不能不扛的。葉氏的一系列「告白」，以自己的「思想遞變」為軸，說的是自己的經驗，終極要說的、也是要辯護的是自己文學觀的形成，偉大也好、平凡也好，甚至懦弱、老邁也好，就留給他人去評斷了。

〈我的臺灣文學六十年〉有兩種版本。2002 年 6 月，行政院文化建設委員會指派葉石濤等人出席在名古屋召開的臺灣研究會的年會，同時又應邀東京大學文學部演講，演講的內容全文刊於《新潮》雜誌，旋由張文薰翻譯發表於《文學臺灣》。其實，葉氏於演講前撰有日文演講稿，因演講時間有限，只談到戰前的部分，因此，將原稿交由彭萱翻譯，五年後也在《文學臺灣》刊出。本集選用的是後者，本演講稿，由於對象是日本的臺灣文學學者、研究者，基本上是個人成長、寫作史加上戰後臺灣文學史的節縮版，雖然是概述的概述，卻是葉石濤文學的觀察之眼。

黃武忠的〈編織人生氈毯的葉石濤〉和應鳳凰的〈懷念奠基者——刻畫文學里程的葉石濤〉，分別是簡介葉氏的小說事功和文學論述（特別是臺灣文學理論基礎）的奠基貢獻。雖然只是綜合性的概述、簡介，但在葉石濤《臺灣文學史綱》出現之前，即使這樣的淺介也不多見，選用這兩篇評論，主要是印證葉石濤文學走過的孤寂歲月。

〈葫蘆巷裡的長者——小說家葉石濤〉是葉氏的後輩文友鍾鐵民以仰角看葉石濤文學。這篇作品發表於葉氏獲得行政院文化獎、報社所做的「專輯」。鍾鐵民以同為小說家作見證的心情，特別感受到葉氏寫作小說的年代，做為臺灣小說家的「辛」情。趙慶華的〈老朽的年代，不褪色的青春夢——永遠的「文學青年」葉石濤〉，是雜誌以葉氏為封面人物的「報導」文字，更年輕一代的評述者，以驚豔的心情寫下她的發現，看似老朽一輩的作家，卻讓人在他的作品裡屢屢發現對文字、永不褪色的青春想望和熱情。這些有意、也可能無心深入作家文學內在的素描，或許更能幫助一般或初識葉石濤文學的讀者，更容易親近葉氏的文學心靈。

日本的臺灣文學學者極為共同的特色是，從文學社會學的角度去研究

臺灣文學，著重的是文學和社會的對話，也基於他們的學術研究的本位立場，普遍比較偏重在和日本統治臺灣時期的文學，當然，戰後的臺灣文學如何從去殖民的觀點，走出自己的路來，也是他們感興趣的議題，葉石濤的文學崛起於日治時代，而且從曾經任職《文藝臺灣》、隸屬西川滿旗下的文學初發，又如何走過戰後的反共文藝年代，成為臺灣文學本土論、力倡主體意識的導師，尤其是域外學者關切的焦點。垂水千惠的短論〈貫穿「臺灣主體的文學」──葉石濤〉開宗明義已經交待，是她在 2001 年 12 月參加在高雄舉辦的「葉石濤及其同時代作家文學國際學術會議」，發表〈「糞 realism」論爭之背景──與《人民文庫》批判之關係為中心〉的延伸論述。「糞 realism」一文提到 1940 年代西川滿及其周邊的作家，以「糞 realism」抨擊張文環等人的《臺灣文學》。垂水的論文認為其事其來有自，1930 年代的「人民文庫」就曾遭受相同的攻擊。但因為加入「糞 realism 事件」的，有「葉石濤」（葉氏在 2002 年接受鄭烱明及本人訪問時，表示是西川滿借用他的名字發表該文。）參與其中，垂水千惠特別表示不願讓人誤會她撰文對葉氏的推崇和敬重的本意。垂水這段短文算是書介，刊登在《朝日新聞》的「夕刊」上，但非常重要的是，它一針見血地道出，一生紛紛擾擾、曲曲折折的葉石濤文學，等到「史綱」一出版，所「提出包含了戰前日本文學、明確的臺灣主體文學史觀。」立刻釐清了葉石濤文學的真面貌。

　　陳芳明的〈歷史的歧見與回歸的歧路──鄉土文學的意義與反思〉（節錄「葉石濤與陳映真的對峙」部分）提出了罕見的 1970 年代的臺灣鄉土文學論戰的議題焦點、全在於葉石濤與陳映真之間的分歧的見解。葉氏並未參加論戰，但他的〈臺灣鄉土文學史導論〉的確是鄉土文學論戰的導火線，荒唐的只是論戰時，陳映真反而成了鄉土派的代言人。陳芳明以簡約的「臺灣為中心」和「中國為中心」的對立思考，劈開了一頁文學史的迷糊、渾沌。雖然這不是針對葉石濤文學的直接評論，但對於葉氏文學觀卻有重要的釐清的功能。

　　鄭烱明的〈〈蝴蝶巷〉外一章〉和鄭清文的〈葉老未老〉都是應《文學臺灣》「鍾肇政、葉石濤八十大壽祝賀專輯」所寫的回憶文章，兩人都是和葉氏相交逾 30 年的老友，鄭烱明是和他一起創辦《文學界》、《文學臺灣》的伙伴，卻不直寫文學事，而是透過生活細節的對話，去記述兩代臺灣文學人內心共同的堅持。鄭清文也是寫和葉氏相交的生活瑣事，畢竟是觀察、感覺敏銳、細膩的小說家，鄭清文看到一般人看不到的葉老的另一面——喝明星咖啡、住陋室聽古典音樂、買書成癖，他不只浪漫，「也是一位腳踏實地的人」。有助於從閱讀文學之外去「閱讀」葉石濤文學。

　　陳明柔的〈夢獸葉石濤〉是她的《我的勞動是寫作——葉石濤傳》的節錄，簡短的篇幅卻交待了葉氏一生的文學行程，是很好的葉石濤文學閱讀入門。夢獸是葉氏用來形容自己的創作，陳明柔順著這樣的語意，描述葉氏一生於文學無止境的追逐。

　　李昂的〈紛爭的年代——葉石濤訪問記〉應該是葉氏生平第一次接受正式訪問留下的紀錄，而且不是電訪也不是面訪，而是訪問者擬定訪題之後，由葉氏親自筆談，記錄之真實性及內容之紮實，都不是一般訪問所能比擬。這次訪問的主題，集中在葉氏的人生經歷和他的小說創作的關係，不及其文學評論與文學思想，更準確的說，葉石濤在 1965 年復出文壇之後，到 1970 年代初所完成的《羅桑榮和四個女人》、《葫蘆巷春夢》、《晴天和陰天》、《噶瑪蘭的柑子》等幾個系列的寫作，獨特的作品風格（指後來被稱作黑色幽默的作品），引起文壇的矚目，李昂的訪問動機，很像是要代文壇搜尋探祕，葉氏也以開放的態度知無不言、言無不盡，充分吐露自己的創作心境，是一篇認識葉石濤文學最重要的文獻。

　　北鍾南葉的數十年文學戰友情誼，不僅早已是文壇佳話，二人之分進合擊，更是對戰後臺灣文學，成就了無與倫比的貢獻。有趣的是，兩人都曾經以「臺灣文學之鬼」正式撰文為對方的文學定位。「鬼」在漢語裡面不是「好」字，但在日語裡的意義卻是正面的，有神或天才之意，猶如西語裡的精靈。這篇文章從回溯二人的初識到如何相知相惜、在文學上依個人

專長分工為臺灣文學打拚、奮戰之外，也寫到二人一「識」鍾情，葉氏經歷的人生顛簸使他常懷挫折感，沒有保留的傾訴，都在鍾肇政那裡得到舒解、慰藉。鍾肇政細述二人交誼，沒有頌揚、沒有虛美，只說倚賴，然而所賴共同扶持的不是個人文業，而是臺灣的文學共業，和許多客觀、旁察的葉石濤文學記述不同的是，〈臺灣文學之鬼〉有描述者與被描述者之間，共同的文學 DNA。

　　彭瑞金的〈葉石濤的臺灣文學評論和文學史〉一文，實為《葉石濤評傳》的一章，主要衍述葉石濤從立志撰寫「臺灣的鄉土文學史」到《臺灣文學史綱》完成，漫長的臺灣文學史撰述過程中、對於臺灣文學定義、定位的不斷尋思和辯證，嚴格說起來就是他的臺灣文學史觀的建構歷程。

　　林鎮山的〈牡丹與雛菊的傳奇──葉石濤小說的女性／書寫〉，是作者致力於葉石濤短篇小說英譯工程的副產品，也是一篇嚴肅的葉石濤作品論。這是一篇以議題為取向的研究論文，焦點集中在葉氏以女性書寫的作品。和陳建忠的〈從皇國少年到左傾青年──戰後初期葉石濤小說創作與思想轉折〉，重點放在葉石濤戰時、戰後作品呈現的思想遞變研究不同。林鎮山關注的是葉石濤的小說藝術，陳建忠關心的是文學背後史實的澄清，是文學作品的切片研究。葉石濤的戰後初期小說，遲至 21 世紀初才全面出土，之前的葉石濤研究、討論都是從〈林君的來信〉、〈春怨〉就直接接續到《葫蘆巷春夢》等 1960 年代的作品，從 1970 年到 1990 年代，葉石濤的小說創作，又幾乎間斷了 20 年。這兩篇論文的研究方向，對葉石濤的小說創作有彌合、連結的功能。

　　澤井律之和中島利郎是葉石濤《臺灣文學史綱》日譯版的共同譯者，澤井律之的〈論葉石濤之《臺灣文學史綱》的重要性和問題點〉和松永正義〈關於葉石濤〈臺灣鄉土文學史導論〉〉，都是兩位日本學者參加葉石濤文學學術研討會發表的論文。澤井的文章發表於史綱日譯本出版之後，他的論文表示，史綱的日譯計畫是在滿布對史綱的負面批評中展開的，但論文的主要內容顯示，隨著翻譯過程的訪談、查證、深思，已能充分理解葉

氏所主張「臺灣鄉土文學」理由和思想背景，也清楚了解到史綱以「臺灣本土文學史觀」貫串全篇的苦節苦心，最終也充分肯定「在解讀臺灣文學的這條路上，對於葉石濤的熱度應該是不會減退的。」松永正義相對於澤井，是更爲早覺的、日本學界的臺灣研究者，不過，松永一向是偏以社會學的角度研究臺灣的文學，他的論文發表於 1999 年 6 月，也是臺灣文學界第一次以葉石濤文學爲名舉辦的國際學術研討會。這篇論文雖是針對〈臺灣鄉土文學史導論〉而發，卻提供了只有「旁觀者」才有的葉石濤臺灣文學歷史定位觀察，本文率先指出 1977 年的鄉土文學論戰，是「葉石濤」以臺灣意識爲基礎所展開的論述，與陳映真繼承中國新文學運動批判精神之主張，兩者之分歧，這有助於解開論戰時、擁護和反對鄉土文學兩派的民族認同差異何在的困惑。其次，松永的論文緊密對照了 1970 年代以來的社會變貌，從外在的事件到內在思想的遞變，藉以說明葉氏文學思想、主張的變化，以社會學的方法詮釋文學，別具隻眼。主要是指出，1970 年代，乃至日治時代臺灣知識界的「臺灣」、「中國」民族意象的未分化朦朧交錯，是極爲普遍的現象，非葉氏一人特有。第三，1970 年代的臺灣文學思潮是社會主義與民族主義二大要素驅動而成，葉氏之臺灣文學論述特徵是「明確地主張以日治時代的臺灣文學傳統爲基礎，發展 1970 年代的鄉土文學。且其主張之概念核心，並非形成於……論戰中，……。」第四，松永的論文認爲，諸如「皇民文學」之類的臺灣文學面向，雖在臺灣文學的共同經驗中占有一定地位，但隱藏在其背後的現象，更不得忽略，因此「葉石濤站在抵抗層面的立場上，解讀日治時代臺灣文學的態度，其重要性不言而喻。」松永的結論則認爲：「〈臺灣鄉土文學史導論〉一文，……完全是因爲葉石濤在二次大戰後，孜孜於傳承日治時代臺灣文學傳統的努力，終於在進入 1970 年代後開花結果，發展出得以表現自我文學主張的理論架構。」

四、結語

　　葉石濤評論資料，含專書著作在內，多達一千多筆，僅選錄 20 篇，當然只是這眾多資料文獻的一小小的取樣，實不足涵蓋葉石濤文學於萬一，本編刻意少選有關葉氏文章嚴肅的論述，選了不少「人情」文章，主要是因為葉氏自己就是著作等身的評論大家，關於文學思想、主張，作品評價的評論，宛如一座座峰巒相連的群山，實在很難由他人置喙，特別是他又是作品風格獨具的創作者、小說家，從理論、評論到創作，又有許多溝縫和縫合的問題，大概也沒有人可以比葉氏的著作中，尤其是他的自述傳中，有更具說服力的說法。葉氏是戰後臺灣文學行程特長的長跑者，又身逢一個文學環境多變的年代，他的文學中的「變」與「不變」，豈是容人以瞎子摸象寓言般斷言？本編選文寧取其輕淺，刻意避開凝重，旨在期待葉石濤文學的知音，親登其「山」、親歷其「境」，好的、理想的登山指南，則有待來者。

輯四◎
重要評論文章選刊

《文藝臺灣》及其周圍

◎葉石濤

一、到臺北去

　　1943 年 4 月的某一天，我告別心愛的故鄉府城臺南往臺北就職。我的行李很簡單，只是一些換洗的衣服和盥洗用具而已。我甚至連棉被也沒有帶，打算多天到了再設法。我很少離開過臺南，這樣的遠行還是破題兒第一遭。原來我已接到西川滿先生的一封信，催我趕快到臺北踐約。在 1942 年杪，我同西川先生講好，一畢業就到「文藝臺灣社」去工作，幫忙他做一些編務雜事，其實說穿了我是不折不扣的書生（書僮），這一去是拜師學藝，向西川先生學習做人的道理及文學行業的訣竅。

　　我在州立臺南二中求學時候熱中於挖掘臺南地區的先民遺跡，每一次挖到薄如蛋殼的黑陶碎片或大型磨製石器，都給我帶來不輸於寫成一篇小說的快樂。因此，從中學二年級開始，我的整個精神都集中在文學和人類考古學上面。我所讀的書除去文學書籍之外，還擴大到有關考古學、心理學、社會、經濟、歷史、哲學等領域。我還記得當我讀到摩根（Morgan）的《古代社會》時那茅塞頓開的一番欣喜。因此，在迷糊的小頭腦裡塞滿了許許多多莫名其妙的知識。當然有些深奧的理論我看不懂的，如康德（Immanuel Kant）的《純粹理性批判》這一類的書；不過我倒是有辦法生吞活剝地硬記下來，我指望年老的時候把這些零碎知識拿出來反芻，猶如一隻老牛那樣。我從來也未曾想到這些雜學有一天會派上用途，幫助我了解社會上各種事物和現象，使得我能相當客觀地觀察時代社會變遷的歷史以及人內心世界裡的各色各樣的魑魅魍魎。由於差不多每個禮拜天，我都

一個人背著背囊在府城郊外的田野裡踽踽獨行，觀察地形，找尋臺灣古代種族遺留下來的貝塚或遺址，所以我附帶地養成了強健的體魄，忍飢耐餓的一套本領。因為日本敗戰之象愈來愈明顯，米、肉、糖、鹽等生活必需品都是配給的，我這禮拜天的徒步行腳的一餐常常是兩條蒸熟的紅皮甘藷，一水壺的白開水罷了。還好當我餓得發昏的時候田地裡總有一些甘蔗可供我療飢。我又沒錢搭車，所以行程只好都靠兩條腿，一天之內來往二、三十公里並不稀奇。若要到遠一點的地方非搭火車不可，我也會忍痛買車票，但那幾毛錢的開支也常令我頭痛。我家弟妹連我算在內共六個，我是長子，下來個個都在念中學或小學，父母要張羅學費和生活費已捉襟見肘，那有錢供我玩樂？況且我父親賦閒在家的時候居多，家裡只靠六甲多田地的地租過活，日子過得非常辛苦。還好我是個很迷糊的少年，從沒想到過活是多麼艱辛折磨人的一回事，一味地陶醉於文學的幻想世界，追求古代種族生活難解的謎團，而日子倒過得愉快。儘管如此，我的足跡所到之處，離不開府城周圍 30 公里之內，很少到達像嘉義、高雄等鄰近的城市。這在那交通不方便的時代，大約是司空見慣的事情，除非是做生活、求學或就職，很少人無故離開家鄉，大多老死在府城湫隘的陋巷裡。

此行我所帶往臺北的是一顆充滿對文學憧憬的心和一副傲氣。原來我寫的小說〈林君的來信〉已被刊登在《文藝臺灣》四月號。雖然這篇小說的確是技巧很幼稚的習作，但是在日本人橫行跋扈的時代裡，一個年紀未滿 18 歲的臺灣人以日文撰寫的小說竟能在日本人作家主編的文學刊物上露面，這的確引起了當時臺灣前輩作家的注意。後來我在去年（1978 年）陪日本奈良天理大學教授塚本照和先生到佳里去拜訪鹽分地帶名作家故吳新榮先生公子吳南圖先生時，吳醫生送給我一本精裝的吳新榮先生日記，在那日記裡看到吳新榮先生的一段紀錄，似乎吳先生也注意到我這後生小子的這一篇小說。

幾達九小時的漫長火車旅行中，我一直眺望青翠的田地，點綴在大地裡的灰黯的茅草土角厝的農家，翱翔天空的白翎鷥，那時候白翎鷥是構成

農村風景的主要角色呢！這時候我忽然想起 16 世紀時航經臺灣沿海，看到葳蕤蒼翠的一片美麗大地，大聲歡呼「ILHA! FORMOSA!」的那些葡萄牙水手。再想到眼前這平和的景色，我有置身戰爭之外，無視於日本人暴虐統治的愉悅心情。然而在這種和平的景色裡卻隱藏著時代快要轉變的風暴。日本人的仗打得愈來愈糟，似乎已是歷史的事實，但是這樣的歷史動向會把我們苦難的臺灣人民帶向何處？大家心裡都有一份隱憂，也有一份溫熱的幻想。

傍晚時我到了臺北。臺南二中的同學，也就是今後要跟我住宿在一起的蔡君、林君、郭君都來車站迎接。林君和郭君在醫專念書，蔡君在高商念書，我們就搭巴士到離開雙連火車站不遠的下奎府町，郭君兄嫂的家裡去。當晚就和他們胡亂睡了一夜，恰似參加修學旅行的女學生似的，整夜胡扯瞎鬧，直到東方現出魚肚色時才朦朧睡了片刻。

早上八點多鐘，我一個人離開下宿，尋找「文藝臺灣社」去。事先我已研究了路程，所以很快的找到一條三線大馬路走，進幽靜的日本人高級住宅區裡去。「文藝臺灣社」竟是一間長屋（大雜院）式的其貌不揚的日本風格民房。房子前面有一條大水溝，一進去玄關，我就喊了一聲「有人在嗎？」西川先生穿著日本浴衣出現了。他看到我一身學生制服顯得有些驚訝，後來也許想到我剛畢業不久穿制服是理所當然的吧！含笑招我進去。脫鞋上去榻榻米上，我看到靠窗放了一把桌子和椅子，兩旁都是堆得快要到天花板的書籍。後來我才知道這些都是西川先生的日孝山房刊行的書，其中包括了價值昂貴的豪華限定本，如著名的詩集《華麗島頌歌》。西川先生的太太是一位瘦瘦的、眼睛大而顯露著靈性的中年婦女，據說是著名的戲劇作家松井桃樓先生的千金。西川先生的兒子年紀還小，大約是五、六歲吧！長得聰明可愛討人喜愛。他這個兒子，三歲能詩，已出版了一本《啞啞詩集》（即日語カタコト詩集也）；當然啦！三歲的幼孩即使是天才也不會握管寫詩，這是他的作家爸爸代勞寫下的。不過把幼孩啞啞學語中的片言隻語拿來入詩，的確是頗富創意的，令我肅然起敬。我的工作是幫

西川先生看稿，跑印刷所校對，去郵局發寄書本，有時須到總督府去，看雜誌的內容是否通過檢查等，雜事很多。須知日據時代的刊物都要事先通過衙門「檢閱」的這一關，才准許印刷發行的。

二、《文藝臺灣》簡史

《文藝臺灣》本來是 1940 年成立的第一屆臺灣文藝家協會所發行的文學刊物。在創刊號編輯後記裡說到「臺灣文藝家協會是在臺官民有志於文學的人，《臺灣日日新報》、《臺灣新民報》兩報社學藝部以及各種文化團體的積極支持下」成立的。當然首倡的是住在臺北的日本人作家，而且是爲了慶祝日本開國 2600 年起見結成的組織。不過跟以後的文學報國會臺灣支部和皇民奉公會文化部不同，它似乎不是言論統制的機構，而是聯絡作家感情的聯誼會。因爲此時日本尚未發動太平洋戰爭。而且日本的盟友納粹德國的雷擊戰術奏效，波蘭已淪陷，正要侵略法國，由於情勢較好，日本人個個意氣如虹，軍部更磨拳擦掌，躍躍欲試，以便一舉消滅「英鬼、米鬼」。在殖民地臺灣雖然加緊推行皇民化運動，但臺、日知識分子的意識形態裡還保存著濃厚的自由主義傾向。由於 1937 年日本政府強制廢止臺灣報刊的漢文欄，由楊逵主編的《臺灣新文學》廢刊。臺灣作家失去發表作品的園地，所以很渴望有一塊新園地以供筆耕，因此《文藝臺灣》的出現，頗受歡迎。編輯委員幾乎網羅了詩、小說、評論、民俗學、政治學等領域的著名臺、日文人，頗有綜合雜誌的風格與內容。但是這一本雜誌並非全島性的，只是局部性的，而且也缺乏符合國策的戰爭色彩。

次年 1941 年，針對這些缺點謀求改進，於是臺灣文藝家協會改組成立了第二屆臺灣文藝家協會，逐漸走向符合國策的路線去，這只要看到協會會則第二條的「本協會基於國體精神，透過在臺灣的文藝活動，以協助文化新體制之建設爲目的」就不難明白了。因此《文藝臺灣》從七號開始，脫離了臺灣文藝家協會，由西川滿創立「文藝臺灣社」改爲月刊繼續發行。西川滿本來是個唯美主義的藝術至上主義者，也許他不喜歡政治干涉

文學，他要把《文藝臺灣》改造使它成為純文學的刊物。在西川滿控制下的《文藝臺灣》原本有同人雜誌的面貌，但實際上似乎由西川滿個人籌錢經營編輯，所以成為染上西川滿個性色彩豐富的華麗雜誌，然而他並不排斥有不同文學主張的其他作品，像他的同伴濱田隼雄的小說就有強烈的寫實主義傾向。

　　大約在這個時候張文環也脫離了臺灣文藝家協會，另起爐灶，創辦「啓文社」，發行《臺灣文學》。以寫實主義為基礎注意鄉土現實的《臺灣文學》較有民族意識，在思想、文學見解上同藝術至上主義的《文藝臺灣》截然不同，結果兩本風格、傾向互異的文學刊物針鋒相對地對立起來。然而做為主編的張文環也不是胸襟狹窄的排除異己者，《臺灣文學》也並不排斥日本人作家，只要是好作品，他也刊登抒情性豐富的創作。

　　由於《文藝臺灣》變成西川滿個人的刊物，所以這本刊物的外觀也就反映了西川注重傳奇的、異國情趣的傾向。儘管雜誌的封面以「文章報國的決心」幾個大字，表示擁護國策，其實這是曚混當局的障眼絕招，西川仍然我行我素，雜誌上所刊的木刻畫、照片仍然是藝術性豐富、刻意呈露出臺灣的鄉土色彩。到了 1942 年，雜誌的內容迅速改變，搖身一變而為謳歌侵略戰爭的刊物。這是隨著太平洋戰爭的開展，皇民奉公會加緊言論統制的結果。

　　1943 年 11 月，在總督府情報課、皇民奉公會中央本部、臺灣文學奉公會等機構主持下，在臺北召開「臺灣決戰文學會議」。它的討論題目是「確立本島文學決戰態勢，文學者的戰爭協力」，約有臺、日作家六十多人參加會議。在討論中西川滿代表《文藝臺灣》同人，為了「文藝雜誌進入戰鬥配置」願意把《文藝臺灣》奉獻給當局。結果《文藝臺灣》與《臺灣文學》同時壽終正寢，代之而出現的是 1944 年由臺灣文學奉公會發行的《臺灣文藝》。從此作家都只好「以筆代劍」，淪為侵略戰爭下的報導工具了。

　　今天來回顧《文藝臺灣》與《臺灣文學》的對立，我們可以指出爭論

的主要關鍵在於意識形態的對立。因為兩本雜誌都是臺、日作家共同筆耕的雜誌，而且是清一色日文作品，在苛酷的言論箝制之下，很難有露骨、尖銳的批評政治的作品出現。然而臺灣作家的民族意識都像一股暗流隱藏在作品裡面，支配了作品的精神結構。即使如此，以個別作家的作品而言，這兩個刊物之中似乎也看不出有任何具體的、明顯的不同之處。簡言之，決定這兩本刊物的特徵和風格的，似乎來自兩個主編意識形態的不同；一個是有濃厚統治者意識的西川滿，另一個為滿腔被壓迫民族抵抗意識的張文環。不過，在《文藝臺灣》裡常看到所謂「皇民化文學」，而在《臺灣文學》上絕對看不到這一類作品倒是事實。除去周金波刊登在《文藝臺灣》上的〈志願兵〉等一系列的小說毋庸置疑，是不折不扣的皇民化文學之外，陳火泉發表在《臺灣文藝》的〈道〉、王昶雄發表在《臺灣文學》上的〈奔流〉都需要新生代作家予以一番剖析始能確定它在光復前臺灣文學史上的位置。即令是周金波的小說，我也並無「深惡痛絕」的感覺，在那戰爭時代，毫無疑問的一切價值標準都混亂了。在日本人的壓迫下，中了日本軍國主義教育的毒素很深的某一些臺灣作家，他的意識形態自然被扭曲了。三十多年的歲月流逝之後，再來挖掘瘡疤似乎並不「厚道」。好歹這些小說也反映了某一個臺灣歷史階段的血跡斑斑的，被壓迫的生活事實，我和鍾肇政兄的見解相同，希望當作歷史性文獻或紀錄留下來，以便後代人能夠徹底了解那時代的環境。

1943 年 7 月，我的另一篇小說〈春怨〉又刊登在《文藝臺灣》上。從此，在內心裡我愈來愈相信，我選擇了文學這一門行業是走對了路。在這種心高氣傲的心態下，我在《興南新聞》（原本為《臺灣新民報》）投寄痛罵〈糞寫實在主義〉的一文，極力擁護浪漫主義。結果我的文章受到一連串的猛烈的圍剿，以世外民為首的臺灣作家指責我是個「偽浪漫主義」者，我倒是洋洋得意不以為忤。同時張文環、呂赫若等前輩作家也聯袂找到我在下奎府町的住所。剛好我不在。回到下宿以後，朋友們繪聲繪影的告訴我，這些前輩作家氣勢洶洶，似乎目的在揍我一頓以便洩憤。我當時

是未滿 18 歲的少年。這一來嚇得喪神落魄，好幾天都東藏西躲，深怕被人暗算。其實這都是我的杞憂，以後我在好幾次文學座談會上碰到這兩位前輩，他們都以和藹誠懇的態度，稱讚我的文學成就，希望我對臺灣文學的歷史，做一番更深的鑽研。了解寫實主義是臺灣新文學主流的歷史性事實。然而生活體驗的缺乏及本土社會變遷歷史的認識錯誤，使得我仍然執迷不誤。這種見解的錯誤，來自我的意識形態的不明確；那時我還未能確立堅定的世界觀，我的思想裡充滿著日本軍國主義教育的遺毒。一直要到臺灣社會發生巨變——即臺灣光復，回歸祖國懷抱，擺脫殖民地的枷鎖，接受來自大陸的各種思想形態，讀破了五四文學運動以後豐繁的文學作品以後才扭轉過來。特別令我感覺很深的是國父的三民主義以及周佛海所寫的一本詮釋三民主義體系的書，由於這兩本書都已有日文譯本，我就讀得津津有味了。

——選自彭瑞金主編《葉石濤全集・隨筆卷一》
臺南、高雄：國立臺灣文學館、高雄市文化局，2008 年 3 月

府城之星・舊城之月

日據時期文壇瑣憶

◎葉石濤

　　當 1943 年的春天我應聘到「文藝臺灣雜誌社」去擔任編輯工作的時候，我對於過去臺灣新文學運動的輝煌成就一無所知，倒是對於一系列的法國作家有粗淺的認識。至於日本文學用不著說，我幾乎熟悉得如數家珍，連江戶時代的《草雙紙》也略有研究心得，特別著迷於井原西鶴的眾多類似豔笑文學（Porno）的浮世繪般華麗的小說。《文藝臺灣》是由日人作家西川滿先生獨自出資所辦的刊物。如眾所知，西川滿先生是一位唯美派的詩人兼小說家，作品風格浪漫唯美，特別喜歡描寫臺灣這一塊美麗風土所隱藏的強烈的異國情趣（Exoticism）。臺灣瑰麗的風土是孕育我的母親，雖然我還沒有充分了解殖民地統治下臺灣民眾被欺凌的生活真實，至少我的生活環境會告訴我許多慘酷的現實，因此，有時，西川滿先生的異國情調的爆發使我覺得厭惡之極，弄得我坐立不穩起來。

　　在 18 歲的這個階段裡我的確是一個國際人（Cosmopolitan），堅決地、愚蠢地相信在藝術領域裡並沒有國境存在。還好，我雖然是徹底的西化派，可是卻不是皇民派，我不相信日本文學可以躋入世界文學之林裡去；這道理很簡單，我所知道的所有日本作家幾乎都是在歐美文學的薰陶下找到文學之路的；當然「青出於藍」，有朝一日日本作家也會敲開進入世界文學窄門之路的，不過在那 1940 年代的戰鼓笳聲中甚少有此可能。

　　爲什麼在日本殖民地的軍國主義教育之下長大的我，尚能保有明銳的批判精神，這應該歸功於我的民族意識吧？說是民族意識其實也不是那麼熱烈而冠冕堂皇的，這也許可以說是來自與生俱來的本能吧？此外，我臺

南的老家一向過著我國的傳統家族制度的生活，有點兒像《紅樓夢》的家居生活那樣，所以我很少被日本生活方式污染。我家從來沒有改過姓名，也從不在社會裡活動，我們不必依賴日本人的施捨過活。我的祖父輩的族人很少到日本去留學，如果非學高深的學問不可就回到廈門去念書了。在這樣老式的家庭裡縱令有日本皇民化運動的浪潮打進來，也是甚少有動搖生活根基的力量，只是如拍打海灘的波浪一波波地進來，又無聲無息地退回去。族人大都是靠田租過活的地主，或者經營著古老的行業謀生。我們這一群臺南府城的老居民既不是四腳仔派，也不是三腳仔，是道地的用兩腳站立的頂天立地的傳統派呢！

　　既然我有這樣根深柢固的古老心靈結構，那麼我很容易地覺醒又輕而易舉地找到真實的所在。

　　那時候我初次交往的先輩作家是龍瑛宗先生。我不知龍瑛宗先生為什麼不去參加張文環主持的《臺灣文學》集團，而倒在《文藝臺灣》發表過許多優秀的小說作品。龍瑛宗先生常常嘲弄我的一套浪漫主義文學理論，一針見血地指出我的幼稚與昧於知悉臺灣社會轉變的悲慘歷史，強調唯有反映社會真實情況的現實主義寫實文學才是殖民地統治下的臺灣文學應走的方向。我有時並不贊成他的弱小民族的文學觀，但至少我已經無法否認他主張建立臺灣文學以便消極地抵抗日本人壓制的一套鼓舞精神向上的理論。不過，我的浪漫之蟲並沒有死去，雖然我已經傾向於寫實主義文學，但浪漫餘燼時而會發作燃燒起來，使我不由自主地寫一些反駁寫實文學的雜文。我心裡至今仍覺得慚愧的是這時候我心血來潮撰寫一篇駁斥寫實主義的散文寄到《興南新聞》去，幸獲刊登。如眾所知，《興南新聞》是《臺灣新民報》在日人壓迫下改組的報社，我這篇短文等於向民族主義新文學運動的廟堂投下了一枚小小炸彈。果然，不出幾天，《興南新聞》就刊登了一篇署名「世外民」的作者的駁論。他徹底否認了浪漫主義文學在臺灣文學史的價值，又挖苦又諷刺，把我的短文批駁得一文不值。「世外民」這個名字很熟，我好容易才憶起了這是日本作家佐藤春夫以臺南禿頭港為背景

寫下的小說《女誡扇綺譚》裡的主角名字。我怒氣沖沖，心有未甘，想再接再厲地駁斥一番，倒是西川滿先生溫和地阻止了我，說「世外民」就是邱炳南，現時在東京帝大就學的臺灣籍青年才俊。當我獲悉邱先生是臺南人，也是前輩作家之一的時候，我這個憤怒也早就雲消霧散，浪漫之蟲也不再振翼鳴叫了。

　　不過，這小小筆仗卻引起了些漣漪。有一天我回到下宿（寄居住所），就有同住的一個醫科學生告訴我說，適才有兩個作家連袂來找過我，一個是矮胖而面帶兇相的中年人，自稱《臺灣文學》派作家張文環，另外一個高大英俊，衣冠楚楚，也自稱係《臺灣文學》派作家呂赫若。我說他們都是緣慳一面的前輩作家，到底有何事情找上我門來。那醫科學生若無其事地告訴我，他們好像怒氣焚心的樣子，似乎是因為你寫了一篇文章得罪了他們，他們磨掌擦拳打算把你揍得倒地不起。這全是一派胡言，為了嚇唬我而捏造的故事。驀地我臉色蒼白而渾身發抖，足足煩惱了一天一夜，才好容易使心智清醒了起來。後來我有機會跟張文環先生與呂赫若先生見了面，他們兩位都談笑風生從沒有提起過我的劣跡，倒是諄諄告誡我應多讀臺灣歷史，吸收臺灣新文學作品的菁華，創造富有個性的、表現臺灣民眾喜怒哀樂的文學。張文環先生前年去世，留下了一本描寫臺灣農民心靈的長篇小說《在地上爬的人》；呂赫若先生已經從歷史的舞臺消失不見，只留下了一本珠玉似的短篇小說集《清秋》。

　　在「文藝臺灣社」工作已近尾聲的時期，我逐漸與西川滿先生之間發生了磨擦與齟齬。這也難怪，我的民族意識越趨明確，我就越來越對過去的浪漫主義文學觀有所反省，反省產生了批判，因此，不像以前那樣毫無條件地贊成西川先生的文學主張，有時也會披瀝一番屬於一己的思想。這該是我捲鋪蓋回鄉的時候了。剛好這時候「日本文學報國會臺灣支部」要成立，西川滿先生大約是這臺灣支部的書記，他要呈報作家名單上去。當然一個作家必須要有著作才有資格成為日本文學報國會的會員。「日本文學報國會」可能是日本軍部統戰文化人的機構，其目的在於拉攏日本文人，

加強準備戰爭體制。不久，西川先生已經蒐集了很多臺灣作家的資料準備
呈報。當然膺選為日本文學報國會的會員，對臺灣作家而言並非什麼光彩
的事，不過既然同是作家，當然誰都不希望被人歧視。西川先生那時似乎
獨對黃得時先生有成見的樣子，他把黃得時先生的譯作《水滸傳》放在桌
面，一邊把玩著，一邊喃喃自語地說：「這算什麼！這算什麼！」黃得時先
生的作品，並不止這一本譯作，據我所知他寫過許多文學評論以及有關臺
灣文學史的精闢論文。至於黃先生為什麼勉強送出了有關中國古典小說的
譯作，自然我也猜到了他心裡不甘心情願的苦楚。我當時看不慣西川先生
猶豫不決的樣子，極力主張應該黃先生占有一席之地，否則漏掉了他，這
作家名單毫無意義可言了。

　　我暗地裡收拾雜物準備告別「文藝臺灣社」的最後幾天，我有幸見到
陳火泉先生。陳火泉先生是親自帶他的著名小說〈道〉來求見西川先生
的。我不知陳先生和西川先生談了些什麼。當陳先生告辭以後，只見西川
先生興高采烈地指著一堆文稿，連連稱讚，說他決定把這篇小說刊登在
《文藝臺灣》上。我返鄉之後這篇小說果然登了出來，才有機會一睹真面
目。這篇引起紛紛指摘與議論的小說，之後獲得芥川獎後補，這已是兵燹
席捲臺灣的戰爭末期了。同陳先生的小說獲得發表的差不多一樣時期《臺
灣文學》也發表了王昶雄先生的小說〈奔流〉；這兩篇小說同是探討皇民化
問題的小說，只是王先生的小說有明確的寫實風格，不容懷疑，他要表現
的是臺灣民族抵抗皇民化的意志。然而陳先生的〈道〉由於採用富於諷
刺、詼諧的喜劇手法去剖析皇民化運動下臺灣人的苦悶，主題不那麼明
顯。因此捕捉陳先生寫作時的心境就真叫人煞費苦心了。我始終相信陳先
生的〈道〉至少畫出了皇民化運動展開下臺灣知識分子自我徬徨的一個深
刻斷面，值得研討。但年輕一代的作家卻有所懷疑和有所批判；這就是生
活在日據時代，呼吸那時代氣息的老一輩作家與生活在思想複雜的戰後社
會的年輕作家之間的代溝吧？

　　當我返鄉之後，直到光復來臨，我一直埋頭閱讀有關臺灣新文學運動

的許多文獻與報刊雜誌，心裡愈來愈高興上帝賜我這麼一個機會，得以投身於臺灣文壇的漩渦裡，學到豐富的知識與體驗，從此以後我應盡一己棉薄之力量，爲發揚臺灣新文學堅強的民族精神而奮鬥了。

　　我希望這篇文章對於撰寫《日據時代臺灣文學作家小傳》的黃武忠先生能夠提供一些第一手資料，同時很感謝他刺激我這老朽作家再度挖掘往昔如煙的塵封已久的記憶。

──選自《聯合報》，1980 年 10 月 26 日，8 版

一個臺灣老朽作家的告白

◎葉石濤

一、

我生於民國 14 年日據時代殖民統治下的古老府城臺南。這一年，我們國父孫中山先生逝世。當然剛生下不久的我，對這事一無所知。同時，我當然也不知道，這個時代是剛好民國九年發軔的臺灣新文學運動逐漸進入佳境，脫離搖籃期，要跨入創作實踐為主的開花期的轉折點。後來，我一輩子和臺灣文學的各時代，各種不同運動直接或間接地有所接觸，這也許是跟我出生的時期冥冥之中有某種連繫的吧！

我這六十多年的生涯跨越了兩個截然不同的時代；幼少年到青春初期是在日本法西斯軍國主義的巨大陰影下受教育而長大的；而且我僅受過的高中教育也是在帝國統治下，太平洋戰爭的戰鼓笳聲下完成。不僅如此，我也曾正式做過帝國二等兵，日本戰敗之後，以波茨坦一等兵退伍。所以直到我 20 歲前後的生活，完全和現在六十多歲的日本老人的經歷沒有什麼不同。最大的不同在於我從小自覺自己是漢民族的一份子，我們的祖先來自唐山這一點上。至於有沒有濃厚的民族精神那就很難說了。我只知道，我好比是雙重人格的人，在學校，在社會的公開場合裡，必須講日本話，一舉一動都要像日本人一樣。回到家裡，我們又換了個人似的，把日本人的一切關在大門外，過著我們傳統的生活方式，說臺語、拜公媽、去廟宇燒香，以及偶爾聽一些長輩所說的有關中國大陸的傳承和故事。

民國 34 年臺灣光復，我們重新回到祖國的懷抱。這是我另一個生命的開始。雖然光復初期曾經遇到我這一輩子未曾看過的殘暴、荒蕪和摧殘，

但是青春的生命是強韌的，我得以克服各種心理障礙，認清時代的趨向。一直勇往直前，上帝佑我，終能邁入現時的風燭殘年。

我這一輩子在國民黨執政中度過了四十多年的漫長歲月，看到了許多不公不義，同時也看到了臺灣從一個落後的農業爲主的殖民地社會，進入富裕的消費社會。社會上的不公不義可以由改革政治體制的民主化來挽救，但是心靈上的空虛和荒蕪卻不能用任何豐裕的物質生活來填補和補償。未來的臺灣最重要的，毫無疑問的是人們心靈的再建構；唯有豐富而多元的思想教育才有助於提升整體臺灣人的心靈結構。

我這一輩子過著明暗兩種工作；明的工作是小學教師，一幹快要 40 年了。這個工作施給我三餐溫飽，帶給我做尊嚴的人起碼的生存條件。很慚愧，做一個小學教師的我是乏善可陳的。這不是說，我是個只圖混口飯吃的壞教師，而是在這小學教育裡，我只是忠實平凡的教師而已。40 年來的小學教育環境不能和社會的進步相比。教師負擔之重，令教師個個猶如負荷過重的老牛一般，喘不出一口氣來。我現時 65 歲，每週擔任 26 節自然科學的課，還兼了其餘數不盡的額外行政工作。耐心早已磨消了，愛心幸虧還存在，想到天真可愛的孩子，每天非拖著筋疲力竭的臭皮囊去上課不可。所以在明的工作裡，我只能做到盡責而已。但是我的潛意識倒能自由翱翔，時時刻刻在準備那另外一場打仗。

夜晚才是我真正打仗的時刻。我必須閱讀各種各樣的報刊雜誌以及新刊書籍，還得振筆疾書寫出我內心裡醞釀的各種理性的喃喃私語或慷慨激昂的控訴，同時也要把溫熱的有關人類未來燦爛的夢想，對臺灣文學發展的考察寫出來。這暗的工作帶給我的並不是快樂，而是更多的憂愁、悲傷和淚水。但是我竟然度過這樣漫漫長夜幾達四十多年，未曾沮喪過。從青春初期的日文轉移到中文是一個艱辛的過程，從拋棄法西斯軍國主義的遺毒到接受科學的社會主義是一個過程，從科學的社會主義到社會民主主義又是另外一個過程；總之，似乎有某種哲學思想的引導，我的心靈才會有新的開竅。所以我這一篇信手拈來的回憶斷片，應該以我的文學思想的變

遷爲主題開展，另外輔以對我發生啓蒙作用的中外各文學家的說明。

二、

　　我初次接觸真正文學作品，而不是安徒生或格林的童話，應該是考入臺南州立二中的時候開始。這個高中是殖民政府爲臺灣人子弟專設的高中，在一百五十多個新生中，日本學生只占三十幾個，其餘都是臺灣南部各州（縣）最優秀的臺灣人小秀才。至於是否跟全收日本人子弟的州立一中有什麼不同，這我可不太清楚。然而，太平洋戰爭中的高中都採用軍事化管理這一點倒無疑義。不過，我願意說，學風倒是相當帶有濃厚的自由主義色彩。日本人師長中除去兩、三位極右派的神道主義者之外，其餘師長倒都和藹可親，民族歧視的情況並不多見；那時候，日本帝國已統治臺灣四十多年，皇民化的奴化教育也相當奏效，臺灣人的反抗意念也很微弱，所以倒能維持和諧的局面了。

　　我那時候的功課一團糟，每學期的成績都名列臺灣人學生最末一個。而我下面全是日本人學生。這也沒什麼奇怪，在州立二中念書的日本人學生大多數是較笨的學生，如果他們的成績好也就不至於來念二中了。儘管如此，我們很少跟日本人學生發生衝突，一來他們是少數民族，二來他們也較天眞吧。

　　我對於正經的功課沒有一點興趣，特別是數學，是我最大的敵人。常考鴨蛋不足爲奇，是司空見慣的事。還好，日本的高中制度，只要全科平均達到 60 分就不留級，所以我就可以逍遙自在的整天啃我的閒書。

　　在課堂裡我也明目張膽的拿一些哲學的書來看，譬如黑格爾、康德以至於阿蘭（Alain 即 Emile Auguste Chartier）、日本的小林秀雄等。如果說，我懂得他們，那眞是天大的笑話。只是陶醉於莫名其妙的白日夢罷了。不過啃這些深奧的唯心哲學也多少帶給我有關廣大的人類精神領域的知識，因而也窺伺了一些人類精神的複雜結構。除哲學以外，我也對人類考古學發生了很大的興趣。我開始念摩根的《古代社會》。這奠基了我認知社會科

學的基礎，後來我由此出發，很容易地踏進恩格斯的世界。

　　不過這些社會科學和哲學的書缺乏有人指點，都在一知半解之中不了了之。除去少年時的這一段，此外，我較少有充裕的時間去研讀哲學了。可能這些哲學和我天生的資質也有不契合的地方。我是個比較感性而富有情緒的人，浪漫的幻想多於嚴密的思考。我一輩子缺少知性和思想性是不可否認的。

　　離開了哲學以後，我的興趣轉移到文學方面。奇怪的是我所讀的盡是些法國文學和舊俄文學，至於英美文學，因為那時候英美是「敵性國家」的關係吧，抑或不合我的氣質，涉獵的範圍並不廣。我記得除迭更司、薩卡萊、高爾斯華綏、喬伊斯、馬克‧杜溫以外，似乎讀的不多。但是法國文學就可觀了；從中世紀的「阿貝拉爾和耶洛伊茲」（"Pierre Abelara"）的書簡集一直到莫里雅克（Francois Mauriac）等無所不讀；特別對史當達耳、左拉和巴爾扎克發生了很大的興趣。我用布蘭德斯（George Brandes）的《十九世紀文學思潮》做指引，把這些小說找出來有系統地讀了一次。當然在吸收法國文學的過程中，我也觸及到舊俄文學和德國文學。除屠格涅夫、托爾斯泰和杜思妥也夫斯基以外，諸如愛倫堡、蕭洛霍夫、岡察洛夫等作品也讀了不少。

　　由於日本人和德國納粹和義大利勾結，我們也很不情願地念這些國家的文學；但是像赫曼‧赫塞或韓斯‧卡洛沙（Hans Carossa）或莫拉維亞的小說是不能以主義或意識形態來論定的。他們文學中的某種偉大品質的確也打動了我的心弦。除這些重要國家的作品之外。如卡夫卡或挪威的邊生（Biornson）也偶爾有機會看到。有時候這小說世界也帶來了震驚和衝擊。

　　所以我高中五年級夜以繼日地讀了差不多在當時殖民地臺灣所能買到的任何中外所有小說。當然是以日本文學為主，外國文學為輔了。很不幸這外國文學也包括了許多中國文學。當時我們每週還得上一小時的漢文科。日本老師教的莫非是〈出師表〉、〈李陵答蘇武書〉等之類符合忠孝節義的古文，其內容大多和《古文觀止》相同，所以對中國古文學和典故我

們也約略知道一些。大多數的日本人師長都有漢文的素養，這些中國的經典和歷史，他們也略知一二。我那時候，靠日文譯本看了中國文學的另外一個領域的白話小說，除《金瓶梅》之外，如《三國》、《水滸傳》、《西遊記》、《平妖傳》以至於《紅樓夢》都看過，甚至魯迅的《阿 Q 正傳》、郁達夫的《沉淪》都有日譯本。儘管我對於中國大陸的近、現代史不太明白，但是透過這有限的幾十本古代或 1930 年代文學也可以想像大陸的一些社會情況了。老實說，透過這有限的幾本中國現代文學去了解複雜的大陸政治情況幾乎是不可能的，但是這些文學啟示的世界，卻不是一部分知識淺陋的日本人惡意的侮蔑那樣——落後而野蠻的。起碼我認識了中國近代知識分子也像臺灣知識分子一樣富於懷疑性和思考性，他們對人類的福祉和未來遠景有深刻的關懷。

　　我之所以能夠讀我心愛的書，而不需為生活煩惱，那是拜我出生在一個小地主之家的福氣。日據時代大約百分之八十的臺灣人都是農民，而且都是佃農。可是佃農比起沒錢租田地耕稼的農民而言，他們的生活是更高一級的。在這樣大多數三餐不繼的赤貧中，我卻能飽食而蒐羅世界名著隨心所欲地閱讀，過較優雅的生活，這全是宿命。如果我生在佃農之家，至今仍是個目不識丁的老農，這是殆無疑義的。

　　讀小說太多的結果顯而易見，我就覺得技癢了，於是開始模仿我心愛的作家寫起小說來。我並不喜歡日本近代文學主流的寫實主義和自然主義。我較喜歡故事性強，富於幻想，個性和氣質發揮得淋漓盡致的浪漫主義文學。我第一次寫的小說叫做《征臺譚》，是以獨白的形式描寫明鄭三代的故事。這是我看了荷蘭最後一任臺灣太守揆一的《被遺忘的臺灣》而構思的。當時的臺灣有兩本純文學雜誌，其一是日人作家西川滿主編的《文藝臺灣》，其二是臺灣作家張文環主編的《臺灣文學》；當然都是清一色的日文雜誌。我把稿子投到《文藝臺灣》去，倒不是看上它是日本作家為主的雜誌，而是那雜誌的耽美和浪漫的格調頗符合我的胃口的關係。至於《臺灣文學》的現實主義的批判性風格我則覺得缺少情趣，格調太暗澹了

些。當然，可想而知，我這「偉大」的處女作，永遠被打入冷宮了。作品沒登出來，但是我倒結識了這位《文藝臺灣》主編，早稻田大學法國文學系畢業的詩人作家西川滿先生。作品沒登出來，心有未甘，我再接再厲寫了一篇中篇小說〈媽祖祭〉投到《臺灣文學》去，這一次倒有了反應，作品雖然未曾刊出來，可也入了選，還有人執筆批評得體無完膚，那時候著實憤慨得罵盡了人家祖宗八代呢。如今，重讀當時不知誰所執筆的這短評，覺得正是一針見血，字字擊中了要害，可見閱歷不深的作家應該虛心接受長者的訓誡才是。我所寫的第三篇小說是〈林君寄來的信〉，這是模仿法國作家都應（Alphonse Daudet）的短篇寫的。此次又投給《文藝臺灣》去了。這一次西川滿先生格外開恩，民國 32 年 4 月刊登在《文藝臺灣》，那時我才 18 歲，小說刊登的那一個月，我好容易從臺南州立二中畢了業，應邀到臺北，當西川先生「文藝臺灣社」的編輯去了。同一年七月，我又寫了一篇小說〈春怨〉，這也刊在《文藝臺灣》上的，這一次模仿的並不是都德，而是紀德（Andre Glde）的〈窄門〉。我在西川先生家學到了一個作家的基本條件，那便是作家要認真生活，刻苦過日，孜孜不倦地寫到死。簡言之，作家必須是人道主義者，奉獻和獻身是作家唯一的報酬。西川先生雖然屬於統治階級，少不了有民族優越感的一份高傲，他的文學是耽美而浪漫的，但是對文學的執著和奉獻精神卻是有值得人稱道的地方。不過，後來，我的文學思想逐漸改變由浪漫的藝術至上主義走向批判的寫實主義，所以我對他的外地文學的主張——即把臺灣文學看做是日本文學的延長這一點上有所懷疑，而且日本殖民政府有計畫徵收滿 20 歲的臺灣青年去服兵役。所以辭掉這一份對我心靈有絕大啓蒙作用的工作返回府城臺南去了。

我在臺北這一段時間最大的收穫莫過於認識了臺灣文學苦難的歷史，並且結交了許多位可敬的臺灣先輩作家。張文環、楊逵、吳濁流、呂赫若、龍瑛宗各位先生都是當時有幸認識的幾位作家。特別是跟龍瑛宗先生的交往給我帶來豐富的教益。光復後有一段時間，龍先生主編《中華日

報》日文版的時候，我跟他來往最密切。他的現代人的懷疑精神和銳利的知性一向是我所欽佩的。

返回臺南以後，我毫無困難的在一所小學找到助教的位置，當起小學教師來。

民國 34 年 2 月，日軍敗戰之徵愈來愈明顯的時刻，我接到日本軍部發來的一紙徵兵令，到大目降（新化）即楊逵的故鄉的一所日本軍營報到。即日起變成和尚頭，穿起軍服，當起帝國二等兵來。雖然只是個二等兵，但是由於是部隊長和小隊（排）長的勤務兵的關係，我倒是趾高氣揚的。日本軍隊階級之別森嚴無比，但是我既是部隊長的勤務兵，誰也得罪不起我。我照樣在軍營裡讀我的小說和閒書，我記得當時讀的是盧拿兒（Jules Renara）的《紅蘿蔔》和法布爾（Henrl Fabre）的《昆蟲記》。有時候心血來潮也會去軍營的糧食倉庫要來砂糖，拿去外面雜貨鋪換香煙抽，從此，我這一輩子和香煙結了不解之緣。砂糖雖然是部隊長喝紅茶時要放的，但我揩油了不少。那時候，物質匱乏，一斤糖可說是稀世珍寶了。日本軍營生活的嚴苛和殘暴舉世無雙，但我很少看見日本士兵刻意虐待臺灣兵。這是日本軍部通令各部隊嚴格禁止虐待臺灣籍士兵的關係。臺灣兵中還有一部分是完全不懂日本話的。語言不溝通常惹起糾紛，脫營逃亡之事屢見不鮮。民族和民族之間的敵意是沒那麼容易消弭的。

民國 34 年 9 月，日本無條件投降，我從日本軍營獲得解放，揹著一個大麻袋，裡面裝滿了日本軍隊所發給的軍服、鞋子、糧食、罐頭之類的東西，搭乘火車回鄉。那一年是幾十年來罕見的大豪雨，從新市到臺南這一段路火車不通，我是完全靠走路回家的。汗流浹背地返回府城時，已經是萬家燈火的掌燈時分了。

三、

光復後的一段初期，臺灣民眾對於祖國的熱情的抑揚是舉世無雙的。可惜，在這臺灣歷史裡最重要的轉折點裡國民黨政府一再犯了很大的錯

誤。當然在戰爭剛結束的那個大混亂裡，對臺灣情況的不了解以及千頭萬緒亟待處理的迫切事情太多，政府無暇顧及臺灣也是可以了解的。然而派了一個惡名昭彰的舊軍閥陳儀來治理臺灣，絕對是不可原諒的錯誤。關於這一段令人傷痛的時代我不願再勾起回憶，淚水早已流乾，血跡已蕩然無存，無數臺灣菁英分子從此從臺灣的歷史舞臺黯然消失。我僥倖逃過劫難，算是天大的福氣，我不想在這兒，縷縷細述，那仇恨交加，互相敵視，埋下臺灣幾十年來衝突和激盪的禍根。

儘管在這樣荒蕪的日子裡，臺灣的知識分子和來臺的大陸開明知識分子曾互相提攜，想挽救狂瀾。但都無濟於事，都全面潰滅。那時候的臺灣知識分子都從來沒對中國大陸失望過，他們都夢想，有一天富強的新中國終於會建立起來，光耀世界。他們辦許多報刊雜誌致力於介紹大陸的歷史、典章文物制度、政治和文化，特別注重介紹現代中國文學，力求臺灣民眾和大陸民眾之間的心靈溝通。如果說，在二二八事變前後，臺灣民眾已經有分離主義的思想，那是昧於歷史現實的胡扯。甚至在二二八事變這慘重的悲劇發生以後，臺灣民眾仍然並未停止對祖國濃厚的愛，這一點，我是過來人，也勇於做見證人。

光復初期的臺灣知識分子最大的心理癥結，並非現時的統獨之爭，而是馬克思主義的蔓延。1950 年代的白色恐怖之所以發生並非沒有根據的。從民國 39 年 3 月開始國民黨政府展開了既深且廣的恐怖政策，幾乎把當時的所有頭角崢嶸的知識分子中的菁英，包括外省人的進步分子在內，一網打盡投入集中營裡去。被捕的臺灣民眾分子比較複雜，有目不識丁的農民和勞工、小商人也在內。這大肅清自然也把無辜的人打入地獄裡去。

日據時代的臺灣知識分子除一小撮的屬於大地主階級的政治領導分子以外，大多數為了抵抗日本法西斯，不得不以馬克思主義思想來武裝自己。這是臺灣日據時代解放運動中不可缺少的思想原動力。光復後的社會凋敝的悲慘現實環境正好提供了極好的溫牀。所以光復初期的臺灣青年知識分子，絕沒有分離主義的傾向，倒有左傾思想卻是事實。我記得學生間

開讀書會的組織極其普遍，有些較前進的已經效法俄羅斯的民粹主義，打入農村和工廠裡去，展開了宣傳與組織。後來我研究這一段歷史而且在獄中仔細考察之結果，他們已經發展了有個雛型的組織系統，分別由省工作委員會和臺灣民主自治同盟所領導。

說到這些實踐活動，我是毫無興趣的，我唯有興趣的是文學與思想，而我又堅信，文學和思想必須反映臺灣的現實。所以為了了解這一代知識分子的內心活動，我也不得不啃了相當多的馬克思主義哲學。從《反杜林論》到《國家、家族和私有財產之起源》是當時我非常熟悉的書本。我了解了費爾巴哈到馬克思、恩格斯、考茨基以至於羅莎‧盧森堡等一系列唯物史觀的經典。這讓我大開眼界，相當能正確地掌握社會變遷的歷史，但是我始終不相信人生老病死可以由物質環境的改變獲得徹底的解決。此外，史達林的清肅異己的作風也向我的理想主義傾向違背，所以我還是留在動搖的「小資產階級」裡，不想改變我自由主義溫熱的夢想。

這樣的思想歷程對我有很大的幫助。後來我不太會盲信，也不太會固執，這都是天生這種老莊哲學的幫助吧。

在這光復初期裡，我也參加了幾個文學活動。其一是在龍瑛宗先生主編的日文版文藝欄裡用日文寫了不少小說和隨筆。那時候同我一起寫文章的有東京帝大高材生的王育德先生，當時的他是個主張反帝反封建，打倒孔家店的熱血青年，難能可貴是精通北京話，思想銳利，資質優異。後來他逃出臺灣在日本東京成為分離主義的領袖，這完全是他的兄長王育霖先生在二二八事變時遭陳儀慘殺的關係。除參加日文欄寫作以外，我也重新和楊逵先生取得連繫，在他創刊的《臺灣文學》上發表了小說。非常慚愧，楊逵先生來臺南訪我的時候，我常身無分文，有時請他吃的只是一碗陽春麵而已。

民國 37 年以後，因為《新生報》創刊了「橋」副刊，我因林曙光兄的引進得以參加「橋」副刊上熱烈地展開的一場臺灣文學論戰。在這一場臺灣文學論戰裡已經埋藏著後來惹起問題的各種有關於臺灣文學未來趨向的

癥結的萌芽。臺灣文學是自主性文學嗎？臺灣文學是現實主義文學嗎？何謂鄉土文學？臺灣文學算不算是邊疆文學？諸如此類，後來醞釀成中國意識和臺灣意識之爭的，各色各樣的課題已經露出了端倪。

　　除在《新生報》「橋」上寫小說之外，我也在《中華日報》「海風」和《公論報》寫了不少評論和隨筆。這些作品早已散佚不復得見，但的確是我底青春時代留下的足跡。可惜，踏入 1950 年代以後，我遇到令人害怕的恐怖時期，不得不噤若寒蟬直到 1960 年代中期恢復寫作的復活時期到來。

四、

　　1950 年代的反共文學對於我而言是一張空白的紙。我雖然未曾停止閱讀，但是生活的困苦使得我沒有錢再買任何報刊雜誌了。我為了謀生，流轉於偏僻地方的小學，苟延殘喘地過日子。當然我也不是完全離開了文學圈子的。我也讀過凱斯妥勒（Arthur Koestler）的名作《中午黑暗》以及安德烈・紀德的《蘇聯紀行》等反共小說來印證當時紛紛出籠的許多反共小說。很遺憾的，除後來讀到的姜貴的《旋風》或張愛玲的《秧歌》之外未曾看見有點兒反共意境的小說。可是姜貴的小說壓根兒是才子佳人小說的翻版，離開思想反共的層次還很遠。張愛玲倒寫得平實細膩，富於官能之美。

　　1950 年代，我是徹底的旁觀者。從土地改革而失去土地的沒落地主家庭，變成日無隔宿之糧的窮苦人家，文學對於我只是奢侈的夢罷了。整個 1950 年代至 1960 年代末期，我的文學生命似乎已經結束。我被社會所遺棄，上帝所遺棄，經常住在被一片廣大的甘蔗田所圍繞的農舍裡，靠酒精爐燒飯煮菜，晚上點油燈，邊喝太白酒，邊讀報紙副刊以打發漫漫長夜，這樣度過了被人踐踏，爬在泥土上的苦日子。所以我也不太清楚反共文學業已結束，臺灣從 1960 年代開始有嶄新的文學思潮正在萌芽的事實。1960 年代初期的夏濟安的《文學雜誌》、尉天驄的《書匯》以至於白先勇的《現代文學》相繼誕生，而且老先輩吳濁流先生創刊了《臺灣文藝》，這些文壇

上的大事對我而言，似乎是在遙遠的神奇世界發生的故事，我不再能相信，臺灣文學有重新起步的一天到來。太窮苦的生活環境是不容人有任何奢想的，我每天關心的是如何去張羅兒子所喝的牛奶錢，以及怎樣去打開一籌莫展的山窮水盡的生活現實。我那時已有老婆和兩個兒子，一個月的薪水三百多元，光房租就要 40 元，其餘的錢多節省去用也吃不飽。遇到一籌莫展的時刻，我只能找一個庇護所；為了躲避家人責難的眼睛，只好帶著一本蘭波（Arthur Rimbaud）的《醉舟》躲在稻草堆裡去高聲朗讀，直到心情開朗為止。蘭波的《醉舟》能治好我這淚流滿面的困乏心情，這道理何在，我至今不太明白。可是總是屢試不爽的良藥殆無疑義。

　　埋沒在這青草萋萋墳墓般的偏僻鄉野十多年，也多少給我帶來心靈的另外一個啓示。我熟悉了大自然四季的運作，窮苦農民的艱辛歲月以及整個臺灣社會凋敝的現實。孤獨和經常的冥思也治好了我一些過激的思想，我領會人生猶如一條河流，不管你得意和悲傷終究會把你帶進死亡之海。浮生若夢，人生猶如短促的蠟燭瞬間會燃燒殆盡，頓成一片漆黑。

　　儘管我似乎什麼都放棄了，什麼都不再有眷念，其實生命的意志是強韌的。不像我想像那樣，我肚子裡的文學之蟲沒那麼容易就死去。度過了十多年難捱的、被人遺棄的、孤獨的日子以後，我逐漸又生起了寫些什麼的念頭出來。這好比是一座休火山因地殼的變動重新噴火起來一樣。

五、

　　民國 54 年的秋天，我忽然又勾起了往事的各種記憶，猶如普魯斯特的《追憶逝水年華》一樣，每當我做某一件事我就歷歷如繪地想起灰塵封住的往事。我憶起了在不幸動亂中死去的朋友，青春時期的戀情以及世事的滄桑。這些印象是那麼鮮明而強烈，連在夢裡也不放過我。如果我沒有把這心裡的夢囈詳盡的寫出來，我覺得我會悶死。剛好那時候有個絕好的機會來臨，我就把家和妻小送到妻的故鄉舊城去。我獨自留在這草地的宿舍一個人過活，整個夜晚是屬於我的。我去找來一張破桌子，破籐椅，幾枝

原子筆和一疊稿紙準備投入戰爭了。這仗一開始打，就欲罷不能一直拖到現在，總算兌現了對西川滿先生的立誓寫到瞑目爲止的諾言了。

　　我一開始恢復寫作，就好比洪水決堤一般，一直寫個不停，到現今爲止，整整有二十幾個年頭未曾停止過。頭髮由黑轉白，牙齒脫落，滿面皺紋，我每天晚上佝僂著身子寫的莫非是不登大雅之堂的雜文或翻譯罷了。當然爲人類燦爛的未來遠景而寫作抑或像托爾斯泰的《戰爭與和平》一樣，把整個臺灣的「天空」寫進去的大河小說才是我的心願；但是事實上寫出來的是零零碎碎的人生瑣事罷了。天生資質的遲鈍未可掩蓋，似乎我缺乏了這種雄壯的氣魄和偉大的思想性。每當我翻開盧卡奇的書的時候，那裡面的每一話猶如利刃般戮進我的心窩裡去。我覺得慚愧和羞恥，我顯然缺乏了往昔巨匠的那宇宙性思考和複雜的描寫技巧。

　　從民國 54 年恢復寫作生涯之後，起初我的目標是在寫以 300 年的臺灣歷史爲素材的龐大的民族史詩。我企圖寫的臺灣人在漢文化的傳承下如何地在臺灣這新天地開拓了另外一個漢人的天堂，所以起初我寫的全是小說，大約寫了 100 萬以上。但是後來我發現我碰到了撞不破的銅牆鐵壁；那便是語文的障礙。老實說，我缺乏在普通話的語言環境下生活的記憶。說話時我喜歡用母語即臺語，書寫時我習慣用日文，當然以後捨棄日文改用中文了，至於說到吸收新知識那就非靠日文和英文的資訊媒介不可。所以在寫小說的過程中我發覺，除非我重新生爲一個道地的中國人，而不是屢被異民族侵占的這傷心之地的臺灣人，否則我永遠無法寫出典雅而理想的白話文出來，更何況是大河小說了。因而寫了幾十篇不太令人稱讚的小說之後，我不得不轉向去寫文學評論了。我沒有野心做白林斯基（Vissarion Belinskii），我只要能寫中肯厚道的書評之類的文章也就心滿意足了。有人常說我的評論太鄉愿，只捧不評，也許是吧。不過這也正是我的目標，我沒有足夠的理論體系去建構我的評論，我只能做到闡釋和說明之類，以幫助讀者了解小說的題意也就夠了。

　　近年來，我致力於撰寫臺灣文學史，這也是不自量力的工作。請你想

想看，一個年老體衰的糟老頭，獨自一個人窩在灰黯的斗室裡，蒐羅資料，剪剪貼貼，然後蹣跚著一步步地走，那步履是多麼的沉重。然而，生爲臺灣的一個知識分子，這是我責無旁貸的使命。上帝生下我在這個世界上一定有祂的用意在。儘管在芸芸眾生中我只是一隻小螞蟻罷了，但是小螞蟻也必須勞動，以實踐上帝的意旨。既然我的勞動是寫作，我必須一直寫下去直到瞑目爲止。

──選自葉石濤《走向臺灣文學》

臺北：自立晚報社，1990 年 3 月

我的臺灣文學六十年

◎葉石濤著

◎彭萱譯[*]

出生於 1925 年的我，今年 77 歲。我作爲日本人被養育直到 20 歲，戰爭結束當時，我的身分是帝國陸軍的二等兵。當然也就是波茨坦二等兵。

我出生於臺灣古都——臺南。出生的家庭是相當富裕的地主人家。若不是因爲在這樣幸福的環境下，也許我不會走上文學這條路。如大家所知道的，在日本統治下，百分之六十的臺灣人口是沒有土地的農民，三餐的主食都是蕃薯。我每天都有白米飯吃，偶爾還可以吃點肉。就算是再富裕的人家也不是每天都可以吃到魚或豬肉的。

所幸，我的父母都是從小學畢業的，在那個時代已經是相當不錯的知識分子了。只要我是把得來的零用錢拿來買書，他們總是很爽快的就把錢給我。比如說當我把拿到的十幾塊錢拿來買岩波文庫的羅曼‧羅蘭的《約翰‧克里斯朵夫》時，他們開心的連眉毛都沒稍微皺一下。那個時代的十幾塊錢可以是窮人一個月的生活費了。我父母雖然會說也會讀日語，但是在家裡卻是一句日文也不說的。出生在清朝時代的父母總是自豪著自己是清人的身分。

我是在小學時代走進文學的世界。是日本人老師山口先生啓蒙我的。山口老師自己是研究紙上連環話劇的。經常演出桃太郎或者二宮尊德的故事。安徒生或者一千零一夜的童話也常成爲話劇的主題。紙上連環話劇除了具濃厚的文學性外，也有音樂的伴奏。我或多或少也體驗到音樂之美。

---

[*]目前留學於英國。

　　不久，自從我進入臺南一中就學時候開始，我就走進了日本文學的世界。臺南一中是集中許多優秀人才的中學，臺灣的陳水扁總統也是這個學校畢業的。我埋頭猛讀，從二葉亭四迷、泉鏡花、樋口一葉到芥川龍之介，還有橫光利一和川端康成的小說。我所喜愛的作家是泉鏡花和葛西善藏。至於爲什麼我會喜歡葛西善藏的自敘體小說，我自己也說不出個原因。在戰後的作家中我喜歡的有太宰治、坂口安吾、大江健三郎等。不過最近讀大江先生的隨筆，宛如走進迷宮似的，給我一種複雜思考的感覺。

　　那之後，我也從沒厭倦過日本文學，就這麼走進世界文學的世界。特別是熱中於法國文學，從中世紀《阿貝拉爾‧耶羅依茲書信集》到史當達爾、巴爾扎克、福樓拜、左拉、摩拉克等等，只要是能得到手的我都讀得入迷。學校成績則就一落千丈，我總是臺灣人學生的最後一名，比我成績還差的都是日本人學生。這絕對和日本人學生的能力等無關。我就讀的中學本是臺灣人所就讀的中學，入學到這裡的日本人學生都是成績很差的。

　　從法國文學到斯堪的納維亞、英國、美國或是波蘭文學的著名作品我全都讀遍了。其中最吸引我的就是俄羅斯文學了。特別喜愛的是蕭洛霍夫的《靜靜的頓河》和愛倫坡的《巴黎的陷落》等等。除了文學之外也讀過哲學或考古學的書籍。有馬爾克斯、安格爾斯、羅札‧羅克山布魯格、卡爾斯基等等。不過我最喜愛的則是摩坎的《古代社會》。

　　理所當然的，這樣隨便亂讀的結果，就是從 16 歲左右開始就寫起了日文的短篇小說。最初寫下的小說〈征臺譚〉是取材鄭成功故事的作品。這篇小說當時投稿在西川滿的雜誌《文藝臺灣》，結果是石沉大海，什麼反應也沒有。其次所寫的是 400 字原稿紙 60 張長的一篇相當長的小說〈媽祖祭〉。這篇是投到張文環先生的《臺灣文學》，也沒有被採用。不過，在《臺灣文學》這邊有刊出對這篇作品的評論，結果被狠狠地批評了一番，讓我真是失望氣餒到了極點。

　　1942 年末，我模仿都德的小說《磨坊手札》中的一篇小說〈老人〉，寫了〈林君的來信〉，再次寄到《文藝臺灣》。於是，收到了西川先生的來

信。信中提到他的行程，因為「第一回大東亞文學者會議」的臺灣代表，要到各地方巡迴演講，要去臺南，所以希望我前往臺南的文化會館和他見面。於是就這樣我去了文化會館和西川先生見了面。西川先生最先問我的話，竟是我對大東亞文學賞得獎作品——庄司總一的《陳夫人》之讀後心得。我回答說，雖說作品中對臺灣人家庭的封建性質的描寫非常貼近現實，不過卻沒有提到關於臺灣人皇民化的部分，或許可說在那方面有些欠缺。記得西川先生的表情是，一副對我說的話表示正合他意。西川先生最後對我說，〈林君的來信〉將會刊登在四月號上。還說，要收我做學生，四月畢業時希望我到「文藝臺灣社」幫忙。後來我的兩篇小說〈林君的來信〉和〈春怨〉各自刊登在四月號和七月號上。這篇〈春怨〉是受安德烈‧吉德的《窄門》之影響而成的。當時收到的稿費可是有 20 圓的巨額。

　　我成了西川先生的學生，幫忙編輯《文藝臺灣》，也做了很多限量本出版的日孝山房的雜務。因為西川先生的祖父曾擔任過兩次會津市的市長，所以西川先生不論在日本、在臺灣都屬於統治階級。從而反對左翼思想，也反對現實主義，支持「大東亞戰爭」及皇民文學，因此才會對臺灣作家張文環和呂赫若的作品持有偏見。只有對我卻是既寬容又疼愛。我雖然是贊同西川先生的浪漫主義卻是反對皇民文學的。我所寫的小說中絲毫也不受皇民化的影響。之後我結識了前輩作家龍瑛宗先生。受其影響而自悟到臺灣人的悲慘命運，並繼承了他的那種臺灣文學不是日本的「外地文學」、更非是中國文學的一部分的想法。再者，經常和楊逵、張文環以及呂赫若見面、談話的過程中，我喪失了繼續在《文藝臺灣》工作的意願。於是辭去工作回到臺南，很快地就成了小學的代課老師，直至終戰以後也一直持續小學教師的工作。真的是很對不起西川先生。

　　200 萬的中國人在戰爭結束之後跑到臺灣來。臺灣又再次陷入殖民統治之下。中國政府極力地推行中國化，那根本就跟皇民化是如出一轍的把戲。魯迅的朋友許壽裳利用以魯迅做為象徵、來進行臺灣人的中國化。黃英哲先生所著的書中詳細地描述了這個戰後的中國化過程。(《臺灣文化再

構築——1945～1947 年的光和陰》，創出社，1999 年 9 月）。雖然說發生在
1947 年的二二八事件是有很多複雜的原因的，可是我認為其中最具決定性
的原因則是具有相當近代化的臺灣文化和落後的中國文化之巨大的落差，
導致臺灣人反對中國化、並唾棄其文化的結果。即使處於這個動亂的時
代，我也沒有放棄文學，一面努力學習北京話和中國白話文，一面用日文
書寫了近二十篇的短篇小說以及隨筆。我將日文作品發表在前輩作家龍瑛
宗主編的《中華日報》的日文欄。日文被廢除以後，我的小說以及隨筆就
發表在由外省作家歌雷主編的《新生報》的「橋」文藝欄上。其中一篇小
說〈三月的媽祖〉是臺灣文學史上第一篇以二二八事件做為主題的小說。
在「橋」上發表的外省作家大部分都主張新現實主義，實際上我認為社會
主義的現實主義才是他們的真心話。外省作家將臺灣文學看作是中國文學
的一支、看作是其邊境文學。這完全是其所持有的自大主義和臺灣作家所
認定的以臺灣文學為主體的想法是勢不兩立的。

　　國民政府來到臺灣，隨後發布了持續將近五十年的戒嚴令，臺灣因而
進入了白色恐怖的時代。我覺得國民政府的白色恐怖應該是受到美國的麥
卡錫旋風的影響而來的。我周遭有左翼傾向的朋友一個一個地消失，被槍
殺的也大有人在。臺灣的戲曲家簡國賢和前輩作家朱點人也在此時結束其
悲慘的一生，他們的鮮血染紅了馬場町。1951 年的秋天，我因為被懷疑身
為臺灣共產黨員，以及有閱讀毛澤東著作而被逮捕，獲判五年的有期徒
刑。所幸獲得減刑，1954 年時被釋放出來。

　　從那時起的十幾年，我默默地在鄉下的小學教書，避人耳目靜靜地活
了過來。反共抗俄的時代，中國人作家以政府做為後盾主宰著臺灣文壇，
左右著作者、讀者、出版等所有的媒體。這十幾年間我讀了再讀，費盡心
血從日本將西班牙作家及義大利作家卡爾畢諾的翻譯本弄到手，留意著
1960 年代的世界作家的動向。

　　1965 年時，我聽說了前輩作家吳濁流先生創辦了《臺灣文藝》，彷彿
在臺灣文學的前方又可見到一線曙光。緊接著詩人陳千武先生等也創辦了

詩刊——《笠》。於是我也以一種「時代來臨」的喜悅又再次執筆寫了以
〈青春〉爲題的中篇小說。從 1965 年到今天我就再也沒有停過筆了。我認
爲臺灣文學是世界的文學當中擁有最複雜的容貌的文學。當然，日本殖民
時代的臺灣文學並不是日本的「外地文學」，也更不是中國文學的一環。臺
灣文學是獨立的文學，是人類的成員之一的臺灣人以臺灣的土地、人民爲
根基所發展出來的文學。

　　正巧如同泰納在《英國文學史》的序文中敘述的一樣，臺灣的多民族
性和歷史的變遷、地方色彩，也就是說大自然的環境和社會環境就是臺灣
文學的基礎。

　　從三萬年以前舊石器時代的人們就開始在臺灣活動，後來又有新移民
——南島語族現身在臺灣的舞臺上。先住民的南島語族包括居住在山地者
和居住在平原者合計有 20 個種族之多，彼此相互之間語言不通，社會制
度、風俗和信仰也大不相同。沒有文字的先住民們由說話者將代代的神話
以及傳說傳承下去作成了豐富的口傳文學，我認爲這和北歐的神話薩加相
同的會成爲將來先住民文學的根源。在臺灣除了先住民以外還有身爲漢人
的福建人和客家人以及戰後移民過來的外省人，這樣的多民族性肯定會把
將來的臺灣文學變得更加豐富。

　　過去的三百幾十年間臺灣始終都是被外國人統治下的殖民地。首先是
1624 年時荷蘭的東印度公司占領了臺灣，很快地西班牙又來占領了臺灣的
北部，接著就進入了鄭成功的明鄭時期。再來的 212 年間，由女真族清朝
進行了殖民統治，1895 年成爲日本殖民地。1945 年回歸中國，臺灣人始終
和民主、自由無緣。這樣一個接著一個的殖民統治破壞了臺灣人的文化和
文學，持續著斷層，臺灣人也就漸漸地失去了民族的尊嚴。因此我的前輩
作家，張文環先生也才會說著像「臺灣人要背負著陰暗的十字架，默默的
朝向死亡走去」這樣的話。所以無論哪個時代的臺灣作家也就認憑著這樣
如同野草般叢生，如同野草般枯萎。簡而言之，就是自生自滅。

　　我讀遍了很多臺灣研究的書籍，終於起了種悲壯的想法，決定撰寫臺

灣文學史。如您所知，在臺灣有連雅堂先生所寫的《臺灣通史》，我是打算向連雅堂先生看齊來寫這個臺灣文學史的。臺灣文學史是由幾個重要的部分所構成的，其中有「先住民族文學史」、「傳統古文文學史」、「日治時代新文學史」以及「戰後臺灣文學史」等等。在缺乏文獻以及史料的情況下，我好不容易終於完成了《臺灣文學史綱》。可惜的是我一點也無法提到先住民文學史，其他的項目也都淺顯不深入，只是部粗糙的文學史罷了。這本書出版於 1987 年。那年剛好是戒嚴令解除的一年。花三年的時間才完成的《臺灣文學史綱》是戒嚴令之下的作品，為了避免觸怒當局，我非常慎重的書寫，且無法明白的表達我真正的想法。所幸現在有陳芳明和彭瑞金教授正努力地在寫著更完整的臺灣文學史。

雖然在臺灣的稿費和版稅都是很微薄的，我卻也出了八十幾本書。我的書完全賣不出去，也很可惜一本也成不了暢銷書。我是以小學老師那微薄的薪資勉勉強強活到現在的。

進入 1990 年代，在民主化的進行下，我又重新獲得創作的自由。雖也依然偶爾寫寫評論，不過主要還是寫短篇小說。小說的主題多以白色恐怖時代的回憶為主，反映其他多民族的現實。比如說，〈紅鞋子〉這篇小說就以我自己的經驗為基礎，詳細地描寫了從逮捕到判決的過程。〈西拉雅族末裔潘銀花〉這篇小說則描寫如今逐漸消失的西拉雅一族的年輕女子。這位女子做為大地的母親，也象徵著溫暖地擁抱著幾世代異民族移民的臺灣。

我經常想著，在臺灣寫作是一件遭了天譴的事。無論哪個時代的作家都是在承受著上天的譴責之中默默地持續著寫作，直到迎向死亡。即便如此，臺灣作家還是抱持著在未來臺灣必定會有光明的時代來臨的這樣的希望一路寫來。

中國有句老話，「老來好運」。意思是說臨死的老人，終於贏得了名譽。我在社會的最底層中執筆了近六十年，度過了無數黑暗的日子。1999年國立成功大學授予我榮譽文學博士學位，2000 年時獲頒行政院文化獎，更於 2001 年時得到了國家文藝獎。我真是該感謝上天才對。

很長一段時間沒有用日語演講了，深怕我的用詞拙劣，錯誤百出。還請諸位多多原諒。

〔附記〕

2002 年 6 月 15 日，葉石濤先生受到東京大學文學部藤井省三教授的邀請，來到東京大學文學部最大的一間教室中進行以「我的臺灣文學六十年」爲題的演說。當天，葉先生以自己所寫的日文原稿爲根據，用日語發表了演說。演講的內容雖然刊登於《新潮》2002 年 9 月號，因爲演說當天時間的情況，演說只進行到葉先生戰前的活動的部分，對整體葉先生的文學活動來說是非常不完整的。這次則是得到葉先生親自撰寫的原稿，才在此刊登出來。本文將漢字的舊體改成常用漢字，也補充訂正錯字、漏字。

再者，愛知大學研究所中國研究科博士班的湯原健一君協助了手寫原稿整理的部分。

——日文原刊《殖民地文化研究》，第 5 號，2006 年 7 月

——選自《文學臺灣》，第 62 期，2007 年 4 月

編織人生氍毹的葉石濤

◎黃武忠[*]

一、

　　日據時代的作家中，葉石濤是我認識之後，很少再見面的一位，因為他人在高雄，而我工作地點在臺北，如此一南一北，實難得有碰面的機會。平日若有所請益，都以書信往返，這位長輩寫作頗有耐性，常對我所提及之事，一條一條的寫得很清楚。

　　去年八月，臺南南鯤鯓舉辦「鹽分地帶文藝營」，我得有空回鄉參加，於會上遇見葉石濤，他老當益壯，於講臺上講了兩個小時的課，仍然精神抖擻，顯然比我第一次到左營拜訪他時，氣色要好一些。

　　記得第一次拜訪葉石濤時，他家住三樓，燈光有些暗，他留小平頭，給我的印象是，比起其他日據時代作家要年輕許多。

　　「你比其他日據時期作家要年輕。」

　　「我可能是日據時代最後一位日文作家。」

　　待我問他生年，果然是年紀最小的一位。但是他雖然日據時代文壇末期才出現，而且不久臺灣就光復，在文壇活動的期間不長，可是他的知名度卻不比其他作家差，可能是光復後，葉石濤仍寫作不輟的緣故。

二、

　　葉石濤同其他作家一樣，光復後即面臨抉擇的考驗。在日文放棄之

[*]黃武忠（1950～2005）散文家、小說家。臺南人。發表文章時為《幼獅文藝》編輯。

後，是否還要以中文寫作，而且是否能？首先他開始從ㄅ、ㄆ、ㄇ、ㄈ學起，由於他是國校老師，比其他人學習的機會多些，所以在民國 53 年，他已能開始用中文寫作。離光復整整有 19 個年頭，這期間給他一個很大的轉變。

　　光復前，葉石濤是以寫作小說爲主，可是光復後他卻寫了許多評論文字，因此一般讀者的印象，葉石濤是個文學評論家。葉石濤說：

　　「我從日據時期就很注重小說，個人認爲在小說創作方面的成就較高，可是卻很少人說我小說好，其實我對小說創作花過很深的功夫。」

　　「也許是你光復後，少用中文寫小說的緣故吧！」

　　「也可能。今天我放棄寫小說，其原因是我沒辦法用中文表達得好，修辭上自己沒有信心。」

　　「從你寫評論時文字的精練來看，應該不會才對。」

　　「我覺得不管怎樣表達，還是隔一層。」

　　「以後還會寫小說嗎？」

　　「待我中文的語言運用達到爐火純青的地步時，或許我會寫出一部偉大的作品來。」

　　葉石濤的語氣充滿信心與期許，以他對文學的熱愛與執著，實現此一願望不無可能。

三、

　　最近我又與葉石濤通過信，他在信上告訴我他的近況。信上說，他自從兩三年前患了嚴重肝病以後，身體狀況一直不太好。後來查出所有的病，包括肝病、心臟病以及輕微的糖尿病都來自高血壓，換句話說，就是老人病。最近服了詩人曾貴海醫師的藥以後，這幾個月來，已恢復一部分健康。

　　他每天六時起床，騎單車上班，一直到下午五點多鐘才回來，工作很繁重，所以寫得少。不過今年也斷斷續續的寫了幾篇文章，其中有：〈懷念

吳老〉、〈論 1980 的短篇小說〉、〈破滅型作家——太宰治〉、〈論臺灣文學應
走的方向〉等。其中〈論臺灣文學應走的方向〉一文，並引起文壇的重
視。

　　葉石濤的寫作時間，大都是在晚上進行，速度很慢，一個晚上很少寫
成 1000 字，身邊必備上濃茶和香煙。一週中，多則四、五次，少則一、二
次，有人來訪聊天，一聊一個晚上就悄悄溜走了。

　　本來聽說葉石濤有寫「臺灣鄉土文學史」的計畫，順便於信上問及。
他說：

　　「這個計畫尚未動筆，因為蒐集的資料有限，沒有時間才是最大的問
題。」

　　所以，目前不敢再有什麼寫作計畫。不過，葉石濤打算在情緒好的時
候繼續寫〈府城之星・舊城之月〉的文學回憶錄。再寫五、六萬字，便可
以在年底結集成書。

　　英國作家毛姆曾說：「人生猶如花紋交叉的一張氈毯，作家就是織成氈
毯的人。」葉石濤一生投入於文學創作之中，堪成為傑出的織氈者。

——選自《臺灣日報》，1981 年 7 月 17 日，8 版

懷念奠基者
刻畫文學里程的葉石濤

◎應鳳凰*

　　在「當代文學史料展」的作家檔案裡，見到了葉石濤寫的一篇自傳，字數不多，字跡方正樸拙。因為認識他的風趣與善於自我解嘲，而對他的字，便油然生出一種親切感。自傳是這樣寫的：

> 民國 14 年 11 月 1 日生。臺灣省臺南市人。省立臺南一中舊制五年畢業。曾任臺南市「立人」、「永福」國民小學等小學教師三十多年。現為高雄縣甲圍國民小學教師。
>
> 民國 30 年開始以日文發表小說。民國 32 年就任《文藝臺灣》助理編輯。光復後改用中文發表小說及評論以至於現在。除用葉石濤本名發表作品之外，另有筆名葉左金、李淳、鄧石榕等。
>
> 民國 58 年曾獲「中國文藝協會」第十屆文藝論評獎章。民國 69 年獲第一屆「巫永福評論獎」。曾擔任「吳三連文藝獎」評審，《中國時報》、《聯合報》短篇小說獎決審多次。
>
> 著有短篇小說集《葫蘆巷春夢》、《羅桑榮和四個女人》、《晴天和陰天》、《鸚鵡和豎琴》、《噶瑪蘭的柑子》以及評論集四種……。

　　讀畢資料，卻引來些許感慨：靜態資料所能表達的，未免有限。作者為近十五年臺灣重要小說作家兼評論家，這短短三、四百字，實在還沒有

*發表文章時為《文藝》月刊專欄作家，現為臺北教育大學臺灣文化研究所副教授。

把「葉石濤」三個字，詮釋得十分完整。

至少有幾項特點是不能遺漏的：例如：他橫跨兩個時代，實際參與日據期間，以及光復後的臺灣文壇，包括寫作及編刊物。

他孜孜於評論工作，給予臺灣現代文學工作者莫大的鼓舞。

更重要的，他熟悉日據時代的臺灣文學作家及作品，並完成了《臺灣文學史綱》。

早期的日文作品

葉石濤出生於臺南赫赫有名的中國傳統大家庭，世代書香，是一個典型的地主家族。

「當我六歲的時候，父母把我送到府城（即臺南古都）武廟旁一位前清秀才的私塾去接受教育。直到八歲進入日人所設的小學念書爲止，我大約念了兩年的祖國語文教育。」葉石濤說，其餘的時間，一直生活在日本語文裡，直到臺灣光復。

葉石濤在中學三年級開始寫小說。民國 29 年（1940 年），第一篇小說〈媽祖祭〉，投給張文環主編的《臺灣文學》，雖入選爲佳作，卻未刊登。

第二年（民國 30 年），寫了第二篇創作〈征臺譚〉，是獨白體小說，投寄給日人西川滿主編的《文藝臺灣》，雖然也未刊登，但濃烈的鄉土色彩已爲西川滿所矚目，因此，第三篇小說〈林君寄來的信〉，遂獲青睞，終於登出來了。這是葉石濤的小說第一次印成鉛字，在那日據時代 18 歲的少年，而且是臺灣人用日文寫的東西，能夠在第一流的文學刊物上獲得發表，是絕無僅有的特殊例子。對他的影響也就可想而知。

「臺南一中」畢業後，他便到西川滿主持的「文藝臺灣社」擔任助理編輯，隔年辭職，回臺南「立人國民小學」擔任教師。

葉石濤自稱他早期的小說是「浪漫的、耽美的」，他在〈自畫像〉一文中說：「起初寫的多是神祕、纏綿的戀愛故事，當然書中的主角都是我的化身，我好比是那卡薩諾伐，每個冰潔玉骨的女人都爲我弄得神魂顛倒。」

民國 34 年，他被徵召入營，為陸軍二等兵。但這一年，戰爭終於結束了，臺灣光復，他再一次回鄉任教師。

光復後到民國 40 年這五年間，是他創作的旺盛期，在龍瑛宗主編的《中華日報》日文版（欄）上，發表許多作品，包括隨筆和短篇小說。也開始從頭學習祖國語文，試著用中文寫作。

也在臺灣《新生報》副刊「橋」以及《公論報》文藝版，發表小說及翻譯作品，如〈王爾德的童話〉及〈戰後法國文學〉等一類的文章。

民國 40 年是葉石濤最黯淡的日子，他在自訂年譜上，只模糊的寫下這兩句：「因故辭去『永福國校』教職，杜門不出，自修自學三年」。實際上，他這三年，遭受人生的大風暴，家中情況丕變，書籍、作品損失殆盡，過了他一生中最「迷惘和蒼白」的日子──他入了獄。出來後，依然浮沉社會底層，「為求三餐溫飽而奮鬥」。

振作精神重新出發

民國 48 年，他 34 歲，與陳月得女士結婚，同年長子出生。從民國 40 年到民國 54 年這 14 年間，在他的文學生涯裡是一長段空白，他從文壇上整個銷聲匿跡。但獄中三年，以及其餘的教書生涯，他依然不斷的閱讀、吸收，把整個心靈沉浸於西洋小說，並傾注於了解戰後日本文學的發展。

直到民國 54 年──這年他 40 歲了，卻反而是他另一個文學生涯的開始。他有了安定的工作，並重新踏上輝煌的文學旅途──這年 10 月，他在臺北《文壇》月刊，發表了他復出之後的第一篇小說〈青春〉；又在《臺灣文藝》同月份的第 2 卷第 9 期上，發表了評論吳濁流的文章。

他偶然在書攤上，看到鍾肇政主編的一套十大冊《本省籍作家作品選集》，集中有小說有詩，省籍作家男女老少，數十家作品盡入其中，深感驚愕與喜悅，也喚起了他心底深處多眠已久的「作家意識」。

也是在這一年，他在當時頗受矚目的臺北《文星雜誌》（第 97 期），發表了〈臺灣的鄉土文學〉，介紹日據時期的作家作品──這也是最早用「鄉

土文學」四字，談到臺灣作家作品的主流精神——那時的文壇正瀰漫一片西化浪潮。從此，他便以學習許久、且越來越流暢的中文，不斷寫評論，並開始將作品結集出書。

民國 57 及 58 年，每年分別出版兩本書——一本評論集，三本小說集。

小說與評論

第一本結集出版的小說，書名《葫蘆巷春夢》，40 開本，186 頁，由臺北「蘭開書局」出版，收入小說七篇。鍾肇政在〈試論《葫蘆巷春夢》的幽默手法〉裡寫道：

> 它們最大的特色，在乎其豐富的幽默感。我們讀這些作品的當中，屢屢不能自禁地被逗出會心的微笑，讀後但覺眼前正有那幾個文中的可笑角色活龍活現地扮演他們永無休止的人生之戲。那也是我們所熟悉的市井庶民，他們有他們的離合，他們在那兒構成一幅活生生的人生圖卷。

《羅桑榮和四個女人》是第二本小說集，共收五篇小說，包括〈青春〉、〈獄中記〉、〈青瓦之家〉、〈玫瑰項圈〉等，由「林白出版社」在民國 58 年出版。

評論家彭瑞金形容他在這段期間，「完成了到目前為止，最重要的一些作品，我們可以在這裡看到葉石濤文學圓熟的風貌。」

同年出版了第三本小說集《晴天和陰天》，「晚蟬書店」印行，收入〈叛國者〉、〈採硫記〉等七篇。

這些小說，「不但在整個 1960 年代的文壇有他獨特的取材原野，文字的韻味恐怕也是絕響。從表面看無非都是略帶神祕色彩，充滿浪漫氣息的人生嘲謔而已，仔細品味才能發現他幽默筆觸所要遮蓋的，是一顆哭過長夜、深沉得可怕的靈魂。」（彭瑞金評語）

　　《葉石濤評論集》由「蘭開書局」在民國 57 年出版，這是省籍作家在 40 年以來的第一本文學評論集，評論了鍾理和、七等生、吳濁流、林海音、鍾肇政、鄭清文等人的小說，共有 14 篇。出書後次年的五四文藝節，他因而獲得「中國文藝協會」頒贈第十屆文藝評論獎。

　　民國 63 年，他在接受李昂的訪問時，所說的一段話，很可代表他的文學觀點：

> 日據時代的臺灣文學，是在五四運動所催生而開展的。一開始就是中國文學的一環。儘管在日本人的統治下，臺灣作家不得不以日文寫作，亦多少受到日本作家的影響；但臺灣作家從日本作家學到的東西，與其說是日本《源氏物語》以來，日本傳統的唯美主義，倒不如說是透過日本作家學習世界上弱小民族的一些創作理論和創作方式。根本精神在於發揚民族文化，以抵抗日本人的思想控制。所以臺灣文學始終是和大陸文學並肩作戰的，並非孤立地發表下來。儘管臺灣作家由於風土和歷史的不同，而具有大陸作家所沒有的資質，但那也不是有別於中國文化的東西。

他又說：

> ……我的評論立場離不開 Hipolib Taine 在《英國文學史》裡所主張的見解；我以為闡釋一篇作品，必須由構成作品的三條件，種族、風土、時空入手；不可諱言，我也多少受了 Sainte Beuve, Anatole France 等法國印象批評派的影響，一般地說，臺灣的年輕作家除去英、美文學以外，無法接觸到歐洲、俄羅斯的文學，真令人遺憾。至於日本文學，我給的評價不高，我從不覺得川端康成和三島由紀夫有什麼了不起之處；日本作家之中有些作品我倒是喜愛的；如芥川龍之介、太宰治、堀辰雄、石川淳，此外，我以為乏善可陳。

　　因此，葉石濤的評論，始終堅持從三百多年的臺灣歷史，社會的變遷來看臺灣作家的動向及其作品世界的內涵。

　　獲得文學評論獎章的同一年，「吳濁流文學獎」基金會成立，他受聘為該獎評選委員。民國 69 年又得到《臺灣文藝》頒發的第一屆「巫永福評論獎」。

《鸚鵡和豎琴》

　　民國 62 年 2 月及 3 月，葉石濤又陸續出版了兩本書。《鸚鵡和豎琴》計收小說七篇；《葉石濤作家論集》中，除了第一部分是「蘭開版」評論集的重印，第二部分則收入新的評論 18 篇，兩書皆由高雄「三信出版社」出版。

　　葉石濤回憶這段日子，經常是小說寫出來了，卻苦無園地可發表：

　　　寫成了小說卻無處發表，這好像是揮之不去的惡夢，困擾作家。往往在撰寫小說的當中，一想到此篇小說未來的去向很難預卜，也就使提筆的手發軟了。再其次，為了考慮小說的出路，不得不把小說的結構、布局和情節適當的調整以符合時代性的摧殘，作家的寫作良心也就隱隱作痛，這常使得作家心灰意懶了。

　　　　　　　　　　　　　　　　　　　　　　——《文學回憶錄》代序

　　《鸚鵡和豎琴》收入的前三篇小說，分別是〈葬禮〉、〈鬼月〉、〈墓地風景〉，這是他決心「在修辭上下功夫」之後的作品；做為書名的一篇，以日據時代 1944 年的臺灣作背景，描寫一位臺灣見習士官，在服日軍役時的一段見聞。情節緊湊頗富於異國情調。

　　葉石濤在談到第一本小說時，曾說：

　　　我在都市裡的市井小民、農村裡的農民身上，看到既愚昧又復可愛的心

理和行為。我用誇張的、喜劇的手法刻畫了他們生活裡的快樂和悲傷。以那時的我底心境而言，這誇張又喜劇的表現方法是唯一符合我心靈的表現方式。人生舞臺本來就是悲、喜劇的上演場所，人生猶如那短暫的蠟燭，很快的會燃燒殆盡。人生又像那守護著埃及金字塔的人面獅身像；你看他正在愉快的微笑也並沒有錯，你看他正在嚴肅的哀傷也不會太離譜吧？

——〈我的第一本書〉，《愛書人》，民國 67 年

瘖瘂的歌者

民國 72 年，由「遠景出版公司」印行了葉石濤的《文學回憶錄》，這本書中，一系列的自傳文字：〈府城之星‧舊城之月〉，即是他早年生活的瑣憶。「府城」指的是臺南，「舊城」即左營，這兩個地方他生活得最久，披星戴月的，每晚為文學而趕路。

……我時常在自憐，我以為文人好比是一隻小螞蟻，隨時有被人踐踏而死的危險。但，上天既生下你為一個作家，你無可逃避，這是你的命運，你必須走完這一條鋪滿荊棘的路直到瞑目。

……其實在臺灣這種狹窄的乾坤裡，夢想搖筆桿為生，等於自投大苦網，憂患、痛苦、頹喪、潦倒等血與淚交錯的艱辛日子接踵而來，弄得我這一輩子被迫生活在貧窮、徬徨、自我虐待的陷阱裡。作家本來猶如一隻吃夢為生的夢獸，他哪裡知道這個夢獸也需要靠麵包生活，而麵包並非終日作夢就可得到的呀！

——〈府城之星‧舊城之月——《文藝臺灣》及其周圍〉
《文學回憶錄》，民國 72 年 4 月，頁 8

這樣的調子，真是低沉而瘖瘂，儘管他是在青少年時期即踏入了文學的長征旅途，儘管他以整個的生命，奉獻給文學這個貴族。他從小就耽讀

於各種小說而樂此不疲，每天手不釋卷──「不知道的人以為我是個用功的學生，哪裡知道我廢寢忘食地啃的是不登大雅之堂的閒書？」

雖然，葉石濤常提到「作家」這一行業的不幸，但另有一份崇高的「作家精神」隨時鼓舞著他。他曾告訴年輕的讀者朋友：「縱令我們大家都是微不足道的一棵蘆葦，一陣風，一滴水也足以毀滅我們，但是我們的精神領域卻是無限廣大的。」「做為一個作家責無旁貸的任務，乃是探討人類心靈領域裡那深不可見底的朦朧世界，誘導人們去克服人性弱點，創造更美好的明天。」

這幾年經常擔任各種文學獎評審的葉石濤，有訪者問他：「您以什麼尺度來評定小說的成就？」依他個人的看法──第一，要看這篇作品是否反映了現實，反映到什麼程度；第二，要看它是否對廣大的民眾有深刻的同情心；第三，要看它對人類的未來遠景是否有愛心，也就是否具備了理想的傾向；第四，看它是否挖掘了人性，挖掘到什麼程度；第五，才是藝術表達的技巧。

《臺灣文學史綱》

葉石濤其他的出版品，尚有：

1. 《葉石濤自選集》，黎明文化公司，民國 64 年 1 月。
2. 《噶瑪蘭的柑子》，三信出版社，民國 64 年 6 月。
3. 《採硫記》，龍田出版社，民國 68 年 2 月。
4. 《卡薩爾斯之琴》，東大圖書公司，民國 69 年 10 月。

以上四本為小說集。另外，評論集有：

1. 《臺灣鄉土作家論集》，遠景出版社，民國 68 年 3 月。
2. 《作家的條件》，遠景出版社，民國 70 年 6 月。
3. 《文學回憶錄》，遠景出版社，民國 72 年 4 月。
4. 《小說筆記》，前衛出版社，民國 72 年 9 月。

看這張書單，可知葉石濤近年的成績，依然十分可觀。評論集四本，雖有一部分屬回憶性質，有一些是讀小說的札記散章，但都沒有離開文學的範圍。然而，葉石濤最教人感佩的成績還是《臺灣文學史綱》的完成。

《臺灣文學史綱》首先發表於高雄《文學界》季刊，從 73 年 11 月「冬季號」開始連載，分成「前篇」、「後篇」，從臺灣日據時代，直寫到光復後 20 世紀 1980 年代的今天——多年來，文壇人士期待已久的「臺灣文學史」終於誕生，由最合適的人選以最大的毅力完成。

如果要總結葉石濤 40 年的文學生涯，筆者以為：寫得最好的，是張恆豪這段文字——「他對世界文學的博聞強記，對日據文壇的耳熟能詳，對臺灣文學的愛深責切，不但是個融合浪漫與寫實、凝視著臺灣的歷史及現狀，以諷刺的喜劇手法去傳述人類心靈苦難的創作者；同時，也是個緬懷臺灣文學基業，高舉著寫實文學大旗，堅持繼往開來……他的境遇、他的努力、他的理想，可以說，就像是一部耐人深思體悟的臺灣現代文學史。」

葉石濤 20 年來陸續寫的作家評論，意義尤其不凡，他自民國 60 年代起，便開始了用一篇篇有影響力的評論，去開發日據時代的文學資源，去撫慰不幸受傷的心靈，在光復後重燃起第一代、第二代的文學美夢，使他們明白「他是繼往開來的香火傳遞者，並非孤立於歷史之外的探險者」。張恆豪在一篇評葉石濤的精采論文裡，用下面這段文字作結語：

他將戰前、戰後因政治沖激而裂開的文學傷口，重新縫合起來，並透過歷史思潮，探尋出自主自強的前進方向。我深信這是葉石濤在文學創作另一項最重要的成就，未來的歷史，將會證明這一點。

——〈豈容青熒指成灰〉，《文學界》，第 8 期

——選自《文藝月刊》，第 201 期，1986 年 3 月

葫蘆巷裡的長者

小說家葉石濤

◎鍾鐵民[*]

第一次讀到《葫蘆巷春夢》是我還在念大學的時代，這裡面收集的幾篇短篇小說，每一篇都令我愛不釋手。

那時我正喜歡塗塗寫寫，不知天高地厚的一心想當個作家，瘋狂的閱讀，看了不少海內外各類的文學作品，但在描寫本土我們周邊大眾生活的作品裡，我從沒有看過描繪小百姓生活百態的小說，能將民眾嘴臉動作、心態情緒表達得那麼傳神生動的，一直到現在，每一次閱讀都讓我不得不喜愛和敬佩。那種風趣幽默和自諷自嘲的筆調，在我認識葉石濤先生後，讓我一直將他看成是這一系列小說中的主人翁「我」。

文章中這個「我」有些玩世不恭，老是在自哀自歎自以為是生活的失敗者，但在周遭的人心目中卻是個博聞多知而又富於關懷愛心的長者。其實這就是葉石濤的寫照。

有時我會將葉石濤和先父鍾理和做比較，他們小時候都有富裕的家庭，從來不知道柴米油鹽日常生活的艱困，接受現代教育後滿懷理想與抱負，同樣喜歡文學、藝術，也同樣真正走向文學創作的事業。其後的家庭變故使他們幾乎陷入絕境，然後一生困頓艱難的為三餐生活打拚。

終戰之後國府的政治鬥爭的風暴更莫名其妙的掃到他們身上，葉石濤被捕送到火燒島，為根本子虛莫有的罪名受數年牢獄之災；鍾理和因病在醫院逃過一劫，但最照顧他的兄弟和親密的朋友無一倖免，全部在這場風

[*]鍾理和紀念館館長。

暴中受難。而他們在鎮壓後仍然不忘情文學，在困難情境中繼續創作，寫出心靈的感受、寫出社會生活中動人的故事。他們的作品的風格，寫實中帶有唯美的藝術成分，難怪特別震人心弦。《葫蘆巷春夢》正是這種作品。如果純就小說創作而言，我認為這一系列的作品是他的代表作。

　　不過葉石濤文學上的貢獻不只是小說創作，他的文學評論和文學主張引領著臺灣文學的發展，雖然他自嘲「老弱文學」，沒有在戒嚴時期熱烈的高呼、抗爭備受批判，但他的影響力卻是深遠無窮的。

　　文學是苦悶的象徵，常常聽葉石濤說自己愛好文學從事創作是「天譴」，證諸於自身和先父的經驗，還真是既無報償又偏偏無法割捨的「業障」。當個純創作者已經夠受了，想當臺灣文學作家更是處境堪憐。這也是葉石濤不停的從事小說創作外，還需要拚老命編寫《臺灣文學史綱》，為臺灣文學找個出路和定位的原因！

　　在政治的壓抑下，臺灣文學的價值被扭曲，如何讓臺灣文學創作者感到心安，至少自己肯定自己創作的正當性，建立臺灣文學的主體意識，應該是這位自稱「老朽作家」的文學使命感吧。這部原本需要一個工作小組的寫史工作，竟然是他一個人在教書謀生之餘，關在幽暗窄小的書房中完成的。

　　我在他簡陋的書房中受益頗多。1960 年代初期，他常常勸我少去他那裡，一個受過政治迫害者的敏感不免杯弓蛇影，深懼因他而連累到我。可是我這個客家性格加上初生之犢的勇氣，從未把他的疑慮當一回事，只要有機會，總要去跟他討教一些文學上甚至生活上的難題。葉石濤多聞博識，又親切風趣，常常語出驚人，跟他聊天真是一種享樂。

　　我時常想先父與鍾肇政先生的交情，如果沒有鍾肇政友情的支持與鼓勵，先父後期的創作會不會有那麼豐富，會不會因為臺灣文學處境的困難而意興闌珊？他的最後一篇〈雨〉就是在鍾肇政的鼓勵與逼迫下完成的，還沒有修改好就去世了。我想他確實需要這股精神上的支撐力量。臺灣文學作者同樣感受到鍾肇政的風範，直接間接受他影響與鼓勵而有成就的實

在不在少數。南臺灣的葉石濤同樣的展現了他在文學上的長者的風範。難怪許多文學界的朋友將「北鍾南葉」並列。

葉石濤先生處世態度誠懇，實實在在全不虛假，在小學任教職數十年，直到屆齡才退下工作崗位，小朋友都叫他「葉公公」。受過日式教育的人辦起事來切實認真，看他的原稿，字跡細小端整，清秀得就像女孩子。他始終忠於文學的精神，讓他直到現在仍創作不懈，他筆耕之勤讓我敬佩也讓我慚愧，這才是作家魂吧。

跟葉石濤相處，你會感到他的熱情體貼，他好像總在為人設想，永遠記得朋友們的嗜好。我們全家人都記得每次他來美濃時，帶著的一大包左營軍區的山東大饅頭，他知道我嘴饞買不到這種饅頭。他的隨和風趣讓我們全家老小都喜歡他，南部文學界的朋友同樣喜歡他，論年齡論修為他都是我們心目中的長輩，精神上的領導者，事實上也繞著他以他為中心。可是他卻表現得那麼謙虛隨和，像個鄉下隱士，隨時追隨大家。

去年成功大學文學院頒發一個文學博士的榮譽給他，高雄的文友把他打扮得光鮮整齊讓他上臺，葫蘆巷中的鄉下老頭只是韜光隱晦而已，登上學術殿堂也同樣光芒四射，他簡短幽默的致詞，讓與會的文友全都感到榮耀。成大首先成立臺灣文學研究所，真理大學也設立了臺灣文學系，今後各大學亦將陸續開課。

臺灣文學終於回歸他原來的位置了。我想，站在臺上的葉老，長期奮戰之後，一定是感觸良深吧！如今國家將表彰文化界人士最高榮譽的「行政院文化獎」頒發給他，真是實至名歸。

——選自《聯合報》，2000 年 12 月 17 日，37 版

老朽的年代，不褪色的青春夢
永遠的「文學青年」葉石濤

◎趙慶華*

　　文學夢，根植於崇尚浪漫唯美的藝術家性格；16 歲所寫的第一篇日文小說〈征臺譚〉，開啓了延續至今的文學生命；「作家不能求報酬，要認真生活、刻苦過日，要孜孜不倦地寫到死。」——文學路上的精神導師、日本作家西川滿的諄諄訓示，成爲他奉行不渝的信念；戰後的二二八事件、白色恐怖的牢獄歲月，卻徹底改造了他的思想體系與文學品味。

　　走過府城之星，舊城之月，葉石濤用手中的筆具體實踐了他的文學信仰——小說創作、文學評論、臺灣文學史的建構、臺灣文學理論的奠基……，在荒蕪的臺灣文學的園地裡辛勤地拓墾，他一肩扛起臺灣文學的十字架，與臺灣文學共度最低迷、晦暗的時光。

　　1998 年，淡水學院（今「真理大學」）臺灣文學系頒發「臺灣文學牛津獎」給這位立足臺灣文壇一甲子的文學巨擘，獎詞是這樣寫的：「在臺灣文學最昏暗的時刻，用鄉土點亮一盞燈，在臺灣文學最迷惑的時刻，用臺灣意識闢出一條路，用一生爲臺灣文學立座標。」

　　然而，在葉石濤眼中，「作家這行業頂多只是跟農夫和工匠一樣，是地上之鹽。」他習以自嘲的口吻笑談種種「豐功偉業」；回顧 60 年來的文學生涯，他說：「這是傻瓜的一生！」

*發表文章時爲《新觀念》雜誌「美育版」主編，現爲國立臺灣文學館研究典藏組助理研究員。

一、舊城孤獨一老人——他說：沒有土地，哪有文學？

> 這是我第一次見到葉老，他看來結實，精神奕奕……。他是親切的，肌膚散發出臺灣南部的泥土味；確切一點來說，他有著左營人的氣質，拙樸、耿直、毫無偽裝。我想他的文字魅力大約就是源自這一份性格吧。
>
> ——陳芳明〈葉老〉

　　從火車站西行，勝利路超乎預期的漫長，約莫二、三公里之後，盡頭交接處便是有名的「左營大路」。一幢灰舊而不起眼的獨棟四層樓公寓裡，住著今日聲譽卓然的臺灣文學耆老，鄰居口中「勝利路上最有學問的人」——葉石濤。

菸不離手的文壇耆老

　　推開「擋狗不擋人」的低矮門欄，他引我走上二樓書房。還是一襲簡單的襯衫、長褲，還是樂天憨直的招牌笑容；唯獨菸不離手，算是足堪說明他文學家身分的標記。

　　籐椅、櫥櫃、牆角的書桌、滿室堆積如山的書刊雜誌……，填滿了那狹小而略顯局促的一方斗室；老作家埋首在此四十多個春夏秋冬，歲月的刻痕積累成斑駁的牆面，沉澱為保溫杯口沿的茶漬，孕育了他「150 萬字的小說，超過兩倍於此的評論、文學史、回憶錄、散文作品，尚有散逸的作品，數量無從估計，再加上可觀的翻譯成績……。」

　　市街上不時傳來轟隆的車聲，午後的冬陽大剌剌地灑進屋內，我到訪時，他正一字一句地翻譯抄寫日文資料，準備著成大臺灣文學研究所的授課講義；即使患染眼疾，連看電視都嫌吃力，他念茲在茲的，仍是臺灣文學。

念茲在茲，臺灣文學

當然，這並不是我第一次見到他。

將近半年的時間，我陸續在各種場合聆聽他用自稱為「彆腳的國語」暢談他的文學理念、臺灣文學史觀、臺灣文學的前景和未來……；再不，就是看他趁著替年輕學子簽名題字的機會，語重心長地鼓勵他們積極參與建設臺灣文學的行列。

在臺灣文學的園地耕耘一甲子，寫過 1950 年代的白色恐怖記憶，完成奠定其文學史家地位的《臺灣文學史綱》，他憑著手上的筆讓臺灣文學從一片荒煙蔓草成長為蓊鬱密林。因著外在環境氛圍的遞轉，豐收的光芒終於在遲暮之年姍姍到來，閃耀著動人的辛酸──繼「巫永福評論獎」、「中國時報文化貢獻獎」、「臺美人文科學獎」等多項殊榮，他又獲得了淡水學院（今真理大學）的「臺灣文學牛津獎」、成功大學的「榮譽文學博士」學位，以及國家級的最高文化獎項「行政院文化獎」。

去年八月，「鹽分地帶文藝營」的開幕典禮上，他自總統陳水扁手中接過「向資深臺灣作家致敬」獎章，同時獲獎的，還有巫永福、詹冰、陳千武、林亨泰及莊培初等前輩。昔日熱血沸騰的文學青年，今日均已垂垂老去，時代巨輪碾過他們芳華正茂的青春歲月，然後，便是漫無止境的思想箝制、詭譎多變的政治風暴。綠色執政為島嶼寫下歷史的新頁，而一向被視為「邊陲」、「附庸」的臺灣文學，是否果真能在世紀交替的時節，綻放甜美的笑顏？

一路引領後生晚輩奮力前行的葉老，對於臺灣文學的未來，卻是顯而易見的悲觀和憂心。

沒有土地和人民，沒有文學

「臺灣社會愈來愈資本主義了，異化和物化非常嚴重，年輕一代的作家毫不自覺；他沒有念過共產主義的『唯物辯證法』，也不懂『唯物史觀』，所以他就不知道用這個眼光來分析社會，所以臺灣文學就愈來愈脫離本土，隨著國際化的流行走。但是世界文學不是這樣，每一個國家的文學

都是根據自己的土地和人民發展的……，沒有土地和人民，文學就不存在了。那麼臺灣作家呢？一味地追求自我發揮，結果就陷入了那個陷阱，拔腳不得，最後臺灣文學就愈來愈墮落下去……，不過這種趨勢誰都挽回不了，除非臺灣的知識分子和作家能發現作家的良心應該在哪裡……。所以我對臺灣文學將來會如何走，目前比較悲觀，但這不是我的責任，是整個臺灣社會的問題。」

長久以來，他一直堅信「『臺灣文學』是只有生活在臺灣這塊土地上，和臺灣的人與土地、具有生死與共的命運共識的作家，才能創造出來的文學」。所以，好的臺灣文學作品必須「扎根於這個土地，描寫臺灣的土地和人民，寫出臺灣人的生活困境」。訪談之中，他一再強調：「難道只要作品暢銷就是一個偉大的作家嗎？……我不反對年輕作家放棄以前的包袱、使命感啦、為臺灣人打拚啦，那是另外一回事，你丟掉這些為自己打拚可以，但是至少你的作品要禁得起時代呀，要能通過理想主義的考驗，寫那些旅行啦、情色文學，對人有什麼幫助？我認為現在的作家獲得了創作的自由，卻失去了提升的力量，作品都變成了商品……。」

為臺灣文學寫歷史

他始終無法拋棄所謂的「社會責任」，在他看來，那是身為一個作家必須擔負的天職，「作家不能不關懷廣大的窮苦人民，不能不同情他們的遭遇，如果作家失去了對人性價值的同情，就毫無意義……，所以我認為文學還是要有道德的目的。作家應該參與社會，反應現實生活，有人道主義的關懷，幫助弱勢的人群找到生存的勇氣……。」因此，儘管他一生都以「小說家」自居，卻於 1965 年復出文壇之後，花費了數倍於小說創作的心力，以強壯的口氣和旺盛的企圖心，逐漸形塑建構他的臺灣文學史觀。對於臺灣文學的獨立自主性，他毫不懷疑：「臺灣文學是世界文學的一環，是獨立的，不是中國文學、日本文學的附庸。」這也是他「要為臺灣作家的文學找理論的基礎，建構臺灣作家的文學史觀」的發想起點。

「戰後不久我寫的小說比較多，從 1965 年開始，我重新參加臺灣文學

建設，那個時候的反共文學是排斥整個臺灣的，外省作家、讀者、媒體都是政府一手包辦，控制了所有的文學……，使臺灣作家沒有辦法抬頭，我覺得真正的本土作家很可憐，他們的作品沒有人為其定位，在臺灣文學的歷史上應該占有什麼地位也都沒有人提，所以我轉而寫評論。後來我又想寫臺灣文學史，建立臺灣文學的理論架構，1987 年《臺灣文學史綱》完成，我的任務——臺灣文學的重建問題告一段落了，才又寫我喜歡的小說……。」

從府城到舊城

　　同樣與左營淵源甚深、也同為臺灣文學健將，彭瑞金和陳芳明都曾經不諱言地表示，因為有總是走在前方的葉老，才讓他們的臺灣文學之路行來篤定而踏實；擁有 300 年悠久歷史與傳統的左營，因而彷如擎天巨柱，撐起臺灣文學半邊天。

　　但是，葉老說：「我還是喜歡自己的故鄉，是因為待不下去所以才流浪出來的，如果環境好一點，我一定會留在府城。」

二、府城青春文學夢——地主世家的春風少年兄

> 我之所以能夠讀我心愛的書，而不須為生活煩惱，那是拜我出生在一個
> 小地主之家的福氣……。在這樣大多數三餐不繼的赤貧中，我卻能飽食
> 而搜羅世界名著隨心所欲地閱讀，過較優雅的生活，這全是宿命。
>
> ——葉石濤〈沉痛的告白〉

　　1925 年，葉石濤出生於古樸典雅的臺南，是葉家移居府城的第八代子孫。這個富裕而有名望的地主世家，雖然算不上書香門第，倒是培養了不少「讀書人」：葉石濤的雙親都受過日本公學校教育，幾位叔公也被送往廈門就讀高中、大學，帶回來許多反帝制、反封建的五四運動新思潮，家族裡因而瀰漫著濃厚的「知識分子」氣息。葉石濤說，在這樣的環境裡成

長，自然會知道「書」的可貴，也造就他嗜讀各類書籍的興趣。

「文學」得到他的終生青睞

求學階段，根據他自己的形容：「對於正經的功課沒有一點興趣，特別是數學，是我最大的敵人。」當其他同學已經在認真嚴肅地思索「人生未來的方向」時，只有他依然故我地整天啃食著那些生硬又難以消化的「閒書」，老師甚至還預言他會變成「沒路用的人」。

能夠如此悠哉游哉地飽覽群書，有一個很重要的原因——「我是不怕沒錢買書的。日本時代，小孩子連糖都沒得吃了，還花錢買書？那是太浪費了。但我中學時一個月可以花十幾二十幾塊錢買書，我父母從來不禁止，他們知道我是個書呆子，多少錢都給我。」

從艱澀的唯心哲學入門，古代人類社會、考古學同樣令興趣廣泛的葉石濤十分著迷，他讀美國學者摩根的經典著作《古代社會》，跟著博物老師金子壽衛男到各處進行田野採集工作，發現多處先民遺址，「偉大的考古學家」因此曾經成為他人生藍圖中一份美好的期待。

最後，就如眾所周知，是「文學」得到他的終生青睞。

身陷世界文學思潮的洪流中

「我是在 13、14 歲，中學一年級的時候，對文學產生了強烈興趣，當然是日本文學啦！因為最容易入手，所以念了很多……。」

中學五年，他日以繼夜地讀完能在臺灣買到的所有中外小說，絕大部分是日本文學，從明治時期到現代作家的作品，無所不包；而後，再有系統地擴及俄羅斯文學、法國文學，這是因為日本文學受俄羅斯和法國影響極深的緣故。「我的個性是認識一個作家之後，就一定要把他所有的作品都收集，全部讀完，有了概念，再看人家批評他的文章，有關他的研究論文也找來念……。」

托爾斯泰、杜思妥也夫斯基、左拉、巴爾扎克……，就這樣，他一步步身陷世界文學思潮的洪流中；也是此時，他誓言立足廣袤無邊的文學天地，要將此生奉獻給文學。

　　然而，光靠閱讀，怎麼也難以滿足懷抱著熱烈憧憬的文學心靈；覺得技癢，而且更進一步以自己心儀的作家爲創作模仿的對象，想來是再正常不過的事。葉石濤表示：「一個小孩子對文學有了興趣，自然就想要動筆寫，所以我 16 歲的時候就開始用日文寫小說，其中只有兩篇獲得發表……。」

　　兩篇獲得發表的小說是〈林君寄來的信〉以及〈春怨〉，刊載於日人西川滿所主持的《文藝臺灣》。

「他是我的老師」——詩人作家西川滿

　　西川滿——提及這位葉石濤尊崇一生的精神導師，即使是在《臺灣論》吵得漫天風雨的時刻，他依舊坦然地說：「他是我的老師，儘管大家都罵日本人……。他的家裡是貴族，在日本就是統治階級，是極右派，他是站在日本人的立場研究臺灣人的風俗習慣，這一點我是知道的；不過他對我很不錯，我高中剛畢業到他的雜誌社去工作，他給我每個月 50 塊的薪水，還每個月帶我去吃西餐、教育我……，但是我們的差距太大了……。他的作品我本來是非常喜歡的，是後來我的思想改變才不喜歡了。」

　　西川滿賞識葉石濤純真無僞而堅定的文學理想，一心要栽培他，因此葉石濤高中一畢業，便立刻被聘用，前往臺北擔任《文藝臺灣》的助理編輯，並且享有相當優渥的待遇。而葉石濤呢？他醉心於西川滿浪漫耽美的文學風格，更敬重他對文學的執著和奉獻精神——前者是主導《文藝臺灣》走向與基調的重要關鍵，和當時由臺灣作家張文環主編的《臺灣文學》所強調的寫實主義截然有別，卻與葉石濤愛好幻想、崇尚唯美的浪漫本質不謀而合；至於後者，幾乎可以視爲是這位早稻田大學法文系畢業的詩人作家對葉石濤最深遠綿長的啓迪，「他對我最大的影響就是常常訓誡我：如果想當一個作家，就不能求報酬，要認真生活，要寫到底、寫到死爲止，否則就不要做。」

沉痛的告白

　　「我是個比較感性而富有情緒的人，浪漫的幻想多於嚴密的思考。我

一輩子缺少知性和思想性是不可否認的。」葉石濤如此自陳他捨哲學、考古學而以文學為終生職志的原由。即便如此，當現實生活的磨難和淬煉以超乎想像的重量席捲而來，曾經矢志不移的信念，還是不得不轉彎——一場牢獄之災，把葉石濤感性敏銳的藝術家特質漂洗得乾乾淨淨，「有過坐牢的經驗，到後來從牢裡出來，沒飯吃、四處奔波……，徹底改變了我對人生的看法。」

三、作家猶如「地上之鹽」，是遭天譴的被選擇者

> 寫作的報酬菲薄，微不足道，甚至常常得不到稿費，又要遭退稿。為什麼一個人傻傻地幹這勞心勞力、憂愁多於歡樂的事，正可以說這莫非是遭了天譴？
>
> ——葉石濤〈我為什麼寫個不停？〉

1951 年，葉石濤因「檢肅匪諜條例」被判處有期徒刑五年；三年後，依「減刑條例」而獲釋。罪名是冠冕堂皇的「知情不報」——所謂「情」，是指他讀過幾本「匪共」刊物。

迎向顛沛流離的困頓人生

從一介不知民生疾苦的公子哥，變成身繫囹圄的政治犯，牢獄生活讓葉石濤懂得了「逆向操作」，學會從反面看待人性和社會，「好多不同的人雜居在那裡啊！每個人不同的態度，就可以磨練你做人……。」堅韌而充滿寬容的性格，在此時發揮最大功能，幫助他熬過鐵窗歲月。

回憶遙遠的陳年往事，平靜的神態中有掩不住的滄桑：「那三年裡真是嘗盡了人間的痛苦。要衛生紙沒有、天冷沒衣服穿、一天只吃兩餐飯……，簡直不是人過的生活，沒有坐過牢的人是不會了解的，尤其是政治牢！經過這種辛苦，我徹底明白了：生活是一件最苦的事，但是人必須想辦法活下去，這不是簡單的事情，要活下去並不容易……。」

　　出獄後，親友視其為「瘟神」，謀職屢屢碰壁，現實的壓力，促使他揮別家鄉，迎向顛沛流離的困頓人生。

本來臺灣文學的傳統就是左派的

　　「1950 年代，我是徹底的旁觀者，因土地改革而失去土地的沒落地主家庭，變成日無隔宿之糧的窮苦人家……。我的文學生命似乎已經結束。我被社會所遺棄、上帝所摒棄……，邊喝太白酒，邊讀報紙副刊以打發漫漫長夜，這樣度過了被人踐踏爬在泥土上的苦日子。」

　　肅殺血腥的氣味，猶如臺灣歷史記憶中的冰風暴，更是葉石濤難以抹滅的生命重創；每天關心的，是張羅孩子的奶粉錢，以及想盡辦法打發那山窮水盡的生活重擔，文學似乎成了奢侈的夢——自被捕入獄的那一刻開始，他便停頓了手中的筆，不再寫出隻言片語。

　　不過，文學旅程上的休止符，卻無礙於他對暗潮洶湧的臺灣社會的觀察；二二八、白色恐怖、被捕入獄……，日治時期接觸的「匪共」書刊所揭櫫的社會主義思想在他生命的幽谷裡萌芽茁壯，「我突然覺悟到這是個實踐的哲學……，要參加社會裡的弱勢人群，站在他們那邊來思考才可以。不過這也是因為我變窮的關係，耕者有其田的政策把我家裡的土地都收回去了，是最大的刺激……。」

　　人生觀轉變的同時，他對文學也有了新的體認——由早期的浪漫主義蛻化為終生不變的寫實主義，此刻即為關鍵階段；而一旦認同了社會主義的思考方式，便「到現在都沒有改變」，葉石濤說，「本來臺灣文學的傳統就是左派的，沒有左派的思考，小說是寫不來的，因為不認識左派的結構就無從確認臺灣受日本帝國主義壓迫的殖民地身分……；遺憾的是戰後四十多年戒嚴反共的結果，讓臺灣的左派思想完全沒有了……，但是，不懂左派的思考，對臺灣文學的發展是有害的……。」

當「文學之蟲」悠然轉醒……

　　幽暗隱晦的文學生涯空窗期延續了 14 個寒暑。直到 1965 年，當「肚子裡的文學之蟲」再度悠然轉醒，懷著像普魯斯特撰寫《追憶似水年華》

的心情，他完成首篇復出之作——〈青春〉。

　　自此，葉石濤便不再寫那華美而耽溺的風花雪月，在他筆下出現的，是思想飽受禁錮箝制的知識分子、是心靈無法獲得自由解放的臺灣人民；一肩扛起臺灣文學的十字架，他說：「我始終相信我做為一個臺灣作家，責無旁貸的任務就是觀察和記錄——在每一個臺灣歷史的階段裡，受難的臺灣民眾離合悲歡的真實人生以及他們內心裡的創傷。」

　　這一提筆，便彷彿一場不歇的戰役，在文學的火線上，懷著高昂的戰鬥力與自我捉對廝殺，直至今日 77 歲高齡。

作家是遭到天譴的人

　　然而，一輩子筆耕不輟，他卻寫過這樣的話：「作家這行業頂多只是跟農夫和工匠一樣，是地上之鹽。」他問：「作家對社會有什麼貢獻嗎？我認為沒有。」

　　熟知葉老的人，對他總是習用「天譴說」以自嘲其無可救藥的文學悲情，必然不會感到陌生；在他看來，作家其實沒什麼了不起，不過是一個遭到上帝天譴的被選擇者而已。「……一個人如果要活下去而且活得快樂，當作家是最壞的一條路了，妳看我這個所謂的『作家』，從來不看電影、電視，吃的東西也非常簡單，我這樣生活下去，一點做人的味道都沒有了，所以我看別的作家寫美食、寫旅行，總覺得不可思議，我從來沒有時間去做這些事，這就是上帝給我的懲罰……。我也非常喜歡像普通人一樣快快樂樂地生活，不要追究什麼社會啦、哲學的問題……，但是又有一股力量驅使我一直去寫，我不寫的話是會死掉的，……就像我現在眼睛看不見了還是在搞那些，一天到晚乖乖地坐在那裡……，這是多辛苦的事情……。」

　　寫作之於他，沒有樂趣，而是解脫，是紓解殘酷人生的出口，這與他年輕時的文學夢想有著難以丈量的落差：「年輕的時候沒想那麼深遠哪！會寫就寫，登出來就很快樂，有人誇你一兩句話簡直就要飛上天了；哪裡知道文學的路會這麼難走！……這是命運哪！一個人必須走完這條上帝給你

的路，沒有辦法逃避，除了死亡⋯⋯。」

　　以「不完美的旅程」做爲其文學生涯的總結，葉老說：「我之所以選擇走上寫作之路是自己心甘情願，不敢有絲毫怨言，但總覺得我的生涯旅程充滿荊棘，並不完美。」他笑稱自己的生命史宛如「傻瓜的一生」，隨即又補充：「不過我希望人人都是傻瓜才好，不要計較一時的利害得失，要去估量我活著對這個土地和人民有什麼貢獻？」

舊城老人 V.S. 府城少年

　　一個月後，初春季節，南臺灣的夕陽餘暉尙無蒸騰的溫度，向晚時分的空氣舒爽宜人；我們再訪左營——爲葉老拍照；這次，他不再說些：「拍我這老了、沒路用的人做什麼！」之類的話，只是靜靜地疾行。

　　我們朝拱辰門的所在位置走去，幾個孩子在他身旁頗感新奇地嬉鬧著，他一面希望攝影師能捕捉到他這個孤獨老人的況味，又一面充滿慈愛地與稚子玩成一片。

　　回程中，買麵包、買晚報、與左鄰右舍頷首招呼⋯⋯，看著他健步如飛的昂揚姿態，我竟有種錯覺：當年府城少年的意氣風發似乎猶在他體內蟄伏盤旋，未曾遠離。

——選自《新觀念》，第 150 期，2001 年 4 月

貫穿「臺灣主體的文學」
葉石濤

◎垂水千惠著[*]
◎彭萱譯[**]

去年十二月，在高雄市舉行了「葉石濤及其同時代作家文學國際學術會議」。是爲了推崇代表臺灣、活躍於橫跨戰前、戰後兩個世代的作家葉石濤，葉氏緊接著在獲得 2000 年的行政院學術獎之後，去年又得到國家文藝獎，而有這次會議的舉行。臺灣的主要文藝雜誌──《聯合文學》，也在最近的一期中編了葉石濤特集等等，臺灣有點現在正在流行一股葉石濤旋風的味道。

在臺灣的日文文學，雖然由於《臺灣萬葉集》的發行而在日本也漸漸變得被眾人所知了，但是在 1940 年代的臺灣，是以《文藝臺灣》、《臺灣文學》兩大雜誌爲中心，日本人作家與臺灣人作家用日文創作來互相競爭的。1925 年生的葉石濤，也是以 1943 年時在日本人作家主持的《文藝臺灣》發表〈林君寄來的信〉，做爲他成爲一個作家的起點。被來自友人的信所邀請，去拜訪遠離村落的廢屋，邂逅了美女這樣的類似作品，表示葉石濤是繼〈女誡扇綺譚〉的佐藤春夫、〈赤嵌記〉的西川滿之後，也應該稱之爲臺灣浪漫派作家的一員。

當時在臺灣，標榜浪漫主義的《文藝臺灣》和標榜寫實主義的《臺灣文學》之間，環繞著「寫實主義」的是非進行論爭，葉石濤也擔任了其中

[*]發表文章時爲橫濱國立大學助教授，現爲橫濱國立大學留學生中心教授。
[**]目前於英國留學。

的一角。在前述的學術會議中指出,這個論爭是引發 1930 年代交錯在日本浪漫派和武田麟太郎、高見順等所屬的《人民文庫》之間的日本浪漫派論爭的導火線。

像這樣從戰前的文學活動開始,到戰後轉換成中文、讓人見識到活躍在小說、評論多方面的葉石濤,不論怎麼說,他最大的成就應該是執筆寫成了《臺灣文學史綱》吧。1987 年 2 月,搶先在同年七月的戒嚴令解除之前發行的本書,是在被塑造成「只有中國文學,沒有臺灣文學」的國民黨政權下的臺灣,提出包含了戰前日本文學、明確的臺灣主體文學史觀,值得紀念的著作。日本,也於去年,由中島利郎、澤井律之共同翻譯了這本書,以《臺灣文學史》爲書名發行了。

這樣的葉石濤風潮,和最近主政的民進黨推動臺灣化的臺灣政治狀況不會是沒有關連的。

——原載《朝日新聞・夕刊》,2002 年 2 月 8 日

——選自《文學臺灣》,第 42 期,2002 年 4 月

歷史的歧見與回歸的歧路

鄉土文學的意義與反思（節錄）

◎陳芳明*

葉石濤與陳映真的對峙

　　鄉土文學的討論之所以發生困難，也不止於來自中國霸權論述的干擾。在鄉土文學陣營的內部，也因歷史觀的歧異，以及回歸目標的不同，終於也產生了更為複雜的困惑。王拓的文學觀，格於政治環境的牽制，可以說是中國文學與臺灣文學的折衷論。更具體一點來說，為了不直接觸犯中華民族主義的情緒，王拓在討論鄉土文學時，很謹慎地避免過分訴諸臺灣本土意識。因此，他不時在行文中必須照顧到文字的使用。「民族」字眼的不斷出現，等於間接表露他對中國的「忠誠度」與「精純度」。王拓的鄉土文學論，雖然具有臺灣史觀，卻也只是集中於戰後發展的階段。他對臺灣文學的闡釋，自然就顯得不夠徹底。

　　面對中華民族主義情緒的干涉，葉石濤在 1977 年發表的〈臺灣鄉土文學史導論〉，便是值得注意的一個思考突破。這篇文章毫不顧慮忠誠度與精純度的問題，而是直接從臺灣歷史的層面著手，極其周延地說明臺灣文學史的自主性傳承。文中最為醒目的小標題，莫過於「臺灣意識」一詞的提出。雖然他在「臺灣意識」一詞之下特別如此標示：「帝國主義下在臺中國人精神生活的焦點」，縱觀全文內容，卻未嘗一語及於中國。

　　依據臺灣意識為作品的檢驗標準，葉石濤特別強調：「臺灣鄉土文學應

*政治大學講座教授兼臺灣文學研究所所長。

該有一個前提條件，那便是臺灣的鄉土文學應該是以『臺灣爲中心』寫出來的作品；換言之，它應該是站臺灣的立場上透視整個世界的作品。」[1]他的論點，全然與銀正雄、朱西甯所質疑的「回歸何處」背道而馳，更與朱所強調的「與中華民族文化的主根密接」之見解截然不同。銀、朱二人的論點是以「中國爲中心」的思考，葉石濤則單刀直入揭示以「臺灣爲中心」的策略。葉石濤又更進一步申論：

> 這種「臺灣意識」必須是跟廣大臺灣人民的生活息息相關的事物反映出來的意識才行。既然整個臺灣的社會轉變的歷史是臺灣人民被壓迫、被摧殘的歷史，那麼所謂「臺灣意識」——即居住講臺灣的中國人的共通經驗，不外是被殖民的、受壓迫的共通經驗；換言之，在臺灣鄉土文學上所反映出來的，一定是「反帝、反封建」的共通經驗，以及篳路藍縷以啟山林的，跟大自然搏鬥的共通紀錄，而絕不是站在統治者意識上所寫出的、背叛廣大人民意願的任何作品。[2]

這段話即使在發表 20 年後的今天來看，仍然還是相當鏗鏘有力。臺灣的歷史，是被殖民、被統治、被壓迫的共通經驗。在這樣的歷史背景下，臺灣作家寫出來的文學，自然就離不開被殖民、被統治的經驗。相對於臺灣人民經驗的另一面，便是統治者背叛廣大人民意願的官方立場。葉石濤筆下的這段話，顯然是具有微言大義。緊接著，他以臺灣文學史上的作家作品爲例，劃分日據時期的新文學運動爲三個階段，亦即搖籃期、成熟期、戰爭期。以這三個階段爲基礎，他強調臺灣文學的性格無非是帶有強烈的現實主義的色彩，這個看法，正好與王拓的觀點相互呼應。也就是說，這篇文章的出現，不僅回應了銀正雄、朱西甯的質疑，而且也爲王拓的文學觀點提出有力的歷史證據。葉石濤在結論中，也爲戰後文學給予正

---

[1] 葉石濤〈臺灣鄉土文學史導論〉，尉天驄編，《鄉土文學討論集》，臺北：自印，1978 年，頁 72。
[2] 同上註，頁 73。

面的肯定。也就是說，臺灣意識的文學作品，仍然由新一代的作家所繼承。他認為：「從光復到現在的這三十多年來的此地文學的蓬勃發展，證明了這種精神永不磨滅。」

在論戰初期，葉石濤的本土文學論可謂獨樹一幟。幾乎可以說，在整個論戰期間，對鄉土文學闡釋最清楚的，當推葉石濤的這篇文章。除他之外，本土論的作家似乎沒有再提出更有力的辯護與解釋。這是可以理解的，當時的思想檢查，圍繞著中國的霸權論述，凡是過於明顯站在臺灣立場，或過於主張臺灣意識，都有可能遭到監視或監禁。在那個風聲鶴唳的年代，葉石濤以孤立的姿態表達他的臺灣意識文學觀，於今看來，他的過人勇氣仍然不能不讓人另眼看待。

葉石濤的臺灣本土文學論，立即遭到陳映真的反駁。陳映真的立場，也是屬於中華民族主義。然而，他與朱西甯不同的地方，在於前者是左派的民族主義，後者是右派的民族主義。朱西甯從歷史觀點看臺灣文學，頗富國民黨的意識形態，陳映真則是具備了社會主義的意識形態。從這個事實來看，王拓若是陷於兩面作戰的困局，則葉石濤更是處在三面作戰的尷尬位置。葉石濤必須對外批判帝國主義，對內同時應付來自左右兩種民族主義的挑戰。

陳映真並不同意有所謂臺灣意識的鄉土文學。他認為，臺灣的現實主義文學，毋寧是中國現實主義文學的一個組織部分。陳映真說這是王拓的論點，但考察王拓的文章，便可發現那是陳映真為他申論而附加上去的。為什麼陳映真不同意有臺灣鄉土文學？他的看法是這樣的：

在 19 世紀資本帝國主義所侵略的各弱小民族的土地上，一切抵抗的文學，莫不帶有各別民族的特點，而且由於反映了這些農業的殖民地之社會現實條件，也莫不以農村中的經濟底、人底問題做為關切和抵抗的焦點。「臺灣」「鄉土文學」的個性，便在全亞洲、全中南美洲和全非洲殖民地文學的個性中消失，而在全中國近代反帝、反封建的個性中，統一

在中國近代文學之中，成為它光輝的、不可割切的一環。臺灣的新文
學，受影響於和中國五四啟蒙運動有密切關聯的白話文學運動，並且在
整個發展的過程中，和中國反帝、反封建的文學運動，有著綿密的關
聯；也是以中國為民族歸屬之取向的政治、文化、社會運動的一環。[3]

　　陳映真的論理方式雖然有些難解，整個文章的重心乃在於抹消臺灣歷
史的特殊性與自主性。他把臺灣社會放在 19 世紀的世界史脈絡之中。臺灣
社會固然是殖民地，但亞、非、拉三洲的許多地區與人民也同樣處在殖民
地統治之下。換句話說，臺灣有它特殊的歷史性格，但這種性格與亞、
非、拉人民的反殖民運動是一致的。如果殖民地社會的抵抗文學在於關懷
農村的人與經濟，那麼，臺灣的鄉土文學就沒有任何特殊之處，它的個性
應該消融在全世界反殖民文學之中。這樣的理解若是沒有錯誤的話，臺灣
文學只能與世界反殖民文學等量齊觀，為什麼陳映真會得出臺灣文學一躍
成為「統一在中國近代文學之中」的結論？

　　暫且不論陳映真是如何達到如此的結論，他與葉石濤的最大分歧點在
於歷史立足點的不同[4]。葉石濤認為臺灣文學的發展，乃是經歷過三百餘年
的殖民統治經驗，這包括荷蘭、明鄭、滿清、日據等四個階段的漸進累
積。陳映真則只是把臺灣文學放置在 19 世紀以降中國近代史的脈絡之中來
觀察。陳映真的歷史解釋，只看到近百年的殖民經驗，然後以這樣的經驗
拿來與中國經驗等同起來。

　　為了抹煞臺灣社會的特殊性格，他完全忽視臺灣工業化、城市化、資
本主義化的過程。在陳映真的眼光裡，他強調臺灣社會的資本主義並不充
分，所以整個經濟重心仍然放在農村，而農村恰好是中國意識的根據地。
因此，臺灣文學並沒有設定在臺灣意識的文學，而只有以農村為中心的中

---

[3]陳映真〈鄉土文學的盲點〉，同上註，頁 95～96。
[4]筆者曾經撰文比較葉石濤與陳映真的臺灣史觀歧異之處，參閱宋冬陽（陳芳明）〈現階段臺灣文學
　本土化的問題〉，《臺灣文藝》第 86 期，1984 年 1 月，後收入宋冬陽《放膽文章拚命酒》，臺北：
　林白出版社，1988 年。

國意識文學。陳映真的這種解釋，其實在整個臺灣歷史上從來沒有發生過。他沒有提出任何證據來說明為什麼臺灣農村是中國意識的根據地。為了再次擦拭臺灣社會的特殊性格，陳映真又說，如果城市存在著中小臺籍資本家的話，他們所領導的抗日運動，無不以中國人意識為民族解放的基礎。這樣的解釋，也是在臺灣歷史上從未發生過的。凡是稍微理解日據臺灣史的話，都會發現臺灣的左派、右派抗日組織，從來沒有一個團體是以中國意識為基礎的。

　　陳映真的歷史認識，基本上來自想像與虛構。不過，他的重點並不是為了闡釋歷史，而是為了否定臺灣鄉土文學的特殊歷史背景。更為重要的是，他之批駁葉石濤的見解，目的在於反對臺灣意識的理論。因此，他刻意指控葉石濤的歷史解釋，是一種「用心良苦的、分離主義的議論」。

　　如果把朱西甯與陳映真的兩種民族主義並置來看，就可理解當年葉石濤的處境有多艱難。當中國論述居於霸權地位之際，朱西甯、陳映真都可以利用中華民族主義，來夾殺臺灣意識的文學論。依照朱西甯的觀點，臺灣社會的中國意識是很淡薄的，因為它受到了日本文化的嚴重傷害，所以他才會質疑臺灣作家的忠誠度。但是，依照陳映真的理論，日據時期臺灣社會裡的中國意識是相當磅礴的，因此，他的結論是臺灣文學與中國文學並沒有什麼兩樣。然而，無論朱、陳的立論是何等分歧，他們所使用的民族主義都在否定臺灣文學的存在。朱西甯在質問忠誠度時，陳映真輔之以證據說，臺灣鄉土文學理論是一種分離主義的議論。左右中華民族主義雖然沒有聯手作戰，卻使臺灣鄉土文學的定義與內容全然混淆了。這種混淆的議題，必須等到 1980 年代初期才有釐清的機會[5]。

——選自陳芳明《後殖民臺灣：文學史論及周邊》

臺北：麥田出版公司，2002 年 4 月

---

[5]關於鄉土文學論戰未完成的統獨之及其後續發展，參閱謝春馨〈八〇年代臺灣文學正名論〉，國立中央大學中國文學研究所碩士論文，1995 年 6 月。

〈蝴蝶巷〉外一章

◎鄭烱明[*]

2004 年 10 月中旬的一個下午，葉老與師母拎了一盒水果來訪。一進門，葉老就大聲說：「烱明，我剛寫好的小說你一定不敢登！」我說：「爲什麼不敢登？絕對一字不改照登。」葉老接著說：「鍾老的《歌德激情書》不算什麼，有空你讀這一篇（指〈蝴蝶巷〉）看看。」

師母在一旁輕罵了一聲：「すけべえ（日語：色鬼之意）」，他大概了解葉老話中的暗示與含意。葉老突然有些動怒：「啊，你不知道啦，這是小說。」

我在一旁看這對上了年紀的夫婦的對話，頗覺有意思。

三年前，我陪葉老赴臺北領獎（國藝會頒發的國家文學獎），師母當然隨行。領完獎，在赴機場的計程車上，師母突然說：「剛才在臺上表演的舞者是男的吧？」我說：「是女的呀。」師母說：「我看是男的，不然怎麼沒有胸部。」我答：「有啦，你沒看到嗎？」葉老在旁插了一句：「不知道就不要亂講。」舞者是穿著一襲淺色的緊身舞衣。

兩個老古錐的對話，令我莞爾。

我常提醒葉老，來寒舍不需要帶「伴手」（禮物），他就是固執，每年我都品嚐他帶來的美味的蓮子。有時候他來，我恰好不在家，他就把禮物寄在隔壁，馬上坐車回去。我覺得很過意不去，讓這樣一位長者來回花了近三個鐘頭的車程，卻白跑了一趟。

認識葉老已經二十多年了，在尙未辦《文學界》以前，我住在高雄市

---

[*]現爲財團法人文學臺灣基金會董事長、《文學臺灣》發行人。

青年路的國民市場邊,當時,我還在高雄市立醫院上班(現改爲大同醫院)。有好幾次的座談會在寒舍舉行,記得秉泓(大兒子)才三歲多,看到那麼多的文友非常興奮,直嚷著要表演唱歌給葉老聽,才肯上牀睡覺。

時間過得真快,一晃已 25 年,秉泓現在英國留學攻讀大眾傳播博士。現在回想起來,不免自問,如果沒有認識葉老,我會辦《文學界》嗎?《臺灣文學史綱》能完成嗎?《文學臺灣》可能出刊嗎?我想答案是不可能的。

記得在創刊《文學界》前夕,我一再請求葉老需參與看稿和約稿,有了他的點頭保證,我們才有信心出刊。葉老在創刊號上提出的「臺灣文學的自主性」的主張,在當時的確引起很大的回響。也使後來《文學界》的同仁一起投入臺灣文學史料的整理和研究的道路,協助葉老完成《臺灣文學史綱》。這是確立臺灣文學主體性論述的一個重要里程碑。他和鍾肇政先生、陳千武先生,都是臺灣文壇的長青樹,他們不停地創作不停地提攜後進,爲臺灣文學的發展做出了最好的奉獻。

葉老這次在《文學臺灣》第 49 期發表的「蝴蝶巷春夢」系列小說,證明寶刀真的未老。他真誠地寫出他內心隱藏的世界,令人既感動又佩服。

——選自《文學臺灣》,第 50 期,2004 年 4 月

葉老未老

◎鄭清文[*]

　　初次聽到葉石濤先生的名字，總以爲他是和吳濁流、龍瑛宗同屬「老大家」的一輩。因爲他在日治時代已是一位聞名的作家了，而且他有一段人生的「空窗期」。後來才知道，他和鍾肇政、張彥勳、鄭煥同年，是四牛將之一。

　　葉先生是一位勤於寫作的人，在未見面之前，我已收到他不少信。初期，他的信，日文多於中文，很多是明信片。

　　第一次見到葉先生，他給人的印象是，衣著不講究，喜歡訴苦，講些不稱心的話。這應該和他的家世以及遭遇有關。

　　後來，和他見面多了，更了解他很好學，讀書多，尤其是文學作品，包括歐美的作家和日本作家。其實，他的修養是多方面的，文學以外，有音樂和繪畫等。

　　有一段時間，他在宜蘭教書，要在臺北火車站換車，有時間也會來銀行看我。有一次，他告訴我，全臺灣最好的咖啡是「明星」的咖啡。那時，咖啡還是高價位的飲料，我還未接觸。我很佩服他，把這一段話寫進我初期作品〈校園裡的椰子樹〉中。品味人生，他也算是我的先導者之一。

　　後來，我有事去高雄出差，也會去左營見他。不一次，他告訴我，左營火車站前的那一條路是勝利路。我真的在左營下車，從火車站走到他家，才發現勝利的路是那麼長。

[*]專事寫作。

他左營的房子，給人的印象是，既沒有文學，也沒有藝術。樓下是腳踏車行，地上放著腳踏車、零件及工具，再經過一條又暗又窄又彎的樓梯，走到三樓。就像但丁，要見到光明必須先走入一片黑暗的森林。我一路喊著葉先生，卻沒有人回答。原來，他把所有的燈光熄滅，一個人坐在交椅上專心聆聽古典音樂。這是一種享受，也是一種修為。

愛好美好的東西，是葉先生的本性。古典音樂、文學，以及香醇的咖啡。房子和衣著，對他不是重點。

他愛好文化。他創作，也寫辯論，兩方面都是凸出的表現。

我們都曾經活在一個，想讀書都沒有書讀的現代。我還記得，有一次和葉先生一起參加文學的評審，會後，我陪他去「永漢書局」。他拚命的找書，拚命的買書，幾乎把評審費用光。他對書，已到了飢不擇食的狀態。對愛讀書的人，那是一個殘忍的時代。

他是一位很重要的評論者，這一點，容易讓人忘記他也是一位很傑出的創作者。初期他寫了不少很精緻的短篇小說。

基本上，葉先生是一位浪漫色彩很濃的人。在白色恐怖時期，他曾經入獄，但是，他所寫的〈獄中記〉，卻把一位日本法官寫成天使。為什麼是日本法官，而不是中國法官呢？這只是純粹的浪漫？還是浪漫背後有更深刻的意指？

不過，浪漫的話是他的本質。在生活面，在藝術面都如此。

葉太太曾經是銀行員，是我的同業。葉先生說，家裡只要有一個能幹的人就夠了。有一次，我去看他，問他太太。他用很輕鬆的口氣說，她蓋房子去了。有一陣子，房屋滯銷，葉先生似乎也不在乎，好像那是另外那個人的事。

其實，在他的輕鬆口氣中，還帶有調侃的意味。調侃人生也是葉先生的本質之一。我們讀他初期作品，就會讀到這種氣味。

他寫陋巷，卻一點也不像顏回。沒有顏回那麼一本正經，也正因此，他也沒有顏回那麼悲慘。

　　他創作，也寫評論。他的評論有一特色，就是稱讚多於批判。臺灣文學，原本是一個非常薄弱的文學，就像初生的嬰兒。稱讚和鼓勵才能給他順利成長。

　　葉先生苦心孤詣，讀遍臺灣作家的作品，一一給他們適當的品評。這不但肯定每一位作家，也因此完成了一部重要的文學史。沒有文學，那種有文學史。沒有文學史，也同樣沒有文學。葉老先生，把臺灣文學安置在臺灣文學史裡，就像桶匠，用桶箍，把許多木板箍成一個完整的木桶那樣。

　　從葉先生的外表和言詞，常常讓人有一種感覺，他是一位貧弱多病的文人。其實，這也只是他的浪漫。他也是一位腳踏實地的人。不然，他如何讀那麼多的書，寫那麼多的文章。

　　「葉老」，不知是誰開始這種稱呼他。這是對他們尊敬。現在，葉先生已 80 歲了。他不但繼續讀，繼續寫，而且還到處演講。

　　葉老未老，這才是真正的葉老。

——選自《文學臺灣》，第 50 期，2004 年 4 月

夢獸葉石濤

◎陳明柔*

　　因爲閱讀，葉石濤以「知情不報」的罪名繫獄三年，蟄眠近十五年的記憶與哀傷；但，也因爲閱讀，支持著作家暫時忘卻現實的粗礪與無助。葉石濤對於一生未能止歇的「寫作勞動」，常以「天譴」說自我註解，並且以「夢獸」這個看似浪漫、實則沉重的辭彙，直指作家生涯必須面對的現實艱難與孤單。但是，因爲他的堅持，終於也讓自己及其著作，成爲臺灣文學史上無法被漠視、遺忘的一部分。

> 作家本來猶如一隻吃夢爲生的夢獸，他哪裡知道這個夢獸也需要靠麵包
> 生活，而麵包並非終日作夢就可得到的啊！
>
> ——〈府城之星，舊城之月——《陳夫人》及其他〉
> 《文學回憶錄》，頁 5

　　葉石濤，一個當代談論「臺灣文學史」課題時便無法迴避的名字。他將作家比擬爲吃夢爲生的「夢獸」，那麼若以「夢獸」的喻意返視葉石濤的生平作爲，則他確乎一生都是「吃夢爲生」的人。

背《康熙字典》，抄寫《紅樓夢》

　　出生於臺南府城，人稱「四平境」的葉家大宅院裡的葉石濤，自幼生活無虞，這也讓他可以在就讀中學校時期，便能悠遊出入於文學的想像世

---

*靜宜大學臺灣文學系副教授。

界；他在成年以前似乎「從沒想到過生活是多麼艱辛磨人的一回事，一味地陶醉於文學的幻想世界」。即使在戰爭期的緊張氣氛中，葉石濤仍能在父母親的庇護下，從容地懷抱著「文學青春夢」閒散度日，並且在中學校畢業前便已完成了數篇小說創作。其中〈林君寄來的信〉得到「文藝臺灣社」社長西川滿採用，刊登在 1943 年 4 月份的《文藝臺灣》。這篇初試啼聲的少作，讓葉石濤結識了西川滿，因緣際會地投身日治時期臺灣文壇，也自此踏上了文學旅程，開始其後長達數十年「吃夢為生」的文學生命。

　　然而年少時意氣風發地成為一個早慧的創作者，並未保證他一生皆能從容悠遊於文學的想像世界。中日戰爭結束後，葉石濤與絕大多數的臺灣人一樣，立即面臨了語言與文字書寫的問題，那是近乎被迫失語的困境。原本流暢的日語溝通與流利的日文書寫，都被禁用了，橫立在那一代臺灣人面前的是必須努力跨越的語言鴻溝。創作力旺盛的葉石濤，覺悟到學習中文之必要，也夢想著成為一個優秀的中文作家。因此被視為日治時期作家最後代表的葉石濤，在戰後初期十分積極努力地學習中文。相較於其他日治時期的作家，他可說是十分迅速便跨越了語言的障礙，並且開始嘗試以中文發表作品，積極發言。

　　早在 1945 年 8、9 月之際，也就是光復後，葉石濤仍被留在部隊、尚未退伍時，他便在部隊昏黃的燈光下，抱著一本自舊書攤買來、破舊脫頁的《康熙字典》，費力地背下許多生僻的單字與字義。為了學習中文，他後來更紮紮實實地將《紅樓夢》原典 120 回，對照著松枝茂夫的日譯本，從頭到尾抄了一遍。因此，在《中華日報》日文欄廢版後，葉石濤雖然曾經短暫停筆，但戰後不到兩、三年的時間，他已能書寫通順的中文了。其後，在《新生報》「橋」副刊、《中華日報》「海風」副刊出現之後，葉石濤便再度提筆創作，展現臺灣作家多方參與的企圖與活力，其漫長的中文創作生涯也自此展開。

因閱讀，繫獄三年，蟄眠十五載

　　1940 年代前半期，戰爭的肅殺陰影無所不在。戰爭結束後，臺灣人終於擺脫了被殖民者身分，但 1947 年的「二二八」事件，又將臺灣捲入另一種肅殺的氣氛中。戰後初期活躍於文壇的葉石濤，雖然倖免於「二二八」事件的逮捕與殺戮，然而伴隨著國共內戰而來的時代風雷，終於還是帶來了封窒人心的白色恐怖歲月。然而葉石濤萬萬未曾料到的是，將他捲入 1950 年代白色恐怖濤浪之中的，竟然是戰後初期的文學閱讀與未曾深交的朋友。

　　最初，葉石濤懷著對中國的想像與成為優秀中文作家的熱望，大量閱讀中文書籍，並因此輾轉認識了「臺灣省工作委員會」核心幹部的南二中學長陳福星，還有日後在他作品中總是被化名為「辛添財」、「辛阿才」或「老洪先生」的臺共幹部。在結識他們的當時，葉石濤根本未曾察覺此種人際往來的複雜性及其中所潛藏的危險。就這樣，葉石濤終於莫名地被捲入 1950 年代白色恐怖的濤浪之中，使他原本平順自由的人生自此亂了步調；1945 年 9 月退伍時，曾經懷抱的溫熱的文學青春夢，至此也徹底破滅。

　　因為閱讀而被羅織「知情不報」罪名繫獄三年的葉石濤，其遭遇是歷史脈動左右小我的無奈，也是時代動亂投射於個人生命的具體切片。因思想問題而入獄，是葉石濤生命中無可彌補的悲哀，同時更是時代的集體悲劇。然而這段被迫蟄眠將近十五年的記憶與哀傷，作家卻遲至 1980 年代解嚴之後，才能夠真正面對並且大量書寫其身的身世遭遇。

因閱讀，而能承受生命的困厄

　　1950 年代，葉石濤出獄後，一度為生活的基本溫飽，消沉地輾轉各地任教，文學創作似乎成為遙遠記憶中的一點星火，明滅不定。然而文學閱讀卻是從來未曾間斷的習慣，也是他一生中無論如何也戒不掉的癮頭。自

1954 年初秋，承負著「政治犯」烙印踏出新店軍人監獄的那一刻起，葉石濤除了得面對「重回人世」後四處碰壁的現實窘境，他的文學創作生命，也無奈地被迫停格於 1951 年被捕之前的「青年葉石濤」階段。

在 1960 年代中葉之前，那些消磨在荒僻村間、苦悶滄桑的鄉村教師歲月裡，葉石濤於閱讀中或可暫時忘卻現實的粗礪與無助。出獄後，因種種現實因素被迫停筆將近十五年，然而他對文學卻未曾忘情，閱讀中可能產生的某種生命存在感受，支持著葉石濤在荒僻鄉村緘默地承受生命困厄與人情冷暖，並且冷眼地凝視現實。

1964 年，《臺灣文藝》創刊，1965 年，葉石濤經由這本創刊不久的刊物，重新認識了戰後臺灣文壇的動向，以及臺灣作家的創作情形。出獄後封存於記憶中的文學創作星火，再度被燃起，葉石濤再執創作與評論之筆重返臺灣文壇，同時也結識了此後相知數十年的文學戰友鍾肇政。重返文壇的葉石濤已是飽歷滄桑的中年人，然而此次再出發，他卻是懷抱著更為堅定的臺灣文學使徒的使命感，想要寫出「以 300 年的臺灣歷史為素材的龐大的民族史詩」。他同時持續地「從臺灣文學史的『史的』立場」，更深入地觀察臺灣文壇的動態，並將評論焦點集中於省籍作家作品，自此開始，葉石濤之後長達數十年的臺灣文學評論，也正是其「做為臺灣文學史的紀錄」之基礎與延續。

在 1970 年代的「鄉土文學論戰」中，葉石濤於 1977 年以〈臺灣鄉土文學史導論〉一文，提出其最重要的觀點：「臺灣意識」。這篇文章也是他一心為念的臺灣文學史的書寫雛型，葉石濤的評論者角色至此已獲完全肯定。至於 1987 年出版的《臺灣文學史綱》，則除了深具臺灣文學史建構過程的階段性意義之外，更可視為葉石濤以文學為志業的具體實踐。因為抱持著「我的勞動是寫作」這樣的信念，所以在其文學生涯中容或有過牢騷，對於文學環境也有批判與失望，但獻身文學的信念倒是未曾真正地退怯。對於一生未能止歇的「寫作勞動」，葉石濤常以「天譴」說自我註解，並且以「夢獸」這個看似浪漫、實則沉重的辭彙，直指作家生涯必須面對

的現實艱難與孤單。葉石濤這些對於作家身分既調侃又沉重的說法，除了做為自我註解外，其實更可視為他透視作家艱難存在處境的無奈感懷。

堅持，書寫是一生的勞動

　　自年少時一頭栽進文學想像的世界，葉石濤便與文學結下不解之緣，其一生中的乖舛與榮耀，大多因「文學」而來。1980 年代之前，葉石濤雖然已以臺灣文學使徒的使命感，於文學創作與評論的崗位上奮鬥數十年，然而外界於各種形式對他文學生命做出的榮耀與肯定，卻大多集中在 1980 年代之後。1980 年代後期起，葉石濤陸續獲得各種文學獎項的榮耀，2001 年更獲頒第五屆「國家文藝獎」。

　　於現實生活中，葉石濤雖多受困蹇，然而對臺灣文學的使命感卻未曾或減，創作的企圖心也持續燃燒著。因此，雖在視力日漸衰退，身體健康也頻亮紅燈的狀況下，葉石濤仍緊握創作的筆。他與相知近四十年的文學戰友鍾肇政，兩人在 80 歲前後陸續發表了異色小說《歌德激情書》以及《蝴蝶巷春夢》。鍾肇政的《歌德激情書》在 2003 年 10 月出版，2004 年春天起，葉石濤以 80 之齡，於《文學臺灣》發表了以少年簡明哲綺麗春夢為經緯的異色小說《蝴蝶巷春夢》。

　　葉石濤於其文學生涯中，一路走來雖也常有棄筆不寫的念頭與牢騷，然而緣於對臺灣文學使徒般的堅持，他拒絕噤聲，拒絕缺席，在臺灣文學發展的歷程中堅持發言，以書寫做為一生的勞動，終於也讓他自己及其著作，成為臺灣文學史無法被漠視、遺忘的一部分。

——節錄自陳明柔《我的勞動是寫作——葉石濤傳》

臺北：時報文化出版公司，2004 年 7 月

——選自《臺灣文學館通訊》，第 5 期，2004 年 9 月

紛爭的年代
葉石濤訪問記

◎李昂[*]

　　對葉先生最早的印象是人間副刊發表的〈葫蘆巷春夢〉，當時因爲太小吧，並不很懂得當中那份心酸卻又啼笑皆非的情趣。作這系列訪問，想找位年歲較長的省籍作家，才又突然想及這篇文章，自《人間選集》中翻出來重讀，又找到幾篇葉先生寫的評，在幾分崇敬與喜愛中，冒昧的向遠在高雄左營的葉先生提出訪問的請求，而葉先生很率真的在信中回說：

　　「您說要寫我的訪問記，我覺得很不敢當！不過，您既然有這種計畫，我很願意回答您提出的問題。」

　　信中的字方而略帶樸拙，甚至該說有些笨拙，再加上當中的語氣，我很感到一種溫暖的懇切，朋友林君與葉先生極熟稔，亦曾強調的提及「他的人就和他的字一樣」。

　　再次給我這種感覺是在葉先生第二封信。由於他稱呼我爲先生，去信時我告訴他一些自己的大概情形。葉先生即回了一封信，開頭就說：

　　「我請您別生氣，這『先生』是對於作家和學者的敬稱，我套用一下罷了。」

　　可是我怎麼會生氣呢！

　　往後爲要讀齊葉先生作品好作訪問，找朋友林君借他的書，林君聽到我將採取筆談，很不以爲然，勸我南下一趟見葉先生。「他會請你在湖畔喝茶，並且你可以就更多方面，他的家庭、背景了解他。」林君如是說。

*專事寫作。

　　林君還略談到他為人誠懇的態度，我本立意撇開許多雜事（甚至將到的一個考試）南下，但葉先生回信說不要那麼麻煩。我對筆談原心有好奇，總有種感覺，彷若是兩個人間隔千山萬水，億萬洪荒，試著想拉起手建立一種認識，可是所能做的或只是無盡的猜測，是否正確恐怕都得等到下個地球的世紀再分曉，無寧是很有幾分戲劇意味。再加上這種形式在我系列訪問中沒有多少機會，又實在抽不開身，仍決定還是作筆談。

　　要一個拿慣筆的作家，以文字來回答問題大概會比語言來得成功，尤其作家親自來寫關於自己，當中一定有許多不是由訪問者記錄可作到的獨特之處，這次筆談可說在我系列訪問中最好的試驗。

　　終於葉先生的答覆來了，我很高興我們畢竟不是隔著億萬年歲，而喊叫的卻只是徒然。人與人間關聯的建立，或不是那麼困難的吧！

　　由葉先生的答覆中，我以為雖然不曾見面，但對他有了概括的了解，我希望讀者也會有從自身作出發點對葉先生的一份了解，也許與我全然不同，也許十分相似呢！而葉先生的答覆，可以說自成一體，為了尊重，我也就不將問題插入其中，僅將它置於最前，對讀者或還是有幫助。

A.時代‧背景

（一）您所處民國初期其時的臺灣，是否有什麼特殊原因（個人、家庭背景，亦或社會因素），使您想要創作？

（二）您最初以日文寫作，就當時是個被統治者，卻得以統治國的語文寫作，能否請您談談其時的心情，以及在選材上是否受到限制、題材範圍大概如何？

（三）現在對那段時期創作，有何評價，對您整個寫作生涯有否影響？

（四）臺灣光復，對做為一個作家與臺灣人，有何意義？

（五）光復後，以中文創作，遭到哪類的困難？您以怎樣情形來訓練文字，此技巧方法是否可以同為現在初學寫作者的借鏡？

（六）什麼是促成日據時代和光復後臺灣文藝上的最大鴻溝？

（七）大陸來臺作家，在當時文壇上是否造成怎樣風潮與影響？臺籍
作家又做了怎樣反應？

（八）光復後試圖覓回自己的民族文化，您主要以大陸文化或臺灣鄉
土爲依歸？

（九）您曾言我們「始終無法產生夠格稱爲偉大的，足以留傳後世
的，民族精神磅礴的巨構」，能否請就所以如此的背景因素仔細
談談？

（十）您亦從事作家評論，能否就您了解的當前作家，大略談談這二
十幾年來，臺灣創作上的方向動態，以及是否學西方或日本文
學的明顯影響？

您提出來的問題既廣泛亦復深入，要是加以認真思索的話，恐怕寫幾
百字的文章也無法答覆得清楚；而且觸及到我個人的生活以及整個臺灣作
家的去向問題，真是一言難盡了。但我仍願意盡我所知，赤裸裸地回答
您。

首先我應該表明我的立場：做爲一個臺灣人，我始終認爲我們在其餘
時代到日據時代，一直都是被壓迫、被欺凌、被摧殘的一群可憐蟲。其
次，做爲一個作家，我們的職志在於寫出當前的情況，在這一點上，我以
爲除去日據時代的臺灣作家以外幾乎都繳了白卷。再其次，我以爲做爲知
識分子裡的一分子，我們應該有堅強的思想性和使命感，作家的寫作方式
也應以社會現實爲重了。

（一）我是民國 14 年生的；這一年國父逝世。我稍微懂得世事的時
代，是民國三十年前後；而這時正是七七事變展開不久的時候。從七七事
變到日本投降，臺灣光復，我一直在戰鼓笳聲中度過了少年和青年時代。
所以我並非民國初期的人，我是現代人；同德國作家海英利希‧磐爾那個
時代的人呼吸了幾乎一樣的氣息而生長的。我也曾經當過「日本帝國軍

人」，所以我很了解磐爾所描寫的戰爭後遺症的心理創傷。

我的家庭是府城（即臺南古都）赫赫有名的舊家之一；一個典型的臺灣地主家庭；是大家族制度的，靠收佃租過活的。這種生活仍然拖著《紅樓夢》的影子，所以我很能了解巴金等一些 1930 年代作家所寫的東西。但是我的家庭是極端保守的，似乎和臺灣舊地主階級在日據時代展開的啟蒙運動——即文化協會的政治運動扯不上任何關係。我們墨守舊慣，不參與政治，既不和日本人妥協亦不和臺灣民族運動有所聯繫。不過，我想，我的父親一代的人並非對民族運動毫無關心的，就只是正如日本天才作家太宰治的口頭禪一樣：「臉上裝著快樂，心裡藏著苦惱」無可奈何地打發日子罷了。儘管這樣的一個家庭並不特定地擁有文化氣息，但和同時代大多數三餐不繼的窮苦人民比較而言，的確擁有較多的文化傳統的薰染。

我不知不覺地走上作家之路，也許這是因素之一。以現時臺灣作家而言，除去楊青矗較接近工人階級之外，其餘作家幾乎都是來於中產階級；這也許是臺灣作家的作品始終未能獲得廣大讀者支持的緣故。雖然日據時代的作家也幾乎是舊地主階級的出身；如賴和、楊逵、吳濁流、張文環、張深切、呂赫若、龍瑛宗、楊雲萍、黃得時等無一例外，但究竟他們是在異族統治下身歷慘酷統治的，意識形態上同一般讀者很接近，而且也頗能了解廣大人群的喜怒哀樂。自然他們的作品和一般大眾的切身利害有息息相關的地方。

從臺灣新文學運動開展以來，我們擁有幾達半個世紀的文學史，但所有作家幾乎都屬於有產階級；因為這些階級才能接受較好的教育和文化陶冶的關係；但同時也是這種階級的本質限圍了作家的意識形態，因此，我們始終無法產生一位偉大的作家。有一天，當我們的作家從各階層裡輩出的時候，才是真正的文字能夠開花結果的時代。

我從小就有做作家的念頭；為什麼我有這種願望，我同您一樣搞不清楚。以生理來說，作家似乎都是荷爾蒙分泌過多的人，如昂克魯‧薩克遜式騎士的海明威。以心理來說，作家幾乎都是患了躁鬱症和有分裂性格傾

向的人，如杜思妥也夫斯基。海明威自己曾經說過他是有很多睪丸的人。杜思妥也夫斯基的分裂症性格，從《白痴》一書明顯地可以看出來。

儘管如此，一個人為什麼成為作家，只能做個案研究，無法一概而論。

我為什麼妄想做作家，正是天曉得！只好套句日本話，說是「天譴」吧！上天降下來的懲罰吧。

我如果現時是一個木匠或泥水匠，靠手藝過活不知多快樂！啊啊！真無可奈何！一個人幹活兒、吃飽、睏覺，簡簡單單地過活多好！

（二）（三）當我六歲的時候，父母把我送到府城武廟旁一位前清秀才的私塾去接受教育。直到八歲進入日人所設的公學校（臺人所念的小學）念書為止，我大約念了兩年的祖國語文教育，當然從三字經開始讀的，不過讀到什麼程度，我已不復記得。大約那個時候，臺灣的風俗習慣似乎是如此；私塾裡的學生年齡參差不一，有青年、有少年以及像我這樣的幼孩。

從八歲開始到長大成人，我一直生活在日本語文裡；說一句笑話，也許我在夢囈裡所說的話也是日語呢！我的父母現今將 80 歲，他們都受過日本小學教育，儘管在家裡從不說一句日本話，但顯然聽得懂我們兄弟姊妹所說的日本話，但從不加以制止我們講日本話。不過在家庭裡除非談鋒觸及到非講日本話不可的話題，否則我們大都是用本地話交談。

我並不以為我的日本話是出類拔萃的，其實我那時代的青年所講的日本話都比日本人好，至少顯得沒有遜色。

因此，用日本語文寫小說並非困難的事；像鍾肇政，他還會寫日本人也覺得棘手的書信語體「候文」呢！我在中學三年級開始寫小說，起初是模仿一些舊俄作家的作品，如屠格涅夫的《獵人日記》，最後是一些法國作家；如當時頗流行的紀德，或史丹達爾。第一篇小說題名為〈媽祖祭〉，投稿於張文環所主編的《臺灣文學》，雖然入選為佳作，但未蒙刊登。第二篇叫作〈征臺譚〉是獨白體的小說，這一次投稿給日人西川滿所主編的《文

藝臺灣》，但仍未能獲得刊登。不過由於西川滿是早稻田大學法國文學系畢
業的唯美派詩人，很注重異國情調（exoticism），所以我的小說中某種鄉土
色彩強烈的情節喚起了他的興趣吧，下一篇小說〈林君寄來的信〉遂能夠
獲得青睞被登出來。這是我寫的小說第一次印成黑字。不過這篇小說是模
仿法國作家都德的《磨房書札》中的一短篇寫的，還脫不了習作的範疇；
這時我大概十八歲前後，快要畢業於臺南一中了。恰巧那時西川滿需要一
個助理編輯，所以我一畢業就到臺北西川滿的「文藝臺灣社」去工作。不
久，我又寫了一篇小說〈春怨〉，這一次當然很順利的登出來。當時，前後
約請了兩位日本作家給臺灣作家的小說來一個評論；頭一個高見順把我的
小說〈林君寄來的信〉完全加以默殺（不理會也）不加評論；第二個評論
家窪川鶴次郎倒給我的小說〈春怨〉多少寫了幾句頗中聽的話，使我覺得
很高興。窪川鶴次郎做為作家的名氣遠不如他的太太窪川稻子；這和現今
曾野綾子的名氣比她先生三浦朱門來得響亮的情形一樣。

　　我的這幾篇小說都是一、二萬字的短篇。儘管有濃厚的鄉土色彩，但
卻是浪漫的、耽美的；既沒有政治性亦沒有抵抗精神存在，所以倒也沒惹
起什麼問題出來。當時的臺灣正加速推行皇民化運動，因此日本人的箝制
言論是相當厲害的；但臺灣作家仍絞盡腦汁地在作品裡面表現抵抗精神，
如楊逵的許多作品裡仍可以看出他的批判精神。如吳濁流偷偷地寫《亞細
亞的孤兒》，想盡辦法把稿子藏起來。這種箝制言論對日本作家也並不例
外。有一位女作家坂口澪子寫了一篇小說〈時計草〉，刊登在《臺灣文
學》，這中篇小說除去小說開頭的第一頁和最後七行以外全是空白。大約有
75 頁之長都被臺灣總督府的檢閱機關刪除了。所以如果您買了這一本雜誌
真是倒霉！等於買了一本筆記簿一樣。

　　這時期的我的小說談不上有任何風格；不過在摸索中，我終於確立了
寫實主義的觀點，摒棄浪漫和耽美的傾向，之後我一直走的是這條路線。
至於什麼叫作寫實主義，這是非常麻煩的論題，我就省略不談了。

　　（四）（五）臺灣光復給我們帶來了新局面；我們由衷的高興回到祖國

的懷抱。我們猶如一群天真無邪的孩子企求母親的撫愛一樣，滿懷喜悅地接受祖國的一切文物制度。但是由日文到國文，由異國人重新做爲一中國人，以及其他社會的與生活的種種細節，在這一段過渡與適應期間，省籍作家歷經苦患，也獲取了寶貴的寫作題材。

這種過渡時期的動盪發生於戰後世界各國，並非臺灣特有的。但我們昧於知悉中國社會變遷的歷史，又不諳戰後各國的社會情況，終於產生了不少副作用。現今臺灣社會中的部分不和諧因素，也有來自光復後這一段時期的。

做爲一個作家，在這苦悶的日子裡，沒有歡樂的青春時代（二十歲左右），我倒得到了不少的收穫。大約過了一、兩年之後我就能用蹩腳的中文寫作了；作品倒是不少，我在《新生報》的「橋」副刊以及《中華日報》的「海風」發表了甚多作品；至於寫得對還是錯，我自己倒莫名其妙，全不曉得。現今也一樣，我寫的中文作品，自己倒也看不出文章裡所含的 nuance，這是實話。有一次瘂弦先生退了我的稿子，把我的稿子改得體無完膚，我才曉得我的文章真是糟得離了譜。再有一次，我應約替《自由談》寫了篇小說〈齋堂傳奇〉，林懷民看了我的稿子也氣昏了。啊！啊！真是作孽！因此，我很懷疑我所寫的作品裡有幾許才是我寫的了，大半是編者先生的斧正所賜的吧？

在這時期裡另外一件值得大書特書的是我幾乎讀遍了所有 1930 年代作家的作品。本來我在日據時代也用日文讀過了不少中國的小說；除去《金瓶梅》以外，差不多的古典都讀過了，甚至魯迅和周作人、郭沫若、郁達夫等的作品也看過。這時，能夠有系統地把五四以後的作品統統品嘗一番，才真正了解原來中國人民所受的苦難比我們臺灣人更深刻！

由於臺灣新文學是在五四的刺激下開展的，所以臺灣作家一直承繼下來 1930 年代的作品風格。我以爲唯有在臺灣作家的作品中才能找到這一脈繼承下來的抵抗精神。臺灣禁止閱讀 1930 年代的作品，使年輕一代的作家陷入空虛和徬徨，失去了支持作品的精神風土。不過，這空虛和廢墟也產

生了些好的作品；如林懷民的〈安德烈・紀德的多天〉，如七等生的小說，如您的〈婚禮〉。

　　我以為鍾鐵民的〈送行的人〉、黃春明的〈看海的日子〉、王禎和的〈嫁粧一牛車〉以及楊青矗的〈工等五等〉，王拓、司徒門等的小說裡可以看到臺灣新文學富於寫實主義的精神。他們這些人壓根兒就不認識前輩作家的作品；那麼，在他們的作品裡所看到的淳厚的臺灣風土氣息是從哪兒來的呢？這只好說是他們的血液裡原本有這種東西存在，或者生活環境所造成的吧？

　　現今的年輕作家逐漸轉向有「社會意識」的風格；如林懷民的〈辭鄉〉是這種嘗試，您的〈人間世〉亦復如此；但是這種嘗試與其說來自鄉土活生生的現實，倒不如說來自美國的刺激。我素來對昂克魯・薩克遜系統英、美的小說不感覺興趣，但對於美國文學中根深柢固的寫實風格，倒有一些好感；如史坦貝克的〈憤怒的葡萄〉、柯德威爾的〈煙草路〉以及福克納的〈八月之光〉。臺灣的年輕作家由美國文學中攝取了凝視現實的眼光真令人奇怪；這可能是臺灣作家的日文作品大都還沒譯成中文，無法承繼自己的文學遺產的關係的吧！因此，像令姊施叔青先生的一些作品陷入「觀念」的泥沼裡翻身不得，也不無原因的吧！

　　過去有段時間我在努力於闡釋鄉土精神時，似乎沒人加以理睬；以年輕作家而言，我充其量只不過是過去的亡靈了。但是，現今，這種趨勢似乎被扭轉過來，這是給我這樣一個老朽作家的最好禮物了。其實，我的評論立場離不開 Hipolib Taine 在《英國文學史》裡所主張的見解，我以為闡釋一篇作品，必須由構成作品的三條件：種族、風土、時空入手；不可諱言，我也多少受了 Sainte Beuve, Anatole France 等法國印象批評派的影響。一般地說，臺灣的年輕作家除去英、美文學以外，無法接觸到歐洲、俄羅斯的文學，真令人遺憾。至於日本文學，我給的評價不高，我從不覺得川端康成和三島由紀夫有什麼了不起之處；日本作家中有些作品我倒是喜愛的；如芥川龍之介、太宰治、堀辰雄、石川淳，此外，我以為乏善可陳。

前面我已經提過，光復不到一年，我就用中文寫作了，從來不覺得有什麼不方便之處；由於我這糊里糊塗的想法，我無法打下語文的堅實基礎，特別是修辭方面，所以寫出來的東西實在慘不忍睹。將近五十歲的時候，我決心從頭來練習寫一些流暢簡潔的文章，所以寫成了〈鬼月〉、〈喪禮〉、〈墓地風景〉等短篇；當時楊青矗確實誇獎了我的文章進步不少；可惜這種努力曇花一現，後繼無力，現今又是另一番慘狀了。頂糟糕的是，當我想起某一種語句的時候，偏找不著中文，首先浮現腦際裡的是日文，其次是英文，再其次是破碎的法文等等……愈要找個妥切的單語，愈陷入一片混亂裡。因此，我認定，我這一輩子再也無法用漂亮的道地白話文寫出偉大作品出來了，如《紅樓夢》那樣。

而且除去康拉德（Joseph Conrad）以外，似乎也沒有一個作家是從人生中途，改用另一種語言寫作而獲得成功的。我很羨慕鍾肇政，他能夠打從基礎把中文學好，而又能運用自如。我是一個懶鬼，我嗜好看書，卻不愛寫作，若非不得已，我是不肯動筆的。不過，有時找到一些靈感非寫不可的時候又當別論，我會濫用成語瞎幹一番的，結果，當然只落得「三更半夜，醒起來搥胸嚎啕」一番罷了。這對於妄想做作家的人，有些警惕作用的吧？

（六）（七）戰前社會和戰後社會之間，有很多隔膜存在；這是世界各國的學者異口同聲地指摘的現象。故此，日本戰前派的知識分子戲呼戰後一代的年輕人為「新人類」；換言之，戰後人的思想、舉動，同戰前人有很大的差距，猶如舊石器時代的尼安達人和克洛馬尼央人一樣迥然相異；好比是人類的新種族出現了一樣。這不但是起因於社會生產制度的蛻變，跟著而來的是新世界觀、新性觀、新秩序、新道德等的樹立。戰前的臺灣知識分子，都是非不明，幾乎共同一致地抵抗日本帝國主義的壓力，所以大多數有自我犧牲的崇高理想，亦不容易同現實妥協，自然也無暇顧及一己的享受和幸福了。戰後一代的人拋棄了理想，失去了抵抗的意志，似乎更傾向於覓取一己的享受和幸福，故此，所謂理想主義幾乎不存在了。不

過，我不認為戰前一代的思想模式是對的，我以為戰後人的合理主義應該加以推崇；但是否真的不需一種抵抗精神呢？我倒不敢苟同。

拿您的作品〈人間世〉中的性觀念和戰前作家的 Platonic love 式的男女性觀念加以比較，這不是明明有很大的鴻溝存在嗎？尤其您說我的小說有「地母式」的憧憬，這不是表明您和我之間，對性的觀念有很大的差異嗎？當然，我以為戰後人的性觀念較合理，但我仍懷念青春時代的 Platonic love 呢！那裡面有許多美妙的東西是現今年輕人無法了解，而且嗤之以鼻的。戰前的一些 moral 雖不盡合理，但也有不小地方是合乎善良人性的。

以前我已經提過，除去中國的古典小說，尤其白話小說和 1930 年代的作家的小說以外，我幾乎沒受到任何來臺作家的影響。作品風格和思想、作品構成等，我不認為有什麼值得借鏡的地方；當然文字技巧又當別論。由於我幾乎沒具備用正確優美的中文表達思想的能力，所以看到流暢簡明的文體，就身不由己的被吸引而讚歎不已。譬如余光中的散文詩，朱西甯和司馬中原初期的走 1930 年代作品路線的小說，以及白先勇、林海音、張愛玲等人的一些富於多彩感覺的文章。此外，如一些名不經傳的作家，如《臺灣日報》副刊主編徐秉鈇的小說，已死去的劉非烈的作品等。一般地說，大陸來臺作家較活潑，容易跟著時代潮流跑，應變能力較強。大陸來臺作家的作品風格富於陰柔性，少陽剛性。我最討厭看散文，我幾乎沒有好好地讀完過一篇散文。中國的散文同英、美和日本的隨筆在本質上似乎有一段距離。不過，如洪炎秋寫富於機智的散文和顏元叔的一些豪傑派的哄笑散文，又當別論了。

（八）（九）我想，無所謂大陸樣式和臺灣樣式吧。日據時代的臺灣文學是在五四運動所催生而開展的，一開始就是中國文學的一環。儘管在日本人的統治下，臺灣作家不得不以日文寫作，亦多少受到日本作家的影響，但臺灣作家從日本作家學到的東西，與其說是日本源氏物語以來，日本傳統的唯美主義，倒不如說是透過日本作家學習世界上弱少民族的一些創作理論和創作方式。根本精神在於發揚民族文化，以抵抗日本人的思想

控制。所以臺灣文學始終是和大陸文學並肩作戰的，並非孤立地發展下來。儘管臺灣作家由於風土和歷史的不同，而具有大陸作家所沒有的資質，但那也不是有別於中國文化的東西。大陸來臺作家由於本土的巨變，不得不放棄五四以來，好不容易才建立起來的文學傳統，以至於徬徨、徘徊，無所依循，但臺灣作家身上沒有這中絕的現象。可以說 1930 年代的文學潮流，一直由臺灣作家所承繼的了。雖然不可避免地有些歐美文學思想的導入，在臺灣年輕作家的作品引起了變貌，但隨著時代的開展，年輕一代的作家終會回頭過來接受民族文學的傳統的。您是不是感覺到這一點？您是不是有一股禁不住的意欲，促使您回來重新確認鄉土的可貴？否則，您為什麼要寫有關鹿港的文章？林懷民出國以前不是也寫了〈辭鄉〉嗎？像黃春明和楊青矗一開始就從鄉土出發，前者採取知識分子的高姿勢，後者採取工人的低姿勢，儘管如此，他們兩個都是幸運的人。其餘的年輕作家就沒有那麼幸運了。他們還得摸索一段時期，以確立自己的創作風格。既然，1930 年代作家的作品被禁讀，那麼他們可以讀到的是臺灣作家的一些作品了：如楊逵的〈送報伕〉，張深切、賴和、張文環、龍瑛宗、呂赫若、吳濁流、鍾理和等人的作品了。他們的作品都有 1930 年代的風格，可惜日文作品多，還沒譯成中文的也不少，所以還得努力譯成中文，重新付梓，以廣流傳。這個工作應該是我這一代的作家責無旁貸的任務，可惜由於以往種種條件的限制，使得我們無從著手。

（十）當我寫了幾本小說和評論以後，我覺得我沒有什麼東西可寫了。一個作家到了一定年齡以後，無可避免地重覆自己以前的風格，再也沒有歌可以唱了。有些較認真的作家就自殺身亡，如海明威。有些作家硬著頭皮地寫下去，或投機取巧以欺騙自己，前者如柯德威爾和史坦貝克，後者如諾曼‧梅勒。唯有真正有天才的作家，才能突破種種障礙歌唱到死，而且越唱越響亮。我既沒有這種天才，又不敢厚顏無恥地寫下去，而且又擁有許多小人的小小快樂，還不想一死了之，所以只好變成一隻不歌唱的鳥了。

　　我覺得我們這一代的作家，已沒有什麼用處；精神未必老化了，但銳敏的感性已經死去，只好等待才華復活的一天到來，但這也許是自欺欺人的藉口罷了。

　　光復以後，所有日據時代的作家幾乎都停止歌唱，唯有我仍唱下去，這並非我特別卓越，而是光復時代我還年輕，只有二十歲左右，感性還沒有死去，多少還存有一點衝動的關係。

　　我這一代的作家，已經蓋棺論定的作家，恐怕是鍾理和一位罷了，他將有深遠的影響，他做為作家在文學史上的位置，已經確定了下來。至於鍾肇政，他還在不斷的寫，他將走到哪裡去，我還不敢斷定。

　　現在，年輕作家的創作路線，漸漸靠近我們；我們希望他們從我們身上接受一些傳統的文學遺產，更希望他們接受歐美最新穎的文學思想，而熔於一爐，鑄成偉大的風格。但目前似乎看不見具有這樣資質的一位年輕作家。

B.個人・創作

　　（一）什麼樣的一種人生態度，促成您小說中幽默卻又讀來心酸不已的作品風格？

　　（二）能否請問您小說中的中心思想，走的是怎樣的路線，這條路要（會）通往哪裡？

　　（三）您作品中的主角，尤其《葫蘆巷春夢》中連續出現的石頭仔，特別有自傳性的意味，後期對藝術執著熱愛，而不惜與世俗對立的主角們，亦給我這種感覺，如果我說您小說裡自傳性成分很濃，您以為我對嗎？

　　（四）臺灣風俗嚴寒，使您作品中男性角色，對女性有那般象徵「地母」式的迷戀與痴狂，您以為如何？亦或是其他原因造成？

　　（五）您題材中的小人物主角們，寫得如此生動活潑，是否他們都是您熟悉的？亦或您怎樣了解並寫出如此生活性的人物？

（六）就您小說中，您以爲在社會性、歷史性與世界性裡，您哪方面
　　　較著重？

（七）您曾言您不是一個發表意見囂鬧的批評家，就您作品顯示，我
　　　亦覺得您可作批評，亦或說少作正面批評，您以爲如何？

（八）時代變遷給了您怎樣的感覺，它們成爲您作品中的題材嗎？

（九）您個人以批評或小說爲重？

（十）能否說您的評論中，太借用西方批評技巧，並主要在將臺灣作
　　　品與西方作品相比較，這是必須的嗎？您以爲發展一套自己的
　　　批評方式，該走怎樣的路線？

（十一）寫評對您的創作產生影響嗎？

（十二）對認爲自己徬徨迷途的年輕一代青年作家們，您有何觀感？

　　（一）（二）當一個人覺得人一生下來，本來就是註定要受苦的時候，
他這種「認了晦氣」的態度，可能使他較有客觀的心情，去接受人生的痛
苦；也許不但是忍受，更進一步地臉上浮現出無可奈何的「微苦笑」。這似
乎和道家的虛無觀念無關，很有一點入世的態度。我以爲歡樂的時候，不
忘憂愁，才是正確的人生態度。既生爲人，我們應該接受人世間的各種遭
遇，忍受苦難才好。

　　我曾看見了人世間所有齷齪、慘酷、自私和背叛。我始終在「極限狀
態」下過活；這不但沒有使我氣餒，反在肯定生活以後，重新享受了人世
間的美好、陽光、音樂、友誼和愛情。因此，我看破了這風塵世界的諸樣
相。我學習站在高處看人們互鬥的情形，而不介入的態度。這也是現時社
會情況裡，能夠生存下去的唯一態度。我很有《水滸傳》裡的樑上君子時
遷的樂趣。

　　（三）我以爲在小說裡，寫自己是「旁門左道」，我很討厭在小說裡喋
喋不休地談論自己。看到自敘傳式的小說，不是叫我作嘔，就是叫我覺得
這作家黔驢技窮了。在我的小說裡，我可以重現以往逝去的一些情景的斷

片和氣氛，但不可能重塑自己。很抱歉！石頭仔並不是我。

（四）從小我向女性要的是溫柔，聰明的溫柔，可惜我從沒得到過。在我那青春時代肉欲是禁忌，我們都主張肉欲應該加以昇華爲高尚的情緒；真是愚蠢的想法。但這些經驗已牢固地握住了心靈不放，這欲求不滿（精神和肉體）的，便變身爲地母式的憧憬了。

（五）我從沒有生活在小人物的周遭；我大半過著隱居的生活。我很少出門，整天躲在家裡，迷迷糊糊的過日子。我不熟悉升斗小民的生活，但我有升斗小民的心靈和懦弱。我怕警察、怕流氓、怕陌生的人，我幾乎什麼都怕；甚至我也很怕年輕的女人。唯一我不怕的是小孩子；我所教的小孩子。這些小孩似乎也不怕我。

（六）我以爲這三樣東西，我都很看重。若仔細想一想，這三樣東西不是一個物體的三個面嗎？

（七）我以爲小說是重陳現實的，並非批判人生的。我寧可看柴霍甫以資消遣，倒不願看沙特式的小說來傷腦筋，我最怕沾沾自喜的說教。此地的小說這種說教式的小說，倒也不少。我以爲批評是提供我一己的偏見，並不是推銷自己，所以我小心翼翼地避免刺傷作家的自尊心，文句盡可能寫得模稜兩可，以免使人發怒。在小說和評論裡盡量隱藏自己，這是我一貫的技倆。不過有時也禁不住咬一小口，結果這一小口招來的報仇相當厲害。我不是勇者，我是個令人不齒的文人，應該有自知之明。人家輕輕一捏，可能把我這隻小螞蟻捏死了。我的寫作既是一種消遣，不必給我帶來功利，只要給我帶來小小的生存快樂就行。我始終生活在莫名其妙的憂愁裡，而這憂愁也就是我創造的源泉吧。

（八）從來作家就處在不適於創作的環境裡，時代和社會的枷鎖一直束縛著作家；作家應該來自於廣大貧苦的人群裡，而不是來自士大夫階級。只要您熟悉一些美國作家，如傑克·倫敦，或如蘇俄的作家奧斯托洛斯基或高爾基，你就明白我的意思了。

（九）我寫評論時用的是小說手法，寫小說時用的是評論手法，我有

時頭腦清晰，有時情感動搖；頭腦清晰時寫評論，情感受到挫折時寫小說。需要錢用時，寫小說。荷包滿的時候寫評論。

（十）我一向認爲我是很具有民族的批評方式的；我沒念過有關比較文學理論的書。我有時禁不住引用一些歐美作家，是因爲我很熟知他們的關係。而且我也無法引用本國作家呢！您知道，幾乎所有五四以後作家的作品，都在被禁之列；而朱自清或許地山一類作家的作品，也沒有多少地方值得引用一番吧？我又不懂中國的所謂國學，而國學和現代小說似乎也扯不上關係吧？

（十一）這一題我在（九）提過了。批評是我對自己的要求和高舉理想，小說是實踐。而請您注意，批評並非寫下諾言，所以小說常常和理論背道而馳。

（十二）有一個時期我對年輕作家很覺失望，毫無疑問的，他們的創作技巧和驅使文字的才華遠超過我們，可是我總覺得他們似乎缺少了些什麼。他們寫得很容易，成名也很容易，而墮落也快。技巧不足以打動我們的心弦，唯有真實才能使人感動。不過經過這幾年的一番淘汰，似乎沒有幾個能夠留下來。一個作家不爲「永恆」而寫作，是愚不可及的，一時的得意算得了什麼？年輕作家應該終他的一生努力不輟，以證明他是真正的作家；正如世界上很多偉大的作家，留下的風範一樣。斤斤計較於短暫的利弊得失，有什麼用處？年輕作家應該像一個木匠和泥水匠一樣，孜孜不倦地工作，磨練技巧，忍受困苦才好。像我這樣的老朽作家，由於不夠堅定，才會弄得一無所成。哎！真是「滿紙荒唐言，一把辛酸淚」了。

省籍作家除去已經確立一己風格的，如鄭清文、李喬、鍾鐵民、林懷民、季季、黃春明、七等生、王禎和、楊青矗以外，較年輕一代的作家，似乎還在摸索中，而且人數不多。您已經是成名作家，業已確立了獨得的風格。此外，還有些名不見經傳的作家有才華，但還沒有成熟。舉一個例子：如曾經出版過《覓心記》的潘榮禮有辛辣的諷刺風格，可惜缺少深遠的思想。蔡昭仙有異乎常人的奇妙感覺，但不太動筆。王拓的思考性強，

但抒情性不夠。司徒門很能捕捉現實情況，但還不夠味。此外，我還發現
到許多有優異稟賦的作家，如寫評論的林載爵；不過開列一張名單對人很
沒有禮貌，而且遺落的也恐怕不少，有機會應該細細加以評論一番了。

——選自《書評書目》，第 19～20 期，1974 年 11～12 月

臺灣文學之鬼
葉石濤

◎鍾肇政[*]

與葉石濤初逢的日子

　　重讀爲葉石濤的第一本著作、短篇小說集《葫蘆巷春夢》（1968 年 6 月，蘭開書局）寫的序，看到末尾有「筆者與葉君至今尙緣慳一面」，瞿然而驚。原來，印象裡那麼「老」的老友，20 年前竟然還是未曾謀面的。序中我還提到「書信往還則是這兩年左右才有。」算算日子，該是他於 1950 年代初期因案繫獄，在那個失蹤、槍斃盛行的白色恐怖年代居然保住了性命，然後從文壇銷聲匿跡了整整 14 年之久，於《臺灣文藝》創刊次年的 1965 年完成東山再起之舉，接連發表〈論吳濁流〈幕後的支配者〉〉（《臺灣文藝》，第 9 期）及中篇小說〈青春〉（《文壇》，第 64 期）、〈臺灣的鄉土文學〉（《文星》，第 97 期）等作品，一下子把臺灣文壇注意的焦點集中於一身的時候。如今，我記不清我們是怎樣通起信來的，不過我猜想，必定是我看了這幾篇文章之後，興奮雀躍之餘，查出了他的地址，迫不及待地寫信給他的。

　　林俊宏編訂的〈葉石濤寫作年表〉1965 年、41 歲條載：「在書攤上看到鍾肇政主編、文壇社出版的《本省籍作家作品選集》凡十冊，深感驚愕與喜悅，也喚起了心底深處多眠已久的作家意識。」不錯，這一年正是我爲了「紀念光復 20 周年」獨自編了兩套叢書，於秋間全部出齊的年份。我

[*]專事寫作。

自以爲臺灣作家都網羅在內了，豈料葉石濤出現後，我這才知道漏了一條特大號的大魚。我有噬臍莫及的遺憾。但是，葉君的上列幾篇文章都是十月份才發表出來的，錯並不在我。我也覺得老葉在《文壇》發表復出後首篇小說，應該早知道文壇社有這麼一套叢書正在付印，該主動跟我連絡才是，內心裡不無微微「怪罪」他的意思。然而在求才若渴的我來說，能夠發現到這麼一位同道，那種衷心的喜悅足可淹沒任何「怪罪」之意，不過那兩套在當時來說該是分量極重、規模相當龐大的叢書裡沒有他的作品，委實是件莫大的損失。

林編〈年表〉尙有 1966 年、42 歲條謂：「三月，省立臺南師範專科學校畢業。派爲宜蘭縣冬山鄉廣興國校教師。在赴宜蘭途中，到桃園龍潭國校首次面晤鍾肇政。(〈府城之星，舊城之月──鍾肇政與我〉)」這項記載顯然有誤，因爲我到 1968 年春間執筆寫那篇序，我們分明還「緣慳一面」。那麼我與老葉是幾時才第一次晤面的呢？

我有個模糊的記憶：我正在一間教室上課，教室後隔著一條小徑與菜圃，有一排日式教師宿舍。有個人從那條小徑走過，略矮的個子，頭髮短短的圓臉上戴著一副近視眼鏡。那雙鏡片後的眼光往教室瞟過來幾次，與我四目交會，使我心口怦然。不久，這人繞過了教室來到。我們終於見面，果然是遠來客人葉石濤。

我不知這個場面是否即爲我們初逢那一次──該是錯不了吧？而時間該是 1969 年 11 月 8 日星期六──這個日子也錯不了才是。因爲《臺灣文藝》第 26 期頁 1 的「第一屆吳濁流文學獎揭曉」裡的〈評選經過〉清清楚楚地寫著評選委員會是 11 月 9 日在吳社長宅召開的，葉爲唯一從南部北來的評委（另一位住在南部的評委鍾鐵民缺席），經我懇邀，前一天傍晚來舍住宿一宵，次日相偕北上與會的。這種情形還成了「例行公事」，以後我都是邀請南部的同仁來舍住宿，還記得有幾次南部不少文友爲了旁聽評選會，與幾位評委一起北上來舍，大家吃吃喝喝的，過了歡聚一宵。直到高速公路通車，他們可以一天來回爲止。

創作與評論，領導群倫

　　我與葉石濤長達二十餘年的金石友誼，便是這樣開始的。我常常覺得，即使沒有 1965 年間他那幾篇復出後的作品，我也遲早會和他結成終生不渝、至死不悔的交情，不為什麼，只因我們之間有太多相似的地方——我們同年（我癡長幾個月），因而受了同一個時期同樣的日本六年及五年的小、中學教育，同樣在燎原的戰火兵燹以及如火如荼的皇民化聲中長大成人，還同樣成了「帝國陸軍二等兵」——日閥雖然在七七不久即開始在臺灣徵調「軍夫」及稍後的「志願兵」，唯至戰爭最後一年始正式實施徵兵制度，我與葉都是第一屆、也是最後一屆的「徵兵適齡者」。當然，我們也同樣成了文藝女神的俘虜，並因此同樣嘗盡人間挫折、坎坷與貧窮況味，並且似乎還可以預料將同樣窮乏乖蹇以終。

　　自然，我們之間也有諸多不同之處。首先必須舉出來的是我與葉，在才華與稟賦方面，相去簡直不可以道里計。葉曾經在一篇文章說我「有時顯得天真不懂世故」，又說我有「原始的、鈍重的獸性」。這樣的評斷，可以說深中要害，使我再無一言。相反地，我覺得葉石濤雖然也有擇善固執的一面，但大體而言，堪稱人情練達，其機伶靈敏，尤令人不可逼視。而他才情之顯露，更令我為之目眩神迷。遠在日據時期，他年未弱冠便已躍現臺灣文壇，以〈林君的來信〉、〈春怨〉等精緻的短篇小說震驚文壇，成為日據末期最後一名作家。反觀這個時期的我，還莫名其妙地一頭栽進日本和歌，作著不著邊際的浪漫之夢，渾不識臺灣文學之為何物。稍後，我雖然興趣轉到西洋文學上面，然而正如許多初識現代文學皮毛的人那樣，滿懷的崇洋媚外，目無國內自己的文學（指包括臺灣文學在內的日本文學），以致當時就讀彰化青年師範期間，以日人同學為主成立的社團討論日本文學、傾倒於芥川，都狂妄地嗤之以鼻，不屑一顧。

　　簡單一句話，葉石濤與我，以出道言有早晚之別；以容量言，一大一

小；以層次言，根本是一上一下、一高一底，我只有對他崇仰膜拜的份。也許一方面也有彌補我那兩本叢書未能有葉的作品的遺憾吧！當我有了機會編書時，葉便成了我無可替代的首要考慮對象。1968 年春間，正當文星版袖珍文庫風行一時，諸多出版機構群起效尤，袖珍本滿天飛舞之際，臺北一家頗具規模的蘭開書局要我出任亦採袖珍型版本的《蘭開文叢》主編時，我在第一批五冊裡便列入葉的短篇小說集，此即前面所提、我為他寫了序的他的處女集《葫蘆巷春夢》，於是年六月末付梓。我還記得這時我的《臺灣人三部曲第一部——沉淪》甫連載畢，分成上下兩冊匆促付印，列為該批裡的第四、五冊，在出版社方堅持下，參加嘉新新聞獎文藝創作獎的競逐。社方還告訴我，為了趕上六月底的截限，連夜趕工，把書送到嘉新獎主辦單位時，剛剛出廠的書，漿糊都未乾。

緊接著，九月份《蘭開文叢》第二批五冊問世，我又把葉的第一本評論集列在其中，書名即《葉石濤評論集》。記得我掌理的《蘭開文叢》只出了四批 20 冊即告停頓。也許是因為我沒把它編好，不過袖珍文庫本這時確實也過了巔峰，形成「一窩蜂」的浮濫狀態，很快地就一蹶不振，自然也是有其客觀因素存在。不過我能為幾個好友、尤其葉石濤印行了兩本書，倒是值得引為欣慰的事。確實地，葉在東山再起後的活躍幾乎是令人瞠目詫異的。

我還記得 1966 年春，他從短期的臺南師專特師科畢業出來，被派到宜蘭縣的一個偏僻地區的國校任教，他屢屢在信中告訴我那兒交通如何不便，氣候如何惡劣，而且別說教師宿舍，連一個安身的地方都沒有，夜裡只好在教室裡拼幾張課桌當牀睡覺。哦，那是什麼生活啊！然而，他既然復出，作品便也漸漸多起來了，這期間他有早期重要作品〈獄中記〉在《幼獅文藝》發表。他在一篇文章裡提到，說是我幫他介紹給該刊的。這時我該已接編《臺灣文藝》，需稿孔亟，其所以如此，或許是為了替他爭取高一些的稿費吧。

次年，他調到高雄縣橋頭鄉甲圍國校（他迄今猶在任，已超過 20 年，

與我在龍潭國小一待就是幾十載星霜如出一轍），生活總算初告安定，評論、創作、佳構連連，尤其〈吳濁流論〉、〈鍾肇政論〉等，該是戰後所初見的結結實實的臺灣作家論。葉之使我傾倒，該也是因爲這些評論，由於我對當時習見的一些所謂評論，輕浮淺薄固勿論矣，而且充其量只能說是蒼白的花籃文章，早已厭膩透了。而且在我們的陣容裡評論一直是較弱的一環，故而葉的評論文字顯得格外珍異。我也不憚於指出，他的論文固然深入精到，顯示出他做爲一名評論家的深湛學養，然而他的出發點是：「人家不理我們，我們自己來」的夥伴意識，故而揄揚的成分居多。我們可以說是「相濡以沫」的一群，我確認培養一種連帶感，至關重要，這也正是我特別推崇葉石濤的原因之一。

金石友情、歷久彌堅

我必須坦白地說，我對他一直有著濃重的依賴感。我總覺得，在我們這一群無助無告的夥伴們當中，有葉石濤其人在，便等於有了一根擎天巨柱，起碼可以撐起一份小小的、可憐兮兮的局面。憑他那一枝評論的、創作的筆，我願意深信有那麼一天，我們可以爭得一塊文學天空。而葉君的確也沒有使我失望，一連幾年間有可觀數量的新作發表已如前述。1969 年──前此，我於 1966、1967、1968 年連獲文學獎，在臺灣作家當中，該可算是一種異數──我心血來潮，認爲我自己獲獎，雖然完全是「被動」的，根本可以說是莫名所以地忽從天降，然而「主動」去爭取，尤其爲朋友爭取，該也值得一試吧。於是我去函請求當時因發表作品，又爲我印行《省籍作家作品選集》十冊而結識的文壇社穆中南幫忙，希望能給葉安排一個獎。不料穆氏不但一口答應，還很快地就有消息傳來，葉石濤得了中國文藝協會文藝獎章評論獎。我還記得葉在接到我的信後回信說：「想到領獎的場面，雙腿就顫抖個不停，不知如何是好。」（大意如此）走筆至此，猛然又憶起，葉似乎還要我陪他北上領獎。我想不起是否曾陪他前往，如果是，那麼便可能先邀他北來在舍間住宿，次日始北上的，是則這一次才

是我們的初逢了。

　　葉說雙腿猛顫，自然是他一貫的「幽默手法」，不過這是他生平第一次得獎，我也和他一樣地感到興奮與欣悅。這些話，在時移勢易的今天，誠然顯得可笑，說不定也有人會斥為被國民黨收買了。然而，當時我倒以為這是和為數可能不少，同時也鐵定是外省作家的競爭者，經過不為我這種局外人所知，且亦可能不會沒有的競逐過程之後脫穎而出的，沒有理由不為此興奮。易言之，這在我是站在發自夥伴意識的競爭心態，也許也算是小小的抵抗行動。我在這方面以後還試過不少次，例如「國家文藝獎」裡我當審議小組委員（無給，出席一年一次的會議時始有少許車馬費），我也欣然應聘，目的即在為夥伴們「爭取」，何況這個獎還有一筆獎金，對我們這些窮困文士的生活不無小補。

　　經我提名的人不在少數，但是最後獲獎的，寥寥無幾，記憶裡只有王詩琅、陳火泉二老而已。壟斷的情形依然，徒感無力與孤單而已。尤其使我難忘的是為李喬的《結義西來庵》一書爭的那一次。事前，經李喬本人同意，由於依照規定，得過他獎的作品不能列為國家文藝獎候選作品，所以我在另一個獎（名稱似為「臺灣省文藝協會中興文藝獎」，邢也是我參與此獎評選的唯一一次）的評選時，把李喬此書以非小說打下來，另推薦它參加國家文藝獎，結果在初選、複選過程中，只因一個評選人打了 50 分的超低分數而告淘汰。我雖然在審議會席上力陳評選之不合理，想挽回頹勢，終告徒勞無功。至此，我總算迷霧初霽，不久我也望望然退出了這原本就幾乎沒有多少人肯定的文學獎選務。

　　這裡我用了「迷霧」這個字眼，在那個白色恐怖仍然拖著一個尾巴，黑手到處伸展著觸角的年代，我確實有過熱中於給伙伴們一個小小助力的心態。當今，這種情形自然可以打成「搖尾」派，得了獎更是「被國民黨收買」了。葉石濤說我「天真不懂世故」——此話該是「愚昧」的另一種說法，可能就是從這一類事態說出來的。然而，我們之間的友誼卻也因此愈趨堅固，此無他，乃因他永遠對我有一份諒解之故。我們有共同的身世

與痛苦，所以他那種體諒，便也來得真切。也因此，我深深相信像他這樣的朋友，絕不會由於一些傳言就派我不是，背地裡對我咬牙切齒一番。當今之世，友誼早已在某些人心目中分文不值，即連數十年的夥伴，也可以棄曾經深固過的友誼於一旦——此話並非慨歎，活了大把年紀，自以為早參透了世態之為物，特以葉與我之間的友情值得珍視而已。

　　然而，我與葉之間卻也不免受地理上關山遠隔之苦。這許多年來，先是一年一度的吳獎評選會是我們僅有的相聚把晤之期，其後多了一個巫永福評論獎，由於他參加巫獎評審，後來兩獎分別辦理之後，這一年一度的晤面機會也失去。另外也有鹽分地帶文藝營上的碰頭機會，但是我一連參加了幾屆之後就少去了。去年（1988）我又露了臉，卻陰錯陽差，前一日他授完課即離去，見面機會遂又失之交臂。也因此，我們友情維繫靠的是書信往還。

　　我們似乎都有個習慣，即同輩之間寫的信都是用日文，見面時也多半滿口日語，久已成習。彼此間的感情與意志的傳達，運用日語文似乎更能隨心所欲，也更契合、更貼切。說來，這也是曾為殖民地子民的「毛病」或者「悲哀」吧。記不起是那一年（應該是最近兩三年的事），有一次林梵來舍，看到葉石濤來信是用日文寫的，廢然脫口而說：「哎哎，將來研究戰後臺灣文學的人，還必須面臨額外的另一堵牆呢！」（大意如此）咄嗟間，我也想到也許該向這位熱心的年輕一代研究者說明一下我們這一輩之所以有這種習慣的心態，可是想想又把話吞回去了。因為我也有無從說起的感覺。真的，這究竟是「毛病」呢？還是「悲哀」？連我也搞不清楚。也許說是個「矜誇」，可能來得貼切些也說不定。

在不景氣的年代裡掙扎

　　我與葉石濤見面的機會這麼少，且又都是多人在一起的場合居大多數，面對面促膝長談的時候絕無僅有，這誠然是一件憾事。通信倒很勤，然則在信中彼此可以痛痛快快地互傾衷曲吧，卻又不盡其然，仍因信件檢

查嚴厲之故。葉那邊我不清楚，但不難想像及之，與我這邊應該是類似才是。我早知道我的信件，不管是寄出的或收到的，當然是每一封都是「有案可稽」的。因此，想痛痛快快地在信中說點什麼，根本是不可能的事。他之曾坐過政治牢，我也是過了一段日子以後才從旁得悉，而我也這才知道，我們雖然有極多共通點，但是他過去的命途卻比我乖舛多了。

　　看林編〈年表〉，我訝然發現他於 1965 年復出之後，不管評論也好，創作也好，雖然作品甚多已如前述，但也只是五、六年間而已。每年，兩者合起來約有十幾二十篇，到了 1971 年，「是年，發表小說一篇……評論四篇……」，1972 年則更交了白卷，年表上記載只有〈獄中記〉被數錄在巨人版《中國現代文學大系》。接下來，從次年起他竟然搖身一變而成了個「譯匠」，為楊青矗所主持的文皇出版社大量翻譯日本新書，如《股票心理作戰》、《服裝設計畫法》到《血型與人生》、《減肥健康食療》等，每年都在三至五本之譜。依稀記得這期間，我也被青矗央著譯了一本《愛的思想史》，是談西洋文學作品裡的愛情問題的專著，勉強算得上通俗的思想書籍，同時也從青矗口裡聽到葉也譯了不少書的消息。看過年表後才知道，葉譯的書比我想像裡更多，也更「雜」。驚異之餘，心口不免猛地往下沉，眼角都為之發熱了。我想，青矗固然需要他的譯筆來充實出版物，然而從另一角度設想，葉君豈不也是有需要賺這種艱難而且菲薄的翻譯費嗎？更可怕的是他把業餘的珍貴時間，好像都那麼慷慨地投入於這樣的工作，以致創作未見一字，連評論也幾乎絕跡。

　　在他的書信裡看出他意氣消沉、滿腹牢騷，大約也是從這個時候開始，「不如折筆不再寫一字」、「乾脆做一個旁觀者來得自在」這一類話，經常在他給我的信中出現。我也記得，我們在信裡談過他的「大河小說」，我深信他會有巨型作品寫成。我也知道他有寫臺灣文學史的心願，可是鼓勵的話寫了多次，好像就不好再提了，而到了這個時期，恐怕連類似鼓勵的話都不好意思再寫給他了。

　　話雖然這麼說，但是我也能想像到，可以靠少許翻譯費來挹注生活，

在葉君來說，恐怕是可喜的。因為在我們這些「文丐」（葉君語）兼窮教書匠來說，生活的擔子永遠那麼沉重。拿我自己做例子，這個時期我有四個孩子在臺北念書，他們的生活費與學費，往往使我弄得焦頭爛額，少許稿費，簡直如杯水車薪，經常陷在捉襟見肘的窘況裡，因此也翻譯了不少東西。「筆只有一枝，筷子卻是兩枝」，日本早期一位作家的這番感歎，那麼如實地應驗在臺灣作家身上。

我記得這段時期，正好也是不景氣的年代，文學作品不值錢，文學書也滯銷。楊青矗的文皇出版社不久也告停頓，他漸漸開始投身於當時正要起飛的黨外民主運動。我不知道少去了固定的翻譯工作，對葉是幸還是不幸，總之到了 1977 年春間，他這個時期的最後一本翻譯專著出版，並且在初啓的鄉土文學論戰漫天烽火中，發表了〈臺灣鄉土文學史導論〉（《夏潮雜誌》第 2 卷第 5 期，1977 年 5 月），算是給他懸念有年的臺灣文學史完成了一個雛型。

好像也是這個時候吧，我開始有了一個傻念頭——也可以說是天真的幻想吧。日本曾經有個作家菊池寬，憑一些通俗小說作品建構了一番社會實力，一方面使他所創辦的、原本刊登小道消息的《文藝春秋》雜誌社發展出幾個文藝社團，最後居然憑此力道，與報社討價還價，為窮困的所有作家爭取高稿費。到了 1935 年，為了紀念他的好友芥川龍之介與植木三十五而設文學獎時儼然已形成了一個文藝王國。想想菊池的同窗好友芥川於 1927 年自殺前不久，還為一家出版社願意出版他的一本短篇小說集，並預估銷售量大約可以達到 3000 冊而沾沾自喜的窘狀，真是恍同隔世。

我想，說不定吳濁流也有過成為臺灣的菊池寬的念頭。憑他在臺北一些舊文化人間的聲望地位，他是可以登高一呼的——事實上，他也曾經登高一呼過，乃有《臺灣文藝》的創刊問世。然而，事實上他也只能打出一個旗號：「為臺灣作家提供發表園地」而已，「振興臺灣文運」的素志，到頭來只是個空想而已。吳老那麼多的巨賈朋友，為這棵臺灣文學的幼苗只能偶爾拔一毛，甚至連這樣的一毛都吝於拔下，令他一直在困窘的狀態下

維持著近乎不死不活的局面。

我確曾偷偷地想過吳濁流能不能成為臺灣菊池寬呢？讓所有的臺灣作家都能喜霑雨露，也許太過奢想，但是至少也應該能讓葉石濤靜下心來經營他的大河小說和臺灣文學史，這是多麼了不起的一番功德啊。這樣的吳濁流，竟也在 1976 年秋間一病不起溘然長逝。不過在我內心裡，這天真的想法並沒有完全熄滅，它沉澱而成了「臺灣文學發展基金會」的構想，有那麼一天，它成立了，讓它來負起培育新人，幫助像葉那樣的作家吧，我私下裡這麼叨唸著。

臺灣文學一片鄉土熱潮

吳老過世後，我在義不容辭的狀況下負起了《臺灣文藝》的責任。緊接著，次年（1978 年），我又接下來了甫從基隆南遷高雄的《民眾日報》副刊編務。在我心目中，葉不用說是「臺柱」了。除了需要他的作品之外，更非有他經常的指點不可。並且有了他，我也覺得可以放心地承攬這兩大刊物的工作。

如所周知，這時也正是臺灣鄉土論戰打得如火如荼之際，被拋出來的帽子漫天飛舞，一片殺伐之聲。葉是戰後使「臺灣鄉土文學」這個詞復活過來的人（見 1965 年 11 月《文星》上〈臺灣的鄉土文學〉一文），也是第一個提出「臺灣意識」的人（見 1977 年 5 月《夏潮》〈臺灣鄉土文學史導論〉一文），以他的先知性卓見，暢論臺灣的鄉土文學，簡直是不作第二人想，但是他除了在若干「訪問」一類的場合略抒意見外，並未參與戰爭。這與我保持著旁觀的立場不謀而合。我編的《臺文》與民眾副刊，除非有這方面的佳構投來之外，我自始至終不願意主動去找這一類論戰文字。我念茲在茲的是實踐——創作，以實際的鄉土文學作品，來呈示或者闡釋鄉土的主張。當然，主力是小說創作了。

為了鼓勵小說創作，提倡批評風氣，在《臺灣文藝》上我維持了一貫的大量刊登小說作風，並開始做「作家研究專輯」，每期選一位作家，從多

方面加以檢討，其中例必有一篇座談筆錄，來談這位作家。這種用口頭表達的方式，除照樣可以坦陳個人的批評意見之外，談者之間若有意見相左的情形出現，更可以當場甲論乙駁，造成唇槍舌劍的熱鬧場面，效果相當不錯。因此，我編的民眾副刊開始登場以後，我設計了每月一次的「對談評論」，採同樣的由兩個人對談的方式，就該月內民眾副刊所採刊的小說作品做一個廣泛的評論。擔綱的，除了葉石濤之外，我還請到當時新進的評論家彭瑞金，做為葉的對手。

我不知道是項「對談評論」收到了什麼樣的效果，看看這些評論筆錄刊露時所取的題目，如「鄉土文學的實踐」、「新生代的訊息」、「題材新穎的新趨向」等，可知立場穩固而堅定，尤其對我所採刊的眾多新作家，必有了若干鼓舞與啓導的作用，而在那些躍躍欲試、齊頭冒出來的新進作家之間更是一片叫好之聲。

如今回想，這段期間我與葉石濤都可以說是活得頗為熱烈吧。也有不少朋友肯定我在培養新作家方面，很盡了一份微力，究其實，葉在這方面居功最偉。特別是每每午夜夢迴之際，我就禁不住地想到葉君與彭瑞金在執行前後達一年之久的「對談評論」裡花了多少心思——不提別的，光是通讀每月達十幾篇，平均字數每篇在一萬一、兩千字左右的短篇小說，就不知花了多少時間，何況為了評論，每篇至少也要讀兩遍以上。而我能付的酬勞，不過是筆錄的戔戔稿費（每千字 300 元，由對談者與筆錄者均分）而已。想到那簡直無異對他們的「勞力剝削」，不禁為此冷汗直下。而他們任勞任怨，為臺灣文學奉獻的精神，更是我永遠感激於心的。

隨著鄉土文學抬頭，鄉土的呼聲響徹雲霄，葉自然而然成了臺灣文學一方之雄，坐鎮南部，座談、演講、專訪、文學獎評選等之約不斷，除了對談評論之外的專論，評介之類的文章也源源出籠。這一點固然可喜，然而想到他的大河小說及臺灣文學史的執筆不免陷入遙遙無期的窘境，我便又著急起來。以當時整個文壇狀況言，我握有《臺文》及民副兩個篇幅不算小的園地，葉寫來的文章不用說隨時可以刊露，然而別的園地呢？我們

這一夥早已是公認的如假包換的「鄉土派」，寫出來的作品想求得發表的一席之地，談何容易，這就是我不得不為葉擔罣的地方——其實，我的副刊編輯地位是隨時可能被推翻的，我的愚昧使我懵然不覺於這種岌岌可危的狀況，還以為當時即已頗能顯出「自由派」路線的《民眾日報》可以容下我的「蠻幹」作風。事實證明我編該報副刊的期間前後兩年不到，並且還在開始執編一年多以後即漸漸被剝奪了編輯權，末期半年多，僅能掛個名而已。

　　閒話表過。葉君的巨著既然一時還不可想望，我便退而求其次，要求他撰寫回憶錄——這也是我當時構想中的重點之一：傳記文學。起初，我想到的是給《臺灣文藝》設計一個專欄叫「歷史的一頁」，專門邀請日據時代老一輩的作家、文士來執筆，寫一個小小的、記憶裡塵封的故事或掌故。原以為可以積少成多，不料老先生們總是惜墨如金，效果不十分理想（指數量不多，其實那些零簡斷墨，價值連城）。後來，我忽發奇想：何不發展成完整的傳記呢？一來是因為目睹坊間一份以傳記為主的刊物，風行多年，那麼多那麼多的「可傳人物」，獨缺臺灣人的，並且把一些過去殺人如麻的軍閥、特務一類人間惡魔也寫成多麼了不起的英雄傑士，恨得我牙癢癢的。人家不理，何不自己來！也是這樣的「夥伴意識」吧，於是我設計了臺灣傳記叢書，打算一批批地推出，其中也有工商界的巨賈之類，是為了賺點錢，以彌補其他勢必賠錢的藝術界人士的傳記。自然，我也想到，如果真能賺錢，那麼挹注期期虧損的《臺灣文藝》，更是我求之不得的。其中臺灣的傑出人物，例如美術界的廖繼春、黃土水，音樂界的鄧雨賢、呂泉生，文學界的賴和、吳濁流、楊逵等，都在我的預定名單之內。葉也是我屬意的寫自傳的現成人物。在我的千呼萬喚之後，他終於答應了。

永恆的府城星、舊城月

　　這就是「府城之星・舊城之月」總題下的多篇系列文字，從 1978 年 8

月起斷斷續續地在民眾副刊上登場的。果然不出我所料，這些文章雖然片片斷斷的，然而他談〈大東亞文學者大會〉，談〈西川滿〉、〈陳夫人〉、〈文藝臺灣〉，也有〈懷念吳老〉、〈楊逵先生與我〉以及〈鍾肇政與我〉等，無一不是第一手資料，具以葉的親身經歷與見聞爲主，價值與權威性都無可置疑。只可惜這些文字後來雖然輯成《文學回憶錄》一書（1983 年 4 月，遠景出版社），實則書中這個系列的文章僅及七篇，以字數言不過三、四萬字之譜而已，做爲回憶錄，恐難稱廣泛而詳盡。也因此，《葉石濤自傳》這麼一本書，至今仍然是我所渴望的。

　　如所周知，葉君活過截然有異的兩個時代，是臺灣文學發展及演變上最有資格的見證人，益以他那雙洞燭的作家之眼以及深邃的作家之心，發而爲系統、涵蓋面深廣的回憶錄，則不但我們這位一代宗師的面目風貌必可躍然，抑且也必將是一部活生生的臺灣文學側面史，其珍貴是不待言宣的。何況如今我們所苦盼的多元社會已經來臨，雖然還只是有限度，但較我們過去所活過來的年代，開放度已略有可觀，故而坐政治黑牢的前前後後也不妨形諸筆端，則這部自傳更可能成爲臺灣作家的一部苦難史了！

　　這裡，我用了「苦難」兩字。我不知道這兩個字所編織而成的棘冠是不是可以戴在每一個臺灣作家頭頂上。從賴和、楊逵等人在獄中屢進屢出，呂赫若之死於二二八事件，還有爲數不少默默鬱鬱以終，以及在貧窮困乏中掙扎等，臺灣文學史上這一類例子指不勝屈。也許有人說，臺灣人的命運本就如此，身爲一個臺灣作家，又何能例外！？如果此，那麼葉石濤這大半輩子，正也應驗了必須受蹇厄的臺灣作家的共同命運。

　　我已經費了這麼多的筆墨，寫出了我與葉石濤這二十幾年來的交往情形，與夫我心中的他的映像。我以爲他的痛苦與無奈，我略能體會。這樣的葉石濤，近年竟然成了新生一代做爲「老弱」人物代表而給予無情攻擊的對象之一。「老」是人生必經過程之一，其不爲罪，毋待言宣。那麼葉石濤是「弱」的人物嗎？「懦弱」，是葉自己都不否認的心態之一。我寧願相信，身處那個恐怖的年代，他曾自分必死而未死，這不是可以用「慶幸」

兩字來概括的。我也自承是個「懦弱」角色。我不敢想像面對那種恐怖時
的心理,我甚至也不敢想像那種自我舐傷、自我韜晦的過程。我知道的是
他在生還後歷經十幾年的掙扎,終於又回到他曾經憧憬、廁身,並爲之而
賈禍而痛苦的臺灣文學陣營,然後苦苦耕耘,歷數十年而未嘗止步、未再
回頭。憑他的識見與才華,欲謀得一片風光與優裕,應是易如反掌的事。
退一步,他也可以不必那麼卑微,悄悄地躲在翻譯界,換取生活補貼之
資,照樣可以安貧樂道。他不此之圖。他有夥伴意識,他有使命感,他委
身於繆斯女神而不悔不恨。我寧願說他是個──勇者!

　　我明明知道葉石濤不會喜歡我這樣說他,但還是說出來了。其實,對
臺灣作家的命運,他體會得比誰都深。他在一篇文章裡提到他與楊逵在臺
南碰面的情形,給了我至深至切的感受。戰後初期,有一次楊逵爲了一份
刊物的推廣來到臺南。葉君聞悉老友南來,連忙約了十來個朋友開了個歡
迎會。那是「連一杯白開水都沒得喝」,只不過是大夥擠在一間日式房屋的
榻榻米上窮聊的小聚。他有一段生動的描述:

> 現在我留在腦子裡最鮮明的印象,是楊逵的一雙皮鞋,可不是現今那光
> 亮閃閃的高貴皮鞋,而是豬皮的,已變形不能認出來面貌的破皮鞋,而
> 且皮鞋前頭已破了,他右腳大拇趾也就肆無忌憚地露出來透風,那麼我
> 呢,情形不見得好,我穿的是一雙黑色橡皮短鞋,當然不是皮革,也不
> 是帆布,而是不折不扣地用再製橡皮做的鞋子。每當我想起楊逵的皮
> 鞋,心裡不禁湧上哀傷。他的破皮鞋似乎象徵了臺灣作家坎坷的命運。
>
> ──葉石濤《文學回憶錄》,頁 57

　　楊逵一生以「無產」自居、自許,貧窮似乎就是他刻意要標榜的,然
而當我們接觸到這樣的描寫,想見那麼一個場面,那麼一幅情景,以及那
麼幾雙鞋子,我們不禁也要和葉石濤同其哀傷、同掬一把辛酸的淚水了。

乞丐與貴族——葉石濤的作家精神

下面，我們再來看看葉石濤所體會到的作家，尤其臺灣作家到底是怎樣一種族類：

> 我以為文人好比是一隻小螞蟻，隨時有被人踐踏而死的危險。但上天既生下你為作家，你無可逃避，這是你的命運，你必須走完這一條鋪滿荊棘的路直到瞑目。
>
> ——《文學回憶錄》序，頁 5

> 如果我從商、做工、務農也不見得會活得不耐煩，其實在臺灣這種狹窄的乾坤裡夢想搖筆桿為生，等於是自投大罟網，憂患、痛苦、頹喪、潦倒等血與淚交錯的艱辛日子接踵而來，弄得我這輩子被迫在貧窮、徬徨、自我虐待的陷阱裡。作家本來猶如一隻吃夢維生的夢獸，他哪裡知道這個夢獸也需要靠麵包生活，而麵包並非終日作夢就可以得到的呀！
>
> ——《文學回憶錄》，頁 8

不錯，葉石濤早就看透了臺灣作家的命運。我們毋寧可說，他是自舐著創傷與血淚，向自己叮嚀：「這是我的命運，我必須走完這一條鋪滿荊棘的路直到瞑目」。但是，他仍然以夢獸自許、自況。原來，他既是天生的一個臺灣作家，便也不可避免地，是一隻天生的夢獸吧。

夢獸——這真是個奇異的詞，大概只有像葉石濤這樣的作家才能想得出來。不錯，一個作家，「夢」是資質上的基本條件之一，只因有夢，他才會有種發自內心的衝動，驅使他去寫詩寫小說。然則這夢又是什麼夢呢？簡言之就是對生命本質的探索，所謂「靈魂的工程師」，大概即指此而言。如果這種說法不算太離譜，那麼葉石濤在〈懷念吳老〉（見前書 46 頁）一文裡說自己是「文學貴族」，也就不顯得唐突了。

我也曾經在評介葉的《文學回憶錄》時自作解人地說：

> 或者我們也可以（把「文學貴族」）解釋做「精神的貴族」吧。光復後經
> 過了廿年，他（葉石濤）東山再起，作品第一次領得了稿費，他為此不
> 自在了好久。不為什麼，只因寫文章乃為了「解決自己內心生活的問
> 題，求精神成長的生活方式」，豈是為炙炙稿費而率爾操觚的！無怪當他
> 又一次回到文壇之後，發現到吳濁流又在靠化緣來辦《臺灣文藝》，他不
> 加考慮就參加了這個陣容──照葉石濤的表現便是「當然，我也順利成
> 章地成為這『文丐』集團的一員了。」
>
> ──《文學回憶錄》，頁 47

在這段文字裡，我把「貴族」與「乞丐」拉在一起，看似南轅北轍，
實則在葉石濤身上（也在許多許多的臺灣作家身上），它們是一體的。他有
高貴的情操，是貴族；他寧可安於清貧，所以難脫乞丐境遇。不，我們似
不妨說，只因是精神貴族，所以同時也必是文丐；只因是個文丐，所以必
然是精神貴族。說起來，這也正是臺灣作家之所以為臺灣作家的緣由了。

然則統合這兩者的，又是什麼呢？曰：作家精神。這裡，還是讓葉石
濤自己來說吧！

> 縱令我們大家都是微不足道的一棵蘆葦，一陣風、一滴水也足以毀滅我
> 們，但是我們的精神領域卻是無限廣大的。做為一個作家，責無旁貸的
> 任務乃是探討人類心靈領域裡那深不可見底的朦朧世界，誘導人們去克
> 服人性弱點，創造更美好的明天。作家必須證實人類在巨大壓力下絕不
> 屈服，力求上進的精神。
>
> ──《文學回憶錄》，頁 43

文學如果離開了真實的現實生活，不再吐露芸芸眾生的心聲，那麼這種
過分政策化，成為政治奴婢的作品，很少具有藝術性，其價值當然也很

低。我一向心焉嚮往根據獨立思考創造出來的作品，唯有作家擁有能自由思考、自由創作的環境，才會產生千古流傳的偉大作品。

——《文學回憶錄》，頁 61

這些話都是在鄉土文學論戰已偃旗息鼓，正在漸漸地產生其影響力，同時也是黨外運動正步往一個顛峰，攀爬向「美麗島事件」之際發展出來的，一方面剖陳出葉石濤做為一名作家、評論家，尤其做為一名臺灣作家、臺灣評論家的精神基礎。身為臺灣文學領航者，葉石濤發揮了他強大的導航力量。

千呼萬喚的臺灣文學史

在前文裡，我說葉石濤是第一個提出「臺灣意識」一詞的人。根據葉石濤的說法：「臺灣意識必須是跟廣大臺灣人民的生活息息相關的事物反映出來的意識才行。」這番話，雖然是指臺灣鄉土文學的內在精神而言，但是也正可看出葉君執筆為文，不管是小說也好，評論也罷，無非都交織在這種意識上。美麗島軍大審之後，本土精神昂揚，反映在文學上則是一片反抗極權的強悍作風，鄉土文學精神被發揮得淋漓盡致，席捲了整個臺灣文壇。於是乃有 1983 年到 1984 年間的「臺灣意識論戰」，打得如火如荼。

在這當兒，有人憂慮地倡起了臺灣文壇南北分裂之說。南自然是指在臺灣南部的作家，事實上只不過是以葉為中心的一派，與在北部的陳映真為中心的一派之間的意見之發揮，質言之仍然是意識形態之爭罷了，與南北的地理意義風馬牛不相及。葉成了本土精神的象徵存在，時而不免遭受到攻擊。在這當兒，葉本身紋風不動，好像在靜觀龍虎鬥似的，那麼好整以暇地看著他所投下來的一顆石頭激起的一波波的漣漪，向四方八面擴散——實則它根本不是一般意義下的擴散，相反地是對臺灣意識的釐清與凝聚，形成對此本土精神的牢不可拔的普遍認同。坦白說，我也是這場論戰的受惠者。這時期我退隱鄉間，對文壇事不再問聞，埋頭寫我的長篇小

說。然而原存在於心中的意念———一個臺灣文學主義者的思念及嚮往，被那場論戰具體化、理論化，也被凝固了。這也可以說是拜葉石濤之賜吧。

　　然而他自己呢？他是靜觀那場論戰的硝煙四起、火花迸裂沒錯，不過他還是默默地在奮勇從事他另一個大工程的建構：臺灣文學史的撰述。

　　前文裡，我已說到他寫臺灣文學史的素志，並且也有過〈臺灣鄉土文學史導論〉之完成。但是此文雖然有結結實實的內涵，畢竟只是「導論」而已，距他的理想委實還有一段遙遠的路程。也是事有湊巧吧，從 1970 年代末到 1980 年代初，大陸文壇開始把注目的眼光投到臺灣文學上，不但有大量的臺灣作品被盜印出版，風行整個大陸讀書界，研究論文也一篇篇出籠，而且還傳出正在撰寫大規模臺灣文學史的訊息。相形之下，臺灣的學界 40 年來始終把自己的文學摒諸門外，與大陸上多所大學設臺灣或臺灣文學課程的情形，形成一個強烈對比。

　　走筆至此，不禁想起日本天理大學的塚本照和教授。他不僅在自己所主持的系裡開設臺灣文學的課程，而且還與友好、門生等組織一個「臺灣文學研究會」，並有《會報》定期發行。成了外國研究臺灣文學的嚆矢。在 1980 年代初期，塚本教授即有〈臺灣文學年表——舊日本殖民地時代（1985～1945）發表（見天理南方文化研究會出版之學術年刊《南方文化》第 8 輯、1981 年 11 月），是傾數年心血的皇皇著作，具見其用力之勤、用心之專。（關於塚本教授及所主持之臺灣文學研究會，容當另以專文報導。）

　　我不知葉君是否受了海外（包括對岸與日本）這種熱潮的影響——有一點倒是可以確定，那就是由於海外這種情形，促使了國內需要一部臺灣文學史的呼聲四起，於是從 1983 年起葉君積極地開始了行動，從蒐集資料做起，然後利用 1984、1985 兩年的暑期分別草成戰前及戰後兩個部分的臺灣文學史發表出來。

　　他寫此文的過程是如何艱辛，必定是有不足為外人道的苦楚在。例如戰後初期到二二八之間，雖然為期不過一年多，但卻是解除了異族統治

後，民心忽然獲得全面解放的時候，因而文學情況猶如春雷乍動，一片喧嘩熱鬧，形成一種百花競豔的境地，可惜僅是曇花一現，未及凝聚而成一股莫之能禦的文學運動，更沒有能開花結實，出現可觀的文學作品，即在那場驚天動地的暴亂裡，把臺灣文學的盎然生機給斲傷摧折淨盡。而且諸多當時的報刊也在一片恐怖氣氛裡被塵封，不見天日者幾達四十星霜之久。故此，當葉君與幾位熱心幫他的年輕友好到圖書館等機構搜尋資料時，它們都已經腐朽的腐朽，水漬的水漬，幾乎不堪觸碰，造成嚴重的困擾。這兒我提到幾位熱心幫他的年輕朋友，我僅知彭瑞金、林梵等人，其他必然還有若干位，他們的努力與貢獻，令人無限欽遲。沒有他們的鼎力相助，葉君的這番大事業，恐怕還要延遲若干歲月始能克竟全功。

《史綱》完成之後

這就是《臺灣文學史綱》一書，出版於 1987 年春間。距在《文學界》雜誌發表又過了一年有半，顯見在付梓前再經過一番補充與修飾。是年年尾，一家報紙票選年內十大文化新聞，此書名列前茅，可見其受到普遍的重視與肯定。

這裡讓我們來看看本書裡葉石濤如何把握住了「臺灣文學」這個名詞的精髓：

> 臺灣歷經荷蘭、西班牙、日本的侵略和統治，它一向是「漢番雜居」的移民社會，因此，發展了異於大陸社會的生活模式和民情。特別是日本統治時代的 50 年時間和光復後的 40 年時間，在跟大陸完全隔離的狀態下吸收了歐美文學和日本文學的菁華，逐漸有了較鮮明的自主性性格。現代臺灣文學的重要課題之一，便是如何在傳統民族風格的文學中，把西方前衛文學技巧熔於一爐，建立具有臺灣特質及世界性視野的文學。
>
> ——《臺灣文學史綱》〈序〉，頁 1～2

又說：

進入 1980 年代的初期，臺灣作家終於成功地為臺灣文學正名，公開提倡
臺灣地區的文學為「臺灣文學」。儘管有人仍然反對使用「臺灣文學」的
名稱，但重要的是臺灣新文學既有六十多年的歷史，無論用什麼名號，
都無法抹殺鐵錚錚的內涵。由於臺灣海峽兩岸中國人的政治體制、經
濟、社會結構不同，同時臺灣的自然景觀和民性風俗也跟大陸不完全相
同，所以臺灣文學自有其濃厚的地方色彩和特具的創作使命。

——《臺灣文學史綱》，頁 172

不錯，這就是充滿矜誇與莊嚴意識的「臺灣文學」，葉石濤把臺灣文學
的意識與內涵凸顯出來了。而它便也是在這種歷史觀與文學觀下，執筆寫
下這部深富時代意義的皇皇巨著的。

然而，正如他在自序裡也坦承：

我發願寫臺灣文學史的主要輪廓（outline），其目的在於闡明臺灣文學在
歷史的流動中如何地發展了它強烈的自主意願，且鑄造了它獨異的臺灣
性格。究竟《史綱》不同於完整的文學史，它充其量只是給後來者，提
供一些資料和暗示而已。

——《臺灣文學史綱》，頁 2

光這部《史綱》的確還不能饜足廣大讀者對反映臺灣人心靈，及苦難
現實的臺灣文學的知的渴求。但是，我們絕對不能以此責備葉石濤。他在
貧困與忙累裡，確確實實盡了他的本分，至少以個人內心言，我是十分感
激他有了這番血淚勞作。所幸年輕一輩篤志之士，根據筆者的孤陋寡聞，
已有四、五個正在努力做這方面的試探。樂觀估計，五、六年內該會有更
具分量的這方面著作相繼問世。葉石濤在此可謂又完成了他做為一名先驅
的領航與啓導作用。

其實，如果以私心言，我除了希望能看到他前文已述及的回憶錄之

外，仍舊寄望於他能夠沉潛於內，經營他懸念多年的大河小說。他雖然這幾十年來以評論家享有盛名，但他是從小說家出發的，也毋寧以小說家自許、自居，在我與他的交談或書信往返裡，他也不止一次地提到他心目中的長篇鉅著（儘管最近許多年來不再彈此調）。這也正是一個小說家念念不忘的心願與夢想。我與他如今都垂垂老矣，可是猶有餘勇，應是無可置疑的事。

　　我在因故停創作之筆後倏忽已過了三年，讓生命空流過去了。雖是出自無可奈何的緣故，而每當午夜夢迴，總不免有人生幾何的傷痛。「來者猶可追」——正是在這種感悟下，摒當一切準備重拾舊日衣缽的。這一刻，我面臨嚴厲的挑戰，雖有心勞日絀之歎，卻也打算奮力一搏。不知吾友亦有重拾創作之筆的雅興乎？

——選自《臺灣春秋》，第 8 期，1989 年 5 月

葉石濤的臺灣文學評論和文學史

◎彭瑞金[*]

一、獨力吹響「鄉土文學」的法螺

　　1965 年 10 月，葉石濤在《文壇》第 64 期發表〈青春〉這篇小說，是他「禁足文壇」15 年後，正式重出江湖的起點。[1]復出文壇的葉石濤，令人耳目一新的是小說創作與文學評論雙管齊下，接連發表對吳濁流、鍾肇政、鍾理知、七等生、林海音等當代臺灣本土作家作品的評論。[2]從這些作家、作品論述的字裡行間，看得到他有些隱忍不住的題外表述，顯示長期的潛隱，他並未遠離文學，反而可說是使他有機會跳脫創作者的圈子，扮演冷靜的文學發展的旁觀者，觀察到臺灣文學經歷戰後階段的狂飆、挫折，正式由白色統治接管後，臺灣文學隱為潛流的階段，在幽暗昏微中透露的譜系和方向。可信賴的，葉石濤挑選評論這些作家，不是偶然、盲目亂抽，是有意藉之表達他的臺灣文學發展見解的。

　　雖然戰後初期的葉石濤文學，也曾經顯示創作與評論並進的現象，但評論絕少及於本土作家和作品，都是外國作家，外國文學，而且不論譯作或評介，絕多是以引進西方或日本文學的立場，目的在拓展臺灣文學的視野，當然，這之間亦不乏藉此建立自己文學觀、文學信仰的目的。

　　1950 年代之前的葉石濤評論、評介範圍，比較是漫無邊際的，有帝俄

[*]靜宜大學臺灣文學系教授兼系主任。
[1]葉石濤於 1950 年 12 月發表〈畫家洛特・萊蒙的信函〉一文後，迄 1965 年 10 月〈青春〉刊出，其間沒有小說創作發表。
[2]〈論吳濁流〈幕後支配者〉〉，《臺灣文藝》第 2 卷第 9 期，1965 年 10 月。〈吳濁流論〉、〈鍾肇政論〉，《臺灣文藝》第 3 卷第 12 期，1966 年 7 月。〈談林海音〉，《臺灣文藝》第 5 卷第 18 期，1968 年 1 月。〈論七等生的〈僵局〉〉，《臺灣文藝》第 8 卷第 31 期，1971 年 4 月。

三大文豪，有易卜生、有巴爾扎克、阿拿多爾‧法朗士、拉蒂葛、托瑪斯‧曼……，顯示他正以貪婪的文學求知欲，強力地吸納各種文學知識，除了建構自己文學觀的意圖，在那個各家爭鳴，戰後臺灣新文學重建的狂飆時代，這應該也可以算是一種廣義的文學發言方式，暗示了他對臺灣新文學的發展期許，那是多元的，以寬容的心態，去汲取各家各派文學的優質和特色。雖然距離一己明確的文學觀念的確立還有一段差距，但他那略顯駁雜、兼容並蓄式的文學思考，大致上已奠定他的評論文的主要風格。

有不少有關葉石濤文學思想的論述，顯然是受到李昂那篇紙上訪談內容的影響[3]，他說他最早寫的幾篇小說「儘管有濃厚的鄉土色彩，但卻是浪漫的、耽美的……」，因此把唯美主義、浪漫主義視為葉石濤早期的文學信仰。其次，當然是因為《文藝臺灣》的工作經驗和西川滿的關係，進一步坐實他給人的唯美派印象。西川滿當然無可置疑是崇尚浪漫主義的唯美派文人，葉石濤從他那裡接受「法國文學」的薰陶，固然可能都成為他的文學養分，但在這之前，他已閱讀過屠格涅夫、紀德、司旦達爾，所以，除了他自承的，小說〈林君寄來的信〉是模仿法國作家都德的《磨房書札》中的一篇，其餘，相信很難分辨是受到某人某作品影響，何況是文學理論了。

就評論而言，1950 年代的葉石濤作品只是進行了奠基工程，妄論他是什麼主義的信仰者，是言之過早，但海綿式的文學知識吸納可能影響到他的小說創作，也同樣左右了文學理論的建立，他的 1940 年代後期小說風格的難以歸類和評論意見的駁雜，其實是系出同門的。在他的文學知識裡，浪漫主義不是唯一，屠格涅夫和托爾斯泰，司旦達爾與巴爾扎克，同時出現在他的文學影響裡，浪漫、寫實、古典也不妨一家。他比較明確地、刻意去建立自己的文學觀點，應是 1965 年復出以後的事。

進入 1970 年代之後，葉石濤的寫作年表出現了一個不太平凡的現象，

[3]〈紛爭的年代——葉石濤訪問記〉，《書評書目》第 19～20 期，1974 年 11～12 月，頁 38～48、62～65。

那就是小說創作銷聲匿跡了，評論文一枝獨秀，暗示復出不久的創作與評論的雙生涯時期，告一段落，評論家的位置被凸顯了。1974 年接受李昂訪問，是他第一次接受正式訪問，有機會比較完整地交代他的文學發展過程。他在這篇受訪筆錄裡寫道，早期——也就是寫〈春怨〉以前——「這時期的我的小說談不上有任何風格；不過在摸索中，我終於確立了寫實主義的觀點，摒棄浪漫和耽美的傾向，之後我一直走的是這條路線。」同一段文字裡，他又說：「過去有一段時間我在努力於闡釋鄉土精神的時候，似乎沒人加以理睬；以年輕作家而言，我充其量只不過是過去的亡靈了。但是，現今這種趨勢似乎被扭轉過來，這是給我這樣一個老朽作家的最好禮物了。其實我的評論立場離不開 Hipolit Taine，在《英國文學史》裡所主張的見解；我以為闡釋一篇作品，必須由構成作品的三條件：種族、風土、時空入手；不可諱言，我也多少受了 Sainte Beuve, Anatole France 等法國印象批評派的影響。」「至於日本文學，我給的評價不高，我從不覺得川端康成和三島由紀夫有什麼了不起之處……」

　　葉石濤說，他最後走上「寫實主義」的路線，指的是創作方面，至於說「努力於闡釋鄉土精神」以及受到法國 19 世紀著名文學家聖・布甫及阿拿多爾・法朗士影響的，則是指批評的觀念。他曾經於 1949 年 8 月發表過一篇評介——〈阿拿多爾・法朗士的書本〉，稱讚法朗士是位「既博學又有古典風格的巨匠，他那優雅的詩感，溫和而又堅實的諷刺，酒神樣的淫蕩，像搔到癢處似的啓示了所謂法國的可懷戀的氛圍。」[4]此外，他對聖・布甫和法朗士的文學觀，並不曾著文詮釋，但誠如繪畫上的印象主義，它代表了對文學舊戒律的不滿，但爲了使自己的說法更具有說服力，所以力求客觀地描繪視覺現實中的瞬息片刻的變化。在文學評論上，印象主義的批評是一種高度反映作家個人氣質的批評方式。評論者往往對作品投入感情，溶入作品，投射自己的經驗，重塑作品，再將自己的思維傳達出來。

---

[4]見《中華日報》「海風」副刊，1949 年 8 月 11 日。

因此，早期的葉石濤非學院式的文學評論，曾經遭遇來自學院的譏諷，正如「印象主義」在早期是學院繪畫界用來譏笑印象派畫家的名稱一樣，印象主義的批評其實含有與學院批評相抗衡的用意。

雖然，葉石濤開始投入文學批評的 1940 年代後期，或者他整個熄火觀戰的 1950 到 1960 年代中期，臺灣文學界其實所謂學院派的文學批評並不存在，所以，他抗衡的對象應該是荒謬地由官方主導控制文藝政策的現象。他的印象式批評裡含有兩項非常重要的個人質素，也就是他從事評論之際極力投入情感和努力投射的個人經驗；一者是他的美學觀念，一者是闡釋鄉土精神。他在回憶初作時說，當年〈林君寄來的信〉所以深獲主持《文藝臺灣》的西川滿的青睞，是「由於西川滿是早稻田大學法國文學系畢業的唯美派詩人，很注重異國情調（exoticism），所以我的小說中某種鄉土色彩強烈的情節喚起了他的興趣吧！」[5]可見，說早期的葉石濤是唯美派或浪漫主義的信徒，還不如說他是泰納文學理念的忠實擁戴者。

真正比較具體表現葉石濤的文學想法的，不是他戰爭時期所發表的那兩三篇小說，而是戰後五、六年間的作品，特別是那十多篇小說，雖然不能再稱作「異國情調」，卻具有臺灣世界村的風情，充分掌握了臺灣歷史中，與世界各國人民交往的經驗，異文化交流的過程，尤其是民俗、宗教信仰和地理環境構成的特有民眾生活色彩。不過，葉石濤也十分清楚泰納的文學主張和人類博物學之間的重大分野，他曾經翻譯過泰納的一篇短論〈巴爾扎克的創作態度〉[6]，泰納批評巴爾扎克在《人間喜劇》序言裡所稱，將要寫出人類博物學的計畫。巴爾扎克雖出身中產階級家庭，卻有不平凡的人生閱歷，他出現在法國封建社會與資本主義社會交替的年代，在政治上，他是保皇黨，殘存著濃厚的封建意識，卻是保皇黨裡的自由派，反對資產階級的金錢統治，也反對人民革命，既維護私有財產制，又在作品中揭發資產階級的貪腐、醜惡。《人間喜劇》想用人物描繪的方式，寫出

---

[5]同註 3。
[6]譯文刊於《新生報》「橋」副刊，第 189 期，1948 年 11 月 30 日。

1830 年代的法國社會生活，包括各個不同層面、不同階級、不同職業的二、三千人的生活。泰納批評他說：「倘若諸君是一個具有高貴的趣味感的人，那麼絕對不要翻開博物學者的書籍才好。他拿著非常醜惡的形態卻沒有下一點的加工或是美化的工作，照實描寫叫人家看。……他喜歡自然物，這是他所唯一喜愛的東西。……一般的博物學者是缺乏理想的，尤其巴爾扎克更缺乏這個東西。……他沒有具有著像莎士比亞那樣的強烈而且敏捷的想像力。就是說，他不能把握到連續一切存在的微妙的脈絡，又缺乏操縱他底對象的能力。」[7]他譏笑巴爾扎克是鈍重而頑強的藝術家，埋沒在各色各樣的器具和醜惡的動物標本混雜的資料室裡，埋頭苦幹數著解剖體的組織，當他從地下研究室爬到日光下的時候，還帶著滿身臭氣，解剖學者的手，只會把貞潔的物體弄得骯髒，把醜惡的事物弄得污穢。

　　雖然《人間喜劇》並未獲得多少好評，但泰納毫不容情地修理法國 19 世紀寫實主義的代表性人物，一定曾經在葉石濤的文學觀建構過程中留下深刻的印象。1965 年復出文壇時的葉石濤，和巴爾扎克有著相當類似的人生經歷，雖然不是「保皇黨」，但府城世家出身和強烈的知識分子自覺，他的思想裡的確保有保守、傳統意識，但他同時也接受了 1930 年代以降的臺灣知識分子共同的新思潮的洗禮，也親身經歷了 1940 年代的戰爭以及具有人民革命性質的事變，以及坐政治牢的經驗，他給自己定位是社會主義傾向的新自由主義者，基本上是一種矛盾語法，顯示他思想上的衝突性。李昂要他解釋小說人物出現既幽默又令人心酸不已的現象，到底是什麼樣的人生態度？他表示自己已看破了風塵世界的諸樣相，學習站在高處看人們互鬥而不介入，因為看見了人世間所有齷齪、慘酷、自私和背叛，「我始終在極限狀態下過活」。這些恐怕還不足以幫助他在創作上或文學觀上，直接進入寫實主義。所謂「終於確立了寫實主義的觀點」是省略了漫長的蛻變過程的結論，它應該是經過二十年以上的探索得到的心得。

---

[7]同上註。

在創作上，葉石濤具有和巴爾扎克相同的野心，他也想用文字留下自己經歷過的時代裡各式各樣的人物，雖然因為 1970 年代以後，絕大部分的心力投入評論與臺灣文學史論的建構，未克著手，直到 1980 年代的後期才逐漸完成此一理想，不過他的寫實主義最大的不同在於他有臺灣歷史的負擔，以及文藝美學的理想，他具備泰納所謂「加工」的能力。葉氏在日後刻意寫成的回憶文字中[8]，強調自己在創作上「是天生的觀察者而不是行動者，在臺灣命運改變的時刻，自己只想以作家的身分，當一位夠格的見證人和觀察人。」這好像是針對巴爾扎克和法朗士所說的話，這兩位分別在創作上和評論方面，對他構成重大影響的法國文學家，都曾經是改造現實社會的行動者，巴爾扎克強調藝術必須為社會服務，他的文學直接進入政爭。法朗士曾經加入民主運動的陣營，參加工人活動，接受社會主義的思想，得到諾貝爾文學獎那一年，加入法國共產黨。葉石濤與他們兩人最大的分野，除了純粹的觀察者與兼具行動者的不同外，應該是身為殖民統治下殖民地人民的特殊思維了，葉石濤用來連結他的創作和評論，以及用來貫串他的文學的「鄉土精神」。

1965 年，他復出時，發表的〈臺灣的鄉土文學〉一文[9]，不僅總結了過去一段繽紛繁雜的文學思潮的蒐奇探勝，總的而言，他找到了他的文學生根的土地──臺灣的歷史和現實。〈臺灣的鄉土文學〉是葉石濤臺灣文學史論的起點，也是基礎。他藉由這篇文章，將自己的文學觀與臺灣新文學運動的傳統接續起來，也開啓了他日後論述臺灣文學與建構臺灣文學史，主要的依據。

二、以「鄉土文學」為臺灣文學鎮魂收驚

〈臺灣的鄉土文學〉這篇臺灣文學史上的重要文獻，開頭便強調了四件事；首先他表示：「我渴望著蒼天賜我這麼一個能力，能夠把本省籍作家

---

[8] 指《一個臺灣老朽作家的五○年代》。
[9] 刊於《文星》第 97 期，1965 年 11 月。

的生平、作品，有系統的加以整理，寫成一部鄉土文學史。」這是他打從會寫文章開始便立下的願望。其次，他對黃得時寫過一篇〈臺灣文學史序說〉刊於西川滿主編的《文藝臺灣》的行動，「脫帽致敬」，「因為他在日本人壓制之下，敢於放下這一塊沉重的礎石。」第三，泰納的《英國文學史》的寫作觀點，是臺灣鄉土文學史寫作，值得借鑑的述作觀點。第四，臺灣作家像背著沉重十字架的受難使徒，為建立自己的文學，從日治時代前仆後繼，走過布滿荊棘的道路，奮戰到現在，抵抗的歷程，是一部可歌可泣的敘事詩。

這段開場白說明了，他非常清楚，所謂「臺灣文學史」就是一部具有抵抗立場、在野觀點的臺灣人的文學史。其次，也明白表示臺灣作家在過往的歷史裡，已豎立了自己的文學旗幟，形成所謂文學史的傳統。第三，他接受泰納的文學史觀，要從種族、風土、語言、歷史等因素探討文學。

他把賴和當作臺灣鄉土文學的奠基者，並且認為在這之前的舊文學、漢詩人，對當代臺灣人的「思想、感情、生活，實在沒有什麼密切的關係」。他說賴和「以果戈里般的諷刺描寫了殖民地統治下本省農民的悲慘的生活情況，揭示了日本統治下本省人苦難的諸樣相。他替本省鄉土文學豎起了第一面旗幟，並且決定了此後本省籍作家應走的方向。」論楊逵時說，他「繼承了賴和文學尖銳的一面，他眼看日本人的跋扈，不得不以抵抗的精神武裝自己，筆桿就是他的刀劍……。」接著論張文環，說他的小說「幾乎網羅了各階層形形色色的人物，這些小人物固然思路不清，沒有明顯的反抗意識，可是本能地知道自己處境的不平，有一肚子無處發洩的憤怒。……他的作品有濃厚的民族意識。」談到龍瑛宗，他說：「我們將會發現，智識分子已經脆弱墮落；潛思多於行動，而且帶有世界末的頹廢。」龍瑛宗的小說，受到西歐近代文學的影響，「小說裡的角色已經不是土頭土腦的人物；是成為思考複雜的現代人，因此，他的筆尖是犀利的，理智是冷靜的，所以他們對於日本人的抵抗意識也隨著昇華，變成一股被抑壓，孤立無助的哀愁。」第五位論議的日治作家是呂赫若。呂赫若的作

品,「具有郁馥的鄉土色彩」,思路清晰,表現方法是寫實的,把「落後的封建意識放在解剖臺上,加以無情的剖析指出了病源所在,舉凡贅夫、養女、迷信、愚昧等封建的諸樣相,無一能逃脫他的緊追不捨的跟蹤。」第六位是吳濁流。吳濁流「毫不妥協,毫不氣餒,追求著真理,默默無聞地埋頭撰寫他的長篇小說《亞細亞的孤兒》。更難能可貴的是,他明知這部小說在日本人統治之下絕不可能有付梓的一天,他不屈服於生活的煎熬,不灰心於未來的黑暗,始終相信生為作家的使命,相信自己的作品對於臺灣人有所貢獻。」

除了主要論述上列六位作家的作品精神外,「戰前派」的部分,他還提到楊雲萍的詩集《山河》和雜文、小說,「他的小說頗有法國作家盧納爾的風格;飄逸、幽默,卻有十足的鄉土色調。」而黃得時的舊文學造詣深厚。王白淵早有日文詩作。王錦江有一篇鄉土文學簡史,客觀公正。張深切出色的《獄中記》,是紀錄文學的驍將,吳新榮的〈亡妻記〉,表露至純的人性。徐坤泉是臺灣的張恨水,鄉土色彩濃郁。郭水潭、黃啓瑞多寫風土民俗的雜文。他認為「戰前派」作家雖然受到殖民地政府欺壓,還有創作的自由空間,可以勉強寫作。「戰中派」作家則在「戰鼓笳聲」把創作自由剝削殆盡,荒謬的戰爭言論,皇民化運動,把臺灣作家的心靈牢牢綑綁了,而「確實挨過了一段沉默、頹喪、失望的灰色時光。」

「戰中派作家」作品量貧乏,鮮有佳構。點將錄裡有,寫皇民化的苦悶、矛盾和衝突的陳火泉的〈道〉及王昶雄的小說。逃避現實走向唯美、浪漫之路的有,龍瑛宗的〈村姑逝矣〉、〈白色的山脈〉,葉石濤的〈春怨〉、〈林君寄來的信〉。在「戰中派」與「戰後派」的夾縫裡,他還特別記取戰後初期的一些「無名英雄」,張多芳、林曙光、龔書森,他們幫助日文作家延續他們的文學生命,擔任翻譯。在這所謂「鄉土文學幾乎在孤立、真空的狀態下寫出來的」作品,他列舉了黃昆彬的〈雨傘〉、邱媽寅的〈叛

徒〉、謝哲智的〈煉煤的孩子們〉[10]及葉石濤的〈河畔的悲劇〉。他以爲這些作家都被摒於世界文藝潮流的大門之外，「但，作家的精神是敏感的，戰後文學的不安、動搖、矛盾、虛無的色彩都投影於這些作品之中……。」

　　點錄的「戰後派」作家中，以鍾理和居首，他的作品被認爲「已達到臺灣鄉土文學的高峰，他攝取，消化，熔鑄了所有鄉土文化的菁華，獨創自己的風格……」他看到鍾肇政的小說，以剛毅的精神，執拗地追求生命的本質，以「執念」爲主題。鄭煥的人物以道地的農民爲多，「鄉土」是他唯一的主題。林鍾隆靠微妙的心理造成綺麗的迷宮，耐人探求。廖清秀擅長人物心理的對照。鄭清文的小說會使人憶起杜思妥也夫斯基小說的片段情節。他們都是土產的，都有特殊的泥土氣息。

　　戰後回臺作家中，林海音追求的是普遍的人性，沒有鄉土氣息。洪炎秋論評時人時事極爲鋒利，「而從沒有離開本省人的觀點。」葉榮鐘的散文處處以臺灣人風俗、人情與日本社會比較。還有李榮春的《祖國與同胞》。

　　被點錄爲「戰後派」新派作家的有季季、林懷民、文心、張壽勳、魏晼枝、黃娟、鍾鐵民。多數的戰後派後期作家，被認爲「已經沒有鄉土的觀念，……廣大的世界，歐美文學的迷惑緊抓著他們不放。不管他們有意或無意，他們超越了鄉土，他們迷失於佛洛伊特和榮格的潛意識的潮流之中。」以季季爲例，小說雖未失去故事的一貫性和統一的色調，「但不可避免地小說的形式逐漸在崩潰、解體之中。」至於新詩運動，只約略地提到以《笠》詩社爲中心的詩運動，應該在鄉土文學史上占有輝煌的一頁。

　　〈臺灣的鄉土文學〉是環繞著「鄉土」兩字，演繹出來的臺灣文學史論。這篇短短的論文與著作本身宏大的野心極不相稱，作者試圖透過「鄉土」這一共同的主題，把自賴和以降，包括戰後到 1960 年代中期的臺灣作家的一切文學活動，作一系統化的梳理、連結、評論，以凸顯以臺灣人爲中心的文學史脈，難免流於印象式的評述，有趣的是，葉石濤似乎頗有自

---

[10]疑作〈揀煤的孩子們〉，唯三信版《葉石濤作家論集》及遠景版《臺灣鄉土作家論集》都作「煉」。

覺地表示，他的評論正是如聖‧布甫和法朗士的印象批評。文中論及的作家和作品評價，都是經過他吸納、咀嚼、消化之後，再投入自己情感，吐露出來的印象，主觀的「鄉土」觀念，更是他衡量這些作品的重要天平。除了努力理出這些作品的精神譜系之外，文中一再強調的「本省籍作家」正是他有意建構臺灣文學的精神傳統，豎立其內在特質的用心所在。從論文的內容看，是否冠上「鄉土」二字的臺灣文學，其實並無實質的差異，但不要忽略了，這是一篇在 1950 年代白色恐怖餘悸猶存的時代發表的作品，大概還找不出一個比「鄉土」有力的詞彙，用來區隔在島上同時存在的兩種同是用中文書寫的文學。論文中，一再對賴和等戰前派作家表示由衷的敬意，是因爲他們豎立了抵抗的精神，對「戰中派」、「戰後派」作家，難掩失望的落寞，也因爲抵抗精神的衰微。更值得注意的是，這篇論文的出現正是臺灣文學經歷過白色恐怖浩劫和反共文學蹂躪之後，不僅臺灣新文學的傳統斷絕，幾乎沒有人知道「日治時代」和「戰後初期」的新文學運動史的荒蕪年代，這篇論文最主要的任務是重新點燃了臺灣文學的歷史感，重建臺灣文學的歷史記憶，重新疏濬了臺灣新文學的史源。它是戰後臺灣文學研究的起點。

〈臺灣的鄉土文學〉不是一篇孤立的論文，同時期的臺灣作家論補足了他印象式批評的縫隙，而他也似乎頗有自覺於論文的「戰後派」後期作家論述的空疏，特別於其後的三年間發表了兩篇臺灣文學年度觀察報告——〈兩年來的省籍作家及其小說〉[11]及〈一年來的省籍作家及其作品——兼論省籍作家的特質〉[12]，其實是該論文不可分割的一部分。這兩篇恰好趕在年度結束發表的文學觀察，看起來好像是以當年度的文學活動、作家動態，尤其是新作發表、新書出版爲重點，但特意標示的「省籍」觀點，還是在強調「鄉土」的文學觀察角度，〈兩年〉一文劈頭便來一段脫帽感謝「許多前仆後繼爲本省文學嘔心瀝血奮鬥而凋謝的前輩作家。」此外，他

---

[11]刊於《臺灣日報》，1967 年 10 月 25～26 日。

[12]刊於《臺灣日報》，1968 年 12 月 27 日～1969 年 1 月 2 日，。

也提到「1965 年 10 月」是個不折不扣的收穫的季節,戰後 20 年的辛酸耕耘已結成金黃燦爛的果實。果實指的是鍾肇政主編,而分別由文壇社和幼獅書店出版的《本省籍作家作品選集》十冊和《臺灣省青年文學叢書》,也是十冊。「前者共收錄 168 位的本省作家」,以及吳濁流創辦的《臺灣文藝》已進入第二年。在〈臺灣的鄉土文學〉一文發表前,他顯然沒有這方面的資料,才會造成「戰後派」部分的空疏。

〈兩年〉一文補充了有關吳濁流文學和《臺灣文藝》在臺灣文學發展過程的重要意義,但論述的重心顯然是放在「填補」鄉土文學論的戰後派部分。戰後派的新作家中,固然不乏像鍾肇政那種以「濃厚的鄉土色彩都有獨樹一幟的風格」;像張彥勳「把作家的觸角貪婪的伸到社會各階層」;也補充論述了鄭清文、江上、李喬、陳天嵐、郭錦隆、黃海、黃春明、鍾鐵民,除了分列他們的作品特質之外,主要在探索他們文學之根,檢驗他們的根土性。也因此在論及李喬、七等生、林懷民等人受到現代主義風潮影響的作品時語多保留,他說李喬:「如果作品裡沒有豐富的鄉土色彩,就根本無法知道他就是省籍作家。」弦外之音,不會沒有獨特文學觀點的暗示。結語特別呼籲臺灣作家,戰後世界各國的文學都從被戰火瓦解、崩潰的邊緣,迅速的復興重建了「富於民族風格和指向人性的文學」,「雖然兩年來的本省文學逐漸有打破區域性而昇華為一般性的傾向,但這並不意味著本省的文學已失去鄉土色彩。……鄉土色彩在本省人的作品中猶如生活中的鹽,沒有這鹽就風味全失了。鄉土色彩的淡薄和作品的現代化是息息相關的;……有些省籍作家不幸扔棄了傳統和鄉土觀念,結果顯而易見,某些作品便成為空中樓閣,淪為荒誕的幻想。……然則,忽視了鄉土意識亦即喪失了民族風格,而沒有民族風格的文學就沒有存在的理由了。」

這段敘述中,可以看到葉石濤的臺灣文學論述,高高地舉起「鄉土」的旗幟,不僅做為臺灣文學的評價的依據,更斷言沒有接續到這一傳統、喪失鄉土意識的作家和作品,將流於徒然。雖然,他並沒有特別為「鄉土」二字立下明確的定義,但從〈兩年〉一文中的補論述,則一再強調了

所謂前輩作家的自然環境和人文環境意識，他讚許前輩作家和一些「戰後派」作家的作品，掌握了「社會轉變的觀點」、「把握本省人生活的諸相」、「凝視現實」、「濃厚的寫實味道」，在在顯示他主張所謂的鄉土文學，指的是反映現實的文學，是建立在人道主義，悲憫、同情弱勢的寫實主義文學，但因為這樣的文學是出產自臺灣，所以「臺灣的鄉土文學」必然是反映臺灣現實和歷史，具有臺灣自然、人文環境覺察意識的文學。因此，從積極面看，這塊臺灣人民賴以生存、臺灣作家所賴以創作，大地的乳蜜所以流淌的「鄉土」，一直在「殘暴統治下呻吟」、過著「血淚交迸的憂患年月」。「奮勇抵抗」是臺灣人的歷史，抵抗精神則為作家的天職，因此「因抵抗而存在」，所謂捍衛鄉土，也是「鄉土意識」裡不可或缺的精神。葉石濤說：「忽視了鄉土意識亦即喪失了民族風格」，雖然是缺少嚴謹的辯證手續的突兀「結論」，卻是忍藏不住透露了他內心的祕密——鄉土意識也就是他內心的民族風格。

在〈一年來的省籍作家及其作品——兼論省籍作家的特質〉一文，對這個部分做了更詳細明確的敘述：「由於發掘民族性，省籍作家的作品是入世的，介入現實環境的，向來有堅定的寫實風格。他們較少逃避和隱逸，真實地表現自己所處的現實境遇；他們所寫的是自己的生活，踏實而質樸。」「我們的文學必須富於民族靈魂和鄉土色彩。」在歸納省籍作家顯示的三種趨勢時說：「其一為紀錄性（documentary）的文學。……省籍作家極注重現實生活情境、社會狀態和個人感受。從現在追溯到歷史……。」「一個作家如果失去創作自由，不敢忠實地批評時代政治，社會和既成道德秩序，成為驚弓之鳥，那麼作家的創作意義必也蕩然無存了。」「其二是地域性（regionalism）的文學。」「指的是作家取材於自己所居住的地域的意思。」「省籍作家所取材的不外是本省地方的現實情況。」「他們的小說具有芬芳的泥土氣息，表現著本省特殊的風俗、習慣。」「其三是比較富於知性，而以觀念（idea）來塑造現實的一群作家。在他們的作品中出現的鄉土已是透過觀念的處理而重塑的鄉土。」「他們致力於表現我們這一代人面

對的困惑，人類的孤獨或現代人的迷失感。……他們皆具有殊途同歸，異曲同工的反抗精神……。」

　　經過兩度的補充論述之後，〈臺灣的鄉土文學〉的鄉土文學理論骨架已然十分紮實，它是指具有臺灣地域特質，反映臺灣現實，站在人民（特別是農民）立場的人道主義文學。因為臺灣特殊的歷史境遇，「本省文學一直是本省人抵抗運動的一翼」，由於這個統系的文學，若非具有臺灣人特有的歷史體驗和情感無法感應的文學特質，所以它雖然是世界文學的一環，卻是臺灣特有種，臺灣的鄉土決定了這種文學的主要意義，它與其他民族的文學有別，它只出現在臺灣這塊地域，它叫作「本省文學」即暗示離開這塊「鄉土」，它便不存在，或者說，存在也沒有意義。

　　過去有關葉石濤文學評論的論述中，有人提到「鄉土」二字是否畫蛇添足，或者是出自政治避難的偽飾作用，似乎都忽略了葉石濤在鄉土精神嚴重流失的年代，高揭鄉土意識大旗的嚴肅用心。其實，要規避政治風險的話，本省、外省的分離論，強烈的鄉土意識，都足以干犯禁忌。反而是這些論述中，偶爾提到了「真正屬於中國文學一環的鄉土文學」[13]、「臺灣新文學運動始終是中國文學不可分離的一環」[14]、「這光復 20 年來的本省作家……終於能成為祖國文壇堅強的一翼……。」[15]在行文中突兀的插敘，更像是刻意綴加的偽飾。像是掩人耳目，又像以此前不沾村後不著店的刺眼語句，製造論述的模糊。譬如，他始終沒有去處理「民族」與「鄉土」之間的落差，他的省籍作家特質論，特別強調了鄉土文學植根臺灣現實的特質，那又如何去彰顯沒有臺灣現實經驗的「民族性」？而且，這些一再強調了以本省為範疇的論述裡，人是指臺灣人，地是指臺灣的土地，風俗、習慣也是「本省特殊的」表現。「有其特殊的、亞熱帶颱風圈裡的風土、人物和風俗習慣，以及抗拒異族統治的三百多年歷史，因此反映在本省文學

---

[13]見〈臺灣的鄉土文學〉之四，收入遠景《臺灣鄉土作家論集》。
[14]見〈日據時代新文學的回顧〉，收入《臺灣鄉土作家論集》。
[15]見〈兩年來的省籍作家及其小說〉之一，收入《臺灣鄉土作家論集》。

的獨特的風格和情調有異於祖國傳統文學，顯然將成爲文學珍異的領域，
有獨樹一幟的貢獻……。」[16]

　　這些看似矛盾的語句，同時出現在一篇論述裡，顯然有些是用來瞞人
耳目的裝飾語言，何者爲真？何者又是僞飾？並不難分辨。但環繞〈臺灣
的鄉土文學〉一文的論述，卻清楚表達一件事，那就是這些論述的範圍和
對象，是明確而一致的，它們以「臺灣鄉土」爲中心，自成一脈，獨立一
族。在一個不允許把臺灣文學直接稱呼臺灣文學的年代，使用「臺灣鄉土
文學」，不僅避免了文學與政治威權統治面對面對決，反而以「鄉土」這個
旗幟號召了，也集合了「臺灣文學」。

　　進入 1970 年代的葉石濤，幾乎成了完全評論家，暫停小說創作。評論
方面雖不再發驚人之論，不過從臺灣文學史考察，他的鄉土文學論正在創
作界與理論界同時發燒。從臺灣本土出發的創作，不論是小說、詩、報導
散文，蜂擁而出，李喬、王禎和、黃春明、鍾鐵民、楊青矗等植根土地、
立足人民、擁抱現實的創作風氣，逐漸蔚爲潮流，而賴和、楊逵、鍾理
和、吳濁流，甚至龍瑛宗、呂赫若等都逐漸成爲學界挖掘討論的對象，都
是〈臺灣的鄉土文學〉一文出現之後五到十年間的事。葉氏的小說集《葫
蘆巷春夢》和評論集《葉石濤評論集》也在 1968 年陸續出版。也許這裡無
法確切肯定這些都是來自葉石濤文學理論的影響，卻可以肯定他有預言一
個時代文學的睿智。

　　在強大的「鄉土文學」作家群、作品群擁戴下，戰後的「臺灣鄉土文
學」，在 1970 年代的初期已經重新建立起來，但相對的，因此而引起的
「臺灣文學」定義的爭論，定位的紛爭，也不斷湧現，除了 1940 年代後期
討論過的地域性特殊性比較沒有爭議之外，還要面對與「中國文學」之間
的從屬糾葛——這也是〈臺灣的鄉土文學〉一文，未能也不能解決的老問
題——以及官方掌握的文藝政策下的鄉土文學定義的分歧，譬言親官方的

---

[16]同註 15。

說法，認為臺灣鄉土文學是中國文學的邊疆文學。還有，鄉土文學範疇的界定——是否有不能劃入鄉土文學的臺灣文學？當這些實質的文學問題出現之後，後來演變成有人想利用文學紛爭解決政治問題，想藉用撲殺鄉土文學，消滅臺灣人的根土意識，因而掀起所謂「臺灣鄉土文學論戰」。這場布滿政治鬥爭意味、無關文學問題討論的「文學論戰」，雖然戰得硝煙四散，驚悚連連，並沒有解決任何一樣實質的文學問題。事前、事後似乎都忘了點燃這場戰火的，其實是葉石濤〈臺灣鄉土文學史導論〉[17]這篇論文。

三、以「臺灣意識」為臺灣文學開光點眼

〈臺灣鄉土文學史導論〉是葉石濤第二次重要的臺灣文學發言。這篇相隔 12 年之後，再次發表的臺灣文學論，取名「導論」，可能是下了動手寫鄉土文學史的決心了，所以除了再一次從臺灣的自然環境對文學可能的影響，以及受到歷史情感的制約，強調臺灣文學的特殊性，強調島嶼所在的大自然及種族特性，是研究臺灣文學的重要因素，此外，一共提示了四點，有別於〈臺灣的鄉土文學〉一文的新論述，給予臺灣文學，所謂「濃厚、強烈的鄉土風格」具體的描述，並給予臺灣文學新的定義和範圍。首先，臺灣鄉土文學必須具備臺灣意識。他說，前提條件，「那便是臺灣的鄉土文學應該是以『臺灣為中心』寫出來的作品；換言之，它應該是站在臺灣的立場上來透視整個世界的作品，……它們應具有根深蒂固的『臺灣意識』，否則臺灣鄉土文學豈不成為某種『流亡文學』？」何謂「臺灣意識」？「『臺灣意識』必須是跟廣大臺灣人民的生活息息相關的事物反映出來的意識才行。」亦即謂，臺灣鄉土文學是反映臺灣人共同經驗的文學，而臺灣人民被壓迫、被摧殘的歷史裡，被殖民、受壓迫，就是臺灣人最主要的共同經驗。此一經驗，只有居留在臺灣這塊地域上奮鬥的人才能感受到，臺灣鄉土文學不受膚色語言的束縛，卻必須經得起臺灣意識的檢驗。

---

[17]刊於《夏潮》第 14 期，1977 年 5 月 1 日，後收入《臺灣鄉土作家論集》。

其次，反映臺灣經驗的文學，一定是「反帝、反封建」的文學。臺灣人特殊的歷史遭遇，經過數百年的異族統治，以及篳路藍縷以啓山林的時代，跟大自然搏鬥的共通紀錄，正是臺灣經驗文學的取材對象，作家沒有理由不站在廣大人民的立場，寫出廣大人民的意願，因此，它是具有抵抗強權、抵抗侵略、反抗壓迫性格的抵抗文學。

第三，臺灣鄉土文學是批判性的寫實文學。臺灣作家以「反映各階層民眾的喜怒哀樂爲職志」「必須要有堅強的『臺灣意識』才能了解社會現實，才能成爲民眾真摯的代言人」「我們應該學習 19 世紀的偉大作家巴爾扎克、史當達爾、迭更司、托爾斯泰、普希金和果戈里的典範，以冷靜透澈的寫實，同被殖民的、被封建枷鎖束縛的人民打成一片，去描寫民族的苦難才行。須知寫實主義之所以發揮它的真價，就在於反對體制的叛逆所產生的緊張關係存在的情況下，始有可能。」「因此，我們的寫實文學應該是有『批判性的寫實』才行。」

第四，臺灣文學的歷史，應上推到荷蘭時代，把「近三百年間的宦游人士的吟詠詩文及遊記」包括在內，不再以 1920 年的新文學運動爲起點。

這篇文章刊出後，陳映真以〈「鄉土文學」的盲點〉[18]回應，故意忽略葉文中「鄉土」所具有臺灣文學總綱領的意義，而挑剔題目可能造成尚有「城市文學」、「民俗文學」的誤解，並且將「臺灣鄉土文學」扭曲爲「在臺灣的中國文學」，完全忽略葉氏論文中一再強調的，只有居住在臺灣這塊土地上，具有臺灣生活經驗，擁有臺灣歷史記憶，具備「臺灣意識」的作家，才能創作「臺灣的鄉土文學」此一前提要件。沒有臺灣經驗，沒有臺灣意識的「中國人」寫不出臺灣鄉土文學，和沒有中國生活經驗，不具中國意識的作家寫不出中國文學，是同樣的道理，根本是沒得爭論的問題，但有些教條主義者是不講邏輯、一味蠻幹的。陳映真利用當時的「戒嚴統治」環境，知道國家認同還不是可以公開辯論的時機，惡毒地指控葉石濤

---

[18]刊於《臺灣文藝》革新第 2 期，1977 年 6 月。

的文學的土地認同標記──臺灣意識，是政治上的分離主義，不知道是當時的「英明的」蔣經國政府早早察覺葉石濤不認同的只是信奉共產主義的中共政府，並沒有不認同臺灣政府，還是隨後掀起的鄉土文學論戰忙壞了情治單位，葉氏才倖免「臺獨」之難？陳映真說，除非葉石濤「強調臺灣抵抗時期之中國的特點，文中所提出的『臺灣立場』的問題，就顯得很曖昧而不易理解。」荒謬得竟然公然脅迫別人說謊，葉氏的文章已經非常清楚地交代臺灣文學的誕生，完全根據臺灣的土地（自然環境）、人民（生活現實）和歷史（傳統），環境是獨立的，經驗也是獨立的，找不到中國的影子，誠實的作家怎能向壁虛構？臺灣人的反帝、反封建抵抗經驗，完全是生存經驗，殖民統治的壓迫、凌辱、殘害，是臺灣人反抗的標的，只有荒唐的教條主義才會造出臺灣人是為了「祖國意識」抵抗的神話。

　　〈導論〉一文，即使不是有意點燃這場戰火，也有強烈地撥開臺灣文學定義的烏雲暗霧的決心，1970 年代蓬勃的「鄉土文學」作品，逐漸蔚為文學實際的主流，但作家為何而寫？為誰而寫？文學未來的走向？作家的立場？作品的定位？事實上是處於極端曖昧的狀態，至少沒有人公開站出來批判反共文藝的不是，長期用來文化殖民的「中國文學」和蜂擁而起的鄉土文學作品，明顯的楚河漢界，也沒有人出面釐清。〈導論〉顯然是基於歷史使命召喚的登高一呼，它以「臺灣意識」賦予臺灣文學清楚準確的定義。雖然日後因此暴發了長達十數年的統、獨爭論，但以臺灣意識檢驗、建構臺灣文學，則沒有爭議。葉石濤自己的臺灣文學理論架構，也從此明朗許多。

四、為臺灣文學寫歷史

　　從〈臺灣的鄉土文學〉到〈臺灣鄉土文學史導論〉，中間相隔 12 年，葉石濤發表了數十篇的作家論、作品論，有臺灣文學，也有世界文學，大體上都執持他早已確立的「鄉土」觀點，旨在填充他的文學史的內涵、拓展他的文學史視野，為文學史寫作作準備，其間可以說並沒有比較特別的

文學發言。從〈臺灣鄉土文學史導論〉到《臺灣文學史綱》[19]的完成，又是將近十年，正好是他的「專業評論」階段，所作評論文有兩百多篇。豐沛的創作量，顯示在加速文學史的籌備，但這個階段，也正是鄉土文學論戰之後，「鄉土文學」倍受各方矚目，有人虎視眈眈地監視它是否越走越窄，怕它成爲臺灣獨立文學，有人急著預言它將成爲「中國文學」的邊陲文學，有人則費盡心機，想利用戒嚴時期、民族認同的討論尙屬重大禁忌時，以民族文學統戰鄉土文學。而兩百多篇的評論文章，適時扮演了臺灣文學發言人的角色。

在這兩百多篇論述文字裡，可以看到葉石濤獨力挑起臺灣文學發言任務的壓力，既要代表臺灣文學講該講的話，又無法悍然拒絕統派的統戰，而那些因戒嚴恐怖而變形的言論，那些虛與委蛇的論法，不僅沖走了他對臺灣文學的貢獻，也成爲日後各派人馬咬著他不放的「小辮子」。當鄉土文學被攻擊具有地域性的褊狹、缺乏世界觀宇宙觀、封閉而排他時，葉石濤挺身而出，以熟知非洲文學論、歐美文學、日本文學，淵博的世界文學觀獨力回應這些誣解，顯然不被人注意，抓著他文中「臺灣文學始終是中國人的文學」、「幾達六十年歷史的臺灣文學一直屬於中國文學的一部分」、「所有臺灣作家都因臺灣文學是構成中國文學的一個重要環節而覺得驕傲與自負」、「在臺灣的中國文學一定是三民主義的文學」[20]窮追猛打。這些未經論述而零落呈現的詞語，出現在尉天驄主編的《中國論壇》上，〈論臺灣文學應走的方向〉其實是一篇沒有論述條理的散文，雖然從內容上無法判斷，到底是和統派人士的應酬文字，還是故意以這種筆調製造「荒謬」印象，但據以論斷葉石濤的文學轉向，未免荒唐，除非完全不了解葉氏之前長途的文學觀建構歷程。

當然，這些不嚴謹的言論發表出來，也讓他日後嘗到了言論被人打結

---

[19]《臺灣文學史綱》，高雄：文學界雜誌社，1987年2月。
[20]以上引文並見於〈論臺灣文學應走的方向〉，刊於1981年5月10日出版之《中國論壇》第12卷第3期。後收入《文學回憶錄》，臺北：遠景出版公司，1983年4月。

的苦果。1980 年代統獨意識大論戰時，統派人士又拉他又打他，猛用他的左手打他的右手，抓住他這個時期的隻言片語攻擊他的 1980 年代言論。其實，這些零碎言論的背後，固然含有戒嚴時代虛應故事編造的謊言，但戰後數十年的潛移默化，「中國文學」與「臺灣文學」在定義上，的確也存在著某些不易清理的朦朧的糾葛，或許這些言論裡也有葉氏當時的真想法。只是這些想法未經嚴密的論述條理呈現出來，有些明顯的矛盾現象沒有梳理，譬如，日治時代臺灣島上沒有中國人，如何能發展中國文學？既然臺灣文學是鄉土、地域色彩、獨創性強烈的文學，如何能與不同鄉土、地域出產的文學合流？除非他自己先站出來全盤否定 1960 年代有關臺灣文學定義定位以及臺灣作家特質的論述。可以肯定的是作家一時的失言，不能據以論定他的全面思想，而他的真正臺灣文學觀，在他的臺灣文學史裡可以找到答案。

　　單純就臺灣文學的發言，自 1965 年以後，迄動手寫《臺灣文學史綱》止，不下寫了 200 篇文章，可見他在朝向臺灣文學史的建構過程裡，經歷過多元思考、多重考量的審慎態度。但即使在文學史綱的終篇〈第七章——八〇年代的臺灣文學〉，仍然認為臺灣文學的定義，「很容易受臺灣未來命運的影響，只好讓時間之流去做根本性的澄清，留待歷史之手去處理。」他給自己的文學史著作定位在臺灣文學創作背景和特質的澄清。他說：「八〇年代的初期，臺灣作家終於成功地為臺灣文學正名，公開提倡臺灣地區的文學為『臺灣文學』。……政治體制、經濟、社會結構不同，同時臺灣的自然景觀和民性風俗也跟大陸不完全相同，所以臺灣文學自有其濃厚的地方色彩和特具的創作使命。」顯然他以比較保留的心態，修正了 1960 年代、臺灣文學飽受壓力下的發言。也許他體認到了文學史應有的客觀性。

　　首先《臺灣文學史綱》修正了以新文學為範疇的舊觀點，將上限推到 17 世紀中葉漂流到臺灣來的沈光文，肯定舊文學家播種的貢獻。顯示《史綱》不再受社會運動觀點的局限，不完全是社會運動的副產品，文學不再

依附抵抗精神而生，不能直接解釋是抵抗運動的一環。其次，它撤除了「地域性」的障礙，不分本省、外省，容許不具臺灣自然景觀和民性風俗的作品，進入臺灣文學的領域，〈導論〉一文特別凸顯的「臺灣意識」論的柵門，也收了起來。不少不具臺灣地方背景，靈魂自臺灣缺席的作品，也因為文學的理由，納編在臺灣文學的論述裡面。第三，《史綱》紀錄性的意義凌駕為歷史作評價，有些作家和作品，顯然是《史綱》放下「批判性寫實的觀點」才能從容走進臺灣文學史裡。

　　《史綱》分七章，除了傳統文學、日治新文學運動各占一章，其餘1940、1950、1960、1970、1980 年代各占一章，每個年代約占 16,000 字左右，為了力求文學史的客觀周到，有些成為史料的編列，亦是無可如何的事。《史綱》是臺灣文學史上率先出現的、由臺灣作家寫的完整文學史，可能為了客觀、翔實地照顧到各種面向的文學活動，作者也放下了評論家的批判性格，失去展示個人明確史觀的機會，但從另一方面看，這種沒有成見的羅列方式，也有更接近史的本相的好處。

　　《史綱》最可貴的地方，在於它以純民間觀點寫成作品，獨立的觀點，不必受外力的節制支配，以絕對自主、自由的方式呈現自己的文學觀察，所以，還能夠忠實地完成〈臺灣的鄉土文學〉一文立下的誓言——完成一部鄉土文學史。雖然由於時過境遷，他對文學的看法有了不同的見解，但《史綱》應該還是善盡了，所謂闡明臺灣文學在歷史的流動中，它如何發展了強烈的自主意願，鑄造了它獨特的臺灣性格，因此，《史綱》做為一部臺灣人的文學歷史，是合格的。

五、《史綱》是評論的延長不是結語

　　也許要求一部文學史，同時呈現作者的獨特文學史觀甚至個人的文學思想，又要呈現時代真實的文學史面貌和文學思潮，是強人所難，從葉石濤的文學觀到他的文學史，是串接他一生的文學行程中，最重要的一段。以一位缺乏學術力量奧援，也沒有經費支援的民間作家，完成這樣一部文

學史，其實就是臺灣文學史上最珍稀的一頁。或許它有許多地方通不過學術規矩的檢驗，在人力、物力都欠缺的情況下，這部由作家一手完成的文學史，可以說是「創作」的方法創造的奇蹟。這裡無意強調這樣完成的文學史著作，可以便宜地不接受檢驗，或者適用較寬鬆的檢驗標準，只是強調創作性文學史有其一貫主觀的呈現方式。作者在立誓寫這樣一部著作之時，是以背負整個臺灣文學史十字架的心情看待這項工作，懷有強烈的主觀的價值觀看待臺灣文學的歷史發展，最後成為「力求客觀」的結果，應該是他對「文學史」求好心切的表示，無關他的文學價值觀的轉變。

《臺灣文學史綱》出版後，他仍然表示：「撰寫一部完美的臺灣文學史」、「以嶄新的史觀和深奧的文學涵養為背景，寫出……以闡明三百多年來臺灣民眾的思想、文化的深化狀況和多采多姿的作品與文學活動，使臺灣民眾共同體認，臺灣這一塊豐饒的土地和人民，是屬於共同命運體的這一個清晰的事實。」[21]可見他一貫堅持的臺灣文學評論觀點仍在，他仍然是以紮根臺灣土地和反映人民生活的文學為臺灣作家追求的目標，仍然保有「鄉土文學」的論點，寫實主義的批判精神，仍然是他的文學靈魂所在。

葉石濤的文學評論和文學史，顯示他自 1965 年復出文壇以後，一直扮演著盡職而勤奮的臺灣文學觀察者角色，廣博的世界文學視野、知識、身為臺灣作家的使命感和實際的文學創作歷練，構成他的文學評論獨一無二的特色，使得他的文學評論沒有學院式的流派的固執，卻牢牢地站穩身為臺灣作家的立場發言，創作經驗則幫助他的評論不乖離文學的主體。至於《臺灣文學史綱》可以視為他的臺灣文學評論的延長而不是終點。

——選自《中外文學》，第 27 卷第 6 期，1998 年 11 月

---

[21]見〈開創臺灣文學史的新格局〉，《臺灣文學的悲情》，高雄：派色文化出版社，1990 年 1 月。

牡丹與雛菊的傳奇
葉石濤小說的女性／書寫

◎林鎮山[*]

一、理想的文學·文學的理想

　　新世紀開春（2001 年 2 月），臺灣的元老文學家葉石濤受邀和「生長
在俄羅斯的法國作家馬金尼」，於臺北，以「政治國度與文學心靈」為主
題，做跨國對談。會中，葉老[1]欣然指陳：馬金尼的《法蘭西遺囑》「有許
多俄法兩國偉大作家的影子，幻想、浪漫、和寫實交錯混合，是很難得、
很好看的小說」。然而，話鋒一轉，他又語驚四座，耿直剴切地縷述他理想
的傳世之作：「《法蘭西遺囑》還說不上偉大」，他語重心長地期許──馬金
尼應該寫出「像托爾斯泰、巴爾扎克、福樓拜、莫泊桑、普西金這一類作
家的作品，對理想主義有貢獻，用哲學的眼光來看全人類的去向，以『人
道關懷』為作家的良心，為土地和人民寫作。」[2]揆諸葉老數十年來一己的
文學創作生涯，證之於對馬金尼如許「責之切」之肯定與喊話，何嘗不是
一聲「春秋之筆」式的「己立立人」的千秋呼喚。

　　的確，葉老的創作亦揉合了「唯美、幻想、浪漫、和寫實交錯混合」

---

[*]加拿大雅博達大學（Unversity of Alberta）東亞研究系教授。
[1]臺灣文學界都暱稱葉石濤先生為：「葉老」，拙文，從俗。據文評家彭瑞金記述，此舉始自 1970 年
代，「那時他尚未滿五十歲」，應該是在那個年代，葉石濤「就給人臺灣文學泰山北斗的印象」
吧！見，彭瑞金，《葉石濤評傳》，高雄：春暉出版社，1999 年 1 月，頁 249。
[2]簡竹君記錄整理，〈政治國度與文學心靈：葉石濤與馬金尼的跨國對談〉，（聯合新聞網），2001 年
2 月 24 日。此外，2001 年 10 月 7 日，葉老在臺南市文化資料中心以「土地、人民、流亡」為主
題與高行健對談的時候，也對高行健及其作品有類似的期許──這彷彿說明了這樣的文學觀已經
成為葉老的信念。

的特質，也是「很難得、很好看的小說」，即使近期的作品——從《黃水仙花》（新地，1987 年）、《姻緣》（新地，1987 年）、《紅鞋子》（自立晚報社，1989 年）、《西拉雅族的末裔》（前衛，1990 年）、《鹹首》（派色文化，1991 年）、《異族的婚禮》（皇冠，1994 年），到《臺灣男子簡阿淘》（草根，1996 年）——依然風骨狷介，一路走來，始終如一，甚且藏鋒於鈍，養辯於訥。然而焚膏繼晷[3]意欲彰顯的「人道關懷」、鄉土人情，甚或桃源「願景」，如今，都已經印鑄在福爾摩莎的文學系譜——史績昭然。而當代的文評重鎮亦以持平的探針，偵測見證，歷歷在案。有鑑於此，研究葉老小說，另闢蹊徑，其實，也難。

二、葉石濤文學與西方小說／敘事理論

於「葉石濤文學」論述的發言與書寫——用功最勤，而析辯論證也最銳利的文評家彭瑞金，曾經為文指出，葉老的古今中外文學閱讀，「恐怕不僅他的同輩作家鮮少這樣豐富而有系統」，就是「放眼整個文壇也不多見」；葉老的閱讀書目非但包括法國和舊俄的作品，甚且，還旁及英、美、德國、挪威、義大利等等國家的名著。[4]因此，葉老的小說創作，一如他自承：自然受過紀德與屠格涅夫等西洋小說的薰染和催化。[5]職是之故，引用源自美、英、法、俄、德小說中，歸納出來的敘事學（narratology），來解析葉老的小說，應該可以深化我們對敘述「共相」原則（ "narratological" universals）的辯證與理解，更可以思索葉老小說的主題取向與敘述策略，究竟有何重要的特質。

---

[3]文學英雄苦裡來：白天另有「餬口」的工作，而寫作則是：孤燈伴長夜的「志業」，臺灣作家中，葉老因走過的橋都比誰走過的路還長，自然應該名列榜首。見，葉石濤，〈天譴〉，《女朋友》，臺中：晨星出版社，1986 年；葉石濤，〈沉痛的告白〉，《一個臺灣老朽作家的五〇年代》，臺北：前衛出版社，1991 年；以及葉石濤，〈回看青春〉，《青春》，臺北：桂冠圖書公司，2001 年 2 月，頁 3～4。此外，還有一長串的文學夜遊者，正如葉老。這一個文學臺灣的「共相」，見，彭瑞金，《葉石濤評傳》，高雄：春暉出版社，1999 年 1 月，頁 254。
[4]請參考，彭瑞金，《葉石濤評傳》，高雄：春暉出版社，1999 年 1 月，頁 75。
[5]請參考，李昂，〈紛爭的年代——葉石濤訪問記〉，收入《中國當代藝術家訪問》，臺北：大漢出版社，1978 年 9 月。

　　根據派翠力克・歐尼爾（Patrick O'Neil）的追溯：「敘事學」（或法語原文，naratologie）是用來指涉所有「敘事理論」流派的統合性術語，由托拓洛夫（Tzvetan Todorov）於 1969 年創造出來，藉以標明與 20 世紀初的俄國和捷克的形式主義（formalism）、1960 年代的法國結構主義以及形名學（semiotics）牢牢相扣、息息相關，用以對敘述結構做系統性的研究。[6]爾後，這支法國結構主義詩學與俄國形式主義橫渡大西洋，抵達美洲大陸，與美國的新批評相結合促使敘事學的重要研究工作如火如荼地展開，並開啟了所謂「正統」敘述學（"classical" narratology）的那個「經典時間」。[7]

　　然而，有關小說的研究，英柏・賀思特雷（Ingeborg Hoesterey）認定（1992 年）：這一、二十年來，以結構而論，敘述學有如深受外力影響的「仿域外期」（"the Hellenistic Age"）的古希臘文化，已經從過去幾乎完全專注於個別文本的解析，進入敘事學（narratology proper）、批評理論（critical theory）與哲學、政治研究、以及心理解析（psychoanalytical）的觀點相結合的新階段，因此，形塑而成所謂的「臨界」敘事學（"classical" narratology）的新「仿域外期」（"a Hellenistic era"）。[8]

　　無獨有偶，凱西・梅載（Kathy Mezei）也認識到：近年來，國際敘事學者（narratologists）以及 1990 年《今日詩學》（Poetics Today）學報的兩期特刊（special issues）都一再主張有關敘事學的研究，必須擴增參數（parameters）。其中，最受矚目的方向之一自然是：性別（gender）研究，尤其是透過女性主義的觀點來檢視文本。其他的性別議題，凱西・梅載認

---

[6]Patrick O'Neill, "Theory Games: Narratives and Narratologies," in *Fictions of Discourse: Reading Narrative Theory*（Toronto, Canada: University of Toronto Press, 1994）, p.13.

[7]Ingeborg Hoesterey, "Introduction," in Ann Fehn, Ingeborg Hoesterey, and Maria Tatar（eds）, *Neverending Stories: Toward a Critical Narratology*（Princeton, New Jersey: Princeton University Press, 1992）, p.3.

[8]Ingeborg Hoesterey, "Introduction," in Ann Fehn, Ingeborg Hoesterey, and Maria Tatar（eds）, *Neverending Stories: Toward a Critical Narratology*（Princeton, New Jersey: Princeton University Press, 1992）, p.4.

爲，還可以包括同志理論（queer theory）、後結構主義、後殖民主義，解構、文化研究、與認同。[9]

此外，女性主義敘事學（feminist narratology）的先鋒蘇珊‧藍瑟（Susan Sniader Lanser）也主張跨科際的統合：畢竟，過去講究實證主義（empiricism）的形式主義詩學（formalist poetics）、敘事學，爲了精準的剖析，而犧牲微旨的挖掘，爲了追求所謂客觀的真理而刻意湮沒意識形態——因而，排除了敘述發聲（narrative voice）所隱含的社會、政治圖騰本質。另一方面，女性主義者又可能過於天真而主觀，以意識形態掛帥，而犧牲精準的科學精神——因而，拋棄了對敘述技巧的析辨與認知。職是之故，重形式的敘事理論固然拙於：開發最具政治意涵的微言大義，而女性主義批評也慣常疏於：探勘敘述結構的切要義理。因此，蘇珊‧藍瑟贊同米開‧巴赫丁（Mikhail Bankhtin）的「社會學詩學」（"sociological poetics"）理論，進一步確認：敘述技巧不僅是意識形態的產物，本身亦是一種意識形態的表徵。[10]於是，敘述的發聲就源自社會與文學的結合，具體地使文本的符碼與其表意的外在世界有了整合的指涉。[11]

曾在《紅樓夢》中「追歡買笑，遣興陶情」的葉老，[12]對受難的女性有

---

[9]Kathy Mezei, "Contextualizing Feminist Narratology," in *Ambiguous Discourse: Feminist Narratology and British Women Writers*（Chapel Hill, North Carolina: the University of North Carolina Press, 1996）, pp.4～5.

[10]Susan S. Lanser, "Toward a Feminist Poetics of Narrative Voice," in David H. Richter, ed., *Narrative/Theory*（Longman Publishers, 1996）. pp.182～184.

[11]請參考：Ingeborg Hoesterey, "Introduction," in Ann Fehn, Ingeborg Hoesterey, and Maria Tatar（eds）, *Neverending Stories: Toward a Critical Narratology*（Princeton, New Jersey: Princeton University Press, 1992）, p.3.

[12]葉老自稱能寫出「通順的白話文」可以歸功於手抄 120 回的程乙本《紅樓夢》；他甚且認定曹雪芹「在這小說裡追求的是美，是年輕女性之美，不顧世俗而扭曲自我的心底的純粹之美」；用功的葉老，還讀遍當時日本紅學家的論文，見，葉石濤，〈日治時代《紅樓夢》在臺灣〉，《追憶文學歲月》，臺北：九歌出版社，1999 年 8 月，頁 94～95。戰後，他也「讀過『紅學』的文章，從俞平伯、趙剛、高陽到歐美的不少評論」，見，葉石濤，〈從《紅樓夢》到《鋼鐵是怎樣鍊成的》〉，《不完美的旅程》，臺北：皇冠出版社，1993 年 8 月，頁 133。葉老小說中「對女性的關懷與同情」這個主題可能是來自《紅樓夢》的潛移默化，而有些典故，例如「風月債」、「太虛幻境」在〈賺食世家〉中出現，顯然，就是受《紅樓夢》的影響，見〈賺食世家〉，《黃水仙花》，臺北：新地文學出版社，1987 年，頁 97、103。

著雷同寶玉的關懷，也研究過西蒙‧波娃（Simonede Beauvoir, 1908～1986）的《第二性》（*The Second Sex*, 1949），[13]對「女性追求主體性解放的重要」印象深刻，他不但自稱是個具有「社會主義傾向的新自由主義者」，[14]而且，一如「悼紅軒」主人曹雪芹，從小「就在滿屋子都是脂粉氣的環境裡長大」，[15]更一度戲稱：他自己也是個女性主義者。[16]因此，作品中不乏「行止見識」遠在尋常「泥塑男子」之上的閨閣裙釵：有的幻化為「濃郁醉人」的牡丹，因解語，而綻放（劉采薇，〈青春〉；賴麗雪，〈羅桑榮和四個女人〉），有的「妍麗」若雛菊，卻獨灑孤雛淚，我見猶憐（阿茱，〈賺食世家〉；珠音，〈葫蘆巷春夢〉），還有以自焚氣魄而燒印出敘記永恆的水仙（甘嫂，〈黃水仙花〉），也有攀籬越牆、嚮往自由、紅如燈籠的薄命石榴（喜鵲，〈石榴花盛開的房屋〉），更有從福爾摩莎的原鄉掙扎出土，綻開活力四射的野菊（潘銀花，《西拉雅族的末裔》）——個個風華、行止，何曾稍遜於《紅樓夢》裡的香草美人。[17]有鑑於此，我們無妨提議：以類似「臨界」敘事學（"critical" narratology）、女性主義敘事學（feminist narratology）、[18]「社會學詩學」（"sociological poetics"）、或自由主義女性主

---

[13]葉老認為：波娃的《第二性》是「針對於男性支配的社會中塑造的女性對準了敏銳的焦點，提倡女性追求主體性解放的重要，獲得世界性的回響」，見，〈女作家的存在主義〉，收入，《追憶文學歲月》，臺北：九歌出版社，1999 年 8 月，頁 183～185。值得注意的是：「提倡女性追求主體性解放的重要」這個概念一直是他諸多作品的主題之一。這個論點，我將在本論文中再度繼續探討。唯一，現在無法確定的是：究竟何時他讀到波娃的論著，有否受到她的影響？還是，剛好「英雄所見略同」？

[14]見，葉石濤，〈青年時代〉，收入，《一個臺灣老朽作家的五〇年代》，臺北：前衛出版社，1991年。

[15]見，彭瑞金，《葉石濤評傳》，高雄：春暉出版社，1999 年 1 月，頁 45。

[16]葉石濤，〈一個 feminist 的告白〉，收入，《女朋友》，臺中：晨星出版社，1986 年。此外，友儕也長以：「葉老永遠是第二，夫人第一」——來「噴飯佐酒」，久之，蔚然已成藝文佳話，是本土的 PTT 美談。

[17]葉老可能受到《紅樓夢》的薰陶，善於：以「花」來隱喻／明喻／象徵他小說中的女性。這種敘述策略，請參考，《紅樓夢》第 51 回，寶玉的說法：「與你們女孩相比，我就像生在野墳裡十數年的老楊樹。你們就如……那纔開的白海棠。」

[18]Susan S. Lanser, "Toward a Feminist Narratology," *Style*, Volume 20, No. 3, Fall, 1986. Judith Fetterley, *The Resisting Reader: A Feminist Approach to American Fiction*（Bloomington: Indiana University Press, 1978）.

義[19]的統合性視點（perspectives），來解讀他小說中的女性／書寫。由於篇幅與時間所限，本論文的討論將局限於下列三篇作品：〈青春〉、〈羅桑榮和四個女人〉、與〈賺食世家〉。

三、牡丹：花因解語，而綻放（〈青春〉，1965 年；〈羅桑榮和四個女人〉，1966 年）

（一）〈青春〉，1965 年

就文學臺灣的立場而論，葉老的〈青春〉（1965 年），[20]其實，深具歷史性的意義，因爲這是他歷經白色恐怖的苦難，「杜門不出」，[21]封筆（1951～1965 年）長達 14 年之後，回歸他情感歸屬的創作生涯的第一篇作品——征夫返鄉，向臺灣的土地與人民莊嚴地宣告：無怨無悔的另一個「人道」攻防的肇始，[22]有如從長期的禁錮中獲得自由解放的女性，重新出發。而從女性主義的視點來解構，女主角劉朵薇，以生命追逐舞蹈藝術的「蠟炬成灰」行徑（〈青春〉，2001 年版，頁 120），的確，有別於當時的臺灣女性，果然，自始至終，特立獨行——「人生有夢，希望相隨」，卻又深陷於男性傳統的社會牢籠中——困頓、矛盾、受苦，正與女性主義者安菊・芮曲（Adrienne Rich）和南西・秋多若（Nancy Chodorow）所論辯的女性「憤怒與溫柔」以及「自我實現」的輟輟[23]——若合符節。因此，〈青春〉

---

[19]請參考，林芳玫，〈自由主義女性主義：自由、理性、與平等的追求〉，收入，顧燕翎主編，《女性主義：理論與流派》，臺北：女書文化公司，1997 年 9 月 20 日，頁 3～25。

[20]見，葉石濤，〈青春〉，收於《青春》，臺北：桂冠圖書公司，2001 年 2 月，頁 59～142。

[21]見，葉石濤，〈年表〉，收於《葉石濤自選集》，臺北：黎明文化公司，1975 年 1 月。

[22]葉老自述：「1965 年這一年，吳濁流先生創辦了《臺灣文藝》，接著，一群本土詩人也群策群力創辦了《笠》詩刊。這無異帶給我一個訊息，臺灣文學重新上路，要締造出爲臺灣的土地和人民而存在的文學。這是個刺激，我終於構想寫一篇小說……是我恢復創作生涯的第一篇小說。」見，葉石濤，〈回看青春〉，《青春》，臺北：桂冠圖書公司，2001 年 2 月，頁 4。

[23]安菊・芮曲認定：即使是結了婚，有了鍾愛的小孩，也要「努力掙扎著釐清自己生活的目標」，她不但不放棄詩，也不放棄自己對人生的掌握，卻是在繆斯與母職——「憤怒與溫柔」的矛盾兩極之間擺盪，見，嚴韻譯，安菊・芮曲著，〈憤怒與溫柔〉，收入，顧燕翎、鄭至慧主編，《女性主義經典，十八世紀歐洲啓蒙，二十世紀本土反思》，臺北：女書文化公司，1999 年 10 月，頁 138。秋多若則指出，若是女性在兒女身上過分投資，女人就缺乏「真正有意義的自我實現」，她批判的是整個社會結構的問題，見，謝敏譯，秋多若著，〈母性的複製〉，收入，顧燕翎、鄭至慧主編，《女性主義經典：十八世紀歐洲啓蒙，二十世紀本土反思》，頁 119。

（1965 年）當年的創作與你我今日的探討，應該都可以視為開啓女／男作
家、讀者，再度對話的契機。

　　葉老近日有言（2001 年 2 月）：〈青春〉「要表現的是一個臺灣青年在
時代更替之時的思想行為」，[24]作者如此坦然自敘，正是陷讀者於歧義的兩
難窘境！首先，這「一個」臺灣青年——如果語境所指涉的只是：的確
「一個」臺灣青年而已——未知所指的究竟是誰？女主角劉朵薇？抑或是
身為男主角的敘述者「我」（王震安）？或者是隱藏在〈青春〉這篇作品之
後，有如凱絲琳·逖拉蓼（Kathleen Tillotson）所謂的作者的「第二個自
我」（"second self"）？[25]無論如何，究竟如何解讀，誠如過去幾十年來讀者
反應理論（reader-response theory）所宣示的：讀者難免會在解讀的過程中
成為小說的第二個作者（second writer）、第二個說書人（second teller）。[26]
更何況派翠力克·歐尼爾（Patrick O'Neill）也說明：作者的意向與讀者的
詮釋，必然無可避免地有著永恆的落差。[27]因此，就敘事／批評理論而言，
我們應該可以比樸實、謙退的自序作者葉老，更進一步主張：〈青春〉實際
上所顯示的可能是女主角劉朵薇、「主角自敘」（"autodiegetic"）的敘述者
「我」（王震安）、以及（跟男／女主角）他們同時代的「社會人」
（"community"）的思想、行為、與價值準則（norms）——畢竟，正如韋
恩·布斯的立論：作品中的一言一行、一個姿勢表情，其實，都是在闡述
（narrate）；甚至於，告訴作品中的內在「聽訊人」（"audience"）一事一物

---

[24]見，葉石濤，〈回看青春〉，《青春》，臺北：桂冠圖書公司，2001 年 2 月，頁 4。
[25]請參閱，Kathleen Tillotson, *The Tale and the teller*（London: The Grangb Press, 1959），pp.22～23.凱
　　絲琳·逖拉蓼基本上認為：1.敘述者不是真實的作者本人，而是作者用他來說故事的一個方法；
　　2.她引用竇登（Dowden）的論點：看過喬治·艾略特（George Eliot）的小說之後，留在心中揮
　　之不去的，是說故事的艾略特，但是，這不是真正的艾略特本人，而是透過小說顯現出來的她的
　　「第二個自我」；3.這個「第二個自我」比任何人更為栩栩如生，比真人更少有保留；4.潛藏在
　　「第二個自我」背後的是：愉快的、真實的作者真我，安安全全的，不會受到粗暴無理的窺視與
　　批評。我以為，透過這個概念可以減少對真實作者的誤會與爭議。
[26]Patrick O'Neill, *Fictions of Discourse: Reading Narrative Theory*（Toronto: University of Toronto Press,
　　1994），p.16.
[27]Patrick O'Neill, *Fictions of Discourse: Reading Narrative Theory*（Toronto: University of Toronto Press,
　　1994），p.25.

的箇中人物，在作品內裡，表面上，這些人物都是在擔綱演出（acting out）他們自己的個別角色，其實，他們正也是受命出任僞飾的敘述者（disguised narrators）——從旁傳遞隱藏的意指（signified）；於是，他們有意識或無意識的闡述對我們讀者重構（reconstruct）作品的全面價值規範（combination of norms）就更爲不可或缺——布斯把這種負有闡述任務的箇中人物稱爲「戲劇化的敘述者」（"dramatized narrators"）。[28]參用這樣的小說修辭理論，我們或許可以重新界定（define）〈青春〉的女／男處境的政經社會意義，也藉此思考作品對臺灣女／男境遇與運命的「人道關懷」。

　　在男性主導的社會中，以父權的觀點[29]來解構劉朵薇的「特徵」（"traits"）與「言行」（"actions"），[30]一言以蔽之，大男人必然認定：這篇作品，不折不扣，就是對女性古典精魂——「相夫教子」的逆反。落入「藝術是永久的，而人生是短暫的」那個無底的黑洞（〈青春〉，2001 年版，頁 64），朵薇非但企圖顚覆：馨香相傳的這個——「相夫教子」的價值規範，兼且，尋尋覓覓，竟然，一而再、再而三地求索：一個真正能夠「相妻教子」的男人。攞天毁地，角色錯位，莫此爲甚。要之，原來在傳統的父權社會，女性的天職，一脈相傳，莫非：「延續種族」，[31]進而，「相夫教子」，而男人生命內境的「自我實現」，於禮樂之邦，觀瀾索源，亦有：「成功的男人背後總有一個女人」式的感知。

　　然而，劉朵薇在〈青春〉中，誠如「戲劇化的敘述者」／見證者，她小姨子張雪英，一針見血的「旁示」：「嫂子是不屬於任何人的」（頁 116、

---

[28]Wayne C. Booth, "Dramatized and Undramatized Narrators," in *The Rhetoric of Fiction*（Chicago, Ill.: the University of Chicago Press, 1983），p.152.

[29]克莉絲・維登（Chris Weedon）把父權定義爲：「女性利益被屈從、附屬於男性的那種權力關係」，見，白曉弘譯，克莉絲・維登著，《女性主義實踐與後結構主義理論》，臺北：桂冠出版社，1994 年，頁 2。

[30]有關這個概念，在論文中，我將以西摩・查特曼的敘事理論爲分析的基礎。見，Seymour Chatman, *Story and Discourse: Narrative Structure in Fiction and Film*（Ithaca, N.Y.: Cornell University Press, 1980）.

[31]歐陽子、楊美惠、楊翠屏譯，西蒙・波娃著，《第二性》，收入，顧燕翎、鄭至慧主編，《女性主義經典：十八世紀啓蒙，二十世紀本土反思》，臺北：女書文化公司，1999 年 10 月，頁 63。

頁 123）──因爲，采薇「自覺」是個「命定」的藝術殿堂的安琪兒（頁
65），「受命」來滿目瘡痍的後殖民臺灣，以舞蹈傳達「詩情而且更純淨」
的福音，用「精神的食糧來填飽【人們】空虛的心靈」（頁 83），即使，
「它恰似火花的一閃爍……但是這短暫的一瞬間卻啓示了自然與永遠」（頁
86）。於是，從女性主義的立場來解讀，自然，采薇自始即是一個追求「主
體性」[32]的女性，似乎沒有心理分析學者珍‧貝克‧密勒（Jean Baker
Miller）所述寫的「附庸者」的心理特徵：被動、溫馴、撓節屈從、百依百
順。[33]甚且，正相反的，雖然，采薇也是日治時期東京目黑的女子大學出
身、與同爲留日學生的敘述者「我」同船歸國，然而，她一出場就散發出
令敘述者「我」悚然驚覺──絕非「逐浪隨波」的當時女性架勢。敘述者
是如此指認她的屬性（identity）特質的[34]：「她的臉龐裡頰骨突出，嘴唇又
闊，實在談不上美不美。可是就在這不平衡的、瘦弱身體裡，有一股熾烈
的生命之火在熊熊燃燒……她給人的印象是瘋狂的，好像有什麼地方實在
不對勁……凡接近她的人，都被她散發的熱浪吸引住了」（頁 64）。正是采
薇這種「獨異個人」／「異類」[35]的女「狂人」式的「精神界戰士」本質，
招引同船的男性「庸眾」[36]──中年「市儈」──以「鄙夷」與「猥褻」的
態勢「發聲」，率先將她打入「風騷的女人，水性楊花」之列（頁 67）。

---

[32]值得注意的是：葉老把波娃的觀點視爲「存在主義的女性論」，有關葉老對波娃作品的詮釋，以
　　及在他文學追憶中，可能受到波娃的創意性啓示，見，前註。在這兒，我要再度強調：有關波娃
　　的「提倡女性追求主體性解放的重要」這個概念一直是他諸多作品的主題之一。
[33]鄭至慧等譯，珍‧貝克‧密勒著，〈支配與附庸〉，收入，顧燕翎、鄭至慧主編，《女性主義經
　　典：十八世紀歐洲啓蒙，二十世紀本土反思》，臺北：女書文化公司，1999 年 10 月，頁 99。
[34]有關這個概念，請參考，前註，Seymour Chatman, *Story and Discourse: Narrative Structure in
　　Fiction and Film.*
[35]這個概念來自美國人類學家瑪格麗特‧米德（Margaret Mead, 1901～1978），指的是：不受社會
　　「容忍其天賦」的性情本質充分流露的人物。見，宋踐等譯，瑪格麗特‧米德，〈性別與氣質〉，
　　收入，顧燕翎、鄭至慧主編，《女性主義經典：十八世紀啓蒙，二十世紀本土反思》，臺北：女書
　　文化公司，1999 年 10 月，頁 70。
[36]「庸眾」代表「社會上庸俗、陳腐的現象」，而「精神界戰士」在與「庸眾」的鬥爭中，證明了
　　自己的聲音是形成歷史的先覺的聲音。先行者，如采薇，對舞蹈藝術所發出的福音，是先爲後來
　　者，如林懷民的雲門舞集，吹出了前進的號角，因此，她可以算得上是「獨異個人」、「精神界戰
　　士」。有關「獨異個人」、「精神界戰士」、與「庸眾」的概念，源出於：李歐梵，〈來自鐵屋子的
　　聲音〉，收入，《現代性的追求》，臺北：麥田出版公司，1996 年 9 月，頁 37。

　　就主要情節的建構而言，葉老首先訴諸「理想主義」的兩性共「志」——刻意設計：家道中落的朶薇，在未婚夫張媽寅與敘述者「我」的合力奧援之下，以杜布西、史特拉汶斯基、柯爾薩可夫的音樂、以及恆春調、百家春、採茶歌等等臺灣鄉土民歌，創作了一次成功的舞蹈發表會——搏命演出。藉此事件，葉老非但展現出：福爾摩莎女性的困境突圍，勁力無倫，其成果的可貴，自然也成為藝壇「從本土走向國際、於傳統開出現代」的創意典範，更為「成功的女人，背後也有一些男人」做社會責任的見證。只是，葉老又企圖立刻指陳：其實，這並不是 1950 年代剛告別第二次世界大戰之後，那一個時間點的歷史臺灣，所擁有的社會文化的全面新圖象；因而，透過朶薇感性的自我告解，葉老冷雋地展示：生活上，男人原來何其「空包」的本質——婚後的張媽寅需要朶薇「時常留意他，服侍他」，可是，她跳舞的靈感一來，就非「跳到精疲力竭，無法動彈為止」，何況，她「執拗不相讓的個性……處處【也使張媽寅】為難」（頁 123）。懷抱「自我實現」的朶薇，悽然地爬梳她的婚姻歷史軌跡，終究還是「自我譴責」地歸諸於：繆斯的惡作劇，致使小家庭中，女男「相撲」，風雲再起。於是，葉老藉朶薇的「告白」演述：臺灣女性「被」牢籠於男性中心的社會，墮入困頓與混淆的黑洞——何其難以開脫！其實，18 世紀末的美國女性主義者瑪麗・沃爾斯考夫特（Mary Wollstonecraft, 1759～1797）在她的代表作，《女權的辯護》（*A Vindication of the Rights of Woman*）中，就已經論述過：在當時的英國社會，女性最高的美德依然是循規蹈矩地完成「為人女、為人妻、為人母」的單一責任，焉能一展「個人才華」？因此，即使，婚姻幸而邁向坦途，也並不足以讓繆斯化身的才女「不朽的心靈」——滿足。「相夫教子」，於才女，竟然，古今中外可以「牢籠」如是！只是，瑪麗・沃爾斯考夫特也在當年就主張，女男應該平等，因為「造物的美妙【是】在男女彼此真誠的關懷中，這樣的共行共處才有生命

的光輝和滿足」。[37]

在〈青春〉這篇小說中，最為周波流轉、憾動心弦的一個頗有象徵意味的場景——就是敘述者「我」私訪離婚後的采薇——縱然，吉光片羽，卻訴說著采薇與媽寅：乘龍跨鳳、「心手不連」之後的人世滄桑，也載滿葉老早期小說一貫的唯美、象徵、幻想、浪漫、和寫實的交錯：「初春凜冽……客廳裡……水晶色的窗幔搖晃著……橘色的【蠟燭光】，只夠照出采薇模糊不清的背影……她著魔似的翩翩起舞……一個人孤獨地跳著、舞著……在她的腳邊光祖祖的地板上有個周歲多的女嬰，活像一隻小貓般蜷縮著，那嬌憨的啜泣聲令人心碎……【采薇的】獨舞似乎在傾訴這瞬息萬變的坎坷人生……她低聲不絕的哼著……一闋古老的英格蘭民歌〈夏日最後的玫瑰〉」（頁 120～121）。葉老運用這所「空洞」、淒涼、幽暗、「斷電」、風華不再的偌大別墅，來凝塑環境 VS 個人的悲情氛圍，[38]見證：一齣「崇高理想」與母職／妻職衝突的冷肅悲劇——沒有「心手相連」的「新好男人」至願「相妻教子」，的確，悽清「獨舞」的采薇就是「夏日最後的玫瑰」，她也正是葉老透過敘述者「我」夾敘夾議所指認的：「藝術女神祭壇上燔祭用的犧牲」（頁 123）。葉老苦心孤詣地藉著「夏日最後的玫瑰」這個象徵和「祭壇上燔祭用的犧牲」這個隱喻，前後交叉、有力地暗示著：隱含於文本深層的「人道關懷」與同情，並藉以禮讚采薇——生命「內境」外爍的「華美與追逐」。難得掏空自己的敘述者「我」，此際，悠悠道來，竟也煞是動人，十足引人深思。

意猶不足，葉老顯然意欲標示：臺灣男人已經習於舊式的「封建」社會秩序，媽寅的「對等」、相互扶持，其實，終不可恃，冀望其「相妻教

---

[37]請參考，李清慧摘譯，瑪麗・沃爾斯考夫特著，《女權的辯護》，收入，顧燕翎、鄭至慧主編，《女性主義經典：十八世紀歐洲啟蒙，二十世紀本土反思》，臺北：女書文化公司，1999 年 10 月，頁4。

[38]這個詮釋來自西摩・查特曼的啟示："A normal and perhaps principal function of setting is to contribute to the mood of the narrative," Seymour Chatman, *Story and Discourse: Narrative Structure in Fiction and Film*（Ithaca, N.Y.: Cornell University Press, 1980），p.141.

子」，更已證明是海市蜃樓，而敘述者「我」似是采薇唯一的一棵生命樹，然而，他雖長於理性分析，心中也自有繩墨，卻難免迂闊、求全、棘棘不休、耽溺於情愛與貪嗔悲喜——因此，才放任「蜉蝣群落」的「集體聲音」（"communal voice"）[39]轉化為「譏諷嘲語」（頁 126）。於是，「才略識見」遠勝於「泥塑男子」的采薇，接受了一家大學藝術系的禮聘他往，「主動」中止由「主體而身體」、而日益窳敗的唯美多情——拒絕「女性的自我」再被男性中心意識所操控。值得我們深思的是：最後，葉老竟狠心設計讓采薇接受美國報社駐臺記者桑德斯的求婚，並且由這個洋「伯樂」鄭重宣示：到了新大陸以後，將竭盡所能，協助采薇完成「才華的展現」（由他自己「相妻教子」？），以免她的天才遭致埋沒（頁 141）。[40]而回鄉與敘述「我」告別的采薇，雖將淒遲於海外——從此揮別原鄉，寂寞天涯——萬水千山，獨漂泊，然而，此際，卻是：「如同盛開的牡丹，在陽光下吐露著濃郁醉人的芳香」（頁 139～140）。花因解語，而綻放，反諷的是：「【采薇】她是個天才嗎？」（頁 141）敘述者「我」——臨別依然如是疑惑，焉能期待：花開自家牆下？葉老藉著采薇這個懷有「理想主義」的女性，以「乘桴遊於海」式的自抉，與歷史臺灣的男性中心社會，採取斷裂、決絕的書寫，憑此一功，葉老應是女性主義「風神榜」上的風雲人物。

而采薇孤悽哼出的「夏日最後的玫瑰」——那藝術殿堂的福音（〈青春〉，1965 年），在婆娑之洋的福爾摩莎蕩漾——其時不過八載，踵接其後，林懷民領軍的雲門舞集（1973 年～）就破繭而出。繼而，氣吞如虹，舞蹈之為市民社會的精緻藝術，於焉，在福爾摩莎——沁心普化，采薇的福音竟成文化臺灣的歷史先覺聲音，透過她的獻身與「理想主義」的堅

---

[39] 有關「集體聲音」（communal voice）這個概念，茱蒂絲·費特蕾（Judith Fetterley）有極精闢的詮釋與實踐，見，Judith Fetterley, "A Rose for 'A Rose for Emily,' " in *The Resisting Reader: A Feminist Approach to American Fiction*（Bloomington and London: Indiana University Press, 1978），p.35.

[40] 就女性「自我潛能發展」與創造力的開發，葉老於此隱含的看法和同情，與自由主義女性主義有「英雄所見略同」的先見之明。見，林芳玫，〈自由主義女性主義〉，收入，顧燕翎主編，《女性主義：理論與流派》，臺北：女書文化公司，1997 年 9 月，頁 8。

持，的確，〈青春〉演述了一個臺灣女性「精神界戰士」的千秋典範。

（二）〈羅桑榮和四個女人〉，1966 年

為 1950 年代歷史臺灣的女性描摹造像，〈羅桑榮和四個女人〉（1966年）[41]是葉老另一篇深具企圖心的中篇名著。其中，有當代女性主義者甚為關切的「父權操控」與「女性主體解放」論述——急切交鋒；也有弱勢女子——五湖寄跡，遁入空門。女性關懷，於焉，在此又多線重複交集。

一如〈青春〉，〈羅桑榮和四個女人〉亦以傑聶（Gerard Genette）所謂的「主角自述」（"autodiegetic"）[42]為主要的敘述策略，而又賦予敘述者「我」（羅桑榮）與其周遭的女性互動、進而觀察、省思、甚且評斷的任務。[43]顧名思義，〈羅桑榮和四個女人〉闡述的是：敘述者「我」與過世的愛妻鳳姿、最後被逼「離臺赴美」的煙花女友麗雪、曾祖母的俏麗丫鬟翠薇、以及再婚的妻子春姬之間的人世滄桑、浪漫情仇。然而，在女性畫廊的諸多雍容形象之中，最不容忽視的卻是：敘述者「我」的曾祖母；表面上，她是個邊緣角色，其實，她不經藻飾所傳遞的逗趣笑點，卻是最值得女性主義者：解構論證。

敘述者「我」過世的愛妻鳳姿，應該是葉老設計的 1950 年代「歷史臺灣」傳統「婦德」的象徵，是〈青春〉的朵薇無意於「相夫教子」[44]的反比，更是「八月花神」的投胎轉世——「柔情」俠骨，始終為敘述者

---

[41]收入，葉石濤著，《葉石濤自選集》，臺北：黎明文化公司，1975 年，頁 51～128。

[42]請參考，Gerard Genette, "Person," in *Narrative Discourse: An Essay in Method*（Ithaca: Cornell University Press, 1980），p.245.

[43]傑聶認為：如果敘述者是身在故事內、並且參與故事，那麼情況之一是：敘述者是個主角（hero，這就是主角自述），或僅僅是個旁觀者（mere bystander），但是絕對不可能是個跑龍套的小角色（walk-on）。另一方面，如果敘述者扮演的是個次要的角色／配角（secondary role），那麼，他幾乎常常就會是個觀察者或是見證者。〈羅桑榮和四個女人〉中的敘述者，固然是在「自述」自己與四個女人的故事，其實，敷述女性角色的時間遠長於記述他自己。因此，傳統的美國「敘述觀點」的分類，在這種情況下自有其優點，至少可以把羅桑榮跟他四個女人標示為：排名不分先後、聯合主演的主角（co-protagonists）；有關傑聶的論述，見 Gerard Genette, "Person," in *Narrative Discourse: An Essay in Method*（Ithaca: Cornell University Press, 1980），p.245.

[44]敘述者評述：鳳姿像日本教育之下長大的臺灣女性，「渴望著有一個溫暖的家，生男育女，細心的侍候丈夫」，頁 72。

「我」的體內惡靈、原欲騷動,而「奉獻」、犧牲(頁 75),[45]因之,理所當然是一逕散發著木樨花香的絕色女子(頁 70)。然而,桂花易落,拋鸞拆鳳,只落得——我們的敘述者:「苦多情,朝思夜夢」,空留下對「鳳姿聖潔安寧的懷念」(頁 54),甚且,重壤永幽隔、撫存悼亡,之子歸窮泉、感今追昔,可真是:「害相思,沉沉病重」,成爲「一具活屍」(頁 92)。原來,敘述者「我」已經「不能習慣於沒有她而孤零零地獨自過活」(頁 53),心理上,似乎有了女性主義者秋多若曾經論述過的:對其伴侶有著「極端地依賴」。[46]如果故事走筆至此,戛然而止,豈非「鴛鴦蝴蝶」又飛舞?既然如此,至少,敘述者「我」可謂:有情有義。不過,葉老似乎志不在此,關懷的可是:人性本質的論理與諫說。

以追求人類的自由與解放爲文學之鴻鵠志,[47]葉老處心積慮地讓敘述者「我」的曾祖母「既赤裸又率直」(頁 52)地打破男性社會禁忌(taboo),以九十多歲的老女人身分,公開「性」致勃勃、滑稽突梯地對「原欲」話題,三番兩次嘻笑嘲弄一番——顯然是企圖要爲後天男性所設定的「戒欲用忍」鬆綁。因此,曾祖母方才「張開無齒的嘴,嘰哩咕嚕的說個不停」:「自從我老伴兒去世以後已經十多年了……晚上三更半夜醒起來,旁邊沒有老伴兒睡在一起,那滋味很不好受!」(頁 64),而語未罷,又「打起瞌睡來」。比起〈行醫記〉(1967 年)[48]中的男主角李文顯的生母,因老蚌生珠、「害臊」而棄養文顯(〈行醫記〉,頁 56)、終生躲躲藏藏——傷子害己,敘述者「我」的曾祖母,自然有如敘述者「我」(一個男性觀察者)所夾敘夾議:她已經「超越時間,也超越儈夫俗子的一套虛僞的道德規範」

---

[45]彭瑞金認爲:鳳姿「算是爲他【敘述者「我」】而死」,請參考,彭瑞金,《葉石濤評傳》,高雄:春暉出版社,1999 年 10 月,頁 176。

[46]見,謝敏譯,秋多若著,〈母性的複製〉,收入,顧燕翎、鄭至慧主編,《女性主義經典:十八世紀歐洲啓蒙,二十世紀本土反思》,臺北:女書文化公司,1999 年 10 月,頁 1120。

[47]2001 年 10 月 7 日,葉老在臺南市文化資料中心以〈土地、人民、流亡〉爲主題與高行健對談的時候,曾經表達這樣的反思。

[48]收入,葉石濤,《黃水仙花》,臺北:新地文學出版社,1987 年,頁 52～82。

（頁 52），而脫離社會對女性原欲（libido）的壓抑制約，[49]以插科打諢來解放自我。

　　固然，敘述者「我」的曾祖母在作品中，如上所述，只是個過場人物，未出場，就已經（如她自稱）：「翹辮子」了，不過，於卷首，葉老劈頭就透過她的一言一行，釋出：人性、「原欲」解放、與女性「主體性」（female "subjectivity"）轇輵的信息；於卷中、卷末，再透過麗雪、翠薇、春姬和敘述者「我」的三段情事，一而再、再而三地明諭暗示──強烈的女性「主體」意識──何嘗不是用心良苦？而生死關頭的情愛抉擇，女／男的對比，則又強調了男性「坐而言」，方才是：不能「起而行」、無法「向上提升」的一方，豈非要令老男人為之三歎？

　　就人物的型塑而言，葉老運用兩個敘述策略，其一，啟用類比等同（analogy）：建構麗雪為那個不受男性「原欲禁忌」的曾祖母的「分身」，用以再度強化[50]女性的「主體性」與「原欲解放」──那個重要的「反傳統」的主題，只是，麗雪沒有曾祖母那種有如《紅樓夢》中的賈母，那般的運命與地位。其二，啟用文學典故：葉老透過麗雪自喻──她是那小仲馬（Alexandre Fils Dumas, 1824～1895）的瑪格麗特（Marguerite in 《La Dame aux Camellia》《茶花女》）──運命乖舛，「淪落風塵」。其中，值得我們更進一步玩味的是：葉老是否也藉此典故，意欲暗示──麗雪一如瑪格麗特，亦有著女性激情的本質？

　　就情節的建構而論，葉老似乎有意安排以兩個主要（kernel）的故事線為主：其一，敘述者「我」與鳳姿的情緣，其二，鳳姿過世三年之後，麗雪與敘述者「我」（羅桑榮）之間的情事。然後，再佐以翠薇、春姬這兩條

---

[49]有關壓抑女性的欲情「可以加強對女性的社會控制」，請參考，顧燕翎，〈評介丁思坦的《人面魚身及牛面人身：性階排置與人類病態》〉，收入，顧燕翎，《女性主義經典：十八世紀歐洲啟蒙，二十世紀本土反思》，臺北：女書文化公司，1999 年 10 月，頁 123。

[50]請參考，以色列的敘事學者，李蒙‧姬南的論點："When two characters are presented in similar circumstances, the similarity or contrast between their behaviour emphasizes traits characteristic of both," from Shlomith Rimmon-Kenan "Analogy of Characters," in *Narrative Fiction: Contemporary Poetics*（New York: Methuen, 1983），p.70.

輔線（satellite）。

在麗雪與敘述者「我」的這條主線中，葉老特別著意於：場景、人物、與心境的互動。於是，葉老苦心設計讓兩人邂逅於：府城運河一條開往「那頹圮的荷蘭古堡熱蘭遮城」的船上，一如〈青春〉中的敘述者「我」（王震安）與采薇一一同樣，命定圓成「同船渡」的一段因緣。而藉著桑榮與麗雪的「同好至愛」：「美國近代爵士音樂」，葉老也暗示／預示著——他們彼此一如爵士樂的即興、鮮明、強烈、與熱情，其「真如本性」的激情血性，終將「隨緣而起」。果不其然，勇於為「愛或愛的幻影而犧牲」的麗雪（頁 104），因羅桑榮「令人憐憫的孤傲和虛無」，激發了她的「同情和感懷」（頁 106），「擺開夜晚詩和暗影的束縛」，而穿過「濡濕的」院子，主動「一聲不響地」夜奔「羅」營，與羅桑榮夜夜傾聽蘇格蘭民歌，「狂野放肆」地燃燒一己的生命（頁 54），一如解語的「牡丹」（頁 54），為他綻放，用以治癒初始已經成為「一具活屍」的羅桑榮的「創傷心靈」（頁 92～93）。葉老如是運用「濡濕的」院子（空間）、蘇格蘭民歌（聲音）、與仿西廂／聊齋的慣常「朝隱而出，暮隱而入」（時間），極富象徵意味地[51]烘托：場景與情節／人物以及情緒的相互關聯[52]——織就一張捕捉人類原欲的網罟，甚有效率地「實驗」他的幻想、寫實、唯美主義、與浪漫主義的統合[53]——同時，卻並沒有忘卻人性和「人道關懷」的探索。

---

[51]有關「場景與情節／人物」之間的關係，可以隱含象徵性的意指，請參考西摩‧查特曼（Seymour Chatman）引用羅柏‧李德爾（Robert Lidell）所推衍的場景建構的原則，第二個："the second, or symbolic, stresses a tight relation with action; here setting is not neutral but like the action. Tempestuous happenings take place in tempestuous places, like the marshes in Great Expectations; the rainy weather in Bleak House eorresponds to the rain in Lady Dedlock's heart," from "Setting" in Seymour Chatman, *Story and Discourse: Narrative Structure in Fiction and Film*（Ithaca: Cornell University Press, 1978），p.143.至於時間、情節、與敘述策略的關係，派翠力克‧歐尼爾認為「特意」（specificity）或模糊的時間指涉，具有值得深思的意涵，見，Patrick O'Neill, "Question of Time," in *Fictions of Discourse: Reading Narrative Theory*（Toronto, Canada: University of Toronto Press ,1994），p.44.「朝隱而出，暮隱而入」可以暗示：麗雪日常維生型態的奇異性，兩人關係的隱祕性，甚或是關涉難言之隱的特殊性。

[52]有關「場景與情節／人物以及情緒的相互關聯」，這種敘述結構設計，也可以參考，Mieke Bal, "From Place to Space," in *Narratology*（Toronto: University of Toronto Press, 1992），pp.93～99.

[53]19 世紀末的「唯美主義」：主張藝術只為本身的美存在，而其審美標準，應不受道德、功利、與社會風氣的影響；發生於 18 世紀中到 19 世紀初的歐美「浪漫主義」：作品充滿熱情、反權威和

　　葉老除了啓用人物的型塑——麗雪的女性「主體性」與「原欲解放」
的行徑，來遙指：人性不可扭曲——那般的人道關懷、道德勸說外，他也
訴諸雷同事件的「反覆」敷演，用以強化：求自由、反傳統、除障蔽的主
題。因此，麗雪在投奔「羅」營、「朝隱而出，暮隱而入」之先，就因一個
「愛讀薩洛陽小說」的美國輪船大副馬柯萊，而勇於：「一枝穠豔露凝
香」；只是，爾後，空留下皮膚白皙、「眸子青翠」的女兒琪美，在「四維
八德」、標語充斥的「毋忘在莒」氛圍中，於家人、庸眾共同「冷嘲熱罵」
的「集體聲音」下，獨泣：「雲雨巫山枉斷腸」。最後，葉老不惜揭發：叛
逆女子麗雪和她的混血女兒琪美，如何雙雙都被邊緣化於歷史臺灣／封閉
社會的底層——麗雪的手腕上「被」烙滿點點斑斑的「生活疤痕」，而琪美
獨自在家伴隨著一盒子「缺手斷腿」的洋娃娃度日——母女都過著「變形」
（"deformed"）的日子。

　　代表「父權」的八叔公，自詡：曾經在五四運動時代的廈門學府，高
喊過德先生、賽先生。職是之故，讀者原來也以爲他應該「是」會將五四
時代女／男青年朋友最嚮往的：自由戀愛與婚姻自主——存放心頭。然
而，反諷的是：背叛賽先生的是他——沒有科學性地實際求證／推衍過，
就把治癒敘述者創傷心靈的「女神」，冷苛地錯判爲「不清不白」的「神
女」。背叛德先生的也是他：沒有尊重女／男雙方當事人的個人主觀意願，
[54]到頭來，竟還是讓「財富」與「社會習尚」腐蝕了他五四青年——追尋自
由與「解放」的初心，以家族、子姪的利益爲名，操控麗雪與琪美的運
命。弱勢女子麗雪固然無力獨自面對「集體聲音」的詛咒，也獨自對抗不
了墮落的「五四青年」八叔公，他所主導的羅家父系霸權——「善意」出

傳統、著重主觀性、與自我情感及想像、以致偏於自由發展。引用唯美、浪漫主義的精神，來概
略描述葉老的〈青春〉與〈羅桑榮和四個女人〉，我覺得應該是很恰適的。有關唯美主義和浪漫
主義，坊間最容易找到的參考資料是：《重編國語詞典修訂本，檢索系統第二版》，臺北：中華民
國教育部電子計算中心，1997 年 9 月，第 2 版。

[54]這是彰顯葉老的「自由主義」的另一個例子。有關自由主義：「相互尊重與容忍的態度」，見林芳
玫，〈自由主義女性主義〉，收入，顧燕翎主編，《女性主義：理論與流派》，臺北：女書文化公
司，1997 年 9 月，頁 4。

面衛護社會家庭秩序，最後，她決意不受豪門世家的金錢污染，帶著八叔公口中的「雜種」女兒琪美遠走他鄉——五湖寄跡，與原鄉訣別，棄絕「牛驥同皂」。

積極主動、大膽叛道的「叛逆女」麗雪，被三振出局如是，擁抱女性主義的女／男朋友，不免要質疑：葉老何以安排突兀如此？

要之，〈青春〉的采薇——「一朵濃郁醉人」的「牡丹」，因美國記者桑德斯的痛惜才華，而解語、盛開、綻放，甚且，於美利堅，天才方不致遭到掩埋。而〈羅桑榮和四個女人〉中的麗雪，最後「有信從美國來」，何況「膚色不同的琪美在那邊將活得更快樂和幸福；這在此地她一輩子也得不到」（頁 128）——已經「別娶他婚」的敘述者如此自我解嘲、「合理化」（"rationalize"）地述說。葉老藉〈羅桑榮和四個女人〉的麗雪，再一次重複他在〈青春〉中所建構的「漂泊」的母題（motif）。而且，一魚兩吃，也啟用麗雪的下場，暗示著：美國輪船大副馬柯萊，畢竟，不是「陳世美」，而對比之下，羅桑榮豈非是「忍情」的「張生」（元稹，《鶯鶯傳》）——落得麗雪這朵為治癒他心靈創傷而綻放的「牡丹」，漂泊於異鄉。

的確，1960 年代的歷史臺灣——這塊土地——正如陳映真〈淒慘的無言的嘴〉所象徵的「黑房」——需要「打開窗子，讓陽光進來」，然而，「等不及陽光」為他們帶來健康與希望，弱勢的一方只有選擇在無助與無奈的困境下——出去漂泊、放逐、流浪。因此，從歷史、社會、與政經發展等等視點，來重新檢視葉老為箇中人物：采薇和麗雪所設計的「終站」，也許比較能夠開發出白色恐怖時代，葉老刻意隱喻的意旨與社會批判。

今日此時回頭再解讀〈青春〉與〈羅桑榮和四個女人〉，更能開拓我們的歷史視野，進一步思考：何時重逢「采薇、麗雪、與琪美」於何方？而透過葉老當年的「女性關懷」，我們得以思辯：福爾摩莎的桃源願景，究竟何在？

然而，再從全球化社會急遽變遷的視點反思：〈羅桑榮和四個女人〉（1966 年）出版後三十餘載的今日「海洋臺灣」，放眼當今最受矚目的電

子／平面媒體：琪美的「下一代」──諸如席曼寧、費翔──已經家喻戶曉、縱橫於今日「流行文化」的浪「潮」尖端；而嚴肅莊嚴的廟堂之上，也有蕭美琴站上了第一線，折衝樽俎於今日福爾摩莎合縱連橫的政壇──「眾生」喧嘩。這豈是八叔公、坤仔等等「燕雀」者流，當年口口聲聲「雜種」，所能想像？（頁 127）

四、雛菊：「孤雛」淚盡，神蹟顯現，「切莫懷疑」（〈賺食世家〉，1968 年）

〈賺食世家〉（1968 年）[55]是葉老諸多犀利的社會浮世繪中，描摹「妓女青娥」的困境最力，又最富黑色幽默的敘述策略、而堪爲創意典範的傑作之一。尤其值得我們詳加注意的是：延續著〈青春〉與〈羅桑榮和四個女人〉對弱勢女性的關注，於這篇充滿荒誕、諷刺、滑稽、嘲仿、與「似非而是」的黑色喜劇的文本中，挾其「一以貫之」的劍膽琴心，對「孤雛美眉」阿柔──雛菊──所受到的「霸權」操控，寄予無盡的人道同情。

深諳法國文學的葉老，自然知曉：根據安德烈‧布烈敦（Andre Breton），黑色幽默的出現，可以上溯到 1920 年代法國超現實主義（surrealism）的肇始。從彼時起，黑色幽默立即成爲超現實主義的基本中心法則（central doctrine）。之後，安德烈‧布烈敦於 1940 年主編了一本《黑色幽默文集》（*Anthologie de l'humour noir*），當時收入了原屬不同國家的黑色幽默大師的作品。因此，文集的出版標記著：這個幽默流派──其形式與內容──真是超越了種族與國別，[56]而特具眾聲喧嘩的本質，而「黑色幽默」一詞也從而淑化流行、遠播全球。

然而，於我們，安德烈‧布烈敦最具啓發性的論點，是在於解析黑色

---

[55] 〈賺食世家〉收入，《黃水仙花》，臺北：新地文學出版社，1987 年，頁 83～122。

[56] 請參考，Brom Weber, "the Mode of Black Humor," in Louis D. Rubin, Jr.（ed.）*The Comic Imagination in American Literature*（Washington D.C.: Voice of America, 1974），p.390. 或另一個版本，Louis D. Rubin, Jr.（ed.）*The Comic Imaginatin in American Literature*（New Brunswick, N.J.: Rutgers University Press, 1973）.

幽默的功能與敘述策略：他認為在 1920 年代，因戰爭或騷亂導致的危機，加諸於人們重大的壓力之際（great stress），黑色幽默最能激勵人心，引起熱烈的回響；而黑色幽默的「黑色」一詞，是來自於：揚棄道德與禮法，以確保人世的典範和秩序，或來自於：嘲弄使人憤懣的恐怖、暴力、不義、與死亡，或來自於：透過冷靜，避免濫情，或來自於：偏好詭異與震驚。[57]由是推衍，如果我們能夠援引「臨界」敘事學所倡導的統合性的思考方向，還原葉老的作品於：備受白色恐怖時代的重大壓力之際——重返那「歷史臺灣」的昔時書寫情境，並進而爬羅剔抉「黑色幽默」的基本論述，歸納出文學靈光的可能交集，必然有助於深化我們對其作品所蘊含的深層意涵，做進一步的社會性考掘。[58]

依據布倫・韋柏（Brom Weber）的研究，安德烈・布烈敦的超現實幽默論述，涵蓋下列幾點：甲.運用黑色幽默，來合理化對主流社會、穩固的文化、社會禁忌的鄙棄；乙.活用幽默，來衛護內在的自我，以便對抗諸如心理、生理、與社會等等方面的外在限制；丙.活學幽默，以超越凡世的現實，使人不致受邏輯、理性、與主觀情意所牢籠；丁.訴諸幽默，以脫離文化與物質世界所定義的自我，從而透過毫無窒礙的夢、幻境、與神遊，[59]來表達形而上的渴望。

從表面上看，〈賺食世家〉（1968 年）敷演的似乎是：「弱勢」的「雛菊美眉」阿茱，其生存與婚戀自由，慘受「強勢」的養母「霸權」介入、干擾的那般尋常戲碼。然而，值得注意的是：流盡孤雛淚，阿茱不但要面對來自「母權」的操控，而且，還將掙扎於「賺食哲學」的「賺食」生涯。於是，透過阿茱與男友祥仔，深陷於內在「自我的伸張」與「外力的

---

[57]請參考，Brom Weber, "the Mode of Black Humor," in Louis D. Rubin, Jr.（ed.）*The Comic Imagination in American Literature*（Washington D.C.: Voice of America, 1974），p.391.

[58]臺灣的文評家彭瑞金曾經正確地指陳，葉老在 1960 年代復出後，又創作出「多樣面貌、內容豐富的作品」，其中有些白色年代的體驗，就以類似「黑色幽默」的文學表現出來。見，彭瑞金，《葉石濤評傳》，高雄：春暉出版社，1999 年 1 月，頁 185。

[59]請參考，Brom Weber, "the Mode of Black Humor," in Louis D. Rubin, Jr.（ed.）*The Comic Imagination in American Literature*（Washington D.C.: Voice of America, 1974），p.391.

壓抑」交互轇轕、角力之際，葉老企圖指出：不論「威權」來自何方神聖
／何種性別，其迫害性／破壞性對「弱勢」的一方，所造成的「痛不欲生」
（頁 111）則一。因此，透過「我見猶憐」的關懷，來檢驗「賺食世家」的
「賺食哲學」及其衍生的文化「實踐」，葉老召喚我們一起質疑：主流社會
價值觀的「正確性」與「可信性」（"cogency"）。

布倫‧韋柏（Brom Weber）在研究過美國黑色幽默作家那桑納‧韋思
特（Nathanael West）之後，曾經表示：那桑納‧韋思特善於運用——諷
刺、逗笑、機智、病態、似非而是、冷肅疏離、古怪的人物、以及騷鬧的
場面，來拼湊出諷刺的黑色喜劇（sardonic dark comedy）。[60]解讀葉老的
〈賺食世家〉，我們也可以發現：葉老也採取類似那桑納‧韋思特所使用的
敘述策略。其中最重要的自然是：「似非而是」與「似是而非」的哲理性詭
論（paradox）。

就如同〈青春〉與〈羅桑榮和四個女人〉，葉老在〈賺食世家〉中，也
創造出一個敘述者「我」（石頭仔）來闡述故事。既然小說的篇名是：〈賺
食世家〉，理所當然，敘述者「我」闡述的應該是以「賺食世家」爲主角的
故事。因此，石頭仔雖然是參與故事情節的「身內型」敘述者
（"homodiegetic" narrator），實際上，在故事層中，他所扮演的應該只不過
是個傑聶所謂的「旁觀者」（"bystander"）、[61]或者是布斯所認定的「觀察
者」（"observer"）的角色，[62]一如鄭清文的〈髮〉中，那個謹守「觀察」本
分的敘述者「我」／旁觀者。有趣的是：葉老的第一人稱「我」爲「觀察
者」（"first-person I as observer"）的敘述者，於〈賺食世家〉之中，於阿榮

---

[60]如上，Brom Weber, "the Mode of Black Humor," p.393. 國內，余玉照是研究韋思特的專家，有
極深入的專論刊行，見，余玉照，〈黑色幽默初探：巴爾索‧司內爾的夢幻生活研究〉，收入，
《美國文學與思想研究會論文集》，臺北：中央研究院美國文化研究所，1984 年，頁 345～357。

[61]傑聶認爲：身內型的敘述者必然只能是主角，要不然就只是一個旁觀者（bystander），絕不是一
個跑龍套的小角色。身外型的敘述者絕對不在場，而身內型的敘述者雖在場，卻地位有別
（Absence is absolute, but presence has degrees）。請參考，Gerard Genette, "Person," in *Narrative
Discourse: An Essay in Method*（Ithaca: Cornell University Press, 1980），p.245.

[62]請參考，Wayne C. Booth, "Dramatized and Undramatized Narrators," and "Observers and Narrator-
agents," in *The Rhetoric of Fiction*（Chicago: University of Chicago Press, 1983），p.153.

與祥仔對抗「母權」如火如荼之際，非但基於「義憤」，喋喋不休、夸夸其談，甚且，最後緣由於「孤雛」淚盡，「痛不欲生」，敘述者還「老帥護航」、下海操盤，夥同楊牧師，爲弱勢的祥仔與阿榮贏得「赤壁之役」。顯然，葉老的敘述者「我」，其任務與地位，已經超越傑聶與布斯對「旁觀者」、「觀察者」所下的定義的極限，幾乎成爲一個「聯合主演」的主角（“co-protagonist”）。這個敘述策略似乎有意凸顯：聖（楊牧師）／俗（敘述者「我」，男性）的價值觀和「賺食哲學」的比照，以啓發我們參祥、深思。

表面上，「賺食世家」的「賺食哲學」似乎荒謬可笑、滑稽突梯，然而透過被男性社會「邊緣化」（“marginalize”）的煙花女子，葉老建構出一個女性的「世外桃源」：一方面嘲仿主流社會的文化實踐，逗人莞爾一笑，一方面也公然背棄聖／俗禁忌，以莊重的道德議題爲笑柄，亦莊亦諧。[63]

於是，認祖歸宗傳香火，千百年來何等大事——只是，因爲男人都是如此的豬玀，所以「賺食世家」傳女、不傳男——代代「不婚」，而以「領養」女兒來「實踐」傳統的「傳宗接代」。人家有「家法」伺候，咱們也有「不容干涉」[64]的「家規」在堂。男兒既然志在四方、壯年「圖仕」，女兒也出外「賺食」、搏命養家。高官厚爵，既然懸車告老而還鄉——還鄉建「家／園」，所以，「賺食世家」，人老珠黃也回鄉——回鄉「買產置桑田」，總是，有樣學樣、東施效顰。「賺食世家」也從而建立起「女兒國」的「世外桃源」：磚瓦木屋、依湖聳立，花卉爭豔、草木扶疏，既清雅優美、又沐浴於秋陽，真是美麗「淨地」，何等溫馨蕩漾——儼然也是鐘鳴鼎

---

[63] 葉老的黑色幽默比較溫厚、誠懇——接近英美主流文化的幽默本質，不過也有嘲諷批判的寓意。有關不同流派而令人苦惱的黑色幽默，請參考，Brom Weber, “the Mode of Black Humor,” in Louis D. Rubin, Jr.（ed.）*The Comic Imagination in American Literature*（Washington D.C.: Voice of America, 1974），p.388.

[64] 葉老自稱他是個具有「社會主義傾向的新自由主義者」，從這裡的文本來解讀，的確是如此。畢竟，「不受別人干涉，自己決定自己的生存目標」正是自由主義最重要的原則。見，林芳玫，〈自由主義女性主義〉，收入，顧燕翎主編，《女性主義：理論與流派》，臺北：女書文化公司，1997年9月，頁6。

食之家的「麗富堂皇」模樣！在在青出於藍而勝於藍？

　　然而，賺食世家的「自主」、「經濟獨立」[65]、「自我實現」與「自我潛能」的發揮，[66]是完全來自於：男性社會「愛之」欲其生、「賤之」欲其死、[67]而「掃之」春又生的賺食「志業」，是長使「聖／俗兩界人士」（楊牧師／敘述者「我」，石頭仔）「啼笑皆非」、「淚滿襟」的「賤業」，也是男性「節操意識」下所共同唾棄的「笑貧不笑娼」（頁 93）、「道德錯位」。何況，她們又悍然堅持：如此方能「清清白白」，「逍遙自在的混下去」（頁 105）——其「似是而非」，又真令聖／俗人士——以「博愛」為「志業」者——更加情何以堪、哭笑不得！然而，另以「女性中心意識」解構，其實，又是「似非而是」的「她類」（"the other"）結論。

　　畢竟，自古「男主外」的世間，也正如《抱朴子‧外篇‧刺驕》所說：「少有無清白之操業，長以買官而富貴」。於是，壯年「圖壯」，多少世間男子，因而得以「弄月搏風、快活到死」。以致，軟玉嬌香的祖母狡黠地痛責：「道貌岸然」的男人「都是豬」——頗有不齒「行若狗彘」之意。藉著「賺食世家」的犬儒／詭論主義，葉老因此間接質疑：究竟世間有多少男子——澡身浴德、修業窮理？可有枕石漱流、振衣彈冠、胸懷志氣？正因為：主流文化「風行草偃」，其「餘韻流風」所及，閨閫也因而劇變！始作俑者，焉能嗔怪：賺食世家奇女子，煙視媚行，「白璧有瑕」？職是之故，「賺食哲學」雖然弔詭矜奇，卻也「似非而是」，而賺食世家的嬌嬌女也就顯得更加「造反有理」。葉老彷彿藉此「黑色幽默」的敘述策略——「似非而是」，為賺食世家昭冤伸枉。有趣的是：耿介如「石」（涉世不

---

[65] 阿榮的阿媽與娘都認為：「女人要在這社會上逍遙自在的混下去，一定要有錢後盾，而女人掙錢最容易的莫過於賺食」。

[66] 林芳玫指陳：「女性主義認為女性生存的目的必須以自我實現、自我潛能發展為優先。女性的自我就是生存的目的，而非為了做妻子與母親才存在」。見，林芳玫，〈自由主義女性主義〉，收入，顧燕翎主編，《女性主義：理論與流派》，臺北：女書文化公司，1997 年 9 月，頁 8。

[67] 葉老以「集體聲音」的策略，一方面，嘲仿聖／俗兩界，為賺食世家「墮落的靈魂」而焦慮、歎息，一方面藉鄉里女性口中的咒語「狐狸精」，來彰顯鄉人的「不齒」與價值判斷，然而，葉老也以阿榮的母親一針見血的質問：「那些道貌岸然的紳士還不是從我們身上取樂」，指出：男子的原欲與妻子的定見，顯然，才是「愛恨」賺食世家的共犯結構。

深？）的「石」頭仔，終卷何曾勘破「賺食」祖母歷盡滄桑、「清清白白」活下去（survive?）的弦外之音？兩人紅塵歷練的社會性歧異，形成性別之間的雞同鴨講的「理解差距」（"disparity of understanding"），[68]透過這一場韋恩‧布斯所謂的反諷插曲（incidental irony），[69]葉老——有如黑色幽默家瑞蒙‧歐德門（Raymond M. Olderman）——也進而同時暗示：生命既荒謬又可笑，他寧可著眼於發揮人類的良知，棄絕任何塵世道德（amoral）的意指。[70]

此外，透過阿茱的祖母直截了當的質問：「要男人多的是，何必要嫁人呢？」——如此「解放」、「自主」、「不婚」、而又執意棄絕男性禁忌的「原欲」思慮辯證，葉老也似乎要進一步論述：賺食世家，不但，藉此可以擺脫男性長期操控女性「原欲」的傳統，甚且，也得以顛覆女性在「主流社會、經濟、文化上的附屬位置」，使自己不再是消極的「被慾望和被宰制的對象」，[71]相反的，將女性的自我提升到新的制高點上，成為終生自由、無須伺候男人／兒女的「單身貴族」，並將男人逆轉為她們原欲的「囊中物」。

上述「似是而非／似非而是」的兩段詭論，其實，可能只是在白色時代的高壓下，葉老為了嘲弄：當時顛倒是非的「男權／威權」社會所謂的「清白」觀念，而透過賺食祖母來指「豬」罵「狗」（威權機器的走狗？），並且暗諷／批判：「似是而非」的世間「威權」運作而已，[72]也可謂

---

[68] 人物之間的「理解差距」，請參考，*Robert Scholes and Robert Kellogg, The Nature of Narrative*（New York: Oxford University Press, 1966）.

[69] 請參考，韋恩‧布斯，Wayne Booth, "Variations of Distance," in *The Rhetoric of Fiction*（Chicago: University of Chicago Press, 1983）,p.159.

[70] 請參考，Raymond M. Olderman, *Beyond the Waste Land: A Study of the American Novel in the Nineteen-Sixties*（New Haven and London: Yale University Press, 1972）, p.27.

[71] 請參考，顧燕翎，〈當代臺灣婦運的情慾論述〉，收入，顧燕翎，《女性主義經典：十八世紀歐洲啟蒙，二十世紀本土反思》，臺北：女書文化公司，1999 年 10 月，頁 289。

[72] 在接受李昂的訪問時，葉老曾經表示：他見識過世間的齷齪、慘酷、自私、與背叛。見，李昂，〈紛爭的年代——葉石濤訪問記〉，收入，《中國當代藝術家訪問》，臺北：大漢出版社，1978 年 9 月。透過賺食祖母來「指豬罵狗」（走狗？），並且暗諷：「似是而非」的世間「威權」運作，我覺得可能是合乎「外緣證據」的合理詮釋。

是：黑色幽默的小絕技（tour de force），於福爾摩莎，風華再現罷了！

　　除了上述黑色幽默的「似是而非／似非而是」的敘述策略之外，我們還必須注意的是：於〈賺食世家〉，葉老又以「無所不在」的溫厚「幽默逗趣」，將「崇高而嚴肅」[73]的「理想性希望」（"idealistic hope"），[74]融入於箇中人物的生死與失望交集的生活之中──在在反映著：葉老的文學視境與 18 世紀美國清教徒（Puritan）所主導的幽默文化，有著「英雄所見略同」的實踐與願景。

　　而在〈賺食世家〉中，最能夠代表崇高的「理想性希望」的箇中人物，自然非「古怪人物」楊（羊？）牧師莫屬。雖然這個敘述者「我」口中──「頑迷不可理喻」的牧「羊」人，對「賺食哲學」的看法是「男性社會」既有偏見的再生產，無法聰慧領悟多元的「異類」發聲所隱含的「她」類精義，但是，透過這個「去私爲公」、「民胞物與」的人物型塑（characterization），葉老再度展現他那「有社會主義傾向」的「理想主義」，一如他對法國作家馬金尼的期許。

　　於〈賺食世家〉整篇小說中，兩度，葉老刻意以敘述「步速」（"pacing"）減緩的策略，[75]酌情將故事時間（story-duration, story-time）「暫停」（pause）／縮減爲零、[76]而依理將敷演時間（text-duration, discourse-time）倍加擴增，企圖運用「白描」與「反思」（"descriptive", "reflective"）的文體──再現兩個不容我們忽視的場景（setting）：一個是

---

[73]彭瑞金也曾經正確地指出：葉老將「崇高而嚴肅的理想和滑稽幽默的故事情節」刻意安排在一起。見彭瑞金，《葉石濤評傳》，高雄：春暉出版社，1999 年 1 月，頁 185。

[74]有關清教徒的這種「理想性希望」（idealistic hope）與幽默文化融合的特質，請參考，Brom Weber, "the Mode of Black Humor," in Louis D. Rubin, Jr.（ed.）*The Comic Imagination in American Literature*（Washington D.C.: Voice of America, 1974）, p.395.

[75]敘述「步速」減緩或加快（acceleration）的策略，通常可以說明該敘述事項的重要性。見，Shlomith Rimmon-Kenan, "Duration," in *Narrative Fiction: Contemporary Poetics*（London: Methuen, 1983）, pp.51～56.

[76]請參考："The pause......is the minimum discursive speed, where, for example, more or less lengthy passages of narration of a descriptive, reflective, or essayistic nature correspond to no events at all in the story," from Patrick O'Neill, "Question of Time," in *Fictions of Discourse: Reading Narrative Theory*（Toronto: University of Toronto Press, 1994）, p.43.

賺食世家依湖「聳」立的「磚瓦」別墅，如前所述，另一個則是楊牧師「躲」在教堂背後的「鐵皮屋頂」陋屋──兩「屋」一前一後，接連於文中相繼呈現（頁 101、頁 107），葉老顯然有意：將賺食世家與楊牧師兩者「安身立命」的所在，建構成「截然相反」的「對比」。於是，以這種場景做為影射人物特質的意符（signifier），其示意作用（signification）更值得我們縝密地演繹析論。

要之，賺食世家，姑娘出外「賺食」，經之營之，還得「志比天高」──有如〈賣油郎獨占花魁〉的美娘──未焚徙薪，方能人老珠黃，買產置田，安享餘年，爾後，以「鐘鳴鼎食」傳家。而楊牧師與敘述者「分別」造訪「女兒國」之際，媽媽阿蘭刷洗馬桶、養女阿茱切割豬菜，卻也彷彿暗示：他們是勤勞的「尋常百姓家」。只是，賺食世家依湖營建的「磚瓦」別墅，即使何等巍峨、「聳」立，畢竟，也為的是：「一己之私」。相對的，楊牧師「賣掉祖產」，住上鐵皮陋屋──有如「引車賣漿者流」的違章建築，營建起莊嚴肅穆、「聳」立於油加利樹林的教堂，為的卻是：「破私為公」──以「博愛」的福音傳世。慣常以大紅旗袍現身的阿蘭，以馬桶──「驅邪」，來衛護「女兒國」的「國家利益」與「尊嚴」，於是，潑婦出招，不免荒誕、可笑，卻能克竟其功。相對的，楊牧師身繫一條「麻繩」般齷齪的領帶、穿一套邋遢、「襤褸」如農夫的西裝，從「汙穢不堪、褻瀆神祇、背叛福音」的「風雨」中，踅回教堂，如同「落湯雞」一般，長跪於聖壇中間──祈禱悔罪，而後，再「走進他的羊群裡去」（頁 109）。此番，敘述者的語調雖然依舊逗趣，葉老卻是以令人悲憫的苦笑來發聲、「料理」。

如果塵世竟然如是荒原一片，而我們又毫無緣由自外於世間的癲狂（insanity）與痛苦（suffering），那麼，正如黑色幽默家瑞蒙‧歐德門（Raymond M. Olderman）所宣示：我們並不應該因而就痲痹癱瘓；因此，他主張：推動黑色幽默就是寄望──我們能夠掌握一己的生命，不逃避，

不畏縮，而藉著黑色幽默，啓發我們的思想、培養我們心理的均衡。[77]如然，最令人矚目的就是葉老刻意設計的〈賺食世家〉的高潮——他似乎企圖指向一個「人類理想的去向」——博愛、寬容、與兩性共「志」。

因此，於孤雛淚盡，彷彿阿茱、祥仔、石頭仔等等俗世眾生，都陷入痛不欲生的「困境」之際，葉老透過楊牧師堅忍不拔的「牧羊」、使徒精神，在「秋颱」的山洪爆發中，啓發石頭仔與祥仔冒險協助賺食世家從洪水中——「脫困」，進而化解女兒國的「公民」對祥仔的性別歧視。因而，洪水非但洗滌了兩性初始角力的歷史罪衍，[78]也滋養了開遍於女兒國的向日葵，一道迎接嶄新的兩性共「志」：一方面，祥仔放棄大男人社會的男兒屬性（identity），「入贅」賺食世家，藉此，擁有了不再「孤雛」淚下的阿茱——她依然「妍麗一如院中栽種的雛菊」！另一方面，女兒國也放棄了性別「歧視」，迎進了第一個男人——他並不是「齷齪」的「豬」玀，而是西裝散發著「幽香」的駙馬爺，祥仔。有趣的是：卷終，葉老不忘消遣「貪杯」的楊牧師——這個牧羊人，一如他所領牧的「引車賣漿者流」（無論卷首、卷末），始終崇信、實踐的，其實，都是太白教／「太白酒」——爲女男再度「同國」，興奮地在證婚之後，醉茫茫，臥入賺食世家的廂房，大喊：「這是神蹟，切莫懷疑！」甚有「劉姥姥醉臥怡紅院」的架式。

五、世界偉大的文學心靈交會

以上我們嘗試使用「臨界」敘事學（"critical" narratology）的統合性視點，結合歷史、政治、社會、心理解析、女性主義、與自由主義的綜合性啓示，重新閱讀葉老的〈青春〉、〈羅桑榮和四個女人〉、與〈賺食世家〉中

---

[77]請參考，Raymond M. Olderman, *Beyond the Waste Land: A Study of the American Novel in the Nineteen-Sixties*（New Haven and London: Yale University Press, 1972）, pp.28～29.

[78]這個「困境與脫困」的情節，以及兩性共「志」的最終結局的建構，其實，非常符合葉老始終堅持的文學信念：「好的臺灣文學作品必須『紮根於這個土地，描寫臺灣的土地和人民，寫出臺灣人的生活困境……要能通過理想主義的考驗……【要】有人道主義的關懷，幫助弱勢的人群找到生存的勇氣』」，見，趙慶華，〈老朽的年代，不褪色的青春夢——永遠的「文學青年」葉石濤〉，《新觀念》第 150 期，2001 年 4 月號，頁 24～25。

的女性／書寫，於解讀的過程中，我們的確可以因而深深感受到：葉老對臺灣女性的人道關懷，以及力透紙背所展現的敏銳觀察、理想主義、與強烈的社會正義──那立足鄉土、為土地和人民寫作的企圖。而透過這個統合性、比較性的解析方式，也更加能體會到：他作品的「主題取向」與「敘述策略」，於這兩個方位，如何與世界偉大的文學心靈交會、而迸出智慧的火花。

備註

　　本論文的「初稿」是我研究葉老小說的「女性／書寫」計畫的第一個部分。本計畫的構思，緣由於《文學臺灣》的發行人鄭烱明醫師與主編彭瑞金教授多年來的期許，因孤懸海外，葉老的作品文本與參考資料的蒐集，都虧他們從旁義助；東海大學中文系／所主任洪銘水教授自北美臺灣文學研究會時代，就一直提供建設性的批評與支持；在撰寫的過程中，國立成功大學臺灣文學研究所的陳萬益教授、呂興昌教授、林瑞明教授、應鳳凰教授、以及中文系／所的吳達芸教授，都曾經有教於我／鼓勵有加，林瑞明教授還盛情相邀同遊「葫蘆巷」──諸位文友，雅意深情，銘感於心，粗記於此。部分的論點也曾經與成大臺文所與中文所的碩、博士班研究生一起思辯過，她／他們認真的辯難，使我印象深刻，受益良多。在此也感謝加拿大雅博達大學「研究休假計畫」、中華民國的國家科學發展委員會、國立成功大學臺文所、中文所師生共同給我這份求知路上的情緣。論文的闕失自然與他們無關。

──選自《臺灣新聞報》，2001 年 12 月 10 日，12 版

從皇國少年到左傾青年
戰後初期葉石濤的小說創作與思想轉折

◎陳建忠*

一、前言：後殖民知識分子變形記

如果從整體 1940 年代文學的角度來看，二戰後初期（early post-WWII period, 1945～1949）文學與 1940 年代前期的臺灣戰爭期文學密切相關，也與 1950 年代文學（特別是本土左翼傳統的消亡）的變化不可兩分。換言之，戰後初期乃是日本大和文化與國府中國文化「重疊」（"overlap"）的一段時間，不能輕易轉之遺忘、收編，而應該將其重要性重新評估。

同時，戰後初期涉及的問題又攸關「後殖民議題」（"post-colonial issues"）。筆者認為應該發展出一套臺灣的「後殖民閱讀策略」（"post-colonial reading strategies"），藉以解讀臺灣作家因應殖民主義發展出來的思考與美學形態。就此而言，臺灣文學雖受日本殖民影響，也受國府統治影響，但在殖民統治外，臺灣文學作家也極力發展出屬於臺灣文學獨特的面貌，甚至不乏吸取來自日本或中國的文學養分，對於臺灣作家如何進行「後殖民實踐」（"post-colonial practices"），誠然有待更進一步詮釋的必要。

二次大戰後，後殖民臺灣所面對的兩個統治者，其差異在於，日本帝國主義者經由 50 年殖民教化與臺灣人產生複雜關係；而國民黨政權則依賴「祖國情感」和臺灣人糾合一起。與其說在戰後曾出現「反國府」的情況

* 發表文章時為中興大學臺灣文學研究所助理教授，現為清華大學臺灣文學研究所副教授。

是一種奴化或殖民化，更應該思考的是，臺灣人是如何受到時代的擠壓而形塑出特殊的思想面貌？

在這樣的歷史情境中，葉石濤（1925～2008）雖深受在臺灣的日本浪漫主義作家西川滿（Nishikawa Mitsuru, 1908～1999）影響，但也在接受浪漫主義文學洗禮後，在戰後將之轉化為對臺灣現實的關切。弔詭的是，這種轉變與殖民主義（文學）的介入實則密不可分。

本文試圖提出的看法其重點在於：臺灣作家的被殖民經驗是多樣化的，必須個別、深入地加以解析。葉石濤個案的探討，乃是筆者一系列戰後初期文藝研究的關注之一。而葉氏的重要性在於，讓我們得以觀察一個曾經被殖民化的心靈，如何在與殖民主義纏鬥的過程中歷經馴服與反省，最終將這些資源轉化為追求主體性的動力。要詮釋這種轉變，不能僅由中國民族主義或臺灣民族主義觀點來評價（葉的轉變並非僅朝向非殖民化或獨立化），更必須注意到，被殖民者複雜的主體認識與建構過程的特殊性，這是葉石濤個案置於臺灣文學史中，乃至臺灣精神史中饒富深意之處。

借用《葉石濤評傳》作者彭瑞金的提問，可相當程度切近本文的部分主旨，那就是如何看待「殖民經驗」在後殖民時期的定位問題。他問道：

> 令人不解的是，生長於斯的四〇年代臺灣知識分子、作家，為什麼必然具備「尖銳的反抗意識」呢？他們不是生下來便是「日本臣民」嗎？他們為什麼要背負那實際並不存在，也不該由他們背負的「中華民族意識」呢？只要他們不曾積極、主動地做過危害臺灣人民的行為，他們有什麼需要慚愧、自責的呢？[1]

問題或許較諸葉應該歸屬於何種民族主義認同更複雜。如果說，葉石濤比起當時其他歷經兩個時代的臺灣作家有何不同之處？應該是他不僅從

---

[1]彭瑞金，《葉石濤評傳》，高雄：春暉出版社，1999 年 1 月，頁 109。

日據末期活躍到戰後初期，更是 1970 年代以降，臺灣文學本土化論述興起的主要意見領袖[2]。他的影響力是更全面性的，固不僅在於創作與延續文學傳統而已。然而正因如此，他所受到的無論褒或貶的「特別待遇」，容易使我們以爲那是葉石濤的個別問題，而忽略某種程度來說，他所反映的乃是某一類臺灣知識分子普遍類近的心路歷程。

換言之，葉石濤由接受殖民教育教養長成的皇國少年（an Imperial adolescent）轉化爲左翼青年（a Left-wing young man），再蛻變爲臺灣本土論者（a Taiwan nativist），這猶如臺灣後殖民知識分子的變形記，是可以提供我們思索一個世代（或更多）知識分子的文學與思想問題的。我們需要追問的是：葉石濤的轉變所涉及的契機爲何？日本與中國文化交疊在他身上，他又是如何安頓其意義，從而轉化爲臺灣文化主體性的內涵？如此一來，不回溯到關鍵的戰後初期四年，恐怕無法周延合理地解答上述提問。

二、變相前的真相：葉石濤文學與思想發展的前史（pre-history）[3]

在進入正題之前，對於葉石濤如何走入日據時期臺灣文壇的過程，似乎是需要先行解決的問題。而他又如何繼續走入戰後初期的臺灣文壇，則是另一個有待考察的重要背景。因爲唯有對照前後時期葉石濤的變化，方能了解他「變相」的癥結所在，所謂創作與思想的「轉折」如何發生。

葉石濤的文學創作開始於戰爭時期的 1940 年代。1943 年，西川滿主持的《文藝臺灣》上刊出他的日文小說〈林君寄來的信〉（〈林からの手紙〉）與〈春怨——獻給恩師〉兩篇小說[4]，其時他剛自臺南州立二中畢業

---

[2]葉石濤撰寫於 1980 年代中晚期的《臺灣文學史綱》，在臺灣文學研究上具有開創性的意義。

[3]此處之所以將葉石濤的日據時期活動稱爲「前史」（"pre-history"），隱含有「非正式歷史」（"unofficial history"）的意味，想指出他尚未進入生命中的「正史」（"historiography"）階段，尚未有「自我認證的歷史」（"authorized history"）。後文中將提及，少年葉石濤雖然「知道」臺灣歷史，但臺灣歷史卻「不屬於」他，他的創作便顯示如此歷程。因而充其量那只能像馬克思（K. Marx）所說的，在人類尚未有真正的「自由」前，其實還處於「前史」的階段，是受到國家、帝國主義壓制的階段。

[4]〈林君寄來的信〉刊於《文藝臺灣》第 5 卷第 6 號，1943 年 4 月；〈春怨〉刊於《文藝臺灣》第 6 卷第 3 號，1943 年 7 月。兩篇小說中譯可見彭瑞金編，《葉石濤集》，臺北：前衛出版社，1991

未久，尚未滿 18 歲。隨後，他便北上島都擔任西川滿的編輯助手，這段經歷日後葉石濤常以師生關係自許。當時發表的兩篇小說分別是：〈林君寄來的信〉描寫主角葉柳村受邀前往臺南拜訪好友林文顯，重點在於農村氣息與愛慕友人妹妹春娘之淡淡情愫；〈春怨——獻給恩師〉則寫「我」陪同著有小說〈雲林記〉的詩人西村先生與表姊春英，一同前往雲林訪友，重點在「我」與春英曖昧、微妙的感情糾葛，而以法國作家紀德的《窄門》中的話語作爲全篇註腳。

關於葉石濤日據末期的小說創作與文學觀，林瑞明的研究曾指出，由於受到西川滿浪漫主義文學的薰染，葉的早期小說有著「戰爭的無視」的特色，並且可看出受到法國小說及日本「新感覺派」美學的影響，有著「私小說」的傾向[5]。不過林瑞明認爲葉石濤無視於戰爭存在，「側面表現出他並非太平洋戰爭中的皇民少年，相較於同時代的少年，沉迷於法國文學、舊俄文學，反倒使他免疫於皇民教育的影響，他內心裡有著更廣闊的世界」[6]，這或許稍稍過度詮釋了「皇民化運動」（"the Kominka Movement"）下葉石濤的自主性。究其實，筆者認爲少年葉石濤也許對臺灣農村與風習並不排斥，但小說的主題並非「刻意」遠離戰爭影響，而是少年強說愁的自然衝動與美學傾向使然。也因此，臺灣農村在殖民地下的現實困境，遂無法在左翼思想尚未成熟起來的少年心中得到正視。

以上的詮釋關係到我們理解葉石濤的思想轉變過程。因爲，少年葉石濤雖然並不缺乏對農村與習俗的認識，但他顯然在戰爭期尚未能站在臺灣無產階級與主體性歷史的角度去創作。雖然葉石濤曾坦然自陳地：「他（按：指西川滿）是日本浪漫主義，我是臺灣浪漫主義，主題性有差」[7]，

年 7 月。另外，尚有更早的作品，如投稿張文環主編之《臺灣文學》被選爲佳作但未刊出的〈媽祖祭〉；及投稿《文藝臺灣》未獲刊登之〈征臺譚〉。這兩篇作品當中的「媽祖祭典」與「歷史題材」等元素，似乎顯示了少年葉石濤的某些美學傾向，會在日後進一步發展。（詳下文）

[5] 林瑞明，〈葉石濤早期小說之探討〉，《臺灣文學的歷史考察》，臺北：允晨文化公司，1996 年 7 月，頁 333～337。

[6] 同上註，頁 340。

[7] 鄭烱明等，〈「糞寫實主義事件」解密：訪葉石濤先生談〈給世氏的公開信〉〉，《文學臺灣》第 42

但當年的美學傾向與品味卻與西川滿相當雷同：

> 可見我在那時候根本沒注意到文學的社會性功用的一個層面，也不知道
> 文學的時代性使命。我真是個不可理喻的藝術至上主義者，我喜歡唯美
> 的東西勝於「文以載道」[8]。

　　而事實上，在另一方面，皇國少年葉石濤除了唯美、抒情的風格外，
其實也不乏呼應時局之舉，而非全然無視戰爭存在。就像西川滿兼具浪漫
主義作家與殖民地文壇主導者身分，葉石濤顯然也同時具備文藝少年與皇
國少年的身分認同。因為就在葉石濤在臺北襄助西川滿，開始文壇生涯的
同時，他也涉入了當時展開的「糞現實主義論爭」（糞リアリズム論爭）。

　　日本殖民後，臺灣作家因應殖民地現實所發展出來的現實主義文學思
潮，所具有的反殖民性格當然無庸置疑，然而也正因為「寫實」本身必然
還觸及到「觀點」的問題，對於臺灣作家的現實主義作品，日方加以嚴厲
的批判與防堵，似乎就不難想像。戰爭時期的 1940 年代，臺灣文學史上著
名的「糞現實主義論爭」，便是殖民主義文學與現實主義文學的一次交鋒。

　　提及「糞現實主義論爭」，其實還應該注意到這是戰爭期所謂「文學史
論爭」的一個再擴大。因為早於「糞現實主義論爭」，1940 至 1941 年間，
臺北帝大文學講師島田謹二便曾提出「外地文學論」，當中就已經否定整個
臺灣反帝、反封建的現實主義文學傳統。筆者在先前的論文中已指出[9]，黃
得時發表的一系列臺灣文學史論述，〈晚近臺灣文學運動史〉（1942 年 10
月）、〈臺灣文學史序說〉（1943 年 7 月）這種抗拒被殖民者「消音」的文
學史建構，它和反殖民文學一樣，都針對殖民主義論述對被殖民者的矮化

期，2002 年 4 月，頁 29。

[8] 葉石濤，〈府城之星，舊城之月：「陳夫人」及其它〉，《文學回憶錄》，臺北：遠景出版公司，1983
　年 4 月，頁 4。

[9] 陳建忠，〈發現臺灣：日據到戰後初期臺灣文學史建構的歷史語境〉，《臺灣文學評論》第 1 卷第 1
　期，2001 年 1 月。本文已收入論集中。

與無視化提出解構，一個是殖民者的殖民主義史觀，另一個則是反殖民者的本土主義史觀。因此，黃得時的文學史論從發表時間上來看，剛好一方面是對島田謹二「外地文學論」的反擊，另一方面則與「糞現實主義論爭」的議題交疊，戰爭期臺灣文學所面臨的艱難情境，於此可見一斑。

「糞現實主義論爭」兩邊的論爭，批判臺灣現實主義文學的有：濱田隼雄，〈非文學性的感想〉，《臺灣時報》，1943 年 4 月。西川滿，〈文藝時評〉，《文藝臺灣》第 6 卷第 1 號，1943 年 5 月 1 日。葉石濤，〈給世外民的公開信〉，《興南新聞》，1943 年 5 月 17 日。其中西川滿〈文藝時評〉上的論調是「糞現實主義」一詞的由來，他露骨地批判臺灣文學主流的現實主義文學說：「大體上，向來構成臺灣文學主流的『狗屎現實主義』，全都是明治以降傳入日本的歐美文學的手法，這種文學，是一點也引不起喜愛櫻花的我們日本人的共鳴的。……真正的現實主義絕對不是這樣的；在本島人作家依舊關注『虐待繼子』的問題或『家族葛藤』的問題，只描寫這些陋俗的時候，下一代的本島青年早已在『勤行報國』或『志願兵』方面比現出熱烈的行動了」[10]。

被迫回應的臺灣作家及文章有：張文環，〈臺灣文學雜感〉，《臺灣公論》，1943 年 5 月 1 日。世外民（邱永漢？），〈狗屎現實主義與假浪漫主義〉，《興南新聞》，1943 年 5 月 10 日。雲嶺，〈寄語批評家〉，《興南新聞》，1943 年 5 月 24 日。吳新榮，〈好文章、壞文章〉，《興南新聞》，1943 年 5 月 24 日。尹東亮（楊逵），〈擁護「糞現實主義」〉，《臺灣文學》第 3 卷第 3 期，1943 年 7 月 31 日。《呂赫若日記》，1943 年 5 月 7 日。[11]

作品上的對抗則有：陳火泉，〈道〉，《文藝臺灣》第 6 卷第 3 期，1943 年 7 月 1 日。西川滿、濱田隼雄，〈關於小說「道」〉，《文藝臺灣》第 6 卷第 3 期，1943 年 7 月 1 日。另一方則為呂赫若，〈柘榴〉，《臺灣文學》第 3

---

[10] 引見《噤啞的論爭》，曾健民譯文，臺北：人間出版社，1999 年 9 月，頁 124。原文作「糞」，譯者依其語意譯為「狗屎」。
[11] 呂赫若在日記中提到西川滿的〈文藝時評〉，稱其為「文學陰謀活動家」。請參見呂赫若，《呂赫若日記（1942～1944）》，臺南：國家臺灣文學館，2004 年 12 月，頁 339。

卷第 3 期，1943 年 7 月 31 日。王昶雄，〈奔流〉，《臺灣文學》第 3 卷第 3 期，1943 年 7 月 31 日。

　　從殖民主義史觀與本土主義史觀對抗的角度來看「糞現實主義論爭」，不難發現，殖民主義文學家會對現實主義文學如此反感，正因為現實主義文學以如實的描寫、反殖民的精神對殖民主義提出了文化的抗爭。

　　戰後有半世紀的時間，葉石濤在戰爭期的許多作為都被劃歸為親西川滿一派，在「糞現實主義論爭」中發表攻擊臺灣作家陣營的〈給世外民的公開信〉尤為「鐵證」。近年來，葉石濤又聲稱本文當年是西川滿所寫，卻借用他的名字刊出。不過，此說之可信性因是在西川滿已逝後才發表，著實會引人爭議[12]。如果此一澄清是可信的，那麼更可看出葉石濤確實只是一名文學愛好者，他並未直接涉入到文壇與政治的權力糾葛當中。但即便對此說存疑，由前述關於兩篇小說的討論亦可看出，葉石濤戰前發表的小說，雖一味地將浪漫情愛與描寫當作文學題材，卻沒有呈現出太過脫離現實的描述，這與西川滿當時的許多作品相較，葉石濤反而是比較有「現實感」的。只不過，他尚未擁有解釋這些現實的能力罷了。

　　自然，作為一名皇國少年，葉石濤不是沒有呼應戰爭時局之作；不過小說中的筆法仍有可資特別申論之處。1943 年底葉石濤辭去《文藝臺灣》的工作，返鄉在臺南市寶國民學校擔任助教。未久，1944 年 2 月，《臺灣藝術》上刊出葉石濤以「鄭左金」為名之小說〈黎明〉（夜明け）[13]，是篇與志願兵制度有關的作品，並獲得「懸賞小說二等入選」[14]。另外 1944 年 11 月也有隨筆〈美機敗逃〉描寫決戰時期皇軍驅逐美機時的興奮之情[15]。

　　值得注意的是，小說中參加青年團的昆淋等一行人與劉姓地主產生了

---

[12] 鄭烱明等，〈「糞寫實主義事件」解密：訪葉石濤先生談〈給世氏的公開信〉〉，《文學臺灣》第 42 期，2002 年 4 月，頁 25。及官漢生，〈臺灣殖民歷史的「瘡疤」：怎樣看葉石濤最近在日本的發言〉，《左翼》第 27 號，2002 年 9 月 30 日。

[13] 葉石濤，〈黎明〉（夜明け），《臺灣藝術》第 5 卷第 2 期，1944 年。今經張良澤翻譯，刊登於《臺灣文學評論》第 2 卷第 4 期，2002 年 10 月。

[14] 張良澤，〈葉老的一個祕密〉，《臺灣文學評論》第 2 卷第 4 期，2002 年 12 月，頁 260～261。

[15] 葉石濤，〈美機敗走〉，《臺灣文藝》第 1 卷第 6 期，1944 年 11 月。

對立，劉地主所代表的乃是守舊、不配合大局的形象：「反抗舊習、反抗世俗、不斷督促自己、勉勵自己，是青年團員的本分；同時作爲農民，要與苦生活戰鬥。青年們非發揮最高的力量不可」[16]。雖說如此，在時局色之外，其實通篇作品仍免不了情愛描寫與抒情語調，然而小說中涉及徵兵制度發布的部分，其實一直到小說結尾才突然出現，彷彿是爲參與徵獎而特意加入的。

不過，小說中也出現了昆淋對於哥哥不肯辛勞務農的不滿，也在閱讀中感到「才讀了幾頁的書又覺得作者根本不懂臺灣農村實情而亂寫一通」，這些情節在這篇原本短小的小說中，尚未被視爲重要的段落來經營，但也可看出青年葉石濤對於農村現實的某種並不「浪漫」的思考傾向。而這些農村思考雖然是符合時局增產而產生的，卻也揭示了某些我們在觀察臺灣皇民化時期作家的「關鍵點」，那就是這些因身爲臺灣人而具有實感的農村現實感受，它雖可以被納入戰時國家體制，卻也不能否認它是作者對於臺灣殖民地現實問題的認識與認同，一旦作者思想轉變了，這些現實認同便可能發揮另外一種意義。而這點，正是我們觀察葉石濤文學從戰前到戰後這過渡時期思想變化的重要契機。

三、從浪漫抒情主義到浪漫英雄主義：左傾青年的蛻變歷程

半世紀後，葉石濤以回憶的角度說明當年所謂「光復」初期，嚮往的乃是臺灣成爲自由民主的國家，但並不是走臺獨的路。他想要好好做一個中國人，實踐三民主義的臺灣人，卻遭遇到實行共產主義的陳儀。他說：

> 光復之初，我們想的是應該建設臺灣成為三民主義的模範省，臺灣的確有那個條件。而實際上，這種想法亦是非常正確的，但為什麼臺灣沒有成為模範省，完全是中國人搞錯了方向，不是臺灣人搞錯方向。[17]

---

[16] 葉石濤，〈黎明〉，《臺灣文學評論》第 2 卷第 4 期，2002 年 10 月，頁 269。
[17] 葉石濤，《葉石濤先生訪問記錄》，張守真訪問，高雄：高雄市文藝委員會，2002 年 12 月，頁

　　但進入戰後初期，「現實」教育他的是讓他重新以左翼思想來思考「祖國」接收帶來的災難。因此他在戰後不到一年，1946 年《中華日報》時期發表的〈偷玻璃的人〉、〈走江湖〉便已經呈現出對失業與貧窮等戰後社會問題的關注。他在接受文學史家陳芳明訪談時便坦言 1940 年代時期的知識分子流行一句話曰：「再解放」，因為國民黨的解放不算數，中共成為另一個希望所在，而他自己：「最關心的是階級對立問題。我在 1940 年代所寫的作品完全是從馬克思唯物史觀的思考出發，將臺灣人的痛苦以壓迫階級與被壓迫階級，統治階級與被統治階級的觀點來寫，所寫的都是階級的矛盾。因此我在 1940 年代的觀念，完全是以左派的立場來寫作的……」[18]。

　　對戰後初期葉石濤小說中的左翼傾向，與他戰爭期小說中唯美感傷的文風甚不相合，其轉變因素又是為何？這自然是本文試圖進一步揭示的重點。在此之前，我們不妨先考察葉石濤如何跨越語言障礙，重新在戰後初期文壇出場，再進入關於作品與思想轉變問題的探討。

　　戰後，葉石濤重拾他的創作之筆。1946 年起，開始在位於臺南，作家龍瑛宗主編之《中華日報》日文「文藝欄」時期發表的作品有：〈偷玻璃的人〉（1946 年 7 月 11 日）、〈走江湖〉（1946 年 10 月 17 日）、〈幻想〉（1946 年 3 月 28 日，以筆名鄧石榕發表）三篇日文小說[19]。這些如同「街頭素描」的小說，簡單線筆寫到竊盜、賣藝等情節，已可看到戰後不到一年時間，臺灣社會經濟與治安的敗壞。

　　葉石濤真正的創作高峰出現在「二二八事件」後。當時，龍瑛宗、呂赫若、張文環、楊逵、朱點人等日據作家，除楊逵的鬥志仍高昂外，幾乎都因時代因素自文壇消失。但新世代的臺灣作家的創作力不減，似乎沒有

82。

[18] 李文卿記錄整理，〈文學之「葉」，煥發長青：陳芳明專訪葉石濤〉，《聯合文學》第 206 期，2001 年 12 月，頁 40。不過，訪談中葉石濤提及，他當年的閱讀並非學習毛澤東思想，而是學習他的評論文章，似乎有意區別自己與當時親共左翼的差異。此點有待日後察考。

[19] 其他尚有各種文類的創作與翻譯如：評論〈黛玉與寶釵〉（〈黛玉與寶釵〉）等、隨筆〈莎草に就い〉（〈關於香莎〉）等、散文詩〈幻想〉、郭沫若詩譯作〈白髮〉。較詳細之統計可參見彭瑞金，《葉石濤評傳》，高雄：春暉出版社，1999 年 1 月，頁 116～117。

受到血腥鎮壓的恐嚇，反而扮演起反映時局的角色。當年，臺南的文學青年頗眾，且多爲葉石濤之同學或文友，如邱媽寅、謝哲智、施金池、黃昆彬、朱有明等，至於像王育德亦時相往來[20]。在國民黨政府尚窮於應付國共內戰當時，左傾化的臺灣知識分子與中國左翼文化人，共同協力在 1947 至 1949 年間，形成短暫的批判現實主義思潮。

1947 年「二二八事件」後，青年葉石濤的小說創作成爲日據以來前輩作家「隱退」、「失蹤」後，產量最多的臺灣新世代作者。這時，他近九成的小說都由人中譯（包括潛生（龔書森）、林曙光、陳顯庭等人），多半發表在《臺灣新生報》「橋」副刊上，稱他爲此時創作力最旺盛的小說家並不爲過。其小說的發表情形，「二二八事件」後可得者有 12 篇（其中〈故鄉〉與〈歸鄉〉內容相同）[21]，分別是：

《臺灣新生報》「橋」：1948 年發表〈河畔的悲劇〉（第 125 期，6 月 9 日）、〈來到臺灣的唐·芬〉（第 132 期，6 月 28 日）、〈澎湖島的死刑〉（第 142 期，7 月 21 日）、〈汪昏平、貓和一個女人〉（第 154 期，8 月 18 日）。1949 年發表〈三月的媽祖〉（第 212 期，2 月 11 日）、〈伶仃女〉（第 217 期，2 月 24 日）、〈天上聖母的祭典〉（第 222 期，3 月 28 日）。

《中華日報》「海風」：1948 年有〈復讎〉（第 312 期，6 月 24 日）、〈娼婦〉（第 316 期，7 月 1 日）。1949 年有〈故鄉〉（第 388 期，1 月 20 日）。

《力行報》「新文藝」：1948 年有〈歸鄉〉（第 3 期，8 月 16～17 日）。

《公論報》「文藝」：1950 年發表〈莫里斯尼奧斯基的遭遇〉（6 月 19 日、6 月 26 日）及〈畫家洛特·萊蒙的信函〉（12 月 5 日、12 月 12 日）。

綜觀此時期作品，從小說的取材與主題上可分爲兩類，分別是以四百

---

[20]葉石濤，《從府城到舊城：葉石濤回憶錄》，臺北：翰音文化公司，1999 年 9 月，頁 51～52。
[21]若據筆者的考證，則彭瑞金先前統計葉石濤發表 11 篇之說應予更正。彭說請參見《葉石濤評傳》，高雄：春暉出版社，1999 年 1 月，頁 124、149。另外，葉石濤此時期的文類創作較詳細之統計亦請見彭書，頁 150。

年來臺灣歷史事件爲背景的歷史題材小說[22]，如〈河畔的悲劇〉、〈復讎〉、〈來到臺灣的唐・芬〉、〈娼婦〉、〈澎湖島的死刑〉、〈天上聖母的祭典〉。

另一類作品，則是以臺灣當代現實爲背景的現實主義小說，如〈汪昏平、貓和一個女人〉、〈三月的媽祖〉、〈伶仃女〉等皆是。

這些小說仍時時可見葉石濤早期唯美而具有異國情調的描寫手法，這使得葉氏的小說充滿著個人一貫的獨特風格，林瑞明在〈葉石濤早期小說之探討〉一文便提到：「從創作的風格而言，亦無多大的轉變，葉石濤仍然耽於異國情趣」[23]。但，這些「唯美風格」與「異國情趣」所占的比重卻恰與日據時期作品相反，顯示出葉石濤轉變的痕跡。

葉石濤透過歷史題材小說，試圖有系統的記錄臺灣在不同外來統治者的治理下，不同歷史階段裡臺灣人民反壓迫的故事。余昭玫在〈臺灣光復對葉石濤小說主題的影響〉一文中即如此評論說：「……葉石濤有系統地記錄臺灣每個統治時代，不管統治者是誰，只要是劫掠人民的，他一律加以唾棄，他在每篇小說裡歌頌人民抗爭的英勇事蹟」[24]。關於這些以臺灣歷史爲背景的小說，筆者擬於下一節再專論。此處將先行探討呈現出左翼思想的另一批作品，也是葉石濤在戰後初期努力「去殖民化」而建立階級與批判觀點的具體例證。

其中，〈汪民平、貓和一個女人〉、〈三月的媽祖〉、〈伶仃女〉三篇小說都隱約地透露出葉石濤以素樸的社會主義思想爲指導，站在臺灣底層民眾立場來凝視現實，尋求「解放」的心願[25]。

---

[22]根據葉石濤所述，戰後初期他曾著有長篇小說《熱蘭遮城陷落記》，參與龍瑛宗主編之《中華日報》「日文欄」徵文，「以荷蘭時代爲背景，寫了我們先民篳路藍縷以開拓臺江荒野的十多萬字應募」，不過卻「意外」落選。可見，葉石濤對此一歷史問題，實有相當程度的了解與關懷。關於參獎相關問題，請參見葉石濤，〈光復前後〉，《文學回憶錄》，臺北：遠景出版公司，1983 年 4 月，頁 30。

[23]林瑞明，《臺灣文學的歷史考察》，臺北：允晨文化公司，1996 年 7 月，頁 342。

[24]余昭玫，〈臺灣光復對葉石濤小說主題的影響〉，《新地》第 3 期，1990 年 8 月 5 日，頁 37。

[25]葉石濤曾自述其思想的成分，可以用來說明他爲何會以社會主義來分析臺灣現實，他說：「我以前接受過馬克思主義的洗禮，所以並不屬於資產階級的胡適等人的舊自由主義，我是帶有濃厚的社會主義傾向的新自由主義者。」引文見葉石濤，《一個臺灣老朽作家的五○年代》，臺北：前衛出版社，1991 年 6 月，頁 49。又，余昭玫〈臺灣光復對葉石濤小說主題的影響〉一文對葉氏小

在〈汪民平、貓和一個女人〉當中，身為貧農的「我」指責他大地主之子的好友汪昏平說：「你是生長在臺灣的，好也罷、壞也罷，我們逃不開臺灣的現實社會，我們不能不與人們共同度過喜怒哀樂的歲月，那才是我們這些動搖了的臺灣智識階級所應走的路子，除此以外個人的沉淪於美的追求，就是世紀末的頹廢呢！」[26]。小說中的汪昏平顯然被塑造為一個尚未覺醒的知識分子，所以「我」以堅定的階級意識，發出對未來的期待：「耕作荒蕪地，那才是調和我現在的思想與生活的方法。從這出發點我們開始前進然後定會有一天與農民共同解放。我相信這日子的到來。我也希望昏平有一天會來照顧我們的道路」[27]。

林曙光在〈評葉石濤的「進步」〉當中，對於葉石濤描寫的知識分子，給予了針對現實、反映現實、批判現實的評價，認為是思想「進步」的小說，他並說：

> 將來的臺灣文學是不可、又不能建立在蒼白的知識分子的上面，因為這一些人，所追求的是病態的美，對社會的貧窮的群眾，頂多只能夠同情，他們的文學或思考不是建立在社會現實之上，那麼當然談不上人民文學所要求的戰鬥性與指導性的了。
>
> 汪昏平是有代表性的。他代表著占整個知識分子的多半的蒼白的知識分子。所以我們由這個作品，可以獲得對臺灣的現實的理解。並且也可以使得蒼白的知識分子本身得到自我檢討的良好的媒介。[28]

〈三月的媽祖〉裡，進一步寫了「三月」的革命與槍聲，但這些革命的英雄，卻在群眾內部無法團結的情況下而被「軍隊」擊破。葉石濤描寫

說中的「解放」思想有過討論，可參考，文見《新地》3，1990 年 8 月 5 日，頁 41～43。
[26]〈汪昏平、貓和一個女人〉，潛生譯，《臺灣新生報》「橋」副刊，第 154 期，1948 年 8 月 18 日。引文見《三月的媽祖》，高雄：春暉出版社，2004 年 6 月，頁 77。
[27]同上註，頁 88。
[28]林曙光，〈評葉石濤的「進步」〉，《臺灣新生報》「橋」副刊，第 161 期，1948 年 9 月 8 日。

當時混亂的抗爭場面，人人都被捲進了時代漩渦，充滿革命的浪漫主義激情：「革命從島的北部一直像大潮般洗盡了一切，頃間便到達了 N 市。律夫沒有任何種的計畫，立刻便跳進那激渦裡而被排流。那時的他只能其準理論——貧乏的公式主義而判斷，然而行動的意欲確像著一匹奔馬是那麼的緊迫」[29]。

逃亡的律夫在飢餓與疲憊中，幻覺裡不斷出現「媽祖」的意象，象徵渴望被母性的慈愛撫慰與救贖。小說結尾，在被農村群眾收留後的律夫，遙想著：「大地開起花朵來了。大地屬於真正的所有者，自由和勞動的詩也屬於我們」[30]。

「媽祖」這在臺灣民俗信仰中被視爲「聞聲救苦」的神祇，在此則被「召喚」成爲臺灣人追求苦難救贖的象徵，益發顯示出青年葉石濤對於「再解放」的迫切渴望。葉瑞榕當年的評文便特別提醒讀者小說中有「靈」與「肉」兩種「媽祖」的形象，並認爲這是：「由於作者主觀的心理作用用構成的客觀事實的湊合，因此富有真實性」[31]。畢竟，無論是革命者或群眾都必然在心理或現實層面，期待過媽祖慈輝之普照吧！

然而值得注意的是，「媽祖」的「神性」原先並非普照臺灣眾生。1943年 1 月左右，葉石濤就曾以〈媽祖祭〉投稿張文環主編之《臺灣文學》獲選佳作，但未刊出，該作被認爲是「具有浪漫性，是篇全然任性的小說」[32]。此外，我們還可注意西川滿對於媽祖信仰的著迷，他不僅在 1934 年成立「媽祖書房」，創刊《媽祖》雜誌，1935 年的詩集也稱爲《媽祖祭》。這些日據時期出現在西川滿與葉石濤文學中的「媽祖」，神祇只不過是他們製造浪漫異國情調的偶像而已！必要到戰後初期，「媽祖」在重新確認自己階

---

[29]〈三月的媽祖〉，陳顯庭譯，《臺灣新生報》「橋」副刊，第 212 期，1949 年 2 月 11 日。引文見《三月的媽祖》，高雄：春暉出版社，2004 年 6 月，頁 89～90。

[30]同上註，頁 95。

[31]葉瑞榕，〈評〈三月的媽祖〉〉，《臺灣新生報》「橋」副刊，第 216 期，1949 年 2 月 23 日。

[32]原出：編輯部，〈一般投稿選後感〉，《臺灣文學》第 3 卷第 1 期，1943 年 1 月。此處轉引自林瑞明，〈葉石濤早期小說之探討〉，《臺灣文學的歷史考察》，臺北：允晨文化公司，1996 年 7 月，頁 334。

級立場的葉石濤筆下，顯現她對於臺灣民眾的解救意義。這與葉石濤重新
確認詮釋臺灣史的階級立場可謂有異曲同工之妙。（詳後文）

〈伶仃女〉，則敘述一位丈夫死去的可憐女子的遭遇。小說特別標示時
間為戰後寒冷的「二月」，而且其訴說對象為來自中國的楊小姐[33]。這位伶
仃女形容自己的丈夫時曾說：「在這種社會裡什麼人也與寡婦完全無二，在
餓死線上掙扎著的人們，有著永不能填滿的慾望。他們連溫衣飽食的極小
慾望都不能滿足，大多數人都不知道將這憤怒轉向那一方向。」女子並
說：「丈夫並不是共產主義者，且也不是 19 世紀的人道主義者，他是站在
經濟平等上的自由政治型態為唯一的真理的世界。……丈夫是一個可名為
新自由主義的今世紀的自由主義者吧」[34]。這段引文相當清楚地議論並標舉
自己人道主義、自由主義思想的傾向，而迴避共產主義者的稱號，可算是
葉石濤自我定位與自我「消毒」的手法。

很顯然地，這些小說充滿了臺灣人民渴望「再解放」的心聲，它的批
判雖極曲折，甚至異常微弱，但不容忽略的是青年葉石濤以此來鼓舞臺灣
人不應放棄希望，足見葉石濤是清醒地凝視著戰後臺灣的現實，並尋思屬
於知識分子可以有實際作為的時機。當然，由於這些小說背後的社會主義
思想給予作者認識社會，並進而企盼改造社會，從此我們亦不難窺見戰前
臺灣知識分子用以批判殖民統治的左翼精神的延續。

對戰後初期葉石濤小說中的左翼傾向，與他戰爭期小說中唯美感傷的
文風甚不相合，其轉變因素又是為何？若根據葉石濤的自述，那應該是在
他身為中學生耽讀文學與哲學時，接觸相關社會理論與馬克斯主義著作的
影響，不過，在當時他顯然更愛好浪漫主義文學。他的回憶錄中提到十
六、七歲時：

---

[33]〈伶仃女〉，秦婦譯，《臺灣新生報》「橋」副刊，第 217 期，1949 年 2 月 24 日。引文見《三月的
　媽祖》，高雄：春暉出版社，2004 年 6 月，頁 97～99。
[34]同上註，頁 106。

　　……後來我讀到一本書真正啟蒙了我的心眼，使我對社會和歷史的轉變
　　過程有了清晰的概念。這本書是河上肇的《第二貧乏物語》，我得到有關
　　唯物辯證法的基本知識。從這本書的啟示我又溯往讀了費爾巴哈和黑格
　　爾辨別了辯證法發展的脈絡。從此之後我捨棄了所有唯心哲學，專找馬
　　克斯、恩格斯、考茨基、羅塞・盧森堡的書來唸了。[35]

　　可以這麼推論：左翼書籍在戰爭期雖則還能被閱讀，但充其量只能是
以一種知識體系靜態地存在於圖書館與書齋，而無法發揮指導行動的力
量。這只要從楊逵、張文環、呂赫若，乃至於龍瑛宗這些前輩作家作家在
戰爭期的潛伏低調，便可知臺灣左翼傳統正進入潛流的階段。皇國少年葉
石濤雖涉獵廣泛，但也不可能越過現實與世代先天的限制，成為左翼的知
識分子作家。

　　但是，葉石濤戰後初期思想明顯的左傾化，則可見這絕非思想的突
變，而是戰前的思想準備與戰後的政經災難結合的結論。也就因此，益發
能讓我們體會由皇國少年到左翼青年的轉變過程之複雜，臺灣知識分子作
家的思想轉折確實有待更細膩的分析與理解[36]。

　　陳傳興也指出，戰後初期的葉石濤：「棄絕耽美的形式主義，保存藝術
倫理核心，此為葉石濤去殖民化揚棄西川滿所給予的殖民知識經驗過程；
連帶地也跟著引生系列的思維邏輯轉換，環繞唯物史觀，其中最主要者就
是凸顯『階級意識』」[37]。對此，葉石濤亦有親自說明，他對當時左翼思想
的流行解釋道：

[35]葉石濤，《一個臺灣老朽作家的五〇年代》，臺北：前衛出版社，1991 年 6 月，頁 39。
[36]關於戰後初期臺灣作家的個案研究，已漸引起學界注意，互相參見更可發現其間的差異性。如柳
　書琴的龍瑛宗研究便指出，戰後一年半期間，龍瑛宗從一個民族主義者漸進為一個民生主義者，
　所指便是其曲折的認同道路。請參見柳書琴，〈跨時代跨語作家的戰後初體驗：龍瑛宗的現代性
　焦慮（1945～1947）〉，《臺灣文學學報》第 4 期，2003 年 8 月，頁 101。
[37]陳傳興，〈種族論述與階級書寫〉，《從四〇到九〇年代：兩岸三邊華文小說研討會論文集》，楊澤
　主編，臺北：時報文化出版公司，1994 年 11 月，頁 46～47。

　　臺灣人的思想受到最大的影響是二二八以後，反對國民黨，臺灣人走向
中共、走向社會主義。那時候像我這種二十幾歲的臺灣人，百分之百都
有左派思想，不一定都傾向中共，思想則都是馬克斯主義的思想。本來
左派思想就是臺灣知識分子的特色，龍瑛宗、呂赫若、楊逵、王詩琅等
等全部都是左派作家，臺灣人左派的傳統很深。戰後，臺灣的年輕人，
從日本時代活過來的，多少都有這種意識，雖然日本時代反共，戰後也
反共，但是臺灣人要求生存，必須找一條路。[38]

　　筆者在另一篇論及戰後初期現實主義思潮的論文中便提出看法，認
為：「真正以臺灣現實問題為對象，用現實主義技巧來反應時代的，仍以臺
灣作家居多。他們沒有參與太多理論的建構或爭論，更是論爭中的『弱勢』
（文化領導權是由大陸來臺作家掌握的），但現實主義要關切的問題已然藉
作品訴說無遺。相反地，來臺的作家與文化人，除了少數如歐坦生會寫出
較為貼近臺灣民情的作品外，多數仍為在『理論』上予以『技術指導』」
[39]。筆者的重點在於強調，戰後初期臺灣左翼思潮乃是延續自日據左翼傳
統，而非率由中國左翼人士所引介（但此處並未否定其「進步性」），其中
重要的觀察指標，便在於理論之餘，能夠以左翼思想為指導，關注臺灣底
層人民的階級困境，批判陳儀殖民式統治的，仍然是臺灣作家，無論是戰
前成名之楊逵、龍瑛宗、呂赫若，或是戰後青年一代如葉石濤、「銀鈴會」
成員皆然。

　　左翼青年葉石濤雖非真正的共產黨員，而只是一位涉獵廣博的文學愛
好者，但他所採取的描述臺灣社會階級矛盾的視角，終於使他走出個人性
的浪漫抒情主義，走向社會性的浪漫英雄主義，一種不無過度理想與樂觀

---

[38] 莊紫蓉，〈自己和自己格鬥的寂寞作家：專訪葉石濤〉，財團法人吳三連臺灣史料基金會網站，網
址：www.twcenter.org.tw，2001 年 3 月 7 日訪談。
[39] 陳建忠，〈戰後初期現實主義思潮與臺灣文學場域的再構築：文學史的一個側面（1945～
1949）〉，「臺灣文學史書寫國際學術研討會」論文，成大臺文系承辦，2002 年 11 月 22～24 日，
頁 22。本文已收入論集中。

的「再解放」的革命史觀[40]。這使我們追索臺灣日據以來左翼文學傳統時，得以在戰後初期的青年葉石濤身上找到它微弱的延續。

四、臺灣固有史也：青年葉石濤歷史意識的轉折

上一節所論葉石濤在戰後初期小說中展現的左翼思想，可視爲對其浪漫主義文風的一種顛覆，也是對西川滿文學影響的某種「去殖民化」。然而他這時期的創作，仍有值得繼續追問之處。那就是受殖民教化所影響下的皇國少年葉石濤，他所熟悉的乃是「萬世一系」的天皇傳統與大和民族史，他對臺灣史與中國史有怎樣的認識？又如何能在戰後初期藉由回溯臺灣 400 年史，來達到闡釋左翼思想之「再解放」理念？這是本節試圖進一步探討的問題。

臺灣史學者周婉窈的研究認爲，「皇民化運動」使臺灣人的「中國性」減低了，戰後雖想重新認識中國，卻迎來了殘酷的鎮壓：「換句話說，臺灣人這個階段的『低中國性』與新來的、集負面的『中國性』之大成的陳儀政府格格不入，摩擦特大，最後終於導致『二二八』的悲劇，而翻開了臺灣人與國民黨政權的歷史新頁」[41]。而臺灣人「低中國性」之形成，可以由教育過程來窺知。周婉窈的研究便指出，日本公學校的國語讀本中的臺灣是沒有歷史的鄉土，去除「過去」的土地，因爲歷史是民族／國家認同的重要根據，她強調：

殖民地人民的自我歷史意識，對殖民母國的國家認同構成反命題。如果

---

[40] 在接受莊紫蓉訪問時，葉石濤一反過去聲明自己是「旁觀者」的說話（將如「糞寫實主義事件」成爲另一個公案？），提及「二二八事件」當時曾試圖搶奪國民黨軍隊的武器，顯示他也是很「勇敢」的，而非僅訴諸文字。他說：「二二八時在臺南我也去發宣傳單，差一點被抓到。我也拿槍去國軍軍營搶武器，很多人被打死。二二八發生之後，有一個國軍軍營駐在關廟山上的神社，有火藥庫。我們缺少武器，就召集了學生和社會人士，利用晚上走路到關廟，手上沒有武器，從山下往山上包圍。見莊紫蓉，〈自己和自己格鬥的寂寞作家：專訪葉石濤〉，財團法人吳三連臺灣史料基金會網站，網址：www.twcenter.org.tw，2001 年 3 月 7 日訪談。

[41] 周婉窈，《海行兮的年代：日本殖民統治末期臺灣史論集》，臺北：允晨文化公司，2003 年 2 月，頁 74。

　　要確保殖民地人民的鄉土愛能轉化為國家愛，就得去除殖民地人民的自
　　我歷史意識，代之以殖民母國的歷史。[42]

　　周婉窈相當具有實證色彩的臺灣史觀點，可以呼應後殖民理論家梅米
（Albert Memmi）對於殖民者藉由歷史教科書來操控思想的分析。在《殖
民者與被殖民者》（*The Colonizer and the Colonized*）一書裡，他指出被殖
民者的歷史往往被塗抹、扭曲：「分配給他的記憶當然不是他自己民族的記
憶，傳授給他的歷史也不是自己民族的歷史」[43]。

　　因此，我們或許可以由葉石濤這屬於日本殖民教育下最後世代的角度
檢思考：作為一個皇國少年，他所接受的教育並未提供他關於臺灣歷史的
認識，為何他能夠產生臺灣史的整體概念？而作為一個左傾青年，戰後初
期他又是藉著怎樣的機制去轉化原先的歷史觀與文學觀？

　　綜觀青年葉石濤戰後初期小說中所關注的臺灣歷史，從 17 世紀的荷蘭
統治時期，到 18、19 世紀的清朝統治時期，降到 20 世紀日本帝國主義殖
民時期。此外，葉石濤所關注的歷史，當然還包括前文中已談之涉及國民
黨接收史。如果要略微誇大的說，葉石濤在這幾篇小說裡，竟然已經跨越
臺灣的四百年史，從而將各時期的臺灣人民反抗史加以揭露。

　　其中，〈河畔的悲劇〉、〈復讎〉、〈娼婦〉皆以 17 世紀荷蘭人殖民臺灣
南部的史實為背景，描寫了 1652 年 9 月郭懷一[44]起義抗暴的情事。

　　〈河畔的悲劇〉，由其交織戀情與革命的描寫，可看出葉石濤還留有浪
漫風格的餘響，小說的主題與描寫皆相當淺顯，但仍可看出指涉的是臺灣
民眾抗荷的事件[45]。

---

[42]同上註，頁 270。

[43]Memmi, Albert. *The Colonizer and the Colonized*. Trans. Howard Greefield, 1965. Boston: Beacon Press, 1991, p.105.

[44]郭懷一（？～1652），泉州同安人，荷蘭時代移居今臺南縣永康市一代，為當地之頭人。1650 年前後，因蔗糖不振，加上荷蘭人課稅蠻橫，遂於 1652 年 9 月 7 日率眾攻打普羅文遮城。當日，懷一戰死，漢人被株連者有數千人。以上參考自翁佳音撰之「郭懷一」詞條，《臺灣歷史辭典》，臺北：行政院文建會，2004 年 5 月，頁 821。

[45]〈河畔的悲劇〉，林曙光譯，《臺灣新生報》「橋」副刊，第 125 期，1948 年 6 月 9 日。

　　〈復讎〉，簡潔地描寫荷蘭人稅吏姦污臺灣農民妻子，終於引發農民的革命：「那時候不能忍著荷蘭虐政的移民們，已拿著斧子、鐵鋤、鐮刀或古老的大槍子和番人們一同向城進發。他們需要解放與自由，而他們只剩下一個方法：『以牙還牙』，1652 年中秋月夜，以郭懷一為首領的臺灣人的壯美的反抗就這時展開了」[46]。

　　〈娼婦〉中，描繪丈夫參與郭懷一革命解放運動失敗，因而淪為娼婦的婦人秀美依然對抗暴解放懷抱信念，認為是「對丈夫唯一的追輓」。透過亦為倖存者的敘事人物何斌呼喊：「到了什麼時候，地上一切的罪惡才可以消失，沒有榨取的世界才可以到來，不法與鎖鐐，像一隻兩頭蛇，不停地纏住臺灣的人民。掙脫這奴隸生活的方法，只有一個，就是戰鬥」[47]，其中也明指鄭成功為收復臺灣的正義之師。

　　除抗荷，亦有抗清、抗日的歷史題材小說：

　　〈澎湖島的死刑〉，假託法國人皮耶爾・羅蒂（Pierre Loti）[48]隨「密特號」到澎湖島來，目睹五位反抗清廷壓迫的青年被吊死。葉石濤用法國大革命的精神來比擬這場革命，並出；借臺灣老人之口說：「為了推翻異民族的統治和苛政全盤的革命便要開始了，就是在今天」[49]。而〈來到臺灣的唐・芬〉透過西班牙的唐・芬之口，批判了臺灣父母把女子當作財產，婚姻猶如買賣的封建體制[50]。

　　〈天上聖母的祭典〉，描寫男女主角皆為日本殖民時代的抗日分子，在

[46]〈復讎〉，《中華日報》「海風」副刊，第 312 期，1948 年 6 月 24 日。引文見《三月的媽祖》，高雄：春暉出版社，2004 年 6 月，頁 43。

[47]〈娼婦〉，《中華日報》「海風」副刊，第 316 期，1948 年 7 月 1 日。引文見《三月的媽祖》，高雄：春暉出版社，2004 年 6 月，頁 43。

[48]皮耶爾・羅蒂（Pierre Loti, 1850～1923）為法國 19 世紀末期的代表作家，《冰島漁夫》最為世人所知。葉石濤在當時亦發表雜文〈羅蒂與臺灣〉於《中華日報》「海風」，1950 年 4 月 26 日。戰後，另有〈皮耶爾・羅蒂與臺灣〉一文，後收入《文學回憶錄》，臺北：遠景出版公司，1983 年 4 月，頁 193～195。

[49]〈澎湖島的死刑〉，《臺灣新生報》「橋」副刊，第 142 期，1948 年 7 月 21 日。引文見《三月的媽祖》，高雄：春暉出版社，2004 年 6 月，頁 62。

[50]〈來到臺灣的唐・芬〉，《臺灣新生報》「橋」副刊，第 132 期，1948 年 6 月 28 日。

押赴刑場的途中，藉臺人媽祖祭典的人潮而逃脫[51]。

綜觀這些小說，葉石濤皆以「革命」或「解放」來指稱臺灣群眾的抗荷、抗清、抗日，它們雖留有許多葉石濤自文學養成階段以來的浪漫殘痕——如在革命中加入愛情事件或者革命英雄的塑造，但小說「反壓迫」的意識則不容掩藏。以左翼階級意識思考臺灣現實的葉石濤，轉而詮釋臺灣歷史問題時，依舊運用了左翼運動中慣用的革命、解放的觀念來定位臺灣農民運動，其中必然也隱含著對臺灣戰後初期同樣充滿壓迫的政治現實的批判。

陳顯庭在當年曾在看了葉氏的這些歷史題材小說後，以〈我對葉石濤小說的印象〉（1948 年）一文提出評論，他的論點便在於提出這些小說的現實意義，他說其作品：

> ……全是屬於 17 世紀臺灣人對於荷蘭人的反抗的故事，而作者想要藉此表現臺灣人的特有性格及象徵臺灣的過去的社會將以對現社會給予一種暗示。[52]

這種「暗示」，如果對照臺灣當時的社會、政治狀況是不無批判現實的含意的，「但陳顯庭認為仍缺少啟示性，「我希望葉石濤先生能夠把題材取得自目前或不久以前的臺灣現實社會。更對於臺灣的舊道德和屬於舊的社會投擲覺醒的，促進步的炬火」[53]。實際上，上一小節曾論及之葉石濤具有左翼傾向的小說，應該已回應了陳顯庭期待他取材臺灣現實社會的願望。

彭瑞金曾對這些以不同政權更迭為歷史背景的小說論道：「葉石濤不僅利用這個時期的創作，在梳理人與土地的關係，尋找臺灣大地的真正主人，他同時也在爬梳臺灣的歷史，釐清人民與政權的關係，找尋誰是歷史

---

[51]〈天上聖母的祭典〉，林曙光譯，《臺灣新生報》「橋」副刊，第 222 期，1949 年 3 月 28 日。
[52]陳顯庭，〈我對葉石濤小說的印象〉，《臺灣新生報》「橋」副刊，第 146 期，1948 年 7 月 30 日。
[53]同上註。

的主角」[54]。對於這種歷史意識的由來，是我尤感興趣的。換言之，能夠擁有對臺灣歷史長河的整體關照，復能對人民與政權之關係加以反思，其中不言可喻的是葉石濤對於臺灣作為一獨立自主之「主體」的反映。歷經日本殖民統治的青年葉石濤，如何產生這種思考方式，這可能是純然由中國民族主義中心思考所無法解答的。

如同彭瑞金所論，葉石濤戰後初期的作品，顯示他對於殖民問題的思考，非僅限於日據時期，而是以整個臺灣史為範疇：

> 總括葉氏這個時期的殖民地經驗小說，最大的特色，他獨排眾議，沒有加入取材「埋葬日本人遺毒」的行列，卻好像有意地拉長臺灣人的對抗殖民統治的戰線，藉以建立臺灣人的抵抗史，從而建立臺灣人的精神史或稱靈魂史。[55]

但如果要解答歷史意識轉變的問題，也許還要回到日據末期葉石濤與西川滿的交遊經驗來談。誠如上文中已提及的，葉石濤接受了西川滿的指導，就如同他接受日本的殖民教化般必然留下了深刻影響，但，殖民地人民的主體性是因此消失？或是依然頑強地藉由其他方式與殖民主義教化微妙地對峙？甚至有隨時加以轉變、顛覆殖民教化之意義與作用的可能？

葉石濤在戰後初期的轉變，似乎可以由西川滿的歷史小說切入來思考。究竟，歷經西川滿以及日本殖民教化後的皇國少年，在戰後初期短短數年之間，何以會擁有與西川滿同樣是書寫歷史題材卻立場迥然的現象？

戰後，西川滿並未被納入日本國文學史的「正史」中，而是隸屬於「外地文學」系譜之「異鄉的昭和文學」（川村湊語）[56]。或許，日本國文學史未曾正視西川滿的文學，不僅是其文學成就高低如何的問題而已，還

---

[54]彭瑞金，《葉石濤評傳》，高雄：春暉出版社，1999 年 1 月，頁 137。
[55]彭瑞金，〈不及綻放的蓓蕾：四〇年代後期的葉石濤文學〉，《驅除迷霧、找回祖靈：臺灣文學論文集》，高雄：春暉出版社，2000 年 5 月，頁 394～395。
[56]見川村湊，《異鄉の昭和文學》，東京：岩波書店，1990 年 10 月。

在於那與殖民地歷史掛勾的文本難於定位的問題。其中,西川滿書寫異鄉
臺灣的歷史小說,當然是本文最爲關注的作品。1940 年至 1942 年間,西
川滿陸續創作有〈赤嵌記〉、〈雲林記〉、〈元宵記〉、〈朱氏記〉、〈稻江記〉、
〈採硫記〉等作品,皆圍繞臺灣歷史風土爲題材[57]。

　　此處僅以〈赤嵌記〉(1940 年 11 月)爲例,說明西川滿如何「借用」
臺灣歷史來進行文學與政治效果的演繹。小說藉由鄭成功、陳永華家族三
代的歷史,強調中國官方正史之不可信,而以江日昇《臺灣外記》等民間
歷史記憶爲準,敷衍出具「日本血統」的鄭氏後代如何心懷「南進」雄志
卻又遭害的傳奇故事[58]。饒富深意的是,小說中主角瞭望延伸至安南、緬甸
的遠洋時所想到的段落:

> 啊!祖父曾經攻下的鹿耳門紅毛砦,當孫子的自己必須從祖父所獲得的
> 地方重新出發,在這渺茫的臺灣當一個統治者,有什麼稀罕?明國的再
> 興才是重要。把大明帝國建立在南方,對!必須跳出鹿耳門這個地方,
> 到廣大的海上南方去。思念不忘的是童年時,聽祖母講的祖父成功義烈
> 與勇武的故事。祖父的母親是日本人,是祖父感到得意的,而自己五尺
> 體內,也有日本人敢於冒險的血液流著,到南方去吧。[59]

　　可以說,小說的重點除了歷史傳奇性外,恐怕更在於歷史的政治性。
如果在戰爭期總督的提倡「南進基地化」的脈絡下來閱讀這篇小說,則西
川滿之歷史小說便不僅是他對臺灣鄭氏王朝歷史的「作意好奇」而已,而
有著「偷梁換柱」般地移轉其歷史意涵的作用。陳康芬與西川滿的觀點很

---

[57]這六篇小說後結集爲《赤嵌記》,(書物展望社,1942 年 12 月)出版,並獲得 1943 年臺灣總督府
　　頒發之「臺灣文化獎」。關於這些作品的相關研究,可參見郭侑欣,《憂鬱的亞熱帶:郁永河《裨
　　海紀遊》中的臺灣圖像及其衍異》,靜宜大學中文所碩士論文,2001 年 7 月。
[58]西川滿之〈赤嵌記〉原發表於《文藝臺灣》第 1 卷第 6 期,1940 年 11 月 20 日。今參考之版本爲
　　《西川滿小說集 2》,陳千武譯,高雄:春暉出版社,1997 年 2 月,頁 7～43。
[59]同上註《西川滿小說集 2》,頁 33。

適宜於引述來說明其歷史文學的殖民企圖，她認爲西川滿的〈赤嵌記〉：
「『南進』變成了臺灣自鄭氏歷史以來的神聖使命與任務，在這個歷史「內
涵化」的過程，可以看出西川滿是如何站在殖民者的優勢階級，將其意識
形態改爲臺灣歷史的記憶與書寫，不僅輕易地褫奪了臺灣人的歷史發言
權，還爲日本帝國的「南進政策」與「大東亞共榮圈」的侵略野心，塑造
了一個在臺灣歷史的正確位置，並以此作爲要求臺灣成爲「南進」基地的
歷史道德義務，……」[60]

　　換言之，西川滿正是借用臺灣史來展示其種族主義（鄭氏有日本血
統）與殖民主義（帝國的南方憧憬）的幻想[61]。

　　不過，另一方面，彭瑞金卻試圖論證西川滿之臺灣歷史題材小說是他
追求文學純度的表現，裡面沒有特殊的「個人歷史情感」，對臺灣沒有「惡
意」，他曾力陳：「〈赤嵌記〉相當謹慎地遵守江日昇的《臺灣外記》，顯示
作者在寫這篇小說時，無意唐突歷史，並在小說中一再聲明自己的說法本
自『外記』，可見西川滿的『小心』是要避免以自己的歷史觀點去詮釋歷
史，只想把歷史屬於『美的』、『趣味的』一面呈現出來而已」[62]。

　　雖然西川滿並非本文的重點，但此處仍須藉此涉及到如何「建構」、
「使用」臺灣歷史的問題。如同陳芳明在一篇講評稿中以濱田隼雄《南方
移民村》爲例，提到濱田描寫日本農民在臺灣移民村中的種種苦況，但如
果僅僅因此詮釋說濱田在歌頌日本農民作爲拓殖尖兵的歷史，那是遠遠不
夠的。因爲：「如果只看濱田的作品，絕對看不到資本主義體制對臺灣農民
的欺侮與壓迫，……《南方移民村》成功地轉移了日本讀者的焦點，使他

---

[60]陳康芬，〈歷史記憶的置換：論西川滿〈赤嵌記〉中的臺灣歷史話語與神話論述〉，「第二屆文學
　符號學學術研討會」論文，南華大學文學所主辦，2001 年 4 月 29，頁 86。
[61]在阮斐娜（Kleeman, Faye Yuan）的論文中，亦認爲：「西川滿借克臧的積極擴張主義的言行來批
　評克塽的死守臺灣貪圖安樂的消極姿態，同時也暗諷總督府當局某些人對南進政策的消極心
　態」。引文見阮斐娜，〈本地文化與殖民想像：鬼怪、景觀與歷史陳述〉，《後殖民的東亞在地化思
　考：臺灣文學場域》，柳書琴、邱貴芬主編，臺南：國家臺灣文學館籌備處，2006 年 4 月，頁
　186。
[62]彭瑞金，〈用力敲打出來的臺灣歷史慕情：論西川滿寫〈採硫記〉〉，《驅除迷霧、找回祖靈：臺灣
　文學論文集》，高雄：春暉出版社，2000 年 5 月，頁 208。

們看不到臺灣人的歷史」[63]。延續此種觀點，我們可以說，西川滿的歷史敘述角度，無論是耽美地僅是汲取歷史的浪漫、悲情，或有意改寫、嵌入南進國策於歷史框架中，同樣都使歷史失去了臺灣主體性的向度，從而暴露他的歷史書寫乃是立基於殖民者立場所被賦予之權力的暴力書寫。在這裡，臺灣歷史並不屬於臺灣人。

不過換個角度看，西川滿所持有的「異國記憶」（"exotic memories"），在殖民主義敘事文學中充當結構性隱喻或曰概念隱喻的，是文本中殖民者所採取的統攝俯臨的觀察角度，也即是所謂「殖民者的凝視」（"the colonial gaze"）。西川滿與其他殖民作用，一方面擁有「歷史發言權」的主導力量，也可能產生過不小影響。但另一方面，被殖民者在認同危機之餘，卻也可能未完全失去抵拒殖民主義話語的思考能力。換言之，我們不需將殖民與被殖民者兩方的力量如此對立的看待，並認定一強一弱乃是絕對化的權力架構。

在後殖民理論中，對於受殖者被同化的現象，有所謂「東方化的東方人」（"Orientalized Orientals"）的說法，他們是所謂「心智被俘者」（"captive minds"）。「他們的觀點充滿了智識奴役的味道和對西方的全盤依賴。被俘虜的心智並不是不具批判性；不過只有在代表西方的意味上它才具有批判性」[64]。如果以臺灣受日本殖民的脈絡來說，皇民化的臺灣人，正是另一種「東方化的東方人」，也就是「日本化的臺灣人」。葉石濤的國家認同與美學品味，在某種程度上言，其實也類近於一種「被俘虜」的心靈狀態，「思想上的殖民化」（"the mental colonization"）。所以不僅在戰爭期的幾篇作品有著唯美、順應的傾向，由於疏離於臺灣新文學傳統，戰後初期在 1948 年展開的臺灣文學論爭中，他甚至認為臺灣文學是「中國文學最

---

[63]陳芳明，〈釋放囚禁的心靈：評河原功〈作家濱田隼雄の軌跡〉〉，《深山夜讀》，臺北：聯合文學出版社，2001 年 3 月，頁 111～112。

[64]齊亞烏丁・薩達爾（Ziauddin Sarder），《東方主義》，馬雪峰等譯，長春：吉林人民出版社，2005 年 5 月，頁 136。

弱的一環」[65]，可見青年葉石濤因一向置身西川滿旗下，故也對臺灣新文學運動所知有限、評價偏頗[66]。

但是，誠如上文中曾論及的，日本殖民教化中的同化教育，固然使得葉石濤傾向於認同殖民主義的國家論述與文學品味；不過無疑地，他也在被殖民的歷程中，因為獲得較多的由殖民者轉介的文藝觀念，訓練出能夠踏入文壇的能力——雖然他也因此經常被人所誤解為全然地被同化。同時，戰爭期他追隨西川滿時，對西川滿這種歷史題材小說，必然要涉及臺灣史實的記載與觀點的問題，但葉石濤卻因為著迷於浪漫主義而將歷史問題擱置，逐流於風格的模仿而已，而不及於產生歷史與自身的切身反省。

需進一步思考的是，在日本殖民教育中並不教導認識臺灣歷史的時代，葉石濤卻顯然對臺灣史有一定的認知，雖不能肯定必然受西川滿歷史題材小說的影響，但可以推想，這些史實絕非得之於戰後的教化，而是早在日據末期便已成形。既然在日據末期葉石濤傾向於浪漫化、非現實化、歷史的平面化，則他雖通曉臺灣史卻依然不能為他帶來對殖民主義的批判視野。這是殖民時代的「遺產」（"heritage"），卻無法真正屬於被殖民者，因為他缺乏具有主體性的歷史意義。

一旦這種史實被「覺醒」後的葉石濤重新運用，則以他早熟的技巧，將歷史問題與現實問題並而思之，就出現了戰後初期這些特殊的臺灣歷史題材小說。這不能不說是結合了殖民時代與戰後初期關於歷史與文學的衝擊後，相當重大的風格與主題轉變。換言之，葉石濤接受了殖民者的遺產，某部分心靈被「東方化」了。但藉由這些現代性的遺產，他能夠進行轉化，對臺灣歷史、文學乃至於政治，提出具主體性的看法，這就形成他對戰後初期統治問題的批判視角。

因此當我們把左翼精神與歷史題材小說併而觀之，我們便能同意林瑞

---

[65]葉石濤，〈一九四一年以後的臺灣文學〉，《臺灣新生報》「橋」副刊，1948 年 4 月 16 日。
[66]此意見，筆者首發於〈發現臺灣：日據到戰後初期臺灣文學史建構的歷史語境〉一文中，請參見《臺灣文學評論》第 1 卷第 1 期，2001 年 7 月。

明對葉石濤小說的評論，無論取材歷史或當代，「寓意反抗」的精神則一：

> 不管描寫抗荷、抗清、抗日，或二二八事件之後的逃亡，反抗意味的增
> 強，實反映出對國民黨政權的不滿，在鎮壓的年代，又不能不關心斯
> 土。葉石濤轉移歷史背景，以抗持、抗清、抗日來發抒內心哽塞的情
> 懷，寓意反抗……。[67]

另外，葉石濤關於鄭成功王朝的肯定，亦可視爲對嗜寫鄭氏王朝的西川滿某種程度的反叛。在〈娼婦〉或〈畫家洛特‧萊蒙的信函〉[68]中，葉石濤皆將抗荷後的希望寄託在鄭成功的軍隊到臨，但卻已沒有西川滿強調日本血統與南進國策的思考。不過需提醒的是，當年葉石濤的族群意識依然是以「漢族意識」爲取向的，導致他未將漢族對原住民族的殖民行爲加以批判[69]。

讓問題回到葉石濤重新挪用臺灣歷史題材的問題上來。一個被殖民者既受殖民教化，又對臺灣鄉土主體力圖捍衛的現象，如果由中國民族主義觀點來看自然有所謂「奴化」或「分離主義」的嫌疑，事實上是無法被理解的[70]。但是如果我們沒有忘記，戰後初期的臺灣人多半還是以漢民族的立場來迎接中國國民黨的接收，這點葉石濤亦沒有例外。周婉窈的研究也證實：「受日本式教育的臺灣人即使以日本爲國家認同的對象，多數人還是很

---

[67] 林瑞明，〈葉石濤早期小說之探討〉，《臺灣文學的歷史考察》，臺北：允晨文化公司，1996 年 7 月，頁 345。

[68] 〈畫家洛特‧萊蒙的信函〉，《公論報》「文藝」，1950 年 12 月 5～13 日。

[69] 在余昭玟的論文中，她提出 1662 年鄭成功取代荷蘭政權，而「只有在他治臺的時代，臺灣民眾和統治者之間沒有任何摩擦，人民過著安樂的日子」，葉石濤也因此略過沒有描寫。然而余文此說顯然忽略了鄭氏王朝與臺灣原住民之間的衝突，漢族作家缺乏自我批判的意識，才是葉石濤沒有描寫鄭氏王朝統治下與「臺灣民眾」（原住民族）的主要原因。此說見氏著，《葉石濤及其小說研究》，成功大學歷史語言研究所碩士論文，1990 年 7 月，頁 112～113。另關於明鄭王朝時期如何討伐、殺戮原住民族的討論，可參見林道生，〈鄭成功治臺期的原住民政策〉，《山海文化雙月刊》第 11 期，1996 年 1 月，頁 87～89。

[70] 關於臺灣作家遭受奴化的質疑，可參見筆者其他論文的討論：陳建忠，〈自我殖民與「近親憎惡？」：以吳濁流小說〈波茨坦科長〉爲中心看臺灣戰後初期的後殖民情境〉，《吳濁流百年誕辰紀念專刊》，林柏燕主編，新竹縣：新竹縣文化局，2000 年 12 月。本文已收入論集中。

清楚知道自己不是日本人，是漢民族的後裔」[71]。只不過，歷史的弔詭
（paradox）在於，臺灣人的主體性竟是先受到中國近代的敵人日本所啓蒙
的，而後又轉化來對抗戰後初期的中國政權。

　　因此，當葉石濤不再被浪漫主義文風與皇民化思想所俘虜後，經由戰
後初期祖國夢幻滅的過程，他展示了經由殖民遺產所獲致的歷史視野與文
學才情，轉而將這些歷史與文學賦予「現實」（"reality"）的向度，也微弱
地繼承了臺灣日據以來左翼的傳統。這複雜而多層次的認同經驗，無疑是
值得仔細思索的殖民地心靈現象，絕未能以一句「變色蟲」或「機會主義
者」率爾否定其所具備的嚴肅歷史意義[72]。

五、結語：混雜的後殖民主體

　　對於戰後初期的許多批判性的作爲（如「搶槍」等），在接受莊紫蓉訪
談時，葉石濤強調了這種精神乃是由於「那時日本精神很旺盛」。這段必然
會引起爭議的話是這樣說的：

> 我們是學日本人的法治觀念，不是學他們的奴性。我們只要效法他們的
> 守法精神，其他的不需要效法。自由民主，日本人只是嘴巴講而已，心
> 裡面不以為然。日本人百分之百認為南京大屠殺是應該的，因為中國人
> 是賤民，殺中國人好像殺畜生一樣。日本的右派分子，想法都差不多。
> 我的國家是臺灣，我精神的寄託是日本，心的故鄉在日本。這並不表示
> 我是日本人。因為我所受的教育、我讀的書、我所學的藝術，都來自日
> 本，所以我的精神思想是日本人給我的。但是我有這種認識，這是另外

---

[71] 周婉窈，《海行兮的年代：日本殖民統治末期臺灣史論集》，臺北：允晨文化公司，2003 年 2 月，頁 278。

[72] 關於葉石濤戰前戰後在文學立場與政治立場上的「多變」，論者亦每有不同立場之見解，然筆者認爲否定者多半由民族主義、反殖民立場過度簡單地定位葉氏，未能適切理解殖民地現實的複雜性。文中所引述之批判觀點，請參見石家駒（陳映真），〈葉石濤：「面從腹背」還是機會主義？〉，《告別革命文學？：兩岸文論史的反思》（人間思想與創作叢刊），臺北：人間出版社，2003 年 12 月，頁 128～142。

一回事，心的故鄉是日本，並不表示我是喜歡日本的。我承認我從日本
得到很多東西，感謝它，所以我認為日本是我心靈的故鄉，因為我的心
靈，大部分是日本造成的。但是我的國家是臺灣，這是改變不了的。我
會因為日本是我心靈的故鄉而願意做日本人嗎？打死我也不願意，我寧
願做苦難的臺灣人過一生才甘願。[73]

　　這段話如果進一步解析，其理路便是：日本是給予他「精神思想」的
國家，他的「心靈」大部分是日本造成的，包括對抗國府的「法治」觀
念，這無疑承認了受日本殖民影響的事實，亦即殖民性與現代性的影響。
問題在於，我們應該如何解讀訪談中同時也提到的，他也知道日本人的侵
略心態，仍認爲自己是臺灣人這一表態？如果借用後殖民理論家巴巴
（Homi K. Bhabha）的問題意識[74]：文化與國家意識的「混雜」
（"hybridity"），最後造就出葉石濤這樣的心靈狀態與認同取向，一個「學
舌」（"mimicry"）的殖民地之子，是被徹底地同化、異化了？還是在歷史
的戲弄下，艱困地蛻變出一個新的民族自我？
　　與其說葉石濤是「失鄉」的臺灣人，毋寧說，他是一個擁有「雙鄉」
（"a double home"）意識的臺灣人。如果歸返原鄉不是一個先驗的道德指
令，那麼，臺灣人的心靈之鄉只怕會是一幅流亡者的圖像[75]，一如戰後的中
國新移民他們擁有臺灣與中國大陸這雙鄉，殖民時代的臺灣人則擁有日本
與臺灣這雙鄉。當然，被殖民臺灣的歷史毋寧更加破碎而難以被理解。這
是臺灣歷史造就的現實，卻也是分外需要各階級、各種族互相理解的歷

---

[73]莊紫蓉，〈自己和自己格鬥的寂寞作家：專訪葉石濤〉，財團法人吳三連臺灣史料基金會網站，網
址：www.twcenter.org.tw, 2001 年 3 月 7 日訪談。
[74]相關觀點可參考 Bhabha, Homi. *The Location of Culture*. London and New York: Routledge, 1994.
[75]雖然，民族自我的追尋是一艱困的歷程（並非順利完成），則，無論其如何追尋，終歸必須受到
日本認同、臺灣認同、中國認同的干擾，因而後殖民主體之民族自我，乃呈現爲混雜之認同狀
態，卻又不被「絕對的」中國民族主義（者）所認同，故常面臨自我流亡或遭受批判的狀況。從
單一的民族認同角度來理解葉石濤等人的認同狀態，則葉石濤那混雜了日本與臺灣認同的民族自
我當無所安頓，這正是時代遺留給我們深思的問題。

史，而葉石濤所呈現的正是這殖民史上難遇之島史的艱困處境。

然而，等待葉石濤的其實還有更艱困的歷史處境。1949 年 5 月，警備總部發布「戒嚴令」；1949 年 12 月，國民黨政府遷臺。進入 1950 年代，1951 年 9 月，葉石濤被捕，並因「檢肅匪諜條例」第九條「知匪不報」被判刑五年[76]。白色恐怖下，葉石濤所身繫的微弱臺灣左翼傳統，已徹底與戒嚴下的臺灣知識界形成斷裂。待 1965 年當他以〈青春〉一作宣告復出時，時光已流去 14 年，他的青春則早不知杳然何去。

但我們依然認為，葉石濤文學創作與思想發展最重大的轉折，無疑便在戰後初期這段風雲變色的時代完成，其中有著臺灣知識分子思索島國命運的深刻啟示，值得深思。

——選自陳建忠《被詛咒的文學：戰後初期臺灣文學論集》

臺北：五南圖書出版公司，2007 年 1 月

---

[76]關於葉石濤入獄前後的經過，可參考余昭玫，《葉石濤及其小說研究》，成功大學歷史語言研究所碩士論文，1990 年 7 月，頁 15～20。

論葉石濤之《臺灣文學史綱》的
重要性與問題點

◎澤井律之*

前言

　　去年秋天，我與中島利郎先生所合著的葉石濤《臺灣文學史綱》的翻
譯本出版了。首先，我想來談談關於出版的經過。

　　1987 年 8 月我在高雄見到了葉石濤先生並且獲贈葉先生剛於當年二月
出版的《臺灣文學史綱》一書。當時臺灣剛解嚴不久，整體充滿了開明的
氣象，我們可以看到像是二二八事件受難者的街頭抗議示威活動等等在以
前看來有如天方夜譚一般的言論自由。話雖如此，提到葉石濤，當時除了
被宋澤萊等新進文學者批評爲「老弱文學」之外，所寫的《臺灣文學史
綱》也不獲好評。記得當時這本書好像還被說成是「臺灣文學目錄」和資
料的剪貼。而那時的我，別說是評論書的好壞就連內容的理解也做不到。

　　1980 年代末起，臺灣文學研究開始被正視，特別是二二八事件和白色
恐怖的神秘面紗被揭開以後。葉石濤也逐漸將自己 1950 年代的體驗寫成
《臺灣男子簡阿淘》等一系列的作品。隨著臺灣文學在戰後初期以及 1950
年代的空白慢慢地被填補起來，葉石濤在《史綱》裡的主張也終於開始獲
得理解。簡言之，也就是在臺文學的「本土化」。

　　《史綱》分量大約有十二萬字（300 頁）。想要將明末以來橫跨 300 年
的臺灣文學整體涵蓋，就如「序」裡所言，也只能做到描繪出大綱的程

---

*日本光華女子大學文學部全學共通教育中心教授。

度。而且，被說成是先行研究的資料剪貼的這個評語也是難以否定的。但就另一方面來說，《史綱》在戰後初期的部分使用了新挖掘出的《中華日報》日文文藝欄及《新生報》副刊「橋」等等資料，並且也隨處可見葉石濤獨到的見解。據聞《史綱》原本是預定由雜誌《文學界》的同仁共同執筆，但最後演變成由葉石濤接受資料提供個人執筆的方式完成。當時葉石濤一邊擔任小學老師利用 1984、1985 年暑假期間執筆。即使明白書裡有著資料不足以及敘述過於概略的情形，葉石濤還是硬著頭皮在籌備期一年執筆期兩年的短時間內發表了《史綱》一書。在此我們可以看出葉石濤性急的一面。曾經看過某個葉石濤的採訪，訪談中葉石濤針對「在眾多的著作裡首推哪部作品」的問題回答了《史綱》一書。

　　1997 年我從交流協會取得了一個月在外研究的資格。當時交流協會建議我研究與歷史相關的課題，於是就提出了葉石濤《臺灣文學史綱》研究這個題目。也正是這段期間我在高雄與葉先生碰了面並取得翻譯的許可。這就是本書翻譯的開始。

一、臺灣鄉土文學的主張

　　葉石濤相當早就立志要撰寫臺灣文學史。在 1965 年 11 月《文星》雜誌廢刊前一號裡，葉石濤發表了〈臺灣的鄉土文學〉這篇文章。文章裡，葉石濤說從開始寫作起他就抱著「蒼天賜我這麼一個能力，能夠把本省籍作家的生平、作品有系統的加以整理，寫成一部鄉土文學史」的心願。

　　葉石濤，1925 年（大正 14 年）生於臺南。於臺南州立第二中學在學期間，也就是 1940 年代（昭和 15 年）左右開始寫小說，其作品〈林君寄來的信〉在 1943 年 4 月刊載於西川滿所主辦的雜誌《文藝臺灣》。因為這段緣分，葉石濤成了西川滿家的學生，並幫忙編輯《文藝臺灣》。隔年六月離開西川滿後回臺灣，並 1945 年被徵召。戰前，葉石濤還在 1943 年 7 月發表了另一篇短篇〈春怨〉。

　　葉石濤正式的文學活動是從戰後開始的。由於龍瑛宗 1946 年 3 月開始

擔任在臺南發行的《中華日報》日本語文藝欄編輯的這層關係，葉石濤開始在這份報上發表由日文創作的隨筆。然而在回歸一周年紀念的 10 月 25 日時，日語被廢止了，因此文藝欄也就隨著廢刊了。1947 年的二二八事件以後，葉石濤將軌道切換成中文，並開始用中文在《新生報》、《中華日報》、《公論報》等副刊上發表短篇小說及評論。但 1951 年 9 月葉石濤卻被依據「戡亂時期檢訴匪諜條例」逮捕。1954 年出獄後，好不容易才在臺南的一個偏僻的村落裡找到一份代課老師的職位。接著於 1959 年與陳月得女士結婚並且生養了兩個孩子。靠著小學老師微薄的薪水，葉石濤挺過了 1950 年代，但他在 1951 年到 1965 年之間的文學活動卻是一片空白。

〈臺灣的鄉土文學〉打斷了這段空白。不用說《文星》這當然是一本外省人所編輯的雜誌，但它也刊載像是王鼎鈞〈作品充滿鄉土色彩的臺灣文學〉、林海音〈臺籍作家的寫作生活〉（1925 年 12 月總第 26 期）、鍾理和遺作〈柳蔭〉（1960 年 9 月總第 35 期）、王文興〈論臺灣的短篇小說〉（1960 年 11 月總第 37 期）之類的作品。雖然只有一小部分，但探討臺灣文學也是《文星》的編輯方針之一，葉石濤的論文剛好符合了《文星》的需求。

探討葉石濤的臺灣文學觀是件很困難的事。第一，作品多。要掌握他所有的作品幾乎是不可能的任務。曾經向《葉石濤評傳》的作者也就是目前公認對葉石濤作品掌握最清楚的彭瑞金先生請教過這個問題。彭先生也說製作葉石濤的作品目錄是相當困難的。第二，僅是目前已確認完出版日期的作品就已經達到相當的數量，光是從裡面抽出葉石濤的文學觀就是件相當棘手的工作。再加上不論是他在戒嚴體制下所寫的作品或是戒嚴後所寫的作品都包含了許多政治上的考量，要釐清箇中真意並不簡單。因此要瞭解到構思《臺灣文學史綱》為止的葉石濤文學觀是個很困難的作業。目前我尚未做好這個準備（《文學臺灣》第 37〜38 期裡林瑞明、林玲玲的〈從鄉土文學到臺灣文學〉就在嘗試分析這個課題）。在拙論中只舉出個人認為重要的三點來試著追蹤《史綱》執筆前的葉石濤的思考足跡。

第一點是 1948 年 4 月 16 日發表於第 104 期《新生報》副刊「橋」的〈一九四一年以後的臺灣文學〉一文。1947 年到 1949 年間以「橋」爲中心，外省籍作家及本省籍作家間發生了一場針對臺灣文學應有動向的論爭。這篇文章就是在這場論爭下所發表的。

〈一九四一年以後的臺灣文學〉是篇很奇特的文章。主旨是說戰時的臺灣完全處在日本的控制之下，臺灣的作家不是選擇沉默就是選擇逃避現實、消極地譴責封建的餘孽或將自己關在象牙塔裡。接著又指責戰時的臺灣文學是「一些營養不充足的消極的寫實主義或者亞熱帶風土主宰的浪漫的作品」以及「在日本帝國主義的彈壓下，臺灣文學走了畸形的、不成熟的一條路」。因此葉石濤主張今後應該「自從祖國文學導入進步的、人民的文學，使中國文學最弱的一環，能夠充實起來」。然而在葉石濤的敘述裡卻夾雜了一些相互矛盾的話，像是戰時的臺灣發行了《臺灣文學》、《文藝臺灣》等等爲數不少的雜誌、許多日本作家相繼訪臺並寫下以臺灣爲題材的作品、臺灣作家重新被日本人作家所認識、法國及德國文學作品被大量翻譯、當時流行紀德的作品以及透過日文譯本閱讀了《紅樓夢》及魯迅等等的中國文學作品……。雖然葉石濤在文章中一直強調戰時文學土壤的貧瘠，但從他的文字裡我們卻反而能夠感受到當時對文學的一股熱氣。換句話說，這篇文章也能夠解讀爲是葉石濤對戰時臺灣文學存在的消極主張。但若就其結論部分看來，對於臺灣文學今後應要以做爲中國文學的一部分來成長茁壯這件事毫不猶疑的葉石濤，這時應該還沒有臺灣文學本土化的想法。

除了〈一九四一年以後的臺灣文學〉這篇文章之外，對於這個論爭葉石濤並沒有進一步的積極發言。但根據推測當時葉石濤應該寫下了不少的隨筆和小說，比方說葉石濤在《史綱》提到的描寫二二八事件的〈三月的媽祖〉（「橋」1949 年 12 月第 212 期）。這些作品和評論也有列入考察的必要。這也將會是我今後的課題。

就如先前所說，於 1951 年 9 月被捕後葉石濤 14 年內都沒碰過文學。

之後在 1965 年 11 月所發表的文章就是〈臺灣的鄉土文學〉。

　　這篇文章裡，葉石濤將日本統治期下的文學分為三派並依年代別逐次介紹主要的臺灣人作家及其作品。這三派分別是到太平洋戰爭為止的「戰前派」、太平洋戰爭以後的「戰中派」、「戰中派」之後的文學則統一定義為「戰後派」。結論部分葉石濤針對「臺灣的鄉土文學」的必要性敘述如下：

> 本省鄉土文學在日據時代確實有提倡的必要，藉此發揮民族精神，領導對日本人的抵抗運動，有其必需性存在的歷史性，且不容否認已有了輝煌的收穫。但現在是否可繼續存在？……這答案當然是否定的。

　　葉石濤在否定了現有的「臺灣的鄉土文學」存在的必要性之後，又主張不該捨去「鄉土文學優美的傳統」。他是這麼寫的：

> 由於本省過去特殊的歷史背景，亞熱帶颱風圈內的風土，日本人留下來的語言和文化的痕跡，同大陸隔開，在孤立的狀態下所形成的風俗習慣等，並不完全和大陸一樣。生為一個作家這不就是豐富的題材嗎？能發掘這些特質，探求個體的特殊性，我認為可以給我們中國的文學添加更廣的領域。

　　在〈一九四一年以後的臺灣文學〉裡，可以看出裡面有著將臺灣文學當成是「日本文學控制下的一種鄉土文學」的想法。雖然葉石濤寫的曖昧不明，但主張「鄉土文學」這件事，不正是葉石濤對於不屬於中國文學的臺灣文學的自我主張嗎？

　　在〈一九四一年以後的臺灣文學〉發表後，葉石濤非常積極地展開他的創作及評論活動。正如黃春明、陳映真、王拓、王禎和所說的將臺灣現狀如實描寫出來的鄉土文學的勃興期裡，葉石濤正逐漸擴展其活動範圍。

　　1977 年 4 月發生了所謂的「鄉土文學論爭」，葉石濤於論爭初期在

『夏潮』（第 2 卷第 5 期，1977 年 5 月）雜誌裡發表了〈臺灣鄉土文學史導論〉一文。這篇文章是以作為鍾肇政、葉石濤編《光復前臺灣文學全集》全八卷（1979 年 7 月遠景出版）的序文所寫成的。

葉石濤在文章裡將臺灣鄉土文學定義如下：

> 所謂臺灣鄉土文學應該是臺灣人（居住在臺灣的漢民族及原住民種族）所寫的文章。

葉石濤更將「臺灣意識」當成是「臺灣鄉土文學」的「前提」並敘述如下：

> 臺灣的鄉土文學應該是以「臺灣為中心」寫出來的作品。儘管臺灣作家作品的題材是自由、毫無限制的，作家可以自由地寫出任何他們感興趣及喜愛的事物，但是他們應具有根深柢固的「臺灣意識」。

葉石濤雖然在此提出了「臺灣意識」，但他所說的「臺灣意識」的內容是非常曖昧不明的。例如葉石濤寫著「跟廣大的臺灣人民的生活息息相關的事物反映出來的意識才行」，但臺灣意識難道非跟人民有關才會產生嗎？再者他說，「臺灣意識」是「在臺灣的中國人的共通經驗，不外是被殖民的、受壓迫的共通經驗」，但戰後移居臺灣的外省人並沒有被殖民的經驗，難道他們的經驗不算是「住在臺灣的中國人的共通經驗」嗎？

葉石濤的〈鄉土文學史導論〉裡的文學史時間軸追溯到受荷蘭支配的時代，裡面也有著矛盾的敘述。

> 臺灣人民一直在侵略者的鐵蹄蹂躪下過著痛苦的日子。除去短暫的明鄭二代及滿清二百多年的統治以外，我們有被殖民者荷蘭人和日本人直接統治的慘痛經驗。

　　荷蘭支配臺灣的時期只有 17 世紀初頭的少許時間，接受日本統治也只是到日本戰敗的 50 年間而已，遠遠不及接受明清統治的時間來的長。這樣還能說是「臺灣人民一直在侵略者的鐵蹄蹂躪下過著痛苦的日子」嗎？

　　葉石濤敢於將這樣的矛盾的記述曝露出來應該是為了帶出基於「臺灣意識」而產生的「臺灣文學」所使用的巧妙的、也不是太巧妙的一種技巧吧。當時葉石濤是否已經有著臺灣文學本土化的想法，我們無從得知。但由現在的觀點看來，至少可以說看到了那麼一點徵兆。當時看出這一點的是陳映真。他在〈《鄉土文學》的盲點〉裡指出所謂的日本殖民時代裡有著因「臺灣文化民族主義」而產生的「臺灣人意識」的通念且有「分離主義」的議論之嫌。

　　1978 年鄉土文學論爭結束，1979 年 12 月發生高雄事件後王拓及楊青矗被捕，1980 年 2 月發生了林義雄一家被殺的慘劇。基於這樣的時代背景，臺灣民族主義逐漸抬頭。這樣的氣氛同時也反映到了文學界，並引起了臺灣文學定位的論爭。甚至還演變為「臺灣意識」論爭，引發陳芳明與陳映真激烈的對立。在這樣的對立之下，葉石濤也擺明了自己的立場，主張臺灣文學裡有著不屬於中國文學的獨自性。《史綱》就是在這樣的氛圍下被完成的。

二、臺灣本土文學史觀

　　如「序」所言，《史綱》是在 1983 年收集資料後，於 1984、1985 年的期間內動筆。最初是以《臺灣文學史大綱》為題依序刊載於《文學界》的第 12 期（1984 年 11 月）、第 13 期（1985 年 2 月）與第 15 期（1985 年 8 月）。而《臺灣文學史綱》的序則是刊載於《臺灣文藝》第 102 期（1986 年 9 月）並由文學界雜誌社於 1987 年 2 月發行。

　　《史綱》是以釐清臺灣文學的獨特性為目的並以臺灣為本位。序裡有段描述如下：

　　　　臺灣歷經荷蘭、西班牙、日本的侵略和統治，它一向是「漢番雜居」的
　　　　移民社會，因此，發展了異於大陸社會的生活模式和民情。特別是日本
　　　　統治時代的五十年時間和光復後的四十年時期，跟在大陸完全隔離的狀
　　　　態下吸收了歐美文學和日本文學的精華，逐漸有了較鮮明的自主性格。

　　從引用文裡我們可以看到荷蘭以及西班牙之後，橫跨 200 年以上的明
清兩代被略過不提。並且在回歸祖國以後，正確的說應該是 1949 年以後，
雖然事實上已經和大陸分離，但臺灣卻真正是回歸祖國成爲中華民國的一
部分。葉石濤在回歸祖國的懷抱之，馬上自主的發表了〈一九四一年以後
的臺灣文學〉一文，並在文章裡寫著「自從祖國文學導入進步的，人民的
文學，使中國文學最弱的一環能夠充實起來」。

　　在此筆者想順便一提的是，《史綱》的單行本與發表當時的原文在內容
上略有不同。在粗略地比較之後發現兩者的差異主要集中在「序」以及第
7 章第 2 節「臺灣文學とは何か」裡面有關民族主義對臺灣的影響的部
分。單行本裡，像是「臺灣文學是中國文學的一支流」之類的，葉石濤
1970 年代或 1980 年代評論裡常可見到的描述完全被刪除了。

　　《史綱》的文學觀是以臺灣爲主體也就是基於所謂的本土化史觀。繼
《史綱》之後令人引領企盼已久的第二本臺灣文學史《臺灣新文學史》終
於從 1999 年起，由陳芳明執筆並連載於《聯合文學》。陳芳明所寫的這本
「文學史」雖僅只限定於 1920 年代起所產生的新文學，若就僅僅限定這個
部分來看的話，他與葉石濤以及葉石濤的文學史觀基本上是相通的，甚至
連時代區分也幾乎一致。可以說陳芳明的「臺灣新文學史」是一部繼承
《史綱》的成果的作品。在此我想稍微比較一下兩者史觀的異同。

　　陳芳明文學史觀最明顯的特徵是將日本殖民地時期定義爲「殖民時
期」、戰後定義爲「再殖民時期」、解嚴後定義爲「後殖民時期」。在「殖民
時期」，臺灣之上有著「大和民族主義」在支配，而戰後只不過是由「大和
民族主義」換成「中華民族主義」而已。對於陳芳明以「殖民時期」這個

用語來劃分文學史的方法以及將戰後的祖國回歸當作是「再殖民」的看法，陳映真或曾健民都曾經反論過，但本論並不打算觸及這個部分。總而言之，雖然定義的方法有所不同，但在「臺灣文學本土化」這一點上，不論是陳芳明或是葉石濤的文學史，基本上其架構是相同的。

再者，陳芳明將臺灣文學的範圍定義成「經過臺灣風土所釀造出來的文學都是屬於本土的」（〈臺灣新文學史的建構與分期〉，《聯合文學》，1999年 8 月）的作法以及認為應將西川滿、庄司總一、濱田隼雄等日本人作家放在臺灣文學的範疇裡討論的看法也是和葉石濤的看法一致。

但就另一方面來看，葉石濤與陳芳明的史觀總讓人覺得有些許的或者應該說有相當大的出入。這個差異的部分目前還僅僅只是筆者的感覺而已，但若硬要說的話，在陳芳明的文學史裡設定了某個與「大和民族主義」、「中華民族主義」對抗的民族主義，換句話說，也就是明確的設定了臺灣的主體性這一點上。尤其是在評論 1940 年代的文學時，特別能讓人感受到這個差異。葉石濤將 1937 年以後的文學定義為「戰爭期」而陳芳明卻定義成「皇民運動期」。其中最為明顯的是，陳芳明將 1941 年以後皇民化運動時期的陳火泉、王昶雄、周金波的文學定義為「皇民文學」並且採取相當批判性的態度。相對於此，葉石濤並不認同「皇民文學」這種說法。《史綱》裡雖然也將周金波列為親日作家，但在《史綱》完稿後不久的1987 年 5 月 5 日，葉石濤曾說了「沒有『皇民文學』，全是『抗議文學』」（〈『抗議文學』乎？『皇民文學』乎？〉，《臺灣時報》）的話。就因為這次的發言，葉石濤受到宋澤萊的批判並被貼上了「老弱文學」的標籤。像這樣的看法上的差異，剛巧暗示了兩者對於臺灣文學本土化論的構想上的不同。

三、葉氏史觀的問題點

葉石濤在近年內所發表的〈臺灣文學的多民族性〉（《臺灣文學的現在》1999 年 3 月 31 日）一文裡談到關於如何界定臺灣文學範疇的事。他

認為無論是荷蘭時代最後一任長官所寫的《被忽視的臺灣》或是日據時代大量日本語作品、漢詩文、短歌、俳句……，只要是描寫臺灣事物的作品都該算入臺灣文學的範圍裡。並且還在文中介紹了黃得時在 1943 年所寫的〈臺灣文學史序說〉（《臺灣文學》第 3 卷第 3 號）所提出的關於界定臺灣文學範疇看法。

作為符合臺灣文學的基準，黃得時規定了下列五種情況：

（一）作者為出身臺灣，他的文學活動（在此說的是作品的發表及其影響力，以下雷同）在臺灣實踐的情形。

（二）作者出身於臺灣之外，但在臺灣久居，他的文學活動也在臺灣實踐的情形。

（三）作者出身於臺灣之外，只有一定期間，在臺灣做文學活動，此後，再度離開臺灣的情形。

（四）作者雖出身於臺灣，但他的文學活動在臺灣之外的地方實踐的情形。

（五）作者出身於臺灣之外，而且從沒有到過臺灣，只是寫了有關臺灣的作品，在臺灣之外的地方做了文學活動的情形。

然而黃得時之所以會這麼說，應該是為了要反駁島田謹二在〈臺灣文學的過去現在和未來〉（《臺灣文藝》第 2 卷第 2 號，1941 年）裡將臺灣的文學當成是日本的「外地文學」和「南方外地文學」的說法而來。但在島田謹二「外地文學」的範疇裡，臺灣人是不包括在內的。對於這樣的殖民地主義，黃得時在構思臺灣文學史時首先應該是在腦海裡有著像是「作者為出身臺灣，他的文學活動，在臺灣實踐的情形」的想法，先把臺灣人放在首位，然後才有「作者出身於臺灣之外，但在臺灣久居，他的文學活動也在臺灣實踐的情形」這樣的想法，把日本人放在第二位。在日本的殖民統治之下而且是在戰爭時期，黃得時的這篇議論應該算是發揮最大的限度來伸張臺灣人的主體性且又論及臺灣文學多岐性的文章吧！

葉石濤不可能不明白這一點然而他卻避開不談。只把黃得時的文章裡

談到在臺灣進行的文學活動都該算成是臺灣文學的部分當成是主張臺灣文學的多樣性的例子來引用。且說「頗爲符合這個臺灣的多民族的移民社會以及臺灣的歷史、風土（自然環境與社會環境），可以說是非常有遠見」。

　　但是，這個看法不正與葉石濤在〈臺灣鄉土文學史導論〉裡所曾說的具備了「臺灣意識」的作品才算臺灣文學的說法相互矛盾嗎？而且不也與《史綱》裡所充滿的濃厚的臺灣主體論相衝突嗎？但不管是「臺灣意識」或是向「臺灣主體性論」的傾斜，把這些放到當時的情況下來重新解讀的話，相信就能夠理解。而這篇關於「臺灣文學的多民族性」的議論也能夠說是一篇意識到當今臺灣社會多元化情況後而發言的作品。

　　由戰後初期到夾了十多年空白後再出發的 1960 年代以降，葉石濤保護培育臺灣文學的態度始終是一貫的。陳芳明說「葉石濤的論述在臺灣文學史上形成一個很重要的聲音」，我想在解讀臺灣文學的這條路上，對於葉石濤的熱度應該是不會減退的。

──選自《臺灣新聞報》，2001 年 12 月 14 日，13 版

關於葉石濤〈臺灣鄉土文學史導論〉

◎松永正義著[*]
◎李尚霖譯[**]

如同眾多研究常指稱的，1977、1978 年的鄉土文學論爭，促使以批判性筆法描寫臺灣現實狀況的所謂鄉土文學廣為人知，並一躍而為文壇主流；同時葉石濤以臺灣意識為基礎所展開的論述，與陳映真繼承中國新文學運動批判精神之主張，兩者之分歧，業已在此次論爭中出現。本文擬於全面性回顧整理 1970 年代之整體論調，就葉石濤之議論，加以檢討申論。

首先，我想先行論證，左翼亦或說是新左翼的思潮，乃是促使臺灣1970 年代論戰產生之原動力。1970 年代臺灣民主化運動之起點究竟源於何處，向來是眾說紛紜，但如果說發生於 1970 年代末期的保釣運動，亦可視為其界定標準之一，相信應不至會有任何異議。琉球劃入日本之際，釣魚臺亦同時劃歸日本管轄，對此，臺灣留美學生發起抗議運動，此一運動不久便波及至臺灣本島，鼎沸一時。這之後，緊接著又發生尼克森宣布訪問中國大陸、臺灣退出聯合國等事件，在國際環境激變下，臺灣的孤立化，喚起了島內莫大的危機意識，並一舉促成了民主化運動的勃發。1970 年代的民主化運動，便是在上述保釣運動以降的知識分子的社會改革運動，與非國民黨（黨外）政治家聯合的政治改革運動，兩大主軸下不斷邁進的。概觀而論，如果說非國民黨政治家多半傾向支持獨立的話；那集結於《大

---

[*]日本一橋大學大學院言語社會研究科教授。
[**]開南大學應用日語學系助理教授。

學雜誌》、《夏潮》等雜誌旗幟下的知識分子，可說便帶有當時世界新左翼運動的濃厚影響。舉例來說，保釣運動的起火點，臺灣留美學生的學生運動，便不脫美國校園反越戰學生運動的影響。

　　值得注意的是左派的思潮，其之歸結點，未必僅止於左翼運動本身而已。在臺灣 1970 年代的大環境之中，左派思潮之所以能具備舉足輕重的影響力，其原因在於左派思潮本身具有完備的社會批判方法與語彙。亦即，對臺灣當時正處於學步階段的民主化運動，左派思潮提供了批判社會的方法與語彙。總之，左派思潮可說催化當時各形各式社會批判產生之媒介。

　　在 1970 年代的思潮中，民族主義具有與社會批判相提並論的重要地位。社會主義與民族主義可說是推動 20 世紀世界的二大原動力，而且，二者往往難分難解地結合在一起。雖然到了 1980 年代，這二者皆各自受到種種批判，但在 1970 年代中，社會主義與民族主義尚可稱具重大之時代意義。以 1970 年代的韓國為例，眾所皆知，金芝河、白樂晴等人便是以「民族的觀點」為主要工具，開闢了通往社會批判與民主化的大道。1970 年代，或許可說是社會主義與民族主義的最後的一段蜜月期也說不定。

　　社會主義與民族主義最具典型的結合，便體現在「中國革命」上。[1]「中國革命」及被為其延伸的文化大革命，之所以能具有某種莫名的影響力，或者說之所以能具有某種媒介的功效，其原因亦可能在此。舉例而言，陳少廷《臺灣新文學運動簡史》（聯經出版公司，1997 年 5 月），在以五四運動精神為中心的論述架構下，總括臺灣新文學運動。該書可視為再評價、再發掘臺灣文學的急先鋒，而五四運動的精神，在書中便成了定位臺灣文學的媒介。

　　續論之，當時中國的文化大革命，亦有人認為與新左翼運動之間，有著連動關係。文革中的紅衛兵運動，如將之視之為對共黨黨機器的反動，確實可說是一種企圖由外部進行組織改造的革命運動。革命運動優先於組

---

[1]此名詞日本學界係用來泛指五四運動以降，中華人民共和國成立之前，中國之種種社會改革運動。

織，原本即是新左翼運動中心思想支柱之一。此外，這種革命運動優先論，亦有人認爲是「中國革命」中大眾路線的承繼。當時的文化大革命，或者推廣之「中國革命」，所具有的致命吸引力，不可僅用今日的眼光邊下評斷。談到這種吸引力，在日本我們可輕易想起例子有：1968 年臺灣留學生陳玉璽爲日本政府強制送返臺灣，被冠以參加「共匪」活動的罪名判刑入獄；1970 年代臺灣留學生劉彩品，留學日本期間，趁更新簽證之際，以「摒棄中華民國，選擇中華人民共和國爲自己祖國」爲由，拋棄原護照，要求發給簽證，與日本出入國管理局間發生重大爭執等等。1970 年代知識分子的運動，可說或多或少都具有這樣世界性的趨向。即便不提魏京生爲例，一般也以爲大陸民主化運動的起點，在於文化大革命中的紅衛兵運動，且就某方面而言，臺灣民主化運動的起點，亦可說源於文化大革命。

至此，我們可由臺灣 1970 年代思潮中抽絲剝繭，擷取出社會主義（社會批判）與民族主義二大要素。可以確信的是：這兩大要素與「中國革命」在本質上有某些共通特性。然而就這點而言，似乎已是無庸再議的事實。因此，在這裡，讓我們試著就這二要素所具的涵意，再行稍加考察。

1970 年代臺灣的民族主義，肇始爲國際社會孤立所產生的危機感，最後由危機因應之策的論戰轉化成對內政之批判。在這層意義上，此點和五四運動具有相同的特性。或許也因此，當時五四運動常常爲人論及。也由於這個原因，1970 年代的民族主義，屢屢被視之爲中國民族主義。但是，值得注意的是，1970 年代的民族主義，不僅與國民黨所標榜的民族主義相異，而且實際上可以說是相互牴觸的。

所謂的中國，實際上原本便爲一多樣、多元化的社會。所謂的多元，不僅是意味著中國內部擁有眾多的民族集團，即令是漢族內部，亦存在著差異如同異民族般的眾多不同集團（約略相當於方言集團）。根據 Skinner〈The City in Late Imperial China〉的說法，所謂的中國，是由數個在經濟、社會等各層面上皆具高度獨立性的地域所集合而成，且並非所有的一切運作，皆以廣大的全中國爲範圍。這樣的一個多地域、及多族群的集合

體，組成了所謂的中國。而如此多元化的社會之所以能統合成一個「中國」，其關鍵在於古典的文化構造及近代的民族主義所發揮的接合力量。

在中國這個原本獨立、獨自性皆非常高的地域、族群集合體之中，運作範圍能擴及全中國的，僅有權力集團以及輔佐統治者的知識分子集團。由戰國諸子百家、漢末的清議，以及《世說新語》中所記載的故事及言論流通圈等可以得知，自古以來，知識分子集團便已形成某種互動網路。而且這種知識分子間的互動網路，一開始便是以全中國為前提運作的。不用說，漢字以及如同共通語般的文言文，兩者之存在，使得這種架構更形鞏固。政治權力則透過科舉制度，使知識自動納編，並介入互動網路之成立，令其組織化。藉由隸屬這樣的互動網路，知識分子（＝地主）始能取得地方的支配威權；同樣地，唯有藉由將這種網路組織化，政治權力始得以支配全國，成為掌管全中國的政權。如果稱呼這種構造為古典的文化構造的話，也正由於此種文化構造，保障「中國」之所以廣大。近代以後，當反帝封建的口號高入雲霄之際，所謂的「反封建」，原本之目標，應在瓦解這樣的一種文化構造。但是，近代中國的民族主義，卻可以看出在某些地方開始和這種構造相結合的傾向。以此推論 1950、1960 年代國民黨標榜的「中華民族」的意識形態，便得以理解其中所蘊含的封建、壓抑性。

然而，這種暗藏古典的文化構造的中國民族主義意識，並非僅是國民黨的專利，共產黨也不例外。時至今日，或許我們可以坦承，國民黨與共產黨，就如同是背對背的孿生兄弟一般，異體而同形，一邊分治著臺灣與大陸，一邊又在分治的形態中維持著全體「中國」的統合。而意識形態化的民族主義，便是這種構造的支撐力量。因此我認為，不管是臺灣或大陸也好，將這種意識形態化、支配性民族主義予以解體，是進入 1970 年代後刻不容緩的課題。有趣的是，不管是臺灣或是大陸，此種解體作業，都是運用可相與抗衡的另一種新的民族主義來進行。

1970 年代中所論及的「中國」或「民族」情懷，是由存在於民族主義根底的共同經驗，如鄉土的風貌、生活、歷史等意象，所支撐架構起來

的；亦即是，這些生活在臺灣這塊土地上的共同經驗，如同是民族主義的象徵意象般，存在於「中國」、「民族」情懷的核心部位。正由於這層構造上的關係，一方面導致了支配性民族意識的解體，另一方面亦促成了「鄉土」臺灣的再發現，或者說是再確認。就這點而言，「中國」或「民族」，可說反倒成催化「臺灣」再發現或再確認的媒介。

1980 年代的臺灣，在利用新的意識形態的民族主義（＝臺灣民族主義），來相對抗衡原有的支配性意識形態化的民族主義之際，「中國」所代表之涵意在同時亦不可免地被意識形態化。但在 1970 年代，「中國」、「臺灣」二者可說尚處於未分化的狀態下，亦或說是尚停留在意識形態化之前的混沌狀態中。這點，我以為別具重大意義。

以 1970 年代的民歌運動為例，「龍的傳人」的作者侯德健，同時也是「酒矸倘賣嘸」的作曲者；「少年中國」的作者李雙澤，同時亦為「美麗島」的作者，這些例子絕非僅僅出於偶然。1970 年代「臺灣」與「中國」之間存在著一層微妙關係；一方面「臺灣」被由「中國」民族主義的意象中析解分離出，另一方面「臺灣」之發現亦同時喚出「中國」意象之存在。在文學中對這種關係表現得最完整的便是王拓，陳映真亦不遑多讓。

葉石濤在其論文〈臺灣鄉土文學史導論〉中，首先論及「臺灣的特性和中國的普遍性」。文中先將中國定位在文化層面上，而臺灣鄉土的特性，則為其中多元構成要素之一。該文詮釋文化的中國與鄉土的臺灣的關係，便與上述兩兩互為媒介的意象「中國」、「臺灣」的關係相類似。在這層意義上，葉石濤這篇論文的架構，確實是屬於 1970 年代當時的文學主張。

但是葉石濤有別他人的特徵在於：雖然理論架構和 1970 年代的文學主張無二致，但可以看出他並不是藉由解析「中國」才發現「臺灣」的，相反的，先有「臺灣」的存在，而「中國」可以想做不過是包圍在外的一層框框。當然，在葉石濤的理論架構中亦存在著某種「中國」的意象。但我以為，葉石濤理論架構中的「中國」意象並非形成於 1970 年代，而是早在日治時代便已成形。

　　楊逵、吳濁流等世代的作家在言及「中國」的時候，每每可以讓人感受得到他們的「中國」並非意識形態化的「中國」，他們的「中國」可說是發諸於內心深處的鄉愁。因為他們的「中國」乃肇發自對鄉土的風貌、生活、歷史等臺灣這塊土地上的共同經驗，不用說，他們的「中國」同時也意味著「臺灣」。葉石濤在提起像「漢民族文化」、「中國的普遍性」等言詞時，也給予我同樣的感受。之前之所以會說：「在葉石濤的理論架構中，亦存在著某種『中國』的意象」，便是因為這個緣故。這種「中國」與「臺灣」的關係，和先前所看到的 1970 年代的「中國」與「臺灣」的關係，淵源不同，但構造上卻是一致的。

　　以此推論，葉石濤的議論是醞釀自日治時代，只是到了 1970 年代，才獲得知遇，得到揮灑的舞臺。1970 年代文學主張與葉石濤的論述的關係，恰好便如同 1970 年代鄉土文學與日治時代的臺灣文學間的關係一般：1970年代鄉土文學的提倡，促使了日治時代臺灣文學的再發現；同時日治時代臺灣文學的再發現，反過來也刺激了鄉土文學的形成。

　　續而言之，在中國大陸上，由 1970 年代末期一直到 1980 年代，亦一直試圖瓦解的支配性民族意識。舉例而言，北島等人的「朦朧詩」、與電影「黃土地」中所顯現的「中國」象徵意象，便可看出試圖對抗官方的支配性意識形態「中國」之兆端。儘管其中描繪的意象涵意，與臺灣鄉土文學中的象徵意象涵意，是完全不同狀況下之產物，但是二者本質極為相近。

　　總而言之，在 1970 年代裡，我們可擷取出社會主義與民族主義二大時代驅動要素。社會主義思潮之所以能在 1970 年代產生重大的影響力，並非完全是因為其和實際的社會運動本身有直接關係的緣故。更大的原因在於社會主義思想具備有一套完整的社會批判方法與語彙，對臺灣 1970 年代身處於無形危機意識下的知識分子，提供了表達自己、進行批判的語彙方法。此種觀點，亦適用於推論葉石濤的〈臺灣鄉土文學史導論〉上，〈臺灣鄉土文學史導論〉一文花費了大部分篇章，將日治時代的臺灣文學，總結在反帝反封建的歷史傳統與現實主義傳統之架構下。這樣的文學理論架

構，正為 1970 年代的文學主張所共有。

　　但葉石濤所獨具的特徵是，明確地主張以日治時代的臺灣文學傳統為基礎，發展 1970 年代的鄉土文學。且其主張之概念核心，並非形成於 1970 年代論戰中，而是在這之前便早已完成的。

　　眾所皆知，葉石濤在 1965 年便已發表了〈臺灣的鄉土文學〉一文，即已包含了〈臺灣鄉土文學史導論〉中所提出的鄉土文學的主要概念。但是，〈臺灣的鄉土文學〉之中，對日治時代的臺灣文學群像，僅只透過各個作家的特徵與作品之介紹，做比喻性的提列比較。而〈臺灣鄉土文學史導論〉中，則提出反帝反封建與現實主義的傳統，在明確的文學理論架構下，展開歷史性的論述。此外，對各個作家的評價，也可看出幾點變化，舉例來說，其指摘吳濁流的《亞細亞的孤兒》僅止於描寫知識分子的內心世界，點出了其局限性。這樣的變化，畢竟是只有 1970 年代的論爭中，才始有可能發展而成。

　　〈臺灣的鄉土文學〉一文，或可視為葉石濤憂心日治時代的臺灣文學傳統，是否在時代洪流中為人淡忘的危機感下寫成。相形之下，〈臺灣鄉土文學史導論〉一文，可以視為上述的危機感，因 1970 年代鄉土文學的形成，在漸得舒解的情況下，為了進一步鞏固鄉土文學立足的基礎，而重新提起日治時代的傳統。總之，葉石濤的文學理論，乃是自日治時代以來逐漸形成的，逮至 1970 年代，始水到渠成，尋獲適於他自己的表現方法與語彙，得到自由揮灑的空間。

　　葉石濤解讀日治時代的臺灣文學，一律先行以反帝反封建的抵抗角度切入，即使在今天，此一態度仍深具意義。舉例來說，藤井省三曾發表〈「大東亞戰爭」期間的臺灣皇民文學〉（《臺灣文學この百年》，東京：東方書店，1998 年）一文。藤井氏在該文中提出：

　　一、1930 年代以降，臺灣文壇在「讀書市場的成熟」下成立，因「在臺日人與臺灣人的結合，形成文化上的臺灣民族主義」。

二、「臺灣人作家為了臺灣人讀者而描寫臺灣人之皇民化」的「臺灣皇民
文學」，促使了臺灣民族主義之形成。

　　基於上述的論點，藤井氏特別致力於在皇民化時期的文學之中挖掘
「臺灣文學」之獨特性。但是，就論點一而言，其問題出在：完全忽略了
以《臺灣民報》《臺灣新民報》為代表的白話文媒體（如賴和便只在這些媒
體上發表文章）。論點二之問題則出在：即便是皇民化時期的文學，在臺灣
文學的共同經驗中占有重要地位，卻不能不考慮到隱藏在皇民化文學的背
後，如吳濁流《亞細亞的孤兒》般無法發表的作品；以及，晚年喟然詠歎
質疑自己的文學運動最後是否終歸失敗的賴和一般，健筆夭折的作家。特
別是欲研究像臺灣文學這樣的文學，不是更必須努力地閱讀隱藏在書寫成
字的作品背後的許多無言的沉默嗎？以此觀點看來，相對於如藤井氏般之
看法，以共同的日本經驗來考察臺灣文學之成立；葉石濤站在抵抗層面的
立場上，解讀日治時代臺灣文學的態度，其重要性不明而喻。

　　行文至此，我們可以了解，〈臺灣鄉土文學史導論〉一文理論的架構，
確實是屬於 1970 年代鄉土文學論爭中之文學主張。但是，同時我們亦可以
看出，該文所論述的核心內容，葉石濤早在 1970 年代以前便已形成。這可
說完全是因為葉石濤在二次大戰後，孜孜於傳承日治時代臺灣文學傳統的
努力，終於在進入 1970 年代後開花結果，發展出得以表現自我文學主張的
理論架構。以此觀來，葉石濤可說擔負著延續臺灣文學香火的重責大任，
將日治時代的傳統，傳繼至 1970 年代。這個早已成為定論的事實，其實不
必特地在此申述。本文僅只是藉著討論〈臺灣鄉土文學史導論〉一文，將
這事實做再一次的確認罷了。

──選自鄭烱明編《點亮臺灣文學的火炬：葉石濤國際學術研討會論文集》
高雄：春暉出版社，1999 年 6 月

輯五◎
研究評論資料目錄

作家生平、作品評論專書與學位論文

專書

**1. 林政華編　　福爾摩莎的瑰寶──葉石濤文學會議資料彙集（論文集）　臺北
　　淡水工商管理學院臺灣文學系　1998 年 11 月　105 頁**

本論文集爲 1998 年 11 月 7 日舉辦之研討會論文彙集。全書共 3 部分：1.專題演講紀
錄 2 篇，鍾肇政〈漫談葉石濤的翻譯〉（摘要）、彭瑞金〈葉石濤文學評論與臺灣
文學發展〉（摘要）；2.論文 4 篇，陳凌〈葉石濤散文之感官意象分析──以《不完
美的旅程》爲論述場域〉、許素蘭〈在禁錮中尋生命的出口──葉石濤〈齋堂傳
奇〉的雙重主題〉、余昭玫〈葉石濤評論特質初探〉、張良澤〈短篇小說之王──
葉石濤小說管窺〉；3.專題座談，陳千武、莊萬壽、鄭烱明、陳萬益、彭瑞金〈臺灣
文學教育的過去與未來〉。正文後附錄〈座談之問答紀錄〉、〈葉石濤先生小檔
案〉。

2. 彭瑞金　　葉石濤評傳　高雄　春暉出版社　1999 年 1 月　263 頁

本書論述葉石濤的童年及其出生的府城、地主家庭與其文學關係，並探討其 40、
60、90 年代的小說，以得知其文學評論與文學史的核心。全書共 9 章：1.確定的年
代，不確定的文學；2.滄桑古都，府城少年；3.心靈的路，文學的根；4.紛爭時代，
錯綜文學；5.時代動盪，心靈豐收；6.白色歲月的黑色文學；7.開拓荒原，播種鄉
土；8.回首臺灣文學路；9.遙遠的路，未完的旅程。正文後附錄〈葉石濤文學年
表〉。

**3. 鄭烱明編　　點亮臺灣文學的火炬：葉石濤國際學術研討會論文集　高雄　春
　　暉出版社　1999 年 6 月　192 頁**

本書爲「葉石濤文學國際學術研討會」之論文集，全書共收錄葉瓊霞〈文學主體性
的建立──葉石濤白色文學試探〉、星名宏修著，陳明台譯〈殖民地的沖繩人如何
被描寫了？！──葉石濤〈異族的婚禮〉的一種解讀〉、漢雅娜（Christiane
Hammer）著，沈勇譯〈從文學史的書寫看國家的成形和族群意識的自我定位──以
近代德國和臺灣爲例〉、松永正義著，李尙霖譯〈關於葉石濤〈臺灣鄉土文學史導
論〉〉、呂正惠〈葉石濤和戰後臺灣文學的「斷層」與「跨越」〉、余昭玫〈重憶
恐怖年代──談解嚴後的葉石濤小說〉、彭瑞金〈不及綻放的蓓蕾──四〇年代後
期的葉石濤文學〉、陳芳明〈葉石濤的臺灣文學史建構〉、張恆豪〈螞蟻起厝──
評《臺灣文學入門》〉9 篇論文。

4. 葉石濤　　追憶文學歲月　臺北　九歌出版社　1999 年 8 月　209 頁

本書收錄葉石濤的生平經歷及其文學評論。全書共 2 部分：1.第 1 輯共 7 篇：〈我的老化，我的病史〉、〈我的種族經驗〉、〈我的出書經驗〉、〈我的故舊好友（一）（二）〉、〈日治時代《紅樓夢》在臺灣〉、〈我的鍾理和經驗〉、〈敬悼西川滿先生〉；第 2 輯共 29 篇：〈臺灣文學的多種族課題〉、〈臺灣文學，啥東西？〉、〈關於《臺灣文學入門》〉、〈《倒風內海》的收穫〉、〈臺灣小說裡的平埔族〉、〈作家的雕像〉、〈母語文學今昔〉、〈彭瑞金的新著《文學評論百問》〉、〈記兩個文學盛會〉、〈臺灣文學的諸相〉、〈窮人文學〉、〈西田勝與日本社會文學會〉、〈《鍾肇政全集》即將出版〉、〈臺灣與諾貝爾文學獎〉、〈臺灣文學研究的評估〉、〈民視的「臺灣文學作家劇場」〉、〈《陳夫人》中文譯本問世〉、〈井東襄的西川滿情結〉、〈海洋與作家〉、〈作家的「時間」和「空間」〉、〈女作家的存在主義〉、〈作家和流動農民〉、〈超越意識形態〉、〈作家的宗教信仰〉、〈罪犯作家〉、〈作家背後的女人〉、〈作家和神話〉、〈作家家族〉、〈生長小說〉。

5. 葉石濤　　從府城到舊城：葉石濤回憶錄　臺北　翰音文化公司　1999 年 9 月　　178 頁

本書共收錄 1998 年到 1999 年葉石濤雜文，全書共 20 篇：1.無用的人；2.考古夢；3.我為什麼寫個不停；4.離臺前的王育德；5.從舊城到府城；6.我所認識的臺共；7.吃便當；8.我和泰雅族；9.阿姑和阿姨；10.葛藤心理的重塑者——巫永福；11.小北仔墓園；12.纖細、知性的作家——龍瑛宗；13.三個阿姐；14.舊文人、新知識份子——葉榮鐘；15.吳新榮文學的特色及其意義；16.恂恂「臺灣君子」，謙和長者——陳千武；17.生命力和創造力豐沛的作家——鍾肇政；18.地方文史工作者的先驅和權威——林曙光；19.張彥勳的文學、生活和夢〔厭鬼〕；20.退步老人，貓、狗和粉鳥。

6. 黃建龍　　葉石濤的府城文學地圖調查報告　臺北　國家文化藝術基金會　　2002 年 3 月　96 頁

本報告書為葉石濤文學作品裡場景地點的調查。全文共 6 部分：1.寫在前面；2.文學與城市的美麗邂逅；3.各年代臺南市街道圖對照圖；4.葉石濤文學場景及府城老街對照圖；5.葉石濤年表；6.調查內容：包含《鸚鵡和豎琴》、《葉石濤自選集》、《噶瑪蘭的柑子》、《文學回憶錄》、《姻緣》、《鹹首》、《臺灣男子簡阿淘》、《青春》、《西拉雅末裔潘銀花》、《異族的婚禮》、《紅鞋子》、《從府城到舊城》中的場景地點。

7. 陳明柔　　我的勞動是寫作——葉石濤傳　臺北　時報文化出版公司　2004 年

7 月　254 頁

本書爲葉石濤的傳記。全書共 6 章：1.葉厝的小地主生活；2.府城青春夢・春風少年兄；3.跨越語言的年代；4.遺落的歲月；5.臺灣文學的使徒；6.我的勞動是寫作。正文前有〈楔子〉，正文後附錄〈葉石濤生平大事年表〉。

8. 葉石濤　　一個臺灣老朽作家的五○年代　臺北　前衛出版社　2005 年 1 月　171 頁

本書爲葉石濤自述其生平經歷之回憶錄。全書共 11 部分：1.沉痛的告白；2.幼少年時代；3.青年時代；4.白色恐怖時代的來臨；5.蹉跎歲月；6.細說五○年代的白色恐怖；7.土地改革與五○年代；8.執教鞭，鞭出五○年代的滄桑；9.鄉村教師；10.稻草堆裡的戀情；11.約談。

9. 張守真訪問；臧紫騏記錄　　口述歷史・臺灣文學耆碩——葉石濤先生訪問記錄　高雄　高雄市文獻會　2005 年 12 月　240 頁

本書是張守真教授於民國 91 年訪問葉石濤先生，經整理而成的口述歷史專書。全書共 13 章：1.出生背景及家世；2.求學的歷程與夢想成爲考古人類學家；3.與西川滿先生結緣，兼談臺灣文學發展；4.當日本兵期間印象最深刻的事；5.光復初期土地改革對葉家的影響；6.光復初期的困境與調適；7.對「二二八事件」的回憶及寫作情形；8.入獄期間印象最深刻的事；9.出獄後的困境與人生轉捩點；10.與左營結緣及對教育文化的期許；11.寫《臺灣文學史綱》的動機；12.臺灣文學史應以融合族群、關懷臺灣爲主；13.到日本東京大學演講的感想。正文後附錄〈2002 年 6 月 15 日先生在東京大學的演講稿（中、日文）〉、〈葉石濤先生大事年表（稿）〉。

10. 彭瑞金　　永遠的懷念——文學大師葉石濤的文學歲月　高雄　財團法人文學臺灣基金會　2008 年 12 月　54 頁

本書爲葉石濤公祭時所發紀念刊物，包含葉石濤照片及書影與紀念文章，全書共收錄〈葉石濤先生小傳〉、〈府城之星，舊城之月〉、〈夢獸的誕生——府城著名的「鐘鳴鼎食」之家〉、〈文學的根在府城——滿紙荒唐言，一把辛酸淚〉、〈葉石濤的幼、少年時代——考古夢、文學魂〉、〈文學的築夢少年，一腳踩進臺灣文學暴風圈〉、〈在《文藝臺灣》「糞寫實主義」之爭〉、〈動盪的時代，漂泊的生活，不變的文學夢〉、〈戰後初期鮮爲人知的一段文學歷程〉、〈白色恐怖與黑色幽默〉、〈以「螞蟻」自居，爲臺灣文學做工〉、〈點燃鄉土文學的戰火，推昇本土化的動力〉、〈揭起多種族風貌，臺灣文學的大旗〉、〈追憶不盡、追逐不停的文學夢〉、〈永遠的臺灣文學人〉、〈葉石濤的文學勳章〉、〈葉石濤著作書

影〉、〈葉石濤生平年表〉18篇文章。

11. 施懿琳等　　葉石濤先生追思文集　臺南　成功大學臺灣文學系　2008 年 12
月　**83頁**

本書為葉石濤公祭時所發紀念刊物,全書共收錄施懿琳〈序〉、陳萬益〈艱苦的跋
涉——記念葉老〉、游勝冠〈我才不要跟你說再見〉、楊翠〈向晚獨行的身影〉、
廖淑芳〈記那一片龍崎風景〉、李友煌〈憶葉老〉、郭漢辰〈和葉老說再見〉、林
巾力〈悼念葉老〉、謝肇禎〈葉老,一路好走〉、李瓜〈願我們的頑童一路文
學〉、趙慶華〈看不見時依舊在——告別葉老〉、王鈺婷〈念塵世生命之脆弱與短
暫,更感文學生命之長久〉、柯榮三〈那些年,我記得〉、陳佳琦〈葉老,再
見〉、松尾直太〈葉石濤先生を偲ぶ〉、林佩蓉〈葉老,好久不見〉、曾巧雲〈葉
老再見〉、張志樺〈記憶的片段,想念的永恆〉、鳳氣至純平〈葉老追悼文〉、許
倍榕〈葉老,謝謝〉、張俐璇〈葉老,還在〉、張玉秋〈懷念葉老〉、林谷靜〈感
恩葉石濤先生〉、王鈞慧〈敬致葉老——天光猶在〉、邱雅萍〈回憶葉老〉、林芷
琪〈我們有你很幸福〉、周馥儀〈葉老,我記得〉、張卉君〈最後的禮物——寄葉
老〉、何京津〈給在另一個世界的葉老〉、游鎧丞〈給葉老〉、王欣瑜〈葉老印
象〉、林文冠〈葉老〉、鄭淑真〈以茶代酒敬你三杯〉、林肇豐〈巨人的身影與那
位長者〉、張絲芳〈葉老,我親愛的老師〉、趙慶華〈葉老:大家努力寫下去〉、
〈老朽的年代,不退色的青春夢〉、郭漢辰〈認真喘氣,努力呼吸——為葉老祈
福〉、張俐璇〈《葉石濤全集》新書發表會側記〉、吳治鈞〈府城春風,舊城新月
——一個老作家不褪色的文學〉40篇文章。

學位論文

12. 余昭玟　　葉石濤及其小說研究　成功大學歷史語言研究所　碩士論文　吳達
芸教授指導　1990 年 7 月　**244頁**

本論文探討葉石濤生平、文學思想、小說內容主題、表現技巧及其文學評論,並與
葉石濤先生訪談,以求史料與論述之完備。全文共 5 章:1.失根與追尋——從傳記
資料觀察葉石濤的生存處境;2.汲納與創化——從文學觀念考察葉石濤的寫作歷
程;3.狂歌與慟哭——論葉石濤小說的主題;4.從淪落到昇華——論葉石濤小說中
的象徵;5.瞭解與再思——葉石濤小說的評價兼論其評論。正文後附錄〈葉石濤寫
作年表〉。

13. 杜劍鋒　　臺灣文學的老井——以五〇年代的葉石濤及其再出發為中心　成功
大學歷史學系　碩士論文　林瑞明教授指導　1998 年 10 月　**320**

　　　　頁

本論文論述葉石濤自 50 年代起各階段創作歷程，旁及同時代其他作家。全文共 6
章：1.緒論；2.臺灣新文學運動的展開；3.四〇年代的臺灣新文學；4.五〇年代的臺
灣；5.五〇年代對臺灣戰後文學的影響；6.結論。

14. 張文豐　　解嚴後葉石濤文學之研究　高雄師範大學國文學系　碩士論文　林
　　　　文欽教授指導　1999 年 5 月　263 頁

本論文探討葉石濤於戒嚴後作品的風格與特色，以凸顯其在文學上的成就。全文共
8 章：1.緒論；2.回首來時路——談葉石濤文學的創作里程碑；3.解嚴後葉石濤文學
的視野；4.解嚴後葉石濤小說的藝術世界；5.解嚴後葉石濤文學評論的標準；6.臺
灣文學的新座標——《臺灣文學史綱》；7.解嚴後葉石濤文學的理論與實踐；8.結
論。正文後附錄〈葉石濤寫作年表（從民國 29 年到 88 年）〉、〈葉石濤的生活照
片〉。

15. 蔡芬芳　　葉石濤小說人物研究　高雄師範大學國文系國文教學碩士班　碩士
　　　　論文　林文欽教授指導　2002 年 10 月　368 頁

本論文以「葉石濤」、「葉石濤小說」及「葉石濤小說人物」3 個元素作爲基本架
構，討論葉石濤的生平及其創作歷程。全文共 7 章：1.緒論——確立葉石濤小說家
的定位；2.葉石濤生平——錯雜的年代、不屈的靈魂；3.葉石濤的文學歷程——由
浪漫到寫實；4.葉石濤小說的藝術世界；5.葉石濤小說人物——外在形式研究；6.
葉石濤小說人物——內在精神研究；7.結論——落入凡間的精靈、文壇不朽的戰
士。正文後附錄〈訪談記錄——葉石濤訪談稿〉、〈葉石濤生平與著作年表〉、
〈葉石濤研究資料匯編〉。

16. 王金英　　葉石濤《臺灣文學史綱》研究　玄奘大學中國語文研究所　碩士論
　　　　文　沈謙教授指導　2005 年 6 月　148 頁

本論文以戰前臺灣新文學運動發展爲背景，連結葉石濤《臺灣文學史綱》的寫作環
境與成因，繼而探討《臺灣文學史綱》的架構與內涵，並綜述臺灣文壇的貢獻與成
就。全文共 7 章：1.緒論；2.葉石濤與《臺灣文學史綱》；3.《臺灣文學史綱》的
架構；4.《臺灣文學史綱》的內涵；5.《臺灣文學史綱》的評價；6.葉石濤的其他
作品；7.結論與展望。

17. 黃馨嬋　　葉石濤文學思想與戰後臺灣文學發展之關係　中國文化大學中國文
　　　　學系碩士在職專班　碩士論文　陳愛麗教授指導　2006 年 12 月

170 頁

本論文以橫跨日治時期與戰後世代的臺籍作家葉石濤爲研究對象，探討其文學思想與戰後臺灣文學發展的關係。全文共 6 章：1.緒論；2.葉石濤的生平及其思想淵源；3.葉石濤的文學思想；4.葉石濤與戰後臺灣文學發展；5.戰後臺灣文學的回顧與展望；6.結論。

18. 林玲玲　　葉石濤與臺灣文學的建構　成功大學歷史學系　博士論文　林瑞明教授指導　2008 年 1 月　388 頁

本論文探討葉石濤文學作品與評論，以反映當代社會現實。全文共 6 章：1.緒論；2.臺灣文學的正名；3.臺灣文學史的分期；4.「臺灣意識」的發展；5.寫實主義的堅持；6.結論。正文後附錄〈葉石濤生平年表〉。

19. 盧柏儒　　葉石濤及其小說中的殖民、性別與地方感探析　成功大學中國文學系碩博士班　碩士論文　吳達芸教授指導　2008 年 6 月　186 頁

本論文從葉石濤小說中的殖民、性別與地方感 3 方面作探討，以多樣化角度來剖析葉石濤及其作品。全文共 5 章：1.緒論；2.原鄉何處？一位飄泊的知識分子——論葉石濤；3.葉石濤詭譎多變的文學之途；4.葉石濤的小說中心思想及書寫特色；5.結論。

20. 鄭幸矯　　從耽美到解放——葉石濤小說的情慾書寫　中興大學中國文學系碩士論文　陳器文教授指導　2008 年 6 月　132 頁

本論文以佛洛伊德（Sigmund Freud）的精神分析、榮格（Carl Gustav Jung）的分析心理學、馬林諾夫斯基（Bronislaw Malinowski）的兩性社會學爲方法論，探究葉石濤光復初期、解嚴前後小說中的情欲書寫面向的轉變，及其中所反映的作者個人投射。全文共 6 章：1.緒論；2.葉石濤小說創作背景探討；3.葉石濤小說中的耽美和壓抑——初期小說；4.葉石濤小說中的情欲試煉——中期小說；5.葉石濤的本色真情——近期小說；6.結論。

21. 林世傑　　臺灣文學中的白色恐怖——以葉石濤與陳映真及其作品比較爲主軸靜宜大學中國文學系　碩士論文　陳明柔教授指導　2008 年 7 月237 頁

本論文以 2 位「走過白色恐怖、寫出白色恐怖」的作家作爲研究臺灣文學與白色恐怖的主軸，以呈現知識分子與群眾在長期國家暴力下所產生的陰影與疏離，也透過作家的創作以得知知識分子如何應付威權體制，以及在解嚴後如何反思白色恐怖。

全文共 5 章：1.緒論；2.白色恐怖下的葉石濤與陳映真；3.白色恐怖下葉石濤與陳映真作品中的左翼思想比較；4.寫出白色恐怖的臺灣作家：比較葉石濤與陳映真作品中的國族認同；5.餘論。正文後附錄〈白色恐怖下的葉石濤與陳映真作家年表〉。

22. 林沈雁　　葉石濤小說女性書寫研究　屏東教育大學中國語文學系　碩士論文　林秀蓉教授指導　2009 年 7 月　207 頁

本論文以葉石濤小說中的女性書寫爲研究主題，探討其作品之中所描述的多樣化豐富女性群像，並從中了解葉石濤的思想觀點。全文共 6 章：1.緒論；2.葉石濤小說創作歷程與女性素材來源；3.葉石濤小說女性人物類型；4.葉石濤小說女性書寫意涵；5.葉石濤小說女性書寫藝術特色；6.結論。

23. 郭漢辰　　重建臺灣殖民記憶──葉石濤小說特質探究　成功大學臺灣文學系　碩士論文　應鳳凰　2010 年　299 頁

本論文從葉石濤的小說作品中，分析其創作特質，並進一步探討臺灣殖民時期的歷史過程。全文共 5 章：1.緒論；2.以臺灣歷史時空爲經緯的後殖民書寫；3.殖民社會的男女情慾；4.殖民時代多元種族、多元階級的吶喊；5.結論。正文後附錄〈參考書目〉、〈葉石濤小說創作年表〉、〈大師計程車司機〉。

24. 許佳鴻　　葉石濤自傳書寫研究──以小說《紅鞋子》和《臺灣男子簡阿淘》爲例　東海大學中國文學系　碩士論文　周芬伶　2010 年　207 頁

本論文主要分析《紅鞋子》、《臺灣男子簡阿淘》兩部自傳體小說，藉以探討葉石濤的生命歷程與記憶。全文共 6 章：1.緒論；2.葉石濤小傳；3.自傳書寫之虛與實、主體性與政治意涵；4.自傳書寫與藝術手法；5.社會意識與鄉土情懷；6.結論。正文後附錄〈參考文獻〉、〈葉石濤年表〉、〈葉老訪談逐字稿〉。

作家生平資料篇目

自述

25. 葉石濤　　我與紅樓夢　臺灣日報　1977 年 8 月 24 日　12 版

26. 葉石濤　　府城之星・荒城之月──《文藝臺灣》及其周圍（上、下）[1]　民眾日報　1979 年 8 月 27—28 日　12 版

---

[1] 本文後改篇名爲〈《文藝臺灣》及其周圍〉。

27. 葉石濤　　《文藝臺灣》及其周圍　文學回憶錄　臺北　遠景出版公司　1983
年 4 月　頁 9—17

28. 葉石濤　　《文藝臺灣》及其周圍　葉石濤全集・隨筆卷一　臺南，高雄　國
立臺灣文學館，高雄市文化局　2008 年 3 月　頁 147—155

29. 葉石濤　　葉石濤回憶錄：光復前後（上、下）[2]　民眾日報　1979 年 10 月 23
—24 日　12 版

30. 葉石濤　　光復前後　文學回憶錄　臺北　遠景出版公司　1983 年 4 月　頁
19—30

31. 葉石濤　　作家的條件　民眾日報　1979 年 11 月 12 日　12 版

32. 葉石濤　　作家的條件　葉石濤全集・隨筆卷一　臺南，高雄　國立臺灣文學
館，高雄市文化局　2008 年 3 月　頁 193—196

33. 葉石濤　　《葫蘆巷春夢》　青澀歲月　臺北　爾雅出版社　1980 年 7 月　頁
233—235

34. 葉石濤　　《葫蘆巷春夢》　葉石濤全集・隨筆卷一　臺南，高雄　國立臺灣
文學館，高雄市文化局　2008 年 3 月　頁 111—113

35. 葉石濤　　府城之星，舊城之月——日據時期文壇瑣憶[3]　聯合報　1980 年 10
月 26 日　8 版

36. 葉石濤　　府城之星，舊城之月　寶刀集——光復前臺灣作家作品集　臺北
聯合報社　1981 年 10 月　頁 65—75

37. 葉石濤　　日據時期文壇瑣憶　文學回憶錄　臺北　遠景出版公司　1983 年 4
月　頁 31—41

38. 葉石濤　　日據時期文壇瑣憶　葉石濤全集・隨筆卷一　臺南，高雄　國立臺
灣文學館，高雄市文化局　2008 年 3 月　頁 243—253

39. 葉石濤　　序　臺灣鄉土作家論集　臺北　遠景出版公司　1981 年 2 月　頁 1
—2

---

[2] 本文後改篇名爲〈光復前後〉。
[3] 本文後改篇名爲〈府城之星，舊城之月〉、〈日據時期文壇瑣憶〉。

40. 葉石濤　《臺灣鄉土作家論集》自序　葉石濤全集・隨筆卷一　臺南，高雄　國立臺灣文學館，高雄市文化局　2008 年 3 月　頁 131—132

41. 葉石濤　自畫像（代序）　作家的條件　臺北　遠景出版公司　1981 年 6 月　頁 1—2

42. 葉石濤　自畫像　少男心事　高雄　敦理出版社　1985 年 5 月　頁 155—157

43. 葉石濤　自畫像（上、下）　臺灣新聞報　1999 年 5 月 26—27 日　13 版

44. 葉石濤　編後記　文學界　第 1 期　1982 年 1 月　頁 221—222

45. 葉石濤　《文學界》創刊號編後記　臺灣文學的回顧　臺北　九歌出版社　2004 年 11 月　頁 123—125

46. 葉石濤　文學閒話　臺灣時報　1982 年 4 月 3 日　12 版

47. 葉石濤　照片　純文學好小說（上）　臺北　純文學出版社　1982 年 7 月　頁 9

48. 葉石濤講；曾心儀記　回顧與展望——《臺灣文藝》點點滴滴　臺灣時報　1982 年 12 月 9 日　12 版

49. 葉石濤　府城之星，舊城之月——「陳夫人」及其它　文學回憶錄　臺北　遠景出版公司　1983 年 4 月　頁 1—8

50. 葉石濤　重新作一個道地的臺灣作家　臺灣文學的回顧　臺北　九歌出版社　1983 年 4 月　頁 32—42

51. 葉石濤　楊逵先生與我　臺灣文學的回顧　臺北　九歌出版社　1983 年 4 月　頁 59—66

52. 葉石濤　鍾肇政與我　臺灣文學的回顧　臺北　九歌出版社　1983 年 4 月　頁 67—75

53. 葉石濤　臉上帶著微笑，心裡藏著哀傷　自立晚報　1983 年 5 月 17 日　10 版

54. 葉石濤　臉上帶著微笑，心裡藏著哀傷　人生金言（下）　臺北　自立晚報社　1983 年 9 月　頁 199—201

55. 葉石濤　臉上帶著微笑，心裡藏著哀傷　葉石濤全集・隨筆卷一　臺南，高雄　國立臺灣文學館，高雄市文化局　2008 年 3 月　頁 361—363

56. 葉石濤　第四屆巫永福評論獎評審記　臺灣文藝　第 82 期　1983 年 5 月　頁 22—24

57. 葉石濤　「詩與現實」筆談──我所喜歡的詩　笠　第 120 期　1984 年 4 月　頁 33—34

58. 葉石濤　看書　八○○字小語（4）　臺北　文經出版社　1984 年 10 月　頁 24—25

59. 葉石濤　我爲什麼要寫作　聯合報　1986 年 2 月 25 日　8 版

60. 葉石濤　我爲什麼要寫作？　葉石濤全集・隨筆卷二　臺南，高雄　國立臺灣文學館，高雄市文化局　2008 年 3 月　頁 253

61. 葉石濤　寧靜的絕望　文學家　第 6 期　1986 年 4 月　頁 43

62. 葉石濤　《文壇》瑣憶　南部文壇　高雄　大業書店　1986 年 5 月　頁 175—180

63. 葉石濤　序　女朋友　臺中　晨星出版社　1986 年 9 月　〔2〕頁

64. 葉石濤　《女朋友》序　葉石濤全集・隨筆卷二　臺南，高雄　國立臺灣文學館，高雄市文化局　2008 年 3 月　頁 329—330

65. 葉石濤　《臺灣文學史綱》序　臺灣文藝　第 102 期　1986 年 9 月　頁 168—170

66. 葉石濤　序　臺灣文學史綱　高雄　文學界雜誌社　1991 年 9 月　頁 1—3

67. 葉石濤　《臺灣文學史綱》序　葉石濤全集・隨筆卷二　臺南，高雄　國立臺灣文學館，高雄市文化局　2008 年 3 月　頁 345—347

68. 葉石濤　優越的種族──女人　民眾日報　1986 年 10 月 3 日　11 版

69. 葉石濤　優越的種族──女人　葉石濤全集・隨筆卷二　臺南，高雄　國立臺灣文學館，高雄市文化局　2008 年 3 月　頁 349—350

70. 葉石濤　臺灣新文藝誕生之背景〔葉石濤部分〕　中國現代文學的回顧　臺北　文鏡文化公司　1986 年 11 月　頁 104—108

71. 葉石濤　　寫在《臺灣文學史綱》出版前　臺灣新聞報　1987 年 2 月 18 日　8
版

72. 葉石濤　　寫在《臺灣文學史綱》出版前　走向臺灣文學　臺北　自立晚報出
版社　1990 年 3 月　頁 169—175

73. 葉石濤　　寫在《臺灣文學史綱》出版前　葉石濤全集・隨筆卷二　臺南，高
雄　國立臺灣文學館，高雄市文化局　2008 年 3 月　頁 417—421

74. 葉石濤　　一個臺灣老朽作家的告白[4]　中國論壇　第 303 期　1988 年 5 月
頁 69—78

75. 葉石濤　　一個臺灣老朽作家的嘮叨　自立晚報　1989 年 8 月 12 日　14 版

76. 葉石濤　　一個臺灣老朽作家的嘮叨　臺灣文學的悲情　高雄　派色文化出版
社　1990 年 1 月　頁 11—16

77. 葉石濤　　一個臺灣老朽作家的告白　走向臺灣文學　臺北　自立晚報出版社
1990 年 3 月　頁 1—22

78. 葉石濤　　一個臺灣老朽作家的嘮叨　葉石濤全集・隨筆卷三　臺南，高雄
國立臺灣文學館，高雄市文化局　2008 年 3 月　頁 185—186

79. 葉石濤　　一個臺灣老朽作家的告白　青少年臺灣文庫 2——散文讀本 2：狂
歌正年少　臺北　國立編譯館　2008 年 12 月　頁 60—79

80. 葉石濤　　拜師學藝習中文　中央日報　1988 年 8 月 29 日　16 版

81. 葉石濤　　拜師學藝習中文　我們走過的路　臺北　中央日報出版部　1989 年
6 月　頁 167—173

82. 葉石濤　　「草地」裡的書房　書房天地　臺北　中華日報社出版部　1988 年
12 月　頁 25—31

83. 葉石濤　　沉痛的回憶　文學界　第 28 集　1989 年 2 月　頁 49—50

84. 葉石濤　　沉痛的回憶　葉石濤全集・隨筆卷三　臺南，高雄　國立臺灣文學
館，高雄市文化局　2008 年 3 月　頁 141—142

85. 葉石濤　　英國的間諜小說　臺灣春秋　第 5 期　1989 年 3 月　頁 50—52

---

[4]本文後改篇名為〈一個臺灣老朽作家的嘮叨〉。

86. 葉石濤　　英國的間諜小說　葉石濤全集・隨筆卷三　臺南，高雄　國立臺灣
　　　　　　　文學館，高雄市文化局　2008 年 3 月　頁 149—152

87. 葉石濤　　臺灣，一個命運共同體[5]　自立早報　1989 年 5 月 20 日　16 版

88. 葉石濤　　序　紅鞋子　臺北　自立晚報出版社　1989 年 5 月　頁 1—4

89. 葉石濤　　序　紅鞋子　高雄　春暉出版社　2000 年 2 月　頁 3—5

90. 葉石濤　　臺灣，一個命運共同體　葉石濤全集・隨筆卷三　臺南，高雄　國
　　　　　　　立臺灣文學館，高雄市文化局　2008 年 3 月　頁 157—159

91. 葉石濤　　後記——一個臺灣老朽作家的幼、少年時代　紅鞋子　臺北　自立
　　　　　　　晚報出版社　1989 年 5 月　頁 255—265

92. 葉石濤　　一個臺灣老朽作家的幼、少年時代　臺灣文學的悲情　高雄　派色
　　　　　　　文化出版社　1990 年 1 月　頁 1—10

93. 葉石濤　　後記——一個臺灣老朽作家的幼、少年時代　紅鞋子　高雄　春暉
　　　　　　　出版社　2000 年 2 月　頁 217—225

94. 葉石濤　　談蘇俄文學與我　民眾日報　1989 年 7 月 8 日　18 版

95. 葉石濤　　蘇俄文學與我　葉石濤全集・隨筆卷三　臺南，高雄　國立臺灣文
　　　　　　　學館，高雄市文化局　2008 年 3 月　頁 171—174

96. 葉石濤　　復活　聯合文學　第 59 期　1989 年 9 月　頁 32—33

97. 葉石濤　　搬家記　臺灣新生報　1989 年 10 月 27 日　16 版

98. 葉石濤　　搬家記　邁向未來　南投　臺灣省新聞處　1990 年 6 月　頁 34—
　　　　　　　39

99. 葉石濤　　一個臺灣老朽作家的五〇年代　臺灣男子簡阿淘　臺北　前衛出版
　　　　　　　社　1990 年 5 月　頁 5—14

100. 葉石濤　　一個臺灣老朽作家的五〇年代　民眾日報　1990 年 7 月 31 日　20
　　　　　　　版

101. 葉石濤　　一個臺灣老朽作家的青年時代　臺灣男子簡阿淘　臺北　前衛出
　　　　　　　版社　1990 年 5 月　頁 193—201

---

[5]本文後成爲《紅鞋子》的〈序〉。

102. 葉石濤　　執教鞭，鞭出 50 年代的滄桑　新文化　第 16 期　1990 年 5 月
　　　　　　　頁 92—96

103. 葉石濤　　執教鞭，鞭出 50 年代的滄桑　臺灣文藝　第 121 期　1990 年 10
　　　　　　　月　頁 33—39

104. 葉石濤　　鄉村教師　臺灣文藝　第 121 期　1990 年 10 月　頁 40—46

105. 葉石濤　　稻草堆裡的戀情　臺灣文藝　第 121 期　1990 年 10 月　頁 47—
　　　　　　　54

106. 葉石濤　　約談　臺灣文藝　第 121 期　1990 年 10 月　頁 55—61

107. 葉石濤　　無用之人　幼獅文藝　第 454 期　1991 年 10 月　頁 8—11

108. 葉石濤　　無用的人　從府城到舊城：葉石濤回憶錄　臺北　翰音文化公司
　　　　　　　1999 年 9 月　頁 7—11

109. 葉石濤　　無用之人　葉石濤全集・隨筆卷四　臺南，高雄　國立臺灣文學
　　　　　　　館，高雄市文化局　2008 年 3 月　頁 5—9

110. 葉石濤　　不完美的旅程（上、下）　臺灣新聞報　1992 年 4 月 22—23 日
　　　　　　　13 版

111. 葉石濤　　不完美的旅程　葉石濤全集・隨筆卷四　臺南，高雄　國立臺灣
　　　　　　　文學館，高雄市文化局　2008 年 3 月　頁 79—89

112. 葉石濤　　說日語的那段童年生活　繁華猶記來時路　臺北　中央日報出版
　　　　　　　社　1992 年 5 月　頁 76—81

113. 葉石濤　　地上之鹽　中時晚報　1992 年 7 月 12 日　15 版

114. 葉石濤　　地上之鹽　葉石濤全集・隨筆卷四　臺南，高雄　國立臺灣文學
　　　　　　　館，高雄市文化局　2008 年 3 月　頁 121—122

115. 葉石濤　　文學獎評審的感想　臺灣新聞報　1992 年 9 月 21 日　13 版

116. 葉石濤　　記第十五屆鹽分地帶文藝營　臺灣新聞報　1993 年 8 月 31 日　14
　　　　　　　版

117. 葉石濤　　記第十五屆鹽分地帶文藝營　葉石濤全集・隨筆卷四　臺南，高
　　　　　　　雄　國立臺灣文學館，高雄市文化局　2008 年 3 月　頁 219—221

118.　葉石濤　　在坐牢之前——我底四〇年代文學[6]　中國時報　1993 年 9 月 12 日　27 版

119.　葉石濤　　在坐牢之前——我底四〇年代文學經驗　從四〇年代到九〇年代：兩岸三邊華文小說研討會論文集　臺北　時報文化出版公司　1994 年 11 月　頁 39—44

120.　葉石濤　　在坐牢之前　葉石濤全集・隨筆卷四　臺南，高雄　國立臺灣文學館，高雄市文化局　2008 年 3 月　頁 223—226

121.　葉石濤　　葉石濤的小說觀　八十二年短篇小說選　臺北　爾雅出版社　1994 年 3 月　頁 187

122.　葉石濤　　附註——之一關於〈玉皇大帝的生日〉　八十二年短篇小說選　臺北　爾雅出版社　1994 年 3 月　頁 200—201

123.　葉石濤　　思考和感性之間的互動和掙扎　臺灣新聞報　1994 年 8 月 5 日　17 版

124.　葉石濤　　在思考和感性間互動與掙扎——寫在《展望臺灣文學》出版之前　九歌雜誌　第 162 期　1994 年 8 月　2 版

125.　葉石濤　　思考和感性之間的互動和掙扎（自序）　展望臺灣文學　臺北　九歌出版社　1994 年 8 月　頁 1—3

126.　葉石濤　　思考和感性之間的互動和掙扎　葉石濤全集・隨筆卷四　臺南，高雄　國立臺灣文學館，高雄市文化局　2008 年 3 月　頁 267—268

127.　葉石濤　　日治時代新文學作家的文學教育　中外文學　第 23 卷第 8 期　1995 年 1 月　頁 40—43

128.　葉石濤　　日治時代新文學作家的文學教育　葉石濤全集・隨筆卷四　臺南，高雄　國立臺灣文學館，高雄市文化局　2008 年 3 月　頁 283—288

129.　葉石濤　　一個臺灣小知識分子的徬徨、掙扎到覺醒——《臺灣男子簡阿

---

[6]本文後改篇名為〈在坐牢之前〉。

淘》序　民眾日報　1996 年 9 月 30 日　27 版

130. 葉石濤　　一個小知識份子的徬徨、掙扎到覺醒——《臺灣男子簡阿淘》序
　　　　　　　葉石濤全集・隨筆卷四　臺南，高雄　國立臺灣文學館，高雄市
　　　　　　　文化局　2008 年 3 月　頁 337—338

131. 葉石濤　　《臺灣文學入門》序[7]　臺灣新聞報　1997 年 1 月 5 日　13 版

132. 葉石濤　　序　臺灣文學入門：臺灣文學五十七問　高雄　春暉出版社
　　　　　　　1997 年 6 月　頁 1—3

133. 葉石濤　　關於《臺灣文學入門》　追憶文學歲月　臺北　九歌出版社
　　　　　　　1999 年 8 月　頁 128—131

134. 葉石濤　　關於《臺灣文學入門》　葉石濤全集・隨筆卷四　臺南，高雄
　　　　　　　國立臺灣文學館，高雄市文化局　2008 年 3 月　頁 361—363

135. 葉石濤　　我為什麼寫個不停　臺灣新聞報　1997 年 6 月 7 日　13 版

136. 葉石濤　　我為什麼寫個不停？　從府城到舊城：葉石濤回憶錄　臺北　翰
　　　　　　　音文化公司　1999 年 9 月　頁 27—28

137. 葉石濤　　我為什麼寫個不停？　葉石濤全集・隨筆卷四　臺南，高雄　國
　　　　　　　立臺灣文學館，高雄市文化局　2008 年 3 月　頁 409—410

138. 葉石濤　　記兩個文學盛會　民眾日報　1999 年 1 月 14 日　19 版

139. 葉石濤　　回憶與追尋（自序）　追憶文學歲月　臺北　九歌出版社　1999
　　　　　　　年 8 月　頁 1—2

140. 葉石濤　　回憶與追尋——《追憶文學歲月》自序　葉石濤全集・隨筆卷五
　　　　　　　臺南，高雄　國立臺灣文學館，高雄市文化局　2008 年 3 月　頁
　　　　　　　207—208

141. 葉石濤　　我的出書經驗　追憶文學歲月　臺北　九歌出版社　1999 年 8 月
　　　　　　　頁 40—52

142. 葉石濤　　序　從府城到舊城：葉石濤回憶錄　臺北　翰音文化公司　1999
　　　　　　　年 9 月　頁 5—6

---

[7]本文後改篇名為〈關於《臺灣文學入門》〉。

143. 葉石濤　　《從府城到舊城》序　葉石濤全集・隨筆卷五　臺南，高雄　國立臺灣文學館，高雄市文化局　2008 年 3 月　頁 209—210

144. 葉石濤　　《紅鞋子》再版序　紅鞋子　高雄　春暉出版社　2000 年 2 月　頁 1

145. 葉石濤　　《紅鞋子》再版序　葉石濤全集・隨筆卷五　臺南，高雄　國立臺灣文學館，高雄市文化局　2008 年 3 月　頁 253

146. 葉石濤　　發現平埔族——我爲什麼寫《西拉雅末裔潘銀花》　文訊雜誌　第 178 期　2000 年 8 月　頁 97—99

147. 葉石濤　　發現平埔族——我爲什麼寫《西拉雅末裔潘銀花》　中華現代文學大系（貳）・臺灣一九八九—二○○三散文卷（一）　臺北　九歌出版社　2003 年 10 月　頁 94—98

148. 葉石濤　　發現平埔族——我爲什麼寫《西拉雅末裔潘銀花》　葉石濤全集・隨筆卷五　臺南，高雄　國立臺灣文學館，高雄市文化局　2008 年 3 月　頁 269—274

149. 葉石濤　　我的副刊經驗　舊城瑣記　高雄　春暉出版社　2000 年 9 月　頁 31—37

150. 葉石濤　　《臺灣文學史綱》日文版自序　臺灣新聞報　2000 年 11 月 9 日　B8 版

151. 葉石濤　　回看青春　青春　臺北　桂冠圖書公司　2001 年 2 月　頁 3—4

152. 葉石濤　　回看青春　臺灣日報　2001 年 3 月 4 日　31 版

153. 葉石濤　　回看青春　葉石濤全集・隨筆卷五　臺南，高雄　國立臺灣文學館，高雄市文化局　2008 年 3 月　頁 279—280

154. 葉石濤　　新文學作家的民族認同和階級意識　青春　臺北　桂冠圖書公司　2001 年 2 月　頁 5—8

155. 葉石濤　　關於〈夜明け〉　臺灣文學評論　第 2 卷第 4 期　2002 年 10 月　頁 262—263

156. 葉石濤著；張文薰譯　　我的臺灣文學六十年　文學臺灣　第 44 期　2002 年

10 月　頁 42—57

157. 葉石濤著，彭萱譯　　我的臺灣文學六十年　文學臺灣　第 62 期　2007 年 4
月　頁 54—62

158. 葉石濤著；張文薰譯　　我的臺灣文學六十年　葉石濤全集‧評論卷七　臺
南，高雄　國立臺灣文學館，高雄市政府文化局　2008 年 3 月
頁 463—488

159. 葉石濤講；陳文芬記　　芥川龍之介為我打開一扇窗　誠品好讀　第 39 期
2003 年 12 月　頁 18

160. 葉石濤　　《三月的媽祖》自序　文學臺灣　第 52 期　2004 年 10 月　頁 12
—13

161. 葉石濤　　《三月的媽祖》自序　葉石濤全集‧隨筆卷五　臺南，高雄　國
立臺灣文學館，高雄市文化局　2008 年 3 月　頁 307—308

162. 葉石濤　　文學生活的困境　臺灣文學的回顧　臺北　九歌出版社　2004 年
11 月　頁 7—14

163. 葉石濤　　文學生活的困境　葉石濤全集‧隨筆卷一　臺南，高雄　國立臺
灣文學館，高雄市文化局　2008 年 3 月　頁 303—309

164. 葉石濤　　自序　口述歷史‧臺灣文學耆碩——葉石濤先生訪問紀錄　高雄
高雄市文獻委員會　2005 年 12 月　〔3〕頁

165. 葉石濤　　自序　葉石濤全集‧小說卷一　臺南，高雄　國家臺灣文學館，
高雄市文化局　2006 年 12 月　頁 9—10

166. 葉石濤　　自序　葉石濤全集‧隨筆卷一　臺南，高雄　國家臺灣文學館，
高雄市文化局　2008 年 3 月　頁 9—10

167. 葉石濤　　自序　葉石濤全集‧評論卷一　臺南，高雄　國家臺灣文學館，
高雄市文化局　2008 年 3 月　頁 9—10

168. 葉石濤　　《葉石濤全集》自序　葉石濤全集‧隨筆卷五　臺南，高雄　國
立臺灣文學館，高雄市文化局　2008 年 3 月　頁 313—314

169. 葉石濤　　自序　葉石濤全集‧資料卷　臺南，高雄　國家臺灣文學館，高

雄市文化局　2008 年 3 月　頁 9—10

170. 葉石濤　　自序　葉石濤全集・翻譯卷一　臺南，高雄　國立臺灣文學館，
　　　　　　　高雄市文化局　2009 年 11 月　頁 10—11

171. 葉石濤　　我與《文藝臺灣》　葉石濤全集・隨筆卷二　臺南，高雄　國立
　　　　　　　臺灣文學館，高雄市文化局　2008 年 3 月　頁 7—18

172. 葉石濤　　《小說筆記》序　葉石濤全集・隨筆卷一　臺南，高雄　國立臺
　　　　　　　灣文學館，高雄市文化局　2008 年 3 月　頁 371—372

他述

173. 仲　正　　倒楣的葉石濤　臺灣日報　1967 年 10 月 26 日　8 版

174. 〔青溪〕　　作家介紹——葉石濤　青溪　第 1 卷第 7 期　1968 年 1 月　頁
　　　　　　　54

175. 〔聯合報〕　　第十屆文藝獎章得獎人揭曉〔葉石濤部分〕　聯合報　1969
　　　　　　　年 5 月 4 日　2 版

176. 余光中等[8]　　作者簡介　中國現代文學大系・小說第一輯　臺北　巨人出版
　　　　　　　社　1972 年 1 月　頁 311

177. 〔書評書目〕　　作家畫像——葉石濤　書評書目　第 13 期　1974 年 5 月
　　　　　　　頁 98—99

178. 洪　毅　　葉石濤印象記　臺灣文藝　第 62 期　1979 年 3 月　頁 71—75

179. 鄭清文　　葉石濤先生榮獲第一屆「巫永福評論獎」　民眾日報　1980 年 4
　　　　　　　月 16 日　12 版

180. 黃武忠　　編織人生氍毹的葉石濤　臺灣日報　1981 年 7 月 17 日　8 版

181. 黃武忠　　編織人生氍毹的葉石濤　臺灣作家印象記　臺北　眾文圖書公司
　　　　　　　1984 年 5 月　頁 111—115

182. 高天生　　紛爭年代中的小說家——葉石濤　暖流　第 1 卷第 3 期　1982 年
　　　　　　　3 月　頁 55—58

183. 王晉民，鄺白曼　　葉石濤　臺灣與海外華人作家小傳　福州　福建人民出

---

[8]編者：白萩、洛夫、葉維廉、朱西甯、梅新、曉風、瘂弦、晶華苓。

版社　1983 年 9 月　頁 38—39

184. 〔文訊雜誌〕　　　文苑短波——葉石濤著書介紹外國作家　文訊雜誌　第 4
　　　　期　1983 年 10 月　頁 11

185. 鍾肇政　　痦啞的歌者——葉石濤[9]　文訊雜誌　第 5 期　1983 年 11 月　頁
　　　　138—148

186. 鍾肇政　　痦啞的歌者——葉石濤　鍾肇政全集・隨筆集 2　桃園　桃園縣文
　　　　化局　2000 年 12 月　頁 436—447

187. 龍瑛宗　　崎嶇的文學路——抗戰文壇的回顧：葉石濤和鍾肇政[10]　文訊雜誌
　　　　第 7、8 期合刊　1984 年 2 月　頁 259—260

188. 龍瑛宗　　抗戰時期臺灣文壇的回顧——葉石濤和鍾肇政　抗戰時期文學回
　　　　憶錄　臺北　文訊雜誌社　1987 年 7 月　頁 160—161

189. 龍瑛宗　　崎嶇的文學路——抗戰文壇的回顧：葉石濤和鍾肇政　龍瑛宗全
　　　　集・中文卷・隨筆集（2）　臺南　國家臺灣文學館籌備處　2006
　　　　年 11 月　頁 44—46

190. 鍾肇政　　艱困孤寂的足跡——簡述四十年代本省鄉土文學〔葉石濤部分〕
　　　　文訊雜誌　第 9 期　1984 年 3 月　頁 134

191. 鍾肇政　　艱困孤寂的足跡——簡述四十年代本省鄉土文學〔葉石濤部分〕
　　　　鍾肇政全集・隨筆集 2　桃園　桃園縣文化局　2000 年 12 月　頁
　　　　473

192. 應鳳凰　　懷念奠基者——刻畫文學里程的葉石濤[11]　文藝月刊　第 201 期
　　　　1986 年 3 月　頁 24—33

193. 應鳳凰　　刻畫文學里程——葉石濤　筆耕的人　臺北　九歌出版社　1987
　　　　年 1 月　頁 179—192

194. 周梅春　　不羈率性的人　大華晚報　1987 年 10 月 18 日　11 版

---

[9]本文論述葉石濤的文學生涯。全文共 6 小節：1.少年作家，躍現文壇；2.戰火燎原，文壇頓成一片
焦土；3.貧窮匱乏的年代；4.葉石濤的作家精神；5.「府城之星，舊城之月」；6.未來命運，誰來關
切。

[10]本文後改篇名為〈抗戰時期臺灣文壇的回顧——葉石濤和鍾肇政〉。

[11]本文後改篇名為〈刻畫文學里程——葉石濤〉。

195. 張富美　默默耕耘的文學工作者——葉石濤先生　臺灣時報　1988 年 2 月 5 日　14 版

196. 〔文訊雜誌〕　葉石濤獲文化特別貢獻獎　文訊雜誌　第 34 期　1988 年 2 月　頁 2

197. 廖仁義　鬧街斗室耕耘臺灣文學——葉石濤說　中國時報　1988 年 6 月 5 日　23 版

198. 許振江　一顆浪濤中的石頭　文訊雜誌　第 37 期　1988 年 8 月　頁 262—264

199. 郭楓等[12]　葉石濤（1925—）　臺灣當代小說精選（1945—1988）　臺北　新地文學出版社　1989 年 1 月　頁 2

200. 古繼堂　葉石濤　臺灣小說發展史　臺北　文史哲出版社　1989 年 7 月　頁 139—143

201. 陳芳明　葉老——臺灣人文景觀雜誌（上、下）[13]　自立早報　1990 年 7 月 27—28 日　19 版

202. 陳芳明　葉老　荊棘的閘門　臺北　自立晚報出版社　1992 年 9 月　頁 112—118

203. 陳芳明　葉老　夢的終點　臺北　聯合文學出版社　1998 年 9 月　頁 114—120

204. 邱秀年　推動臺灣文評的大師——葉石濤　拾穗　第 476 期　1990 年 12 月　頁 46—47

205. 宋美華　對一位作家的年輕自畫像　中國時報　1991 年 3 月 10 日　31 版

206. 李翠瑩　葉石濤　中國時報　1991 年 11 月 29 日　35 版

207. 黃旭初　深耕臺灣文學土地的老農　自立晚報　1992 年 4 月 27 日　13 版

208. 莊金國　南葉傳奇（1—7）[14]　民眾日報　1992 年 7 月 21—24，26—28 日

---

[12]編者：郭楓、鄭清文、李喬、許達然、吳晟、呂正惠。
[13]本文後改篇名為〈葉老〉。
[14]本文為製作完成《南葉傳奇》傳記紀錄片所寫，介紹葉石濤的成長與文學經歷。全文共 8 小節：
　1.北鍾南葉；2.追尋他的蹤跡；3.早期的幾篇作品非常的浪漫；4.發掘臺灣人被異族殖民統治的苦

　　　　　　　　10，20，16，18 版　　。

209. 莊金國　　南葉傳奇　葉石濤全集・翻譯／資料卷　臺南，高雄　國立臺灣
　　　　　　　　文學館，高雄市文化局　2009 年 11 月　頁 393—412

210. 鄭清文　　葉石濤先生榮獲第一屆巫永福評論獎　臺灣文學的基點　高雄
　　　　　　　　派色文化出版社　1992 年 7 月　頁 211—212

211. 邱　婷　　舊時王謝堂前燕，飛入尋常百姓家，葉石濤身在左營，心繫府城
　　　　　　　　民生報　1992 年 8 月 15 日　29 版

212. 周梅春　　文人的風範——葉石濤　臺灣新聞報　1992 年 10 月 4 日　13 版

213. 周梅春　　文人的風範——葉石濤　風範：文壇前輩素描　臺北　正中書局
　　　　　　　　1996 年 6 月　頁 80—82

214. 邱　婷　　視茫茫猶讀萬卷書，葉石濤吃力譯文章　民生報　1993 年 7 月 17
　　　　　　　　日　28 版

215. 邱瑞鑾　　葉石濤苦於病痛，寫作不稍怠　中國時報　1993 年 8 月 13 日　31
　　　　　　　　版

216. 陶　原　　葉石濤藉步行療治慢性病　聯合報　1993 年 9 月 14 日　37 版

217. 彭瑞金　　活的臺灣文學史〔葉石濤部分〕　臺灣文學探索　臺北　前衛出
　　　　　　　　版社　1994 年 1 月　頁 92—93

218.〔明清，秦人〕　　葉石濤　臺港小說鑑賞辭典　北京　中央民族學院出版
　　　　　　　　社　1994 年 1 月　頁 81—82

219. 鄭春鴻　　專案寫作——構想及高屏地區觀察〔葉石濤部分〕　鄉土與文
　　　　　　　　學：臺灣地區區域文學會議實錄　臺北　文訊雜誌社　1994 年 3
　　　　　　　　月　頁 147—148

220. 黃　娟　　作家的典範——介紹葉石濤先生　心懷故鄉　臺北　前衛出版社
　　　　　　　　1994 年 5 月　頁 107—110

221. 劉叔慧　　見證臺灣文學發展・堅持本土化與自主化的葉石濤　九歌雜誌

　　悶心聲；5.首度確立了他執持臺灣人觀點的臺灣文學論見；6.寫作的冬眠期；7.左營為家，開闢
臺灣文學大片天空；8.製作後記

第 162 期　1994 年 8 月　1 版

222.〔編輯部〕　　葉石濤先生簡介　第一屆府城文學獎得獎作品專集　臺南　臺南市立文化中心　1995 年 5 月　頁 213—214

223. 路　易　跨越兩個世代的臺灣作家葉石濤　民眾日報　1995 年 6 月 29 日　28 版

224. 周梅春　葉石濤在臺灣文壇耕耘不輟　文訊雜誌　第 117 期　1995 年 7 月　頁 30—31

225. 邱　婷　臺灣文學，研究遲緩人才欠缺，「張我軍研討會」中，葉石濤感慨深切　民生報　1995 年 12 月 10 日　15 版

226. 董成瑜　葉石濤——不顧病體，依然樂在創作、忙於考古　中國時報　1996 年 10 月 31 日　39 版

227. 彭瑞金　從浪漫到現實〔葉石濤部分〕　臺灣新聞報　1997 年 2 月 3 日　15 版

228. 趙天儀，鄭邦鎮，陳芳明　　葉石濤小傳　臺灣文學史料調查研究計劃（上）　臺北　行政院文建會　1997 年 6 月　頁 409

229. 賴素鈴　文學大道，無私共容——老作家語重心長〔葉石濤部分〕　民生報　1997 年 12 月 25 日　19 版

230. 江中明　臺灣現代小說史，學者多元探討〔葉石濤部分〕　聯合報　1997 年 12 月 25 日　18 版

231. 彭瑞金　文學的重量〔葉石濤部分〕　臺灣日報　1998 年 4 月 12 日　27 版

232. 彭瑞金　創作與閱讀〔葉石濤部分〕　臺灣日報　1998 年 6 月 14 日　27 版

233. 彭瑞金　葉石濤——建構臺灣文學理論的先驅　臺灣文學步道　高雄　高雄縣立文化中心　1998 年 7 月　頁 206—209

234. 彭瑞金　葉石濤——建構臺灣文學理論的先驅者　臺灣時報　1998 年 10 月 28 日　29 版

235. 彭瑞金　建構臺灣文學理論的先驅者　葉石濤全集蒐集、整理、編輯計畫期末報告　臺南　國家臺灣文學館籌備處　2003 年 12 月　頁 225 —226

236. 彭瑞金　葉石濤——建構臺灣文學理論的先驅　臺灣文學 50 家　臺北　玉山社出版公司　2005 年 7 月　頁 302—306

237. 賴素鈴　紅學跨場域經驗，葉石濤現身說法　民生報　1998 年 9 月 20 日　19 版

238. 江中明　葉石濤抄紅樓夢學中文　聯合報　1998 年 9 月 20 日　14 版

239. 林政華　葉石濤究竟寫過多少書——寫在「葉石濤文學會議」舉辦之前　自由時報　1998 年 11 月 6 日　41 版

240. 〔民眾日報〕　福爾摩莎的文學瑰寶——葉石濤文學會議　民眾日報　1998 年 11 月 6 日　19 版

241. 林政華　葉石濤究竟寫過多少書——寫在「葉石濤文學會議」舉辦之前　福爾摩莎的瑰寶——葉石濤文學會議資料彙集　臺北　淡水工商管理學院臺灣文學系　1998 年 11 月 7 日　頁 11—12

242. 林政華　葉石濤究竟寫過多少書　臺灣文學教育耕獲集　臺北　文史哲出版社　2002 年 3 月　頁 121—122

243. 林政華　為臺灣文學立座標：寫在葉石濤文學會議之前　中國時報　1998 年 11 月 7 日　37 版

244. 林政華　為臺灣文學立座標的葉石濤　臺灣文學教育耕獲集　臺北　文史哲出版社　2002 年 3 月　頁 118—120

245. 彭瑞金　福爾摩莎的瑰寶　臺灣日報　1998 年 11 月 8 日　27 版

246. 彭瑞金　福爾摩莎的瑰寶　霧散的時候　臺北　聯合文學出版社　2004 年 3 月　頁 103—107

247. 江中明　黃春明昨表示，日皇民化運動，影響深遠〔葉石濤部分〕　聯合報　1998 年 12 月 27 日　14 版

248. 彭瑞金　我寫《葉石濤評傳》　臺灣時報　1999 年 1 月 21 日　29 版

249. 計璧瑞，宋剛　　葉石濤　中國文學通典・小說通典　北京　解放軍文藝出版社　1999 年 1 月　頁 1019

250. 陳宛蓉　　臺灣文學經典名家特寫——葉石濤　聯合報　1999 年 2 月 5 日　37 版

251. 彭瑞金　　文學暗夜的點燈人　臺灣時報　1999 年 2 月 10 日　29 版

252. 鍾肇政　　絕配　自由時報　1999 年 3 月 15 日　41 版

253. 董成瑜　　彭瑞金與文學導師葉石濤　中國時報　1999 年 5 月 6 日　42 版

254. 彭瑞金　　走出浪漫主義的葉石濤（1—15）　民眾日報　1999 年 5 月 14—15，17—22，24—29，31 日　19 版

255. 彭瑞金　　人間文采——寫在葉石濤文學國際學術研討會之前（上、下）　臺灣新聞報　1999 年 5 月 26—27 日　13 版

256. 彭瑞金　　文學家的風格與典範——葉石濤文學外傳（上、下）　臺灣新聞報　1999 年 5 月 26—27 日　13 版

257. 彭瑞金　　文學家的風格與典範——葉石濤文學外傳　驅除迷霧找回祖靈：臺灣文學論文集　高雄　春暉出版社　2000 年 5 月　頁 363—379

258. 彭瑞金　　文學家的風格與典範——葉石濤文學外傳　葉石濤全集蒐集、整理、編輯計畫期末報告　臺南　國家臺灣文學館籌備處　2003 年 12 月　頁 267—271

259. 陳宛蓉　　葉石濤特寫——在左營故居寫回憶錄　臺灣文學經典研討會論文集　臺北　行政院文建會，聯經出版公司　1999 年 6 月　頁 499

260. 鍾肇政　　葉石濤與我——葉石濤文學會議開幕演講詞概要　文學臺灣　第 31 期　1999 年 7 月　頁 6—9

261. 鍾肇政　　葉石濤與我——葉石濤文學會議開幕演講詞概要　鍾肇政全集・隨筆集 2　桃園　桃園縣文化局　2000 年 12 月　頁 656—659

262. 詹伯望　　鍾肇政、葉石濤成功對談　中國時報　1999 年 10 月 21 日　11 版

263. 黃文記　　成大名譽博士將授予葉石濤　民生報　1999 年 10 月 21 日　6 版

264. 吳碧娟　　南葉北鍾會成大，話臺灣文學　聯合報　1999 年 10 月 26 日　18

版

265. 陳雅媚　　臺灣文學掌燈人——葉石濤[15]　全國新書資訊月刊　第 10 期
　　　　　　　1999 年 10 月　頁 16—18

266. 陳雅媚　　臺灣文學掌燈人——葉石濤　葉石濤全集蒐集、整理、編輯計畫
　　　　　　　期末報告　臺南　國家臺灣文學館籌備處　2003 年 12 月　頁 273
　　　　　　　—276

267. 彭瑞金　　臺灣文學的榮耀——賀葉石濤先生獲成功大學名譽博士　臺灣日
　　　　　　　報　1999 年 11 月 7 日　31 版

268. 陳玲芳　　葉石濤獲頒成大榮譽文學博士　臺灣日報　1999 年 11 月 10 日
　　　　　　　14 版

269. 陳昌明　　文學的里程碑：賀葉石濤先生榮獲名譽博士學位　聯合報　1999
　　　　　　　年 11 月 11 日　37 版

270. 洪瑞琴　　文壇耆老葉石濤榮獲，國內首位名譽文學博士　自由時報　1999
　　　　　　　年 11 月 12 日　5 版

271. 吳碧娟　　昨天獲頒成大名譽文學博士，並舉辦作品資料展——葉石濤，一
　　　　　　　甲子文學耕耘贏得肯定　聯合報　1999 年 11 月 12 日　17 版

272. 杜秋寶　　葉石濤長期從事臺灣文學創作及研究——獲成大名譽文學博士
　　　　　　　臺灣日報　1999 年 11 月 12 日　6 版

273. 黃文記　　葉石濤跨時代開先河——成大授予名譽文學博士　民生報　1999
　　　　　　　年 11 月 12 日　6 版

274. 詹伯望　　獲頒成大榮譽博士——葉石濤堅定寫實道路　中國時報　1999 年
　　　　　　　11 月 12 日　11 版

275. 李敏勇　　文學景深的探索　民眾日報　1999 年 11 月 24 日　18 版

276. 李敏勇　　文學景深的探索　葉石濤全集蒐集、整理、編輯計畫期末報告
　　　　　　　臺南　國家臺灣文學館籌備處　2003 年 12 月　頁 277

---

[15]正文後附錄〈葉石濤作品書目〉、〈《臺灣文學史綱》評論文獻選目〉、〈葉石濤生平傳記文獻選
　目〉。

277. 彭瑞金　戰後初期臺灣作家的兩種類型〔葉石濤部分〕　臺灣新聞報
　　　1999 年 12 月 11 日　13 版

278. 彭瑞金　葉石濤要建構臺灣文學的理論　臺灣新聞報　1999 年 12 月 12 日
　　　13 版

279. 彭瑞金　顛簸一身燦爛——葉石濤的文學生涯　高雄畫刊　改試版第 2 期
　　　1999 年 12 月　頁 65—69

280. 彭瑞金　顛簸一身燦爛——葉石濤的文學生涯　葉石濤全集蒐集、整理、
　　　編輯計畫期末報告　臺南　國家臺灣文學館籌備處　2003 年 12 月
　　　頁 279—281

281. 鄭烱明　臺灣文學的榮耀——從葉石濤獲頒名譽文學博士談起　文學臺灣
　　　第 33 期　2000 年 1 月　頁 6—7

282. 鄭烱明　臺灣文學的榮耀——從葉石濤獲頒名譽文學博士談起　民眾日報
　　　2000 年 2 月 3 日　15 版

283. 鄭烱明　臺灣文學的榮耀——從葉石濤獲頒名譽文學博士談起　葉石濤全
　　　集蒐集、整理、編輯計畫期末報告　臺南　國家臺灣文學館籌備
　　　處　2003 年 12 月　頁 311

284. 洪麗玉　春華秋實 50 載——淡寫大高雄作家群〔葉石濤部分〕　臺灣新聞
　　　報　2000 年 2 月 22 日　B7 版

285. 陳慎微　葉石濤與我的府城情結　中央日報　2000 年 6 月 8 日　22 版

286. 傅于涼　宛如春風　中央日報　2000 年 6 月 24 日　22 版

287. 彭瑞金　赤膊上陣揮汗疾走的文學家——葉石濤　誠品好讀　第 3 期
　　　2000 年 9 月　頁 46—48

288. 彭瑞金　赤膊上陣揮汗疾走的文學家——葉石濤　葉石濤全集蒐集、整
　　　理、編輯計畫期末報告　臺南　國家臺灣文學館籌備處　2003 年
　　　12 月　頁 321—323

289. 朱嘉雯　葉石濤——挖不盡的文學礦藏　1999 臺灣文學年鑑　臺北　行政
　　　院文建會　2000 年 10 月　頁 225—226

290. 黃寶萍等[16]　　政院文化獎評定四得主〔葉石濤部分〕　民生報　2000 年 10
　　　月 31 日　A1 版

291. 鍾肇政　　臺灣文學的坎坷歲月——從葉石濤的榮耀說起　國文天地　第 185
　　　期　2000 年 10 月　頁 5—9

292. 鍾肇政　　臺灣文學的坎坷歲月——從葉石濤的榮耀說起　鍾肇政全集・隨
　　　筆集 4　桃園　桃園縣文化局　2002 年 11 月　頁 521—528

293. 郭士榛　　文化獎得主揭曉——黃海岱、葉石濤、王叔岷、釋聖嚴獲殊榮
　　　中央日報　2000 年 11 月 17 日　18 版

294. 陳芳奭　　行政院文化獎揭曉——四位文藝界宗師獲表揚〔葉石濤部分〕
　　　臺灣日報　2000 年 11 月 17 日　14 版

295. 許哲耘　　行政院文化獎，四人獲殊榮〔葉石濤部分〕　青年日報　2000 年
　　　11 月 17 日　6 版

296. 王蘭芬　　行政院文化獎得主和名單昨一起露面〔葉石濤部分〕　民生報
　　　2000 年 11 月 17 日　A8 版

297. 李玉玲　　行政院文化獎得獎人會媒體——黃海岱，葉石濤，王叔岷，釋聖
　　　嚴下月中領獎　聯合報　2000 年 11 月 17 日　14 版

298. 潘彥蓉　　黃海岱、葉石濤、聖嚴、王叔岷——行政院文化獎四人獲獎　自
　　　由時報　2000 年 11 月 17 日　40 版

299. 林美玲　　黃海岱，葉石濤，王叔岷，釋聖嚴獲政院文化獎　臺灣新生報
　　　2000 年 11 月 17 日　4 版

300. 林政華　　牛津獎：臺灣文學家好事連連心〔葉石濤部分〕　民眾日報
　　　2000 年 11 月 29 日　15 版

301. 　甫　　葉石濤獲行政院文化獎，筆耕歲月甜美中有哀傷　臺灣新聞報
　　　2000 年 12 月 5 日　B8 版

302. 陳郁秀　　今生無悔——寫在八十九年行政院文化獎贈獎典禮前夕〔葉石濤
　　　部分〕　聯合報　2000 年 12 月 16 日　37 版

[16]著者：黃寶萍、紀慧玲、梁欣怡、陳建任。

303. 鍾鐵民　　　葫蘆巷裡的長者——小說家葉石濤　聯合報　2000 年 12 月 17 日
　　　　　　　　37 版

304. 鍾鐵民　　　葫蘆巷裡的長者　鄉居手記　臺北　未來書城公司　2002 年 5 月
　　　　　　　　頁 189—194

305.〔中央日報〕　　四名家今獲頒文化獎〔葉石濤部分〕　中央日報　2000 年
　　　　　　　　12 月 18 日　18 版

306. 彭瑞金　　　疤痕才是戰士真正的勳章——賀葉石濤先生獲行政院文化獎　自
　　　　　　　　立晚報　2000 年 12 月 18 日　23 版

307.〔臺灣新生報〕　黃海岱，葉石濤，王叔岷，釋聖嚴——今獲頒贈政院文
　　　　　　　　化獎　臺灣新生報　2000 年 12 月 18 日　4 版

308. 潘彥蓉　　　行政院文化獎頒獎——肯定傳統與創新精神　自由時報　2000 年
　　　　　　　　12 月 19 日　40 版

309. 丁榮生　　　行政院文化獎頒獎——黃海岱、葉石濤、王淑岷、聖嚴傳承創
　　　　　　　　新，實至名歸　中國時報　2000 年 12 月 19 日　14 版

310. 郭士榛　　　政院文化獎——四人膺桂冠　中央日報　2000 年 12 月 19 日　18
　　　　　　　　版

311. 李玉玲　　　政院贈文化獎給黃海岱等四人　聯合報　2000 年 12 月 19 日　14
　　　　　　　　版

312. 陳玲芳　　　黃海岱，葉石濤，王叔岷，聖嚴法師昨獲頒行政院文化獎殊榮
　　　　　　　　臺灣日報　2000 年 12 月 19 日　14 版

313. 于國華　　　黃海岱、葉石濤、王叔岷、聖嚴法師——行政院文化獎首度 4 人
　　　　　　　　獲表揚　民生報　2000 年 12 月 19 日　A6 版

314. 賴慧芸　　　我在兩位作家之間的沉思　民生報　2001 年 2 月 7 日　A7 版

315. 潘彥蓉　　　政治的語言無礙文學的心靈：葉石濤、馬金尼暢談雙語創作　自
　　　　　　　　由時報　2001 年 2 月 7 日　40 版

316. 曹銘宗　　　馬金尼與葉石濤對談政治與文學　聯合報　2001 年 2 月 7 日　14
　　　　　　　　版

317. 潘　罡　　葉石濤：運用異國語言不能媚俗，馬金尼：保有特色才能獲得認同　中國時報　2001年2月7日　21版

318. 賴素鈴　　葉石濤語出驚人，對談會舉座嘩然　民生報　2001年2月7日　A7版

319. 莊紫蓉　　文學心靈的交會──葉石濤V.S.馬金尼　臺灣新聞報　2001年2月15日　23版

320. 莊紫蓉　　政治國度與文學心靈──葉石濤V.S.馬金尼　臺灣文藝　第175期　2001年4月　頁7─19

321. 趙慶華　　老朽的年代，不褪色的青春夢：永遠的「文學青年」──葉石濤　臺灣新聞報　2001年4月2日　17版

322. 趙慶華　　老朽的年代，不褪色的青春夢──永遠的「文學青年」葉石濤　新觀念　第150期　2001年4月　頁22─29

323. 趙慶華　　老朽的年代，不褪色的青春夢──永遠的「文學青年」葉石濤　葉石濤先生追思文集　臺南　成功大學臺灣文學系　2008年12月　頁63─71

324. 賴素鈴　　到這裡，感受文化獎得主風範　民生報　2001年4月12日　A6版

325. 陳宛蓉　　葉石濤與馬金尼的文學對談　文訊雜誌　第186期　2001年4月　頁68

326. 林衡哲　　文學評論家──葉石濤　廿世紀臺灣代表性人物（上）　臺北　望春風文化公司　2001年4月　頁60─61

327. 應鳳凰　　首倡「臺灣意識」的文學評論家　廿世紀臺灣代表性人物（上）　臺北　望春風文化公司　2001年4月　頁62─76

328. 應鳳凰　　首倡「臺灣意識」的文學評論家　葉石濤全集蒐集、整理、編輯計畫期末報告　臺南　國家臺灣文學館籌備處　2003年12月　頁95─102

329. 陳芳明　　臺灣新文學史──二二八事件後的文學認同與論戰〔葉石濤部

分〕　聯合文學　第 198 期　2001 年 4 月　頁 170—171

330. 林衡哲　廿世紀臺灣代表性人物〔葉石濤部分〕　自立晚報　2001 年 5 月 4 日　17 版

331. 〔編輯部〕　真摯動人的葉石濤先生　新觀念　第 151 期　2001 年 5 月 頁 16

332. 于國華　第五屆國家文藝獎揭曉〔葉石濤部分〕　民生報　2001 年 8 月 21 日　A1 版

333. 賴素鈴　葉石濤——舊城老人文學命，剛完成文學論著　民生報　2001 年 8 月 21 日　A9 版

334. 李玉玲　國家文藝獎揭曉，王攀元、葉石濤、許王、賴聲川膺殊榮　聯合 報　2001 年 8 月 21 日　14 版

335. 李令儀　文學類得主葉石濤，多元觀點研究日治文學　聯合報　2001 年 8 月 21 日　14 版

336. 陳玲芳　國家文藝獎，四人加冕〔葉石濤部分〕　臺灣日報　2001 年 8 月 21 日　23 版

337. 郭士榛　國家文藝獎 4 人摘桂冠〔葉石濤部分〕　中央日報　2001 年 8 月 21 日　16 版

338. 丁榮生　第五屆國家文藝獎得主出爐〔葉石濤部分〕　中國時報　2001 年 8 月 21 日　13 版

339. 黃國禎　第五屆國家文藝獎得獎名單昨揭曉，葉石濤、王攀元、賴聲川、 許王脫穎而出　自由時報　2001 年 8 月 21 日　40 版

340. 于國華　國家文藝獎，呈現多元品味〔葉石濤部分〕　民生報　2001 年 9 月 1 日　A8 版

341. 于國華　陳芳明：葉石濤，臺灣文學指標　民生報　2001 年 9 月 1 日　A8 版

342. 李玉玲　第五屆國家文藝獎得獎者成就座談會，文藝獎得主堅守崗位豐富 藝術生命〔葉石濤部分〕　聯合報　2001 年 9 月 1 日　14 版

343. 陳芳明講；曹銘宗記　　葉石濤，鼓吹多元化的臺灣文學　聯合報　2001 年 9 月 1 日　14 版

344. 邱顯忠採訪；莊紫蓉記　　貴族與乞丐——鍾肇政談葉石濤　自由時報 2001 年 9 月 28 日　39 版

345. 邱顯忠採訪；莊紫蓉記　　貴族與乞丐——鍾肇政談葉石濤　鍾肇政全集‧訪談集　桃園　桃園縣文化局　2004 年 3 月　頁 374—380

346. 彭瑞金　　多一枚勳章，還是老兵——賀葉石濤先生榮獲第五屆國家文藝獎 聯合報　2001 年 9 月 28 日　37 版

347. 王蘭芬　　手握國家文藝獎王攀元、葉石濤、許王、賴聲川實至名歸　民生報　2001 年 9 月 29 日　A13 版

348. 李玉玲　　功名在掌上，國家文藝獎昨贈獎——得獎人葉石濤、王攀元、許王、賴聲川　聯合報　2001 年 9 月 29 日　14 版

349. 李怡芸　　國家文藝獎風雨收大禮〔葉石濤部分〕　星報　2001 年 9 月 29 日 9 版

350. 謝慧青　　國家文藝獎得獎人堅持藝術路〔葉石濤部分〕　自由時報　2001 年 9 月 29 日　40 版

351. 郭士榛　　國藝獎頒發，總統贈好禮〔葉石濤部分〕　中央日報　2001 年 9 月 29 日　14 版

352. 丁榮生　　陳總統：國家文藝獎得主，如投湖的石〔葉石濤部分〕　中國時報　2001 年 9 月 29 日　12 版

353. 洪瑞琴　　文學無國界：葉石濤、高行健對談　自由時報　2001 年 10 月 8 日 8 版

354. 楊淑芬　　高行健、葉石濤暢言自由與人性　中國時報　2001 年 10 月 8 日 14 版

355. 林東良　　高行健、葉石濤談笑過招　中央日報　2001 年 10 月 8 日　14 版

356. 周文玲　　作家葉石濤沒空打瞌睡　中國時報　2001 年 11 月 7 日　39 版

357. 包喬晉　　文學耆老葉石濤，憶往事無怨恨　聯合報　2001 年 12 月 11 日

18 版

358. 廖秋宜　　世界人權日，市府訪葉石濤　臺灣新聞報　2001 年 12 月 11 日　
　　　　　　　19 版

359. 陳芳明　　未完成的文學工程——寫在「葉石濤專輯」之前　聯合文學　第
　　　　　　　206 期　2001 年 12 月　頁 10—13

360. 陳芳明　　未完成的文學工程——寫在「葉石濤專輯」之前　葉石濤全集蒐
　　　　　　　集、整理、編輯計畫期末報告　臺南　國家臺灣文學館籌備處
　　　　　　　2003 年 12 月　頁 359—362

361. 陳芳明　　未完的文學工程——寫在「葉石濤專輯」之前　孤夜獨書　臺北
　　　　　　　麥田出版公司　2005 年 9 月　頁 35—41

362. 林瑞明　　自言受到天譴的作家——葉石濤印象記　聯合文學　第 206 期
　　　　　　　2001 年 12 月　頁 14—21

363. 林瑞明　　自言受到天譴的作家——葉石濤印象記　葉石濤全集蒐集、整
　　　　　　　理、編輯計畫期末報告　臺南　國家臺灣文學館籌備處　2003 年
　　　　　　　12 月　頁 363—370

364. 彭瑞金　　笨鳥不飛　自由時報　2002 年 1 月 21 日　35 版

365. 張素貞　　臺灣文學理論先驅——葉石濤先生臺灣師大人文講席側記　國文
　　　　　　　天地　第 200 期　2002 年 1 月　頁 18—24

366. 張素貞　　臺灣文學理論先驅葉石濤先生——臺灣師大人文講席側記　葉石
　　　　　　　濤全集・隨筆卷七　臺南，高雄　國立臺灣文學館，高雄市文化
　　　　　　　局　2008 年 3 月　頁 397—407

367. 應鳳凰　　北鍾南葉與臺灣文壇　文訊雜誌　第 196 期　2002 年 2 月　頁 8
　　　　　　　—9

368. 林政華　　臺灣本土小說名家與名作——葉石濤　臺灣文學汲探　臺北　文
　　　　　　　史哲出版社　2002 年 3 月　頁 128—155

369. 垂水千惠著；彭萱譯　　貫穿「臺灣主體的文學」——葉石濤　文學臺灣
　　　　　　　第 42 期　2002 年 4 月　頁 20—21

370. 陳芳明　　歷史的歧見與回歸的歧路——鄉土文學的意義與反思——葉石濤
　　　　　　　與陳映真的對峙　後殖民臺灣：文學史論及週邊　臺北　麥田出
　　　　　　　版公司　2002 年 4 月　頁 96—101

371. 陳芳明　　歷史的歧見與回歸的歧路——鄉土文學的意義與反思——葉石濤
　　　　　　　與陳映真的對峙　後殖民臺灣：文學史論及週邊　臺北　麥田出
　　　　　　　版·城邦文化公司　2007 年 6 月　頁 96—101

372. 丁榮生　　葉石濤、鍾鐵民、彭瑞金，作客東京大學，談臺灣客家文學　中
　　　　　　　國時報　2002 年 6 月 15 日　30 版

373. 劉黎兒　　葉石濤：非寫實主義無以表達臺灣人苦難　中國時報　2002 年 6
　　　　　　　月 16 日　30 版

374. 陳文芬　　葉石濤再倡歷史題材小說　中國時報　2002 年 6 月 20 日　30 版

375. 〔趙遐秋，呂正惠主編〕　　新分離主義引爆的文壇統獨大論戰〔葉石濤部
　　　　　　　　　　　　　　分〕　臺灣新文學思潮史綱　臺北　人間出版社　2002 年 6 月
　　　　　　　　　　　　　　頁 377—502

376. 〔臺灣新聞報〕　　葉石濤暢言臺灣文學史　臺灣新聞報　2002 年 9 月 1 日
　　　　　　　　　　　　5 版

377. 陳文芬　　如果臺灣獨立建國，葉石濤：臺灣作家文學地位須調整　中國時
　　　　　　　報　2002 年 9 月 5 日　14 版

378. 陳幸蕙　　作者簡介　成長的風景　臺北　幼獅文化公司　2002 年 10 月　頁
　　　　　　　94

379. 林政華　　短篇小說稱王，立臺灣文學座標的理論家——葉石濤　臺灣新聞
　　　　　　　報　2002 年 11 月 18 日　11 版

380. 林政華　　短篇小說稱王，立臺灣文學座標的理論家——葉石濤　臺灣古今
　　　　　　　文學名家　桃園　開南管理學院通識教育中心　2003 年 3 月　頁
　　　　　　　60

381. 趙靜瑜　　葉石濤、李魁賢：反映人民生活才有臺灣文學的價值　自由時報
　　　　　　　2002 年 11 月 22 日　40 版

382. 洪瑞琴　葉石濤呼籲作家拓展文學時空　自由時報　2002 年 11 月 23 日
40 版

383. 鍾肇政　序——葉石濤致鍾肇政書簡　鍾肇政全集・隨筆集 4　桃園　桃園
縣文化局　2002 年 11 月　頁 515—518

384. 李友煌　高雄詩春行動文學館上路，葉石濤寫了平生第一首詩　民生報
2003 年 3 月 6 日　A13 版

385. 張　放　葉石濤隱居左營　人間福報　2003 年 3 月 28 日　11 版

386. 張　放　葉石濤隱居左營　放齋書話　臺北　臺北縣政府文化局　2005 年
12 月　頁 178—181

387. 李友煌　葉石濤口述歷史專書出版　民生報　2003 年 4 月 28 日　A6 版

388. 〔臺灣時報〕　鍾肇政、葉石濤榮任真理大學客座教授　臺灣時報　2003
年 5 月 2 日　23 版

389. 離畢華　花和鳥——記花間總問鳥聲否　臺灣新聞報　2003 年 6 月 22 日
16 版

390. 洪士惠　葉石濤、鍾肇政任真理大學客座教授　文訊雜誌　第 212 期
2003 年 6 月　頁 72—73

391. 張守貞　臺灣文學耆碩葉石濤先生側寫[17]　聯合文學　第 225 期　2003 年 7
月　頁 146—149

392. 張守貞　序　口述歷史・臺灣文學耆碩——葉石濤先生訪問紀錄　高雄
高雄市文獻委員會　2005 年 12 月　〔3〕頁

393. 陳建忠　從鄉土到本土——《臺灣文藝》、《文學界》、《文學臺灣》中臺灣
／本土文學論述——在地上爬的文學：六、七〇年代的《臺灣文
藝》〔葉石濤部分〕　文訊雜誌　第 213 期　2003 年 7 月　頁 55
—56

394. 王景山　葉石濤　臺港澳暨海外華文作家辭典　北京　人民文學出版社
2003 年 7 月　頁 737—739

---

[17]本文後成為《口述歷史・臺灣文學耆碩——葉石濤先生訪問紀錄》的〈序〉。

395. 張惟智　　戰後初期其他臺灣文學作家及其相關活動──其他作家──葉石
　　　　　　　濤　戰後初期（1945─1949）臺灣文學活動研究──以楊逵為論
　　　　　　　述主軸　靜宜大學中國文學系　碩士論文　趙天儀教授指導
　　　　　　　2003 年 7 月　頁 52─53

396. 許俊雅　　作者簡介　無語的春天：二二八小說選　臺北　玉山社出版公司
　　　　　　　2003 年 9 月　頁 87

397. 張俐璇　　臺灣文學的一座山──《葉石濤全集》新書發表會側記　臺灣文
　　　　　　　學館通訊　第 19 期　2003 年 10 月　頁 76─77

398. 阿　盛　　大老葉石濤　自由時報　2003 年 11 月 5 日　43 版

399. 陳文芬　　葉石濤在左營　印刻文學生活誌　第 3 期　2003 年 11 月　頁 112
　　　　　　　─127

400. 吳露芳　　寫臺灣文學耆碩──葉石濤先生　臺灣新聞報　2003 年 12 月 7 日
　　　　　　　16 版

401. 徐如宜　　葉石濤旖旎「春夢」，不打馬賽克──他暢言女人情欲，新作寫的
　　　　　　　很明白，他憂心母語文學，造成族群隔閡　聯合報　2003 年 12 月
　　　　　　　8 日　A12 版

402. 李友煌　　閱讀葉石濤學子親炙丰采──老作家幽默開講，手上長篇保證看
　　　　　　　了臉紅心跳　民生報　2003 年 12 月 8 日　A6 版

403. 鍾肇政　　鍾序　鍾肇政全集・情純書簡　桃園　桃園縣文化局　2004 年 3
　　　　　　　月　頁 3─5

404. 下村作次郎著；嘉澤譯　　我所認識的臺灣文學〔葉石濤部分〕　臺灣文學
　　　　　　　評論　第 4 卷第 2 期　2004 年 4 月　頁 134─135

405. 彭瑞金　　北鍾南葉都是我的文學導師　文學臺灣　第 50 期　2004 年 4 月
　　　　　　　頁 22─25

406. 錢鴻鈞　　「南葉北鍾」的遺產──臺灣文學　文學臺灣　第 50 期　2004 年
　　　　　　　4 月　頁 38─43

407. 錢鴻鈞　　「南葉北鍾」的遺產──臺灣文學　臺灣文學的萬里長城──鍾

肇政六百萬字書簡研究　臺北　文英堂出版社　2005 年 11 月　頁 419—426

408. 鄭烱明　《蝴蝶巷》外一章　文學臺灣　第 50 期　2004 年 4 月　頁 73—74

409. 鄭清文　葉老未老　文學臺灣　第 50 期　2004 年 4 月　頁 75—78

410. 鍾鐵民　可親風趣的長者　文學臺灣　第 50 期　2004 年 4 月　頁 79—82

411. 黃樹根　因緣際會與葉老芝麻二三事　文學臺灣　第 50 期　2004 年 4 月　頁 83—85

412. 莊紫蓉　和葉老在車站　文學臺灣　第 50 期　2004 年 4 月　頁 86—89

413. 李魁賢　文學大老當如是也　文學臺灣　第 50 期　2004 年 4 月　頁 101—104

414. 李魁賢　文學大老當如是也　詩的越境　臺北　臺北縣文化局　2004 年 12 月　頁 209—213

415. 余昭玟　葉石濤先生與我　文學臺灣　第 50 期　2004 年 4 月　頁 105—108

416. 余昭玟　臺灣文學長青樹——葉石濤　臺南文化　第 56 期　2004 年 4 月　頁 18—24

417. 徐如宜　葉石濤看臺灣文學：愈走愈窄　聯合報　2004 年 5 月 24 日　B2 版

418. 凌美雪　文壇大老葉石濤和畫家歐陽文——相隔半世紀，今夜「謝志偉嗆聲」相見　自由時報　2004 年 6 月 16 日　49 版

419. 季　季　葉老妙言　中國時報　2004 年 6 月 16 日　E7 版

420. 陳玲芳　歐陽文＆葉石濤同臺嗆聲——兩位藝文大老，今晚在「謝志偉嗆聲」中，回首半世紀前辛酸與溫馨往事　臺灣日報　2004 年 6 月 16 日　12 版

421. 凌美雪　228 事件入獄後相隔半世紀——葉石濤與歐陽文重逢，嘆無悔青春　自由時報　2004 年 6 月 17 日　49 版

422. 李友煌　　葉石濤，臨老入花叢，八十高齡，發表長篇情色小說，引起文壇震撼，葉老暫時擱筆，但不會放棄　民生報　2004 年 7 月 10 日　CR3 版

423. 陳明柔　　我的勞動是寫作——葉石濤致力臺灣文學　中華日報　2004 年 7 月 28 日　23 版

424.〔彭瑞金編選〕　作者簡介　國民文選・小說卷 2　臺北　玉山社出版公司　2004 年 7 月　頁 164—165

425. 陳明柔　　葉石濤的文學青春夢（上、下）　中央日報　2004 年 8 月 2—3 日　17 版

426. 林柏樑　　葉石濤——南臺灣將展開各項慶生活動 11 月歡度 80 大壽　中國時報　2004 年 8 月 8 日　E1 版

427. 徐如宜　　葉石濤平安沒代誌　聯合報　2004 年 8 月 19 日　B6 版

428. 李友煌　　宿疾復發，住院一周回家休養，仍感虛弱，葉石濤惦記力作還沒力氣寫　民生報　2004 年 8 月 19 日　B13 版

429.〔陳萬益選編〕　葉石濤　國民文選・散文卷 2　臺北　玉山社出版公司　2004 年 8 月　頁 64

430. 陳明柔　　葉石濤與書呆子　幼獅文藝　第 609 期　2004 年 9 月　頁 40—43

431. 陳明柔　　夢獸葉石濤　臺灣文學館通訊　第 5 期　2004 年 9 月　頁 27—31

432. 王文仁，陳沛淇　　臺灣文學兩地情——北鍾南葉　臺灣文學館通訊　第 5 期　2004 年 9 月　頁 36—40

433. 林建農，辛啓松　　北鍾南葉，臺文館慶生，葉石濤：請不同族群的作家共同為臺灣寫作　聯合晚報　2004 年 10 月 17 日　2 版

434. 林建農，辛啓松　　北鍾南葉 80 歲，臺文館慶生，鍾肇政說小說家都是騙人的，葉石濤笑稱「有鍾在就很熱鬧」　聯合報　2004 年 10 月 18 日　A10 版

435. 陳慧明　　八十北鍾南葉與周歲臺文館同慶　民生報　2004 年 10 月 18 日　A6 版

436. 徐如宜　　葉石濤 80 歲，左中師生，為他暖壽　聯合報　2004 年 10 月 23 日　C1 版

437. 李友煌　　臺灣文學前輩作家葉石濤，文藝青年老少對談　民生報　2004 年 10 月 23 日　CR2 版

438. 林政華　　鍾肇政與葉石濤的「兄弟情」　臺灣文學評論　第 4 卷第 4 期　2004 年 10 月　頁 268—269

439. 陳明柔　　勞動者印象　自由時報　2004 年 11 月 1 日　47 版

440. 趙慶華　　葉老：大家努力寫下去　自由時報　2004 年 11 月 1 日　47 版

441. 梁靜于　　葉石濤呼籲，解決老人問題，大師生日感言：讓老人家都能安度快樂晚年　聯合報　2004 年 11 月 2 日　C2 版

442. 李友煌　　葉石濤生日，特製九酒祝賀　民生報　2004 年 11 月 2 日　A10 版

443. 鍾秀忠　　文學大師葉石濤 80 大壽　中央日報　2004 年 11 月 2 日　14 版

444. 王德威，黃錦樹　　作者簡介　原鄉人：族群的故事　臺北　麥田出版公司　2004 年 11 月　頁 61

445. 陳貞平　　「北鍾南葉」雙喜　中國時報　2005 年 1 月 21 日　E7 版

446. 林奇伯　　臺灣當代文學家系列——為臺灣文學立座標：葉石濤　臺灣光華雜誌　第 30 卷第 1 期　2005 年 1 月　頁 88—95

447. 莫　渝　　站在文學巨人的旁邊——葉老的詩の淚　臺灣日報　2005 年 2 月 13 日　7 版

448. 莫　渝　　站在文學巨人的旁邊——葉老的詩の淚　漫漫隨筆集　苗栗　苗栗縣文化局　2005 年 4 月　頁 275—278

449. 徐如宜　　葉石濤反對去中國化——高市文學館演講，指臺灣文學奠基於中國文學　聯合報　2005 年 2 月 27 日　C7 版

450. 李友煌　　詩歌節，葉石濤，期許青年文學運動　民生報　2005 年 3 月 18 日　CR2 版

451. 徐如宜　　高雄詩歌節，詩心款款聽愛河呢喃——葉石濤：「高雄給我活力，滋養創作。」　聯合報　2005 年 3 月 24 日　A12 版

452. 朱正杰　　葉石濤會諾貝爾獎沃克特，大師對話　臺灣日報　2005 年 3 月 27
　　　　　　　日　22 版

453. 吳若寧　　高雄世界詩歌節，大師精彩對談，諾貝爾文學獎得主德瑞克・沃
　　　　　　　克特與葉石濤暢談「文學的真實與想像」　民生報　2005 年 3 月
　　　　　　　27 日　CR2 版

454. 王廷俊　　左營文學臉譜——葉石濤深不可測的文學礦藏　水高雄，請進
　　　　　　　臺北　愛書人雜誌公司　2005 年 3 月　頁 136—137

455. 李友煌　　東西大師對談，沃克特 V.S.葉石濤，高雄詩歌盛會　民生報
　　　　　　　2005 年 4 月 2 日　CR3 版

456. 陳景寶　　文學營開鑼，葉石濤開講　聯合報　2005 年 7 月 6 日　C2 版

457. 王紀青　　葉石濤，自嘲流浪教師第一人　聯合報　2005 年 7 月 22 日　C2
　　　　　　　版

458. 黃惠禎　　承先與啓後：楊逵與戰後初期臺灣新文學的重建——提攜新生代
　　　　　　　作家進攻文壇〔葉石濤部分〕　左翼批判精神的鍛接：四〇年代
　　　　　　　楊逵文學與思想的歷史研究　政治大學中國文學系　博士論文
　　　　　　　李豐楙教授指導　2005 年 7 月　頁 284—285

459. 黃惠禎　　承先與啓後：楊逵與戰後初期臺灣文學系譜——提攜新生代作家
　　　　　　　進攻文壇〔葉石濤部分〕　臺灣文學學報　第 8 期　2006 年 6 月
　　　　　　　頁 21—22

460. 方　梓　　葉石濤（國家二等卿雲勳章得主）　2004 臺灣文學年鑑　臺南
　　　　　　　國家臺灣文學館　2005 年 7 月　頁 131

461. 陳健仲　　文學心鏡——葉石濤　聯合文學　第 251 期　2005 年 9 月　頁 8
　　　　　　　—9

462. 〔張守真，臧紫騏〕　重要之新聞報導　口述歷史・臺灣文學耆碩——葉
　　　　　　　石濤先生訪問記錄　高雄　高雄市文獻會　2005 年 12 月　頁 239
　　　　　　　—240

463. 莊金國　　鹽分地帶文學上路——葉石濤期待之心　鹽分地帶文學　第 1 期

2005 年 12 月　頁 8—11

464.〔聯合報〕　　　相惜一甲子，鍾肇政、葉石濤憶談文學生涯，北鍾南葉迎春
　　　　開講　聯合報　2006 年 3 月 11 日　E7 版

465.〔編輯部〕　　　葉石濤　高雄文學小百科　高雄　高雄市文化局　2006 年 7
　　　　月　頁 101—102

466.〔編輯部〕　　　作家身影——葉石濤‧廖清秀　臺灣文學館通訊　第 12 期
　　　　2006 年 9 月　頁 6—9

467. 龍瑛宗　　　殘生無幾了——文藝營的葉石濤　龍瑛宗全集‧中文卷‧隨筆集
　　　　（2）　臺南　國家臺灣文學館籌備處　2006 年 11 月　頁 107—
　　　　109

468. 葉菊蘭　　　序——鎮市文寶葉石濤　葉石濤全集‧小說卷一　高雄，臺南
　　　　高雄市文化局，國家臺灣文學館籌備處　2006 年 12 月　頁 1—2

469. 邱坤良　　　序——向臺灣文學的前行者致敬　葉石濤全集‧小說卷一　高
　　　　雄，臺南　高雄市文化局，國家臺灣文學館籌備處　2006 年 12 月
　　　　頁 3—4

470. 吳麗珠　　　序——吃夢維生的文學使徒　葉石濤全集‧小說卷一　高雄，臺
　　　　南　高雄市文化局，國家臺灣文學館籌備處　2006 年 12 月　頁 7
　　　　—8

471. 曾學佑　　　《葉石濤全集》新書發表側記　臺灣文學評論　第 7 卷第 1 期
　　　　2007 年 1　頁 254—256

472. 張信吉　　　那一次自鳴的風鈴　文學臺灣　第 61 期　2007 年 1 月　頁 39—
　　　　40

473. 賴香吟　　　紅顏少年　中國時報　2007 年 4 月 28 日　E7 版

474. 許悔之　　　臺靜農與葉石濤　聯合文學　第 270 期　2007 年 4 月　頁 5

475. 賴香吟　　　負軛之人　中國時報　2007 年 5 月 5 日　E7 版

476.〔鹽分地帶文學〕　　　作家寫真簿——葉石濤：沒有土地哪有文學　鹽分地
　　　　帶文學　第 10 期　2007 年 6 月　頁 16

477. 〔編輯部〕　　葉石濤　文學家　臺北　東和鋼鐵公司，大觀視覺顧問公司　2007 年 12 月　頁 49—56

478. 〔封德屏主編〕　　葉石濤　2007 臺灣作家作品目錄　臺南　國立臺灣文學館　2008 年 7 月　頁 1128

479. 楊菁菁　葉石濤纏鬥病魔，藝文好友共祈福　自由時報　2008 年 8 月 19 日　D10 版

480. 郭漢辰　認真喘氣‧努力呼吸——為葉老祈福　文訊雜誌　第 274 期　2008 年 8 月　頁 36—38

481. 郭漢辰　認真喘氣，努力呼吸——為葉老祈福　葉石濤先生追思文集　臺南　成功大學臺灣文學系　2008 年 12 月　頁 72—74

482. 〔人間福報〕　　文學耆老葉石濤病逝，享壽 83　人間福報　2008 年 12 月 12 日　7 版

483. 林欣誼　吃夢的作家，一輩子寫不停　中國時報　2008 年 12 月 12 日　A14 版

484. 林欣誼，林采韻，洪榮志　　葉石濤作史綱，臺灣文學定調　中國時報　2008 年 12 月 12 日　A14 版

485. 林欣誼　心中牽繫臺南，點滴融入文字裡　中國時報　2008 年 12 月 12 日　A14 版

486. 楊德宜，徐如宜，鄭光隆　　葉石濤辭世，鍾肇政哭了　聯合報　2008 年 12 月 12 日　A3 版

487. 徐如宜　600 萬字全集，陪他力抗病魔　聯合報　2008 年 12 月 12 日　A3 版

488. 陳苑茜　他為臺灣文學點一盞燈　聯合報　2008 年 12 月 12 日　A3 版

489. 徐如宜　少時手抄紅樓，老來豁達談性　聯合報　2008 年 12 月 12 日　A3 版

490. 路寒袖　看好文學——懷念葉老　聯合報　2008 年 12 月 12 日　E3 版

491. 朱眞楷　情同父子，林懷民到葉老靈前跪拜　中國時報　2008 年 12 月 15

日　A8 版

492. 彭瑞金　永遠的葉石濤文學　自由時報　2008 年 12 月 25 日　D13 版

493. 離畢華　最後一個黃昏——與石濤老師說再見　自由時報　2008 年 12 月 25 日　D13 版

494. 林欣誼　我們失去的作家〔葉石濤部分〕　中國時報　2008 年 12 月 28 日　B1 版

495. 〔臺灣時報〕　葉老的夢——作家是吃夢的，文學就是我的夢與食物　臺灣時報　2008 年 12 月 28 日　15 版

496. 楊菁菁　文人政要齊聚，送葉石濤最後一程　自由時報　2008 年 12 月 29 日　D10 版

497. 楊菁菁　哭別葉老，文友允諾續推臺灣文學　自由時報　2008 年 12 月 29 日　D10 版

498. 〔人間福報〕　葉石濤骨灰奉安元亨寺　人間福報　2008 年 12 月 29 日　7 版

499. 郭漢辰　我知道你想從病床上昂然吶喊——悼念葉老　自由時報　2008 年 12 月 29 日　D13 版

500. 應鳳凰　葉老不老，他是長跑健將　自由時報　2008 年 12 月 29 日　D13 版

501. 〔路寒袖編著〕　作者介紹／葉石濤　青少年臺灣文庫 2——散文讀本 2：狂歌正年少　臺北　國立編譯館　2008 年 12 月　頁 59

502. 〔楊翠編著〕　作者介紹／葉石濤　青少年臺灣文庫 2——散文讀本 3：希望有一天　臺北　國立編譯館　2008 年 12 月　頁 129

503. 施懿琳　序　葉石濤先生追思文集　臺南　成功大學臺灣文學系　2008 年 12 月　頁 3—4

504. 陳萬益　艱苦的跋涉——紀念葉老　葉石濤先生追思文集　臺南　成功大學臺灣文學系　2008 年 12 月　頁 5—6

505. 游勝冠　我才不要跟你說再見　葉石濤先生追思文集　臺南　成功大學臺

灣文學系　2008 年 12 月　頁 7—8

506. 楊　翠　向晚獨行的身影　葉石濤先生追思文集　臺南　成功大學臺灣文學系　2008 年 12 月　頁 9—10

507. 廖淑芳　記那一片龍崎風景——兼別皇國少年　葉石濤先生追思文集　臺南　成功大學臺灣文學系　2008 年 12 月　頁 11

508. 李友煌　憶葉老　葉石濤先生追思文集　臺南　成功大學臺灣文學系　2008 年 12 月　頁 12—14

509. 郭漢辰　和葉老說再見　葉石濤先生追思文集　臺南　成功大學臺灣文學系　2008 年 12 月　頁 15—16

510. 林巾力　悼念葉老　葉石濤先生追思文集　臺南　成功大學臺灣文學系　2008 年 12 月　頁 17

511. 謝肇禎　葉老，一路好走　葉石濤先生追思文集　臺南　成功大學臺灣文學系　2008 年 12 月　頁 18

512. 李　瓜　願我們的頑童一路文學　葉石濤先生追思文集　臺南　成功大學臺灣文學系　2008 年 12 月　頁 19

513. 趙慶華　看不見時依舊在——告別葉老　葉石濤先生追思文集　臺南　成功大學臺灣文學系　2008 年 12 月　頁 20—21

514. 王鈺婷　念塵世生命之脆弱與短暫，更感文學生命之久長　葉石濤先生追思文集　臺南　成功大學臺灣文學系　2008 年 12 月　頁 22—23

515. 柯榮三　那些年‧我記得　葉石濤先生追思文集　臺南　成功大學臺灣文學系　2008 年 12 月　頁 24—25

516. 陳佳琦　葉老，再見　葉石濤先生追思文集　臺南　成功大學臺灣文學系　2008 年 12 月　頁 26—27

517. 松尾直太　葉石濤先生を偲ぶ　葉石濤先生追思文集　臺南　成功大學臺灣文學系　2008 年 12 月　頁 28—29

518. 林佩蓉　葉老，好久不見。　葉石濤先生追思文集　臺南　成功大學臺灣文學系　2008 年 12 月　頁 30

519. 曾巧雲　　葉老‧再見　葉石濤先生追思文集　臺南　成功大學臺灣文學系　2008 年 12 月　頁 31

520. 張志樺　　記憶的片段，想念的永恆　葉石濤先生追思文集　臺南　成功大學臺灣文學系　2008 年 12 月　頁 32

521. 鳳氣至純平　　葉老追悼文　葉石濤先生追思文集　臺南　成功大學臺灣文學系　2008 年 12 月　頁 33

522. 許倍榕　　葉老，謝謝。　葉石濤先生追思文集　臺南　成功大學臺灣文學系　2008 年 12 月　頁 34

523. 張俐璇　　葉老，還在。　葉石濤先生追思文集　臺南　成功大學臺灣文學系　2008 年 12 月　頁 35

524. 張玉秋　　懷念葉老　葉石濤先生追思文集　臺南　成功大學臺灣文學系　2008 年 12 月　頁 36

525. 林谷靜　　感恩葉石濤老師　葉石濤先生追思文集　臺南　成功大學臺灣文學系　2008 年 12 月　頁 37

526. 王鈞慧　　敬致葉老——天光猶在　葉石濤先生追思文集　臺南　成功大學臺灣文學系　2008 年 12 月　頁 38

527. 邱雅萍　　回憶葉老　葉石濤先生追思文集　臺南　成功大學臺灣文學系　2008 年 12 月　頁 39

528. 林芷琪　　我們有你很幸福　葉石濤先生追思文集　臺南　成功大學臺灣文學系　2008 年 12 月　頁 40—41

529. 周馥儀　　葉老，我記得　葉石濤先生追思文集　臺南　成功大學臺灣文學系　2008 年 12 月　頁 42—44

530. 張卉君　　最後的禮物——記葉老　葉石濤先生追思文集　臺南　成功大學臺灣文學系　2008 年 12 月　頁 45—47

531. 何京津　　給在另一個世界的葉老　葉石濤先生追思文集　臺南　成功大學臺灣文學系　2008 年 12 月　頁 48

532. 王欣瑜　　葉老印象　葉石濤先生追思文集　臺南　成功大學臺灣文學系

2008 年 12 月　頁 51

533. 林文冠　葉老　葉石濤先生追思文集　臺南　成功大學臺灣文學系　2008
年 12 月　頁 52

534. 林肇豐　巨人的身影與那位長者　葉石濤先生追思文集　臺南　成功大學
臺灣文學系　2008 年 12 月　頁 56—58

535. 張綵芳　葉老，我親愛的老師　葉石濤先生追思文集　臺南　成功大學臺
灣文學系　2008 年 12 月　頁 59—61

536. 趙慶華　葉老：大家努力寫下去！　葉石濤先生追思文集　臺南　成功大
學臺灣文學系　2008 年 12 月　頁 62

537. 張俐璇　《葉石濤全集》新書發表會側記　葉石濤先生追思文集　臺南
成功大學臺灣文學系　2008 年 12 月　頁 75—77

538. 吳治錡　府城春風，舊城新月——一位老作家不褪色的文學　葉石濤先生
追思文集　臺南　成功大學臺灣文學系　2008 年 12 月　頁 78—
83

539. 何來美　北鍾南葉，成孤影　聯合報　2009 年 1 月 16 日　A10 版

540. 吳鈞堯　悼葉石濤先生從葉老的一份簽名談起　幼獅文藝　第 661 期
2009 年 1 月　頁 7

541. 陳芳明　化天譴為天職　聯合文學　第 291 期　2009 年 1 月　頁 75—77

542. 陳芳明　化天譴為天職　楓香夜讀　臺北　聯合文學出版社　2009 年 9 月
頁 109—113

543. 陳明柔　印象葉石濤　聯合文學　第 291 期　2009 年 1 月　頁 78—81

544. 郭漢辰　大師計程車司機　聯合文學　第 291 期　2009 年 1 月　頁 82—86

545. 鄭烱明　哀傷的回憶　文學臺灣　第 69 期　2009 年 1 月　頁 11—13

546. 曾貴海　永不放棄 ê 人道精神　文學臺灣　第 69 期　2009 年 1 月　頁 14
—16

547. 彭瑞金　燃燒自己，照亮臺灣文學的葉老　文學臺灣　第 69 期　2009 年 1
月　頁 17—18

548. 彭瑞金　那美好的仗已打過──送別葉老　文學臺灣　第 69 期　2009 年 1 月　頁 341—343

549. 彭瑞金　葉老回家了──記葉石濤先生最後的一段日子　文訊雜誌　第 279 期　2009 年 1 月　頁 27—30

550. 應鳳凰　書話葉石濤　文訊雜誌　第 279 期　2009 年 1 月　頁 31—34

551. 陳明柔　文學使徒葉石濤　文訊雜誌　第 279 期　2009 年 1 月　頁 35—37

552. 〔編輯部〕　葉石濤生平小傳與資料彙編　文訊雜誌　第 279 期　2009 年 1 月　頁 38—41

553. 詹宇霈　臺灣文學大老葉石濤辭世　文訊雜誌　第 279 期　2009 年 1 月　頁 137

554. 蔡文章　懷念一代文豪──我認識的葉老　文訊雜誌　第 280 期　2009 年 2 月　頁 34—38

555. 鍾肇政　無盡的憶念──悼我的老戰友葉石濤　鹽分地帶文學　第 20 期　2009 年 2 月　頁 41—45

556. 李　喬　向大師致敬──告別葉石濤獻辭　鹽分地帶文學　第 20 期　2009 年 2 月　頁 46—49

557. 李　喬　向大師致敬　文學臺灣　第 70 期　2009 年 4 月　頁 169—170

558. 楊　翠　一個時代的終了　鹽分地帶文學　第 20 期　2009 年 2 月　頁 50—55

559. 莊金國　葉老呈現的平埔器度　鹽分地帶文學　第 20 期　2009 年 2 月　頁 56—59

560. 林佛兒　巨匠的隕落　鹽分地帶文學　第 20 期　2009 年 2 月　頁 60—65

561. 季　季　三叉路的交結與分離──告別葉老之懷想　中國時報　2009 年 3 月 9 日　4 版

562. 陳芳明　霜葉　聯合報　2008 年 6 月 5 日　E03 版

563. 陳芳明　霜葉　晚天未晚　臺北　聯合文學出版社　2009 年 3 月　頁 195—198

580. 晏山農　　　鄉土論述的中國情結——鄉土文學論戰與《夏潮》——論戰期間
　　　　　　　　《夏潮》的「民族、鄉土」觀〔葉石濤部分〕　島嶼浮光：我的
　　　　　　　　庶民記憶　臺北　允晨文化公司　2009 年 10 月　頁 192—193

581. 隱　地　　　一九六八年〔葉石濤部分〕　遺忘與備忘　臺北　爾雅出版社
　　　　　　　　2009 年 11 月　頁 71—72

582. 潔茹，婉雯，珮瑜　　橫跨兩世代的老作家——葉石濤　葉石濤全集・翻譯
　　　　　　　　／資料卷　臺南，高雄　國立臺灣文學館，高雄市文化局　2009
　　　　　　　　年 11 月　頁 267—273

583. 彭瑞金　　　府城之星・舊城之月——葉石濤的文學歲月[18]　葉石濤全集・翻譯
　　　　　　　　／資料卷　臺南，高雄　國立臺灣文學館，高雄市文化局　2009
　　　　　　　　年 11 月　頁 413—449

584. 曾巧雲　　　焦點人物——葉石濤　2008 臺灣文學年鑑　臺南　國立臺灣文學
　　　　　　　　館　2009 年 12 月　頁 167—168

585. 陳芳明　　　北鍾南葉的形成　文訊雜誌　第 295 期　2010 年 5 月　頁 20—23

586. 西田勝　　　葉石涛の私小説（Ich Roman）——《台湾男子簡阿淘》について
　　　　　　　　2010 高雄文學發聲國際學術研討會　財團法人文學臺灣基金會，
　　　　　　　　高雄市政府文化局　2010 年 11 月 6 日　頁 1—12

587. 西田勝著；邱若山譯　　關於葉石濤的私小說（Ich Roman）——《臺灣男子
　　　　　　　　簡阿淘》考　2010 高雄文學發聲國際學術研討會　財團法人文學
　　　　　　　　臺灣基金會，高雄市政府文化局　2010 年 11 月 6 日　頁 13—21

588. 馬　森　　　我所認識的葉石濤先生　文訊雜誌　第 302 期　2010 年 12 月　頁
　　　　　　　　14—15

589. 郭漢辰　　　南臺灣文學基地　我在我不在的地方——文學現場踏查記　臺南
　　　　　　　　國立臺灣文學館　2010 年 12 月　頁 162—163

590. 郭漢辰　　　葉師母的真情　我在我不在的地方——文學現場踏查記　臺南

---

[18] 本文原為葉石濤公祭 2008 年 12 月 28 日的紀念專刊《永遠的懷念——文學大師葉石濤的文學歲月》。

　　　　　國立臺灣文學館　2010 年 12 月　頁 164—166

訪談、對談

591. 李　昂　　紛爭的年代——葉石濤訪問記　書評書目　第 19—20 期　1974 年
　　　　　11—12 月　頁 38—48，62—65

592. 李　昂　　紛爭的年代——葉石濤訪問記　群像　臺北　大漢出版社　1976
　　　　　年 4 月　頁 9—30

593. 李　昂　　紛爭的年代——葉石濤訪問記　葉石濤全集・隨筆卷七　臺南，
　　　　　高雄　國立臺灣文學館，高雄市文化局　2008 年 3 月　頁 211—
　　　　　231

594. 葉石濤等[19]　　傳下這把香火——「光復前的臺灣文學」座談會（上、下）
　　　　　聯合報　1978 年 10 月 22—23 日　12 版

595. 王麗華　　文學之秋——訪葉石濤談光復前後的臺灣文學　大高雄　第 6 期
　　　　　1979 年 1 月　頁 132—150

596. 王麗華　　文學之秋——訪葉石濤談光復前後的臺灣文學　葉石濤全集・隨
　　　　　筆卷七　臺南，高雄　國立臺灣文學館，高雄市文化局　2008 年
　　　　　3 月　頁 233—253

597. 彭瑞金，洪毅　　從鄉土文學到三民主義文學——訪葉石濤先生談臺灣文學
　　　　　的歷史　臺灣文藝　第 62 期　1979 年 3 月　頁 5—31

598. 彭瑞金，洪毅　　從鄉土文學到三民主義文學——訪葉石濤先生談臺灣文學
　　　　　的歷史　不滅的詩魂　臺北　臺灣文藝出版社　1981 年 1 月　頁
　　　　　29—65

599. 彭瑞金，洪毅　　從鄉土文學到三民主義文學——訪葉石濤先生談臺灣文學
　　　　　的歷史　文學回憶錄　臺北　遠景出版公司　1983 年 4 月　頁
　　　　　253—289

---

[19]與會者：王詩琅、王昶雄、巫永福、杜聰明、郭秋生、郭水潭、黃得時、陳火泉、陳逢源、葉石濤、楊雲萍、楊逵、廖漢臣、劉捷、劉榮宗；紀錄：黃武忠。

600. 葉石濤等[20]　　臺灣文學往哪裡走？　臺灣時報　1982 年 3 月 28 日　12 版

601. 王　玲　　訪省籍先進作家專輯——再出發的文學評論家葉石濤先生　中央
月刊　第 14 卷第 10 期　1982 年 8 月　頁 110—111

602. 宋澤萊訪問；歐如意整理　　爲臺灣文學找尋座標——宋澤萊訪葉石濤一夕
談　小說筆記　臺北　前衛出版社　1983 年 9 月　頁 186—203

603. 宋澤萊訪問；歐如意整理　　爲臺灣文學找尋座標——訪葉石濤一夕談　葉
石濤全集‧隨筆卷七　高雄，臺南　國立臺灣文學館，高雄市文
化局　2008 年 3 月　頁 255—273

604. 〔聯合報〕　　訪葉石濤　聯合報　1987 年 9 月 4 日　8 版

605. 〔聯副編輯室〕　　快談——聯副編輯室訪葉石濤　葉石濤全集‧翻譯／資
料卷　臺南，高雄　國立臺灣文學館，高雄市文化局　2009 年 11
月　頁 153—155

606. 梁景峰　　客家作家與我——葉石濤筆談　自立晚報　1987 年 10 月 18 日
10 版

607. 梁景峰　　客家作家與我——葉石濤筆談　葉石濤全集‧翻譯／資料卷　臺
南，高雄　國立臺灣文學館，高雄市文化局　2009 年 11 月　頁
157—161

608. 葉石濤等[21]　　葉石濤《臺灣文學史綱》專書研討會　臺北評論　第 2 期
1987 年 11 月　頁 174—207

609. 葉石濤等　　葉石濤《臺灣文學史綱》專書研討會　葉石濤全集‧評論卷七
臺南，高雄　國立臺灣文學館，高雄市政府文化局　2008 年 3 月
頁 203—243

610. 西　原　　追文學的本，溯歷史的源——訪葉石濤談《臺灣文學史綱》的撰
寫　自立晚報　1987 年 12 月 31 日　10 版

---

[20]與會者：葉石濤、彭瑞金、鍾肇政、高天生、鍾鐵民、洪銘水、林素芬、廖仁義、陳坤崙、鄭泰
安、楊文彬、鄭烱明、宋澤萊、吳福成、潘榮禮、黃春明、潘立夫、陳映真；列席：吳基福、陳
陽德、陳若曦、陌上桑、吳錦發；紀錄整理：林清強、蔡翠英。

[21]與會者：尹章義、李祖琛、東年、孟樊、陳捷先、葉石濤、廖炳惠、鄭明娳、蔡源煌、蔡新煌；
紀錄：朱偉誠。

611. 西　原　　追文學的本，溯歷史的源——訪葉石濤談《臺灣文學史綱》的撰
　　　　　　　寫　葉石濤全集·翻譯／資料卷　臺南，高雄　國立臺灣文學
　　　　　　　館，高雄市文化局　2009 年 11 月　頁 163—166

612. 葉石濤等[22]　　談《臺灣文學史綱》　當代文學氣象　臺北　光復書局　1988
　　　　　　　年 4 月　頁 261—277

613. 葉石濤等[23]　　我們是怎樣走過來的——日據時代作家座談會　新地文學　第
　　　　　　　3 期　1990 年 8 月　頁 65—67

614. 葉石濤等　　我們是怎樣走過來的——日據時代作家座談會　葉石濤全集·
　　　　　　　評論卷七　臺南，高雄　國立臺灣文學館，高雄市政府文化局
　　　　　　　2008 年 3 月　頁 245—250

615. 阮愛惠　　臺灣的人·土地的情——專訪葉石濤　自立晚報　1991 年 11 月
　　　　　　　23 日　19 版

616. 阮愛惠　　臺灣的人·土地的情——專訪葉石濤　葉石濤全集·翻譯／資料
　　　　　　　卷　臺南，高雄　國立臺灣文學館，高雄市文化局　2009 年 11 月
　　　　　　　頁 193—196

617. 邱　婷　　展望文學課題，葉石濤感慨深　民生報　1992 年 1 月 3 日　14 版

618. 許雪姬　　葉石濤先生訪問紀錄　口述歷史　第 3 期　1992 年 2 月　頁 123
　　　　　　　—130

619. 許雪姬　　葉石濤先生訪問紀錄　葉石濤全集·翻譯／資料卷　臺南，高雄
　　　　　　　國立臺灣文學館，高雄市文化局　2009 年 11 月　頁 197—206

620. 黃旭初　　葉石濤——穿過臺灣的五〇年代的作家——我的青春[24]　自立晚報
　　　　　　　1992 年 4 月 27 日　13 版

621. 黃旭初　　穿過臺灣的五〇年代的作家——我的青春　葉石濤全集·翻譯／
　　　　　　　資料卷　臺南，高雄　國立臺灣文學館，高雄市文化局　2009 年
　　　　　　　11 月　頁 207—215

---

[22]與會者：東年、李祖琛、孟樊、陳捷先、葉石濤、廖炳惠、鄭明娳、蔡源煌；紀錄：朱偉誠。
[23]主持人：趙天儀；與會者：王昶雄、葉石濤、陳千武、林亨泰。
[24]本文後改篇名為〈穿過臺灣的五〇年代的作家——我的青春〉。

622. 彭瑞金　　　老兵還在火線上──訪葉石濤　中國時報　1994 年 1 月 5 日　39
　　　　　　　　版

623. 彭瑞金　　　老兵還在火線上──訪葉石濤　異族的婚禮：葉石濤短篇小說集
　　　　　　　　臺北　皇冠出版社　1994 年 9 月　頁 3─10

624. 彭瑞金　　　老兵還在火線上──訪葉石濤　葉石濤全集・隨筆卷七　臺南，
　　　　　　　　高雄　國立臺灣文學館，高雄市文化局　2008 年 3 月　頁 275─
　　　　　　　　280

625. 劉叔慧　　　沒有盡頭的臺灣文學之路──訪葉石濤先生　文訊雜誌　第 103
　　　　　　　　期　1994 年 5 月　頁 83─86

626. 劉淑慧　　　沒有盡頭的臺灣文學之路──訪葉石濤先生　葉石濤全集・翻譯
　　　　　　　　／資料卷　臺南，高雄　國立臺灣文學館，高雄市文化局　2009
　　　　　　　　年 11 月　頁 217─223

627. 李青霖　　　讓臺灣文學，走入教科書，彌補過去缺憾　民生報　1994 年 11 月
　　　　　　　　26 日　15 版

628. 葉石濤等[25]　會議現場討論紀實（一）　從四〇年代到九〇年代：兩岸三邊
　　　　　　　　華文小說研討會論文集　臺北　時報文化出版公司　1994 年 11 月
　　　　　　　　頁 63─73

629. 王昱婷　　　走進時間流裡的舊夢，訪臺灣耆老作家──巫永福、葉石濤、鍾
　　　　　　　　肇政　自由時報　1995 年 4 月 16 日　29 版

630. 梁景峰　　　文學旗子──與葉石濤、楊青矗暢談　鄉土與現代・臺灣文學的
　　　　　　　　片段　臺北　臺北縣立文化中心　1995 年 6 月　頁 59─80

631. 〔編輯部〕　葉石濤──文學是他的宿命　一枝草・一點露・臺灣五十的
　　　　　　　　故事　南投　臺灣省新聞處　1995 年 10 月 25 日　頁 36─50

632. 蘇淑瑜等[26]　訪葉石濤　臺灣新文學　第 4 期　1996 年 4 月　頁 21─28

---

[25]與會者：何春蕤、彭小妍、林海音、齊邦媛、王浩威、楊照、陳光興、楊澤、陳傳興、彭秀貞、
　葉石濤；紀錄：林文珮。
[26]本文聯合探訪者另有楊斯顯、黃雅慧、郭淑雅、林莉詩、林癸岑、紀力仁、紀清仁、王邦雄、李
　素香、楊芳欣等人。

633. 蘇淑瑜等　　　訪葉石濤　葉石濤全集・翻譯／資料卷　臺南，高雄　國立臺
　　　灣文學館，高雄市文化局　2009 年 11 月　頁 247—260

634. 宇文正　　　葉石濤——臺灣的作家都是自生自滅　聯合報　1999 年 5 月 29 日
　　　37 版

635. 莊紫蓉　　　外國文學的閱讀經驗——馬漢茂 V.S.葉石濤（1—4）　臺灣新聞
　　　報　1999 年 11 月 24—27 日　13 版

636. 莊紫蓉　　　外國文學的閱讀經驗——馬漢茂 V.S.葉石濤　舊城瑣記　高雄
　　　春暉出版社　2000 年 9 月　頁 149—166

637. 莊紫蓉　　　外國文學的閱讀經驗——馬漢茂與葉石濤對談　葉石濤全集・隨
　　　筆卷七　臺南，高雄　國立臺灣文學館，高雄市文化局　2008 年
　　　3 月　頁 281—299

638. 王妙如　　　一個耽美左派的一生——陳芳明專訪葉石濤（1—5）　中國時報
　　　2000 年 2 月 18—22 日　37 版

639. 陳芳明訪；王妙如整理　　一個耽美左派的一生——專訪葉石濤　葉石濤全
　　　集・翻譯／資料卷　臺南，高雄　國立臺灣文學館，高雄市文化
　　　局　2009 年 11 月　頁 275—286

640. 潘弘輝　　　臺灣文學史的開基祖——專訪葉石濤　自由時報　2000 年 6 月 10
　　　日　39 版

641. 潘弘輝　　　臺灣文學史的開基祖——專訪葉石濤　葉石濤全集・翻譯／資料
　　　卷　臺南，高雄　國立臺灣文學館，高雄市文化局　2009 年 11 月
　　　頁 287—296

642. 紀慧玲　　　文化獎新科得主，耕耘到老獲肯定——葉石濤：這是較學術的，
　　　真多謝啦！　民生報　2000 年 10 月 31 日　A7 版

643. 葉石濤等[27]　　全面本土化國策與臺灣文學發展　福爾摩莎的心窗——王昶雄
　　　文學會議論文　臺北　真理大學臺灣文學系　2000 年 11 月 4 日

644. 李友煌　　　讀《靈山》，葉石濤談作家心肝清清走自己的路　民生報　2000 年

---

[27]與會者：葉石濤、林亨泰、李敏勇、李筱峰。

12 月 12 日　A7 版

645. 陳文芬　　葉石濤眼疾嚴重，仍勤讀法蘭西遺囑　中國時報　2001 年 1 月 22
　　　　　　　日　9 版

646. 簡竹君　　政治國度與文學心靈——臺灣小說家葉石濤與法國小說家馬金尼
　　　　　　　的跨國對談　聯合報　2001 年 2 月 24 日　37 版

647. 簡竹君　　政治國度與文學心靈——臺灣小說家葉石濤與法國小說家馬金尼
　　　　　　　的跨國對談　葉石濤全集・評論卷七　臺南，高雄　國立臺灣文
　　　　　　　學館，高雄市政府文化局　2008 年 3 月　頁 387—392

648. 葉石濤等[28]　　葉石濤等學者鼎談臺灣文學　聯合報　2001 年 3 月 1 日　14
　　　　　　　版

649. 莊紫蓉　　自己和自己格鬥的寂寞作家——專訪葉石濤（1—20）　臺灣新聞
　　　　　　　報　2001 年 7 月 18 日—8 月 6 日　20 版

650. 莊紫蓉　　自己和自己格鬥的寂寞作家——專訪葉石濤　葉石濤全集・隨筆
　　　　　　　卷七　臺南，高雄　國立臺灣文學館，高雄市文化局　2008 年 3
　　　　　　　月　頁 301—340

651. 郭侑欣　　專訪葉石濤[29]　憂鬱的亞熱帶：郁永河《裨海紀遊》中的臺灣圖像
　　　　　　　及其衍異　靜宜大學中國文學系　碩士論文　陳萬益教授指導
　　　　　　　2001 年 7 月　頁 234—257

652. 郭侑欣　　從考古學到文學——葉石濤訪談錄　文學經典與臺灣文學　臺北
　　　　　　　富春文化公司　2002 年 1 月　頁 125—145

653. 郭侑欣　　從考古學到文學——葉石濤訪談錄　葉石濤全集・隨筆卷七　臺
　　　　　　　南，高雄　國立臺灣文學館，高雄市文化局　2008 年 3 月　頁
　　　　　　　375—395

654. 吳錦勳　　太遲了——葉石濤　壹周刊　第 14 期　2001 年 8 月 30 日　頁 42
　　　　　　　—46

---

[28] 與會者：葉石濤、松永正義、陳萬益、李喬、馬森、陳映真。
[29] 本文後改篇名為〈從考古學到文學——葉石濤訪談錄〉。

655. 吳錦勳　　太遲了──訪葉石濤　葉石濤全集・隨筆卷七　臺南，高雄　國
　　　　　立臺灣文學館，高雄市文化局　2008 年 3 月　頁 341—350

656. 葉石濤等[30]　　土地、人民、流亡──葉石濤、高行健文學對話（1—7）　臺
　　　　　灣新聞報　2001 年 10 月 22—26 日，29—30 日　13 版

657. 葉石濤等　　土地、人民、流亡──葉石濤、高行健文學對話　文學臺灣
　　　　　第 41 期　2002 年 1 月　頁 45—82

658. 葉石濤等　　土地、人民、流亡──葉石濤、高行健文學對話　葉石濤全
　　　　　集・評論卷七　臺南，高雄　國立臺灣文學館，高雄市政府文化
　　　　　局　2008 年 3 月　頁 393—426

659. 葉石濤等　　土地、人民、流亡──葉石濤、高行健文學對話　論創作　臺
　　　　　北　聯經出版公司　2008 年 4 月　頁 240—275

660. 陳芳明訪；李文卿記　　文學之「葉」，煥發長青──陳芳明專訪葉石濤　聯
　　　　　合文學　第 206 期　2001 年 12 月　頁 38—51

661. 陳芳明訪；李文卿記　　文學之「葉」，煥發長青──專訪葉石濤　葉石濤全
　　　　　集・隨筆卷七　臺南，高雄　國立臺灣文學館，高雄市文化局
　　　　　2008 年 3 月　頁 351—374

662. 葉石濤等[31]　　「糞寫實主義事件」解密──訪葉石濤先生談〈給世氏的公開
　　　　　信〉　文學臺灣　第 42 期　2002 年 4 月　頁 22—36

663. 葉石濤等　　「糞寫實主義事件」解密──訪葉石濤先生談〈給世外民氏的
　　　　　公開信〉　葉石濤全集・評論卷七　臺南，高雄　國立臺灣文學
　　　　　館，高雄市政府文化局　2008 年 3 月　頁 427—441

664. 賴美惠　　臺灣文學的點燈人──葉石濤先生專訪（上、下）　國文天地
　　　　　第 206—207 期　2002 年 7，8 月　頁 80—86，61—66

665. 賴美惠　　臺灣文學的點燈人──葉石濤先生專訪　葉石濤全集・隨筆卷七
　　　　　臺南，高雄　國立臺灣文學館，高雄市文化局　2008 年 3 月　頁

[30]主持人：彭瑞金、鄭烱明；主講人：葉石濤、高行健；紀錄：徐碧霞。
[31]主持人：鄭烱明；出席者：葉石濤、彭瑞金；紀錄：汪軍伻、古恆綺。

409—428

666. 蔡芬芳　葉石濤訪談稿　葉石濤小說人物研究　高雄師範大學國文系國文教學碩士班　碩士論文　林文欽教授指導　2002 年 10 月　頁 304—311

667. 蔡芬芳　葉石濤訪談稿　葉石濤全集・翻譯／資料卷　臺南，高雄　國立臺灣文學館，高雄市文化局　2009 年 11 月　頁 331—345

668. 孫　鈴　訪葉石濤[32]　海與風的對話：作家訪談錄　高雄　高雄廣播電臺　2002 年 12 月　頁 345—354

669. 孫　鈴　葉石濤訪談錄　葉石濤全集・翻譯／資料卷　臺南，高雄　國立臺灣文學館，高雄市文化局　2009 年 11 月　頁 323—330

670. 李友煌　葉石濤——陋室勤筆耕，文章藏名山　民生報　2003 年 4 月 4 日 CR3 版

671. 葉石濤等[33]　文學雜誌與臺灣文學發展——「臺灣文學雜誌展」系列座談之五　文訊雜誌　第 219 期　2004 年 1 月　頁 140—142

672. 彭瑞金　從鄉土文學到臺灣文學——訪葉石濤先生談臺灣文學的歷史　臺灣文學的回顧　臺北　九歌出版社　2004 年 11 月　頁 192—222

673. 申惠豐　世紀性對談菁華錄——鍾肇政葉石濤憶談文學生涯（上、下）聯合報　2006 年 4 月 6 日　E7 版

674. 應鳳凰　臺灣文學這條路——與葉石濤下午茶　鹽分地帶文學　第 5 期 2006 年 8 月 10 日　頁 88—96

675. 林裕凱　望山記事——專訪葉石濤　臺灣文學館通訊　第 13 期　2006 年 11 月　頁 54—59

676. 山口守著；彭萱譯　專訪葉石濤——二〇〇二年六月十五日於東京　文學臺灣　第 62 期　高雄　文學臺灣雜誌社　2007 年 4 月 15 日　頁 63—76

---

[32] 本文後改篇名為〈葉石濤訪談錄〉。
[33] 與會者：葉石濤、封德屏、馬森、江寶釵、陳昌明；紀錄：曾琮琇。

677. 山口守著；彭萱譯　　專訪葉石濤——二〇〇二年六月十五日於東京　葉石濤全集・隨筆卷七　臺南，高雄　國立臺灣文學館，高雄市文化局　2008 年 3 月　頁 429—443

678. 張娟萍　　臺灣文學大師葉石濤談當代文學困境　南主角　第 3 期　2007 年 7 月　頁 62—63

679. 張娟萍　　臺灣文學大師葉石濤談當代文學困境　葉石濤全集・翻譯／資料卷　臺南，高雄　國立臺灣文學館，高雄市文化局　2009 年 11 月　頁 297—301

680. 葉石濤，張啓疆　　臺灣心靈的成長——葉石濤小說《紅鞋子》討論會　葉石濤全集・評論卷七　臺南，高雄　國立臺灣文學館，高雄市政府文化局　2008 年 3 月　頁 293—312

681. 魏靜宜，戴雅芬　　專訪葉石濤先生　葉石濤全集・翻譯／資料卷　臺南，高雄　國立臺灣文學館，高雄市文化局　2009 年 11 月　頁 177—191

682. 林晴瑋　　一個老朽作家的五〇年代　葉石濤全集・翻譯／資料卷　臺南，高雄　國立臺灣文學館，高雄市文化局　2009 年 11 月　頁 225—236

683. 陌上塵　　從一片灰燼之中飛揚起來——葉石濤先生訪問記　葉石濤全集・翻譯／資料卷　臺南，高雄　國立臺灣文學館，高雄市文化局　2009 年 11 月　頁 237—246

684. 林巧鄉等[34]　　橫跨兩世代的老作家——葉石濤　葉石濤全集・翻譯／資料卷　臺南，高雄　國立臺灣文學館，高雄市文化局　2009 年 11 月　頁 261—265

年表

685. 葉石濤　　年表　葉石濤自選集　臺北　黎明文化公司　1975 年 1 月　頁 1—5

---

[34]林巧鄉、廖憶榕、徐秀琪訪問；林巧鄉整理。

686. 林俊宏　葉石濤寫作年表——1925—1981 部分　文學界　第 8 期　1983 年 11 月　頁 30—56

687. 葉石濤　葉石濤生平寫作年表　西拉雅族的末裔　臺北　前衛出版社 1990 年 5 月　頁 115—124

688. 余昭玫　葉石濤寫作年表　葉石濤及其小說研究　成功大學歷史語言研究 所　碩士論文　吳達芸教授指導　1990 年 7 月　頁 221—244

689. 許素蘭　葉石濤生平寫作年表　葉石濤集（臺灣作家全集）　臺北　前衛 出版社　1991 年 7 月　頁 305—311

690. 趙天儀，鄭邦鎮，陳芳明　葉石濤生平年表　臺灣文學史料調查研究計劃 （上）　臺北　行政院文建會　1997 年 6 月　頁 410—413

691. 彭瑞金　葉石濤文學年表　葉石濤評傳　高雄　春暉出版社　1999 年 1 月 頁 259—263

692. 彭瑞金　葉石濤文學年表　西拉雅末裔潘銀花　臺北　草根出版公司 2000 年 1 月　頁 125—130

693. 彭瑞金　葉石濤年表（摘錄自彭瑞金著《葉石濤評傳》）　葉石濤的府城文 學地圖調查報告　臺北　國家文化藝術基金會　2002 年 3 月　頁 15—16

694.〔臺灣新聞報〕　葉石濤文學年表　臺灣新聞報　1999 年 5 月 27 日　13 版

695. 葉石濤　大事紀（1—3）　中國時報　2000 年 2 月 17—19 日　37 版

696. 陳惠茵　葉石濤創作年表　臺灣人文　第 5 期　2000 年 12 月　頁 117— 120

697. 莫渝　葉石濤年表　青春　臺北　桂冠圖書公司　2001 年 2 月　頁 165 —169

698. 郭侑欣　葉石濤寫作年表　憂鬱的亞熱帶：郁永河《裨海紀遊》中的臺灣 圖像及其衍異　靜宜大學中國文學系　碩士論文　陳萬益教授指 導　2001 年 7 月　頁 229—233

699. 蔡芬芳　　葉石濤生平與著作年表　葉石濤小說人物研究　高雄師範大學國
　　　　　文系國文教學碩士班　碩士論文　林文欽教授指導　2002 年 10 月
　　　　　頁 312—341

700. 陳明柔　　葉石濤生平大事年表　我的勞動是寫作：葉石濤傳　臺北　時報
　　　　　文化出版公司　2004 年 7 月　頁 223—253

701. 申惠豐，黃崇軒　　葉石濤年表　臺灣文學館通訊　第 5 期　2004 年 9 月
　　　　　頁 27—35

702. 〔自由時報〕　　葉石濤創作大事繫年　自由時報　2004 年 11 月 1 日　47
　　　　　版

703. 〔張守真，臧紫騏〕　　葉石濤先生大事年表（稿）　口述歷史・臺灣文學
　　　　　耆碩——葉石濤先生訪問記錄　高雄　高雄市文獻會　2005 年 12
　　　　　月　頁 209—234

704. 林玲玲　　葉石濤生平年表　葉石濤與臺灣文學的建構　成功大學歷史學系
　　　　　博士論文　林瑞明教授指導　2008 年 1 月　頁 311—388

705. 〔彭瑞金主編〕　　年表　葉石濤全集・資料卷　臺南，高雄　國立臺灣文
　　　　　學館，高雄市文化局　2008 年 3 月　頁 59—74

706. 盧柏儒　　葉石濤年表　葉石濤及其小說中的殖民、性別與地方感探析　成
　　　　　功大學中國文學系　碩士論文　吳達芸教授指導　2008 年 6 月
　　　　　頁 149—186

707. 林世傑　　白色恐怖下的葉石濤與陳映真作家年表　臺灣文學中的白色恐怖
　　　　　——以葉石濤與陳映真及其作品比較為主軸　靜宜大學中國文學
　　　　　系　碩士論文　陳明柔教授指導　2008 年 7 月　頁 141—244

708. 林采韻　　葉石濤年表　中國時報　2008 年 12 月 12 日　A14 版

709. 〔自由時報〕　　葉石濤年表　自由時報　2008 年 12 月 25 日　D13 版

710. 〔臺灣時報〕　　葉石濤寫作年表　臺灣時報　2008 年 12 月 28 日　15 版

其他

711. 蔡文章　　葉石濤獲高雄縣文學獎　文訊雜誌　第 107 期　1994 年 9 月　頁

40

712. 王心怡　　葉石濤榮獲文學牛津獎　中央日報　1998 年 11 月 3 日　10 版

713.〔自由時報〕　葉石濤獲「臺灣文學家牛津獎」　自由時報　1998 年 11 月
　　　　6 日　41 版

714. 黃盈雯　　葉石濤獲「臺灣文學家牛津獎」　文訊雜誌　第 158 期　1998 年
　　　　12 月　頁 63

715. 陳璧玲　　閱讀葉石濤，白色文學起爭論　中國時報　1999 年 5 月 30 日　11
　　　　版

716. 黃盈雯　　葉石濤榮獲國內首位名譽文學博士　文訊雜誌　第 171 期　2000
　　　　年 1 月　頁 75

717. 曾意芳　　五四向心靈工程師致敬〔葉石濤部分〕　中央日報　2000 年 5 月
　　　　5 日　17 版

718. 謝梅芬　　高市表揚六文藝獎得主〔葉石濤部分〕　聯合報　2000 年 7 月 1
　　　　日　14 版

719. 陳璧玲　　高市文藝獎頒贈六得主——余光中、葉石濤、黃友棣、黃金建、
　　　　李彩娥、李天瑞　中國時報　2000 年 7 月 2 日　11 版

720. 陳萬強　　高市文藝頒獎，抗議不斷　中央日報　2000 年 7 月 2 日　13 版

721. 陳佳伶　　阿扁表楊葉石濤等六位前輩作家　自立晚報　2000 年 8 月 4 日　5
　　　　版

722. 黃翠蘭　　陳總統表揚葉石濤等六作家　臺灣新生報　2000 年 8 月 5 日　5
　　　　版

723. 丁榮生　　行政院文化獎核定〔葉石濤部分〕　中國時報　2000 年 11 月 9 日
　　　　14 版

724. 陳宛蓉　　葉石濤、王叔岷獲行政院文化獎　文訊雜誌　第 182 期　2000 年
　　　　12 月　頁 99

725. 于國華　　國家文藝獎新制得主揭曉，獎項內容擴大評選更複雜　民生報
　　　　2001 年 8 月 21 日　A9 版

726. 李友煌　　國內外學者論述葉石濤同代作家　民生報　2001 年 12 月 9 日
　　　　　　　A5 版

727. 辛啓松　　重溫葉石濤文學歲月　聯合報　2004 年 7 月 18 日　B6 版

728. 丁文玲　　葉石濤年　中國時報　2004 年 8 月 8 日　E1 版

729. 林弋凱　　扁表揚五資深作家卓越貢獻〔葉石濤部分〕　臺灣時報　2004 年
　　　　　　　10 月 16 日　5 版

730.〔中華日報〕　　扁贈勳五資深作家〔葉石濤部分〕　中華日報　2004 年 10
　　　　　　　月 16 日　2 版

731. 謝忠杰　　陳總統授勳表彰五作家——致力藝文創作：柏楊、鍾肇政、葉石
　　　　　　　濤、琦君及齊邦媛獲頒二等卿雲勳章　青年日報　2004 年 10 月
　　　　　　　16 日　2 版

732. 范正祥　　陳總統授勳柏楊、鍾肇政、葉石濤、琦君、齊邦媛　自由時報
　　　　　　　2004 年 10 月 16 日　49 版

733.〔人間福報〕　　作家柏楊等五人，獲頒二等卿雲勳章　人間福報　2004 年
　　　　　　　10 月 16 日　2 版

734. 蔡文章　　葉石濤創作文物展　文訊雜誌　第 245 期　2006 年 3 月　頁 119

735. 朱眞楷　　總統弔唁葉石濤　中國時報　2008 年 12 月 28 日　A10 版

736. 蔡文章　　紀念葉石濤逝世一周年系列活動　文訊雜誌　第 291 期　2010 年
　　　　　　　1 月　頁 120—121

作品評論篇目

綜論

737. 陳顯庭　　我對葉石濤作品的印象　新生報　1948 年 11 月 30 日　4 版

738. 楊昌年　　葉石濤　近代小說研究　臺北　蘭臺書局　1976 年 1 月　頁 556
　　　　　　　—557

739. 黃金清　　葉石濤的創作觀[35]　臺灣文藝　第 62 期　1979 年 3 月　頁 59—70

---

[35]本文論述葉石濤的文學觀點及作品風格，全文共 3 小節。

740. 花　村　　情、理、法三者渾成的境界——試尋繹葉石濤論評的特質　書評
　　　書目　第 79 期　1979 年 11 月　頁 13—18

741. 黃武忠　　日據時代最後一位日文作家——葉石濤　日據時代臺灣新文學作
　　　家小傳　臺北　時報文化出版公司　1980 年 8 月　頁 141—143

742. 彭瑞金　　嘈嘈切切錯綜四十年——葉石濤的文學旅程　卡薩爾斯之琴　臺
　　　北　東大圖書公司　1980 年 10 月　頁 233—240

743.〔羊子喬，林梵，張恆豪〕　　葉石濤　閹雞（光復前臺灣文學全集）　臺
　　　北　遠景出版公司　1981 年 9 月　頁 301—302

744. 吳錦發　　略談臺灣三位作家小說中的性（1—4）[36]　自立晚報　1983 年 5 月
　　　31 日—6 月 3 日　10 版

745. 林梵〔林瑞明〕　　從迷惘到自主——第一代到第四代的文學旅程〔葉石濤
　　　部分〕　臺灣文藝　第 83 期　1983 年 7 月　頁 50

746. 林　梵　　從迷惘到自主——第一代到第四代的文學旅程〔葉石濤部分〕
　　　臺灣文學的過去與未來　臺北　臺灣文藝雜誌社　1985 年 3 月
　　　頁 72—73

747. 林瑞明　　從迷惘到自主——第一代到第四代的文學旅程〔葉石濤部分〕
　　　臺灣文學的本土觀察　臺北　允晨文化公司　1996 年 7 月　頁 78
　　　—79

748. 張恆豪　　豈容青燄指成灰——我對葉石濤在日據時代文學言行的一些看法[37]
　　　文學界　第 8 期　1983 年 11 月　頁 7—18

749. 張恆豪　　豈容青燄指成灰——我對葉石濤在日據時代文學言行的一些看法
　　　沒有土地・哪有文學　臺北　遠景出版公司　1985 年 6 月　頁
　　　311—324

750. 張恆豪　　豈容青燄指成灰——葉石濤在日據末期的文學言行　覺醒的島國
　　　臺南　臺南市立文化中心　1995 年 4 月　頁 250—264

---

[36] 3 位作家為李喬、葉石濤及鍾肇政。
[37] 本文以葉石濤一系列的回憶文章及小說〈林君寄來的信〉、〈春怨〉闡明葉石濤於日治時期並未助
　　長「皇民化運動」，全文共 5 小節。

751. 高天生　　論小說家葉石濤[38]　文學界　第 8 期　1983 年 11 月　頁 19—29

752. 黃重添　　簡論臺灣鄉土文學的新進展〔葉石濤部分〕　臺灣研究集刊
　　　　　　　1984 年第 2 期　1984 年 5 月　頁 16—26

753. 齊邦媛　　江河匯集成海的六〇年代小說〔葉石濤部分〕　文訊雜誌　第 13
　　　　　　　期　1984 年 8 月　頁 57

754. 齊邦媛　　江河匯集成海的六〇年代小說〔葉石濤部分〕　霧漸漸散的時候
　　　　　　　臺北　九歌出版社　1998 年 10 月　頁 71

755. 宋多陽〔陳芳明〕　　現階段臺灣文學本土化的問題——兩種理論的奠基
　　　　　　　者：葉石濤和陳映真　臺灣文學的過去與未來　臺北　臺灣文藝
　　　　　　　雜誌社　1985 年 3 月　頁 12—25

756. 宋多陽　　現階段臺灣文學本土化的問題——兩種理論的奠基者：葉石濤和
　　　　　　　陳映真　放膽文章拚命酒　臺北　林白出版社　1988 年 1 月　頁
　　　　　　　99—105

757. 尉天聰　　巫永福文學評論獎第一屆評審報告〔葉石濤部分〕　理想的追尋
　　　　　　　臺北　新地出版社　1985 年 5 月　頁 27—31

758. 宋澤萊　　堅實的、篤定的〔葉石濤部分〕　臺灣小說與小說家　臺北　前
　　　　　　　衛出版社　1985 年 5 月　頁 3—5

759. 高天生　　紛爭年代的小說家葉石濤　臺灣小說與小說家　臺北　前衛出版
　　　　　　　社　1985 年 5 月　頁 13—26

760. 梁若梅　　論葉石濤的評論觀　蘭州大學學報　1985 年第 4 期　1985 年 10
　　　　　　　月　頁 58—64

761. 莊明萱　　評葉石濤對臺灣文學繼承與發展傳統問題的見解[39]　臺灣研究集刊
　　　　　　　1987 年第 1 期　1987 年 2 月　頁 61—66

762. 莊明萱　　評葉石濤對臺灣文學繼承與發展傳統問題的見解　臺灣香港與海

---

[38]本文描述葉石濤的創作歷程及寫作風格的轉變，其內容概可分為鄉土、歷史與政治小說，全文共
　　4 小節。
[39]本文闡述並肯定葉石濤對臺灣新文學評論的見解，亦指出可能產生的問題與侷限，全文共 4 小
　　節。

外華文文學論文選——第三屆全國臺灣與海外華文文學學術討論
會　福州　海峽文藝出版社　1988 年 9 月　頁 55—66

763. 許水綠　筆尖指向現實——臺灣文學作品與社會生命〔葉石濤部分〕　臺
灣新文化　第 13 期　1987 年 10 月　頁 57

764. 武治純　葉石濤　現代臺灣文學史　瀋陽　遼寧大學出版社　1987 年 12 月
頁 802—825

765. 包恆新　葉石濤及其文學創作　臺灣現代文學簡述　上海　上海社會科學
院出版社　1988 年 3 月　頁 136—137

766. 張素貞　葉石濤小說中的鄉土意識（上、下）　中央日報　1988 年 8 月 1
—2 日　16 版

767. 張素貞　葉石濤小說中的鄉土意識　續讀現代小說　臺北　東大圖書公司
1993 年 3 月　頁 89—101

768. 武治純　黃金時段是秋陽——葉石濤先生的文學道路　海峽　1988 年第 5
期　1988 年 10 月　頁 170—175

769. 鍾肇政　臺灣文學之鬼——葉石濤[40]　臺灣春秋　第 8 期　1989 年 5 月　頁
314—334

770. 鍾肇政　臺灣文學之鬼——葉石濤　鍾肇政回憶錄 2　臺北　前衛出版社
1998 年 4 月　頁 149—179

771. 彭瑞金　在文學荒地上拓墾——葉石濤的文學世界（上、下）[41]　自立晚報
1989 年 8 月 15—16 日　14 版

772. 彭瑞金　在文學的荒地上拓墾——葉石濤的文學世界　葉石濤集（臺灣作
家全集）　臺北　前衛出版社　1991 年 7 月　頁 285—299

---

[40]本文為鍾肇政回憶與葉石濤多年的濃厚友誼，及敘述葉石濤對臺灣文學的使命。全文共 9 小節：
1.與葉石濤初逢的日子；2.創作與評論，領導群倫；3.金石友情、歷久彌新；4.在不景氣的年代裡
掙扎；5.臺灣文學一片鄉土熱潮；6.永恆的府城星、舊城月；7.乞丐與貴族——葉石濤的作家精
神；8.千呼萬喚的臺灣文學史；9.《史綱》完成之後。

[41]本文論述葉石濤文學寫作的歷程及思想、創作觀。全文共 5 小節：1.從四〇年代走向九〇年代；2.
不能被遺忘的春夢；3.隻手擎旗的那一段；4.是急先鋒？還是小喇叭手？；5.濃霧散去的時候，
他在哪裏？。

773. 彭瑞金　在文學的荒地上拓墾——葉石濤的文學世界　瞄準臺灣作家　高
　　　　雄　派色文化出版社　1992 年 7 月　頁 99—115

774. 江明樹　永不縮水的文學魂——葉石濤的文學生涯（上、下）[42]　自由時報
　　　　1990 年 4 月 24—25 日　9 版

775. 余昭玟　臺灣光復對葉石濤小說主題的影響[43]　新地文學　第 1 卷第 3 期
　　　　1990 年 8 月　頁 32—43

776. 余昭玟　《葉石濤及其小說研究》序論　臺灣文學觀察雜誌　第 2 期
　　　　1990 年 9 月　頁 31—32

777. 余昭玟　瞭解與再思——評葉石濤對臺灣文學的評論[44]　新地文學　第 1 卷
　　　　第 6 期　1991 年 2 月　頁 6—23

778. 彭瑞金　埋頭深耕的年代（一九六〇——九六九）——本土文學的理論與
　　　　實踐〔葉石濤部分〕　臺灣新文學運動四十年　臺北　自立晚報
　　　　出版社　1991 年 3 月　頁 123—126

779. 彭瑞金　本土化的實踐與演變（一九八〇—）——臺灣結與中國結〔葉石
　　　　濤部分〕　臺灣新文學運動四十年　臺北　自立晚報出版社
　　　　1991 年 3 月　頁 206—207

780. 徐　學　文學批評〔葉石濤部分〕　臺灣新文學概觀（下）　廈門　鷺江
　　　　出版社　1991 年 6 月　頁 345—346

781. 彭瑞金　出入人間煉火——《葉石濤集》序　葉石濤集（臺灣作家全集）
　　　　臺北　前衛出版社　1991 年 7 月　頁 9—12

782. 彭瑞金　出入人間煉火——《葉石濤集》　短篇小說卷・別冊（臺灣作家
　　　　全集）　臺北　前衛出版社　1994 年 3 月　頁 75—78

---

[42] 本文回憶接觸葉石濤評論文章的過往，介紹、肯定其論述在臺灣文學上的價值，並指出其小說的
　　缺失。
[43] 本文探究葉石濤的小說風格何以從臺灣光復前的「耽溺」，至光復後轉變為「覺醒」，全文共 4 小
　　節。
[44] 本文探討討論葉石濤評論文章的 2 大特點：「偏向本省籍作家」及「偏向寫實主義」。全文共 4 小節：
　　1.前言；2.葉石濤對臺灣文學評論的兩大特點；3.造成此種特點的原因所在；4.結論。

783. 陳　燁　　不屈的靈魂——葉石濤紀事[45]　臺灣文藝　第 126 期　1991 年 8
　　　　　　　月　頁 4—19

784. 劉春城　　長跑者不寂寞——論葉石濤　臺灣新聞報　1991 年 11 月 23 日
　　　　　　　14 版

785. 劉春城　　長跑者不寂寞——論葉石濤　臺灣文學的兩個世界　高雄　派色
　　　　　　　文化出版社　1992 年 7 月　頁 153—164

786. 鍾鐵民　　臺灣現代文學〔葉石濤部分〕　臺灣新聞報　1991 年 12 月 3 日
　　　　　　　14 版

787. 馬　森　　「臺灣文學」的中國結與臺灣結——以小說為例[46]　聯合文學　第
　　　　　　　89 期　1992 年 3 月　頁 176—177

788. 馬　森　　當代臺灣小說的中國結與臺灣結　中華現代文學大系（貳）・臺灣
　　　　　　　一九八九—二〇〇三評論卷（一）　臺北　九歌出版社　2003 年
　　　　　　　10 月　頁 63—101

789. 呂正惠　　臺灣文學研究在臺灣〔葉石濤部分〕　文訊雜誌　第 79 期　1992
　　　　　　　年 5 月　頁 16—17

790. 陳芳明　　白色歷史與白色文學——葉石濤與藍博洲筆下的臺灣五〇年代[47]
　　　　　　　臺灣作家鍾理和逝世卅二周年紀念會暨臺灣文學學術會議　高雄
　　　　　　　高雄縣政府，臺灣筆會，文學臺灣雜誌聯合主辦　1992 年 8 月 2
　　　　　　　日

791. 陳芳明　　白色歷史與白色文學——葉石濤與藍博洲筆下的臺灣五〇年代
　　　　　　　文學臺灣　第 4 期　1992 年 9 月　頁 219—242

792. 陳芳明　　白色歷史與白色文學——葉石濤與藍博洲筆下的臺灣五〇年代
　　　　　　　鍾理和逝世 32 周年紀念暨臺灣文學學術研討會論文集要　高雄
　　　　　　　高雄縣政府　1992 年 11 月　頁 125—148

---

[45] 本文描述多次探訪葉石濤、與葉石濤的對談，可見其文學理念及經歷。

[46] 本文後改篇名為〈當代臺灣小說的中國結與臺灣結〉，全文僅部分論述葉石濤。

[47] 本文以葉石濤及藍博洲的文學作品為例，分析 2 人同樣為文學結合史學卻成了 2 種完全不同典型
的臺灣史觀立場。全文共 5 小節：1.前言：五〇年代的兩種路線；2.五〇年代史實的解釋；3.葉
石濤的《臺灣男子簡阿淘》；4.藍博洲的《幌馬車之歌》；5.結語：臺灣人共同記憶的重估。

793. 陳芳明　白色歷史與白色文學——葉石濤與藍博洲筆下的臺灣五〇年代
典範的追求　臺北　聯合文學出版社　1994 年 2 月　頁 280—304

794. 陳芳明　白色歷史與白色文學——葉石濤與藍博洲筆下的臺灣五〇年代
典範的追求　臺北　聯合文學出版社　2008 年 4 月　頁 280—304

795. 徐　學　葉石濤、陳映真等的客體派文學批評　臺灣文學史（下）　福州
海峽文藝出版社　1993 年 1 月　頁 477—479

796. 季　季　論葉石濤的創作困境並簡析其小說特質　文藝評論精華　臺北
中國文藝協會　1993 年 2 月　頁 81—100

797. 陳萬益　「五族共和」的臺灣新文學〔葉石濤部分〕　自立晚報　1993 年
3 月 26 日　19 版

798. 彭瑞金　臺灣社會轉型期出現的工人作家〔葉石濤部分〕　鄉土與文學：
臺灣地區區域文學會議實錄　臺北　文訊雜誌社　1993 年 5 月 1
日　頁 101—119

799. 古繼堂　小說家筆下的小說理論批評〔葉石濤部分〕　臺灣新文學理論批
評史　瀋陽　春風文藝出版社　1993 年 6 月　頁 259—262

800. 古繼堂　小說家筆下的小說理論批評〔葉石濤部分〕　臺灣新文學理論批
評史　臺北　秀威資訊科技公司　2009 年 3 月　頁 271—273

801. 陳傳興　種族論述與階級書寫　中國時報　1994 年 1 月 5 日　39 版

802. 陳傳興　種族論述與階級書寫　異族的婚禮：葉石濤短篇小說集　臺北
皇冠出版社　1994 年 9 月　頁 181—207

803. 陳傳興　種族論述與階級書寫　從四〇年代到九〇年代：兩岸三邊華文小
說研討會論文集　臺北　時報文化出版公司　1994 年 11 月　頁
45—59

804. 游勝冠　臺灣本土特殊的張揚——葉石濤的「臺灣鄉土文學」及「本土作
家論」　臺灣時報　1994 年 7 月 17 日　22 版

805. 李元貞　論葉石濤小說中的「臺灣女人」[48]　臺灣時報　1994 年 7 月 18 日

---

[48]本文探討葉石濤在其小說中描寫女人的類型與特點，及對於女人與父權關係的想法。全文共 5 小

　　　　　　22 版

806. 李元貞　論葉石濤小說中的「臺灣女人」　文學臺灣　第 12 期　1994 年
　　　　　　10 月　頁 142—156

807. 向　陽　打開意識形態地圖——回看戰後臺灣文學傳播的媒介運用〔葉石
　　　　　　濤部分〕　當代臺灣政治文學論　臺北　時報文化出版公司
　　　　　　1994 年 7 月　頁 91—92

808. 孟　樊　當代臺灣政治詩學〔葉石濤部分〕　當代臺灣政治文學論　臺北
　　　　　　時報文化出版公司　1994 年 7 月　頁 321—322

809. 王幼華　政治與文學的分類詮釋——以中國及臺灣為例〔葉石濤部分〕
　　　　　　當代臺灣政治文學論　臺北　時報文化出版公司　1994 年 7 月
　　　　　　頁 440

810. 楊　照　「失語震撼」後的掙扎、尋覓——論葉石濤的文學觀　自立晚報
　　　　　　1994 年 8 月 24 日　19 版

811. 楊　照　「失語震撼」後的掙扎、尋覓——論葉石濤的文學觀　夢與灰
　　　　　　燼：戰後文學史散論二集　臺北　聯合文學出版社　1998 年 4 月
　　　　　　頁 81—98

812. 楊　照　「失語震撼」後的掙扎、尋覓——論葉石濤的文學觀　中華現代
　　　　　　文學大系（貳）臺灣一九八九—二〇〇三・評論卷（二）　臺北
　　　　　　九歌出版社　2003 年 10 月　頁 1197—1214

813. 楊　照　「失語震撼」後的掙扎、尋覓——論葉石濤的文學觀　霧與畫—
　　　　　　—戰後臺灣文學史散論　臺北　麥田・城邦文化公司　2010 年 8
　　　　　　月　頁 163—177

814. 古遠清　葉石濤——最重要的鄉土文學評論家　臺灣當代文學理論批評史
　　　　　　武漢　武漢出版社　1994 年 8 月　頁 374—385

815. 古遠清　由葉石濤、詹宏志引起的論爭　臺灣當代文學理論批評史　武漢

節：1.描寫過很多女人；2.以林黛玉和薛寶釵為兩組女人的形像；3.女人的剪影較能突破前述的
窠臼；4.女性主義的閱讀與批判；5.大地之母的臺灣意識。

　　　　　　　武漢出版社　　1994 年 8 月　　頁 518—523

816. 王晉民　　葉石濤的文學批評　臺灣當代文學史　南寧　廣西人民教育出版

　　　　　　　社　　1994 年 9 月　　頁 799—810

817. 楊　照　　半世紀磨難澆不熄的發言慾望——葉石濤的文學生涯　中國時報

　　　　　　　1994 年 10 月 16 日　　39 版

818. 楊　照　　半世紀磨難澆不熄的發言慾望——葉石濤的文學生涯　夢與灰

　　　　　　　燼：戰後文學史散論二集　臺北　聯合文學出版社　1998 年 4 月

　　　　　　　頁 99—106

819. 楊　照　　半世紀磨難澆不熄的發言慾望——記葉石濤的文學生涯　霧與畫

　　　　　　　——戰後臺灣文學史散論　臺北　麥田‧城邦文化公司　2010 年

　　　　　　　8 月　　頁 157—162

820. 余昭玟　　從淪落到昇華——論葉石濤小說中的象徵[49]　輔英學報　第 14 期

　　　　　　　1994 年 12 月　　頁 227—236

821. 許俊雅　　日據時期臺灣小說之作者及其背景分析——小說作者之相關資料

　　　　　　　及生平略傳——葉石濤　日據時期臺灣小說研究　臺北　文史哲

　　　　　　　出版社　　1995 年 2 月　　頁 281—283

822. 劉登翰　　中國情結和臺灣意識——臺灣文學的歷史情結〔葉石濤部分〕

　　　　　　　臺灣文學隔海觀　臺北　風雲時代出版社　　1995 年 3 月　　頁 32—

　　　　　　　35

823. 劉登翰　　中國情結和臺灣意識——臺灣文學的歷史情結〔葉石濤部分〕

　　　　　　　葉石濤全集蒐集、整理、編輯計畫期末報告　臺南　國家臺灣文

　　　　　　　學館籌備處　　2003 年 12 月　　頁 13—14

824. 施文裔　　評葉石濤的「對等階位文學觀」　福建論壇　1995 年第 3 期

　　　　　　　1995 年 6 月　　頁 38—42

---

[49]本文綜合解析、歸納葉石濤短篇小說中所用的 3 組象徵。全文共 3 小節：1.天人之間的人欲取向
　——〈齋堂傳奇〉、〈福祐宮燒香記〉；2.現實夢幻的糾葛衝突——〈卡薩爾斯之琴〉；3.經由靈異
　情境到面對死亡——〈葬禮〉、〈鬼月〉、〈墓地風景〉、〈荷花居〉。正文前有〈前言〉，正文後有
　〈結論〉。

825. 林瑞明　　臺灣文學的再構成〔葉石濤部分〕　臺灣近百年史研討會　臺北
　　　　　　　吳三連臺灣史料基金會　1995 年 8 月 15—17 日

826. 林瑞明　　臺灣文學的再構成〔葉石濤部分〕　葉石濤全集蒐集、整理、編
　　　　　　　輯計畫期末報告　臺南　國家臺灣文學館籌備處　2003 年 12 月
　　　　　　　頁 37

827. 陳萬益　　論臺灣文學的「悲情」——以葉石濤為例[50]　臺灣近百年史研討會
　　　　　　　臺北　吳三連臺灣史料基金會　1995 年 8 月 15—17 日

828. 陳萬益　　論臺灣文學的「悲情」——以葉石濤為例　于無聲處聽雷　臺南
　　　　　　　臺南市立文化中心　1996 年 5 月　頁 181—197

829. 陳萬益　　論臺灣文學的「悲情」　臺灣近百年史論文集　臺北　吳三連臺
　　　　　　　灣史料基金會　1996 年 8 月　頁 95—103

830. 陳萬益　　論臺灣文學的「悲情」——以葉石濤為例　葉石濤全集蒐集、整
　　　　　　　理、編輯計畫期末報告　臺南　國家臺灣文學館籌備處　2003 年
　　　　　　　12 月　頁 18—25

831. 履　彊　　鄉土的脈動・文學的傳承——臺灣鄉土小說的思潮〔葉石濤部
　　　　　　　分〕　中華日報　1995 年 10 月 8 日　14 版

832. 應鳳凰　　葉石濤的臺灣意識與文學論述[51]　文學臺灣　第 16 期　1995 年 10
　　　　　　　月　頁 55—82

833. 應鳳凰　　葉石濤的臺灣意識與文學論述　慶祝建館八十週年論文集　臺北
　　　　　　　中央圖書館臺灣分館　1995 年 10 月　頁 427—446

834. 應鳳凰　　葉石濤的臺灣意識與文學論述　葉石濤全集蒐集、整理、編輯計
　　　　　　　畫期末報告　臺南　國家臺灣文學館籌備處　2003 年 12 月　頁
　　　　　　　45—59

835. 彭瑞金　　試探葉石濤的多種族風貌臺灣文學論[52]　臺灣文學研討會　臺北

---

[50]本文討論葉石濤以「悲情」總結其個人及臺灣文學的精神底蘊，全文共 4 小節。
[51]本文探討葉石濤的文學理論思想及其體實踐。全文共 4 小節：1.前言；2.第一階段：一九六五—
　　一九七五；3.第二階段：一九七五——九八五；4.結論。
[52]本文探討葉石濤的開拓多種族臺灣風貌小說系列，包括了現有粗略區分的族群現象，深及歷史發

淡水工商管理學院　1995 年 11 月 4─5 日　〔15〕頁

836. 彭瑞金　試探葉石濤的多種族風貌臺灣文學論　驅除迷霧找回祖靈：臺灣
　　　文學論文集　高雄　春暉出版社　2000 年 5 月　頁 85─105

837. 彭瑞金　試探葉石濤的多種族風貌臺灣文學論　葉石濤全集蒐集、整理、
　　　編輯計畫期末報告　臺南　國家臺灣文學館籌備處　2003 年 12 月
　　　頁 61─75

838. 林瑞明　葉石濤早期小說之探討　臺灣文學的歷史考察　臺北　允晨文化
　　　公司　1996 年 7 月　頁 332─348

839. 葉瓊霞　葉石濤小說中的臺南老街　中國時報　1996 年 9 月 23 日　19 版

840. 葉瓊霞　葉石濤小說中的臺南老街　葉石濤全集蒐集、整理、編輯計畫期
　　　末報告　臺南　國家臺灣文學館籌備處　2003 年 12 月　頁 83─
　　　86

841. 彭瑞金　葉石濤的文學發言與戰後臺灣文學的發展（1─16）[53]　民眾日報
　　　1996 年 10 月 23─31 日，11 月 1─7 日　27 版

842. 張素貞　臺灣小說中的抗戰經驗（上、中、下）〔葉石濤部分〕　中央日
　　　報　1997 年 7 月 7─9 日　18 版

843. 張素貞　臺灣小說中的抗戰經驗〔葉石濤部分〕　現代小說啓事　臺北
　　　九歌出版社　2001 年 8 月　頁 122─133

844. 陳芳明　殖民主義與民族主義──葉石濤的思想困境（一九四〇─一九五
　　　〇）[54]　左翼臺灣：殖民地文學運動史論　臺北　麥田出版公司

展所造成的族群因子，說明開拓多種族風貌臺灣文學之必要。全文共 5 小節：1.臺灣的種族風貌
及其歷史解說；2.文學作品裡的族群相處經驗；3.葉石濤開拓的多種族風貌的臺灣文學；4.多種
族文學風貌的理論和實踐；5.結語。
[53]本文探討葉石濤於 1960 年後陸續發表的臺灣文學相關論文及小說，析論其對臺灣文學的影響。
全文共 6 小節：1.臺灣文學香火一線牽；2.戰後文學本土意識的啓蒙；3.具有臺灣意識的臺灣文
學；4.臺灣文學理論的爭執與建構；5.多種族風貌文學與臺灣文學的主權；6.戰後臺灣文學的詮
解與理論。
[54]本文從葉石濤的自傳體書寫窺探他在臺灣社會從日據末期到戰後初期的思想狀態，以檢驗臺灣作
家在歷史轉型期產生的內心困境。全文共 4 小節：1.引言；2.葉石濤與西川滿：耽美的隱喻；3.
葉石濤的階級意識：耽美的追求；4.以自傳性回憶對抗國族論述。後改篇名爲〈殖民主義與民族
主義──臺灣作家葉石濤的一個困境（1940─1950）〉；另被井手勇譯爲日文〈植民地主義と民族

1998 年 10 月　頁 263—285

845. 陳芳明　殖民主義與民族主義——臺灣作家葉石濤的一個困境（1940—
1950）　文學臺灣　第 28 期　1998 年 10 月　頁 264—284

846. 陳芳明　殖民主義與民族主義：葉石濤的思想與困境（1940—1950）　四
〇年代至六〇年代文藝政策國際學術研討會　臺北　中研院文哲
所主辦　1999 年 1 月 2—3 日

847. 陳芳明著；井手勇譯　　植民地主義と民族主義——台湾作家葉石濤の苦
境、一九四〇—一九五〇　台湾文學研究の現在　東京　緑蔭書
房　1999 年 3 月　頁 159—179

848. 陳芳明　殖民主義與民族主義——臺灣作家葉石濤的一個困境（1940—
1950）　葉石濤全集蒐集、整理、編輯計畫期末報告　臺南　國
家臺灣文學館籌備處　2003 年 12 月　頁 137—147

849. 陳芳明　殖民主義與民族主義——臺灣作家葉石濤的一個困境一九四〇—
一九五〇　文藝理論與通俗文化（上）　臺北　中研院文哲所
2004 年 12 月　頁 167—187

850. 陳芳明　殖民主義與民族主義——葉石濤的思想困境（一九四〇—一九五
〇）　左翼臺灣：殖民地文學運動史論　臺北　麥田出版公司
2007 年 6 月　頁 263—285

851. 彭瑞金　葉石濤評論與臺灣文學發展（摘要）　福爾摩莎的瑰寶——葉石
濤文學會議資料彙集　臺北　淡水工商管理學院臺灣文學系
1998 年 11 月 7 日　〔4〕頁

852. 鍾肇政　漫談葉石濤的翻譯（摘要）　福爾摩莎的瑰寶——葉石濤文學會
議資料彙集　臺北　淡水工商管理學院臺灣文學系　1998 年 11 月
7 日　〔4〕頁

853. 鍾肇政　漫談葉石濤的翻譯（摘要）　鍾肇政全集・隨筆集 2　桃園　桃園

主義——台湾作家葉石濤の苦境、一九四〇—一九五〇〉。

縣文化局　2000 年 12 月　頁 653—655

854. 余昭玟　　葉石濤評論特質初探[55]　福爾摩莎的瑰寶——葉石濤文學會議資料
　　　　　　　彙集　臺北　淡水工商管理學院臺灣文學系　1998 年 11 月 7 日
　　　　　　　頁 32—51

855. 余昭玟　　葉石濤評論特質初探　從語言跨越到文學建構：跨語一代小說家
　　　　　　　研究論文集　臺南　臺南市立圖書館　2003 年 11 月　頁 41—66

856. 余昭玟　　葉石濤評論特質初探　葉石濤全集蒐集、整理、編輯計畫期末報
　　　　　　　告　臺南　國家臺灣文學館籌備處　2003 年 12 月　頁 167—186

857. 張良澤　　臺灣短篇小說之王——葉石濤小說管窺[56]　福爾摩莎的瑰寶——葉
　　　　　　　石濤文學會議資料彙集　臺北　淡水工商管理學院臺灣文學系
　　　　　　　1998 年 11 月 7 日　頁 52—58

858. 張良澤　　臺灣短篇小說之王——葉石濤小說管窺　葉石濤全集蒐集、整
　　　　　　　理、編輯計畫期末報告　臺南　國家臺灣文學館籌備處　2003 年
　　　　　　　12 月　頁 187—190

859. 彭瑞金　　葉石濤的臺灣文學評論和文學史[57]　中外文學　第 27 卷第 6 期
　　　　　　　1998 年 11 月　頁 8—28

860. 彭瑞金　　葉石濤的臺灣文學評論和文學史　葉石濤全集蒐集、整理、編輯
　　　　　　　計畫期末報告　臺南　國家臺灣文學館籌備處　2003 年 12 月　頁
　　　　　　　191—211

861. 彭瑞金　　比較鍾肇政和葉石濤小說裡的殖民地經驗[58]　第一屆臺杏臺灣文學

---

[55]本文就葉石濤評論文章的 2 種特質——臺灣意識與寫實主義，探討其形成原因、內涵，及運用於
實際批評時可能產生的問題。全文共 5 小節：1.前言；2.評論的淵源與動力；3.葉石濤評論的理
論內涵；4.實際批評的應用；5.結論——評論的成就、定位與期待。

[56]本文肯定葉石濤在短篇小說上的成就，並以其小說中的各類女性形象為主，引導讀者閱讀其著
作。

[57]本文析論葉石濤的文學評論與文學史作品特點，及對臺灣文壇的影響。全文共 5 小節：1.獨力吹
響「鄉土文學」的法螺；2.以「鄉土文學」為臺灣文學鎮魂收驚；3.以「臺灣意識」為臺灣文學
開光點眼；4.為臺灣文學寫歷史；5.《史綱》是評論的延長不是結語。

[58]本文探討同時代的作家鍾肇政與葉石濤在其文學作品反映殖民地經驗的顯著差異，鍾肇政的小說
裡具有強烈的民族批判意識，葉石濤則把時代作為描寫的客體。全文共 4 小節：1.鍾肇政與葉石
濤的生平比較；2.鍾肇政小說裡的殖民地經驗；3.葉石濤小說裡的殖民地經驗；4.鍾肇政與葉石
濤殖民地經驗小說的異同。後改篇名為〈鍾肇政與葉石濤的殖民地經驗小說比較〉。

學術研討會　臺中　臺杏文教基金會，靜宜大學中文系，臺灣日
報主辦　1998 年 12 月 19—20 日

862. 彭瑞金　比較鍾肇政與葉石濤小說裡的殖民地經驗　殖民地經驗與臺灣文
學：第一屆臺杏臺灣文學學術研討會論文集　臺北　遠流出版公
司　2000 年 2 月　頁 195—218

863. 彭瑞金　鍾肇政與葉石濤的殖民地經驗小說比較　驅除迷霧找回祖靈：臺
灣文學論文集　高雄　春暉出版社　2000 年 5 月　頁 277—299

864. 彭瑞金　鍾肇政與葉石濤的殖民地經驗小說比較　葉石濤全集蒐集、整
理、編輯計畫期末報告　臺南　國家臺灣文學館籌備處　2003 年
12 月　頁 213—224

865. 陳建忠　被詛咒的文學？：戰後初期（1945—1949）臺灣小說的歷史考察
——葉石濤的小說創作　臺灣現代小說史綜論　臺北　行政院文
建會，聯經出版公司　1998 年 12 月　頁 55—59

866. 陳建忠　被詛咒的文學？：戰後初期臺灣小說的歷史考察——葉石濤的小
說創作　被詛咒的文學：戰後初期（1945—1949）臺灣文學論集
臺北　五南圖書出版公司　2007 年 1 月　頁 35—39

867. 彭瑞金　斷層年代的葉石濤文學（1—14）[59]　民眾日報　1999 年 1 月 11—
24 日　19 版

868. 彭瑞金　確定的年代，不確定的文學——葉石濤在臺灣文學（1—12）[60]
臺灣新聞報　1999 年 1 月 19—30 日　13 版

869. 彭瑞金　葉石濤的白色歲月黑色文學（1—21）[61]　民眾日報　1999 年 3 月

---

[59]本文主要探討葉石濤的小說內容及特色，兼及其寫作歷程與評論文章〈一九四一年的臺灣文
學〉。全文共 13 小節：1.從「日文欄」重新出發；2.生活爲「寫實主義」開先鋒；3.《熱蘭遮城
陷落記》的陷落；4.接受當中文作家的命運；5.異色的殖民地經驗小說；6.最早的政治小說；7.女
性覺醒小說；8.探討種族定義的小說；9.地方主義文學的實踐；10.不一樣的歷史小說；11.戰後臺
灣小說的希望；12.從自我反省中蛻變；13.不設防的文學視野。

[60]本文描述葉石濤成長的時代背景與文學生涯。全文共 7 小節：1.和新思潮一起誕生；2.和新文學
一起出現；3.和戰爭一起成長的作家；4.穿越時代的迷霧；5.日治時期作家最後的代表；6.引渡戰
後文學的橋樑；7.扛起臺灣文學的旗幟。後收錄於《葉石濤評傳》。

[61]本文以葉石濤的多篇回憶文章梳理其在 50 年代的白色恐怖遭遇，及析究其復出後的創作風格。
全文共 16 小節：1.潛隱十年，重出江湖；2.被捕；3.白色恐怖；4.黑牢裡的白色統治歷史；5.和

8—28 日　19 版

870. 彭瑞金　　　探訪葉石濤的文學教室（1—6）[62]　臺灣時報　1999 年 3 月 23—
　　　　　　　　28 日　29 版

871. 彭瑞金　　　葉石濤的文學行程——老螞蟻的黑色幽默（1—3）[63]　臺灣時報
　　　　　　　　1999 年 5 月 6—8 日　29 版

872. 葉瓊霞　　　文學主體性的建立——葉石濤白色文學試探[64]　臺灣新聞報　1999
　　　　　　　　年 5 月 29 日　13 版

873. 葉瓊霞　　　文學主體性的建立——葉石濤白色文學試探　點亮臺灣文學的火
　　　　　　　　炬：葉石濤國際學術研討會論文集　高雄　春暉出版社　1999 年
　　　　　　　　6 月　頁 1—21

874. 彭瑞金　　　不及綻放的蓓蕾——四〇年代後期的葉石濤文學（上、下）[65]　臺
　　　　　　　　灣新聞報　1999 年 5 月 29—30 日　13 版

875. 彭瑞金　　　不及綻放的蓓蕾——四〇年代後期的葉石濤文學　點亮臺灣文學
　　　　　　　　的火炬：葉石濤國際學術研討會論文集　高雄　春暉出版社
　　　　　　　　1999 年 6 月　頁 131—152

876. 彭瑞金　　　不及綻放的蓓蕾——四〇年代後期的葉石濤文學　驅除迷霧找回

新、老臺共關在一起的日子；6.洗腦；7.臺灣監獄島；8.鄉村教師見聞；9.白天「教師」，夜晚文
學戰士；10.復出；11.《葫蘆巷春夢》豎立新風格；12.浪漫與寫實拔河；13.人間風情系列作品；
14.再見歷史小說；15.現代主義的嘗試；16.一斑想法，兩樣風格。另收錄於《葉石濤評傳》。

[62] 本文描述葉石濤的成長與閱讀經驗。全文共 11 小節：1.他擁有自己的文學典型；2.以臺灣的歷史
和現實為文學教室；3.民族認同的混亂；4.不作歷史的俘虜；5.僅有的公學校記憶——軍國主義
和文學；6.不一樣的殖民地經驗；7.讀遍日本文學史上的主要作家；8.《第二貧乏物語》的啟
蒙；9.從動盪的時代受害也受益；10.閱讀書單和最早的作品；11.喜愛《文藝臺灣》的浪漫氣
息。

[63] 本文先描述葉石濤的文壇遭遇影響其寫作文類與風格，再析論其 80 年代以後分別以《府城瑣
憶》、《紅鞋子》、《西拉雅族的末裔》及《展望臺灣文學》為中心的四類文學。全文共 11 小節：1.
打開回憶之門；2.作家的基本條件；3.傷心時刻；4.以螞蟻自居是黑色幽默；5.文學的怒火；6.撰
寫文學回憶錄；7.白色恐怖經驗小說；8.老朽作家不褪色的記憶；9.平埔族世界的拓荒者；10.多
種族風貌臺灣小說的出現；11.多種族風貌臺灣文學理論的建構。

[64] 本文探討葉石濤在 80 年代後期發表的白色文學作品，以歸納出其文學特色並加以解讀與定位。
全文共 4 小節：1.前言；2.白色文學的書寫方式；3.白色文學的內在解讀；4.結語。

[65] 本文探討葉石濤 40 年代文學發展的軌跡。全文共 4 小節：1.前言：領先站在戰後臺灣文學的起跑
線上；2.戰後四年間葉石濤作品概述；3.四〇年代葉石濤文學發展藍圖的重繪；4.結語：白色恐
怖切斷的文學生命線。

祖靈：臺灣文學論文集　高雄　春暉出版社　2000 年 5 月　頁
381—402

877. 余昭玟　　重憶恐怖年代——談解嚴後的葉石濤小說[66]　臺灣新聞報　1999
年 5 月 30 日　13 版

878. 余昭玟　　重憶恐怖年代——談解嚴後的葉石濤小說　點亮臺灣文學的火
炬：葉石濤國際學術研討會論文集　高雄　春暉出版社　1999 年
6 月　頁 111—130

879. 余昭玟　　重憶恐怖年代——談解嚴後的葉石濤小說　從語言跨越到文學建
構：跨語一代小說家研究論文集　臺南　臺南市立圖書館　2003
年 11 月　頁 17—40

880. 呂正惠　　葉石濤和戰後臺灣文學的「斷層」與「跨越」[67]　點亮臺灣文學的
火炬：葉石濤國際學術研討會論文集　高雄　春暉出版社　1999
年 6 月　頁 93—110

881. 呂正惠　　葉石濤和戰後臺灣文學的「斷層」與「跨越」　殖民地的傷痕：
臺灣文學問題　臺北　人間出版社　2002 年 6 月　頁 119—134

882. 陳芳明　　葉石濤的臺灣文學史觀之建構[68]　點亮臺灣文學的火炬：葉石濤國
際學術研討會論文集　高雄　春暉出版社　1999 年 6 月　頁 153
—174

883. 陳芳明　　葉石濤的臺灣文學史觀之建構　後殖民臺灣：文學史論及其周邊
臺北　麥田出版公司　2002 年 4 月　頁 47—67

884. 陳芳明　　葉石濤的臺灣文學史觀之建構　後殖民臺灣：文學史論及其周邊
臺北　麥田出版公司　2007 年 6 月　頁 47—67

---

[66]本文探討葉石濤於解嚴以後，以白色恐怖與二二八爲背景所創作之小說。全文共 4 小節：1.前言
——在戒嚴之中；2.紀實與重憶；3.作爲一個倖存者；4.結論——打開記憶的閘門之後。
[67]本文重新檢視葉石濤跨越語言以及其提出臺灣文學論概念，提供臺灣文學研究新的思考方向。全
文共 3 小節：1.「斷層」如何造成；2.跨越語言的障礙；3.臺籍作家的處境。
[68]本文探討葉石濤史觀建構的過程，及其每一段歷史解釋的意涵。全文共 5 小節：1.引言；2.早期
的文學史構思；3.臺灣意識：鄉土文學史觀的鍛鑄；4.《臺灣文學史綱》：左翼寫實主義的史觀；
5.臺灣史觀：未完成的工程。

885. 林政華　　葉石濤及其文學芻探[69]　淡水牛津臺灣文學研究集刊　第 2 期
　　　　　　　1999 年 8 月　頁 41—58

886. 彭瑞金　　世紀末的回顧與省思——三百五十年來臺灣文學在南方〔葉石濤
　　　　　　　部分〕　臺灣新聞報　1999 年 12 月 12 日　13 版

887. 陳芳明　　作家生涯是一種天譴（1—3）　中國時報　2000 年 2 月 19—21 日
　　　　　　　37 版

888. 陳芳明　　作家生涯是一種天譴　葉石濤全集蒐集、整理、編輯計畫期末報
　　　　　　　告　臺南　國家臺灣文學館籌備處　2003 年 12 月　頁 307—310

889. 陳芳明　　作家生涯是一種天譴——葉石濤的文學道路　孤夜獨書　臺北
　　　　　　　麥田出版公司　2005 年 9 月　頁 27—34

890. 杜正勝　　本土的文學，人性的文學——談葉石濤的文學觀　自由時報
　　　　　　　2000 年 3 月 12 日　39 版

891. 杜正勝　　本土的文學，人性的文學——談葉石濤的文學觀　舊城瑣記　高
　　　　　　　雄　春暉出版社　2000 年 9 月　頁 167—174

892. 杜正勝　　本土的文學，人性的文學——葉石濤先生榮獲名譽博士學位賀辭
　　　　　　　葉石濤全集蒐集、整理、編輯計畫期末報告　臺南　國家臺灣文
　　　　　　　學館籌備處　2003 年 12 月　頁 313—315

893. 張明雄　　日治時期發展期的臺灣小說——被忽略的散篇作者〔葉石濤部
　　　　　　　分〕　臺灣現代小說的誕生　臺北　前衛出版社　2000 年 9 月
　　　　　　　頁 155—156

894. 耕　雨　　被誤解的葉石濤　臺灣新聞報　2000 年 10 月 4 日　B8 版

895. 彭瑞金　　都是拾遺惹的禍　歷史迷路文學引渡　臺北　富春文化公司
　　　　　　　2000 年 10 月　頁 102—105

896. 彭瑞金　　戰後的臺灣小說〔葉石濤部分〕　國文天地　第 187 期　2000 年
　　　　　　　12 月　頁 62

---

[69]本文先描述葉石濤的成長經驗，再探討其文學作品。全文共 2 小節：1.葉石濤其人其事；2.葉石
　濤的文學成就與貢獻。正文前有〈前言〉，正文後有〈結語〉。

897. 陳惠茵　　在挫折中的堅持——論葉石濤的臺灣文學路[70]　臺灣人文　第 5 期　2000 年 12 月　頁 105—122

898. 陳惠茵　　在挫折中的堅持——論葉石濤的臺灣文學路　葉石濤全集蒐集、整理、編輯計畫期末報告　臺南　國家臺灣文學館籌備處　2003 年 12 月　頁 325—333

899. 林瑞明，林玲玲　　從鄉土文學到臺灣文學——葉石濤與臺灣文學的建構（1965—2000）（上、下）[71]　文學臺灣　第 37—38 期　2001 年 1，4 月　頁 155—201，286—322

900. 楊千鶴　　給葉石濤先生的一封公開信　花開時節　臺北　南天書局　2001 年 1 月　頁 307—320

901. 張春炎　　臺灣文學史「獄言」與本土化思潮——以葉石濤史論、批評爲中心，談解嚴後「新舊典範的交替」過程　畢業製作論文集（2001）　南投　暨南國際大學中國語文學系　2001 年 2 月　頁 161—190

902. 陳建忠　　地上的鹽——論葉石濤的臺灣文學志業　自由時報　2001 年 8 月 26 日　33 版

903. 邱麗文　　葉石濤的臺灣文學作家之路　源雜誌　第 36 期　2001 年 11 月　頁 48—51

904. 計璧瑞　　論當代臺灣文學論述的演變——以葉石濤爲分析對象　臺灣文學論稿　北京　華文出版社　2001 年 11 月　頁 153—178

905. 計璧瑞　　從個例論當代臺灣文學論述的演變——以葉石濤爲分析對象　華文文學　2002 年第 4 期　2002 年　頁 38—46

---

[70]本文探析葉石濤在文學路上遭遇挫折的堅持。全文共 5 小節：1.前言；2.走上文學路的啓蒙；3.動盪與不安時代下的文學活動；4.解嚴後的文學足跡；5.結語：臺灣文學的巨擎。正文後附錄〈葉石濤創作年表〉。

[71]本文由葉石濤發表的評論文章討論臺灣文學的正名經過與內涵、「臺灣意識」的發展，及臺灣文學未來的走向等，以探究葉石濤建構臺灣文學的過程。全文共 5 小節：1.前言；2.臺灣文學的正名；3.「臺灣意識」的發展；4.臺灣文學的走向；5.結語。正文後附錄〈葉石濤建構臺灣文學相關論文與翻譯的發表時間〉。

906. 許俊雅　　葉石濤臺灣文學論的衍變進程研探[72]　臺灣新聞報　2001 年 12 月
　　　　　　　3 日　13 版

907. 許俊雅　　葉石濤臺灣文學論的衍變進程研探　越浪前行的一代：葉石濤及
　　　　　　　其同時代作家文學國際學術研討會論文集　高雄　春暉出版社
　　　　　　　2002 年 2 月　頁 1—29

908. 許俊雅　　葉石濤臺灣文學論的衍變進程研探　見樹又見林——文學看臺灣
　　　　　　　臺北　渤海堂文化公司　2005 年 2 月　頁 259—287

909. 林鎮山　　牡丹與雛菊的傳奇——葉石濤小說的女性／書寫[73]　臺灣新聞報
　　　　　　　2001 年 12 月 10 日　12 版

910. 林鎮山　　牡丹與雛菊的傳奇——葉石濤小說的女性／書寫　越浪前行的一
　　　　　　　代：葉石濤及其同時代作家文學國際學術研討會論文集　高雄
　　　　　　　春暉出版社　2002 年 2 月　頁 119—154

911. 林鎮山　　牡丹與雛菊的傳奇——葉石濤小說的女性／書寫　臺灣小說與敘
　　　　　　　事學　臺北　前衛出版社　2002 年 9 月　頁 105—154

912. 陳玉玲　　葉石濤小說中的女性原型[74]　臺灣新聞報　2001 年 12 月 17 日
　　　　　　　12 版

913. 陳玉玲　　葉石濤小說中的女性原型　越浪前行的一代：葉石濤及其同時代
　　　　　　　作家文學國際學術研討會論文集　高雄　春暉出版社　2002 年 2
　　　　　　　月　頁 293—320

914. 彭瑞金　　熱的文學——撰寫《葉石濤評傳》的想法和寫法　聯合文學　第
　　　　　　　206 期　2001 年 12 月　頁 32—37

915. 彭瑞金　　熱的文學——撰寫《葉石濤評傳》的想法和寫法　葉石濤全集蒐

---

[72] 本文探討葉石濤臺灣文學論衍變歷程。全文共 4 小節：1.前言；2.為什麼葉石濤是臺灣文學本土論者？；3.葉石濤臺灣文學論的衍變歷程；4.結語。

[73] 本文分析〈青春〉、〈羅桑榮和四個女人〉及〈賺食世家〉以探討葉石濤的女性書寫。全文共 5 小節：1.前言：理想的文學・文學的理想；2.葉石濤文學與西方小說／敘述理論；3.牡丹：花因解語，而綻放（〈青春〉，1965；〈羅桑榮和四個女人〉，1966）；4.雛菊：「孤雛」淚盡，神蹟顯現，「切莫懷疑」（〈賺食世家〉，1968）；5.結論：世界偉大的文學心靈交會。

[74] 本文以心理學的角度探討葉石濤小說中的女性原型。全文共 4 小節；1.前言；2.突破重圍的女性；3.〈羅桑榮和四個女人〉；4.結論。

集、整理、編輯計畫期末報告　臺南　國家臺灣文學館籌備處　2003 年 12 月　頁 381—386

916. 余昭玟　身兼文學評論的葉石濤（1925 年—）　戰後跨語一代小說家及其作品研究　成功大學中國文學系　博士論文　吳達芸教授指導　2002 年 1 月　頁 67—71

917. 余昭玟　葉石濤的重塑歷史　戰後跨語一代小說家及其作品研究　成功大學中國文學系　博士論文　吳達芸教授指導　2002 年 1 月　頁 326—332

918. 林政華　葉石濤及其文學　臺灣文學汲探　臺北　文史哲出版社　2002 年 3 月　頁 205—235

919. 林政華　葉石濤及其文學　葉石濤全集蒐集、整理、編輯計畫期末報告　臺南　國家臺灣文學館籌備處　2003 年 12 月　頁 387—401

920. 陳萬益　論臺灣文學的「特殊性」與「自主性」——以黃得時和葉石濤的論述為主[75]　臺灣文學史書寫國際學術研討會　臺南　成功大學臺灣文學系　2002 年 11 月 22—24 日

921. 陳萬益　論臺灣文學的「特殊性」與「自主性」——以黃得時和葉石濤的論述為主　葉石濤全集蒐集、整理、編輯計畫期末報告　臺南　國家臺灣文學館籌備處　2003 年 12 月　頁 403—412

922. 陳萬益　論臺灣文學的「特殊性」與「自主性」——以黃得時、楊逵和葉石濤的論述為主　臺灣文學史書寫國際學術研討會論文集・第一集　高雄　春暉出版社　2008 年 6 月　頁 113—128

923. 陳芳明　鄉土文學運動的覺醒與再出發〔葉石濤部分〕　聯合文學　第 221 期　2003 年 3 月　頁 147—151

924. 黎湘萍　導言——被「遺忘」的「浪漫」〔葉石濤部分〕　文學臺灣——臺灣知識者的文化敘事與理論想像　北京　人民文學出版社

---

[75]本文以黃得時、《臺灣新生報・橋》及葉石濤的論述為主，辨析臺灣文學的「特殊性」、「自主性」與相關詞彙，全文共 4 小節。

2003 年 3 月　頁 7—9

925. 陳明柔　　臺灣文學的拓荒者——葉石濤　2001 臺灣文學年鑑　臺北　行政
　　　　　　　院文建會　2003 年 4 月　頁 129—130

926. 邱麗敏　　「二二八」書寫之創作者——葉石濤生平及其「二二八」作品
　　　　　　　二二八文學研究——戰前出生之臺籍作家對「二二八」的書寫初
　　　　　　　探　新竹教育大學臺灣語言與語文教育研究所　碩士論文　范文
　　　　　　　芳教授指導　2003 年 6 月　頁 141—150

927. 周慶塘　　作家前後其作品的差異〔葉石濤部分〕　80 年代臺灣政治小說研
　　　　　　　究　臺灣大學中國文學系　博士論文　吳宏一教授指導　2003 年
　　　　　　　6 月　頁 210—213

928. 謝松山　　臺灣文學研究——葉石濤文學理論篇　高雄文化研究　第 1 期
　　　　　　　2003 年 7 月　頁 45—72

929. 童　伊　　葉石濤的演變究竟說明了什麼？——從《華文文學》上的一篇文
　　　　　　　章說起　世界華文文學論壇　2003 年第 3 期　2003 年 9 月　頁 3
　　　　　　　—9

930. 梁明雄　　臺灣文學的擺渡者——葉石濤文學批評的建構[76]　回顧兩岸五十年
　　　　　　　文學學術研討會　臺北　中國文化大學中國文學系所，財團法人
　　　　　　　善同文教基金會主辦　2003 年 11 月 28—29 日

931. 梁明雄　　臺灣文學的擺渡者——葉石濤文學批評的建構　回顧兩岸五十年
　　　　　　　文學學術研討會論文集（上）　臺北　中國文化大學出版部
　　　　　　　2004 年 3 月　頁 207—235

932. 古遠清　　葉石濤：獨派臺灣文學論的宗師　世界華文文學論壇　2004 年第
　　　　　　　2 期　2004 年 6 月　頁 30—33

933. 古遠清　　葉石濤——獨派「臺灣文學論」的宗師　世紀末臺灣文學地圖
　　　　　　　臺北　揚智文化公司　2005 年 4 月　頁 257—265

---

[76]本文舉出 3 大特點——以「臺灣意識」爲中心，以「現實主義」爲基調，以「鄉土文學」爲歸
趨，探討葉石濤的文學批評理論。全文共 4 小節：1.前言；2.作家的十字架——葉石濤的文學歷
程；3.文學批評的三個座標；4.結論。

934. 彭瑞金　葉石濤的文學歲月　聯合報　2004 年 7 月 17 日　E7 版

935. 黃建龍　跟著葉石濤漫遊府城　中國時報　2004 年 10 月 10 日　B4 版

936. 陳建忠　本土觀點的原型——戰後初期葉石濤的創作轉折　自由時報
2004 年 11 月 1 日　47 版

937. 彭瑞金　臺灣文學史裡的葉石濤　自由時報　2004 年 11 月 1 日　47 版

938. 林玲玲　鄉土與寫實——葉石濤的臺灣文學史觀[77]　南臺灣歷史與文化學術
研討會　高雄　高苑技術學院通識教育中心主辦　2004 年 11 月
26 日　頁 221—243

939. 陳信元　一九七○年代臺灣的鄉土文學論戰〔葉石濤部分〕　臺灣新文學
發展重大事件論文集　臺南　國家臺灣文學館　2004 年 12 月　頁
129—155

940. 彭瑞金　從黃石輝到葉石濤——臺灣文學本土論爭的發端與終端[78]　臺灣新
文學發展重大事件論文集　臺南　國家臺灣文學館　2004 年 12 月
頁 156—174

941. 彭瑞金　從黃石輝到葉石濤——臺灣文學本土論爭的發端和終端　臺灣文
學史論集　高雄　春暉出版社　2006 年 8 月　頁 281—301

942. 彭瑞金　從黃石輝到葉石濤——臺灣文學本土論爭的發端和終端　評論 30
家：臺灣文學三十年菁英選 1978—2008（上）　臺北　九歌出版
社　2008 年 6 月　頁 76—93

943. 劉淑貞　記住？忘了？——淨化與退化：試探葉石濤種族書寫中的抵抗與
衍異[79]　第二屆全國臺灣文學研究生學術論文研討會論文集　臺南

---

[77]本文透過葉石濤《臺灣文學史綱》及其後發表的文學評論，分析其臺灣文學史觀。全文共 6 小
節：1.前言；2.臺灣文學史分期的研究；3.割裂不開的整體，完全的史詩；4.以臺灣社會為主體，
寫實主義貫穿其間；5.開展多種族多元化風貌，屬於世界文學的一環；6.結語。
[78]本文從黃石輝至葉石濤的鄉土文學論述文章，論證臺灣文學從日治時期至今的發展。全文共 5 小
節：1.提倡「鄉土文學」引發事端；2.變調的「鄉土文學」論爭；3.戰後初期的本土化障礙；4.六
○年代「鄉土文學」再出發；5.結語——臺灣文學的本土化。
[79]本文檢視葉石濤自傳體的書寫與種族論述經驗，探討其不斷提及的殖民地經驗和抵抗現代主義的
意義。全文共 5 小節：1.前言：起點；2.噪音／焦慮：現代文學？鄉土主義？；3.記住？忘了？
——抵抗什麼？；4.淨化？退化？——美學立場的轉移；5.結語。

　　　　　　國家臺灣文學館　2005 年 7 月　頁 253—276

944. 古遠清　獨派作家和南部詮釋集團——葉石濤　分裂的臺灣文學　臺北　
　　　　　　海峽學術出版社　2005 年 7 月　頁 133—134

945. 陳昭儀　傑出作家創作歷程之探析〔葉石濤部分〕　特殊教育研究學刊　
　　　　　　第 29 期　2005 年 9 月　頁 295—312

946. 古遠清　試論臺灣文學的南北分立現象〔葉石濤部分〕　華文文學　2005
　　　　　　年第 1 期　2005 年　頁 8—9

947. 歐宗智　葉石濤的理想主義　臺灣時報　2006 年 1 月 13 日　24 版

948. 歐宗智　葉石濤的現實主義　更生日報　2006 年 1 月 15 日　9 版

949. 陳建忠　從皇國少年到左傾青年：臺灣戰後初期（1945—1949）葉石濤的
　　　　　　小說創作與思想轉折[80]　臺灣文學學報　第 8 期　2006 年 6 月　頁
　　　　　　33—62

950. 陳建忠　從皇國少年到左傾青年：戰後初期葉石濤小說創作與思想轉折　
　　　　　　被詛咒的文學：戰後初期（1945—1950）臺灣文學論集　臺北　
　　　　　　五南圖書出版公司　2007 年 1 月　頁 73—101

951. 趙天儀　近代臺灣的藝術學——文藝學的發展：從黃得時到葉石濤　臺灣
　　　　　　美學的探求——美感世界的造訪　臺北　富春文化公司　2006 年　
　　　　　　12 月　頁 107—110

952. 黃文成　國民政府遷臺以後（1945—1978）——葉石濤論　受刑與書寫—
　　　　　　—臺灣監獄文學考察（1895—2005）　中國文化大學中國文學系　
　　　　　　博士論文　康來新教授指導　2006 年　頁 229—233

953. 黃文成　國民政府遷臺以後（1945—1978）——葉石濤論　關不住的繆思
　　　　　　——臺灣監獄文學縱橫論　臺北　秀威資訊科技公司　2008 年 4
　　　　　　月　頁 265—272

---

[80]本文探討葉石濤戰後初期的小說作品，以呈現其由日據到戰後思想的轉變。全文共 5 小節：1.前
言；2.變相前的真相：葉石濤文學與思想發展的前史（pre-history）；3.從浪漫抒情主義到浪漫英
雄主義：左傾青年的蛻變歷程；4.臺灣固有史也：青年葉石濤歷史意識的轉折；5.混雜的後殖民
主體：代結語。

954. 王志城　　　一部耐於翻閱的文學地誌　葉石濤全集・小說卷一　臺南，高雄
　　　　　　　　國立臺灣文學館，高雄市文化局　2006 年 12 月　頁 5—6

955. 王志城　　　一部耐於翻閱的文學地誌　葉石濤全集・隨筆卷一　臺南，高雄
　　　　　　　　國立臺灣文學館，高雄市文化局　2008 年 3 月　頁 5—6

956. 王志城　　　一部耐於翻閱的文學地誌　葉石濤全集・評論卷一　臺南，高雄
　　　　　　　　國立臺灣文學館，高雄市文化局　2008 年 3 月　頁 5—6

957. 王志城　　　一部耐於翻閱的文學地誌　葉石濤全集・資料卷　臺南，高雄
　　　　　　　　國立臺灣文學館，高雄市文化局　2008 年 3 月　頁 5—6

958. 彭瑞金　　　總論——爲臺灣文學點燈、開路、立座標　葉石濤全集・小說卷
　　　　　　　　一　臺南，高雄　國立臺灣文學館，高雄市文化局　2006 年 12 月
　　　　　　　　頁 13—36

959. 彭瑞金　　　總論——爲臺灣文學點燈、開路、立座標　葉石濤全集・隨筆卷
　　　　　　　　一　臺南，高雄　國立臺灣文學館，高雄市文化局　2008 年 3 月
　　　　　　　　頁 13—36

960. 彭瑞金　　　總論——爲臺灣文學點燈、開路、立座標　葉石濤全集・評論卷
　　　　　　　　一　臺南，高雄　國立臺灣文學館，高雄市文化局　2008 年 3 月
　　　　　　　　頁 13—36

961. 彭瑞金　　　總論——爲臺灣文學點燈、開路、立座標　葉石濤全集・翻譯卷
　　　　　　　　一　臺南，高雄　國立臺灣文學館，高雄市文化局　2009 年 11 月
　　　　　　　　頁 14—39

962. 彭瑞金　　　食夢獸的文學旅程——葉石濤的小說創作　葉石濤全集・小說卷
　　　　　　　　一　臺南，高雄　國立臺灣文學館，高雄市文化局　2006 年 12 月
　　　　　　　　頁 37—53

963. 陳國偉　　　臺灣中心性的建構：福佬族群書寫的後殖民演譯〔葉石濤部分〕
　　　　　　　　想像臺灣：當代小說中的族群書寫　臺北　五南圖書出版公司
　　　　　　　　2007 年 1 月　頁 102—122

964. 林玲玲　　歷史、種族與風土——葉石濤的臺灣文學史分期[81]　黃埔學報　第
　　　　　　　52 期　2007 年 3 月　頁 43—64

965. 陳芳明　　舊城聽水綠[82]　聯合文學　第 270 期　2007 年 4 月　頁 10—15

966. 陳芳明　　舊城聽水綠　閱讀文學地景・散文卷　臺北　行政院文建會
　　　　　　　2008 年 4 月　頁 432—439

967. 陳芳明　　水綠舊城　昨夜雪深幾許　臺北　印刻出版公司　2008 年 9 月
　　　　　　　頁 164—176

968. 王向陽　　力主統一的文壇鬥士——論陳映真對「文學臺獨」的批判[83]　湖南
　　　　　　　人文科技學院學報　2008 年第 1 期　2008 年 2 月　頁 63—67

969. 陳　菊　　國寶、市寶、臺灣文學之寶　葉石濤全集・隨筆集一　臺南，高
　　　　　　　雄　國立臺灣文學館，高雄市文化局　2008 年 3 月　頁 1—2

970. 陳　菊　　國寶、市寶、臺灣文學之寶　葉石濤全集・評論卷一　臺南，高
　　　　　　　雄　國立臺灣文學館，高雄市文化局　2008 年 3 月　頁 1—2

971. 陳　菊　　國寶、市寶、臺灣文學之寶　葉石濤全集・資料卷　臺南，高雄
　　　　　　　國立臺灣文學館，高雄市文化局　2008 年 3 月　頁 1—2

972. 王　拓　　序　葉石濤全集・隨筆卷一　臺南，高雄　國立臺灣文學館，高
　　　　　　　雄市文化局　2008 年 3 月　頁 3—4

973. 王　拓　　序　葉石濤全集・評論卷一　臺南，高雄　國立臺灣文學館，高
　　　　　　　雄市文化局　2008 年 3 月　頁 3—4

974. 王　拓　　序　葉石濤全集・資料卷　臺南，高雄　國立臺灣文學館，高雄
　　　　　　　市文化局　2008 年 3 月　頁 3—4

975. 鄭邦鎮　　夢獸的旅程；使徒的記憶　葉石濤全集・隨筆卷一　臺南，高雄

---

[81]本文論述葉石濤的臺灣文學史分期方法，藉以說明其文學史觀，並比較與陳芳明分期的異同。全
文共 5 小節：1.撰寫臺灣文學史的使命；2.臺灣文學的根源（1662—1894）；3.日治時期臺灣文學
史的分期（1895—1949）；4.戰後臺灣文學史的分期（1949—）；5.結語。
[82]本文後改篇名為〈水綠舊城〉。
[83]本文析論文學界統派的領軍人物陳映真，並以葉石濤的文學臺獨為反例進行研究。全文共 2 小
節：1.為堅持臺灣文學的中國屬性，堅決批判「臺灣文學主體論」；2.對為「皇民化文學」翻案的
臺獨逆流進行徹底的清算。

國立臺灣文學館，高雄市文化局　2008 年 3 月　頁 7—8

976. 鄭邦鎮　夢獸的旅程；使徒的記憶　葉石濤全集・評論卷一　臺南，高雄
國立臺灣文學館，高雄市文化局　2008 年 3 月　頁 7—8

977. 鄭邦鎮　夢獸的旅程；使徒的記憶　葉石濤全集・資料卷　臺南，高雄
國立臺灣文學館，高雄市文化局　2008 年 3 月　頁 7—8

978. 陳建忠　評論卷導讀——葉石濤的文學評論與臺灣文學場域的詮釋競逐
葉石濤全集・評論卷一　臺南，高雄　國立臺灣文學館，高雄市
文化局　2008 年 3 月　頁 37—62

979. 彭瑞金　戰後高雄市文學的融合、衝突與蛻變——戰後臺灣內部移民潮帶
給高雄文學的新風貌〔葉石濤部分〕　高雄市文學史——現代篇
高雄　高雄市立圖書館　2008 年 5 月　頁 148—153

980. 彭瑞金　高雄文學與臺灣文學本土化運動——鄉土文學論戰炮火照亮的高
雄文學〔葉石濤部分〕　高雄市文學史——現代篇　高雄　高雄
市立圖書館　2008 年 5 月　頁 187

981. 許俊雅　臺灣新文學史的分期與檢討〔葉石濤部分〕　臺灣文學史書寫國
際學術研討會論文集・第一集　高雄　春暉出版社　2008 年 6 月
頁 218—219

982. 林美伶　跨世代的文化・歷史見證人——葉石濤　消逝中的府城文化記憶
——以許地山、葉石濤和陳燁為論述場域　中央大學中國文學系
碩士在職專班　碩士論文　康來新教授指導　2008 年 7 月　頁 51
—106

983. 蔡美俐　葉石濤：以「臺灣為中心」的「鄉土文學」　未竟的志業：日治
世代臺灣文學史書寫　清華大學臺灣文學研究所　碩士論文　陳
萬益，張炎憲教授指導　2008 年 7 月　頁 157—164

984. 蔡美俐　圓夢：葉石濤《臺灣文學史綱》　未竟的志業：日治世代的臺灣
文學史書寫　清華大學臺灣文學所　碩士論文　陳萬益，張炎憲
教授指導　2008 年 7 月　頁 165—168

985. 張羽，張彩霞　　臺灣文學史的撰述與文化認同的研究[84]　臺灣研究集刊
　　　2008 年第 3 期　2008 年 9 月　頁 78—87

986. 丁威仁　　臺灣本土詩學的建立（下）：八〇年代《笠》詩論研究〔葉石濤部
　　　分〕　戰後臺灣現代詩論　臺中　印書小舖　2008 年 9 月　頁
　　　128—191

987. 林承璜　　「臺灣文學」與「臺灣意識」芻議〔葉石濤部分〕　臺灣文學評
　　　論　第 9 卷第 1 期　2009 年 1 月　頁 234

988. 曾健民　　告別一個皇民化的作家及其時代──蓋棺論定葉石濤　海峽評論
　　　第 217 期　2009 年 1 月　頁 61—64

989. 羊子喬　　葉石濤走完一生，宛如一部臺灣文學史　書香遠傳　第 68 期
　　　2009 年 1 月　頁 38—39

990. 陳建忠　　詮釋爭權奪下的文學傳統──臺灣「大河小說」的命名、詮釋與
　　　葉石濤的文學評論[85]　文學臺灣　第 70 期　2009 年 4 月　頁 307
　　　—333

991. 歐宗智　　葉石濤小說理論之建構[86]　臺灣文學評論　第 9 卷第 2 期　2009 年
　　　4 月　頁 18—29

992. 林鎮山，蘿司‧史丹福　　回歸人文精神──葉石濤及其文學[87]　文學臺灣
　　　第 72 期　2009 年 10 月　頁 119—144

993. 彭瑞金　　打開臺灣文學的門窗──《葉石濤全集》續編導讀　葉石濤全
　　　集‧翻譯卷一　臺南，高雄　國立臺灣文學館，高雄市文化局

---

[84] 本文析論臺灣文學史的撰述與臺灣文化認同改變之間內在的張力關系，並對葉石濤的《臺灣文學
史綱》、〈六十年代的臺灣鄉土文學〉等著作進行研究。全文共 3 小節：1.從被刪除的「祖國」論
述談起；2.文學史的三級跳：「鄉土文學」、「本土文學」、「文學建國」；3.爭論的困惑：尋求對話
與檢視的臺灣文學史。

[85] 本文探討葉石濤在評論鍾肇政作品時使用的「大河小說」此一術語的運用，在日後所引起的文學
史效應。全文共 4 小節：1.前言：文學評論與詮釋權之爭；2.「大河小說」的命名與再詮釋；3.
「大河小說」作為詮釋權爭奪的場域；4.結語：臺灣文學研究「學院化」後的新問題。

[86] 本文探討葉石濤文學史觀及其演變。全文共 7 小節：1.前言；2.現實主義；3.人道主義；4.理想主
義；5.挖掘人性；6.藝術技巧；7.結語。

[87] 本文主要探討葉石濤的生平及作品。全文共 4 小節：1.最好的臺灣風俗畫；2.從唯美、浪漫、寫
實，回歸人文精神；3.福爾摩沙的傳奇；4.庶民／平民知識分子（Public intellectual）。

2009 年 11 月　頁 40—51

994. 李　喬　「葉石濤小說」欣賞　文學臺灣　第 74 期　2010 年 4 月　頁 251
　　　　　　—255

995. 王信允　歷史魅影的靈魂記憶與書寫——1940 年代葉石濤小說中的歷史敘
　　　　　　事與餘生圖像[88]　2010 高雄文學發聲國際學術研討會　財團法人文
　　　　　　學臺灣基金會，高雄市政府文化局　2010 年 11 月 7 日

996. 郭漢辰　府城之星，舊城之月——葉石濤的勞動者書房[89]　我在我不在的地
　　　　　　方——文學現場踏查記　臺南　國立臺灣文學館　2010 年 12 月
　　　　　　頁 152—161

997. 吳欣怡　葉石濤的臺灣歷史養成　敘史傳統與家國圖像：以呂赫若、鍾肇
　　　　　　政、李喬為中心　清華大學中國文學系　碩士論文　祝平次、柳
　　　　　　書琴　2010 年　頁 53—55

998. 吳欣怡　戰後初期葉石濤的臺灣抗爭歷史書寫　敘史傳統與家國圖像：以
　　　　　　呂赫若、鍾肇政、李喬為中心　清華大學中國文學系　碩士論文
　　　　　　祝平次、柳書琴　2010 年　頁 56—57

分論

◆單部作品

論述

《葉石濤作家論集》

999. 陳鴻森　《葉石濤作家論集》讀後　大學雜誌　第 80 期　1974 年 12 月
　　　　　　頁 56—57

1000. 花　村　均衡又中庸的理想主義者——試析介《葉石濤作家論集》　臺灣
　　　　　　文藝　第 62 期　1979 年 3 月　頁 33—45

《臺灣鄉土作家論集》

---

[88] 本文主要探討葉石濤 1940 年代的小說風格，並分析歷史事件和生活經歷對於其創作內容的影響。全文共 4 章：1.前言：跨殖民與語言的多層歷史鏡像；2.靈魂的騷動：餘生圖像展演途徑與其多向性；3.靈的深造與實踐——小說中的救贖與主體回歸主題；4.小結——書寫當下：1940 年代書寫樣態與歷史圖像建構。
[89] 本文介紹葉石濤的生平以及創作生涯歷程。

1001. 彭瑞金　　　讀葉石濤《臺灣鄉土作家論集》　愛書人　第 115 期　1969 年 7
月　4 版

1002. 彭瑞金　　　讀葉石濤《臺灣鄉土作家論集》　泥土的香味　臺北　東大圖書
公司　1980 年 4 月　頁 167—170

1003. 何　欣　　　葉石濤的文學觀《臺灣鄉土作家論集》讀後感　現代文學　復刊
第 8 期　1979 年 8 月　頁 7—15

1004. 何　欣　　　葉石濤的文學觀——《臺灣鄉土作家論集》讀後感　當代臺灣作
家論　臺北　東大圖書公司　1983 年 12 月　頁 41—51

1005. 二　殘　　　懸案〔《臺灣鄉土作家論集》部分〕　聯合報　1979 年 12 月 20
日　8 版

1006. 〔編輯部〕　　《臺灣鄉土作家論集》　高雄文學小百科　高雄　高雄市文
化局　2006 年 7 月　頁 151—152

《作家的條件》

1007. 王保珍　　　讀《作家的條件》　民眾日報　1979 年 12 月 10 日　12 版

《小說筆記》

1008. 彭瑞金　　　《小說筆記》演義　臺灣時報　1983 年 10 月 10 日　12 版

《臺灣文學史綱》

1009. 鄭烱明　　　為《臺灣文學史綱》的出版說幾句話　自立晚報　1986 年 12 月
1 日　10 版

1010. 祝　勤　　　文學一九八六——臺灣地區——葉石濤完成《臺灣文學史綱》
文訊雜誌　第 28 期　1987 年 2 月　頁 163—164

1011. 呂正惠　　　評葉石濤《臺灣文學史綱》[90]　臺灣社會研究　第 1 卷第 1 期
1988 年 2 月　頁 221—232

1012. 呂正惠　　　評葉石濤《臺灣文學史綱》　戰後臺灣文學經驗　臺北　新地文
學出版社　1992 年 12 月　頁 317—336

---

[90]本文評論《臺灣文學史綱》，先談史觀，再談文學與社會、歷史背景的關係，最後論具體的文學
史事實，全文共 3 小節。

1013. 王晉民，吳海燕　　在臺灣的中國文學——試評葉石濤《臺灣文學史綱》
　　　　　　臺灣文學研究會筑波國際會議　日本　臺灣文學研究會主辦
　　　　　　1989 年 7 月 31 日—8 月 2 日

1014. 吳海燕，王晉民　　試評葉石濤《臺灣文學史綱》——在臺灣的中國文學
　　　　　　當代　第 42 期　1989 年 10 月　頁 130—139

1015. 吳海燕，王晉民　　評葉石濤的《臺灣文學史綱》　臺灣研究集刊　1990 年
　　　　　　第 1 期　1990 年 2 月　頁 81—86

1016. 王晉民，吳海燕　　在臺灣的中國文學——試評葉石濤的《臺灣文學史綱》
　　　　　　臺灣文學評論　第 9 卷第 1 期　2009 年 1 月　頁 236—245

1017. 劉春城　　慰葉老——《臺灣文學史綱》獲獎所感　臺灣文學的兩個世界
　　　　　　高雄　派色文化出版社　1992 年 7 月　頁 113—119

1018. 古繼堂　　葉石濤和他的《臺灣文學史綱》　臺灣新文學理論批評史　瀋陽
　　　　　　春風文藝出版社　1993 年 6 月　頁 216—225

1019. 古繼堂　　葉石濤和他的《臺灣文學史綱》　臺灣新文學理論批評史　臺北
　　　　　　秀威資訊科技公司　2009 年 3 月　頁 232—239

1020. 楊　照　　開創的、悲憤的文學史論述——葉石濤的《臺灣文學史綱》　中
　　　　　　國時報　1999 年 4 月 27 日　37 版

1021. 楊　照　　開創的、悲憤的文學史論述——葉石濤的《臺灣文學史綱》　葉
　　　　　　石濤全集蒐集、整理、編輯計畫期末報告　臺南　國家臺灣文學
　　　　　　館籌備處　2003 年 12 月　頁 261—262

1022. 漢雅娜著；沈勇譯　　從文學史的書寫看國家的形成和族群意識的自我定位
　　　　　　——以近代德國和臺灣爲例[91]　臺灣新聞報　1999 年 5 月 29 日
　　　　　　13 版

1023. 漢雅娜著；沈勇譯　　從文學史的書寫看國家的成形和族群意識的自我定位

---

[91] 本文從外國人的角度出發，用比較文學的觀點，探討葉石濤這位「文壇老兵」的著作，分析其作爲文學歷史學家所引起的文化政治作用。全文共 5 小節：1.沒有歷史，只有故事；2.德國，分裂的祖國或：一個虛構國家的文學整頓意圖；3.沿著一個瓦解國家的踪跡：東德的「國民文學」；4.葉石濤爲培養臺灣人覺悟所做的工作；5.結語。

　　──以近代德國和臺灣爲例　點亮臺灣文學的火炬：葉石濤國際
　　學術研討會論文集　高雄　春暉出版社　1999 年 6 月　頁 41—
　　80

1024. 彭小妍　等待黑暗逝去，光明來臨的日子──論葉石濤《臺灣文學史綱》
　　[92]　臺灣文學經典研討會論文集　臺北　行政院文建會，聯經出版
　　公司　1999 年 6 月　頁 488—496

1025. 彭小妍　等待黑暗逝去，光明來臨的日子──論葉石濤《臺灣文學史綱》
　　葉石濤全集蒐集、整理、編輯計畫期末報告　臺南　國家臺灣文
　　學館籌備處　2003 年 12 月　頁 295—306

1026. 王蘭芬　文學評論著作進軍國際，《臺灣文學史綱》打先鋒　民生報
　　2000 年 4 月 11 日　5 版

1027. 江中明　葉石濤著《臺灣文學史綱》，日書店年底前出日譯本　聯合報
　　2000 年 4 月 11 日　14 版

1028. 莊金國　大家都可以寫村史〔《臺灣文學史綱》部分〕　臺灣日報　2000
　　年 9 月 16 日　31 版

1029. 彭小妍　解嚴與文學中的歷史重建──文學典律的建立〔《臺灣文學史
　　綱》部分〕　解嚴以來臺灣文學國際學術研討會論文集　臺北
　　萬卷樓圖書公司　2000 年 9 月　頁 3—11

1030. 陳文芬　《臺灣文學史綱》發行日文版──葉石濤自序：人生堪慰　中國
　　時報　2000 年 12 月 22 日　14 版

1031. 許俊雅　找回臺灣人民的尊嚴、自主和自信──談葉石濤《臺灣文學史
　　綱》　島嶼容顏：臺灣文學評論集　臺北　臺北縣文化局　2000
　　年 12 月　頁 155—159

1032. 許俊雅　找回臺灣人民的尊嚴、自主和自信──談葉石濤《臺灣文學史
　　綱》　葉石濤全集蒐集、整理、編輯計畫期末報告　臺南　國家
　　臺灣文學館籌備處　2003 年 12 月　頁 335—336

[92]本文探討《臺灣文學史綱》在臺灣文學史上的重要性及著作特點。

1033. 澤井律之，中島利郎著；彭萱譯　　葉石濤《臺灣文學史綱》——日文版解
　　　　　說（1—8）[93] 臺灣新聞報　2001 年 4 月 18—25 日　23 版

1034. 澤井律之，中島利郎著；彭萱譯　　葉石濤《臺灣文學史綱》——日文版解
　　　　　說　葉石濤全集蒐集、整理、編輯計畫期末報告　臺南　國家臺
　　　　　灣文學館籌備處　2003 年 12 月　頁 339—349

1035. 澤井律之　　論葉石濤之《臺灣文學史綱》的重要性與問題點[94] 臺灣新聞
　　　　　報　2001 年 12 月 14 日　13 版

1036. 澤井律之　　論葉石濤之《臺灣文學史綱》的重要性與問題點　越浪前行的
　　　　　一代：葉石濤及其同時代作家文學國際學術研討會論文集　高雄
　　　　　春暉出版社　2002 年 2 月　頁 279—292

1037. 彭小妍　　死亡・甦醒・黑暗・光明——《臺灣文學史綱》與本土化　聯合
　　　　　文學　第 206 期　2001 年 12 月　頁 22—25

1038. 彭小妍　　死亡・甦醒・黑暗・光明——《臺灣文學史綱》與本土化　葉石
　　　　　濤全集蒐集、整理、編輯計畫期末報告　臺南　國家臺灣文學館
　　　　　籌備處　2003 年 12 月　頁 371—374

1039. 李奭學　　臺灣固無省也——從《臺灣文學史綱》看葉石濤的「在地觀」
　　　　　聯合文學　第 206 期　2001 年 12 月　頁 26—30

1040. 李奭學　　臺灣固無省也——從《臺灣文學史綱》看葉石濤的「在地觀」
　　　　　葉石濤全集蒐集、整理、編輯計畫期末報告　臺南　國家臺灣文
　　　　　學館籌備處　2003 年 12 月　頁 375—379

1041. 李奭學　　臺灣固無省也——從《臺灣文學史綱》看葉石濤的「在地觀」
　　　　　書話臺灣：1991—2003 文學印象　臺北　九歌出版社　2004 年 5
　　　　　月　頁 340—347

1042. 王　敏　　臺灣的新文學理論批評——陳少廷的《臺灣新文學運動簡史》和

---

[93]本文介紹葉石濤個人經歷，探討其文學史觀及《臺灣文學史綱》的內容與特色。全文共 3 小節：
　1.關於作者；2.《臺灣文學史》的成立；3.葉石濤的文學史觀。
[94]本文探討《臺灣文學史綱》的問題及葉石濤的文學史觀。全文共 4 小節：1.前言；2.臺灣鄉土文
　學的主張；3.臺灣本土文學史觀；4.葉氏史觀的問題點。

葉石濤的《臺灣文學史綱》　簡明臺灣文學史　北京　時事出版
社　2002 年 6 月　頁 382—386

1043. 林瑞明　　兩種臺灣文學史——臺灣 V.S.中國〔《臺灣文學史綱》部分〕
臺灣文學史書寫國際學術研討會　臺南　成功大學臺灣文學系
2002 年 11 月 22—24 日

1044. 林瑞明　　兩種臺灣文學史——臺灣 V.S.中國〔《臺灣文學史綱》部分〕
葉石濤全集蒐集、整理、編輯計畫期末報告　臺南　國家臺灣文
學館籌備處　2003 年 12 月　頁 420—423

1045. 林瑞明　　兩種臺灣文學史——臺灣 V.S.中國——臺灣文學史綱，1987，葉
石濤　臺灣文學史書寫國際學術研討會論文集・第一集　高雄
春暉出版社　2008 年 6 月　頁 38—44

1046. 林瑞明　　兩種臺灣文學史——臺灣 V.S.中國——《臺灣文學史綱》，1987
年，葉石濤　臺灣文學研究學報　第 7 期　2008 年 10 月　頁
118—122

1047. 藤井省三　　日本的臺灣文學翻譯現況〔《臺灣文學史綱》部分〕　臺灣日
報　2003 年 12 月 20 日　25 版

1048. 黎湘萍　　解讀臺灣——以兩岸知識者關於臺灣文學史的敘事為例〔《臺灣
文學史綱》部分〕　臺灣文學評論　第 4 卷第 2 期　2004 年 4 月
頁 187—190

1049. 石家駒　　葉石濤：「面從腹背」還是機會主義　華文文學　2004 年第 5 期
2004 年　頁 5—10

1050. 翁柏川　　以父之名：中國民族主義視野對葉石濤《臺灣文學史綱》相關評
論淺析[95]　第二屆全國臺灣文學研究生學術論文研討會論文集　臺
南　國家臺灣文學館　2005 年 7 月　頁 15—41

---

[95]本文探討蕭阿勤、呂正惠、陳映真等都採取中國民族主義視野觀照《臺灣文學史綱》及葉石濤的
本土史觀，而做出失當評斷。另援引周婉窈「歷史世代」差異的觀察對其深層心理加以剖析。全
文共 5 小節：1.前言；2.從「失落的一代」到「曖昧的臺灣人」；3.臺灣文學＝反帝、反封建＝中
國文學？；4.三位一體：血統—家族—中國文學；5.在地堅持？還是見風轉舵？（代結論）。

1051. 〔編輯部〕　　《臺灣文學史綱》　高雄文學小百科　高雄　高雄市文化局
　　　　2006 年 7 月　頁 150

1052. 彭瑞金　　高雄文學與臺灣文學本土化運動——葉石濤與《臺灣文學史綱》
　　　　高雄市文學史——現代篇　高雄　高雄市立圖書館　2008 年 5 月
　　　　頁 203—208

1053. 應鳳凰　　五○年代臺灣小說「反共美學」初探〔《臺灣文學史綱》部分〕
　　　　臺灣文學史書寫國際學術研討會論文集・第二集　高雄　春暉出
　　　　版社　2008 年 6 月　頁 443—445

1054. 廖清秀　　《臺灣文學史綱》弄錯《恩仇血淚記》　臺灣文學評論　第 8 卷
　　　　第 3 期　2008 年 7 月　頁 188—196

1055. 陳美霞　　意識形態・文學史・現代性——臺灣文學史書寫現狀與現代性突
　　　　圍[96]　福建論壇　2008 年第 11 期　2008 年 11 月　頁 16—17

1056. 〔導讀撰寫小組〕　　《臺灣文學史綱》導讀　2008 閱讀臺灣・人文 100 特
　　　　展成果專輯　臺南　國立臺灣文學館　2009 年 5 月　頁 54

1057. 橫路啓子　　緒論——當前學界研究成果整理〔《臺灣文學史綱》部分〕
　　　　文學的流離與回歸——三○年代鄉土文學論戰　臺北　聯合文學
　　　　出版社　2009 年 10 月　頁 24—25

1058. 彭瑞金　　《臺灣文學史綱》日譯註解版出版序　文學臺灣　第 72 期
　　　　2009 年 10 月　頁 30—33

1059. 彭瑞金　　《臺灣文學史綱》的解讀密碼——一九八○年代以來，日本學界
　　　　臺灣文學論述的三階段[97]　文學臺灣　第 74 期　2010 年 4 月　頁
　　　　227—244

1060. 阪口直樹著；王敬翔譯　　展望臺灣文學的原點——評葉石濤《台湾文學

---

[96] 本文析論意識形態對臺灣文學史的影響以及臺灣學界對此的反思，並對臺灣學者如葉石濤、彭瑞金等人的文學史書寫進行研究。

[97] 本文以《臺灣文學史綱》一書為主軸，探討臺灣文學的定義與發展過程，並分析葉石濤及日本學界對於臺灣文學的不同觀點。全文共 7 章：1.前言：《臺灣文學史綱》的日本學界評論；2.文學反抗、語言不反抗；3.「土地」是密碼；4.從歷史切入的臺灣文學論；5.文學非語言決定論的註腳；6.解構也是再建構的雜草論；7.近代、相對、雜草都是土地上發生的事。

史》　文學臺灣　第 74 期　2010 年 4 月　頁 245—250

1061. 杜國清　從「鄉土」到「本土」：以土地為依歸的臺灣文學史觀——葉石
　　　　　　　濤《臺灣文學史綱》英文版導論[98]　文學臺灣　第 74 期　2010 年
　　　　　　　4 月　頁 256—268

1062. 黃英哲　日文版《臺灣文學史綱》的出版——兼論戰後日本學界的臺灣文
　　　　　　　學論述[99]　文學臺灣　第 74 期　2010 年 4 月　頁 269—279

《臺灣文學的悲情》

1063. 康來新　雪融的泥濘——另一種臺灣經驗　幼獅文藝　第 436 期　1990 年
　　　　　　　3 月　頁 76—78

1064. 林燿德　老而不朽‧悲而不廢——評葉石濤的《臺灣文學的悲情》　聯合
　　　　　　　文學　第 65 期　1990 年 3 月　頁 192—195

1065. 林燿德　老而不朽‧悲而不廢——評葉石濤的《臺灣文學的悲情》　將軍
　　　　　　　的版圖　臺北　華文網　2001 年 12 月　頁 26—31

《臺灣文學的困境》

1066. 杜文靖　定位臺灣文學的「臺灣文學評論專集」〔《臺灣文學的困境》部
　　　　　　　分〕　文訊雜誌　第 84 期　1992 年 10 月　頁 91—93

1067. 彭瑞金　《臺灣文學史綱》補遺[100]　臺灣日報　1997 年 11 月 23 日　27
　　　　　　　版

1068. 彭瑞金　《臺灣文學史綱》補遺　歷史迷路文學引渡　臺北　富春文化公
　　　　　　　司　2000 年 10 月　頁 262—266

1069. 彭瑞金　《臺灣文學史綱》補遺　葉石濤全集蒐集、整理、編輯計畫期末
　　　　　　　報告　臺南　國家臺灣文學館籌備處　2003 年 12 月　頁 119—
　　　　　　　120

---

[98]本文從藉由《臺灣文學史綱》一書，探討臺灣文學的發展過程。
[99]本文以日文版《臺灣文學史綱》的出版為主軸，探討日本學界的臺灣文學觀，以及日本學者們各
　自的論點。全文共 5 章：1.日文版《臺灣文學史綱》的出版；2.松永正義與八〇年代日本的臺灣
　文學論述；3.山口守與九〇年代日本的臺灣文學論述；4.藤井省三與二十一世紀日本之臺灣文學
　論述；5.結語。
[100]《臺灣文學的困境》為《臺灣文學史綱》之補遺。

1070. 張恆豪　　螞蟻起厝——評《臺灣文學入門》[101]　點亮臺灣文學的火炬：葉
　　　　　　　石濤國際學術研討會論文集　高雄　春暉出版社　1999 年 6 月
　　　　　　　頁 175—190

散文
《文學回憶錄》

1071. 黃金清　　文學的見證人——葉石濤《文學回憶錄》讀後　臺灣日報　1983
　　　　　　　年 8 月 27 日　8 版

1072. 應鳳凰　　太陽的腳印〔《文學回憶錄》部分〕　文訊雜誌　第 2 期　1983
　　　　　　　年 8 月　頁 121—126

1073. 羊　牧　　作家的條件　臺灣時報　1985 年 6 月 11 日　8 版

1074. 彭瑞金　　文學家的回憶錄與文學回憶錄——四種文學回憶錄的取樣與探討
　　　　　　　102　臺灣史料研究　第 11 期　1998 年 5 月　頁 6—10

1075. 彭瑞金　　文學家的回憶錄與文學回憶錄——四種文學回憶錄的取樣與探討
　　　　　　　驅除迷霧找回祖靈：臺灣文學論文集　高雄　春暉出版社　2000
　　　　　　　年 5 月　頁 228—232

1076. 彭瑞金　　文學家的回憶錄與文學回憶錄——四種文學回憶錄的取樣與探討
　　　　　　　葉石濤全集蒐集、整理、編輯計畫期末報告　臺南　國家臺灣文
　　　　　　　學館籌備處　2003 年 12 月　頁 129—131

《一個臺灣老朽作家的五〇年代》

1077. 鄭清文　　《一個臺灣老朽作家的五〇年代》　中國時報　1991 年 11 月 29
　　　　　　　日　34 版

1078. 呂正惠　　五〇年代紀實——評葉石濤《一個臺灣老朽作家的五〇年代》
　　　　　　　聯合文學　第 88 期　1992 年 2 月　頁 100—101

1079. 呂正惠　　五〇年代紀實——評葉石濤《一個臺灣老朽作家的五〇年代》
　　　　　　　戰後臺灣文學經驗　臺北　新地文學出版社　1992 年 12 月　頁

---

[101] 本文探討《臺灣文學入門》的內容、特點、意義及闕失，全文共 7 小節。
102 種文學回憶錄為吳新榮《震瀛回憶錄》、葉石濤《文學回憶錄》、張良澤《四十五自述》及東
　方白《真與美》。

313—316

《不完美的旅程》

1080. 陳　凌　　葉石濤散文之感官意象分析——以《不完美的旅程》爲論述場域
[103]　福爾摩莎的瑰寶——葉石濤文學會議資料彙集　臺北　淡水
工商管理學院臺灣文學系　1998 年 11 月 7 日　頁 6—21

1081. 陳　凌　　葉石濤散文之感官意象分析——以《不完美的旅程》爲論述場域
葉石濤全集蒐集、整理、編輯計畫期末報告　臺南　國家臺灣文
學館籌備處　2003 年 12 月　頁 149—157

《府城瑣憶》

1082. 林瑞明　　沒落世家的回憶——小談葉石濤《府城瑣憶》　聯合文學　第
140 期　1996 年 6 月　頁 160—161

1083. 林瑞明　　沒落世家的回憶——小談葉石濤《府城瑣憶》　葉石濤全集蒐
集、整理、編輯計畫期末報告　臺南　國家臺灣文學館籌備處
2003 年 12 月　頁 81—82

《追憶文學歲月》

1084. 陳玲芳　　六十年，停不下來的健筆——葉石濤《追憶文學歲月》　臺灣日
報　1999 年 8 月 14 日　12 版

1085. 〔民生報〕　葉石濤《追憶文學歲月》，寫作生涯所思所見娓娓道來　民
生報　1999 年 8 月 16 日　4 版

1086. 齊　敏　　《追憶文學歲月》　中央日報　1999 年 10 月 27 日　18 版

1087. 許素蘭　　一座通往臺灣文學、世界文學的橋樑——《追憶文學歲月》裡的
豐富閱歷　九歌雜誌　第 230 期　2005 年 5 月　3 版

《從府城到舊城：葉石濤回憶錄》

1088. 呂興昌　　建造乳蜜流瀉的土地——葉石濤《從府城到舊城——葉石濤回憶
錄》　聯合報　1999 年 10 月 18 日　48 版

---

[103]本文旨在單書研究葉石濤散文集《不完美的旅程》之各種感官意象（sensorial image）。全文共 4
小節：1.前言；2.散文美學的意象；3.《不完美的旅程》之感官意象；4.結語。

1089. 陳芳明　　老作家的歷史喟嘆　中國時報　1999 年 11 月 4 日　42 版

1090. 陳芳明　　老作家的歷史喟嘆——《從府城到舊城》　深山夜讀　臺北　聯
　　　　　　　合文學出版社　2001 年 3 月　頁 238—241

1091. 陳芳明　　老作家的歷史喟嘆——評葉石濤的《從府城到舊城》　葉石濤全
　　　　　　　集蒐集、整理、編輯計畫期末報告　臺南　國家臺灣文學館籌備
　　　　　　　處　2003 年 12 月　頁 337—338

1092. 陳芳明　　老作家的歷史喟嘆——評葉石濤的《從府城到舊城》　深山夜讀
　　　　　　　臺北　聯合文學出版社　2008 年 9 月　頁 238—241

《舊城瑣記》

1093. 劉紋綜　　葉石濤《舊城瑣記》　2000 臺灣文學年鑑　臺北　行政院文建會
　　　　　　　2002 年 4 月　頁 324—325

小說

《葫蘆巷春夢》

1094. 劉慧真　　嘲諷文學的典範：葉石濤《葫蘆巷春夢》　聯合報　2000 年 11
　　　　　　　月 5 日　37 版

1095. 〔編輯部〕　　《葫蘆巷春夢》　高雄文學小百科　高雄　高雄市文化局
　　　　　　　2006 年 7 月　頁 182—183

1096. 應鳳凰　　葫蘆巷裡多少春夢——葉石濤第一本書及其他　中國時報　2010
　　　　　　　年 3 月 26 日　E04 版

《晴天和陰天》

1097. 壹闡提〔李喬〕　　評介《晴天和陰天》　青溪雜誌　第 36 期　1970 年 6
　　　　　　　月　頁 100—110

1098. 李　喬　　評介葉石濤的《晴天和陰天》　葉石濤作家論集　高雄　三信出
　　　　　　　版社　1973 年 3 月　頁 271—283

《葉石濤自選集》

1099. 花　村　　試評《葉石濤自選集》　書評書目　第 56 期　1977 年 12 月　頁
　　　　　　　80—86

《紅鞋子》

1100. 吳錦發　兀自汨汨流血的傷口──評葉石濤的《紅鞋子》　自立晚報
1989 年 2 月 23 日　14 版

1101. 吳錦發　兀自汨汨流血的傷口──簡評葉石濤的《紅鞋子》　1988 臺灣小
說選　臺北　前衛出版社　1989 年 5 月　頁 113──116

1102. 劉克襄　《紅鞋子》背後的精神　民眾日報　1989 年 6 月 4 日　18 版

1103. 廖仁義　重新找回自己的身世──讀葉石濤《紅鞋子》(上、下)　自立
早報　1990 年 8 月 10──11 日　19 版

1104. 李瑞騰　盛開在苦難的土地上──葉石濤的自傳體小說《紅鞋子》(上、
下)　自立晚報　1996 年 4 月 13──14 日　17 版

1105. 李瑞騰　盛開在苦難的土地上──葉石濤的自傳體小說　葉石濤全集蒐
集、整理、編輯計畫期末報告　臺南　國家臺灣文學館籌備處
2003 年 12 月　頁 77──80

《西拉雅族的末裔》

1106. 吳錦發　招魂之歌──簡評葉石濤《西拉雅族的末裔》　中時晚報　1990
年 7 月 15 日　15 版

1107. 吳達芸　臺灣阿嬤的典型──潘銀花　小說與戲劇　第 9 期　1997 年　頁
7──12

1108. 吳達芸　臺灣阿嬤的典型──潘銀花　葉石濤全集蒐集、整理、編輯計畫
期末報告　臺南　國家臺灣文學館籌備處　2003 年 12 月　頁
103──108

1109. 杜偉瑛　從葉石濤小說《西拉雅族的末裔》系列談平埔族[104]　淡水牛津臺
灣文學研究集刊　第 1 期　1998 年 12 月　頁 53──96

1110. 杜偉瑛　從葉石濤小說《西拉雅族的末裔》系列談平埔族　葉石濤全集蒐
集、整理、編輯計畫期末報告　臺南　國家臺灣文學館籌備處

---

[104]本文論述小說《西拉雅族的末裔》系列的內涵，並藉此探討西拉雅族的語言與習俗等。全文共 4
小節：1.前言；2.葉石濤的小說《西拉雅族的末裔》系列；3.平埔族中的西拉雅族；4.結語。

2003 年 12 月　頁 227—257

1111. 王玉婷　女性主體的覺醒——試析沈從文小說〈靜〉、莫言小說〈白狗鞦
　　　　韆架〉、葉石濤小說《西拉雅族的末裔》　成功大學臺灣文學研
　　　　究所第一屆研究生論文發表會　臺南　成功大學臺灣文學研究所
　　　　2002 年 5 月 2 日

1112. 黃秋芳　拓展少年小說的臺灣風情——葉石濤是臺灣文學運動的指標　臺
　　　　灣少年小說學術研討會　臺東　臺東師範學院兒童文學研究所
　　　　2002 年 6 月 8—9 日

1113. 黃秋芳　拓展少年小說的臺灣風情——葉石濤是臺灣文學運動的指標　少
　　　　兒文學天地寬——臺灣少年小說學術研討會論文集　臺北　九歌
　　　　出版社　2002 年 6 月　頁 193—195

1114. 朱雙一　原住民文化：臺灣文學的文化基因之一——原住民自然生態理念
　　　　與漢族創作〔《西拉雅族的末裔》部分〕　臺灣文學與中華地域
　　　　文化　廈門　鷺江出版社　2008 年 9 月　頁 59—62

《臺灣男子簡阿淘》

1115. 李永熾　葉石濤短篇小說集《臺灣男子簡阿淘》　中國時報　1990 年 7 月
　　　　20 日　27 版

1116. 陳萬益等[105]　臺灣苦難的反芻——葉石濤《臺灣男子簡阿淘》討論會紀實
　　　　（1—6）　民眾日報　1990 年 9 月 22—27 日　20 版

1117. 陳萬益等　臺灣苦難的反芻——葉石濤《臺灣男子簡阿淘》討論會紀實
　　　　葉石濤全集・翻譯／資料卷　臺南，高雄　國立臺灣文學館，高
　　　　雄市文化局　2009 年 11 月　頁 357—391

1118. 陳萬益　白色恐怖紀實——我看《臺灣男子簡阿淘》　聯合文學　第 149
　　　　期　1997 年 3 月　頁 177

1119. 陳萬益　白色恐怖紀實——我看《臺灣男子簡阿淘》　葉石濤全集蒐集、
　　　　整理、編輯計畫期末報告　臺南　國家臺灣文學館籌備處　2003

---

[105]主持人：陳萬益；與會者：余昭玫、張恆豪、鄭清文、藍博洲；整理：心平。

年 12 月　頁 117—118

1120. 余昭玫　　《臺灣男子簡阿淘》導讀　耕讀——進入文學花園的 250 本書

臺北　五南圖書出版公司　2001 年 9 月　頁 451—452

1121. 余昭玫　　《臺灣男子簡阿淘》導讀　葉石濤全集蒐集、整理、編輯計畫期

末報告　臺南　國家臺灣文學館籌備處　2003 年 12 月　頁 351

—352

1122. 莫　渝　　閱讀《臺灣男子簡阿淘》筆記　莫渝詩文集・漫漫隨筆集　苗栗

苗栗縣文化局　2005 年 4 月　頁 279—281

1123. 范銘如　　當代臺灣小說的南部書寫〔《臺灣男子簡阿淘》部分〕　文學地

理：臺灣小說的空間閱讀　臺北　麥田・城邦文化公司　2008 年

9 月　頁 232—233

《異族的婚禮》

1124.〔民生報〕　　《異族的婚禮》　民生報　1994 年 11 月 20 日　15 版

1125. 蔡秀女　　族群、階級的混聲合唱——評《異族的婚禮》　中國時報　1994

年 11 月 24 日　42 版

1126. 郭　箏　　《異族的婚禮》　聯合報　1994 年 12 月 1 日　42 版

1127. 王德威　　默默延續本土禮俗的傳統——評葉石濤《異族的婚禮》[106]　中時

晚報　1995 年 1 月 9 日　14 版

1128. 王德威　　禮失求諸野——評葉石濤《異族的婚禮》　眾聲喧嘩以後：點評

當代中文小說　臺北　麥田出版公司　2001 年 10 月　頁 119—

122

1129. 王德威　　禮失求諸野——評葉石濤《異族的婚禮》　葉石濤全集蒐集、整

理、編輯計畫期末報告　臺南　國家臺灣文學館籌備處　2003 年

12 月　頁 3—4

1130. 陳年酒　　閱讀葉石濤的幸福——側寫《異族的婚禮》小說集　工商時報

1995 年 2 月 19 日　20 版

---

[106]本文後改篇名為〈禮失求諸野——評葉石濤《異族的婚禮》〉。

1131. 陳年酒　　閱讀葉石濤的幸福——側寫《異族的婚禮》小說集　葉石濤全集
　　　　　　　蒐集、整理、編輯計畫期末報告　臺南　國家臺灣文學館籌備處
　　　　　　　2003 年 12 月　頁 5—6

1132. 彭瑞金　　從一本書看一位作家——葉石濤與《異族的婚禮》[107]　書評　第
　　　　　　　14 期　1995 年 2 月　頁 27—30

1133. 彭瑞金　　葉石濤與《異族的婚禮》　臺灣文藝　第 150 期　1995 年 8 月
　　　　　　　頁 42—45

1134. 彭瑞金　　葉石濤與《異族的婚禮》　葉石濤全集蒐集、整理、編輯計畫期
　　　　　　　末報告　臺南　國家臺灣文學館籌備處　2003 年 12 月　頁 41—
　　　　　　　42

《西拉雅末裔潘銀花》

1135. 許惠文　　《西拉雅末裔潘銀花》、《沃野之鹿》：次級他者？被凝視的原住
　　　　　　　民女性　戰後非原住民作家的原住民書寫　靜宜大學中國文學系
　　　　　　　碩士論文　陳建忠教授指導　2008 年 7 月　頁 39—45

1136. 徐國明　　女性性慾的再現與批判——析論葉石濤《西拉雅末裔潘銀花》中
　　　　　　　的種族、性別與臺灣意識[108]　臺北教育大學語文集刊　第 14 期
　　　　　　　2008 年 7 月　頁 239—262

《賺食世家》

1137. 彭瑞金　　關於《賺食世家》——葉石濤黑色幽默小說選（上、下）　臺灣
　　　　　　　新聞報　2001 年 11 月 6—7 日　13 版

1138. 彭瑞金　　解說　賺食世家：葉石濤黑色幽默小說選　臺北　圓神出版社
　　　　　　　2001 年 12 月　頁 209—219

1139. 彭瑞金　　解說　葉石濤全集蒐集、整理、編輯計畫期末報告　臺南　國家
　　　　　　　臺灣文學館籌備處　2003 年 12 月　頁 353—358

---

[107]本文後改篇名為〈葉石濤與《異族的婚禮》〉。
[108]本文探討《西拉雅末裔潘銀花》小說脈絡中種族融合的圖景展現，並關注種族議題如何透過小
　　說主角潘銀花的被性慾化，更加鞏固父權的支配。全文共 4 小節：1.前言；2.我所知道的西拉雅
　　及其它；3.地母的乳汁與眼淚；4.性慾化的歷史。

1140. 蘇　林　　《賺食世家》　聯合報　2001 年 12 月 17 日　29 版

1141. 黃麗燕　　《賺食世家》　經濟日報　2001 年 12 月 23 日　24 版

1142. 廖十六　　《賺食世家》　臺灣日報　2002 年 1 月 22 日　25 版

《三月的媽祖》

1143. 彭瑞金　　在暗夜裡唱歌的作家——葉石濤戰後初期小說集《三月的媽祖》
　　　　　　　　出版　文學臺灣　第 52 期　2004 年 10 月　頁 14—23

《蝴蝶巷春夢》

1144. 彭瑞金　　序——要問情色爲何物，請到蝴蝶巷　蝴蝶巷春夢　高雄　春暉
　　　　　　　　出版社　2006 年 6 月　頁 3—8

1145. 彭瑞金　　要問情色爲何物，請到蝴蝶巷　文學臺灣　第 59 期　2006 年 7
　　　　　　　　月　頁 24—27

1146. 李友煌　　葉石濤情色文學《蝴蝶巷春夢》出版了　民生報　2006 年 8 月
　　　　　　　　26 日　A9 版

1147. 徐如宜　　睽違 38 年，葉石濤情色小說發表　聯合報　2006 年 8 月 26 日
　　　　　　　　C3 版

1148. 蔡文章　　葉石濤發表情色小說《蝴蝶巷春夢》　文訊雜誌　第 252 期
　　　　　　　　2006 年 10 月　頁 120

《葉石濤全集・小說卷》

1149. 徐如宜　　《葉石濤全集・小說卷》5 冊出版　聯合報　2006 年 12 月 13 日
　　　　　　　　C2 版

◆多部作品

《臺灣鄉土作家論集》、《文學回憶錄》

1150. 莊明萱　　評葉石濤對臺灣文學繼承與發展傳統問題的見解　臺灣香港與海
　　　　　　　　外華文文學論文選——第三屆全國臺灣與海外華文文學學術討論
　　　　　　　　會　福建　海峽文藝出版社　1988 年 9 月　頁 55—66

《展望臺灣文學》、《異族的婚禮》

1151. 沈　怡　　葉石濤譜下大河小說前奏曲——出版新書《展望臺灣文學》、《異

族的婚禮》　聯合報　1994 年 8 月 28 日　35 版

《紅鞋子》、《一個臺灣老朽作家的五〇年代》

1152. 李漢偉　　臺灣小說的「政治之悲」模式探索——「重建／歷史」的政治之
　　　　悲模式〔《紅鞋子》、《一個臺灣老朽作家的五〇年代》部分〕
　　　　臺灣小說的三種悲情　臺北　駱駝出版社　1997 年 10 月　頁
　　　　149—153

◆單篇作品

1153. 窪川鶴次郎　　台湾文学半ケ年（一）——昭和十八年下半期小說總評〔
　　　　〈春怨〉部分〕　臺灣公論　第 9 卷第 2 期　1944 年 2 月 1 日
　　　　頁 104—111

1154. 窪川鶴次郎　　台湾文学半ケ年（一）——昭和十八年下半期小說總評
　　　　〔〈春怨〉部分〕　日本統治期台湾文學文芸評論集・第 5 卷
　　　　東京　緑蔭書房　2001 年 4 月　頁 250—251

1155. 窪川鶴次郎著；邱香凝譯；涂翠花校譯　　臺灣文學之半年（一）——昭和
　　　　十八年下半期小說總評〔〈春怨〉部分〕　日治時期臺灣文藝評
　　　　論集・雜誌篇 4　臺南　國家臺灣文學館籌備處　2006 年 10 月
　　　　頁 450

1156. 葉瑞榕　評〈三月的媽祖〉　新生報　1949 年 2 月 23 日　4 版

1157. 林梵〔林瑞明〕　　讓他們出土——《臺灣新生報》〈橋〉副刊小說選介
　　　　〔〈三月的媽祖〉部分〕　文學界　第 10 期　1984 年 5 月　頁
　　　　218—223

1158. 岡崎郁子著；涂翠花譯　　二二八事件與文學〔〈三月的媽祖〉部分〕　臺
　　　　灣文藝　第 135 期　1993 年 2 月　頁 16

1159. 岡崎郁子著；涂翠花譯　　二二八事件與文學——劫後作家筆下的二・二八
　　　　——《波茨坦科長》與〈三月的媽祖〉　臺灣文學研究在日本
　　　　臺北　前衛出版社　1994 年 12 月　頁 181—182

1160. 岡崎郁子著；涂翠花譯　　劫後作家筆下的二二八〔〈三月的媽祖〉部分〕

葉石濤全集蒐集、整理、編輯計畫期末報告　臺南　國家臺灣文學館籌備處　2003 年 12 月　頁 88

1161. 游　喚　政治小說策略及其解讀——有關臺灣主體之論述〔〈三月的媽祖〉部分〕　文學臺灣　第 10 期　1994 年 4 月　頁 263—267

1162. 游　喚　政治小說策略及其解讀——有關臺灣主體之論述〔〈三月的媽祖〉部分〕　臺灣的社會與文學　臺北　東大圖書公司　1995 年 11 月　頁 90—94

1163. 彭瑞金　戰後政治發展與文學變遷〔〈三月的媽祖〉部分〕　民眾日報　2000 年 1 月 1 日　19 版

1164. 彭瑞金　戰後政治發展與文學變遷〔〈三月的媽祖〉部分〕　葉石濤全集蒐集、整理、編輯計畫期末報告　臺南　臺灣文學館籌備處　2003 年 12 月　頁 283—294

1165. 許俊雅　小說中的「二二八」〔〈三月的媽祖〉部分〕　無語的春天：二二八小說選　臺北　玉山社出版公司　2003 年 9 月　頁 10—12

1166. 許俊雅　小說中的「二二八」〔〈三月的媽祖〉部分〕　葉石濤全集蒐集、整理、編輯計畫期末報告　臺南　國家臺灣文學館籌備處　2003 年 12 月　頁 468

1167. 許俊雅　小說中的「二二八」〔〈三月的媽祖〉部分〕　見樹又見林——文學看臺灣　臺北　渤海堂文化公司　2005 年 2 月　頁 202—203

1168. 王德威　憂鬱的二月〔〈三月的媽祖〉部分〕　臺灣：從文學看歷史　臺北　麥田出版公司　2005 年 9 月　頁 225—226

1169. 曾亞薇　〈斷層〉讀後　臺灣日報　1966 年 12 月 12 日　8 版

1170. 鍾肇政　試論〈葫蘆巷春夢〉的幽默手法　徵信新聞報　1968 年 1 月 16 日　9 版

1171. 鍾肇政　試論〈葫蘆巷春夢〉的幽默手法　葫蘆巷春夢　臺北　蘭開書局　1968 年 6 月　頁 1—10

1172. 鍾肇政　試論〈葫蘆巷春夢〉的幽默手法（代序）——兼談葉石濤其人其事　鍾肇政全集・隨筆集 1　桃園　桃園縣文化局　2004 年 11 月　頁 401—409

1173. 高天生　詼諧與諷刺——試從一個特殊角度論葉石濤〈葫蘆巷春夢〉　臺灣文藝　第 62 期　1979 年 3 月　頁 47—57

1174. 顏元叔　臺灣小說的日本經驗〔〈獄中記〉部分〕　中外文學　第 2 卷第 2 期　1973 年 7 月　頁 114—118

1175. 顏元叔　臺灣小說裡的日本經驗（上）〔〈獄中記〉部分〕　中華日報　1973 年 10 月 11 日　9 版

1176. 谷　嵐　讀〈獄中記〉看臺灣人　臺灣文藝　第 85 期　1983 年 11 月　頁 33—34

1177. 張素貞　葉石濤的〈獄中記〉——一個臺灣抗日志士的省思（上、下）　大華晚報　1984 年 12 月 25—26 日　10 版

1178. 張素貞　葉石濤的〈獄中記〉——一個臺灣抗日志士的省思　細讀現代小說　臺北　東大圖書公司　1986 年 10 月　頁 259—274

1179. 鄭清文　讀〈獄中記〉，看臺灣人　臺灣文學的基點　高雄　派色文化出版社　1992 年 7 月　頁 303—305

1180. 王　立　《臺港文學選刊》作品閱讀筆記——藝術地表現民族抗戰歷史〔〈獄中記〉部分〕　邂逅　臺北　秀威資訊科技公司　2009 年 2 月　頁 249

1181. 陳少廷　戰爭時期的臺灣新文學——臺灣作家的苦悶〔〈1941 年以後的臺灣文學〉部分〕　臺灣新文學運動簡史　臺北　聯經出版公司　1977 年 5 月　頁 149—151

1182. 許南村〔陳映真〕　「鄉土文學」的盲點〔〈臺灣鄉土文學史導論〉〕　臺灣文藝　第 55 期　1977 年 6 月　頁 107—112

1183. 許南村〔陳映真〕　「鄉土文學」的盲點〔〈臺灣鄉土文學史導論〉〕　鄉土文學討論集　臺北　遠景出版公司　1980 年 10 月　頁 93—

99

1184. 陳映真　「鄉土文學」的盲點〔〈臺灣鄉土文學史導論〉〕　孤兒的歷史・歷史的孤兒　臺北　遠景出版公司　1984 年 9 月　頁 17—23

1185. 陳昭瑛　論臺灣的本土化運動：一個文化史的考察——從反西化到對現代性的反思〔〈臺灣鄉土文學史導論〉部分〕　中外文學　第 23 卷第 9 期　1995 年 2 月　頁 21—22

1186. 松永正義著；李尚霖譯　關於葉石濤〈臺灣鄉土文學史導論〉[109] 點亮臺灣文學的火炬：葉石濤國際學術研討會論文集　高雄　春暉出版社　1999 年 6 月　頁 81—91

1187. 曾心儀　臺灣鄉土文學——被迫害的心靈呼聲——葉石濤著〈臺灣鄉土文學史導論〉，提出臺灣意識　臺灣時報　1999 年 10 月 30 日　25 版

1188. 陳信元　一九七〇年代臺灣的鄉土文學論戰〔〈臺灣鄉土文學史導論〉部分〕　臺灣新文學發展重大事件論文集　臺北　國家臺灣文學館　2004 年 12 月　頁 143—145

1189. 林淇瀁　沒有鄉土，哪有文學？——七〇年代的現代詩論戰與鄉土文學論戰——是「現實」還是「鄉土」：鄉土文學論戰〔〈臺灣鄉土文學史導論〉部分〕　文學@臺灣：11 位新銳臺灣文學研究者帶你認識臺灣文學　臺南　國立臺灣文學館　2008 年 9 月　頁 177

1190. 彭瑞金　臺灣小說中的愛情觀〔〈羅桑榮和四個女人〉部分〕　臺灣文藝　第 88 期　1984 年 5 月　頁 66—69

1191. 彭瑞金　臺灣小說中的愛情〔〈羅桑榮和四個女人〉部分〕　文學隨筆　高雄　高雄市立中正文化中心管理處　1996 年 5 月　頁 122—128

---

[109] 本文將〈臺灣鄉土文學史導論〉置於 70 年代思潮全體之中重新審讀，先論臺灣 70 年代思潮的主流及議論，再分析葉石濤〈臺灣鄉土文學史導論〉的架構與其時潮流相符，而〈臺灣鄉土文學史導論〉論述的內容則是葉石濤從日治時期以來便已形成。

1192. 尹虎彬　〈羅桑榮和四個女人〉作品鑒賞　臺港小說鑒賞辭典　北京　中央民族學院出版社　1994 年 1 月　頁 88—90

1193. 陳雨航　一個工作的報告——《七十八年短篇小說選》編選前言〔〈野菊花〉部分〕　七十八年短篇小說選　臺北　爾雅出版社　1990 年 3 月　6 頁

1194. 陳雨航　評介〈野菊花〉　七十八年短篇小說選　臺北　爾雅出版社　1990 年 3 月　頁 225—227

1195. 宋　美　一位作家的年輕自畫像〔〈近視眼鏡〉〕　中國時報　1991 年 3 月 10 日　31 版

1196. 鄭清文　小說部分編後感〔〈三姑和她的情人〉部分〕　一九九三臺灣文學選　臺北　前衛出版社　1994 年 2 月　頁 107—108

1197. 陳義芝　小說一九九三——臺灣短篇小說年度觀察報告〔〈玉皇大帝的生日〉部分〕　八十二年短篇小說選　臺北　爾雅出版社　1994 年 3 月　頁 13

1198. 陳幸蕙　〈玉皇大帝的生日〉　成長的風景　臺北　幼獅文化公司　2002 年 10 月　頁 112—113

1199. 楊佳嫻　〈玉皇大帝的生日〉　臺灣成長小說選　臺北　二魚文化公司　2004 年 11 月　頁 44

1200. 陳　皮　〈異族的婚禮〉　自立早報　1994 年 12 月 19 日　11 版

1201. 星名宏修著；陳明台譯　殖民地的沖繩人如何被描寫了？——葉石濤〈異族的婚禮〉的一種解讀（1—5）[110]　民眾日報　1999 年 5 月 28—29，31 日，6 月 1—2 日　19 版

1202. 星名宏修著；陳明台譯　殖民地的沖繩人如何被描寫了？——葉石濤〈異族的婚禮〉的一種解讀　臺灣新聞報　1999 年 5 月 29 日　13 版

1203. 星名宏修著；陳明台譯　殖民地的沖繩人如何被描寫了？！——葉石濤

---

[110] 本文探討日治時期生活在臺灣的沖繩人是什麼樣的存在？臺灣或沖繩的文學對其之描寫。全文共 3 小節：1.緒論：〈異族的婚禮〉和「沖繩人」；2.琉球籍的警察爲何被視爲目標？——〈三腳馬〉和池宮城積寶；3.在臺灣的沖繩人——《八重山文化》刊載的作品中所見。

〈異族的婚禮〉的一種解讀　點亮臺灣文學的火炬：葉石濤國際
學術研討會論文集　高雄　春暉出版社　1999 年 6 月　頁 23—
39

1204. 朱惠足　　當沖繩人遇上平埔族——中間英〈人與人之間的牆〉與葉石濤
〈異族的婚禮〉[111]　中外文學　第 32 卷第 9 期　2004 年 2 月
頁 129—160

1205.〔彭瑞金編選〕　　〈異族的婚禮〉賞析　國民文選・小說卷 2　臺北　玉
山社出版公司　2004 年 7 月　頁 181—182

1206. 許俊雅　　日據時期臺灣小說蘊含的思想內容——關懷婚姻情愛之自主
〔〈林君寄來的信〉部分〕　日據時期臺灣小說研究　臺北　文
史哲出版社　1995 年 2 月　頁 473

1207. 彭瑞金　　〈糞寫實主義〉　臺灣新聞報　1996 年 7 月 22 日　17 版

1208. 彭瑞金　　文學的踐履〔〈澎湖島的死刑〉〕　民眾日報　1998 年 9 月 17
日　19 版

1209. 彭瑞金　　文學的踐履〔〈澎湖島的死刑〉〕　葉石濤全集蒐集、整理、編
輯計畫期末報告　臺南　國家臺灣文學館籌備處　2003 年 12 月
23 日　頁 135

1210. 許素蘭　　在禁錮中找尋生命的出口——葉石濤〈齋堂傳奇〉的雙重主題[112]
福爾摩莎的瑰寶——葉石濤文學會議資料彙集　臺北　淡水工商
管理學院臺灣文學系　1998 年 11 月　頁 22—31

1211. 許素蘭　　在禁錮中找尋生命的出口——葉石濤〈齋堂傳奇〉的雙重主題
葉石濤全集蒐集、整理、編輯計畫期末報告　臺南　國家臺灣文

---

[111]本文討論沖繩八重山出身的中間英〈人與人之間的牆〉及葉石濤〈異族的婚禮〉，引進以統治者
身分來到殖民地臺灣的沖繩人，以及漢化後的平埔族，介入殖民地臺灣人種接觸表象的論述現
況。全文共 10 小節：1.〈人與人之間的牆〉：殖民地臺灣的沖繩人；2.出身那霸的咖啡廳女服務
生：階級、職業偏見與出身地；3.情慾書寫的異化：幸江與麻奈子；4.葉石濤〈異族的婚禮〉：
「日本少女」島永櫻子；5.「西拉雅族後裔」潘木火；6.紅頭髮的男嬰；7.互異角度的殖民地觀
察；8.後殖民的「混種」書寫；9.干擾大敘事的「雜音」；10.後殖民時期的殖民地臺灣表象。
[112]本文分析葉石濤小說〈齋堂傳奇〉裡對主角個人的「小敘述」與時代的「大敘述」，全文共 4 小
節。

學館籌備處　2003 年 12 月 23 日　頁 159—165

1212. 施俊洲　導讀〔〈齋堂傳奇〉〕　二十世紀臺灣文學金典：小說卷（戰後時期・第一部）　臺北　聯合文學出版社　2006 年 1 月　頁 116—117

1213. 彭瑞金　戲談「賺食」之於文學〔〈賺食世家〉部分〕　臺灣日報　2000 年 8 月 27 日　31 版

1214. 李魁賢　知學現象：葉石濤散文之感官意象分析〔〈變——從赤腳到皮鞋〉〕　民眾日報　2000 年 11 月 23 日　15 版

1215. 李魁賢　知學現象：葉石濤散文之感官意象分析〔〈變——從赤腳到皮鞋〉〕　李魁賢文集 8　臺北　行政院文建會　2002 年 10 月　頁 319—322

1216. 陳虹如　葉石濤與〈採硫記〉　郁永河《裨海紀遊》研究　臺灣師範大學國文學系　碩士論文　莊萬壽教授指導　2000 年　頁 138—140

1217. 郭侑欣　《裨海紀遊》的衍異之二：葉石濤的〈採硫記〉　憂鬱的亞熱帶：郁永河《裨海紀遊》中的臺灣圖像及其衍異　靜宜大學中國文學系　碩士論文　陳萬益教授指導　2001 年 7 月　頁 171—189

1218. 廖玉蕙　風姿綽約的文學勝景——序《八十九年散文選》〔〈舊城一老人〉部分〕　八十九年散文選　臺北　九歌出版社　2001 年 3 月　頁 13

1219. 垂水千惠著；張文薰譯　「糞 realism」論爭之背景——與《人民文庫》批判之關係為中心[113]　臺灣新聞報　2001 年 12 月 4 日　13 版

1220. 垂水千惠著；張文薰譯　「糞 realism」論爭之背景——與《人民文庫》批判之關係為中心　越浪前行的一代：葉石濤及其同時代作家文學國際學術研討會論文集　高雄　春暉出版社　2002 年 2 月　頁

---

[113] 本文探討〈給世氏的公開信〉以得知「糞 realism」論爭的背景。全文共 5 小節：1.「糞 realism」論爭之來龍去脈；2.另一次的「糞 realism」論爭；3.林房雄與臺灣文學的交集；4.《臺灣文學》與《人民文庫》的連結；5.總結。

31—50

1221. 楊全瑛　　死亡因素及主題——反抗傳統的禁錮〔〈男盜女娼〉部分〕　六
　　　　　　　〇年代臺灣小說死亡主題研究　南華大學文學研究所　碩士論文
　　　　　　　陳啟佑教授指導　2002 年 12 月　頁 127—128

1222. 李欣倫　　「性」與不幸的寓言：黃春明、葉石濤、黃娟、紀大偉小說中的
　　　　　　　性病病例[114]　戰後臺灣疾病書寫研究　中央大學中國文學系　碩
　　　　　　　士論文　康來新教授指導　2003 年 1 月　頁 46—58

1223. 李欣倫　　「性」與不幸的寓言：黃春明、葉石濤、黃娟、紀大偉小說中的
　　　　　　　性病病例　戰後臺灣疾病書寫研究　臺北　大安出版社　2004 年
　　　　　　　11 月　頁 57—72

1224. 戶田一康　葉石濤與芥川龍之介——十字架的問題〔〈玫瑰項圈〉〕　國
　　　　　　　文天地　第 223 期　2003 年 12 月　頁 71—75

1225. 周慶塘　　涉及臺灣政治事件的政治小說〔〈紅鞋子〉部分〕　80 年代臺灣
　　　　　　　政治小說研究　臺灣大學中國文學系　博士論文　吳宏一教授指
　　　　　　　導　2003 年 6 月　頁 133—134

1226. 下村作次郎　從文學看二二八事件——《二二八臺灣小說選》〔〈紅鞋
　　　　　　　子〉部分〕　葉石濤全集蒐集、整理、編輯計畫期末報告　臺南
　　　　　　　臺灣文學館籌備處　2003 年 12 月　頁 109—116

1227. 彭瑞金　　重讀葉老・再現〈歸鄉〉　臺灣日報　2004 年 7 月 17 日　17 版

1228. 〔陳萬益選編〕　〈府城瑣憶〉賞析　國民文選・散文卷 2　臺北　玉山
　　　　　　　社出版公司　2004 年 8 月　頁 73

1229. 羊子喬　　〈府城瑣憶〉賞析　閱讀文學地景・散文卷　臺北　行政院文建
　　　　　　　會　2008 年 4 月　頁 387

1230. 金尚浩　　戰後現代詩人的臺灣想像與現實〔〈臺灣文學本土化是必然的途

---

[114]本文以黃春明、黃娟、葉石濤和紀大偉的小說論述為核心，解析性病／愛滋隱喻的面貌，及其
　　背後的意識形態。全文共 5 小節：1.連結「性」與不幸的入口介面；2.父權／陽具神話的「不
　　舉」：黃春明〈癬〉、〈鮮紅蝦〉；3.愛滋的沉默隱喻：黃娟《世紀的病人》；4.美學修辭的挑逗／
　　鬥：紀大偉〈香皂〉、葉石濤〈玫瑰項圈〉；5.深探文學的敏感帶。

　　　　　　　　徑〉部分〕　第四屆臺灣文化國際學術研討會論文集：臺灣思想

　　　　　　　　與臺灣主體性　臺北　臺灣師範大學臺灣文化及語言文學研究所

　　　　　　　　2005 年 10 月　頁 279

1231. 彭瑞金　　　從臺灣文學構成的要件審視文學恐龍主義〔〈臺灣的鄉土文學〉

　　　　　　　　部分〕　臺灣文學史論集　高雄　春暉出版社　2006 年 8 月　頁

　　　　　　　　117—118

1232. 熊宗慧　　　〈潘銀花的第五個男人〉作品賞析　閱讀文學地景・小說卷

　　　　　　　　（上）　臺北　行政院文建會　2008 年 4 月　頁 294

1233. 路寒袖　　　作品導讀／〈一個臺灣老朽作家的告白〉　青少年臺灣文庫 2—

　　　　　　　　—散文讀本 2：狂歌正年少　臺北　國立編譯館　2008 年 12 月

　　　　　　　　頁 80

1234. 楊　翠　　　作品導讀／〈族群合諧共存的新風貌〉　青少年臺灣文庫 2——

　　　　　　　　散文讀本 3：希望有一天　臺北　國立編譯館　2008 年 12 月

　　　　　　　　頁 133

1235. 林曙光　　　評葉石濤的「進步」〔〈汪昏平〉、〈貓與一個女人〉〕　新生報

　　　　　　　　1948 年 9 月 8 日　4 版

1236. 王　冷　　　苦勸葉石濤先生〔〈抵抗文學乎？皇民文學乎？〉、〈螞蟻哲

　　　　　　　　學〉〕　臺灣新文化　第 10 期　1987 年 7 月　頁 70—71

1237. 余昭玟　　　狂歌與慟哭——論葉石濤「烏秋村」小說的主題（上、中、下）

　　　　　　　　[115]　民眾日報　1990 年 9 月 18—20 日　20 版

1238. 許俊雅　　　日據時期臺灣小說創作形式之探討——小說敘事觀點之應用

　　　　　　　　〔〈林君寄來的信〉、〈春怨〉部分〕　日據時期臺灣小說研究

　　　　　　　　臺北　文史哲出版社　1995 年 2 月　頁 580—581

1239. 杜偉瑛　　　從葉石濤的原住民小說〈鹹首〉、〈火索鎗〉、〈鳥占〉、〈陷阱〉—

---

[115]本文探析以「烏秋村」爲背景的六篇小說〈葫蘆巷春夢〉、〈決鬥〉、〈群雞之王〉、〈墮胎〉、〈騙
　　徒〉及〈晴天和陰天〉的主題、人物與寫作技巧，全文共 3 小節。

　　　　　　　　—探討「理蕃政策」、習俗、生命尊嚴[116]　「人文、社會、跨世

　　　　　　　　紀」人文學院學術研討會　臺北　真理大學人文學院　1999 年 6

　　　　　　　　月 5 日　頁 31—64

1240. 余昭玟　　跨語一代作家小說中的死亡觀照〔〈獄中記〉、〈河畔的悲劇〉、

　　　　　　　　〈天上聖母的祭典〉、〈澎湖島的死刑〉部分〕　從語言跨越到文

　　　　　　　　學建構：跨語一代小說家研究論文集　臺南　臺南市立圖書館

　　　　　　　　2003 年 11 月　頁 132—133

1241. 徐如宜　　葉石濤看情色，「人生的原點」——〈蝴蝶巷春夢〉露骨的描

　　　　　　　　寫，文友批他，他不以為意〔〈蝴蝶巷〉、〈頭社夜祭〉、〈熊襲的

　　　　　　　　女兒〉〕　聯合報　2004 年 7 月 6 日　B6 版

1242. 陳建忠　　戰後初期現實主義思潮與臺灣文學場域的再建築——文學史的一

　　　　　　　　個側面（1945—1949）〔〈偷玻璃的人〉、〈江湖藝人〉部分〕

　　　　　　　　臺灣文學史書寫國際學術研討會論文集・第二集　高雄　春暉出

　　　　　　　　版社　2008 年 6 月　頁 332

1243. 許達然　　論葉石濤一九六〇年代短篇小說[117]　新地文學　第 7 期　2009 年

　　　　　　　　3 月　頁 10—40

1244. 許達然　　60—70 年代臺灣社會與文學〔〈噶瑪蘭的柑子〉、〈晚餐〉部分〕

　　　　　　　　苦悶與蛻變：60、70 年代臺灣文學與社會國際學術研討會　2006

　　　　　　　　年 11 月　頁 26—30

1245. 林鎮山　　柳條與牛奶餅乾——論葉石濤〈三姑和她的情人〉與〈異族的婚

　　　　　　　　禮〉[118]　文學臺灣　第 74 期　2010 年 4 月　頁 280—313

---

[116]本文以《馘首》小說集裡 4 篇以原住民為題材的小說〈馘首〉、〈火索鎗〉、〈鳥占〉及〈陷阱〉
　　為對象，介紹時代、人物、族群與內容，探討其中的問題。全文共 4 小節：1.前言——多種族風
　　貌臺灣小說的出現；2.內容概述；3.相關問題探討；4.結語。

[117]本文探討葉石濤 1965—1970 年創作的三篇短篇小說〈噶瑪蘭的柑子〉、〈晚餐〉及〈葬禮〉中，
　　巧妙反諷「存在」的問題。

[118]本文探討葉石濤〈三姑和她的情人〉、〈異族的婚禮〉2 篇小說，並分析故事中出現的場景、物件
　　所代表的象徵意義。全文共 4 小節：1.原鄉、女性、現代情；2.柳條、番茶、靜慈庵：〈三姑和
　　她的情人〉（1993 年 10 月）；3.牛奶餅乾、阿特普林、那拔林：〈異族的婚禮〉（1993 年 11 月）；
　　4.「同是天涯淪落人」。

1246. 林鎮山　　福爾摩沙群芳錄——論葉石濤的〈石榴花盛開的房屋〉和〈邂逅〉[119]　2010 高雄文學發聲國際學術研討會　財團法人文學臺灣基金會，高雄市政府文化局　2010 年 11 月 6 日

作品評論目錄、索引

1247. 葉石濤　　作品評論引得　葉石濤自選集　臺北　黎明文化公司　1975 年 1 月　〔1〕頁

1248. 吳浩〔李瑞騰〕　　葉石濤研究資料　臺灣文學觀察雜誌　第 1 期　1990 年 6 月　頁 108—115

1249. 許素蘭　　葉石濤小說評論引得　葉石濤集（臺灣作家全集）　臺北　前衛出版社　1991 年 7 月　頁 301—303

1250. 趙天儀，鄭邦鎮，陳芳明　　葉石濤評論引得　臺灣文學史料調查研究計劃（上）　臺北　行政院文建會　1997 年 6 月　頁 432—434

1251. 邱培芳，鄧雅丹　　葉石濤臺灣文學史觀相關評論目錄　水筆仔　第 15 期　2003 年 5 月　頁 44—45

1252. 〔彭瑞金主編〕　　作品評論引得　葉石濤全集・資料卷　臺南，高雄　國立臺灣文學館，高雄市文化局　2008 年 3 月　頁 85—106

其他

1253. 劉紹銘　　五十年來家國——介紹兩套有關早期臺灣文學的書（1—2）〔《光復前臺灣文學全集》〕　聯合報　1979 年 9 月 6—7 日　8 版

1254. 詹宏志　　小說〔《一九七九年臺灣小說選》部分〕　中華民國文學年鑑 1980　臺北　時報文化出版公司　1982 年 11 月　頁 16

1255. 李　喬　　歷史與文學之間——評朝鮮短篇小說選《地下村》　聯合文學　第 36 期　1987 年 10 月　頁 220—221

---

[119] 本文主要分析葉石濤〈石榴花盛開的房屋〉、〈邂逅〉2 篇小說，並藉以探討生命與死亡的議題。全文共 4 章：1.性別論述；2.「莎士比亞的妹妹」：丫鬟喜鵲（〈石榴花盛開的房屋〉「中時晚報」一九八八年五月十日）；3.西裝與衛生紙：（〈邂逅〉，「民眾日報」一九九三年十月二日）；4.疼惜生命，批判死亡。

1256. 中島利郎著；邱慎譯　　評葉石濤譯《西川滿小說集（1）》、陳千武譯《西
　　　　川滿小說集（2）》──西川滿文學之復活　文學臺灣　第 27 期
　　　　1998 年 7 月　頁 27─31

1257. 中島利郎著；邱慎譯　　評葉石濤譯《西川滿小說集（1）》、陳千武譯《西
　　　　川滿小說集（2）》──西川滿文學之復活　葉石濤全集蒐集、整
　　　　理、編輯計畫期末報告　臺南　國家臺灣文學館籌備處　2003 年
　　　　12 月 23 日　頁 121─123

1258. 彭瑞金　　葉石濤的《臺灣文學集》與黃得時　臺灣日報　1999 年 3 月 21
　　　　日　27 版

1259. 彭瑞金　　葉石濤的《臺灣文學集》與黃得時　葉石濤全集蒐集、整理、編
　　　　輯計畫期末報告　臺南　國家臺灣文學館籌備處　2003 年 12 月
　　　　23 日　頁 259─260

國家圖書館出版品預行編目資料

臺灣現當代作家研究資料彙編. 15, 葉石濤 / 彭瑞金
編選. -- 初版. -- 臺南市：臺灣文學館，2011.03
　　面；　公分.

　ISBN 978-986-02-7265-9（平裝）

　1.葉石濤　2.傳記　3.文學評論

863.4　　　　　　　　　　　　　　　100003482

【臺灣現當代作家研究資料彙編】15

葉石濤

發 行 人／	李瑞騰
指導單位／	行政院文化建設委員會
出版單位／	國立台灣文學館
	地址／70041 台南市中西區中正路 1 號
	電話／06-2217201　　　　傳真／06-2218952
	網址／www.nmtl.gov.tw　　電子信箱／pba@nmtl.gov.tw

總 策 畫／	封德屏
顧　　問／	林淇瀁　張恆豪　許俊雅　陳信元　陳建忠　陳義芝　須文蔚　應鳳凰
工作小組／	王雅嫻　杜秀卿　林端貝　周宣吟　張桓瑋
	黃子倫　黃建婷　詹宇霈　羅巧琳
編　　選／	彭瑞金
責任編輯／	王雅嫻
校　　對／	周宣吟　林肇豐　詹宇霈　趙慶華　羅巧琳　蘇峰楠
計畫團隊／	財團法人台灣文學發展基金會
美術設計／	翁國鈞・不倒翁視覺創意
印　　刷／	松霖彩色印刷事業有限公司

著作財產權人／國立台灣文學館

經銷展售／	國家書店松江門市（02-25180207）
	國立台灣文學館—雪芙瑞文學咖啡坊（06-2214632）
	五南文化廣場（04-22260330）
	文建會員工消費合作社（02-23434168）
	南天書局（02-23620190）　　　唐山出版社（02-23633072）
	府城舊冊店（06-2763093）　　　台灣的店（02-23625799）
	啓發文化（02-29586713）　　　三民書局（02-23617511）

初版一刷／2011 年 3 月
定　　價／新臺幣 420 元整　全套新臺幣 5500 元整
GPN／1010000406（單本）
　　　1010000407（套）
ISBN／978-986-02-7265-9（單本）
　　　978-986-02-7266-6（套）

Printed in Taiwan
著作所有權・翻印必究